NAKAYAMA KAZUKO COLLECTION

差異の近代

透谷・啄木・プロレタリア文学

中山和子

コレクションII

翰林書房

Ⅱ

差異の近代

目次

北村透谷——思想的転回の特質

透谷の左腕には小さい柘榴の刺青があった。ついに消えなかったその刺青のあとは、少年の日の透谷が、幼い自己の青春を賭けた自由民権運動の刻印の、そのぬぐいがたさを象徴する。

車ひきの喧嘩をみて仲裁に入った透谷が、まるくおさめてしまったので妻のミナは驚いたが、「なにこんなことは馴れている」と事もなげに答えたという話が、神崎清の「北村美那子覚書」（『透谷全集』附録1　岩波書店　一九五〇・七）にでてくる。想世界へ高く飛翔した透谷のロマンティシズムは、こうした逸話の内包するものと重層していたのである。

想世界の実在的把握という点において、透谷は日本近代思想史上最初の人であり、そのことは、文学の現実的機能とは別個の、真の意味での自律的体系を確認させうる基礎となった。けれども、想世界を実世界とあえて二元的に対立さすところにまで、透谷は追いつめられていたと考えられる。頽落期の自由民権運動をかいくぐり、柔軟な感性によって、時代の絶望的閉塞を説く洞察し、そこに、青春の自己喪失を味ったものの精神の暗い危機が、飜転上昇するにいたる過程の把握は、透谷ロマンティシズムの構造の理解にとって必須である。一応はそこに、キリスト教への開眼と一体であった、強烈な恋愛体験を想定しうるのであるが、しかし、透谷が自己革命的に超脱した自由民権運動の体験のもつ特殊な意味との関連をみきわめることなしに、その思想的転回の特質を明らかにすることはできない。そこにある輻輳した透谷変身のドラマをとらええない、という意味で、透谷の文学に「政治から文学へ」一貫する、明治絶対主義との対決をみる視点(小田切秀雄)も、キリスト教への回心を重要視する問題視点(笹淵友一)も、ともに充分ではないと私は思う。

昭和七、八年(一九三二、三)当時の、みずからのプロレタリア革命運動への参加と転向体験とに基づいて、戦後いちはやくものされた小田切秀雄の透谷論は、いわゆる「政治から文学へ」という、今日流布された定式を確立した。

透谷は、政治的な闘争から敗退してから自由民権の民主主義的な要求をもっぱら精神の世界に内面的、美的に確立する方向にむかったのである。

「北村透谷と日本近代文学の成立」『日本近代文学』青木書店 一九五五・六

という見方がそれである。透谷が政治からの転身の記憶を、生涯内攻させていたことは明白であるが、しかし、そのひそかな疼痛は、政治の場から文学の場へという、一種の転戦の安易さを含まないことによって生じている。透谷の政治から文学へいたる過程には、自己の青春を喪失したものの暗い精神の奈落と、怒濤のような恋愛に結びつく入信とが介在しており、透谷はそこにおいて自己否定のために傷つき、傷つくことによって自己革命的に再生したのである。自由民権運動の実践から文学活動を通じて一貫する明治絶対主義との対決という直線的な視点は、第一に、透谷のこの思想的転回のふみこえた深淵を、みすごすことによって生じると思われる。

一方、小田切と対比される笹淵の意見によれば、透谷のロマンティシズムは、透谷が「キリスト教徒としての経歴をもつことによつて」、それと「直接、かつ本質的関係」をもっており、「透谷の啓蒙的合理主義思想は、キリスト教に接触することによつて百八十度の転回を遂げた」（『「文学界」とその時代・上』明治書院 一九五九・一）とされている。しかし、透谷が一挙に躍り入るように、キリスト教徒としての経歴をもつにいたった理由は、啓蒙的合理主義思想ではなかった、透谷の自由民権の思想および体験の、深刻な蹉跌の傷にもとづいている。その時代情況とともにあった透谷の、精神の深淵をみないことによって、透谷におけるキリスト教への回心という、片面にのみ重心をおいた、笹淵の意見が生じるのである。

透谷の思想的転回を問題とするにあたって、その自由民権運動批判が、恋愛と入信との体験を経てはじめて開始される、ということを確認することは重要である。「三日幻境」（『女学雑誌』明25・8・9）のなかで透谷は述べている。

我は既に政界の醜状を悪《に》くむの念漸く専らにして、利剣を把《と》つて義友と事を共にするの志よりも、静かに白雲を趁《お》ふて千峰万峰を攀づるの談興に耽《ふけ》るの思望大《おほい》なりければ、義友を失ふの悲しみは胸に餘りしかども、私かに我が去就を紛々たる政界の外《ほか》に置かんとは定めぬ。

透谷が七年の昔を追懐したこの叙述を、小田切のようにまた笹淵のようにそのままとって、自由民権運動離脱の当時、すでに透谷が運動批判の態度をかたくしていた、とみることはできない。

政府の弾圧と懐柔とにより、明治十五年（一八八二）を境に自由民権運動は衰退の一途をたどっていたが、勢力挽回をはかり大井憲太郎ら民権左派が、朝鮮にクーデターを画策した。それが、日清間に開戦を招来して人心を奮起さすとともに、政府の攻撃力が海外にさかれて国内の力関係が変化するから、その機に乗じて全国有志の運動を展開するという、無謀にも倒錯した運動方針と、その資金準備のため強盗を働くという、追いつめられた末期症状を呈していたのが、例の自由党大阪事件(明治十八年)であり、透谷はそれを契機に政治運動から離脱した。剃髪し、杖を引いて年来の盟友を訪れ、「義友を失ふの悲しみ」を胸に秘めつつ、訣別の許しを乞うたのである。「俺は卑怯な人間だから、命はまだとっておく」とそう語ったという透谷の言葉を、妻ミナが伝えているが、(前掲「北村美那子覚書」)当時の透谷の真実をほぼあかしていると私は思う。透谷が「孤剣の快男児」と呼んで傾倒していた青年壮士大矢蒼海(正夫)[*1]が、透谷に強盗加盟を誘ったとき、彼はそれを断ったのである。ミナの伝える透谷の言葉は、義侠に殉じえなかった少年透谷の自嘲と、裏切りの苦痛とをあかしている。そういう透谷が、大矢蒼海らの行動を、「政界の醜状」として批判しえたかは疑問である。渡韓を計画した大井憲太郎ら自由党左派の運動方針に批判的であるほどの、思想的成熟に達していたとは思われないのである。にもかかわらず透谷に身をひかせたものは何であったか。

「哀願書」は透谷の父に宛てた書翰草稿で、明治十七、八年(一八八四、五)の執筆と推定されるものだが、そこには次のような文字が読まれる。

> 児、曾テ經國ノ志ヲ抱イテヨリ日夜寢食ヲ安フセズ。単ヘニ三千五百万ノ同胞及ビ連聯皇統ノ安危ヲ以テ一身ノ任トナシ、且ツヤ、又タ世界ノ大道ヲ看破スルニ、弱肉強食ノ状ヲ憂ヒテ、此弊根ヲ掃除スルヲ以テ男子ノ事業ト定メタリキ。然ルニ世運遂ニ傾頽シ、惜ヒ乎、人心未ダ以テ吾生ノ志業ヲ成スニ当ラザルヲ感ズル矣。嗚呼本邦ノ中央盲目ノ輩ニ向ツテ、咄々又タ何ヲカ説カンヤ。児ノ胸中独リ自ラ企ツル所、指ヲ屈スルニ暇アラズ。是レヲ施シ、是レヲ就サントスルニ、世運遂ニ奈何トモスルナキヲ知

ル。

透谷の自由民権時代の政治意識をものがたっていて、興味深い文章である。ここには、民権思想としての、ルソー流の天賦人権思想にもとづく世界主義は一見して見うけられない。素朴な皇室敬慕の念と合体した経国済民の理想があり、東洋の衰運を恢復せんとするナショナルな心性がある。当時すでに東京専門学校（早稲田の前身）政治科に籍をおく自由党派の学生として、ミル、スミス、ルソー、スペンサー等の近代ブルジョア思想に、当然接触の機会があったと思われるのだが[*2]、それはついに知識の域を出るものではなく、儒教的伝統的な思惟方法と心情とから脱することはむつかしかったものとみえる。透谷の民権思想におけるこの事実を明確にしておくことは肝要である。同時に、「世運遂ニ傾頽」の文字に特に注目しておきたい。ここでみれば、透谷のいう世運とは、中央の政府権力であり、かつまた一般の人心である。民権運動にとって闘う敵である政府権力と、味方であるべき人民大衆との相方を含めて、「遂ニ奈何トモスルナキ」困難な事態が、明治十七、八年（一八八四、五）の当時透谷の直覚した時代認識であった。さらに具体的にいえば、「胸中独リ自ラ企ツル所、指ヲ屈スルニ暇アラズ」の一条は、明治十七年（一八八四）九月の世にいう自由党激化事件、爆烈弾を投じて加波山上に蜂起した加波山事件と同質の企てに傾斜していた透谷の心情であり[*3]、蜂起の惨敗をみたのちの透谷の挫折感の悲哀がこの断翰を貫いているのである。

明治十八年（一八八五）夏、運動離脱の後と私はみるが、透谷十六歳の執筆であることの明瞭な「富士山遊びの記憶」には推敲によって抹消の跡のある部分であるが、

「世を整へんと思ふのみやはか、手だてを求むれどなほ時来ねばせん方なく、唯磯のあらしの浮草に、心の竹をまかすのみ」という一節がある。

この「時来ねばせん方なし」という表現に、「世運遂ニ傾頽」と共通の認識をみうる。そして早くも、浮草に身をまかす諦念が色濃いのである。戯作風の文体であり、一見皮肉で軽くふざけた調子のものと読まれやすいが、さらにたとえば、「ほんに暗みとは月無き夜を云ふになん、日なき昼をば何と云ふ」というような絶望的な「世」の暗さを告白した文句も散見するのであって、少年透谷の直感した時代の情況は、いいようもなく暗く閉塞していたのである。「この身は用なき世に生れ出でたる甲斐なさ」をあえて戯作調の文体に韜晦せねばならなかった透谷の苦哀を、紙背によむべきであろうと思う。

この中で透谷は「身を守る道といふ字」にただ背かぬよう、「国を滅すも、知らぬ」ことという怠惰な保守主義に立て籠る日本人を、かすかに嘲笑しながら、一方に「飢餓に其身も痩せ果てゝ」なお国のために尽そうとする「柔しき心の志士ども」を対置させている。だがこの志士達は「立通す愚かの上の上塗り」と、かの人々に笑われるような、それをただ「笑へば笑へ」としかいいえぬような、孤立無援の状態にあるということも、透谷は同時にみてとっているのである。「身を守る道といふ字」に背かぬ人々への嘲笑の弱さは、「義友」をみすてた透谷の自嘲のための苦しいゆがみであり、絶望的な運動孤立の認識がそれと重なり合っているのである。あきらかに、「五尺の杖は唯一本」をたより行く「富士山遊びの記憶」には、透谷の運動離脱の時の旅がダブルイメージされている、と私には思われる。要するに透谷は、当時民権左派の行動方針を批判するほどの思想的成熟に達しないまま、ただ、独特の冴えた勘によって、固く凍結した時代情況をよみとっていたのである。身をひいたのは、渡韓の「義挙」という非常事態の危機感を、本能的に察知し、情況との齟齬を恐怖したのだ、というふうに考えられる。それゆえ透谷は、運動脱落の負い目に煩悶したのであり、閉塞した情況に失望し懐疑し、つぶさに「苦獄」をなめたのである。そして脳病の結果、各地の放浪をつづけねばならなかった。

石坂ミナにあてた明治二十年（一八八七）八月十八日付の書翰は、従来透谷がみずからしたためた閲歴書として重要視され、小田切も笹淵もこれを正面から理解しているが、ラヴレターというものは、その特有の潤色をぬぐいさらねば真実をあかさないのではないかと思う。この書翰は、みずからの青春を賭けた自由民権運動の体験を、「狂痴」といい「妄想」と呼ぶ。脳病のため大いに困難はしたものの少しく元気を回復して、小説家たらんと志し、「仏のヒューゴ其人の如く、政治上の運動を繊々たる筆の力を以て支配せんと望み、各地に旅行し、「風景の賞味家」となり、「人情の研究家」となった。やがて全く「アンビション」は消え去り「気楽なる生活」をえた、というふうに透谷は当時をミナに語るのである。ここには明治十八年（一八八五）から二十年にいたる、透谷の孤独な暗い精神の閲歴はあえて省かれてある。これを次の父快蔵宛ての書翰（明20・8）と対比してみよう。

生の一身は名誉と功業とを成さんと思ふの心にて固まりたり、此心を外にせば生の魂は無一物なり、生の脳髄は死物にひとし、発狂するか白痴になるかの二にあらざるよりは、此心に離れて安穏なる生活を過ごす事を得ざるべし、生は既に名誉を得功業を成すの機会を失へり、今や其道絶えて無し、是れを之れ我生の大敗軍と云はずして何ぞや、

生は我が未だ狂せざるを怪むのみ、白痴とならざるを奇とするのみ、

ここにみる深刻な危機的事態は、書翰の前後の叙述によって、透谷の政治運動に賭けた夢が、「激烈なる全敗」をこうむったことばかりでなく、それを奪回しようとして試みた商業上の企て（相場か）もまた、失敗に終ったことにより生じたものであることがわかる。ともかくも、透谷の自由民権運動への参加は、名誉

と功業に対するかくも狂熱的な野心とともにあったことが明瞭であり、その惨敗が起死回生のあがきを、一攫千金の実業的成功に賭けさせるほどに、火の情念としてそれはあったのである、と考えられる。すでに十四歳の頃「自笑身世一蜉蝣　生死窮栄何必憂」という、一身の栄達などをかえりみぬ政治少年の意気込を吐露していた透谷ではあるが、みずからかえりみてそれは、畢竟あるべき理想であり美辞であった。「志存済時不覇」はその自己欺瞞のうえにあったのである。ミナの弟石坂公歴は、封建的思惟方法に拘束されながらも地方豪農の子弟として、その新興ブルジョア的要求、富貴、名声、栄達へのあらわな渇望を示しつつ民権運動へ参加したのであるが、佐幕派没落士族の子弟であった透谷は、武士的ストイシズムに制肘を受けつつも、同様に英雄的出世主義的渇望をないまぜた反逆精神によって運動参加を促されていたと考えられる。それ故逆に透谷は大矢蒼海の清廉な人柄をこよなく愛したのだし、「義挙」の際の裏切りに煩悶したのである。「蓬萊曲」「我牢獄」などに、名誉、権勢、富貴、栄達による内的牢獄の観念を表出している透谷の素地はここにある。「万民の為に」「自由の犠牲」になるというヘロイックな野望が、自己の内側からも時代の情況からも同時に瓦解し、その場からの必死の脱出手段も失敗に期したという、「今やその道たえて無」い事態において、この生得激烈な精神が発狂か白痴か、という深淵にまで、さまようたであろうことは必定である。青春の自己喪失とは、このような危機的壊体に直面した精神の死をいう。その暗黒が、ミナ宛書翰には抜け落ちているのである。自由民権運動の体験が、ミナの前ではすでに「妄想」である以上、当然のなりゆきであった。透谷は当時の自分の姿を、無意識のうちにクリスチャンであるミナの嗜好にあわせて変形させているのである。

名利を貪らんとするの念慮は全く消え、憐む可き東洋の衰運を恢復す可き一個の大政治家となりて、己れの一身を苦しめ、万民の為めに大に計る所あらんと熱心に企て起しけり、己れの身を宗教上のキリストの如くに政治上に尽力せんと望めり、

同年同月に書かれながら「名誉」と「功業」の念にもえ、それのほか脳髄は無一物であったという透谷といかに違っていることか。「キリストの如く」という一句も、当時透谷が知識としてキリストを知っていたかもしれぬにしろ、[*4] 多分に粉飾と感ぜざるをえない。民権運動敗退ののち、ユーゴーのような小説家になろうとしたという、透谷の政治小説家志望の一件についても、その当時東京専門学校英語科に再入学の手続きをとっている事実からみて、全く無根とはいいきれぬにしても、かなり割引いて考えてよさそうである。つまり失意のどん底で暗い精神彷徨を重ねていた時期に、筆の力をもって政治上の運動を支配せんなどという、確かな余裕をもちえたものかどうか、私には疑問なのである。それは混迷した透谷の脳裏をふとかすめたにすぎぬ空想であったろう。筆の力で政治上の運動を支配できると思うほど、透谷の時代認識は甘くなかったはずである。むしろ私は文末にみられる執筆の意図、「以上縷述し来りたる生の経歴と性質とは、以て生をして自ら小説家たるを得んと自負せしむるに足る者なり」という叙述のほうに注目する。これは、愛の告白を前にして、若年ながら一個の男子として何をもって立つかに苦慮したにちがいない透谷が、小説家として立てる理由を納得しようとした、おのずからなる自己変形にちがいあるまい。

小田切説では、透谷が政治小説家の一人になろうとした、ということをその通り受けとり、「政治から文学へ」のコースのいわば滑り出しがそこにあったとみる。それが恋愛、結婚を通じて「近代的個人の内面性」を獲得し、「政治から次第に文学に移行」するのであるという。政治から文学への転換を政治小説として始めたのだとすれば、そこには社会革命の手段変更があったにすぎぬ。敗退による屈折とはいえ、主体の

傷は意外に浅いのである。火の情念と結びあっていた志士的メンタリティによって、自由民権左派の動きを容認しつつ、しかも鋭い歴史的直観に動かされて、運動を脱落しなければならなかった透谷は、そこに、時代と自己との終末のおもいを深めたはずである。その深刻な蹉跌の性格をみきわめぬことにより、右の意見は生ずるのである。それは、運動脱落の当時、すでに透谷が運動に批判的意識を持ったとする考え方と表裏をなしている。透谷の時代認識は、政治から文学へ、政治小説家として転戦しうると思うほど、決して明るくはなかったし、批判的に同志と袂を別つほど、透谷の内部は「近代的自我」を確立させてもいなかったのである。そこにある苦渋の蓄積へ錘鉛をおろしてみることなしに、透谷を転向論の発想においてとらえることは、意味がないであろう。ここに、凄絶なまでに想世界へ賭けた、透谷のロマンティシズムの核心へ迫りうるか否かの分れ道がある。

透谷の精神形成に、キリスト教への回心を決定的要因とみる笹淵は、透谷の民権運動離脱の体験を次のようにみている。

> 彼が運動の脱落から深手を受けたのは、自由民権論者の志士気質——生死を共にするとか然諾を重んずるとかいふ、合理主義以前のあの志士気質に原因した点が大きいと思はれる。だからやや割り切つた言ひ方をすれば、傷ついたのは主として気質であつて、人格ではなかつた。

生の思想的主体を、このように気質と人格とに分解することが可能であろうか。こうした機械的分解は、おそらく当時の民権家一般のタイプを観念的に図式化し、啓蒙的合理主義と封建的志士気質との共存としてとらえ、それをそのまま透谷に引きあてていることからおこる現象であろう。みてきたように、当時の透谷は火の情念と結び合った伝統的発想による客気の英雄主義に支配せられていて、民権思想本来の啓蒙的、世界主義的、合理主義を標榜してはいなかった。したがって大阪事件にたいする明確な批判的態度をもたぬまま、人格も気質も傷ついたのである。笹淵のように、暴力的計画そのものに賛成できないという理由から、すでに運動に批判的であったとするのは、透谷のキリスト教入信の後の態度と混線さした誤りであり、「この事件から受けた傷は、後年の転向者の場合よりも遥かに浅かつた筈である」とは、とうてい思えないのである。文学的転戦などを不可能としていたほど、透谷の青春喪失は個体の壊体の危機をくぐったのである。この精神の奈落を通してはじめて、キリスト教的世界の開示が、透谷の蘇生にとって決定的要因となったのである。笹淵は先の父快蔵にあてた書翰の一節をひいて、「生そのものの危機」といい、「人間存在の根本としての人格の問題」の自覚をあげている。生そのものの革命ということに、思想的回心の軸をみている、その発想の正当さにもかかわらず、民権期の体験を軽視すれば、「生そのものの危機」にいたった、透谷の内部葛藤を歴然と提示することができないのである。他の『文学界』同人に較べて、透谷のキリスト教がはるかに本質的でありえた理由は、これをぬきにしては考えられぬだろう。

透谷のこの思想的転回に、直接のエネルギーを注いだのは、明治二十年（一八八七）夏の強烈な恋愛体験である。石坂ミナは透谷より三歳年上で、共立女学校出身のクリスチャンである。神奈川自由党幹部石坂昌孝の娘であって、当時透谷より十一歳年長の開業医であり、三多摩青年自由党のリーダー格として、父昌孝に信任の厚かった平野友輔[*5]という許婚者があった。まだ無名の一少年が、この手ごわいライヴァルを排除した恋愛の、いかに激しかったかを知りうるであろう。「嬢は実に第二の大矢なり」というのが、透谷のいつわらぬ心情であった。
この恋愛は、日本人の愛の歴史においても特記すべき、典型的なプラトニクラヴであったといわれる。[*6]
「富みたる、識見、経験、思想」の持主としてのミナは、これまでの透谷の全く知らない種類の女性であった。「優美を愛する心」「理想を好みたまふ事」「消極的《に》を以て社界に尽さんと思ひ玉ふ事」の三つを、「他の俗論者に反して、独り君に、見出したる、尊敬すべき性質」(「夢中の詩人」)として数えている。しかし、当時失意のどん底にあり、将来の希望の絶無にひとしかった透谷にとって、ミナは一指だに触れえない「ラウスの花」であった。

嗚呼嬢は真の神の教を以て衆生を救はんとする有要の一貴女なり、生は実に大敗の余、成す所なき一糟粕のみ、我れは曽つて人を救はんが為めには已れの生命をも犠牲に供せんと企てし事もありにき、況んや区々たる恋情をや
父快蔵宛書翰　明20・8

あたかも中世の騎士達の高貴な婦人にたいしたかのような感がある。恐ろしいほどの激情にとらえられた透谷であったが、真神の庭に生い育つ葡萄の「美果」のような女性と、「漂零して首を青山に暴《さ》らす」(「《北村門太郎の》一生中最も惨憺たる一週間」)にたがわぬ、自己の運命とを結び合せることはできなかった。透谷の家とは社会的地位にも経済力にも差のあったミナの家の反対もあり、透谷は、身を砂漠になげうつ覚悟をもって、一度は断念しようとしたのである。ついに断念しえたと感じた時、透谷の入信が突如としておこる。この只ならぬ飜転の瞬間を、透谷自身の告白によって知ることはできない。思うに、自己抹殺の苦痛が、ミナと共有しうる神の世界を本能的に求めさせたのではないか。満たされぬ心のまま、痛切に神の愛を欲し、

その愛を信じたかったにちがいないのである。しかし、結局二人の恋愛は成就する。半月たらずの間に、透谷が断念をひるがえした事情についても、記録は全くない。透谷の側についていえば、信仰をえたことと、ガイドの職をこの頃得たことによって、精神的、経済的な自信を回復している事情、また透谷を、「日本人中の洒落な人」「傲世の客」「英雄の末路」と呼んだミナの側に、強い飜意の希望があったらしい事情などが、憶測されるにすぎない。かくて、ともかく恋愛は再び復活し、「吾等のラブは情慾以外に立てり、心を愛し、望みを愛す」(石坂ミナ宛書翰　明20・9・4)と、高らかに唱和されるのである。

日本人としてはおそらくはじめて、プラトニクラヴの何たるかを体験したと思われる透谷が、少年壮士というかつての生活環境のなかで、この時すでに童貞を失くしていたという事実は、注目するにたる。「実に数多の婦人を苦しめて自ら以て快しとした」(「《北村門太郎の》一生中最も惨憺たる一週間」明20・8)という過ぎし日の自分の姿を、「神女」のイメージをもって思いえがく女性の前に、透谷が痛恨したであろうことは想像にかたくない。透谷は、それゆえ意識のうちにある早熟な肉感を、きびしく拒まねばならなかったのである。透谷の精神的恋愛の主張が、厳然とした涼しい響きをもつのは、この強い自己否定の衝迫によるものであろう。ここには、キリスト教の禁欲主義の影響だけではなく、封建的儒教的な倫理観の浸透もまた考えられが、透谷が情欲否定に激しく固執せざるをえなかった理由のひとつは、自由民権の体験ときりはなして理解することはできぬと思う。かくて、自己の幼い青春が、抹殺さるべきものとして判然と意識されはじめた時、その時以来、キリスト教思想にも助けられつつ透谷の峻烈な自由民権運動の批判が始まるのである。

名を貪りて時を思はざる有志家、世に所謂志士の如き者、一時の狂勢を借りて千載の大事を論構するの弊極つて、社界は浮薄を以て表面となし、軽躁を以て裡面となし、暴を以て暴を制し、虐を率ひて虐

を攻めんとす、

有志者の酒上の議論、春楼の豪放を聞くに忍びず、見るに耐へず、悵然として自ら恥ぢ、慨然として自ら悔ひ、

彼等壮士の輩何をか成さんとする、余は既に彼等の放縦にして共に計るに足らざるを知り、恍然として自ら其群を逃れたり、彼等の暴を制せんとするは好し、然れども暴を以て暴を制せんとするは、之れ果して何事ぞ、暴を撃つが為めには兵器も提げて起る可し、然れども其兵器は暴の剣なる可からず、須らく真理の鎗なる可きなり、真理を以て戦ふ可し、剣と鎗とを以て戦ふ可からず、独り吾等の腕を以て戦ふは非なり、将さに神の力を借りて戦はざる可らず、

石坂ミナ宛書翰　明21・1・21

今日たとえば、当時の活動家であった景山英子によって、『妾の半生涯』(明37・10)に書きとめられている壮士達の実情――遊廓に入りびたり、酒と女に貴重な資金をつかいこみ、はては軍用金を持ち逃げるなどの、いたずらに血気にはやり、功名を争った暴力主義の頽廃を、透谷は自己の汚辱の歴史をとおして豁然と了解したのである。

父快蔵宛書翰のなかで、透谷は自己の半生の失敗が、自分の傲慢不屈と不信仰とにあったと述べ、その悪性としては次の十種をあげている。

不安心　功名心　凡慾　不経済　驕傲奢侈　不尊敬　無愛敬　社会を軽蔑せし事　飲酒癖　権謀心

この悪性を克服するためには、「激烈なる勇気」をもってたたかわぬ以上、再生の見込はないと語っている。痛ましいほどの暴露を必要としたこの徹底的な自己革命の願いが、透谷の民権運動批判を支えていたのである。「発狂するか、白痴になるか」という個体の危機の原因を、ここに鏡にかけてみるように了得し、自己否定のための渾身の力を振りしぼらねばならなかったのである。透谷の民権運動批判の激しさは、おのれも傷つくもろ刃のヤイバの痛みによる。

東京専門学校政治科に籍をおきながらも、授業にはほとんど出席せず、飄然と姿を消しては三多摩の原野を縦横に歩きまわり、当時関東における自由党系青年グループの拠点として、各所に散在していた壮士のたまり場を廻って盛んに交歓し、ある時は、土岐《とき》（時）運来《めぐりきたる》と染めぬいた印半纏を着用して、政治目的のある行商などもして歩いたという、そういう透谷の青春の日々は、懐しく苦い悔恨をこめて全力的に否定されねばならなかったのである。笹淵の意見の浅さは、この透谷の自己否定に、「人間存在の根本としての人格問題」をしか眺めえないことにある。

透谷にとって、もはや運動のあるべき姿とは、

> 己れの権力を弄ばんとするの義侠心にあらずして、真理の兵卒たらんと望むの愛国心なり、我が技量を試みんとするにはあらずして、神の真意を世に行はんと欲するの至情なり、天下を以て、功名を戦はすの広野となさんとするにはあらずして、邦国を以て、神の聖徳を頌たんと思ふの微意
>
> 石坂ミナ宛書翰　明21・1・21

のうちになければならないのであった。

ここに注意しておきたいことは、透谷のこの民権運動批判が、あたかも明治二十年（一八八七）十二月の保安条令発布を、直接の契機として書かれているらしいことである。ミナの父石坂昌孝は、条令によって満二ケ年の東京退去を命じられているが、昌孝に関して透谷は書翰のなかで「悲い乎無謀の輩に誘はれたり」となげいている。

明治十九年（一八八六）秋からはじまった条約改正交渉に対する国民の反対は、谷農商務相を辞職においこんで、遂に条約改正の談判を中止させた。これを機に民権運動家達は、租税軽減、言論集会の自由、屈辱外交中止の三大事件建白を政府に提出して、十七年（一八八四）の解党以来、再び活気をとりもどしていたのである。政府は保安条令を発布して、民権派五七〇人の東京追放を断行した。

透谷の激烈な恋愛は、こうした社会情勢とちょうど並行して進んでいたのであり、まぶしいような変身を経験しつつあった透谷としては、運動の進行過程に関心を示していないのであるが、政府による弾圧をみて、民権派壮士の批判を展開しているのである。なお同じ明治二十年（一八八七）九月には大阪国事犯事件第一審の判決が下り、かつての盟友大矢正夫は、軽懲役六年を言い渡されていた。この事実は何をものがたるか。石坂昌孝の息子公歴は、民権左派の青年グループの残党のひとりとして、当時米国オークランドへ逃亡していたが、山口熊野らと計り日本政府攻撃の過激な政論新聞「新日本」を発行して、内地へ郵送してきた。透谷はこれを受け取って驚いたが、その返事には次のような一節がある。

余は生れて此に二十年、未だ曽つて君の如き畏るべき友を得たることなし、然れども、君は変わらざるも Time は日々変り行くものなり、若し然らば Time を取つて以て不抜の精神に《着》衣せしむ可きは、男児処世の秘決〔訣〕にあらずや、国に尽し、民に利せんと欲する者、時に応ずるの務を為さずして、却つて時に違ふの義を好まば、社界は如何なる顔を以て受け入れん、

然れども義は元と世と親まず、世を重んぜんか義は軽し、義に依つて世を評せんか世は暗らし、世に従つて義を評せんか義は狂なり、真に狂ならざる義あらば、世は救はれん、世の救はるゝは難い乎、

石坂公歴宛書翰草稿　明20・12・16

若い情熱を変らず燃やしている往年の友人に出会って、透谷はかすかに動揺を感じながらも、Timeを知る重要性について語り、また政治的理想と現実との間の、ほとんど絶望的な懸隔について語っているのである。「世運遂ニ傾頽」「時こねばせんかたなし」と書いた明治十七、八年（一八八四、五）の当時以来、透谷の時代認識は固定して動かないのである。鋭く直覚した歴史的停滞の重さを、透谷は自己の内部に焼きつけていたのであった。大阪事件被告の懲役の判決、保安条令の発布という政治権力の攻勢は、透谷にいよいよその動かしがたい体制の重圧を意識させたにちがいあるまい。そこにおいて一切の現実変革を断念する時、民権運動内部への批判は、いかにそれが峻烈であろうとも、当然現実への通路を持たぬのである。もはや「神の力を借り」「神の意に従」うことのほかには、現実を打破しえぬ鬱屈を転じて、観念世界へ昇華させることのほかには、救済はなかったのである。民権運動批判と同時に、「神の真意を世に行」ふ「真理の兵卒」となる決意が披歴されねばならぬゆえんである。透谷は霹靂にうたれたような恋愛とキリスト教への開眼によって、内側から民権運動批判に進みでることにより、脱落の負目を払拭し、逆転上昇しているけれども、外側からの情況閉塞の絶望的事態に屈伏して、その上昇を拍車されてもいたのであった。

透谷が当時民権運動の批判に進み出て「神の意」に従う決意をかためていた裏側で、絶望的情況閉塞をいかにして耐えねばならなかったかは、東京追放中の石坂昌孝に宛てた次の書翰が伝えている。

奴隷になるなら金の奴隷になれ、
眼を開いた風をしていねむりをせよ、
右の二箇条は、方今の人民が一般に取る所の主義なるべし、アナかしこ、つまらん社界、ヲヤマカチヤンリンとでもして置きませふ、

石坂昌孝宛書翰　明21・3・23

ここに透谷の内面を一筋つらぬく虚無的シニシズムがある。想念の上昇と情況の直視とシニシズムとは、民権運動と恋愛と入信との、その閲歴が透谷に刻んだ精神の重層性にほかならない。

ところで、習作「楚囚の詩」(明22)が、政治犯である主人公の獄中における苦痛を描きながら、大赦による出獄というハピイエンドに終っていることは、詩の冒頭の「誤つて法を破り」という一句とともに、従来その政治意識の甘さを指摘されている。「国の前途を計り」「此世の民に」つくした結果、とらわれの身となった政治犯の主人公の希望が、もっぱら牢獄からの解放にあり、社会に対する抵抗意識が現実の獄舎に対する抵抗感となって、牢獄の外にはあらゆる自由があるかのような、いわば出獄万歳という問題の解決を行った透谷を、どのように理解すべきであろうか。

この詩に流れる悲痛で陰鬱な気分は、一筋の清らかな恋愛憧憬によって柔らいでいるが、これはミナとの幸せな出合いを反映している。最愛の花嫁に出獄を迎えられる主人公の人生は、素朴に期待され肯定されようとしており、世界は神の経倫のうちにあることも、透谷の入信の歓びを示している。おそらくこの詩のモティーフは、民権運動脱離以来の鬱積した苦悩を、恋愛と入信とによって自己革命的に超脱した透谷の、自己再生の歓びにあったと思う。主人公のモデルは当時獄中にあった大矢正夫に似ているが、実は透谷自身である。現実の牢獄が設定されてはいるが、これは透谷が運動脱落ののち、暗い孤独な煩悶にあけくれた日々の、精神的閉塞症状を示していると考えられる。たとえば、「つたなくも余が迷入れる獄舎《ひとや》」という表現は、政治犯人として現実に投獄されたものの言葉として全くふさわしくない。「誤って法を破り」という表現もおそらくこれと裏腹な透谷が当時味った暗い漠々とした敗北的発想のもたらした言葉である。

　余が口は涸れたり、余が眼は凹《くぼ》し、
　　曽つて世を動かす弁論をなせし此口も、
　　曽つて万古を通貫したるこの活眼も、
　はや今は口は腐れたる空気を呼吸し
　眼は限られたる暗き壁を睥睨し
　且つ我腕は曲り、足は撓《た》ゆめり。
　嗚呼楚囚！　世の太陽はいと遠し！

これこそかつて透谷が、経国の志をいだいて日夜寝食を忘れたその青春の喪失の鬱情である。

余は爰を墓所と定めたり。
生きながら既に葬られたればなり。
死や、汝何時《いつ》来る?
永く待たすなよ。待つ人を。
余は汝に犯せる罪のなき者を!

花嫁を拉し去られた主人公は、透谷の恋愛中断の苦痛そのまま、生死の闇を彷徨しているのである。精神の暗夜に理想の愛人と出合うことを得て、世界変貌を経験した透谷が主人公であってみれば、大赦令による出獄は恋愛の成就による精神的解放の契機として単に当年の事実（明治二二年二月一一日）を仮りた偶然であったにすぎまいと思う。

小田切のいうように、この詩が「〝腐れたる〟現実に絶望的に対立して鬱屈していた精神」の自己表現であるなら、その現実と内的に対決している精神が何故大赦出獄などという安易な結末にいたるのか、「政治的立場のあいまい」というような説明では、充分納得がいかないのである。民権運動批判に、もはや現実との通路を絶っていた透谷は、大赦出獄という政治的事件を、政治的にも思想的にもとりあつかわなかったのである。笹淵のように、透谷の民権体験を軽視しようとする立場を延長して、ここに「透谷の革命的情熱が空想的、観念的であつた」ことの証明をみたのでは、「透谷の回心のめざましさ」を証明することにならぬと思うが、どうであろうか。

先に指摘したように、透谷の「神の意に従」う世界の裏側には、絶望的情況への直視があった。同様に、

「楚囚之詩」を書いた透谷の眼は、冷く澄んで情況の底に見開かれているのである。明治二三年（一八九〇）の初期評論が、それを証している。

君知らずや、人は魚の如し、暗らきに棲み、暗らきに迷ふて、寒むく、食少なく世を送る者なり。家なく、助けなく、暴風暴雨に悩められ、辛うじて五十年の歳月を蹈み越ゆるなり、（中略）人よ、汝等が斯く装ふて自《みづか》らを訛《あざむ》き、合せて他をも欺くは自然なり、吾敢へて咎めず。然《しか》れども吾れ不幸にして憤慨多し、何の吾れを怒らすある、何の吾れを苦しむるある、吾れ自《みづか》ら知らざるにあらず、而も言ひ難きなり、

「時勢に感あり」『女学雑誌』明23・3

はかり知れぬ海底の暗さに棲み、暗さに迷う魚の命に、透谷はおのれの命を通わせているのである。冷たく幽暗な世界に生まれ、かろうじて生き、そして死ぬ人間の群をそこにおいて凝視する時、透谷の内部には湧きあがる何物かがあるのだが、しかしそれは言い難く屈折する。

昨日汝に待たれし議会は今日汝を待つ、昨日汝を詐瞞し、汝を泣啼せしめたる政党の魔鬼は漸く湮滅し去りて、他の真実なる者起らんとす、汝が無聊を消さん為めに撰挙あり、地方制度の忙事あり、若くは東都百万の人士を喜ばす可き新劇場の建てられしあり（中略）而して日の下の者凡べて何となく浮き立ち、鳥歌ひ花燃ゆるの好景を画出せり。人は流石に正直なるかな、昨は憂ひ、且つ泣き、今は歌ひ、且つ笑ふ。然れども世人は容易《たや》すく泣き、容易すく笑ふ、此間に世と共に泣かず、世と共に笑はずして、冥暗の中に勢源を握攫《あくくわく》する者あらば国の至幸なり、

「泣かん乎笑はん乎」『女学雑誌』明23・4

明治二二年（一八八九）には欽定憲法が発布されている。つづく二三年に教育勅語が発布され、府県制、郡制の公布と、第一回の衆議院選挙施行、第一回帝国議会の開催があった。明治絶対主義は、下から押しあげるブルジョア民主々義的要求の、巧みな切り捨てと懐柔とによって、その前途の安泰を保証されつつあったのである。透谷の歴史的直感は、その体制内秩序とともに、「世と共に」あることの不毛を、鋭く洞察しているのである。「冥暗の中に勢源を握攫する」視点とは、すなわち幽暗な水底に棲む魚の視点にほかならない。「公伯の益《ます》す昌《さか》えて農民の日に凋衰するを見ずや」という、透谷の下層貧民の現実にたいする実感の確かさは、自由民権運動の末期、明治十七年（一八八四）における武相困民党の負債返弁の騒擾のただなかに、身をおいたことのある透谷の、その柔軟な感性にしみついた、ぬぐいえぬ実感なのである。それが官憲の手によって各個に壊滅させられた記憶もまた、「世運遂ニ傾頽」というナマの認識をきざみつけたものであった。

透谷は時代情況の絶望的閉塞を鋭く洞察したまま、そのまま現実を断念し、想念を逆転上昇させていった。その初源のエネルギーを汲まないということでは、透谷の自由民権運動の体験を軽視した笹淵も、反対に重視した小田切も、結果において同断である。更に二説は、透谷にその思想的転回のモティーフをあたえた恋愛と入信とに、火の情念と結びあった前近代的なエトスの破壊をみないことにおいて同断である。この欠落の総体、つまり時代の情況と自己の内とからの重層した飛躍のエネルギーの総体こそ、透谷の思想的転回の特質にほかならない。透谷の文学に根づいた近代のめざましさとその質とは、自己の青春を喪失したものの危機的深渕と、そこにおける革命的変身のドラマとを鮮明にすることによってはじめて問題とされ得よう。近代日本文学史上に、真の浪漫的主体として初登場した透谷の、そのロマンティシズムの構造は、この思想的転回をぬきにして理解することはできないだろう。しかし、この段階では「神の真意を世に行はん」という意識はまだ透谷にあった。したがって当時の硯友社一派を「歓楽者」の文学と呼ばわり「時代を慮るの小説家詩人」のでないことを慨歎してもいるのである。（「当世文学の潮模様」『女学雑誌』明23・1）透谷を光明世界へみちびいた理想の妻との新婚生活も、なおまどかな時代である。透谷がそれらに虚妄の影をみはじめた時、いよいよその思想的転回は角度を定めるのである。

＊1　色川大吉「民権と国権との相剋」『明治精神史』黄河書房　一九六四・六
＊2・3　色川大吉「自由民権運動の地下水を汲むもの」『明治精神史』
＊4　勝本清一郎「北村透谷」『図書新聞』二四一号　一九五四・四・一〇
＊5　色川大吉『明治人――その青春群像――』岩波書店　一九七〇・四
＊6　源了円「北村透谷の思想的課題とその自殺」『心』平凡社　一九六五・一〇～一二

引用文は『透谷全集』（岩波書店　一九五〇・七―一九五五・九）による。なお漢字は新字に改めた。

（一九六六・一〇）

北村透谷——「恋愛」の問題

捨てんと欲せば、捨てよ、言ひ甲斐なく大事業の中途に彷徨するこのわれを。われ既に墓標もなく、花一本もあたへられざらんことを覚悟せるものを。

明治二六年（一八九三）八月下旬、奥州花巻において妻の怨言に接した透谷が、激して書いた返書の一節である。異状に激しい恋愛の体験を通して、世界変貌を経験した透谷は、初々しい期待をいだいて結婚生活に入った。幼い自己の青春をかけた自由民権運動の敗北により、時代と自己とに終末の思いをひそめて、青春喪失の暗い奈落をくぐった透谷の精神は、妻ミナとの強烈な恋愛を契機として蘇っている。絶望的に閉塞した時代情況を鋭く洞察しながら、衰退期の自由民権運動のはらんだ頽廃と前近代性とを、自己自身の否定を通して強く否定した透谷の変身は、ミナを生きた窓口とするキリスト教思想の媒介をへて、現実を断念し、想念を逆転上昇させたものである。冒頭にひいた書簡の一節は、そのミナとの痛ましい結婚生活の破局を、それゆえ、透谷の命の蘇生を意味した第二の青春の破局を、端的に物語っている。

透谷の文学における「恋愛」の問題とは、この青春の二重喪失によって始まる、という意味であらたな照明があてられねばならぬと思う。同時にそれが、透谷における文学的自立の起点でもあったのである。

「恋愛は人世の秘鑰《ひやく》なり、恋愛ありて後人世あり、恋愛を抽き去りたらむには人生何の色味かあらむ」という高名な「厭世詩家と女性」(『女学雑誌』明26・2)が、封建的な人間観倫理観を革命する恋愛観念であって、藤村、尚江をはじめ当時の青年らに「大砲をぶちこまれた」(尚江)ようなショックを与え波紋を広げた意義について、近代的自我形成の観点からする評価は、しかし、透谷における「恋愛」の問題を主として社会位相から伺った一面にすぎない。そのめざましい恋愛宣言が、封建的発想を否定するとともに、肉体そのものをも否定し、片脚の近代性のうえに組立られたその内部構造のロマン的屈曲を、それは分明に浮き彫りにはしえない。すでに廃墟と化した恋愛の記憶を、いまいちど「恋愛は人世の秘鑰なり」と断じた透谷の恋愛論の重層性の秘密。そのラディカルな精神的恋愛の主張が、やがて、情、欲の自然をたたえる情死の肯定に一転するにいたる過程。そこに、透谷の「恋愛」の唯一のヒロインであるかのように扱われてきた妻ミナとは別の、富井松子なる薄命の一女性の問題にからめつつ、「恋愛」の問題の側面から、透谷ロマンティシズムの特質に近づきたいと思う。

悲しい乎、昨日公家の娘、今ま貧詩人の妻となりしを。(中略)君の語気つねに我が意気地なくして、金得る事の少なく、世に出づることの晩く、居る所の幅狭まきを責むるが如く聞ゆ、(中略)嗚呼近時、米国の婦人の不徳傲慢なること、及び米国の夫の婦人に向ひての偽善は、天地の知る所なり。而して是を習慣全く容れざるの日本に用ひ来らんとするものあり。

このあとが、先にひいた花巻書簡の一節につらなる。透谷の結婚生活の実情を伺うにたる部分である。藤村が「美那子さんは、透谷が死んで新聞や雑誌に書かれるようになつてから、透谷のえらさがわかつてきたようでした」（神崎清「北村美那子覚書」『透谷全集』附録1　岩波書店　一九五〇・七）ともらしたという一事でも、透谷生前のミナの日常は髣髴とする。地方豪農の娘として何不自由なく裕福に育ち、ミッションスクールで最新式の教育を受けた、透谷より三歳年長の妻ミナに対して、二十歳をすぎたばかりの若い透谷が負わねばならなかった経済的精神的負担がいかばかりであったかは、想像するにかたくない。その心労にも耐えて、二人の結婚生活を維持するために、透谷が優しい心を砕いた様子は、のちのミナの回想によっても明瞭である。

（透谷は）どんな事の間でも、私と舅姑との間をよく保護してくれました。私は今でもそれを思ひましては、泣いて感謝して居ます。　「『春』と透谷」『透谷全集』附録3　一九五五・九

「優美高砂を代表する」恋愛時代の女性が、婚姻によって「醜穢なる俗界の通弁」と化するという「厭世詩家と女性」の一句には、透谷の鬱屈した女性憎悪がこめられていたはずである。

透谷の政治的青春の喪失は、個体の壊体の危機をくぐった。その発狂か白痴かという暗い奈落へ、一条の光のように射し込んだ恋愛が、惨として夫婦相対する結婚生活に変じ果てた時の透谷の絶望は、明治二二年（一八八九）の「楚囚の詩」の恋愛と、二四年の「蓬萊曲」のそれとの変質によってあらわである。「楚囚の詩」の清純な恋愛の成就は、大赦出獄した主人公の現世の幸福のすべてであった。しかし、「蓬萊曲」の恋愛にはすでに現世の命がない。恋愛のイメージに地上的紐帯を失ったそのことに、「蓬萊曲」は文学的モティーフをえたものと考えられる。

透谷における第二の青春の喪失とは、政治的理想の実践という通路を閉した現実断念の上に、生きた実在

する恋愛の断念を重ねた、現世そのものの拒否を意味した。現世の虚無感が烈しければ烈しい程、想念の世界の現実性を把持しようとして、透谷の文学は花ひらいたのである。

劇詩「蓬莱曲」の主人公柳田素雄は、「この偽形《ぎけい》の世、この詐猾《さかつ》の世、この醜悪の世」に従いがたく、戦うあたわず、「牢獄《ひとや》ながらの世」を逃げのびて流浪する厭世家である。物の理、世の態を一切空虚と観じて懊悩し、霊肉葛藤に苦悩する。蓬莱山頂において魔王と対決するが、ついに神を見るあたわず絶望のうちに悲惨な自死をとげる。その煩悶の行程を濃く彩るのが、露姫との恋愛である。が、彼女はすでにこの世の人ではない。主人公家出の当時は存命のはずであるが、家出にいたるほどの苦悩を、なぐさめ励ますよすがとはならなかったらしい。二人の恋愛は他から無理に裂かれたようにも、それ自身淡くはかなかったようにも受けとれる描きかたである。要するに、現世における露姫のイメージは至極あいまいである。生きた実在する恋愛を断念した透谷にとって、おそらくうつしみの露姫は問題でなかったにちがいない。しかるに、冥府の人となった露姫は、神秘な牽引力をもって主人公の前に立ち現われる。「世の形骸《むくろ》」を脱いだ人、超ええない別世界の住人として、かえって露姫は主人公の情熱をかきたてる。

だが、主人公がついに魔王の力に屈し、あやしい火の登る地獄の底をめがけて舞い下ろうとする悲愴な刹那にあっても、彼女の面影は彼の脳裏に一点たりとも映じない。主人公は恐ろしい虚無と孤独のうちに自滅し果てる。「紅蓮大紅蓮《ぐれんだいぐれん》、浄園浄池《じやうゑんじやうち》ありとも、汝《いまし》なくて／われに何の楽《たのしみ》かあらん」と思われる程の露姫を、時に、魔性の変化《へんげ》とみざるをえなかった主人公の当然のなりゆきであろう。すなわち蓬莱原坑中（二齣四場）に出る「醜魅」は死の使としての「『恋』てふ魔《ま》」であり、美しき姿となって人の世に現われ、心空しく痴愚なる男女をとらえ来るのが役目である。主人公は「魔魅《まもの》に、このおのれを、あたら卑下《ひげ》なる／迷悶《まよひ》の僕《しもべ》となすは悲し」と歎いている。ここに恋愛迷妄の観念が入り込んでいるのをみる。あきらかに露姫は久遠の女性を意味するのでも、二世にわたる恋愛の永遠を象徴するのでもない。

しかし、透谷が他日を期して果さなかった未定稿「蓬莱曲別篇」は、はっきりと「蓬莱曲」の構想との断絶のうえに成り立っている。暗い絶望のうちにみずから地獄へ落ちようとした主人公は、気がつくと、露姫の玉棹にあやつられておだやかに慈航の湖を渡り、妙なる西方浄土へと向うことになっている。存在の壁をつき破った時、突如として開く世界への透谷の期待が、この構想の断絶をあえて犯していると思われる。現世を脱することにあらゆる解決があるのである。現世の苦悩のすべてを流し去る彼岸にのみ、恋愛もまた永遠を獲得する。現実世界との紐帯を失った絶望感にあえぎながら、透谷は冥界への憧れを謳い、死の悦楽の想念と親しむことによって、唯一の救済を願ったもののようである。透谷における文学的蘇生は、こうして、現世への断念の危機において他界と交流する、想世界の実在的把握としてもたらされている。

小説「我牢獄」は明治二五年（一八九二）六月『女学雑誌』に掲載されたが、執筆時期は「蓬莱曲」のすぐあと明治二四年（一八九一）下半期あたりと推定される。[*1] 意識の内閉症状が顕著な独自体の散文で、造形のふくらみがなく小説とは呼びにくい。

主人公は、いかなる罪により、誰に拘縛されたとも知らず、夢と夢とが接続するような「懵々《ぼうぼう》たる中《うち》」に移り変って、今は不可視の牢獄のなかにある。名誉、権勢、富貴、栄達のたぐいが獄吏であるという。この内的牢獄観は、すでに「蓬莱曲」以来のものである。

現在を囚われの身と感ずるのは、自由の第一期「故郷」が存在したという観念によるが、その形而上的観念には恋愛の観念が合体している。不可視の牢獄のうちなる我と、外なる彼女とに半裁された霊魂が、合一を願って悶える、その「九腸を裂きて又た裂く」苦痛を救うものは、ただ肉体の死があるのみである。半ば現実に拘束され、半ば絶対につらなる霊魂の完全充足、無限への希求という意味で、浪漫的衝動の具体化ともいえるこの恋愛は、永遠にみたされぬ憧憬である。「蓬萊曲」におけるように、恋愛は迷妄の観念をおびてはいないが、しかし、現世的次元からは閉ざされた、もともと不可能な恋愛であることにおいて共通である。永遠の葛藤に耐ええぬ主人公の狂死か、悲死か、いづれにしても「死も亦た眠りの一種なるかも、『眠り』ならば夢の一つも見ざる眠りにてあれよ。をさらばなり、をさらばなり。」という透谷の現世喪失の深さは、肉体を脱してのみ可能な世界にわずかな平安を期待せざるをえなかったのである。

「三日幻境」（『女学雑誌』明25・8・9）の叙述などから推定して、透谷のいう自由の第一期「故郷」の背景には、三多摩の山野を放浪した少年透谷の自由民権運動の体験がある、という意見もある。[*2] しかし、「我牢獄」の冒頭を注意して読めば、「我は天性法懦にして、強盗殺人の罪を犯すべき猛勇なし（中略）一瞬時《いちじ》の利害に拘々《こうく》して、空しく抗する事は、余の為す能はざるところ」という、透谷の自由民権運動批判に付合する一節があって、九腸をひき裂いて憧れる「故郷」が、みずから否定し去った自由民権期の青春であるという筈はない。

透谷はキリスト教開眼と一体であった恋愛を契機として、自己の幼い青春を賭けた日々を葬ったのである。自己否定の痛みが自己再生の歓びとなって蘇った光明世界こそ、透谷のいう「故郷」の意味であろう。そこにのみ久遠の恋愛があったのであり、すでにいまそれは無限の悲願であるにすぎない。透谷の政治的青春の喪失と蘇生との意味をみきわめ、さらにそれが二重に失われることの意味を知ることなしに、透谷が形而上世界へ賭けた一種凄絶なエネルギーを理解することはできぬだろう。

現世を脱すること以外に救済はないという悲痛な絶望からのがれるために、つまり、「蓬萊曲」や「我牢獄」の主人公の陰惨な自死を、そのまま自己の運命としないために、透谷は窮極において「内部生命論」（『文学界』明26・5）を書き、自己のうちへ「宇宙の精神＝神」を呼び入れねばならなかったが、いま「恋愛」の問題の起伏に即して追求してみれば、現実の透谷が、肉体放棄の暗い誘惑と戦って生きのびるために、最初の杖となったのが「厭世詩家と女性」である。

当時開明的な平民主義を唱えて雑誌『国民の友』を主宰し、世論に強い影響力のあった徳富蘇峰は、社説「非恋愛」（明24・7）のなかで、「男女交際なる立派なる名義の下に立て、乳臭を脱せざる青年男女、牡犬の牝犬の後を趨ふが如く、互に相ひ追」うといい、「天下有愛なる青年の克己力に訴へて、其恋愛の奴隷となり、志気消磨するなからん」ことを痛言した。透谷はこの蘇峰の説に「激発」されたのではないか、という推定[*3]が従来おこなわれている。恋愛が永遠の憧憬として、一箇の形而上的観念と化していた透谷にとって、蘇峰の功利的、処生訓的言説が、我慢のならぬ俗説であったことは容易に推察しうるが、それに直接激発されたにしては、執筆時期がやや間遠い感じである。むろん克服さるべき論敵として強烈に意識されていたには相違ないが、そこに何か具体的モティーフがありはしないか。

透谷は満十九歳十ケ月で明治二一年（一八八八）一一月結婚生活に入っているが、翌二二年春あたりから、カナダメソジスト教会宣教師イービーのもとに出入して通訳をしていた。同年十月頃、英国系のクェーカーであるジョージブレスウェイトの通訳、飜訳者に採用されている。翌明治二三年（一八九〇）九月からフレンド教会宣教師コーサンド方へ飜訳の仕事にやとわれ「帰つて来て甚だ悲しかりし」と日記に記した。同じ月「米九升七合なり」という意味ありげな一行を日記にのこしているが、十一月フレンド女学校教師に就任する。この明治二三年代の透谷の初期評論「当世文学の潮模様」「時勢に感あり」「泣かん乎笑はん乎」「文学史の第一着は出たり」などは、すべて『女学雑誌』の投書であり、前年自費出版した「楚囚の詩」は世に出る前に、みずから破棄している。当時の透谷はまだ全くの無名の一投書家として通訳、飜訳による不安定な経済生活にあったと考えられる。教師の職を得て後もブレスウェイトの仕事がなくなり、「蓬萊曲」を出すと直ぐに、透谷はホテルのガイドの口をみつけているのである。「蓬萊曲」の世評はあまり芳しくなく、余程売れなかったとみえ十六銭の定価を半減している。あけて二五年（一八九二）一月透谷はコーサンド方を免職となった。日記に、「ぬら〳〵とからをはなれた蝸牛」帰途歩上の作とある。つづいて「是よりいよ〳〵文壇に躍出る考へ専らなり」と記している。同月末にはイービー方も免職となるが、その十五日前のこの時、免職の話は出はじめていたと考えるのは自然である。とすれば、フレンド女学校のわずかな月給以外に、収入のとだえることは確実であった。そして、妻ミナは長女英子をみごもって、この時五ケ月になっていたはずである。

そういう事情のなかで文壇進出を決意した透谷は、蝸牛がつけていた殻を離れて這い出す時のたよりなさと、外界の刺戟に身を固くする緊張とを、自分のものとして感じたのであろう。同時に、切羽詰まるまで筆一本で立つことを決意できないでいたひそかな自嘲が、「ぬら〳〵と」という表現のうちにこもっている。その透谷の第一作が「厭世詩家と女性」であった。そこには当然、文学的勝敗を賭けようとする意気込みがあった、と考えられる。明治二五年（一八九二）一月下旬、透谷は『女学雑誌』の主筆巌本善治のもとへ、みずから「紹介書の代り」としてこの原稿を持参したといわれる。「厭世詩家と女性」における明晰な自己批評の観点は、こうした現実的契機に裏づけられている、と私は思う。

この評論の意図は、「恋愛ありて後人世あり」というその意義ある恋愛が、結婚生活に発展するやいなや、惨たる悲劇と化する理由を、分析しようとしたところにある。その理由は恋愛の本性にあるのでも、詩人と女性との相似た性格によって同性相忌むためでもなく、「沈痛凄惻人生を穢土なりとのみ観ずる厭世家」の本質にかかわっている。「実世界」との争戦に耐ええず、恋愛を「牙城」として「想世界」にたてこもる厭世家は、恋愛をその実物よりも重大視し、「奇異なる魔力に打ち勝たれ、根もなき希望を醸し来り、全心を挙げて情の奴」となるが、やがて婚姻によって社会組織の網目につながれ、女性が「醜穢なる俗界の通弁」となるに及び、容易に失望する。厭世詩家の前に優美高妙を代表すると同時に嘲罵冷遇されるもの、「嗚呼不幸なるは女性かな、(中略)うたてけれ、うたてけれ。」というのが一篇の結びである。表面、結婚生活の幻滅を悲歎しつつ、恋愛の永遠を謳うという感傷的な二重奏をかなでているかのようにみえて、実は背後に冷静な客観的態度を貫いているのである。厭世詩家は「社界といふ組織を為す可き資格を欠ける者」であり、「婚姻の人を俗化するは人を真面目ならしむる所以にして、妄想減じ、実想殖ゆるは、人生の正午期に入るの用意を怠らしめざる基ゐなる可けむ」といわざるをえなかったのである。筆一本で立とうとする生活の必要と緊張とが、従来の厭世的観念との格闘を透谷に強いて、厭世詩家としての自己を客観する明晰な視点が生じていたのである。

しかし、透谷にとって恋愛はずてにこの世ならぬ永遠の悲願にすぎなかった筈である。現世の恋愛は迷妄と映じたのではなかったか。にもかかわらず「恋愛は人世の秘鑰《ひやく》なり」とあえて断じたのは何故であろう。厭世詩家としての自己批判の観点が、妻ミナとのかつての輝かしい恋愛の記憶を「再生産」[*4]させたのであろうか。しかし、透谷の夢はすでに充分破れ去っていた筈である。その透谷に、恋愛なくて「人生何の色味かあらむ」といわせ、「恋愛あればこそ、実世界に乗入る慾望を惹起」するといわせた情熱は、単なる恋愛の記憶の「再生産」ではなくして、恋愛の新らしい発見であったのではないか。

星野天如が、それによって始めて透谷に注目したという「一点星」（『女学雑誌』明25・1）は、暗夜に暴風雨をはらんだ雲脚がとだえ、冴え冴えと輝く一つ星に、わが恋う人の訪れを感じ心晴れる、という意味の短い詩である。その清らかな出会いの歓びが、透谷の他の哀切な恋愛詩に較べて異質である。夜空のかなたの一点星に相当する女性が、ひそかに実在したのではないか、と臆測したいものがそこにある。まだうら若くして世を去ったが、透谷はその人の死を慟哭して切々たる「哀詞序」（『評論』明26・9）を綴り、「惆《ちう》として命運の私《わたくし》しがたき」を歎いたのであった。

歓楽は長く留り難く、悲音は尽くる時を知らず。よろこびは春の華の如く時に順つて散れども、かなしみは永久の鼓吹をなして人の胸をとゞろかす、会ふ時のよろこびは別るゝ時のかなしみを償ふべからず。はたまた会ふ時の心は別るゝ時の心の万分の一にだも長からず。（中略）我はあからさまに我が心を曰ふ、物に感ずること深くして、悲に沈むこと常ならざるを。我は明然《あきらか》に我が情を曰ふ、美しきものに意を傾くること人に過ぎて多きを。「哀詞序」

二六年（一八九三）八月三〇日の日記には次のような一節がある。

富井松子は曽つて一たび師弟の縁あるもの、而して親しく交れること両三年、其人品に於て、気稟に於て、我が深く重んずるところありしもの、わが奥州にあるの間に於て、溘焉《かふえん》として遠逝す、われ深く悼むの心あり、知己は多く得べからず、渠の如きは余が生涯に於て有数の友なりしを、十八歳五ヶ月で肋膜炎により病死した富井松子は透谷より六歳年下で、フレンド女学校の教え子[*5]である。透谷が「恋愛は人世の秘鑰《ひやく》なり」と力づよく宣言したのは、現実になお実在しうる恋愛の再発見を契機として、妻ミナとの遠い恋愛の記憶をそれに重ね合せた結果であろう。厭世詩家としての自己を、力を振《ふる》って俎上にのぼさせた背後のものは、さし迫った生活の必要と緊張とであるとともに、ひそかに芽ぐんでいた情熱の、その惨たる終りをもすでに予期していとおしむ、透谷の切ない気持があったからであろうと思う。透谷の恋愛喪失の体験の深さは、一女性に対せる異例な関心をも、たとえば「有数の友」と表現させるような自己抑圧を強いていたのである。「厭世詩家と女性」の恋愛が、肉体を無視した極端な精神的恋愛の主張であるのは理由のないことではなかった。

透谷はすでに、自由民権運動の時代の早熟な性の経験を全否定し、妻ミナとの恋愛においても禁欲的な精神的恋愛を主張していた。プロテスタンティズムの影響ということからのみは判断しにくい、そのきびしい情欲否定は、透谷が自己の幼い青春を抹殺しようとした衝迫によって強められたものである。しかし、透谷の意識的な主張にもかかわらず、稚拙な表現のうちにも恋愛の感覚的要素は自然にこぼれていた。

> 神は吾が今日最も愛する所の一人の口と手を以て、余を招きて、其柔にして強き聖霊の傍に座せしめたり、、其時余は恥ぢて己れの心の足らざるを其アンゼルに告げたりき、、(中略)吾を愛するアンゼルは、雪の如き手を伸べて余を握し、、物を以て比す能はざる嬋妍たる花顔を以て、余が粗野なる頬に接し、、終生忘れ難きキツスを余に与へつ、《、、》云ひける様(以下略)
>
> 石坂ミナ宛書翰　明21・1・21

しかし、「厭世詩家と女性」の透谷は、恋愛の感覚性を強く拒否するのみである。

生理上にて男性なるが故に女性を慕ひ、女性なるが故に男性を慕ふのみとするは、人間の価格を禽獣の位地に遷す者なり。春心の勃発すると同時に恋愛を生ずると言ふは、古来、似非小説家の人生を卑しみて已れの卑陋なる理想の中に縮少したる毒弊なり、恋愛豈単純なる思慕ならんや

妻ミナとの恋愛時代の精神的恋愛の主張は、暗澹たる恋愛喪失の体験を経、松子への関心の浄化をモティーフとして、さらに極度に上昇したのである。「厭世詩家と女性」の恋愛は、「蓬莱曲」、「我牢獄」における絶望的な彼岸の恋愛を、人生の「秘鑰」として此岸に呼び返したのだが、それは肉体を拒絶し、感覚を否定した恋愛として、非現実的性格を帯びた。このいわば現世的恋愛の非現実性が、文壇的出発において定着した透谷の恋愛観の特長であった。

「『伽羅枕』及び『新葉末集』」（明25・3）は、透谷が『女学雑誌』の文芸評論欄を担当して最初に書いた論文であるが、日記に「元禄文学攻撃の第一着手即ち之なり」とあって、意図は明瞭である。紅葉、露伴の近作には陰然「同致《アイデンチヽイ》」の趣があり「両書共に元禄文学の心髄を穿ち、之に思ひ思ひの装束を着けて出たるところにあり」とし、その元禄文学的な恋愛観に批判の矢を向けたものである。透谷によれば軽佻なる元禄文学の最大の欠点は「恋愛を其自然なる地位より退けたる事」である。その遊廓的恋愛は「霊性の美妙を発暢すべき者」である恋愛を、「人類の最下等の獣性を縦《ほしいまゝ》」にする好色として扱ったもの、遊里の恋愛の理想としての粋は、売色女の境遇のもたらす不自然であるという。

「粋を論じて『伽羅枕』に及ぶ」（星野天知篇『透谷全集』に採録　明35・10）は、この評論の下書とみられ、意味内容をおぎない合っている。この中の恋愛と粋との比較分析の試みによれば、恋愛の本性はもと「盲目」であり「白昼」の如きものではない。それゆえ非常な苦痛悲哀もあるが、また歓楽希望もある。しかし粋は恋愛に溺れ惑う者を笑う。迷わざることが粋の本旨であり、粋は智、徳、仁、義、信などに近い。更に粋は雙愛的でないことも恋愛と異っているという。この二論文を比較すれば、粋の概念が、のちに好色という否定的概念と結びついて修正され、恋愛の自然性が、最初の盲目性の強調から、霊性の強調へとアクセントを移していることがわかる。しかし恋愛の盲目性の強調も、それが感覚性、官能性と直接しないところに、透谷の恋愛観の根強い観念性があった。ともかくも、この恋愛自然の主張におけるアクセントの差異は重要であって、そのまま後の恋愛論へ尾をひいて行くものである。つまり、透谷は「厭世詩家と女性」によって獲得した現世的恋愛の観点を、恋愛自然論として以下二面的に展開する。

恋愛における「霊性の美妙」をつきつめた位置にあるのが、「『歌念仏』を読みて」（『女学雑誌』明25・6）であろう。元来、遊女との恋愛を扱った近松の世話物には否定的であった透谷が、この作品に讃辞を送ったのは、その恋愛が「初《はじめ》に肉　情《センシユアル》に起りたるにせよ、後《のち》に至《いた》て立派なる情《アツフエクシヨン》　恋《ラ》にうつり、果《はて》は極《きはめ》て神聖なる恋愛《ブ》に迄進」んでいるからである。

抑も恋愛は凡ての愛情の初めなり、親子の愛より朋友の愛に至《いたる》まで、凡そ愛情の名を荷ふべき者にして恋愛の根基より起らざるものはなし、進んで上天に達すべき浄愛までもこの恋愛と関連すること多く（中略）プラトーの言へりし如く、恋愛は地下のものにはあらざるなり、天上より地下に降《くだ》りたる神使の如きものなることを記憶せよ。

ここまでくれば、恋愛は次第に男女の愛の性格を失い、最高の善美を所有する情熱、永遠の生命に対する憧憬、絶対を求めて上昇する魂の欲求にまで理想化され神聖視される。

この思考の流れにそって、「各人心宮内の秘宮」(『平和』明25・9)から「人生に相渉るとは何の謂ぞ」(『文学界』明26・2)を経て「内部生命論」(『文学界』明26・5)に至る、透谷独自の批評体系が存在するといえよう。すでに「二宮尊徳翁」(『女学雑誌』明24・11)において、透谷のクェーカリズムへの関心は明瞭であったが、「各人心宮内の秘宮」は、その影響を最も明確に示している。「人間霊魂の無限の価値」を強張して、神と存在的に連なっている人間の自己実現、人間の精神化、神化、をめざすことにクェーカリズムの特色があるとすれば、「蓬萊曲」で自死した主人公の運命をわが運命としないために、透谷は自己の内部へ神を呼び入れ、「内部生命論」に到達したのである。「大、大、大の虚界を視」「現象世界以外」の「実在《リアリチイ》」を感得し、絶対と冥契する人間を透谷は信じようとした。『「歌念仏」を読みて』の恋愛のいわば天空に向う特性は、この透谷の心性と同体のものである。

ところで『「歌念仏」を読みて』の恋愛が肉情から入りながらも遂に神聖な情愛に進んだことによって、それが近松の「恋愛に対する理想の極高」を示している、というのは透谷一流の独断にすぎまい。透谷は梅川(「冥途の飛脚」)、小春(「心中天の網島」)お房(「重井筒」)小万(「丹波与作待夜の小室節」)など遊女の恋を否定しすべて「或一種の屈曲を経て凝《こ》りたる恋にあらざるはなし、男の情を釣りたる上にて釣られたる者にあらざるはなし、或事情と境遇の圧迫に遭《あ》ひて、心中する迄深く契りたるにあらざるはなし」と述べる。要するに透谷の重んずる恋愛の「自然」、「美妙なる霊韻」に欠けるのである。

近松の世話物悲劇の世界では、性と愛との観念は分離しているが、透谷のように性は獣欲視されていない。性と愛とが倫理的に相剋しないまま分離するところから、性の手段化が容認され、男は他の男と性的交渉のある遊女をなんの不潔感もなく愛することができたのである。*6 そこに近世貨幣経済にまきこまれた人間葛藤を組み合せ、見事な愛の真率さを描いてみせたのが近松である。

一般的にいえば、遊里の恋愛は透谷的近代を経ないという意味で逆に、性と愛との未分化状態ともいうことができるし、そこに一種の性的頽廃の生じる可能性はあったが、近松の描いた遊里の悲恋に、そうした要素は絶無であって、性と愛との近世的未分化状態のなかに、むしろこよなく人間的な情の深さ美しさを照らし出してみせたのである。透谷はその強固な精神的恋愛観にわざわいされて、近松の世話物悲劇の世界を何程も理解できなかった、といわざるをえないであろう。

「処女の純潔を論ず」(『女学雑誌』明25・9)は、馬琴の『八犬伝』中の伏姫に関するこれまた透谷一流の考察である。八房の犬と伏姫とにおける宿因の追求に深入りしているが、結局透谷は、伏姫が「玲瓏たる」処女の純潔を貫ぬき非類の八房を成仏させるという構想から、古来の日本文芸にない処女崇拝思想をひきだして拍手する。「肉膚を許せしにはあらず、誠心を許せしなり。」「誠心は隠すところなく八房に与へたり、而して不穢不犯」「天地愛好すべき者多し、而して尤も愛好すべきは処女の純潔なるかな。」あくまでも肉体を否定し、恋愛の霊性を強調する透谷の面目がここにもある。ただ、作品解釈は別としてしばしば現実の問題としては、男子の純潔を問題としない処女尊重の思想が、むしろ透谷の打破しようとした封建的倫理道徳にそのまま連なる、ということの鋭い分析はともなわない。ロマンティックな理念の追求に急なあまり、リアルな成熟した眼を曇らせているのである。

先にのべたように、透谷は恋愛における「霊性の美妙」を強調するとともに、恋愛の自然としての盲目性を見おとしていなかった。いわば天空に向って枝を広げる大樹が、暗い根を地下に向って伸ばすような趣きで、それは透谷の恋愛論の二側面である。

「『油地獄』を読む」（『女学雑誌』明25・4・5）は、従来卓抜の評とされてきた論文である。「油地獄」というのは緑雨の出世作であり、初心な主人公の書生が芸者に迷う話であるが、透谷はこれを「現社界が抱有する魔毒」ならびに「過去現在未来を通ずる人間の恋愛に対する弱点」を洞察したものとして評価する。二葉亭四迷の『浮雲』に倣ったと思われる心理描写の手法が歴然としており、[*7]緑雨作品中、もっともよく「近代小説の領域へ迫[*8]」ったものであるが、透谷は「愛情とその物狂ひを写せるところ真に迫りて」面白しと、これにいち早く着目した。通人緑雨にとっては、近代的手法を模して野暮な遊びを痛烈に嗤った作品であろうが、透谷がそこに作者の意図を超えた恋愛の真実をよく感じとったのは、恋愛の性もと白昼の如くにあらずという、恋愛盲目説による共感のゆえであろう。透谷の近代批評家としての素地をここに伺いみることができよう。

また透谷は短篇小説「星夜」（『女学雑誌』明25・7）のモデル問題について弁明し、「恋愛を執着なるものと認《みと》むるは小生一家の主義」であると云って、いわゆる「タハレヲの愛」を擁護した。が、さらに一種異様な小説「宿魂鏡」（『国民之友』明26・1）になると、恋愛はついに妄執であり、狂気となる。主人公の芳三は、旭日の勢にある某省次官のめがねにかない、食客兼顧問として同家に住み込む大学生であるが、愛嬢弓子との恋愛関係を知られ、奥方の独断により主人の留守中解雇される。彼は改めて主人の意向をたしかめもせず、大学を捨て、恋人を置きざりにして突如田舎へ隠棲してしまう。そうした、まことにあっけない読者をなっとくさせぬ厭世隠遁は、「蓬萊曲」の主人公を髣髴させるが、別れた弓子の幻影が現われる時に、かならず異形の怪物が出没するというのも、「恋てふ魔魅《まもの》」の変身のからくりを暗示していて、「蓬莱曲」との血縁を感じさせる。あきらかに恋愛迷妄の観念が蘇っているとみてよく、弓子への想いは「地を捐《す》て、身を捨て、世を抛《す》てたりと雖、天にも地にも、身にも世にも換られぬ一人の伴侶《つれ》、その名を妄執と名けんか、その名を煩悩と名けんか、何とでも呼べ、我にはその妄執とその煩悩とが、広々たる天と漠々たる地の間に此生命を繋げるもの。」とされている。暗い妄執と狂乱のうちに主人公が自滅するにいたる「宿魂鏡」の陰惨な恋愛は透谷の恋愛盲目説をつきつめたところに位置するといえよう。しかし主人公を狂死せしめるほどの弓子の面影は全く類型を脱していない。

その眉の清げなる、その頬の艶《つや》やかなる、その丹唇《くちびる》の香ばしき、その眼元の妖《あで》やかなる、罪知らぬ天女の神々しさも斬くやあらんと思はるゝばかり、

女の顔を覗き見れば、風にも堪えぬ女郎花、いぢらしや涙にうるむ眼を挙げて、

透谷にとって弓子はむしろ生体の特長を必要としない、観念上の憧憬の対象なのである。主人公の極端な厭世と妄執の原因のすべてを、別れ際に魂魄こめて弓子が与えた「怪しき古鏡」の作用によるとする、神秘的な作品の構想それ自体が、細部の現実性を軽視させているのである。藤村はこの作を「病的」と評し、白鳥は「不思議」と評したが、ともかくも「怪しき古鏡」には恋愛迷妄の想念が濃くぬりこめられているとみていいだろう。そして透谷はここで恋愛の盲目性を極北までおしつめてゆきながら、その感覚性、官能性をひきださないことによって、自己破壊におもむく観念の自閉的錯乱をとらえ得たといえるかもしれない。

そして、これを裏がえせば、他殺心理の自閉的錯乱に対する透谷の鋭敏な対応をひきだしうる。恋愛に「癡迷惑溺」した文覚上人が袈裟御前を殺害するにいたる事件を扱った「心機妙変を論ず」（『女学雑誌』明25・9）がことに生彩あるゆえんであろう。これを一般におしひろげれば殺人心理の錯乱へのおどろくべき鋭い洞察を示して、いち早く近代心理小説へ開眼した[*9]周知の「『罪と罰』の殺人罪」（『女学雑誌』明26・1）、『罪と罰』（ドストエフスキー、内田不知庵訳、老鶴圃、巻一 明25・11）の評（『女学雑誌』明25・12）に到達する。要するに透谷の恋愛盲目説は、文学史上の小説作品としては今日もはやうずもれている「宿魂鏡」においてよりも、斉藤緑雨の「油地獄」評、ドストエフスキーの「罪と罰」評とに代表的に示される、優れた近代批評家としての透谷の批評的業績において、その結実をもつということができるであろう。

透谷の恋愛論に一転機を画すると思われるのは「『桂川』（吊歌）を評して情死に及ぶ」（『文学界』明26・7）の一文である。

> 雄鶏は外に出で、食をもとめ、雌鶏は巣に留りて雛を温む。孵りて後僅かに半月、或は母鶏の背に升《のぼ》り、或は羽をくゞりて自ら隠る、この間言ふ可からざるの妙趣ありて余を驚破せり。細かに万物を見れば、情なきものあらず。造化の摂理愕ろくべきものあり。
>
> 或は劣情と呼び、或は聖情と称ふ、何を以て劣と聖との別をなす、何が故に一は劣にして、一は聖なる、若し人間の細小なる眼界を離れて、造化の広濶なる妙機を窺えば、孰《いづれ》れを聖と呼び、孰《いづ》れを劣と称《よ》ぶを容《ゆ》るさむ。濫りに道法を劃出して、この境を出づれば劣なり、この界を入れば聖なり、と言ふは何事

ぞ。……文化は人に被らすに数葉の皮を以てす、之を着ざれば即ち曰く、破徳なりと。むしろ蕃野の真朴にして、情を包むに色を以てせざるに如かんや。

透谷はここにおいて「聖情」と「劣情」との区別を否定し、「蕃野の真朴」「『情』の如き、『欲』の如き（中略）常に裸躰ならんことを慕」うものの自然に強く共鳴している。そして、人間の自然の情が「風雨驪《には》かに到り、迅雷忽ち轟ろく」絶頂へのぼりつめた情死の美と真実とを認めるのである。

二人が間には一点の詐偽なく、一粒の疑念なし、二にして一、一にして二、斯の如く相抱て水に投ず。死する時楽境にあが如く、濁水も亦た甘露を味ふに似たり、万事斯くして了れば、残るものははしたなき世の浮名のみ。浮名も何ぞや。嗚呼罪なり、然り、罪なり、然れども凡そ世間の罪にして斯の如く純聖なる罪ありや。死は罰なり、然り、罰なり、然れども世間の罰にして斯の如く甘美なる罰ありや。嗚呼狂なり、然り、狂なり、然れども世間の狂にして斯の如く真面目なる狂ありや。

キリスト教では罪悪視される情死を、情と欲との自然の名において公然と認めているのである。さらに以前には否定的であった近松の「冥土の飛脚」の一節をひいて「われその濃情を愛す」とも述べている。ここに透谷の恋愛思想の変質をみないわけにはいかないであろう。

透谷はすでに「内部生命論」において、「人間の精神即ち内部の生命」が、「宇宙の精神即ち神」からする「インスピレーション」を感応して「再造」されたものが、まことの詩人であると説いていた。再造された人間の生命ある眼光は、一切の感覚世界を離れ、造化万物のうえにその極致を透視しうるのであった。即ちまことの詩人とは、宇宙の精神＝神を内包することになり、人間と神とは本質的、存在的な対立を持たない。超越神を見ない自己即神的な人性の高揚である。

しかし、透谷の人間像はその高揚の底に、「不可思議の力」である「熱意」を宿して生きている。熱意とは「感情の激甚」「感情的生命の中心」「一種の引力」であって、「人をして適ま偉大なる人物とならしめ、適ま醜悪なる行為をなさしめ、或は善、或は悪、或は聖愛、或は痴情、等の名を衣《き》たる百般の光景を現出して、人生を変幻極まりなきドラマたらしむ」（「熱意」『評論』明26・6）ものである。絶対なる宇宙の精神と冥契する人間の内部生命は、その底にしばしば醜悪なる地上的情念とも化する「熱意」を共存させているということになる。天の究極に超越者としての人格神を見えない透谷の汎神論的傾向は、神の王国へ解放されている楽観的、理性的な人間像への願望を持ち続けながら、その裏に、暗い欲望と罪悪の臭いにまみれた、情熱的感情的な人間像をも認めざるをえなかったのである。そして汎神論の神は感情的人間の暗い動物的衝動、自然の情と欲とを克服する通路を持たない。

透谷の恋愛論は「『伽羅枕』及び『新葉末集』」「『歌念仏』を読みて」のいわば天空に向う側面と、「粋を論じて『伽羅枕』に及ぶ」「『油地獄』を読む」「宿魂鏡」のいわば暗い根に伸びる他の側面を合せ持っていたが、図式的にいえばこれがやがて「内部生命論」と「熱意」との関係に照応するであろう。「宿魂鏡」が到りついた狂執は、紙一重のところで欲望と罪悪との暗い渕に接していたはずである。そして「桂川（吊歌）を評して情死に及ぶ」は、あきらかに「熱意」によって確認されたものの媒介を経て、透谷の恋愛論にあらたな転機をもたらしたといえるであろう。透谷のストイックな精神的恋愛観は、大胆な公然たる情と欲との肯定において、鬱勃たる人間情熱の讃美へと大きく傾斜し、ようやく崩壊しはじめたのである。

それにしても透谷が恋愛に肉体をあたえようとした直接的モティーフは何であったか。私の臆測によれば、それは富井松子の死の予感である。「客居偶録」(『評論』明26・7)の「憶友」の項を引用しよう。

都を出る時、友ありて病に臥す。彼は堅実の一学生、学成りて躰茲に弱し、病を得て数月末だ愈《い》ゆるに及ばず、瘦癈《そうはい》せば遂に如何。われ尤も之を憶ふ。

都を出る時、遠く西方に旅する友と約するあり、東海道の某地を卜して相会見せんとす、期する日は明後、彼は西より来り、我は東よりせん、相見る時、情奈何、われ尤も之を憶ふ。

之を憶ふに、一は悲しく、一は楽し、「悲楽」本来何者ぞ。縦に我が心胸に鑿入して、わが「意志」の命を仰がず。

西方に旅する友とは藤村であり、例の「春」の冒頭に東海道吉原のこととして描かれた、禿木、秋骨をまじえた会合のことである。病に臥す友とは富井松子のことであった。透谷の周囲のそれぞれ有為な青年達、特にも将来を期待した藤村に対すると劣らぬ憶いを、透谷は松子の身の上に傾けていた。「瘦癈せば遂に如何」というその心痛が、透谷の内部をかきたてていたと思われる。富井松子の存在によって、透谷の恋愛観は現実的次元を獲得していたのであった(「厭世詩家と女性」)が、すでに負うていた深刻な喪失体験によって、透谷は意識して激しく肉体を拒否してきた。精神的恋愛の標榜は実は、松子との間にかけた、美しい人工の橋なのだといえないことはない。文名を得てからのちも経済的独立に悩み続けた透谷が、すでに一児の母である妻に遠慮し、一家の責任を感じながら夢破れた結婚生活に耐えたのは、一つ星の輝きのあたえる慰めによったのだといえないことはないのである。その星がいま光を失い始めたと知ってあせった時、透谷はみずから主張してきた精神的恋愛としての恋愛自然に、不自然を感じたのだと思われる。消えなんとするかえがたい命を前にしては、生きた現世の肉体こそ、その内にたぎる人間情熱こそ、何ものにもまして真実でなければならなかった。現実に実在する女性（ミナ）のうえに失った恋愛を、彼岸においてとりもどそうとした（「蓬萊曲」）透谷は、自己抑圧的な虚構の恋愛に肉体を回復することによって、現実の存在の燃えつきようとする女性を、必死にとりもどそうとしたかにみえる。しかし、透谷の切ない祈りも空しく、松子はついに明治二六年（一八九三）八月この世を去った。

われつら〳〵近時の自己を顧みるに、危機にのぞめること久しと謂ふべし。凡そ一時間も書を読めば、則ち大に労《つか》れて為すところを知らず、思想も亦た斯の如し、此地に来りてより「評論」の為に一文を為さんには、凡そ四五日を費せり、斯の如きはこれまで曽てあらざりしところ、之を以て余は余が精神の当を失しつゝあるを知るものなり。

右は松子の死後二十日を経た九月四日の日記である。常に一気呵成に文章をものしたはずの透谷が、松子の死によって受けた打撃を知ることができて痛ましい。藤村は「春」のなかで「多くの生の興味を打消」したとまでいっているが、確かな観察に基いたものと思われる。

「哀詞序」の慟哭はやがて、「眠れる蝶」（『文学界』明26・9）「雙蝶のわかれ」（『国民之友』明26・10）など珠玉の詩篇となって、透谷の哀しみの深さを伝えている。やがて新しく開かれた「万物の声と詩人」（『評論』明26・10）の境地は透谷が自己救済を求めて到りついた場所が何所にあったかを示してくれる。

悲しき時は独り悲しむが如くなれども、然るにあらず、凡てのもの、悲しむなり、（中略）海も陸も、山も水も、ひとしく我が心の一部分にして、我れも亦た渠の一部分なり。渠も我も何物かの一部分にして、帰するところ即ち一なり。（中略）花落つる時に我も落つ。実熟する時に我も熟し、実墜つる時に我も墜つ。

人間の死というもっとも抗しがたい自然の偉力を前にした透谷は、超越者による救済の通路を持たぬまま、ついに自然と人間との大いなる一如という、東洋的伝統的な境地へ趣いたのである。鬱勃たる人間情熱の積極的肯定から、その解消へと屈折し、限りない天地の幽奥へ帰入することによって、透谷は愛する人の死の意味に耐えようとしたかのようである。

生の力尽き、月明の庭に自らを縊って果てたのは、真実の浪漫主義者としての透谷の、おのれをかけた自然への回帰であった。

幼くも激しい情熱をかけた自由民権運動の敗北によって、青春喪失の深渕をくぐった透谷を、その奈落から引きあげた力は妻ミナとの恋愛であった。しかし、命の蘇生を意味したその恋愛に更に破れ、いわば青春を二重喪失した透谷が、現世を拒否し、絶望的に飛翔した高みに、透谷文学の形而上的特質が花ひらいている。透谷文学における「恋愛」の問題とは、蘇生の恋愛の問題であるよりも、あきらかに喪失の恋愛の問題である。そこから、透谷の恋愛観の基本構造が生まれたのである。

現世の恋愛を迷執と観じ、この世ならぬ恋愛の永遠に悲願をかけねばならなかった透谷に、現世的恋愛を回復させたのは、ひそかな富井松子の存在であった。妻ミナが、透谷の「恋愛」の問題における唯一のヒロインであるかのような通説はあらためられねばならぬ。「厭世詩家と女性」の高潮した恋愛宣言は、薄いバラ色の下に喪失の恋愛を包んでいた。透谷のその喪失の体験の深さこそ、現実の恋愛に厳しい脱肉を強いたものである。透谷のラディカルな精神的恋愛観は、恋愛の霊性と心理的自然とを重んずる点で、よく硯友社一派の封建的恋愛観を思想革命する先駆的役割をになってはいたが、いわばその片脚で立つ近代性が、一面近松の世話物悲劇の解釈におけるような、批評的マイナスをもたらしたことは争えない。近松の描いてみせた性と愛との近世的未分のなかの、むしろこよなく人間的な美事な愛の真率さに、透谷は触れえなかったばかりではない。多く貧しさから身を沈め、借財のため半永久的に身動きのならぬ下層女郎と、自己の経済力をもたぬ実直な下層町人との相愛の悲劇を、遊里の恋愛即不自然、の一語によって排斥したまま、「売色女」の境遇の不自然の意味について、鋭く追求する力を失っている。

「徳川氏時代の平民的理想」（『女学雑誌』明25・7）は、透谷の優れた長篇評論の一つであって、封建治下の平民の、耐えがたい苦痛煩悶と、虚無思想とに、戯作流行の根底と、「侠」というゆがんだ理想のみなもととを眺めているが、透谷が異例なまでの共感をそそられているのは、おそらく、かつての自由民権時代の柔軟な感性に、忘れがたく焼きついた下層現実に対する実感の確かさである。その透谷が、平民的理想としての遊里の「粋」については、ただ「特種な忌はしき理想」とするのみで、その裏面にかくれた「無無無の陋巷」の悲惨、遊女という現世喪失者の本質を洞察する力をなくしているのである。下層現実に共感しつつ固く凍結した時代情況の底へ、冷たく見開いていた透谷の鋭い眼を、そこだけ曇らせていたものは、堅固な精神的恋愛観にほかならない。それはまた処女崇拝思想として、現実にはむしろ、男子の純潔を問題としない、封建的倫理道徳につらなる一面の考察を欠落させていたのである。

透谷のロマンティシズムの頂を示す「内部生命論」の主張が、人間内部の「天力《ヘプンリーパワー》」へ無限に近付こうとする欲求であるとするなら、「熱意」「情熱」の主張にみられるものは、反対に「魔力《サタニックパワー》」への沈潜の志向であった。宇宙の精神＝神と存在的に連らなる人間精神が、最も地上的な情念によって息づいている、という絶頂期における透谷の熱烈な二面的展開の端緒は、すでに恋愛自然論のなかに鮮やかに観取できた。その精神的恋愛観としての恋愛自然論に示された明暗が、暗部へ強く傾斜しておきた転回点に、「桂川（吊歌）を評して情死に及ぶ」が位置していた。そこには、病弱であった富井松子の死の予感が秘められてある。情と欲との自然の名において、陶酔的な情死の肯定にふみきった時、透谷の恋愛論は肉化されて地上に脚をおろしたのである。八年後に高山樗牛が書いた「美的生活論」に媒介されるまでもなく、それは有島武郎の「惜しみなく愛は奪ふ」（大9・8）へ、はるかに通ずるものをもっていたといえよう。

しかし、松子を死の手に奪われた透谷は、ついに鬱勃たる人間情欲の全面肯定の道へおもむくことはできなかった。晩年の透谷は、人間中心の観点から自然中心の観点[*10]へ移行し、大自然の無窮と寂静のなかに同化しようと願ったのである。透谷の恋愛論における近代の萌芽とそのさまざまな可能性、特にも近代批評家としての可能性は、この東洋的な解脱によって育たずに終った。それは同時に現実喪失によって上昇した透谷のロマンティシズムが、地上的紐帯を回復する機縁の喪失でもあったが、「天力」と「魔力」との果てしない争闘として近代があるとすれば、そのあまりに早い超脱の道でもあった。

＊1　勝本清一郎『透谷全集』第二巻解説　岩波書店　一九五〇・一〇
＊2、4　平岡敏夫「『厭世詩家と女性』」「『我牢獄』」『北村透谷研究』有精堂　一九六七・六
＊3　家永三郎「北村透谷における近代市民精神」『近代精神とその限界』角川書店　一九五〇・一二
＊5　透谷のフレンド女学校就職は二三年（一八九〇）十一月、松子は以後教え子となったはずであり、二五年七月第一回

卒業生三人の一人として卒業した。翌年津田梅子が米国有志婦人の奨学資金受領者を選定する際、全国キリスト教女学校から候補七人を選んだがその中に入っている。（以上、勝本氏の『透谷全集』解説による）尚、藤村の『春』には「節子」として登場するのがそれで、十二章ではその死を透谷によって日記に書きとめられ、十七章ではひそかにプラトニックラヴのあるらしく、六二章では、透谷の悪夢（「我牢獄」を借りている）に悄然とあらわれ、六三章ではその死によって透谷に「可畏《おそろ》しい打撃」をあたえた女性である。『桜の実の熟する時』の十章、東禅寺の広い墓地で語り合う女友もまた松子である。透谷の「秋窓雑記」（明25・10）の「真心《まごころ》を以て微恙《びやう》ある友に書き遺《おく》れり」という友が松子である。

*6　広末保「日本人の性の観念」『講座現代倫理』月報5　筑摩書房　一九五八・六
*7　湯地孝「斉藤緑雨の文学」『現代日本文学全集53』筑摩書房　一九五七・一〇
*8　稲垣達郎『斉藤緑雨集』（『明治文学全集28』）解題　筑摩書房　一九六六・二
*9　平野謙『透谷全集』附録2　岩波書店　一九五〇・一〇
*10　勝本清一郎「透谷文学の生命」『現代日本文学全集4』筑摩書房　一九五六・一〇

（一九六七・三）

透谷と愛山――文学概念の対立をめぐって

昭和二年(一九二七)、透谷をめぐって交された、佐藤春夫と正宗白鳥の論争[*1]は、あきらかに若い佐藤に分があった。その浪漫主義評価としては至当な佐藤の発言も、相前後して中野重治により刻まれた透谷像の特異な鮮烈さにくらべるならば、やはり色あせて見える。北村透谷は、大地から咲きえなかった「美しい切花でありむしろ一茎《いっけい》の造花であつた」が、山路愛山は「小ぎたない実証主義をかつぎまわつた一個の俗学者」である、というその時の中野の言葉(「芥川氏のことなど」)は、透谷・愛山を鮮やかに対照させた文学史上の原像といえよう。

戦後、小田切秀雄氏をはじめとする多くの研究者達が、この像を基本的には継承した。近年になって、思想史の分野における愛山再評価が進むにつれて、文学史の分野でも愛山は更めて見なおされている。透谷・愛山の古典的対比像は、こうして大きくゆらいでいるかに見える。

たとえば、愛山の文学史的意味を積極的に主張する平岡敏夫氏は次のように述べる。

明治二十年初頭の国粋主義擡頭に対し、これを「恐るべき反動の風」と見て、「女学雑誌」「国民之友」の「高大なミツシヨン」を支持し、「人の心霊と身体とに革命を行ふ恋愛」の近代的意味を主張し、あるいは現実を「是唯物質的の文明に過ぎず」と断じ、世の紳士・淑女の実質を「空の空なるのみ」と批判したのは、透谷と見まがうかも知れぬが、実に愛山なのである。そういう愛山と透谷が論争せねばならなかったところに、明治二十年代文学の本質的課題があるのであり、一方を卑俗な功利主義者と否定してしまっての論争評価・透谷評価ほど単純なものはない。　「戦後二十年の文学史像」『文学』昭40・8

かつて、透谷の本質的対立が硯友社文学との間にあると主張して、透谷・愛山同一陣営説を提出していたのは勝本清一郎氏である。[*2]が、ここにも、透谷・愛山の同位性を実証しようとする意図は明瞭である。もっとも、勝本氏とちがって、平岡氏の立論の基礎には、「民族」というモチーフが強力に働いている。近代文学即「近代的な自我確立の文学」という小田切史観の修正をあきらかな目標とする平岡説は、「民族のための文学」であると同時に、「近代的な自我確立の文学」でもある、というその統一のうちに、独自の文学史を構想するもののようである。透谷・愛山の「一般性・特殊性の統一的把握」という氏の発想も、この構想にみちびかれる。「一茎の造花」であった透谷が、「国民」の要素を重視されて大地の生気をとりもどそうとするかたわら、平民史観に立つ愛山は、従来の認識を破って文学者の列に並ばせられる。両者はその意識の共通部分を網羅されて次第に接近し、やがて「形而上的ナショナリズム」(透谷)と、「形而下的ナショナリズム」(愛山)との対立という一点へ整序されるにいたる。平岡氏にしたがえば、ナショナリズムのこの不幸な分裂こそ、日本近代の悲劇であるということだが、そうした判断の当否へ先ばしる前に、当面私にとって不満なのは、平岡氏の方法が、透谷・愛山の対比像を、その差異と同一において統一的にとらえているというよりむしろ、同一性の強調によってその差異を混濁させ、対立を曖昧にしたという印象をおおいがたいことである。透谷は衰退期の自由民権運動をかいくぐることによって、愛山は佐幕派没落士族の子弟としてその惨苦をなめつくすことによって、ともに「時代の蔭」の認識を深め、ともにキリスト教思想の影響を受けたが、透谷の青春の意味が死の渕にのぞむ喪失体験にあったとすれば、愛山の青春の意味はギリギリの生活確保にあった。ことなる背景のもとに、全く異質な精神として生育した透谷・愛山は、何よりもその文学概念上、基本的に対立せざるをえなかったのである。平岡説はこの点を充分あきらかにし得ない。おそらく、同一平面に並べた透谷・愛山のナショナリズムを対比さすことによっては、そこに鮮明に浮かび出るはずの文学史的課題をもまた、把握しがたいのである。

空《くう》を望んで駿駆する日陽、虚に循《したが》つて警立する候節、天地の運流、いつを以て極みとはするならん。朝《あした》に平氏あり、夕に源氏あり、飄忽《へうこつ》として去り、飄忽として来《きた》る、一潮山《てう》を噬《か》んで一世紀没し、一潮退き盡きて他世紀来《きた》る、歴史の載するところ一潮毎に葉数を減じ、古苔《こたい》蒸し尽して英雄の遺魂日に月に寒し。(中略)暗冥《あんめい》なる「死」の淵に、相及《あひ》び相襲《あひつ》ぎて沈淪するもの、果して之れ人間の運命なるか。(中略)言ふ勿れ、蓊翳《をううつ》たる森林、幾百年に亘りて巨鷲を宿らすと。言ふ勿れ、豊公の武威、幾百世を盖ふと。嗟何物か終に盡きざらむ。何物か終に滅せざらむ。寤めざるもの誰ぞ、悟らざるもの誰ぞ。損喪《そんさう》せざるもの竟に何処にか求めむ。

明治二六年(一八九三)一月『文学界』創刊号に掲載された「富嶽の詩神を思ふ」の冒頭である。ここに、人世無常、天地万物無常という透谷の感慨は深い。透谷の生存の意識はつねに「暗冥なる『死』の淵」に接していたのである。悠久とみえる自然も、英傑の生涯も、忽ち逝き忽ち消え去る。ありとあらゆるものの「邈冥《ばくめい》として踪《たず》ぬべからざる」運命の深渕に思いをこらす時、透谷の胸に迫る言いがたい寂蓼は、不死なるもの、不朽なるものを求めて熱い憧憬を止みがたくする。過去の半生をそのため逍遥黙思に費したと述べる透谷にとって、雲を、雪を、閃電猛雷を使僕し制御し、恒久の威霊を保つとみえる富嶽の威容こそは、「流転の力汝に迫らず」と覚えるものであった。その嶺にはおのずから「盡きず朽ちざる詩神」が宿るとされる時、透谷の意識のなかでは、富嶽は単に客観対象ではなくして、不朽なるものの象徴的存在としての意味をおびはじめる。永遠不朽なるものを求め、透谷が現象世界の羈絆を脱しようとする徴候はすでにあきらかである。精神の天翔ける広大無辺な世界こそ、「盡きず朽ちざる詩神」と共に棲まいうる自由世界にほかならない。

愛山の「頼襄を論ず」（『国民之友』明26・1）を攻撃し、いわゆる人世相渉論争の発端をなした、透谷の「人世に相渉るとは何の謂ぞ」（『文学界』明26・2）は、あきらかにこの延長上に展開されたものである。

> 「死朽」といふ敵に対して、吾人は吾人の刀剣を揮ふこと、愛山生の所謂英雄剣を揮ふ如くするも、成敗の数は始めより定まりてある如く、吾人は自然（力としての）の前に立ちて脆弱なる勇士にてあるなり。
>
> 「力《フオース》」としての自然は、眼に見えざる、他の言葉にて言へば空の空なる銃槍を以て、時々刻々「肉」としての人間に迫り来るなり。（中略）空の空なる銃槍を迎へ戦ふには、空の空なる銃槍を以てせざるべからず、茲に於て霊の剣を鋳るの必要あるなり。（中略）吾人は吾人の霊魂をして、肉として吾人の失ひたる自由を、他の大自在の霊世界に向つて縦《ほしいまゝ》に握らしむる事を得るなり。

「死朽」という宿命的な人間の敵を、透谷は「力としての自然」と呼ぶ。この段階になると、それは肉としての人間の包蔵する否定的なもののすべてでもあるが、その自然の暴圧を逃れうる唯一の活路は、肉を脱した霊の世界にある。現象世界から超脱して大自在をえた精神の活力は、そこにおいて「自然」の意味を転換する。「力としての自然」が「美妙なる自然」へと変貌するのはこの時である。透谷の「盡きず朽ちざる詩神」とは、そこに厳かに顕現するミューズにほかならない。

「富嶽の詩神を思ふ」の発表された丁度同じ時、愛山の「頼襄を論ず」もまた発表されていたのである。期せずして異質な文学観が提示され、直ちに透谷が「何の謂ぞ」を書いて打って出た形である。しかし、論争の内容にたち入る前に愛山の富嶽観を一瞥しておこう。

透谷は小田原に育ち、富士登頂の経験もあって、富士への関心はことに深いが、愛山も静岡にその幼時を過したから、目近に富士を眺めて暮したことになる。しかし、その感銘の違いが面白い。

> 今や迷想《シューパルスチション》の被覆は脱かれて彼女を拝む者は其信仰を失ひぬ、彼女の高さは三角法を以て測られぬ、彼女の性分は地質学家に査べられぬ。(中略)然れども自然は依然たる秘密なり。(中略)自然は猶富嶽の中に活きて之を望む者にインスピレーションを与ふるなり。(中略)読書に倦みし時椽に出でゝ其雲を吐く嶺を見れば、予は直ちに我頭痛の癒ゆるを覚へ、無数の憂愁に埋められて、頭を擡くる能はずなりし時、眼を挙げて、其天の一方に静に立つを見れば、我亦飄々として雲に乗じ、仙人と共に遊んで烟の如く、霧の如き人界を下瞰するの感をなす。(中略)古の諺に曰へり、富士が見ゆる十三州には美人なしと山高ければ月小なり孟賁の前には何人も懦夫なり自然が其美を鍾めたる富嶽の前に美人顔色なきは固より也
>
> 「人生」『国民新聞』明26・4・1

ここにある富嶽は、一見透谷と相通う部分があるかに見えて、実は全く次元を異にしている。これはあきらかに人界のものであり人間の日常性と共にある。自然の「秘密」「インスピレーション」という語はあるが、要するに、頭痛を癒し、人間生活にまつわる憂さを、一時の空想によって拭い去るよすが以上に、神秘なものは含まない。富嶽がその麗姿をもって美人を顔色なからしめるなどとは、もっとも生き生きと庶民感情のなかにある富嶽をとらえたものといえよう。自然の運行を制御して形而上的様相をおびる透谷の富士と、この小春日の富士との相違はあきらかである。ここには想念の転回をうながし、世界変貌をもたらすような契機はない。観念の自律世界とはおよそ無縁な、この愛山の楽天的で強固な地上的発想とでもいうものは、たとえば、「清風明月若し美とすべくんば、美人、英雄は更に美とすべきに非ずや（中略）人生を以て泡沫に比する勿れ、人生は実在なり、歴史を以て偶然なりとすること勿れ、歴史は経綸也、進歩也」（「拝人教」『国民新聞』明治26・10・8）というような、無条件的「拝人」主義、文化主義をみてもあきらかである。これがあの「暗冥なる『死』の淵」に相ついで沈淪する人間の運命を思う意識の深みと、どれほど隔絶したものであるかは云うをまたない。生、あるいは存在の原理に立つものと、死、あるいは空無の原理に立つものとの根本的乖離である。永遠不朽なるものを求め、「世界大の世界を離れ」観念世界に「大大大の実在《リアリチイ》」を把握しようと試み、そこに唯一の文学的使命を感じている透谷が、次のような文章を読み猛然たる反撥を感じたのは当然である。

文章即ち事業なり。文士筆を揮ふ猶英雄剣を揮ふが如し。共に空を撃つが為めに非ず為す所あるが為也。万の弾丸、千の剣芒、若し世を益せずんば空の空なるのみ。華麗の辞、美妙の文、幾百巻を遺して天地間に止るも、人生に相渉らずんば是も亦空の空なるのみ。文章は事業なるが故に崇むべし、吾人が頼襄論ずる即ち渠の事業を論ずる也。

しかし、一般に考えられているように、透谷の反撥は「文章即ち事業なり」という問題に向けられたのではなかった。文章が畢生の大事業でないとすれば、透谷は文章に賭けたみずからの存在を否定しなければならぬ。また愛山のいう事実を「唯見るべき事功」と解釈したのでもない。愛山の「世に渉る」を単に「物質的の世に渉る」と解釈したのでもなかった。しかし、愛山は透谷がそのような誤解にたっていると主張し、文章即事業の事業は「精神界の事業」である、という反論を直ちに書いた。（「凡例三則」明26・3・5）

愛山のこの弁明を非常に重視して、愛山とともに透谷の「誤解」あるいは「斜視」を認めているのが平岡氏である。[*3] 文章が精神界の事業であるという、これほど見やすい道理を、透谷が理解していないなどとは、透谷も見さげられたものである。透谷は文章と事業とを「都会の家屋の如く、相接近したるもの、如く云ひたるは、不可なり」といい、聖浄にして犯すべからざる文学の女神は、事業という野卑なる俗界の神に近づくことを肯んぜず、とまで云うが、この調子の高さも、「文学は事業を目的とせざるなり、文学は人生に相渉ること、京山の写実主義ほどになるを必須とせざるなり」という一節に引きつがれるのをみればわかるように、透谷の主張の真意は、文章がもっぱら現実の実生活の次元を対象とすることへの異議にある。文章をもって一世にたつ大丈夫は、「人間の霊魂を建築せんとするの技師」であり、その労働は「直ちに有形の楼閣となりて、ニコライの高塔の如く（中略）衆目衆耳の聳動することなき事業」であるにかかわらず、なお、「大いに世界を震ふ」ものであるという透谷の主張は、文章が単に「物質的の世」に相渉ることへの非難ではなく、文章の本領がもっぱら客観世界に対する現実的意識の次元にあるかのような主張に対してなされたものである。

肉を以て肉を撃たんは文士が最後の戦場にあらず、眼を挙げて大、大、大の虚界を視よ、彼処に登攀して清涼宮を捕握せよ、清涼宮を捕握したらば携へ帰りて、俗界の衆生に其一滴の水を飲ましめよ、彼等は活きむ、嗚呼、彼等庶幾《こひねがは》くは活きんか。

高遠なる虚想を以て、真に広濶なる家屋、真に快美なる境地、真に雄大なる事業を視よ、而して求めよ、爾の Longing を空際に投げよ、空際より、爾が人間に為すべきの天職を捉り来れ、嗚呼文士、何すれぞ局促として人生に相渉るを之れ求めむ。

透谷は最後窮極の戦いの場を問題にしているのである。透谷にとっては、それが文学の真に雄大な大事業に値したけれども、愛山を単なる物質主義者、卑俗な功利主義者ときめつけたわけではなかった。「人生の意義」（『文学界』明26・5）で弁明しているように、文学の相渉る人生を「ファクト（事実）」「人間現存の有様」に限定する傾向に対して、我慢がならなかったのである。したがって、愛山の反論を読んだ透谷が、愛山は「余が所論以外の事に向て攻撃の位置に立たれ、少しも満足なる教示と見るべきはあらず、余は自ら受けたる攻撃に就きて云々するの必要を見ざれば」（「明治文学管見」『評論』明26・4）として、しばらく沈黙を守ったのはむしろ当然であった。透谷は人の理解されがたさを思って暗然としたに相違ないのである。

しかし、源頼朝の事業に西行の「山家集」を対置させたりした透谷の態度が、愛山の反論をひきだすもとにはなったのであろう。だが、問題は、この時の透谷が、文学的価値と現実的価値とを原理的に峻別しようとしていたことである。そして愛山を「文学のユチリチー論」者と直感的にみとめ、その現実的写実主義的傾向をそれと並論したというところに、透谷の慧眼があった。
ところで、愛山がいう文章即事業とは、「精神界の事業」「内より発する者」を指すのであるから、愛山の論を「文学の独自性をみとめぬ単なる効用論とみるのはひとつの臆断」にすぎぬ、と平岡氏はいう。みてきたように、文章が精神界の事業である、と弁明した愛山の反論は無意味であったし、精神界の事業即文学の独自性、というような意見はそれこそひとつの臆断にすぎぬ。思想感情の総体としてある生きた人間の精神世界と、それが文学という自立した言語世界へ結晶するにいたるその径庭は、万里である。文学の独自性とは、まさに文学にのみ独自なその文学的表現の問題にほかならぬだろう。愛山をもともと曲解である卑俗な功利主義という汚名から洗おうとして、かえって極端な理想像を描こうとしているのである。

愛山の「明治文学史」（『国民新聞』明26・3・5）は、透谷との人世相渉論争以前に起筆したものであるが、間に透谷への応酬を組み入れ、連載七回にわたって中絶したものである。「序論」「凡例三則」についで、田口卯吉、福沢諭吉の論述がある。序論は次のように始まる。

飛流直下三千丈、疑是銀河落九天、
是豈明治の思想界を形容すべき絶好の辞に非ずや。優々閑々たる幕府時代の文学史を修めて明治文学史に入る者奚《なん》ぞ目眩し心悸《しんき》せざるを得んや。
文学は即ち思想の表皮なり、乞ふ思想の変遷を察せしめよ。

以下明治初年から二〇年前半にいたる「明治思想史」（傍点筆者・以下同じ）が三段階に分けて述べられる。ここで注目すべきは、「文学は即ち思想の表皮なり、乞ふ思想の変遷を察せしめよ」の一節であろう。愛山における文学とは、思想がその土台であり、文学の本質的要素は思想であると考えられる。それゆえ、「明治文学史」と銘うたれたものが、「明治思想史」の三段階として叙述されるのであり、それがさらに、「吾人は序論に於て明治文学に三段階あることを論じたり」（「凡例三則」）などと無造作にひっくり返るのである。愛山の意識のなかでは、思想と文学とは混沌未分の状態にあり、むしろ思想即文学という理解がなりたっていたとみていい。文学独自の問題は自然なおざりにされやすい。

水到りて渠成る、徳ある者は必らず言あり中に充つる者は外に発せざるを得ず、或は挙動に出で、或は言語に出で、或は文学に出づ、

「純文学」『国民新聞』明26・5・3

こういう議論が、「詩は志の之く所、内に志あれば言必ず動く」という、詩と志とを区別せぬ、士大夫文学の流れにあることはあきらかであろう。「詩は詩想で作るものではない。言葉で作るものだ」という対極の発想もあることを、この立場は想像さえしない。内容はおのずから形式をうるのであり、内容と形式とは統一ではなしに単なる癒着を示している。文学固有の表現の問題は無視されているといえよう。愛山が、「成ることとなれば天下の文章を極めて短くし、極めてやさしくし、文学の魔術もて真理をくらます連中を四海に放逐せん」（「的面生に与ふ」『国民新聞』明26・7・23）という意気ごみを示したのは全く当然であった。むろんここに述べられた「文学の魔術もて真理をくらます」ものが、暗に高踏派のみならず、文壇主流の硯友社一派、いわゆる軟文学を指すものであって、史家としての愛山がその硬文学の塁によってこれを撃とうと

した意図も、その文学史的位置もおのずから明瞭である。

しかし、おそらくそれも一片の啓蒙に終った、というべきであろう。硯友社文学が文学的に真に克服されるのには、ただ単に達意を旨とする評論、史論などの思想文学、硬文学という鉄槌をもってしては不可能である。それが文学の理論と実作とにおいて、内的に、克服されねばならぬことは自明であろう。

思想と文学とが一枚つづきである愛山の文学概念は、また文学的想像力というものを理解しない。「美術の極意は自然に模するに在り」（「遼豚録」『国民新聞』明27・4・8）というのが愛山の主張である。虚飾や空想を排して事実《ファクト》に忠実であること、「言語が現はして居ることと事物《シングス》とが精確《しつか》りと適合《あふ》こと」が理想である。近松は「徂来の書よりも白石の書よりも、多く当時の人情風俗を察するを得る」が故に偉大なのである。それは歴史書よりも更に真実で生き生きとした「事実を教ふる者」である。

彼れは馬琴の如く書中に生活する者に非ず、彼らは見たる所を書く者なり、（中略）彼の作を読む毎に、予は元禄の時代に生れて、自ら其社会を観察せしが如き心地す。

「心中天の網島を読む」『国民新聞』明26・5・25

愛山にとって、「稗史小説戯曲の類は歴史の立派な材料」であると、もっとも素朴な意味で信じられていたに相違ないのである。文学と現実との間はジカに続いている。

こういう発想が、例の二葉亭四迷の「形は偶然」という発想、「模写といへることは実相を仮りて虚相を写し出すといふことなり」という考え方に比して、いかに相違するかはおのずと明らかである。愛山の「素朴実在論的」な模写リアリズムは、こうして逍遥の「小説神髄」の側のリアリズム概念を踏襲したものである。硯友社文学が、人情、風俗の模写を主眼とした、「小説神髄」直系の子であることは、文学史上の常識である。「繊巧細弱」なる硯友社文学に鉄槌を加えんとする壮んな意図にもかかわらず、愛山の思想文学は、皮肉にも当の相手と背後で手を握り合っているのである。硯友社文学の文学的克服の困難とは実にこうしたものであった。

　愛山が詩人とは「直覚を以て直ちに天地と人生とを見る」（「詩人論」『国民新聞』明26・8）としていることからも、愛山に文学がわかっていなかったわけではない、と平岡氏はいう。しかし、それは愛山の議論にすぎまい。語彙や行文の類似は必ずしもつねに内容の金無垢を保証しないのである。ここで愛山のいう直覚は、「見る」に直接していることに注意したい。「空しき想像を離れて、先づ天地と人生とを見んことを希望す。（中略）感情は見るに因つて生ず、」

　愛山は実に眼の人である。直接感覚を信頼し、事実に密着しようとする。「形」の中に「自然の意」をさぐり、現象の奥に本質を「穿鑿」する性質として二葉亭をとらえた文学的想像力は、「空しき」ものとして退けられる。この対象認識における根深い実感主義が、一方で史家としての愛山の理論的限界を結果した、というそのことは今問わぬとして、愛山の文学的役割が、外面的観察を重んじ、その模写の技法を平明卒直ならしめるというほどの、啓蒙性を出なかったということは確実であろう。くどいようだが一例を引用しておく。

　果林子の戯曲往々にして俗謡を交ゆ。
　扨も見事な、おつづら馬や。七つ蒲団に、
曲碌そへて、蒲団ばりして、小姓衆を乗せて、海道百里を、花でやる。
花もさき手の供道具、素槍片鎌
十文字　からのかしらの　紅の　きぬは紅梅
魚は鯛、言も管槍、人は武士。
諸侯の鹵簿宛然として見るが如し。（中略）森羅万象何れか詩題に非ざらん。善く見て善く写さば必ず人を動かすものあらん。

「詩界の高踏派」『国民新聞』明26・12・21

正宗白鳥はおそらく愛山を認めた早い一人であるが、その「愛山と透谷」（『文学界』昭26・5）という一文において、両者の対立を「現実家」と「空想家」としてとらえ、愛山のこの俗謡の解釈などは、「明晰で興味豊かであった」と追懐している。旧套打破、即物迫真の態度によって、まがりなりにも近代的主体を確立させ、硯友社戯作文学を脱皮したはずの日本自然主義であったが、まさにその即物的な認識方法においては、尚一脈をひいていたという証しにもなろうか。

文学と現実とを一枚にとらえ、その間にあるべきはずの表現主体の問題を閑却する発想というものが、しばしば文学的功利主義と表裏するという独特な事情は、いちはやく透谷が見抜いたとおり愛山の場合もその例にもれない。「詩人は理想を教へざるべからず、彼れは明かに理想を見て、明かに之を画かざるべからず」（「詩人論」）という愛山は、文学の現実的、直接的有効性を信じて疑わないようである。あの「文士筆を揮ふ猶英雄剣を揮ふが如し」の意味は、卑俗な、というよりむしろ素朴な、文学の功利主義あるいは機能主義なのであった。愛山は熱意をこめて語る。

吾人が文章は事業なりと曰ひしは文章即ち思想の活動なるが故なり。思想一たび活動すれば世に影響するが故なり。苟も寸毫も世に影響なからんか、言換ゆれば此世を一層善くし、此世を一層幸福に進むることに於て寸功なかつせば彼は詩人にも文人にも非るなり。

「凡例三則」

愛山において、文学はその創造においても機能においても、現実から自立した言語空間としては意識されないのである。この一種素朴な楽観主義が、透谷の「空を撃ち虚を狙ひ、空の空なる事業をなして、戦争の中途に何れへか去ることを常とするものあるなり」という絶望的な思いの、その文学的意味を、全く理解しなかったのは明白である。精神の創造的事業としての文学が、その享受者の側へ通ずるトンネルのような安全軌道なぞ、はじめから持たぬことを、文学的功利主義はやすやすと見落してしまうのである。

「人生に相渉るとは何の謂ぞ」に対する愛山の論駁（「凡例三則」）以後、透谷がしばらく沈黙を守ったことはすでに述べた。その後の透谷の最初の発言が、想像力についてであることは興味深い。（「想像と空想」『平和』明26・3）現実を軽んじ人生を逃避する、単なる空想は否定するが、現象世界を離れ「高大なる理想にまで遥遊せしむる」人間の想像する力の必要について、思いめぐらした小論である。愛山の文学概念との本質的対立がどこにあるかを、透谷はあらためて自己に確かめている様子である。

やがて、その文学的立場の根本的確認を意図して書かれたものが、「明治文学管見」（「日本文学史骨」『評論』明26・4・5）にほかならない。透谷はこれを愛山の「明治文学史」に挑戦するものではない、などと弁解しているが――透谷のこうした気弱な反省癖は論争に一貫してついてまわる――しかし、明らかにそれに対置せんとする姿勢を伺うことができる。

　吾人文学を研究するものは、単に人生の批評のみを事とせずして、詩の理と詩の美とをも究むるにあらざれば不可なるべし。

愛山とちがって、ここでは文学の思想内容とともに、その表現が不可欠の問題となっている。

　快楽と実用とは、文学の両翼なり、雙輪なり、之なくては鳥飛ぶ能はず、車走る能はず。然れども快楽と実用とは、文学の本躰にあらざるなり。快楽と実用とは美の的（Aim）なり。美の結果（Effect）なり。美の功用（Use）なり。「美」の本躰は快楽と実用とにあらず。（中略）他に詩の本能ある事は疑ふ可からざる事実なるべしと思はる。

ここで「文学の本躰」とは明らかに「美」である。「美の本躰」は快楽と実用とに隷属してはならない。それら二要素は「美」の兼ね備うべき属性であって本質ではない。透谷にとってそれでは「美」とは何か。「美は実に人生の本能に於て、本性に於て、自然に願欲するもの」である。透谷は人間本能としての美的欲望、衝動としての芸術意欲について、深く自覚するところがあったようである。意識の深層に潜んでいて、意識にとっては常に強迫的な創造的エネルギーの湧起という、おそらく愛山のあずかり知らぬ感動を、透谷は知っていたにちがいないのである。透谷の内に住む、この精神のデモーニッシュな表出力の自覚こそ、「精神は自《みづか》ら存するものなり、精神は自《みづか》ら知るものなり、精神は自《みづか》ら動くものなり」という先験的な発想の基盤であろう。「独存」する「精神の自由」があればこそ、透谷の渇望する、有限の生を超え、無限の世界に放たれる自由もまたあるわけである。透谷にとって「文学の本躰」であるものは、芸術衝動としてのデモーニッシュな精神の表出力であり、それを包括する根原的な「精神の自由」である。その「精神の自由」とはまたいいなおせば、「大、大、大の虚界を視よ」といった「虚」の観念にほかならぬだろう。「虚」の観念において自由無碍であり、「精神は終古一」なのである。

かくて透谷の文学史は、創造的精神の自己展開の様相としてとらえらるべきはずのものであった。しかし、それは若い透谷の手にあまる仕事であったらしい。透谷は文学史叙述にとりかかろうとして、「無限なるもの」（精神）が、「有限なるもの」（人生）のなかで、いかに趣きを変えたかという方向へそれて行く。文学史ではなく、文学史としての発想にすりかわり、無限なるものとしての精神の自由は、次第に歴史社会的次元へと地すべりして行くのである。そして、透谷の文学史は歴史決定論に傾いた文化史的様相をおびる。ここに、当時一般的であったテーヌの英文学史の方法、その実証主義的影響をみてとることも可能であろう。「文学は時代の鏡なり、国民の精神の反響なり」「一国民の文学は其時代を出ること能はざるなり、時代の精神は文学を蔽ふものなり」という観点は、「独存」する精神の自己展開する歴史的な相というものと、交錯する地点を見出しがたいに相違ない。かくして当然、透谷の文学史は中絶されねばならなかった。

平岡氏は透谷における「文学の本躰」としての「精神の自由」を、ただ単なる「人間の精神」に還元する。つまり、氏は美的本能、あるいは創造の問題としてある透谷の文学概念をとらえ得ない。したがって、透谷が、対象化された文学史的現象と、自己の文学概念との間で、微妙に分裂していることを見ないで、安易に文学史的現象の側の叙述をたどるのである。そこに透谷の「国民」の観念を抽出することは可能であろう。しかし、それは透谷の文学概念の特長を基本構造において見あやまるものである。

自由な創造的精神の自己表出の問題とは、また文学的想像力の豊かさの問題でもある。「詩歌の世界は想像の世界」（「他界に対する観念」『国民之友』明25・10）であるとは、透谷の一貫した主張であった。「人に想像あるは、人に思求あるを示めす者なり」（「熱意」『評論』明26・6）。想像力こそは精神の根源的な力の発動であると思われていた。その意義と役割とについて、はっきりと自覚的であったのは、近代日本文学史上、透谷とともに二葉亭があるが、二人はその想像力の質を全く異にしていたように思われる。透谷は二葉亭のいわゆる「実相」を仮りて「虚相」を写し出すのに必要な文学的想像力を、ほとんど持ちあわせていなかった。たとえば、小説「宿魂鏡」（『国民之友』明26・1）のみじめな失敗はその充分な証左であろう。透谷の想像力は「専ら内部感覚や神経の世界にのみその能力を発揮」[*4]している。現象世界の客観的把握のために必要な想像力というものを欠いていた結果、「宿魂鏡」の作中人物は、自己の想念を濃く塗りこめた主人公はともかく、他は江戸小説の気質物や痴話めいた類型化がおこるのである。それがおのずから、硯友社ばりの文章で描かれるという事実こそ、透谷の文学的悲劇と呼ぶほかはあるまい。恋愛の霊性を主張し、恋愛が「人世の秘鑰《ひやく》」である所以を説いて、思想革命的に近代恋愛観を樹立し、硯友社一派の江戸文学的恋愛観を打破して、その文学を克服しようとした透谷であるが、はからずも文学技法上、当の相手の糟粕を嘗めねばならなかった。もし透谷・愛山における同位性を問題にしうるとすれば、その文学的水位こそ違え、硯友社文学の文学的克服における、この困難をこそ問題とすべきであろう。図式化した言いかたをすれば、愛山における困難とは、その思想文学と模写リアリズムとの野合にあり、透谷のそれは、その形而上的浪漫主義と模写リアリズムとの密通にある。そこに共通する近代写実主義理論の欠如があった。ここで、透谷がもし二葉亭を理解しえていたら、という文学史的仮定に立つことは自由であるが、しかし、みてきたように、透谷の文学的想像力は、近代写実主義理論を体現するには不向きであったと考えられる。逍遥と交渉をもった透谷が、二葉亭と出会った形跡のみえないという現象は、優れた異質の才能の宿命的乖離であったのかも知れない。「巨瀑空に懸つて岩石震動するの詩趣」をまざまざと感じさせるのは、透谷の詩的散文や評論の類である。透谷はその湧起する精神の表出力に、ほとんど形象をあたえずして逝いたのであった。

> 所謂写実派なるものは、客観的に内部の生命を観察すべきものなり。客観的に内部の生命の百般の顕象を観察する者なり。（中略）所謂理想派なるものは、主観的に内部の生命を観察すべきものなり。主観的に内部の生命の百般の顕象を観察すべき者なり
>
> 「内部生命論」『文学界』明26・5

透谷の写実主義理論の曖昧さは、同じ程度に、理想主義理論の曖昧さでもあったようだ。ただ理想派に関してはさらに、インスピレーションによって「再造せられたる生命の眼」をもって、「極致を事実《リアリチー》の上に具躰」化することだ、という説明を加えている。当時、安易な模写的写実主義に風靡されていた文壇的環境のなかで、透谷の資質に真にふさわしい文学的方法を明確に示唆するものはおそらく無かった。失敗作である戯曲「悪夢」（『文学界』明27・5、没後発表）が、主人公の苦悩の内的独白の部分において、なお特異な魅力を失わないように、小説と呼ぶにはあまりに形象の不足した「我牢獄」（『女学雑誌』明25・6）の文体が、不思議に濃密な実在感をともなって人を打つように、透谷の作家的手腕は、内的世界にむかうとき、独特の冴えをみせる。想像力のこうした質を自由に働かすためには、おそらく象徴的手法を必要としたにちがいない。[*5] しかし、当時象徴主義の理論について、透谷を啓発するようなものはほとんど皆無であった。[*6] こうして透谷は、内部に横溢するものに責められながら、自己の天分とは矛盾する、さまざまの試作と計画とを残して悲劇的な生涯を閉じたのである。

透谷・愛山の意識の共通部分を拾い上げ、結果的にその対立を薄めるに似た作業は、文学的に本質的な純度と質とにおいて相違する、二つの精神の対立を隠蔽する。透谷・愛山の対立は、何よりも文学概念上の対立としてとらえられねばならぬ。そのかぎり、あえて中野の言葉を借りて比喩的に、一方を「美しい切花」といい、一方を「俗学者」と呼び捨てうるような、鮮明な対照においてとらえられねばならぬ。明治中葉に、早くも唯物史観的史眼の卓抜さを見せ、その旺盛な在野精神によってアカデミズムと戦い、「理解歴史学」[*7]と呼ばれるユニックな学風を独力できずいた平民主義者愛山は、むろん単なる俗学者というにふさわしくはないにしてもである。

「虚」の観念に住しうるものとして、デモーニッシュな精神の創出力について、あるいは文学的想像力の本質について、強く意識的であって、文学の本躰に迫りえた透谷と、文学を自立した言語空間としてとらえず、素朴な模写的写実主義によって現実と文学とを一枚にとらえ、思想文学と手を組んで文学的功利主義に陥いった愛山とが、異質な精神として矛《ほこ》を交えたのは当然であった。しかし、両者は、当時の文壇を風靡していた硯友社文学の克服をめざすことにおいては盟友でもあった。その壮んな左右両翼からする挑戦も、しかしついに、硯友社一派の文学的克服の道は開きえなかった、というそのことのなかに、透谷・愛山の皮肉な同位性と、おそらく明治二〇年代の文学史的悲劇とが存在するのである。

近代的自我史観にたつ小田切氏が、愛山の業績を認めつつもなお、単に卑俗な功利主義と規定するのみで、平岡説に有効な反撃を加え得ないのは、おそらく、この透谷・愛山の文学概念上の対立と、その文学史的意味とを明確にしないためであろう。明治絶対主義と絶望的に対決する近代的自我であるところの小田切氏の透谷を、「国民」のイデーに賭ける透谷へと止揚する平岡氏の方法が、同時にそのことに盲目であるとすれば、平岡説もなお小田切説と同一平面上にあることになるであろう。したがって、大地が無いために「美しい切り花」ではあったが、もと大地から咲くべき花であり、惜しくも日本資本主義に敗れた薄命の詩人であるという、昭和初年中野重治によって「戦闘的」にとらえられた透谷の、一ヴァリエーションの域を出ない。そうした地上的発想にのみとどまる時、みずみずしく天空に花咲こうとしたその透谷、真実の浪漫主義者としての透谷の精神の姿態を、全的にとらえることにはならぬだろう。透谷のその文学史的位相を見まがう時、民間史家愛山の果しない美化もまたおこるのである。

＊1　佐藤春夫「壮年者の文学」『中央公論』昭2・5、「この時評に与へられた批評について」同　昭2・6、「透谷・樗牛・また今日の我々の文学」同　昭2・7
＊2　正宗白鳥「雑誌抜き読み」『読売新聞』昭2・5・3、「文芸時評・佐藤君に答ふ」同　昭2・5・30
＊3　「透谷の文学的立場」『近代文学ノート』能楽書林　一九四八・九
＊4・5・6　「透谷と山路愛山」「山路愛山の文学」『北村透谷研究』有精堂　一九六七・六
笹淵友一「小説・戯曲――透谷の作品　その四」『文学界とその時代（上）』明治書院　一九五九・一
＊7　藤田省三「愛山に於ける歴史認識論と『布衣』イズムの内面的関連――「山路愛山史論集」を読んで――」『歴史学研究』昭35・4

（一九六七・一二）

透谷――「心」と表現のアポリア

透谷が『聖書之友雑誌』に書いた評論はほとんどが無署名であるけれども、ただ七〇号に書いた「心の経験」(明26・10)は、北村門太郎と署名されてある。この号以後、透谷は『聖書之友雑誌』の編輯を罷免された模様である。勝本清一郎氏によれば、会員ないし読者の大多数がプロテスタント正統派の諸教会に属していたために、透谷の正統的ならざる思想や編輯に、周囲の苦情が次第に大きくなったうえの、編輯者交替であろうという。

そうした背後の事情もあってか、「心の経験」の透谷の主張には執拗なところがある。「人間の生涯は心の経験なり。心とは霊魂の謂《いひ》にして、人間の生命《いのち》の裡《うち》の生命《いのち》なり」という言葉に始まるこの論の主旨は、人の一生が、ついに「心の経験」「心の知覚」をおいてほかに、何ものでもないことの熱い強調にある。

心は又た最終の事実なり。心に於て行へるところのものは、抹すべからざる実行となる。神の理をうつして実際のものとするは、この心に於てなり。心の上に捺印するところのものは、紙の上に捺印するところのものよりも不朽なり。(中略)心を外《のぞ》きては、まことの事実なし。事実の中の事実は、この心なり。

心においての実行がまさに実行であり、心以外に「まことの事実」はないという、きわめて唯心的な「心」の重視には、背後に近代自由主義神学、クェーカリズムの感化[*1]のあることを否定できないけれども、当面私の興味は、透谷が必死に押し入ろうとしたその場所が、いかなる内的必然をはらんでいたかをめぐる問題にある。

自由民権運動離脱ののち、政治に賭けた青春の喪失を味った透谷は、商業上の失敗にも傷ついて人格解体の暗い危機をくぐり、恐ろしい「苦獄」を経て、キリスト教を主軸に思想的転回をとげている。その透谷にとって「心」の問題とは、単に外来の神学思想の影響の問題としてあるのではなく、キリスト教とその教界とを明治二十年代の時代情況のなかに、鋭く視ることにおいて直面せざるをえなかった問題であると思われる。と同時に、透谷がつねに不可測な実在としての「心」に、深く関心せざるをえなかった事情が考えられる。たとえばミナ宛書簡の「生は筆の虫なりと云はれまほしき一奇癖の少年なり」（一八八七年八月一六日）という自己覚醒は、すでに表現という行為をおいてほかに、救出されえないような深甚な心の体験がもたれたことを物語っている。「人生は遠き古より、遙かなる未来まで、真個に之れ奇幻を極めたる一大ドラマたり」という感慨も、そこにおのずから生じている。透谷における「心」の問題の追求は、こうした意味合いにおいて、宗教と文学の問題をおのずとはらむことになるであろう。

人生は戦争の歴史なり。刀鎗銃劍は戦争にあらず。人生即ち是れ戦争。世を殺せし者必らずしも虚栄に傲《ほこ》る勝利者のみにはあらじ、力ある者は力なき者を殺し、権《けん》あり者は権《けん》なき者を殺し、智ある者は智なき者を殺し、業《げふ》ある者は業《げふ》なき者を殺し、世は陰晴常ならず、殺戮の奇功なるものに至つては、晴天白日の下《もと》に巨萬の民を殺しつゝあるなり。

右は透谷が主筆編輯をつとめた雑誌『平和』の評論「最後の勝利者は誰ぞ」（明25・4）の一節である。この評論を日本平和会の平和運動の発言としてみれば、笹渕友一氏のいうとおり「論旨がやや逸脱気味」であり、「このやうな優勝劣敗の社会的事実、資本主義社会の矛盾までも戦争と規定したのでは、平和会の平和運動の目標は甚だ茫漠たるものになつてしまふ」[*2]のはたしかである。けれども、日清戦争以前という当時の段階で、クェーカリズムの平和主義から生まれた平和会の運動は、何ほどの具体性をも持ちえなかったのではあるまいか。おそらく透谷には、いつ襲いくるかも知れぬ戦争の悲惨などよりも、今ここに実在する不可視の殺戮の悲惨が、よく視えていたのである。「力ある者は力なき者を殺」す権力の暴威は、かつての自由民権運動敗滅の過程であったし、透谷を「発狂するか白痴になるか」（父快蔵宛書簡　一八八七年八月上旬）の恐ろしい危機においやった商業上の失敗も、早い結婚による生活上の惨苦もまた、透谷に殺戮の幻影をみせずにはおかなかった。「人生即ち是れ戦争」とは、多難な半生をかえりみて、透谷の心底に湧きあがる感慨だった。優勝劣敗の社会的事実、急速な資本主義的近代化の現実を、「閃々たる劒火は絶ゆる時なき」「戦争」と規定し、そこに日本近代の「暗黒」を、腥血したたる「殺戮」を見抜きえたのは、透谷の面目である。

こうして透谷の澄んだ眼は、時代の情況の底にひたと据えられてはいたけれども、しかし、透谷は全く別な眼を内界にむけて見ひらいてもいた。すなわちいう。「われは信ぜず、天地の経綸はひとり社界経済の手にあるを」と。

かつて明治二〇年（一八八七）、石坂ミナとの烈しい恋愛を契機として世界の変貌を体験し、キリスト教に開眼した当時の透谷は、「真理を以て戦ふ可し、剣と鎗とを以て戦ふ可からず。（中略）将さに神の力を借りて戦はざる可らず」（石坂ミナ宛書簡　一八八八年一月二十一日）と述べていた。絶対的な神へ服従し、社会的実践と結びつこうとする、このカルヴィニズム的なといわれている信仰告白の背後にあって、「戦はざる可らざる内的衝迫を、ひそかに透谷にあたえていたものは、「青天白日の下《もと》に巨萬の民を殺しつゝある」という、時代の認識であったにちがいない。それは政治にも実業にもむごく打ちひしがれた「敗余の一兵卒」の鬱屈であろう。しかし、四年後に「最後の勝利者は誰ぞ」を書いた透谷は、変らぬ鋭い認識に立ちながら、かつてのままの透谷ではないのである。

世は如何に不調子なりとも、世は如何に不公平、不平等なりとも、世は如何に戦争の娑婆なりとも、別に一貫せるコンシステント（調実）なる者あり。（中略）江海の水溢れて天に注ぐ事なく、泰山の土長く地上に住《とゞ》まることを知らば、地上にも亦たコンシステンシイの争ふ可らざる者あるを悟らざらめや。何をか調実の物と言ふ、マホメット説けり、釈氏説けり、真如と呼び、真理と称へ、東西の哲学者が説明を試みて止《やま》ざる者即ち是《これ》なり。而して吾人は之を基督といふ。基督にありて吾人は調実を求め、基督にありて吾人は宇宙の経綸を知る。

苛酷な資本主義社会の現実の秩序のなかに、それとは全く別の、一貫して調和した宇宙の秩序が存在するという。社会のあらゆる「不調実」にもかかわらず、そこに「調実」が争いがたく存在するというのである。透谷にとって「調実」（consistency）とはすなわち基督である。基督が「救主」ではなくて、「調実」であること、その「調実」が、マホメットや釈尊の「真如」「真理」、一般に東西の哲学が説明を試みたいわば普遍的真理に相通ずるものであって、キリスト教独自の概念でないことが特徴的である。これらは従来クェーカリズムの宗教意識、あるいはエマーソンの思想とも一致のあることが、笹淵友一氏によって指摘されているけれども、当面私のとらえたいのは、資本主義社会の秩序をつき抜けたいわば裏側に、その秩序を抹殺するかたちで、普遍的原理をつかもうとした、透谷のそのありようである。クェーカー流の「調実」という、一見楽天的な発想が、実は「人生即ち是れ戦争」という、資本主義近代の暗黒を直視したままの、観念の逆転であったということである。

「神の力を借りて戦はん」「神の真意を世に行はん」とし、「世に盡くし民に致さんとするの誠情」をいだいてキリスト教界に近づいた透谷は、すでに明治二十二年（一八八九）の段階で、「余はクリスチアン中の厭世家なり。余は一人の朋たるあらず、又之れあることを願はず。何となれば今の教会よりは、唯偽善者の起るのみ。一人の真人だに出でざればなり」[*3]という、深い幻滅を味わされていた。

「宗教の本意、豈に狭穿なる行為の抑制にあらんや。われは、教会の義財箱にちやら〳〵と響きさして、振り向きて傲《ほこ》り顔ある偽善家を悪むと共に、行為の抑制を重んじて心の広大なる世界を知らざるものをあはれむ事限りなし」という、「各人心宮内の秘宮」（『平和』明25・9）の痛烈な批判の核は、透谷が、ういういしい期待とともに教界へ近づいて間まなく、ふくらみはじめていたのである。透谷の回心がめざましければめざましいだけ、それだけ失望も深かったにちがいない。あわせて、福音的キリスト教世界への導きの「アンゼル」であったミナとの恋愛も、結婚生活を経てすでに幻想と化していた。『蓬莱曲』（明24・5）における思想的混迷と暗い絶望はそうした事情を反映している。

透谷がこうして内にくぐもらせていたキリスト教界不信の心情に、思想的方向を示唆したものが近代自由主義神学の精神であったろう。「義財箱にちやら〳〵と響き」さすキリスト教界の現状そのものが落ちいっている世俗の論理、それを大きくふくめた資本主義的近代の現世の論理、その総体を、空無化する普遍的原理――最後の勝利者を透谷は求めていた。「心に宮《みや》あり、宮《みや》の奥に他の秘宮あり」という透谷の揚言は、こうして現世の総体に対峙しつつ、目前のキリスト教界の現状を打つべき、思想的根拠の提示でなければならなかった。

心に宮《みや》あり、宮《みや》の奥に他の秘宮あり、その第一の宮には人の来り観る事を許せども、その秘宮には各人之に鑰《かぎ》して容易に人を近かしめず、その第一の宮《みや》に於て人は其処世の道を講じ、其希望、其生命の表白をなせど、第二の秘宮は常に沈冥にして無言、蓋世《がいせい》の大詩人をも之に突入するを得せしめず。

今の世の真理を追求し、徳を修するものを見るに、第一の宮は常に開《あ》けて真理の威力を通ずれど、第二の宮は堅く閉ぢて、真理をして其門前に迷はしむるもの多し。第一の宮に入るの門は広けれども、第二の宮の門は極て狭し。第一の宮に入りたる真理は、未だ以て其人を生かしむるものにあらず、又た死せしむるものにあらず、喝、第一の宮に善根を種《たね》き懺悔をなすは、凡人の能はざるところにあらず、この凡人豈に大遠に通ずる生命と希望とを、いかにともするものならんや。福音何物ぞ、救何物ぞ、更生何物ぞ、是等の物を軽侮し、玩弄し、徒らに説き、徒らに談じ、徒らに行ひ、徒らに思ひ、第一の門までは蹈入らしめて第二の門を堅く鎖すもの、比々皆是れなるにあらずや。

透谷にとって第一の宮は、「処世の道」を講ずる、ひっきょう「処世」の論理につながる領域であった。義財箱に音さす善根や懺悔は、ただ精神の表層をかすめるのみの、いうなれば処世の形態にすぎなかった。そこには言葉の真の意味の「希望」もなく「生命」もない。人を真に生かしめ、また死なしむる窮極のものとそれらは無縁である。第一の宮に恬然自足して、第二の宮、心の奥の秘宮の存在を自覚しない凡俗の精神に対して、透谷のやみがたい本質志向の精神がいらだっている。心の秘奥を開くことを知らず、処世の論理につながる者は、近代の闇を表層でうけとめる、ひっきょう現世の秩序とともにある太平の俗物である。透谷は激越な精神のドリルによって、その秩序の総体を破砕する地点に立とうとしている。そこにおいてはじめて、現世の裏側の普遍的原理が視えてくるはずなのである。その唯一の立脚点が心宮内の「秘宮」であった。透谷が山路愛山と激しく闘わした「人生相渉論争」は、本質においてこの対立の頂点に位置する、といっていいだろう。透谷が当時の「民友社」をバックとしたいわゆる地平線的イデオロギー全体に対峙して、懸命に戦おうとした立脚点は、この「人生の最大至重」の「秘宮」であったといってよい。それが、現世の総体を負に転じうる「大、大、大、の虚界」の原理であった。

こうして現実を空無化しうる観念の母胎こそが実在であるとすれば、「精神」は「生命の原素」であり、「心」こそは「最終の事実」にほかならない。「心」の実行以外に「実行」というものの次元はない。透谷の「心を以て基礎とする思想及び信仰」のかたちは、このように考えられる。

ところで、「天地の精気に通じ」「永遠の生命の存する」心の奥の「秘宮」が、「人生の一端」を説明するもの、とされているのは興味深いことである。注意して読めば「各人心宮内の秘宮」の冒頭には、すでに次のような文字がみえる。

各人は自《みづか》ら己れの生涯を説明せんとて、行為言動を示すものなり、而して今日《こんにち》に至るまで真に自己を説明し得たるもの、果して幾個《いくこ》かある。(中略)哲学あり、科学あり、人生を研究せんと企つる事久し、客観的詩人あり、主観的詩人あり、千里の天眼鏡を懸《かけ》て人生を観測すること既に久し、而して哲学を以て、科学を以て、詩人の霊眼を以て、終《つひ》に説明し尽すべからざるものは夫れ人生なるかな。

心の奥の「秘宮」が「かの説明し得べからずと言はれたる人生の一端」を説明する、というのはこれを受けているのである。

透谷のなかに、人間内部の「なほ知り得べからざる不可覚界」に到達しようとする意欲が動いていたことは確かであって、透谷の「心」に対する強い関心は、思想、信仰の問題であると同時に、みずからの測りがたい心的体験の問題でもあったのである。

「各人は自《みづか》ら己れの生涯を説明せんとて、行為言動を示すものなり」という一節は、ことに透谷の特色をあざやかに物語っている。自己の説明つまり自己の表現に、人間言動の基本的衝動をみているのは、透谷がつねに表現を迫られる内部を、表現によってのみ救済されうるような内部をかかえこんでいたことを示しているであろう。

すでに明治二〇年（一八八七）八月、ミナ宛の書簡において、「生は筆の虫なりと云はれまほしき一奇癖の少年なり」という自覚があった。ミナとの恋を断念するに際し、自己の「ミザリイ」を物語ったこの長い書簡は、ミナに宛てていながら、内部の湧出によっておのずからそれを超える表現の水位をもっている。[*4]同様のことは父快蔵宛の書簡にもいうことができるだろう。「断然身を砂漠に抛つの覚悟」を自分に強いねばならなかった透谷は、いわば現実の自己抹殺を、表現の行為のなかに回復しようとしたといえる。その過程で透谷の確認したのは、世の温良というものにほど遠い「過激なる」「激烈なる」自己であった。アンビションの「病」、「狂痴」、とかえりみていわざるをえないほど、それは不可抗の激情を蔵していた。したがって反動も大きく、いったん障害に出会えば「困死する」ほどの渕に沈まなければならない。発育ざかりの十三歳余の少年が「終日臥床にありて涙と共に一二月を過ごし、何時癒ゆべしとも思はれざりし」という、異常が訪れている。こうした精神の動乱が明確な周期をもつことは、透谷が躁鬱病者であったことの有力な根拠とされているが、しかし、問題は透谷がそうした内的激発と憂鬱のなかで、人間内部の不可測の深渕にいやおうなく直面していたということである。

「生は我が未だ狂せざるを怪むのみ、白痴とならざるを奇とするのみ、盖し此六月以来、生は自ら驚く程の耐忍力を以て此大敗軍に伴ひたる失望落胆を拒ぎたり」という快蔵宛の一節をみても、そこに演じられた激甚な内的葛藤がしのばれる。

人間の理性や意志の埒を超えた闇の領域から、激浪のように透谷をおそうかにみえる強い力を思う時、私は松山時代の漱石の「人生」（明25・9）という一文を思い出すのである。

「因果の大法を蔑《ないがしろ》にし、自己の意思を離れ、卒然として起り、驀地《ばくち》に来るもの」「一朝の変俄然として己霊の光輝を失して、奈落に陥落し、闇中に跳躍する事なきにあらず。是時に方《あた》つて、わが身心には秩序なく、系統なく思慮なく、分別なく、只一気の盲動するに任ずるのみ」という、そのいわゆる「狂気」、人間内部の「不測の変」の深い自覚が漱石にはあった。それが「人生は心理的解剖を以て終結するものにあらず、又直覚を以て観破し了すべきにあらず、われは人生に於て是等以外に一種不可思議のものあるべきを信ず」と漱石にいわしめている。透谷もまた符牒を合せたように「哲学を以て、科学を以て、詩人の霊眼を以て、終《つひ》に説明し尽すべからざるものは夫れ人生なるかな」（「各人心宮内の秘宮」）と述べているのである。

漱石は次々と作品を生むことによって、その内部のデーモンと表現行為の中に和解をとげたということができるであろう。

しかし、透谷の場合には漱石には無かったキリスト教という回路があった。発狂するか白痴になるかという、人格解体の危機を現実に救い、透谷を自己革命的に蘇生させた入信の記憶によって、透谷のデーモンはおのずから宗教的昇華をとげようとしている。透谷のはげしい根元的志向、心の奥の秘奥へと向う熱烈な意志、総じて透谷にある宗教的ラディカリズムは、このような宿命的資質においても、必然であったというべきであろう。

けれども、心宮内の「秘宮」も「人生の一端」を説明するもの、という意識が透谷にあったとすれば、宗教的燃焼のなかでなお残る、ある種の余剰を透谷は意識せざるをえなかったということになる。その如何ともしがたい余剰が、ひそかに内部にひしめく時、それは表現を求める。透谷における宗教と文学の問題がここにあるだろう。

> 哲学必ずしも人生の秘奥を貫徹せず、何ぞ況んや善悪正邪の俗論をや。秘奥の潜むところ、幽邃なる道眼の観識を待ちて無言の冥契を以て、或は看破し得るところもあるべし。然《さ》れども我は信ぜず、何者と雖この「秘奥」の渕に臨みて其至奥に沈める宝珠を探り得んとは。
> 「心機妙変を論ず」明25・9

心の「秘奥」はさらにその幽暗なる奥行きを増し、至奥の「宝珠」が問題とされているけれども、その「宝珠」はおそらく何者といえども探りえないという。しかし、「不可覚」であることが、むしろ透谷をうながし、文覚上人の生を追体験させ、あえて「宝珠」を探る精神の冒険をこころみさせずにおかない。

> 彼はこの際に於て、己れの意中物を残害すると同時に、己れの迷夢をも撃破し了れり。彼の惑溺は袈裟ありて然るにあらざりしも、この袈裟の横死は彼が一生の惑溺を医治したり。意中物は己れの極致な

り、己れの極致を殺したる時に、いかで己れの過去を存することを得む。彼は極致と共に死したり。而して他の極致を以て更生するまでの間は所謂無心無知の境なり、激奮猛奔して、而して中奥に眠熟《みんじゆく》するが如き境なり、この境を過ぐるは心機一転に欠くべからず、而してこの境は石火なり、流星なり、数秒時間なり。この数秒時間の後に、他の極致は歩を進めて彼の中《うち》に入る、しばらく混乱したる後に彼は新生の極致を得て、全く向前《かうぜん》の生命と異なるものとなるなり。

愛人殺害という異常事態をめぐる人間心理と、その心機一転のドラマの追求に透谷は可能なかぎりの自己移入をこころみている。殺害の瞬間における精神の完全な「死」と、不可思議な「眠熟《みんじゆく》」[*5]ののち、突如、流星のごとく訪れる「新生」という理解のしかたには、佐藤泰正氏の指摘があるように、透谷自身の恋愛入信の体験が重ねられているとみていいだろう。ただ文覚は愛人を殺して精神の死をくぐったけれども、透谷は恋愛を断念し、いわば自己を抹殺しようとして一度死んだ、という違いはある。探りえぬという「宝珠」をあえて探ろうとして、透谷は思わず自己の深渕に降りたのである。こうした作品が、星野天如の文覚論などと、比較にならぬ迫真力をそなえていたのは当然といわねばならない。

「心」という不可測のカオスに対する透谷の関心は、なおも兇悪な激情としての殺人にしばしば向けられる。たとえば「鬼心非鬼心」（『白表・女学雑誌』明29・11）は母親の実子殺しを書いたものである。また「罪と罰」（『白表・女学雑誌』明25・12）「『罪と罰』の殺人罪」（『白表・女学雑誌』明26・1）を書いている。前者は実話をもとになまなましい実感を定着させた文章であり、後者はドストエフスキーを論じた、当時として先駆的な近代批評として、評価の高い評論である。両者ともに殺人者の境遇とその心理的錯乱を鋭く洞察し得て美事である。

ここで興味あることは、「鬼心非鬼心」の母親も、「罪と罰」のラスコーリニコフも、ともに「気鬱病」に落ちていたとされていることである。「気鬱病」とは透谷がミナに「ミザリイ」を訴えた手紙のなかにしばしば見える、透谷自身の自覚した症状であった。透谷はこのように、たえず自己の内部の暗い深渕にたちかえりながら、不可測の余剰の意味を表現のなかにすくいとろうとしていたかにみえる。

「公明正大を誇負する」人間もひっきょう「暗黒の『影』の比較的に薄きに過ぎず、照明なる時間の比較的に長きに過ぎ」ぬ。しかし、反面それが必ずしも「人間の霊活を卑《ひく》うする」ことにはならぬ、とするのが透谷である。「人間と呼べる一塊物（A piece of work）を平穏静着なるものとする時は、何の妙観あるを知らず、善あり、悪あり、何等思議すべからざるところありて始めて其本性を識得する」のである。「神の如き性」と「人の如き性」が「常久の戦士」として相闘わねば、人の生は枯衰して危うからんともいう。対立物の闘争そのものに、人間の生の可能をみようとする、その意味ではきわめて積極的人間観であるようにみえる。しかし、次のような一節もある。

この両性の相闘ふ時に精神活きて長梯を登るの勇気あり、闘ふこと愈《いよ/\》多くして愈《いよ/\》激奮し、その最後に全く疲廢して万事を遺《わす》る、この時こそ、悪より善に転じ、善より悪に転ずるなれ、この疲廢して昏睡するが如き間に。

「心機妙変を論ず」

「長梯を登る」という目的的な行程が、最後に中断されて、突如悪から善への、あるいはその逆の転換がおこるとされている。不可思議な忘我と「昏睡」の間の転換である。透谷にとって善と悪とは相互に流動的な概念であって本質的に対立したものではないようだ。

彼は罪を犯せり、彼は罪を犯さずなど言ふ俗流信者の眼光を離れて、罪の根底を透見する時、吾人は罪といふ水の面《おも》の葉の、往々にして罪にあらざる根より出《いづ》るを見出すなり。問ふべきところは其の葉にあらず。其の根にあり。

「心地蓮」『平和』明26・3

現象としての罪は、必ずしもその本質においても罪であることはないとされている。悪をなした瞬間は、あるいは善をなすべき前兆かもしれず、善をなした瞬間はまた、悪の予兆であるかもしれぬ。透谷にとって善悪の「紛闘」はいわば「心池の上を渡る風」である。そして透谷のつきぬ関心は風よりもむしろ水にあったのである。「凡てのものを涵する止水」として「心」の測りがたい深渕にあった。

その秘密も秘密の質を変じ、その悪業も悪業の質を失ひ、懺悔も懺悔の時を過ぎ、憂苦も憂苦の境を転じ、殺人強盗の大罪も其業を絶ちて、一面の白屋、只だ自然の美あるのみ、真あるのみ。

「各人心宮内の秘宮」

この玲瓏たる白屋世界に関しては、漱石の「幻影の盾」のなかの「層氷を建て連ねたる如き」「玲瓏虚無」というイメージを思いうかべるけれども、それはともかく、透谷におけるこの確信には、激烈な心熱のうちに訪れたであろう、何らかの体験の裏づけが感じられる。たとえば、「満足」（『三籟』明26・4）という一文には、痛苦をきわめた精神の放浪と紛闘の果に、「最後に主観的観念なる伴侶を得て、其の観念の直覚に憑りて、はじめて雲霧を破り、皎々たる白殿に到着するを得る」というような透谷らしい消息が、語られているのである。「気鬱病」から脱した、反動的な高揚の極点にある、神秘的体験の反映であろうか。
「内部生命論」（明26・5）においては、「心」は「内部の自覚」「内部の経験」要するに「根本の生命」であり「内部の生命《インナーライフ》」であると規定される。「内部の生命は千古一様にして、神の外は之を動かすこと能はざる」ものであり、「吾人之れを如何に考ふるとも、人間の自造的のものならざる」ものとされている。しかし、この神は「宇宙の精神即ち神」という神であって人格神ではない。そこに「被造」といわず、「自造のものならざる」という、もってまわった表現も生じたのかも知れない。「内部の生命」と「宇宙の精神」とは「インスピレーション」によって交流、感応しあい、両者は存在的に隔絶していない。この宇宙の無限と「冥契」し、存在的根源と連なりうる「内部の経験」の神秘によって、透谷は自造的のものならずと実感したのであろう。この内的体験が、「自然」の「美」と「真」との露表した「一面の白屋」世界と相通じることは明らかであろう。

　透谷にとって、宗教、哲学、道徳などすべて、人間の根本生命としての「内部の生命」に触れえぬものは無価値であり文芸も例外ではない。

　文芸は「内部の生命」を「観察」するもの、「語る《セイ》」もの、また「解釈《ソルヴ》」するものでなければならぬという。「内部生命の百般の表顕」を観察し、解釈し、語るのが詩人の使命である。これは内的世界の無限の様態にひそかに驚異し執着する者、表現をおいてほかに救出しえぬそうした内部をもつ者の、根源的な欲求といっていいだろう。これが世態風俗の忠実な模写と再現とに文学の価値を認めた、当時の愛山などの皮相な写実主義と、本質的に相違する立脚点であることは明らかである。

　ただ透谷は「内部の生命」が「宇宙の精神即ち神」との冥契により「再造せられたる生命の眼」を以て「超自然のもの」「極致」を観うる、という論点に比重をかけたまま、考察を中断している。その空白は、さまざまな文学上の試作を持ちながら、中絶放棄しなければならなかった透谷の、その文学的生涯の痛ましさを暗示するものである。それは言葉の真の意味で文学的主体というにふさわしい主体を保持しながら、自己の資質を生かしきる表現の理論を持ちえなかった透谷の不幸であったといえるかもしれない。

＊1 「心」の重視についてはキリスト教思想以前に、陽明学や禅の感化を指摘する意見もあり興味ある問題であるが小稿ではふれない。稿をあらため考察したい。
＊2 笹淵友一「北村透谷」『「文学界」とその時代 上』明治書院 一九五九・一
＊3 「透谷庵を懐ふ」「国民新聞」明27・6・5
＊4 北川透『北村透谷試論1〈幻境〉への旅』冬樹社 一九七四・五
＊5 「透谷とキリスト教――評論とキリスト教に関する一試論――」『文学と宗教の間』国際日本研究所 一九六八・七

（一九七三・八）

『春』と透谷

頭を剃った岸本が、あてもなく空腹をかかえて歩きつづけたすえ、寺に一泊を願う話が『春』にでてくる。眼付のけわしい尼が、怪しい風体とにらんで断ったとき、岸本を呼びとめ大きなにぎりめしをくれる老爺さんがいる。岸本の眼からはボロボロ涙がこぼれた。自死を思い返し、やがて偶然にもたどりついた青木の家で、岸本はこの話をする。青木は聞いていて次のようにいうのである。「何処の寺だらうなあ。一つその老爺《ぢい》さんを尋ねて、礼を云つて遣りたいね」（四十二）

見も知らぬ青年になさけをかけてくれた老爺さんを有難く思う青木の気持には、危ういところを助かった若い岸本にたいする情愛がみちている。岸本である作者藤村は、どうやら青木のモデル透谷に後輩として愛されていた、という自覚にたっていると思われる。

「過度の傷心と激昂」に神経もだいぶ衰えはじめた晩年の透谷が、「正直云ふと、君はすこし暴進の形だつたネ――君のやうに熱して了つたんぢや自由が利かない」（四十四）とか、「なんでも、一度破つて出たところを復た破つて出るんだね――畢竟《つまり》、破り〳〵して進んで行くのが大切だよ」（四十二）というような、あたたかい親身な忠告をする青木として描かれている。

現に透谷は「情熱」（『評論』明26・9）という最晩年の文章のなかで藤村にとくに注目し、評価している。明治の作家中「真に情熱の趣を具ふるもの」はたしてありや、と透谷は問い、露伴、紅葉、美妙、湖処子、嵯峨のや、緑雨など、従来の作者とおのずから異なる藤村の、その多く得がたき「情熱」を賞揚した。しかし、「悲曲としての価値は兎も角も」という限定がそこについていて、藤村が透谷の「蓬莢曲」に学んだと思われる「悲曲琵琶法師」（『文学界』明26・1～5）や「悲曲茶のけぶり」（『文学界』明26・7）を、作品としても高く評価した様子はない。にもかかわらず、旧来の作者にみとめられぬ、何かあたらしい人間情熱の動きだけはとらえていたらしい。透谷と藤村との間にある、差異と同一、あるいは連続と非連続というやっかいな問題が、ここにも姿をあらわしているといってよい。

藤村にとって、透谷が自分の稀な「情熱」を賞讃したという記憶は、おそらく格別なものであったにちがいない。畏敬する先輩に旧来の作者と異なる唯一の存在とされたのであるから。しかし、そのとき透谷が作品としての悲曲の評価をさしひかえた、その重大な意味については藤村の感受は鈍かった。「蓬莱曲」の到達と「悲曲琵琶法師」との間の絶望的な距離に、藤村が慄然とおののいたような形跡はない。

文学のすぐれた先達が身近にいて、自分が好意をもたれているという内心の満足が、ひとつにはその感受を鈍くさせたのかもしれない。ともかく『春』のなかには、岸本が青木とたいへんよく似ていることが強調されている。

暫時《しばらく》青木は茫然《ぼんやり》と三人の友達の様子を眺めたが、旅から帰つた岸本が唯其処に坐つて居るとは思はなかつた――彼は眼前《めのまへ》に往時《むかし》の自分を視るやうな気がした。　（七）

勝子への恋情に苦しんで一切を放擲し、放浪する以外に知らなかった、若い激情的な岸本を眺める青木の感慨をとおして、藤村は透谷との血脈を確認しようとしているのである。「村居謾筆」（『文学界』明28・3）に、

「心猿悲鳴す」とかいた藤村の起源にある生命衝動のようなものは、たしかに透谷に理解されていたという『春』の時点の確認であろう。

青木の妻操も、鎌倉の寺から出した岸本のはがきを見て、「真実《ほんと》に、岸本さんは貴方に克《よ》く似ていらツしやる」と、「何か思出したやうに」（二十四）いう。透谷のかつての激烈な恋愛の相手であった石坂ミナの眼を通してみても、藤村は透谷に酷似していると証言される。青木の留守のときも直接岸本にむかって、「真実《ほんと》に、岸本さんは宅に克く似ていらツしやいますよ」（四十五）と操にくりかえし言わせているのである。ときに揶揄されながらも、透谷には愛されていた、という藤村の自覚は、透谷の内部と同質のものを分けもっているという、ある種の一体感、連続の意識として作品化されているといえよう。

しかし、また次のようにいう青木の像も『春』には描かれている。

『兎に角、狂《きちが》ひじみたところ丈は似てる』と言つて、青木は肩を動《ゆす》つて、『彼の男のは自分で知らないで行《や》つてる、俺はそれを意識してる――そこが違ふ』（二十四）

透谷をあらためてスタディしてかいた、という藤村であるが、『春』の作者の確かめえている二人の差異は、じつはこの程度の表現しかあたえられていないのである。

しかし藤村がどうしようもなく透谷の核心へ行きつかない、絶望的な非連続のかたちは、作者藤村の意図をこえて、じつは作品のなかにおのずからあらわである。

嘲つて居るのか、笑つて居るのか、それとも泣いて居るのか解らなかつた。斯ういふ笑ひ方をする時の青木の容貌《かほつき》には狂《きちがひ》じみた様子が顕れる。さうなると酷く物を気にする。

『僕には君等の知らない敵があるからね』と彼の眼が言ふやうに見えた。其時彼は、暗い、波瀾の多い過去の生涯の形見として、紺飛白《こんがすり》の単衣《ひとへ》の袖を肩の辺迄捲つて、右の腕に彫つてある文身《いれずみ》の柘榴《ざくろ》を示した。

『口あいて腸《はらわた》見せる——彼《あ》の句の意《こゝろ》サ。』

斯う青木は言つた。

『へえ、こいつは初めてお目に掛る。』と市川は目を円くした。

『何故斯様《こん》なものを彫つたんですか。』と岸本が不思議さうに尋ねる。

『そりやあ君、秘密だ。』

と青木は笑ひながら引込めて了つた。

（九）

この一場の光景は透谷最晩年の姿をとらえてまことに象徴的である。凄惨な声を出して笑う青木が、酔いに乗じてまくってみせた柘榴の文身。これこそ、透谷がその狂熱を政治に賭けた幼い青春の形見である。

自由民権運動の崩壊期に、学業を放棄し、三多摩の原野を放浪して、自由党壮士や下層貧民たちと交歓した日日の記念である。何も知らぬ岸本が不思議そうに尋ねても、青木は笑って答えない。青木一人の「秘密」としてそれはかくされる。というより答えは拒絶されている。岸本はただ「憂鬱な眼付」で青木の後姿をみおくるのである。ここまでは藤村もかいた。が、青木の過去は「暗い、波瀾の多い過去」としてとらえられただけで、以後岸本はこのときの謎をまったく忘れさったかのようである。「君等の知らない敵」というようなあいまいな表現によって藤村はそれらをやりすごしている。敗退期の運動から脱落した透谷の、いわゆる「苦獄」の原体験の意味は、『春』の作者によって一歩もふみこまれていないのである。若い岸本が青木との間に意識している漠然たる断絶は、『春』の作者にとっても依然として未解決なままである。「暗い、波瀾の多い過去」というような一般的、通俗的な表現によってはすくいとりようもない体験の底をさぐり、それを対象化しえないことによって、藤村はいたずらに透谷の思想の断片のモザイクを積みかさねることになった。

藤村が透谷の恋愛を、恋愛の思想においてとらえることができないのも、当然のなりゆきである。先に、放浪の旅からもどった岸本を眺める青木が、眼前に往時の自分をみるようだ、と思う場面があった。その往時の青木を表現しようとして、藤村はすべて透谷の「厭世詩家と女性」(『女学雑誌』明25・2)を援用している。

恋愛こそ「人世の秘鑰《ひやく》」であり、恋愛あってのち人世がある。「実世界《よのなか》の現象悉く仮偽《いつはり》」なるなかに、唯一仮偽ならざるものとみえたのは恋愛である。しかし、恋愛が造作もなく眼《まなこ》を眩ましたように、結婚はまた造作もなく失望を招くものである。婚姻は世の縄墨をきらう厭世詩家にいよいよ社会をきらわしめ、不満を多からしめる。「あゝ、不幸なるは女性かな、厭世詩家の前に優美高妙を代表すると同時に、醜穢なる俗界の通弁となりて、其嘲罵する所となり、其冷遇する所となり(以下略)」(七)というのが、藤村の要約している「厭世詩家と女性」の論旨である。

しかし、藤村のかえりみなかった次のような論旨が、じつは透谷の恋愛思想の核心にあった。

生理上にて男性なるが故に女性を慕ひ、女性なるが故に男性を慕ふのみとするは、人間の価格を禽獣の位地に遷す者なり。春心の勃発すると同時に恋愛を生ずると云ふは、古来、似非小説家の人生を卑しみて己れの卑陋なる理想の中に縮少したる毒弊なり、恋愛豈単純なる思慕ならんや、想世界と実世界との争戦より想世界の敗将をして立籠らしむる牙城となるは、即ち恋愛なり。

「厭世詩家と女性」

実世界と想世界との争戦という決定的対立の認識。しかも実世界の強大な勢力を前に、必敗の運命にある「想世界の敗将」の、最期の牙城と頼むもの、すなわち恋愛である。これあるゆえに、「理性ある人間は悉く悩死せざる」ものとされている。そうした人間救済の力としての恋愛がたんなる性愛であってよいはずはない。透谷の恋愛思想における「想世界」という独自な観念の内実が藤村にはとらえられていない。民権運動の敗退と商業上の失敗とが折り重なる、「地上的全敗」（北川透）の闇をくぐった透谷が、石坂ミナとめぐりあい、しかもその断念において、キリスト教体験と一体にとらえた精神的恋愛の思想の必然というものを、藤村はつきとめえなかったからである。柘榴の文身の秘密の前に立ちどまってしまった岸本としては、当然のなりゆきであった。藤村は透谷の稀有な恋愛体験の意味を理解しなかったし、その恋愛が明治の近代とはげしく対峙する、思想の根拠となりえたことを洞察することができなかった。藤村はただ突然家を捨て学校をも捨てたような狂気じみた自分の恋愛が、透谷のかつての恋愛の激情と酷似していたかのような、皮相な類推にとらわれていた、と思われる。

しかし実際、藤村の恋愛はいうにいわれぬ心身の激動ではあったらしい。「洪水が溢れて来たやうに押出され」ていった、暗い生命衝動でもある。その特徴はたとえば岸本が鎌倉の寺にいて、勝子の写真を眺めるところにあらわれている。

口唇は、触らうものなら、火傷《やけど》でもしさうである。可厭《いや》な写真だ。寧ろ岸本は気味悪く思つた。唯、それを見ると、今が処女《をとめ》のさかりであるといふことは確かに思はせる。勝子も矢張岸本と同じやうに、堪へがたい童貞の悩みを感じて居るらしかつた。（三十一）

岸本が写真をみつめる熱っぽい視線は、あきらかに自身をみつめているのであって、一葉の女の写真が、これほど生ま生ましく女の欲望を表わしているとは、とうてい考えられない。

「曾て家を忘れさせ、職業を捨てさせ、暗い寂しい旅にまで彼を押出した力」（百十二）とは、たんてきにいってこのような力を根元にたくわえている。破産した一家の重荷を負って、それでも青木の残した未完成の事業を、コツコツ仕遂げていこうと思う孤独な岸本をおそうのは、未来への漠然とした恐怖感であると同時に、そうした性の圧力でもある。「彼を無口にしたり、急に身体を震はせたり、訳もなく涙を流させたりする」（百十二）性のうめきである。

こうした藤村自身の特性がよく自覚され、透谷との距離が明晰にはかられたうえで、『春』という作品が執筆されているようには思われない。

最晩年、モルヒネの力をかりてようやく眠るような、最早、仕事をする気力も衰えはてた青木がいる。その夢にうかぶ情景として、透谷の「我牢獄」（『女学雑誌』明25・6）が使われいてる。先の「厭世詩家と女性」にしろ、「一夕観」その他透谷の著名な論文の一部をそのまま引用する方法は、その部分だけはともかく透谷そのままでありうる。論文の場合は、どこを引用しているか問題にしなければ、そういうことがありうるけれど「我牢獄」のような作品の使われかたになると、藤村の理解の度合は、透谷作品とはまったく別の世界を仕立て上げることになる。

我は生れながらにして此獄室にありしにあらず。もしこの獄室を我生涯の第二期とするを得ば、我は慥かに其一期を持ちしなり。その第一期に於ては我も有りと有らゆる自由を有《も》ち、行かんと欲するところに行き、住《とゞ》まらんと欲する所に住《とゞ》まりしなり。われはこの第一期と第二期との甚だ相懸絶する者なる事を知る、即ち一は自由の世にして、他は牢囚の世なればなり、然れども斯くも懸絶したるうつりゆきを我は識らざりしなり、我を囚へたるもの、誰なりしやを知らざりしなり、今にして思へば夢と夢とが相接続する如く、我生涯の一期と二期とは懵々《ぼう〳〵》たる中《うち》にうつりかはりたるなるべし。我は今この獄室にありて、想ひを現在に寄すること能はず、もし之を為すことあらば我は絶望の淵に臨める嬰児なり、然れども我は先きに在りし世を記憶するが故に希望あり、第一期といふ名称は面白からず、是を故郷と呼ばまし、然り故郷なり、我が想思の注ぐところ、我が希望の湧くところ、我が最後をかくるところ、この故郷こそ我に対して、我が今日の牢獄を厭はしむる者なれ、もしわれに故郷なかりせば、もしわれにこの想望なかりせば、我は此獄室をもて金殿玉楼と思ひ了しつゝ、楽《たのし》き娑婆世界と歓呼しつゝ、五十年の生涯、誠に安逸に過ぐるなるべし。

「我牢獄」

透谷のこうした表現を藤村はどのようにいいかえているか。

何の罪があつてこゝへ来て居るのか、誰に縛られて斯様な処へ押込められて居るのか、それは青木にも答へられない。自分の家だ、家だ、と思つて居るうちに、何時の間にか斯様な牢獄の中に入つて居たのである。

（六十二）

藤村には透谷にあった「第一期」「故郷」という観念はすっかり抜けおちている。透谷にとっては、それある故に今日の娑婆世界は牢獄である。金殿玉楼、世俗的栄達、総じて明治近代の繁栄に不可視の牢獄を視る精神が、はるかにのぞみをかけるところ、自由の郷。その「第一期」への渇望を理解することなくして、透谷の内部の牢獄の意味は把握できない。五十年の生涯を泰平におくる世俗日常の次元の剥離において視えてくる〝近代の闇〟としての牢獄である。

これにたいし藤村の牢獄は、たんに物理的な幽閉感の表現にすぎないといえる。さらに、自分の家だと思っていたものが牢獄だったという認識のしかたには、安息の場所が失われた不幸の意識があるだけであろう。むしろ「家」は、日常性そのものであることによって、栄達と繁栄の闇へ通じる巣窟でありうる。「家」の喪失を悲嘆しなくてはならぬ青木とは、本来の透谷とほとんど逆むきの思想を生きる人物ということになりかねない。ここに、透谷の到達点へはどうしようもなくとどかぬ藤村の思想的貧困がさらされてある。

透谷の「故郷」はさらに霊魂の「半魂」が別れてそこにある如く感ずるところとして、悲恋の観念と重なっている。

彼女の霊魂の半部は断《たゝ》れて我中《うち》に入り、我は彼女の半部と我が半部とを有し、彼女も我が半部と彼女の半部とを有することゝなりしなり。

その「半魂」のゆくえを追って、血涙をしぼり九腸を裂きて又裂く苦痛をなめなければならない。このはげしい恋愛の相手の女性が、まったく実在感をともなわないのは、永遠無限の憧憬の比喩としてのみあるからである。

しかし、藤村はこれを透谷がせつせつたる「哀詞序」をささげた、特別な女性、富井松子の悄然たる姿においてあらわしている。（六十二）藤村の真実はもっぱら可視の世界にこそあるのであって、透谷にとって唯一の真実であった、観念世界の相克を描くことにおいて、まったく無力である。

青木が自ら縊って果てた理由は岸本には「解らない」。『春』執筆の時点の藤村にも、これではやはり解らなかったにちがいない。「一人の戦死者」をだしたというふうにいわれながら、いったい何と対峙して戦ったのか、『春』のなかからは明瞭な輪郭がうかびあがらないのである。そのかわり、早い結婚生活における生活上の苦難、衰弱を増す肉体の神経疲労や狂気は、ありありとうきあがっている。

> 寒い風に吹かれ乍ら、青木は元数奇屋町の方へ帰つて行つた。（中略）彼は、すこし前曲《まへこゞ》みに、高慢な頭を打ち下げられたやうにして歩いた。これは頸窩《ぼんのくぼ》のところに一種の痙攣《けいれん》が起つて、頭を高く挙げることが出来ないからで。（五十八）

こうした痛ましい透谷の姿は藤村の正確な観察によってまざまざととらえられる。何より藤村らしい着眼は次のような操の言葉として語られた最晩年の透谷の行跡であろう。

> あの刀騒をする前に、幾晩か品川へ通つたことが有りました――あればかりは、奈何しても私に解りません。（九十二）

岸本はこれに何の説明も感想ももらしてはいない。しかし、これを長く記憶した藤村は、燃えつきようとする命を何とかかきたてたいと焦慮した透谷の、思想の破れ目だけは直感していたにちがいない。おそらく「情熱」をはじめとする透谷晩年の文章の意味が、藤村にとって、あらためてつよくよみがえってきたと思われる。

或は劣情と呼び、或は聖情と称ふ、何を以て劣と聖との別をなす、何が故に一は劣にして、一は聖なる、若し人間の細小なる眼界を離れて、造化の広濶なる妙機を窺えば、孰《いづれ》を聖と呼び、孰《いづ》れを劣と称《よ》ぶを容《ゆ》るさむ。濫りに道法を劃出して、この境を出づれば劣なり、この界を入れば聖なりと言ふは何事ぞ。

右は「『桂川』（吊歌）を評して情死に及ぶ」（『文学界』明26・3）の一節である。キリスト教では否定されるはずの情死が、劣情とともに肯定されていて、透谷最晩年のひとつの転機を示している。『春』ではこの論文自体にふれていないが、青木に愛され、青木と同質のものを分けもつ青年として岸本を描いた作者は、あきらかに転機にあった透谷につらなろうとする藤村であろう。しかし、その転機にあったということの意味は理解されていたわけではないだろう。

「北村透谷君」（『新古文林』明39・9）のなかで藤村はのべている。「『他界に対する観念』などを見ても解るが、あゝいふ深刻な宗教思想と、一方には『精神の自由』とか『情熱』とかに見えるやうな奔放自恣な感情とこの二つが絶えず心に戦つて居たやうである。」と。

ここでいう透谷の二つの心の「情熱」の側へ、藤村はつながろうとしていたことになろう。「他界に対する観念」の側から、藤村がどうしようもなく疎外されていたことは先にのべたが、ここでも「精神の自由」の観念は「他界」の側ではなく、「情熱」の側と結びついていることによってそれが明らかである。二つの心の戦いといっても、その観念相克に藤村の本質的な理解はとどいていない。透谷が苦悩のはてに迎えいれた「情熱」は理解されぬままであったといってよい。

『春』に切りとられた現実の時間は、藤村が放浪の旅から帰る明治二十六年（一八九三）七月にはじまる。透谷が「『桂川』（吊歌）を評して情死に及ぶ」を発表したのと同じ年月である。そのときの透谷を描いて藤村が自己の血脈との克似を確認したことは、あるいみであやまたぬ直覚であったといってよいけれども、透谷が絶頂期において示した精神の営為は、ほとんど形骸だけのぎこちない模倣として、そこにモザイクされねばならなかったゆえんである。いたしかたのない藤村の資質の宿命であったと思われる。

（一九八五・五）

透谷の近代——研究史をとおして

「その惨憺とした戦ひの跡には拾つても〳〵尽きないやうな光つた形見が残つた。彼は私達と同時代にあつて、最も高く見、遠く見た人の一人だ」という、亡き北村透谷をしのんだ島崎藤村の言葉はよく知られている（「北村透谷二十七回忌に」『大観』大10・7、『飯倉だより』アルス　大11・9）。

藤村は透谷と同時代に、その身近に生きて強く影響された人であり、透谷は藤村によって最初に理解され、高い評価を与えられてきたといえる。その短く燃えつきた生涯の苛酷な「戦ひ」に注目したことで、藤村の理解は透谷のある核心にふれた、優れたものだったというべきであろう。けれども、惨憺たる「戦ひ」の意味内容が何であったか。透谷は何を「高く見」、「遠く見」たのか、ということになれば、藤村の理解は曖昧なのである。藤村流の肉眼的視野のとどく範囲を越えたところに、じつは透谷の真の思想的課題があったと考えられる。

『春』（明41・4〜8）の青木の語る「革命ではなくて移動である」という一節が、透谷晩年の「漫罵」（『文学界』明26・10）の文章を下敷きにしたことも明らかであって、その限り、透谷が絶望的に立ちすくんだ場所に鋭くふれているかのようでありながら、じつは、日本近代の秩序の総体を、その根底から問いかえした透谷の思想過程を、トオタルにふまえたものとして青木を造型することはできなかったのである。透谷の早い自由結婚や貧困、病気などがまず視えてしまう資質の藤村にとって、透谷の「戦ひ」は日常現実の次元におおわれて本当には視えてこない。「キ印にでも成るやうな可畏しいところ」という本能的恐怖のうちに、優れた先達の「戦ひ」の場が、ばくぜんと受感されるにとどまったのである。

北村透谷の対峙していた対象を、いっきょに抽象化して鮮明にしえた最初の人は中野重治であった。著名な「芥川氏のことなど」（『文芸公論』昭3・1、『芸術に関する走り書的覚え書』改造社　昭4・9）に次の一節がある。

> 透谷の頭の中に花咲いた観念論的理想主義はイギリスに咲いたものの映像であつた。イギリスではそれが大地から咲いた。日本ではけれども大地から咲きえなかつた。大地がなかつたのである。それはついに美しい切り花でありむしろ一茎《いつけい》の造花であつた。だからそれは愛山らの小ぎたない実証主義に敗れた。（中略）だが透谷の敗れたのは日本の資本主義にであつて、それのために小ぎたない実証主義をかつぎまわつた一個の俗学者山路愛山にではない。
>
> 『中野重治全集』第九巻　筑摩書房　昭52・5

この一節は薄命の天才透谷と「俗学者」山路愛山という明確な対比の図式として、小田切秀雄をはじめとする研究者たち多くに受け継がれていった。透谷の思想がたんにイギリス型の「観念論的理想主義」であるのか、「造花」の比喩はそれとしてふさわしいか、愛山もまたたんなる「小汚い実証主義」「俗学者」にすぎぬか、ということになれば、今日の研究水準ではそのまま受容しがたいものではあるけれども、もっとも早い時期に、年若い中野がとらえた直感的透谷像は、その位相の鮮明さによって今日古典たる意義を失っていない。それは従来理解されているような透谷・愛山対比の祖型としてであるより、むしろ、「日本資本主義」に「敗れた」もの、という一点に集約された透谷の位相の鮮明によってである。透谷を圧殺した資本主義的近代への戦闘的憎悪をこめて、中野は先駆的敗者の位置を透谷に与えたのである。透谷と近代をめぐる戦後の研究は、この中野の透谷の抱懐するものを、いかにとらえたか、またとらえぬか、という問題を軸として考察することが可能であろう。

戦後の北村透谷研究をおおきくリードした小田切秀雄は、中野重治に強く影響されたとみずからのべている。しかし、小田切の透谷はむしろ「戦ひ」の人透谷であり、敗者透谷のイメージは薄い。昭和初年のプロレタリア文学転向時代の自己の体験を基底にすえながらも、おそらく敗戦直後の解放的な時代の空気を正直に反映した透谷なのである。

「封建的反動と俗物と迷蒙との明治的な散文性の支配していた明治二〇年代前半の実世界に決然と戦いを宣し、そのような実世界に固有の文学的諸観念の低俗と飽くところなく闘争した透谷の詩人的エネルギー」（「北村透谷論」『思潮』昭21・3　のち、「日本近代文学の主体」と改題され、『北村透谷論』八木書店　昭45・4などに所収）という表現にもそれは明白であろう。透谷の戦いの対象が「封建的反動と俗物と迷蒙」のはびこる実世界であり、「文学的諸観念の低俗」というほどのものであったとすれば、透谷はなぜ先駆的敗者でありえたのか。中野の「俗学者」山路愛山の規定をそのまま受け継ぎながら、透谷の敗亡の闇は流されてしまっている。

中野と小田切との間には、おそらく唐木順三の透谷像――「俗社会と徹底的に訣別」し「外部に対して内部の、実世界に対して想世界の、有限に対して無限の世界の樹立に、悲劇的な奮闘」をした透谷（「透谷、樗牛の浪漫主義」昭6・夏執筆『現代日本文学序説』春陽堂　昭7・10）という媒介があって、小田切のいわゆる「政治から文学へ」論の図式ができあがっていると思われる。

透谷は、政治的な闘争から敗退してから、自由民権の民主主義的な要求をもっぱら精神の世界に内面的・美的に確立する方向にむかった。（中略）民主主義的・人間的な諸要求の政治的・制度的・社会的な実現の代りに主観的・観念的な世界での自己確認として実現された。

「透谷と日本近代文学の成立」『岩波講座　文学』4　昭29・1

明治の現実と和解しえず対立し、観念世界での自己の「実現」を試みたその「近代的な個人」の文学は、「国民大衆」からの「孤立」という自己封鎖的弱点を一方でもたざるをえなかったとされている。

平岡敏夫は小田切秀雄の透谷の決定的影響下に出発したけれども、「現実を拒否し観念世界にわけ入りながら、しかもあくまで『国民』に自己をかける」（「透谷像序説」『国語と国文学』昭37・6『北村透谷研究』有精堂昭42・6）透谷を見出すことによって、小田切を超えようとした。現実に対立し、ついに敗北する以外にない「近代的自我」の概念、「現実と自我の対立」という小田切の図式を再検討し、民族の契機を探ることとなった。

近代の意味が個人の確立にとどまらず、封建的地域性の打破、民族の確立という点にあることを思うならば、現実に対する自我という観点のみでなく現実にかかわる自我という観点、つまり、今日論じ残されているところの透谷とナショナリズムの問題が重要な意味をもってくるはずである。

「透谷と山路愛山」『国文学』昭36・9　前掲『北村透谷研究』

平岡にとっては小田切の透谷が、「戦ひ」の人ではなく、むしろ敗者として超えられねばならなかったところに、透谷像に反映する戦後の推移をみてとることができよう。「朝鮮動乱後にきたはげしい混乱と『挫折』」の体験が平岡の小田切批判、「国民」のイデーを用意したものであった。「政治から文学へ」という一種の転戦論としての小田切説の見落とした、透谷の自由民権運動離脱後の「苦獄」の意味、その「暗い精神彷徨」が注目され、離脱後の負目を打破し、主体確立をとげる際の「地底の水脈」「国民」の発見が熱く語られる。

昭和三〇年（一九五五）以降、精力的に展開されてゆく平岡の透谷論は、一方で、色川大吉による多摩地区自由民権運動の画期的な調査研究（『明治精神史』黄河書房　昭39・6　増補改訂版『新編明治精神史』中央公論社　昭48・10）と緊密に相たずさえた仕事であったが、透谷の転身のドラマなどに関係して、おそらく三好行雄の鋭い論及（「透谷試論」『文学』昭31・2）も吸収されている。

平岡の「近代的自我史観」批判を受けて反論を展開した小田切は、平岡の愛山再評価を受けとめ、従来の偏向を認めながらも、なお透谷愛山「併称」を否定し「近代的自我史観」を「虚像」であると一蹴して旧説を反復強調した（『北村透谷論』）。小田切には高所から平岡の問題提起を無視する姿勢があり、平岡が自説をより鮮明に描きえた（『続北村透谷研究』有精堂　昭46・7）以外、これは発展性のない論争に終った。「自我の文学と民族の文学」との文学史的統一という文学史像変革の意図をもつ平岡説は、元来が小田切説の修正であって、同一平面の延長上の発想である。小田切のいう「国民大衆からの孤立」を基本的にはみとめつつ、しかもなお「国民」にかける「矛盾構造」をとらえ、その「観念的系列」と「現実的系列」とを「矛盾分裂それ自体として統一的」にとらえよう、という構想にたつものである。

小田切秀雄・平岡敏夫の透谷と根本的に対立するのは、桶谷秀昭、北川透の透谷であろう。ともに「敗れた」透谷の鋭い凝視であり、その敗北の構造の洞察であるという点で、前二者にない深淵をかかえている。明らかにこれらは、戦後も一五年の推移を経、六〇年安保闘争において全敗の経験をくぐったものたちの透谷であろう。

平面的な情況認識というものが時代現象（想定された事実）にその根拠を置くとすれば、透谷は想定された事実を破ってしまったところに、情況認識の根拠を置いている。

「君知らずや、人は魚の如し、暗らきに棲み、暗らきに迷ふて、寒むく、食少なく世を送る者なり。家なく、助けなく、暴風暴雨に悩められ、辛うじて五十年の歳月を踏み越ゆるなり……」（「時勢に感あり」）。

これが明治二三年の透谷の情況論の根本の発想になっている。（中略）暗いところに棲み迷うているあわれな一匹の魚というのは、「文学のなかから取り出されてきたものではまずない」（中野重治「雄弁調と美文調とに反対のもの」『文学』一九五六・二）。中野重治はこれを文学的比喩ととらなかったことで、彼の直感、感受性のたしかさをよく証明しているといえる。自分の存在を、一匹のあわれな魚と文学的比喩としてでなく表現したとき、その表現は、情況の奈落から情況をみている透谷の認識の通路、そこに波うっている彼の情念を垣間みせる。

桶谷秀昭「北村透谷論」『無名鬼』昭40・10～42・12、『近代の奈落』国文社　昭43・4

中野重治の詩的直感に共鳴しながら、桶谷が一言のもとに射ぬいた透谷は、「情況の奈落」の透谷である。その暗きに迷う「魚の眼」が時代情況をつらぬく時の「憤激の屈折を『言いがたい』と感じなければならなかった」ところに、透谷の思想創出の根拠をみる。開明的な欧化思想を正面に押しだした啓蒙主義者愛山に、白熱的論争をいどまねばならなかった必然を、透谷のその「暗黒」にみる。平岡流の透谷・愛山同位説、あるいは相補説などは、「民族の生活の暗い根源」をつかまぬという意味で、思想の浅瀬を渡るオプティミズムと解される。近代の「情況の奈落」において、それと対峙し、近代否定の懸崖にまで追いつめられた、反近代的透谷像のなまなましい剔抉である。

今日もっとも精力的に鋭い透谷像を刻んでいる北川透は、「情況の奈落」の透谷から深い影響を受けて出発した。桶谷秀昭の晦渋が、より総合的で明晰な視野のもとにとらえなおされて、鮮明な像を結んでいる。と同時に、桶谷と北川との間にある微妙な差異も明らかになりつつある。近代の奈落における苦悶が、ただちに反近代志向へと通じがたいそこに、むしろ透谷の敗北の構造のアポリアをみようとするのが北川であろう。（「北村透谷試論」『あんかるわ』昭43・8～昭52・5、『北村透谷試論Ⅰ　幻境への旅』冬樹社　昭49・5、『北村透谷試論Ⅱ　内部生命の砦』同上　昭51・9、『北村透谷試論Ⅲ　〈蝶〉の行方』同上　昭52・12）

桶谷のいう透谷の〈語ろうとして語りえない心中の思想〉というものを、北川は「《欠如》としての《国民》の運動域」において把えようとする。「元気」とか「創造的勢力」というモチーフで定立される「国民」像は、地層深く「潜伏」していて不可視であり「欠如」であるゆえに、透谷は当時の「地平線的思想」の進歩的「国民論」の水位にあっていらだち、独自に苦しまねばならぬ。

この欠如としての《国民》概念は、蘇峰らの《国民之友》の《国民》像とも、あるいは透谷において思想的な対象としては充分に繰り込まれなかった《国民論派》の《国民》像とも、その《地平線的思想》たる共同水位において区別されねばならない。もし、透谷が《此は沈静にあらずして潜伏なりき。革命の成るまでは、皇室に対して起りたる精神の動作なりき》という、この欠如の運動領域を発展させたならば、明治二十年代を《多数を象徴する進歩思想》として、いわゆる反体制的な規範となっていた、この二つの《国民》像は思想的に崩壊させられていただろう。しかし、押し潰されたのは透谷の肉体であり、その思想の運動域であった。　　「欠如としての《国民》」『あんかるわ』昭48・12、前掲『内部生命の砦』

依拠すべき国民が「欠如」以上の「抑圧力」「魔の共同性」として現前したところに、透谷最後の「漫罵」の絶望をみていて、透谷の敗北を強いられたもっとも困難な位相の究明において、わが国近代のアポリアを照射する、優れた透谷像である。

北村透谷が明治二〇年代という言語表出の水準において、いかに突出した問いを苦しんだかという問題は、透谷研究の小田切秀雄・平岡敏夫的段階では真の意味で問題となりえなかった。透谷が敗北の構造において把握されたことと、小田切・平岡における「表現としての言語の契機」の欠落が指摘されたこととは、表裏一体の関係にある。日本の近代詩に大きな影響をあたえた訳詩集『於母影』（明22・8）よりも早い『楚囚之詩』（明22・4）において、透谷は漢文脈の文語自由律を主調にした言葉で書いている。

ここで詩は、定型音数律にも、短歌的な修辞にも依らず、遠く漢詩のリズムを反響させてはいるけれども、ほとんど裸型の言語の不安な内面性と、その対自の構造のみに依拠して成立している。言語の思惟性を、内臓を引っ張り出すような直接性において露出すること自体が詩である——というこの作品の頂点を成す部分が担った恐るべき意義は、みずからを含めた誰からの理解を得ることもできず、透谷自身が、刊行直後の詩集を断截してしまう。（中略）新体詩が、これからようやく七五調を中心とする定型音数律を借りて、芸術化（近代化）の緒につこうとする、それ以前に、この不可能な言語への越境を不可避とした透谷の表出意識の根底には何があったのだろうか。新しい詩の試みの、定型音数律への依存が、支配的な時代精神や社会規範と対応して存在していた時、それを信じられないほどの威力で拒んだ透谷の詩の言語は、明らかに現世的な秩序と非和解的に乖離した内的シチュエーションの所在を暗示している。

「内部生命の砦——透谷没後八十年を迎えて」『内部生命の砦』冬樹社　昭51・9

このような透谷の「書くという行為」、言語表現それ自体へ垂直にむかう発想においてはじめて、小田切の〈民主主義的人間的諸要求〉というような、透谷の文学の特質を「一般的な概念に還元する方法」の不毛と停滞とが破られることになった。愛山再評価をともなう、「国民」の観点を提出する平岡と、小田切との間に、表現としての言語の問題をめぐって対立のないことが、両説の本質的類縁を示している。透谷・愛山の同位、あるいは相補の説は、同じ言葉の「概念の差を全体の表現性における仮構の水準で測る」ことがないゆえに生じる、という北川の平岡批判は、中野の「俗学者」愛山という痛罵からようやく一サイクルめぐったより高い次元において、透谷・愛山の根源的非和解性をあらためて確認させた批判であった。

北川透に近いかたちで北村透谷を表現論の水位でとらえようとしたものに、たとえば山田有策「秘宮は日本近代にありうるか——透谷と口語散文」(『現代詩手帖』昭45・11)がある。口語散文によって表白できる内面をしか許さぬ近代日本文学の秩序と、透谷の「秘宮」の意味を問題にする。一方、野山嘉正は「北村透谷における自己劇化」(『文学』昭48・9)「北村透谷の散文」(『文学』昭49・8)その他によって、透谷の「言語表現の場」「言語意識」に精到な分析を加えてあらたな地平を開いている。「明治プロテスタンティズムという歴史的状況と詩的過程との相克」をとらえて、透谷内部にキリスト教と仏教の相克をみるが、「文学の生命である言語についてキリスト教の用語と仏教の用語を『自然の淘汰』に任せるという意識」をもつことによって、言語不信に落ちこみ、世界との関係を失うに至った透谷の運命に、東西思想衝突から文化が創造されうるか否かの、日本近代にとって本質的な問いかけをみている。野山にとって透谷の『蓬萊曲』(養真堂 明24・5)全体が「キリスト教世界像描出の挫折」であると理解されるのに対して、北川にとって『蓬萊曲』の真髄が、明治の現実の「巨大な魔の共同性」の「象徴」としての「大魔王」への敗北という観点から理解されているのをみても、同じ「表現としての言語」のモチーフを持ちながら両論のひらきは明らかである。今後、この両極の要素の間をいかに埋めうるかによって、いくとおりかの透谷論が産出されるはずである。

る。
なお表現に則した研究は、透谷の西欧近代文学の受容の問題としてもなされうるはずであって、すでに早く本間久雄、太田三郎、矢野峰人らの比較文学的考察があり、その集大成的到達である笹淵友一「北村透谷」（『近代文芸評論史　明治篇』至文堂　昭50・2）などがある。また、古代から近世にいたる日本古典の受容をめぐる考察に、早く関良一「透谷と和漢文学」（『明治大正文学研究』昭33・6、『資料叢書・北村透谷』有精堂　昭47・1）もある。ほかにも表現に則した緻密な分析としては、『北村透谷・徳冨蘆花集』（〈『日本近代文学大系』9〉角川書店　昭47・8）に精密な註を付した佐藤善也に「コールリッヂと透谷」（『日本文学』昭49・7）「『一夕観』小論」（『立教日本文学』昭49・12）「マシュー・アーノルドと北村透谷——人生相渉論争の一背景」（同上　昭51・2）「人生相渉論争の一断面——『明治文学管見』の意図したもの」（同上　昭51・6）その他がある。勝本清一郎編纂校訂の『透谷全集』全三巻（岩波書店　昭25・7〜30・9）における校訂の無原則な恣意性を指摘して、厳密な校訂にもとづく再編集を要望（「『透谷全集』校訂上の諸問題」『国文目白』昭51・2）し、谷沢永一をして「勝本版『透谷全集』無批判依存時代の終焉」（「北村透谷研究案内」『北村透谷集』〈『明治文学全集』29〉「月報」筑摩書房　昭51・10）といわしめた橋詰静子に「無垢と妙音——浮世の外」（『文芸と批評』昭51・1）「宙を舞うもの——蝶」（『国文学研究』昭51・10）その他一連の「透谷詩考」がある。

北村透谷の表現の問題は、東西古今の文学の受容のありかたという視野においても、とうぜんとらえられねばならぬ本質のものではあるが、問題は今日までの比較文学的考察の多くが、作品の部分的異同を洗い出し、「影響」関係という安易な問題処理に終わることであろう。受容した原典をそれとは別個な独自の作品世界へ転換する、表現主体のいとなみを洞察しようとする、研究主体のかかわりかたがないことである。研究が精密化するほど、研究主体を不問に付した外在的発想は、透谷の剝製を作りあげて気づかないのである。表現に則して緻密な作品分析を行なう方法においても、創造主体を位置づける場所をみいだしえないかのような相似た弱点をはらんでいる。透谷の文学と思想とに、生きた内在的関係においてかかわらぬかぎり、真に衝撃力のある透谷像を提出しえぬことは、今日の到達点である北川透の透谷像によって明らかであろう。

しかし、北川透の透谷の構想に、たとえば透谷独自の「虚」の観念、「他界」の発想に対する形而上的観点が欠けるという問題もある。笹淵友一の指摘するキリスト教、勝本清一郎の示唆する汎神論にかかわる問題（「透谷の宗教思想」『文学』昭31・2、他『資料叢書・北村透谷』）などを総合する視野をどう開くか。自由民権運動離脱後の透谷のキリスト教入信を、もっとも本質的な回心とし、福音信仰からクェーカリズムへ移行する宗教的過程をとらえる笹淵（前掲『「文学界」とその時代　上』）に対し、勝本は「人間存在の根本要件にかかわる深い願望」（「透谷文学の生命」『北村透谷・樋口一葉集』〈『現代日本文学全集』4〉筑摩書房昭31・10）の表現に透谷文学の本質を見、その汎神論的な自然肯定の思想構造において「暗い願望」の支配に悩んで願望の解消を窮極の形としたインド仏教思想への到達に透谷の晩年の姿をみる。たとえばこうした形での透谷における近代の理解をも包括しながら、日本近代の秩序の総体を根底から問い返した思想主体の構造をトータルにとらえることが、いぜんとして残されているように思われる。これを表現論の水位でいえば、野山嘉正の発想の包括の問題として表裏一体の関係にあるといえようか。「批評の想像力」を欠いた研究の不毛が反省されねばならないと同時に、批評の恣意性もまた掣肘されねばならないであろう。その研究と批評との間の相互の

「緊張関係」に可能性があるものとすれば、透谷研究の現段階もまた難問を負っているわけである。

（一九七七・九）

透谷・藤村——故郷と牢獄

透谷の「三日幻境」(明25・8〜9)に次のような一節がある。

この過去の七年、我が為には一種の牢獄にてありしなり。我は友を持つこと多からざりしに、その友は国事の罪をもつて我を離れ、我も亦た孤煢《こけい》為すところを失ひて、浮世の迷巷に踏み迷ひけり。大俗の大雅に雙《くら》ぶべきや否やは知らねど、我は憤慨のあまりに書を売り筆を折りて、大俗をもつて一生を送らんと思ひ定めたりし事あり、一転して再び大雅を修めんとしたる時に、産破れ、家廃《すた》れて、我が痩腕をもて活計の道に奔走するの止むを得ざるに至りし事もあり。わが頑骨を愛して我が犠牲となりし者の為に、半知己の友人を過ちたりし事もあり。修道の一念甚だ危ふく、あはや餓鬼道に迷ひ入らんとせし事もあり、天地の間に生れたるこの身を訝かりて、自殺を企てし事も幾回なりしか、

執筆の時点から溯れば、七年の昔は明治十八年(一八八五)、透谷の民権運動離脱の年である。以来七年の生を透谷は「牢獄」と意識している。大雅か、しからずんば大俗か、と揺れ動いた十六歳の少年の絶望的な自己再建が、やがて幾回も自殺の危機をくぐったのだとすれば「一種の牢獄」という暗黒の意識の生ずるのも不思議ではないだろう。

「産破れ、家廃《すた》れて、我が瘦腕をもて活計の道に奔走するの止むを得ざる」事情は、父快蔵の「非職」に相当することが最近明らかにされている。*1 石坂ミナとの激烈な恋愛と結婚がそこに重なったわけである。「実に余が眼前には一大時辰機あるなり、実に此時辰機が余をして一時一刻も安然として寝床に横らしめざるなり。（中略）独立の身事、遂に如何んして可ならんとする？」（明22・4・1　日記）という焦燥地獄をみれば、「幾多の苦獄」という表現にも誇張は感じられない。

しかし、牢獄、または牢囚という幽閉の自己意識には、やはり透谷特有のものがあると思える。たとえば「楚囚之詩」（明22・4）第三節に「獄舎《ひとや》！　つたなくも余が迷入れる獄舎《ひとや》は、／二重《ふたへ》の壁にて世界と隔たれり」とある。

政治犯として同志四人とともに補縛されたという設定の主人公が、「迷入れる」と表現される理由はよくわからない。幽囚の身となる過程があいまいであるという特徴は、その他の作にも共通している。

　　このわれ何《な》どか世をし悪《にく》まんや、
　　世も亦左程にはわれを悪《にく》まざ
　　　　　りし者を、
あやしくも、いつの間《ま》やらん、
世はわが敵《てき》となり、われは世の仇《あだ》と化《な》りぬ。
　彼《かれ》が寄するや我《われ》が寄するや、
誰《た》が撃つや鼓《つゞみ》、誰《た》が閃《ひらめか》すや剣《つるぎ》、
見えぬが内に恐ろしき戦《たゝかひ》とはなりはてぬ。

「蓬萊曲」第二齣四場

主人公は「牢獄《ひとや》ながらの世」を逃げのび、いまは旅寝を重ねる身の上である。かつて、さほどの軋轢を生じていなかったはずの「世」が、仇となり敵となり、「牢獄」となるにいたったそもそもの原因は、漠としている。「あやしくも、いつの間《ま》やらん」であり、「見えぬが内に」と説明されるだけである。この事情は、「我牢獄」（明25・6）においても同様である。

われはこの第一期と第二期との甚だ相懸絶する者なる事を知る、即ち一は自由の世にして、他は牢囚の世なればなり、然れども斯くも懸絶したるうつりゆきを我は識らざりしなり、我を囚へたるもの、誰なりしやを知らざりしなり、今にして思へば夢と夢とが相接続する如く、我生涯の一期と二期とは懵々《ぼうぼう》たる中《うち》にうつりかはりたるなるべし。

この「懵々《ぼうぼう》たる中」に実現してしまった推移は、「『変』身というべきものであり、『輪廻転生』の感覚に近い」[*2]という意見もあるが、ともかく明瞭な知覚をともなわぬままに、夢の推移に似た脈略のなさで、別世界へ入りこんでしまった体験が語られている。

主人公の幽閉の意識への推移からみると、三作品はあきらかに共通の原液によって創られているだろう。その異様さは、たとえば「楚囚之詩」が物語として現実の可視の牢獄でありながら、明瞭な視覚の遠近法をもって描かれないことにもあらわれている。

影響をあたえたとされているバイロン「シヨンの囚人」の、地下牢の描写の質量感とくらべると、「楚囚之詩」の牢獄は「何か夢のなかをさまようように、おぼろげで流動的」[*3]であり、いったいこの牢獄は「具体的にどこにあって、その内部の構造がどんな具合になっているのかは、さっぱりわからない」*4といった印象をあたえるのである。登場人物である花嫁と三人の壮士の実在感ははなはだ稀薄であって、客体として造形する能力が作者にはないかのようにみえる。むしろ主人公の幻視に近い。その点で、「わが眼はあやしくもわが内をのみ見て外《よそ》は見ず」、「光にありて内をのみ注視《みつめ》たりしわが眼《め》」（「蓬莱曲」）というその「眼」が、じつは「楚囚之詩」の作者にも共有されているのである。

眼を見開いた内視、いわば視覚の自閉現象は、意識にとって不可測の推移のうちにはじまる幽閉感と、おそらく無関係ではないであろう。ここには、やはり文学外の宿命的病理の影をよまざるをえないように思う。「つたなくも余が迷入れる獄舎《ひとや》」が、そういう作者に実感された真実であったとすれば、従来問題とされている「誤つて法を破り」の「誤つて」も同様、「憎々《ぼうぼう》たる中《うち》」とほとんど同一レベルでとらえることが可能であろう。

しかし、重要なことは透谷における「牢獄」の意識を、病理現象としてとらえてみることにあるのではない。問題は透谷の思想と文学とが、体質の病理をともなうことによっていっそう、時代情況と交錯しその稀有な光芒をはなったことにあるだろう。

倦み来りて、記憶も歳月も皆な去りぬ、
　寒くなり暖《あつ》くなり、春、秋、と過ぎぬ。
暗さ物憂さにも余は感情を失ひて
　今は唯だ膝を組む事のみ知りぬ。
罪も望も、世界も星辰も皆尽きて、

余にはあらゆる者皆。……無《む》に帰して
たゞ寂寥、……微《かす》かなる呼吸――
生死の闇の響《ひゞき》なる。

「楚囚之詩」の主人公の右のような底しれぬ闇、外界の剝落した虚無のリアリティは、おそらく透谷の特異な身体の体験した深渕によるものである。しかし、そこに重ねて情況の意味を読み解こうとしたところに、透谷のまれな思想的突出がありえたといえるだろう。「暗らきに棲み暗らきに迷ふ」という「時勢に感あり」（明23・3）の「魚」の闇は、このような深渕を源流としていたと思われる。おそらく「抑圧感の客観化」[*5]といわれるものはこうした意味である。

牢獄内部の描出が不透明であるのに対し、「楚囚之詩」の回想は鮮明であって、「内をのみ注視《みつめ》」る眼に映ずるものは、この詩の頂上をなしているともいえる。

恨むらくは昔の記憶の消えざるを、
若き昔時《むかし》……其の楽しき故郷！
暗らき中にも、回想の眼はいと明《あか》るく。
画と見えて画にはあらぬ我が故郷！
雪を戴きし冬の山、霞をこめし渓《たに》の水。

よも変らじ其美くしさは、昨日《きのふ》と今日《けふ》、
——我身独りの行末が……如何に
浮世と共に変り果てんとも！
嗚呼蒼天！　なほ其処に鵞は舞ふや？
嗚呼深淵！　なほ其処に魚は躍るや？
「楚囚之詩」

「ションの囚人」の主人公は牢獄の窓から外を眺めている。その視線のとらえた情景と右の「記憶」のなかの情景とは、まことによく似ている。透谷の意識の自閉はこうした換骨のしかたにもあきらかであって、「楚囚之詩」の主人公には、現実の外界としてその情景が在るか否かは問題にならない。「有る―無し―の答は無用なり、／常に余が想像には現然たり」ということだからである。「羽あらば帰りたし」というほどの渇望の対象でありながら、「記憶」としての「故郷」は実在するを要しない。帰ることはもはやありえないのである。不可能な渇望をいやすものは忘却あるのみ。今は「昔の記憶の消えざる」ことが主人公の深い歎きとなる。「故郷」の「記憶」が消え去らぬ重圧となって苦しむ時、しかし、「記憶」そのものはもっとも美しく輝いてみえる。

嗚呼蒼天！　なほ其処に鵞は舞ふや？
嗚呼深淵！　なほ其処に魚は躍るや？
魚《うを》は城壁《じやうへき》の下《した》を泳《およ》ぎ、

みな楽《たの》しげに躍《をど》り行《ゆ》く。
鷲《わし》は起《おこ》りくる一陣《ぢん》の風《かぜ》に乗《の》りて舞《ま》ひ、
わが見《み》たりしこの時《とき》ほど、
迅《と》く翔《か》け行《ゆ》きしことはあるまじ。

「ションの囚人」『バイロン全集㈠』岡本成蹊　訳　那須書房　一九三六・四

二作を比較してみると、後者のバイロンのほうが視覚的であり動的なイメージが強い。しかし、透谷の簡潔な表現には「バイロンにない深さ」があるともいえる。そこに「形而上的感触」[*6]を、くみとってもいいだろう。この無限の「蒼天」と静謐な「深淵」とは、透谷の「故郷」憧憬のシンボルであるかに見える。「故郷」は現実には帰りえぬ〝どこにもない場所〟として、無限世界へおもむく通路を暗示するごとくである。

宮崎湖処子「帰省」（明23・6）における「故郷」は現実に在る場所であった。しかし、主人公の帰郷は帰京を前提としている。「故郷」はやはり「再び帰る能はざる」ことにおいて「故郷」なのである。「幼なき我」の記憶にまつわる「故郷」を求める主人公に、「故郷」の村人の求めるものは外部の人の情報であった。もはや「故郷の我」でありえぬことによって、「故郷」はことさら牧歌的に感傷的に美化される。それは「都会にも故郷にも定住できない引き裂かれた情念が織りなす幻影」[*7]である。

こうした明治の同年代を代表する「故郷」意識と比較してみれば、透谷に望郷の感傷を絶ちきらしめたもの、形而上世界への感触をもたらすものが、「故郷」喪失の深さであることがあきらかであろう。そこに透谷固有の牢獄の闇がたちこめていたわけである。

明治の近代化過程における「故郷」喪失というものを、透谷はたんに感傷的な望郷の幻影に終らせなかった。その「故郷」意識を支える透谷の「牢獄」の構造は、奇怪な小説「我牢獄」において明瞭である。

絶望的な幽閉の意識と、記憶としてある非在の「故郷」、その両極に引き裂かれた透谷の内的ドラマは、「帰省」の主人公をはじめとする「どちら附かず」（柳田国男「故郷異郷」『明治大正史・世相篇』）の近代都市住民の「故郷」意識を、鋭く深化し思想化することになった。

「我牢獄」の主人公は繫縛の身となり獄室にある。現在を思えば「絶望の淵に臨める嬰児」であるが「先きに在りし世を記憶するが故に希望あり」という。獄室を生涯の第二期とするなら、先の世は第一期であって、そこにはありとあらゆる自由があった。

第一期といふ名称は面白からず、是を故郷と呼ばまし、然り故郷なり、我が想思の注ぐところ、我が希望の湧くところ、我が最後をかくるところ、この故郷こそ我に対して、我が今日の牢獄を厭はしむる者なれ、もしわれに故郷なかりせば、もしわれにこの想望なかりせば、我は此獄室をもて金殿玉楼と思ひ了しつゝ、楽《たの》しき娑婆世界と歓呼しつゝ、五十年の生涯、誠に安逸に過ぐるなるべし。

「第一期」という時間意識を「故郷」と呼びかえていることから、この「故郷」には空間の意識が稀薄であって、過ぎ去った〝どこにもない場所〟、つまり非在としての「故郷」意識があきらかである。にもかかわらず、そこは「我が最後をかくる」熱望の対象である。悪蛇、猛虎の檻に臨む奇怪な牢獄に人間の獄吏はこない。そのかわり訪れる異様な獄吏は「名誉」「権勢」「富貴」「栄達」であるという。そうだとすれば「金殿玉楼」としての牢獄とは、明治の資本主義的近代の「喩」である。「故郷」はその「楽《たの》しき娑婆世界」

の仮装をはがしてみせる光源なのである。「故郷」は近代化する都市からの脱出願望や、甘美な憧憬の対象ではなくて、明治近代を根底から裏返してみせる思想の拠点となる。

しかし、「故郷」への熱望は永遠の熱望に終る。「牢獄」からの脱出は主人公の死によってしか成就しない。それが明治近代の圧倒的秩序の意味である。

我は白状す、我が彼女と相見し第一回の会合に於て、我霊魂は其半部を失ひて彼女の中《うち》に入り、彼女の霊魂の半部は断《たゝ》れて我中《うち》に入り、我は彼女の半部と我が半部とを有し、彼女も我が半部と彼女の半部とを有すること丶なりしなり。然《しか》れども彼女は彼女の半部と我の半部とを以《も》て、彼女の霊魂となすこと能はず、我も亦た我が半部と彼女の半部とを以《も》て、我霊魂と為すこと能はず、この半裁したる二霊魂が合して一になるにあらざれば彼女も我も円成せる霊魂を有するとは言ひ難かるべし。

女性の面影によって語られているが、女の実在感はまったく稀薄である。「彼女」は「故郷」と重なる不可能な熱望の「喩」であるとみてよい。「故郷」が失われた〝どこにもない場所〟である以上、「彼女」が肉体をもつこともまた不可能である。半裁された霊魂が求めあう永遠の葛藤は、生に活力をあたえるような葛藤とはならず、ただ絶たれることが望まれる苦痛であるにすぎない。ついに透谷は「死は、生よりもたのしきなり」という屍の暗い愉楽を描かなければならなかった。その特異な身体の抑鬱を通して、透谷は明治近代の情況の底をそのようなものとして、みごとに照らし出していたといえるであろう。

〝どこにもない場所〟としての「故郷」を、透谷が現実の空間に求めようとしたのが「三日幻境」(明25・8〜9)である。

そのような企てがいったい何ゆえにありえたのか。ひとつの契機には蒼海大矢正夫の出獄があり、ひとつには透谷の抑鬱状態からの脱出が考えられる。透谷自身にも「狂ひに狂ひし頑癖も稍静まりて」(三日幻境)という自覚症状があった。

明治二五年(一八九二)一月廿一日の日記に「大矢正夫君出獄して公道倶楽部にあるを聞き、行きて訪ふ、獄中にて〇〇の事を聞く、以て余が愛情の議論を確むべし」とある。

当時の自由党代議士石坂昌孝は徳島監獄に大矢を見舞っているから、「〇〇の事」が娘ミナと透谷の結婚の話であり、「余が愛情の議論」とは「厭世詩家と女性」であると想像される。大先輩である昌孝の娘であり、同志平野友輔の許嫁でもあったミナと透谷との結婚に、大矢はたぶん不服であったと思われる。おそらく「厭世詩家と女性」(明25・2)はその大矢にたいする透谷の弁明をひとつのモチーフとしていた。透谷が力を振るって明晰に自己を客観視しようとしたのはそのためである。「恋愛」の思想化はこのとき必至の自己要請となったのである。

「恋愛は人世の秘鑰《ひやく》なり、恋愛ありて後人世あり」「恋愛豈単純なる思慕ならんや、想世界と実世界との争戦より想世界の敗将をして立籠らしむる牙城となるは、即ち恋愛なり」という周知の一語一句は、おそらく大矢を意識して発せられた。「第二の大矢」とも思われた石坂ミナとの体験の意味が真剣に再吟味され、自他に承認されねばならなかったのである。

苦しい生活のなかから透谷は獄中の大矢に送金をつづけていたが、大矢が出獄して以来旧事を追想し「帰心矢の如」く「幻境に再遊の心」が動くのであった。一日千秋の思いで再会を待ちわび、待ちきれずに「一書を急飛し、飄然家を出で〻」川口村に向う。川口村は「我牢獄」にいう「故郷」に相当すると、従来考えられてきた場所である。

はじめてこの幻境に入りし時、蒼海は一田家に寓せり、再び往きし時に、彼は一畸人の家に寓せり、我を駐《とゞ》めて共に居らしめ、我を酔はしむるに濁酒あり、我を歌はしむるに破琴《やぶれごと》あり、縦《ほしいまゝ》に我を泣かしめ、縦《ほしいまゝ》に我を笑はしめ、我素性《わがそせい》を枉《ま》げしめず、我をして我疎狂を知るは独り彼のみ、との歎を発せしめぬ。おもむろに庭樹を瞰《なが》めて奇句を吐かんとするものは此家の老畸人、剣を撫し時事を慨《うれ》ふるものは蒼海、天を仰ぎ流星を数ふるものは我れ、この三個《みたり》一室に同臥同起して、玉兎幾度《いくたび》か罅《か》け、幾度《いくたび》か満ちし。

透谷が「相州の一孤客」大矢蒼海を慕った意味は、ここにほぼつくされている。透谷より五歳の年長で小学教師を経験していた大矢は、どはずれたところのある透谷少年を愛し、寛容であったらしい。「我素性《わがそせい》を枉《ま》げしめず」「我疎狂を知るは独り彼のみ」という許容の喜びと無垢な安息感とは、一般に「幼なき我」の「故郷」の観念とそれほど大差はない。透谷が現実の空間にイメージする「幻境」はそのようなものとしてあった。しかし、川口村という現実の場所では、大矢との再会がかなわなかった、というところに「三日幻境」の意味がある。「淡泊洗ふが如き孤剣の快男子（蒼海）この席の談笑を共にせざるこそ終生の恨み」と記される。現われない大矢への失望をかくすように老畸人秋山国三郎が詳しく写されていて、とくに彼が最初に現われる再会場面は印象的である。

夕陽已に西山《せいざん》に傾むきたれば、晩蟬《ばんせん》の声に別れてこの桃源を出で、元の山路に拠らで他の草径《くさみち》をたどり、我《わが》幻境にかへりけり、この時弦月漸く明らかに、妙想胸に躍り、歩々天外に入るかと覚えたり。楼上には我を待つ畸人あり、楼下には晩餐の用意にいそがしき老母あり、弦月は我《わが》幻境を照らして朦朧たる好風景、得も言はれず。

この弦月の美しさが仮構されたのに応じて、それまで「老婆」と表現されていたものが、おのずから「老母」に変化している。我に晩餐を炊ぐ老母ありとすれば楼上に我を待つは老父であろう。弦月空にかかり、「朦朧」たるなかを歩む我には、透谷の「故郷」回帰の願望が仮構されている、とみてよいのではないか。「わが遊魂を巻きて、なほ深きいづれかの幻境に流し行」くごとき屋外の流水も、弦月とともに根源なるもののイメージであることは注意されてよい。

ただそこに、昔日の大矢蒼海はいなかった。「故郷」は在りながら無いという、その虚しい非在の仮構を、透谷は「三日幻境」と呼んだのである。実際には二日後、大矢を居村に尋ね、連れだって百草園に遊んだという事実などは、非在の意味を消去しない。むしろ実現された大矢との再会について、透谷が一切沈黙してしまったことが、そこに生じた「訣別」[*8]を暗示している。〝どこにもない場所〟として永遠の渇望であったはずの透谷の「故郷」意識は、いっときその形而上性を失って「帰省」(宮崎湖処子)のレヴェルを彷徨したといえるけれども、ひそかな「訣別」は、そこから一挙に、反転上昇する契機を透谷にもたらしたもののようである。明治二十六年度の雑誌『文学界』を主要舞台とする、透谷の活躍がそれを示している。民友社イデオローグ山路愛山との間にたたかわされた「人世相渉論争」がその頂上を形づくっているだろう。

戦士陣に臨みて敵に勝ち、凱歌を唱へて家に帰る時、朋友は祝して勝利と言ひ、批評家は評して事業といふ、事業は尊ぶべし、勝利は尊ぶべし、然れども高大なる戦士は、斯の如く勝利を携へて帰らざることあるなり、彼の一生は勝利を目的として戦はず、別に大に企図するところあり、空を撃ち虚を狙ひ、空の空なる事業をなして、戦争の中途に何れへか去ることを常とするものあるなり。（中略）

現象以外に超立して、最後の理想に到着するの道、吾人の前に開けてあり。大自在の風雅を伝道するは、此の大活機を伝道するなり、何ぞ英雄剣を揮ふと言はむ。何ぞ為すところあるが為と言はむ。何ぞ人世に相渉らざる可からずと言はむ。空の空の空を撃つて、星にまで達することを期すべし、（中略）肉を以て肉を撃たんは文士が最後の戦場にあらず、眼を挙げて大、大、大の虚界を視よ、彼処に登攀して清涼宮を捕握せよ、

「人生に相渉るとは何の謂ぞ」明26・2

愛山の文章事業説に反撃した『文学界』の透谷の立場は、当時徳富蘇峰のひきいた『国民之友』民友社一派と対峙するものであった。その明治近代の改良的進歩主義の主流、秩序擁護の思想体質に反撥したものである。「空の空を撃つ」ことは、その「地平線的」思想の有効性の論理いっさいを否認することであった。目のくらむような無援の反逆にとって、不敗の保証となるものはただひとつ、「現象外に超立」すること。「大、大、大の虚界」に上昇して「大自在の風雅」をうる道である。

「宇宙の精神即ち神なるもの」と感応する「人間の精神即ち内部の生命」（「内部生命論」明26・5）を説いて、絶頂に達した透谷は、しかしまもなく、「余は余が精神の当を失しつゝあるを知る」（二六年九月四日日記）と

書かねばならなかった。透谷晩年のその抑鬱は、島崎藤村『春』のなかに正確に写し出されている。

寒い風に吹かれ乍ら、青木は元数寄屋町の方へ帰つて行つた。（中略）彼は、すこし前曲《まへこゞ》みに、高慢な頭を打ち下げられたやうにして歩いた。これは頸窩《ぼんのくぼ》のところに一種の痙攣が起つて、頭を高く挙げることが出来ないからで。（五十八）

しかし、透谷を可視の領域でしか描かない、というより描き得ないのが藤村であった。にもかかわらず、夭折した詩人批評家透谷は誰よりも藤村の熱い思慕によって、その名を文学史上にとどめられ、『夜明け前』にいたるまで、藤村は透谷の影を負って生きねばならなかった。それが青春の邂逅というものであろう。透谷没後一年を経た『文学界』（明28・5）に柳村上田敏が「美術の翫賞」を書いている。「技術学芸を味ふの熱心を振ひ起して、アポロオの子」たるを願えといい、「静なる涼しき学の窓に倚りて、千載の昔に遡り古人と語たる事の快」をたたえた。

同じ号に「聊か思ひを述べて今日の批評家に望む」を書いた藤村は、柳村の芸術至上主義的傾向とはっきり異なる方向を目指している。「今日こゝにあり、吾人は今日と共に歩めり。吾人不幸にして自ら誇るべきものなし、たゞ誇るべきものは今日のみ。これありて万象味ひあり。これありて始めて吾人は過去の化石たることを免かるゝを得んか」という藤村は、古人と語るをたたえる柳村と対蹠的である。「今日」の生きた現実、「今日」の吾こそ何物かを産み出す源泉だと考えられている。「をとめの温き接吻」より「大理石像の秀麗にして沈静」なるを撰ぶというのが柳村である。「活きたる厭世家は死せる楽天家に勝れり」とは、「活きたる」藤村、「死せる」柳村の対比とも読める。暗に柳村否定である。さらに「活きたる俗人は死せる理想家に勝れりと思ふなり」と記したとき、藤村は「死せる理想家」に透谷を思い描いたであろうか。従来ここに藤村のある種の転身を読むのが普通である。

柳村的なるものの否定は、非運の透谷を受けつぐこころざし無くしては有りえないことだろう。しかし、柳村否定は容易であっても、「死せる理想家」透谷を同時に乗りこえようとすることは、容易ならぬ難事である。

「活きたる俗人」と藤村がいうとき、どうやらそこに、透谷の死の轍を踏むまいとして、理屈ぬきに身をかわすような転身が見える。

他界を尋ねんとせば先づ人間を尋ねざるべからずといふ心より。人間を尋ねんとせば先づ男女の別ちを尋ねざる可らず。父母夫婦兄弟君臣朋友にわたりて、愛憎こゝに起り、哀楽こゝに生れ、明暗こゝに湧き、生死こゝにつながる。

透谷があれほど白熱的に語った現象外の世界、すなわち「他界」の追求は、何の必然もその理由も説明されぬまま、「先づ」というだけで「人間」「男女」の現実世界にとって変られる。そうであれば「今日」と「活きたる」とが藤村にとって重要であるのは、透谷を克服するための論理としてではない。おそらく、悶死しようとしても「身体の壮健な彼には奈何しても死ねなかつた」(「春」百二十七)という、そういう自己の容認があるだけであろう。そして、「苦しさのあまりに旅行を思ひ立」つ。その転身の旅が、やがて『若菜集』を生んだ仙台への旅であった。こころを起す前に身を起すのは論理ではない。人生を旅とも考え、旅というものにつねに新生を祈念する藤村独特の転身の仕方は全生涯を貫ぬいている。

はじめての詩と目される「別離」（明26・1）にさえ、佐藤輔子との果たせぬ恋の苦悩のはての、最初の旅の意味は、すでに早く予感されていたのである。

別れとは悲しきものといひながら、
旅に寝ていつ死ぬらんと問ふ勿れ。
よしやよし幾千年を経るとても、
花白く水の流るゝその間、
　見よ〳〵われは死する能はず。

死ねない藤村の生のエネルギーは、当然にも性の過剰をも意味していた。『春』の岸本が恋人勝子の写真を眺めるとき、「口唇は、触らうものなら、火傷《やけど》でもしさうである。可厭《いや》な写真だ。寧ろ岸本は気味悪く思つた。唯、それを見ると、今が処女《をとめ》のさかりであるといふことは確かに思はせる。勝子も矢張岸本と同じやうに、堪へがたい童貞の悩みを感じて居るらしかつた。」（三十二）とある。

写真を見つめるこういう熱っぽさは、岸本が自身を見つめているからであって、一枚の女の写真に、現実にこれほど生ま生ましい女の欲求が現われていようとは、とても思えない。

同様に、『若菜集』の恋愛詩は自身の官能解放の欲求を、女のうえに移し替えたものである。「六人の処女」と題された連作のひとつ「おくめ」は、恋人への思慕をつのらせ胸の火の燃えさかるまま「河波高く泳ぎ行」く。

心のみかは手も足も
吾身はすべて火炎《ほのほ》なり
思ひ乱れて嗚呼《あゝ》恋の
千筋《ちすぢ》の髪の波に流る、

「奔流のしぶきに透ける白い裸身がまず目にうかぶ。その白い肌にからみ、波にみだれる黒髪の対照もあざやかで、大蛇に化身した清姫のイメージが動いている」[*9]といわれる「おくめ」の像は、男性の視覚が欲する官能美なのである。藤村の詩法は女性を客体として描出しえずに、感覚上のエロティシズムに自閉しているといってよい。しかし、「おくめ」のような女性を仮構することで、藤村はその性の欲求にはじめて言葉をあたえることができた。

「恋愛豈単純なる思慕ならんや」といい、「想世界の敗将をして立籠らしむる牙城」といい、精神的恋愛を主張した透谷が、妻ミナによれば「刀騒をする前に、幾晩か品川へ通つた」（『春』九十三）という。藤村はそれを長く忘れなかった。燃えつきる命を、掻きたてようと焦った透谷の思想の破れ目のようなものを、藤村はそこに直感したのであろう。「他界を尋ねんとせば先づ人間」、「男女」という、あわてて顔を横向けたような発想も、濃艶な恋愛詩もまた透谷のそうした敗残の姿から学んだものだったかも知れない。

しかし、当然のことながら、藤村が跨いだものの大きさは、透谷との無惨なほどの落差として、作品のなかに跡をとどめている。

『春』における「我牢獄」の解釈が代表的な例であろう。

何の罪があつてこゝへ来て居るのか、誰に縛られて斯様な処へ押込められて居るのか、それは青木にも答へられない。自分の家だ、家だ、と思つて居るうちに、何時の間にか斯様な牢獄の中へ入つて居たのである。（六十二）

透谷にあった自由の第一期、「故郷」の観念はすっかり欠落している。「我が最後をかくる」渇望の対象でありながら、〝どこにもない場所〟としての「故郷」。「楽しき娑婆世界」である明治近代の仮装を剥いでみせるのは、その非在の「故郷」意識であった。藤村の意識・無意識はそういう思想をどこかで遮断するように働いてしまうらしい。「牢獄」意識はたんに物理的幽閉感にすぎなくなる。また、「自分の家」だと思っていたものが、いつか「牢獄」に変っていたという認識には、快適と安息との場所が失われたという、不幸の意識があるだけであろう。日常世俗の次元を剝離する「故郷」などというものは思いもよらない。「家」はむしろ日常次元そのものであることによって、娑婆世界の欲望を生む巣窟でもありうるとすれば、「故郷」意識とはむしろ対蹠するはずである。

非在の「故郷」にはげしく引き裂かれる「牢獄」の意味をとらえ得ない藤村の思想的欠如は、当然にも、不可能な熱望の「喩」としての女性をとらえることができない。

「悄然《しょんぼり》として」「胸の上に手を組合せて、眼を瞑つて、女らしい口唇をすこし突出したところは、何か斯う言ひたいことが有つて、しかも其を言はずに」というふうに可視的にとらえ、そのうえ、実在の人物（富井松子）を想定せずにはおかないのが藤村である。

そして、何よりも象徴的であるのは、これらの展開のすべてが、透谷の或る夜の「夢」として描かれたことであるだろう。透谷がその思想を生きるリアリティというものを、藤村がほとんど感受できないでいることが明白である。
明治三十年代の終りに『破戒』を書いたとき、果敢にたたかい、兇刃にたおれた猪子連太郎と、板敷に額をつけて跪き、「私は不浄な人間です」と詫びた丑松とを造型した藤村は、ひそかに「死せる理想家」と「活きたる俗人」、透谷・藤村の懸隔を物語りとして仮構したかにみえる。しかし、つづいて『文学界』の実在の青春群像として『春』を描いたとき、あらためて透谷を「スタデイ」したにもかかわらず、藤村は透谷との懸隔の思想的内容を把握することに、ほとんど絶望的に無力であることを晒さねばならなかった。
「私の詩の心は否定の悩みでなくて、肯定の苦に巣立つたものだ」という言葉を記したあとで、藤村はさらに次のように語っている。

前途は暗く胸の塞がる時、幾度となく私は迷つたり、躓《つまづ》いたりした。私の歩いた道がどんなに寂しい時でも、しかしその窮極に於いて、何時でも私は自分の出発した時と同じやうに、生を肯定しようとする心に帰つて行つた。(中略)そして眼前《めのまへ》の暗さも、幻滅の悲しみも、冬の寒さも、何一つ無駄になるもののなかつたと思ふやうな春の来ることを信ぜずにはゐられないで居る。

「春を待ちつつ」大14・1

死ねなかった藤村の、したたかともいえる生の「肯定」の秘密をかいま見ることができる。自然の「春」がそのまま人生の「春」に重ねられている。ここに論理はない。人生の「春」はかくて季節の「春」と同じく、かならず巡りくるものと信じられる。「春」の来るためにこそ「冬」の寒さも在ると思う、忍耐の智恵がそこに生まれる。

季節の「春」を待つこころが藤村の本能のなかに強くあるのは、生地信州の長い冬のためであろう。すべてが白雪に埋もれ、軒先から垂れ下る氷柱が二、三尺にもなり、「夜更けて、部屋々の柱が凍《し》み割れる音を聞きながら読書でもして居ると、実に寒さが私達の骨まで滲透《しみとほ》るかと思はれる」、そういう厳しい冬の長い冬籠りを味わったものだけが、「譬へやうの無い烈しい春の饑渇」を理解できる。「春」のきざしの暖かい雨の「言ひ難き快感」(「千曲川のスケッチ」)は「冬」があればこそである。

童話集『ふるさと』(大9・2)のなかにも、蕗の薹の籠を提げた「冬」が、寒い峠道を学校に通う少年にむかって語りかけるところがある。「お前さんの頬ぺたの紅い色もこのお婆さんのこころざしですよ。」「冬」の寒さには何一つ無駄になるものはなく「冬」はすでに「春」をその腕に提げているのである。

『ふるさと』は生涯の最大の危機であった『新生』の旅から帰った藤村が、『新生』完結ののち書いたものである。郷里の自然と少年の日々とを描きながら子供にあたえるかたちで、藤村自身「ふるさとのふところ」を懐しんだ。

『新生』の主人公にとっても、「『幼い心』に立ち帰る」ことは、春になって「草木が復活《いきかへ》る」ような「回生の力」をたよって生きる、ということであった。

「ふるさと」は「生命《いのち》の源」という藤村の想いは、冒頭の「雀のおやど」に象徴的であろう。竹の子の一晩のうちの成長の早さに驚いている子雀たちに、母雀は、それが「『いのち』(生命)といふものですよ。お前たちが大きくなるのもみんなその力なんですよ」と話している。

「父さんの子供の時分に飲んだふるさとのお乳の味は父さんの中に変らずにありますよ」(「終の話」)と書

くことのできた藤村の「故郷」は、〝どこにもない場所〟として永遠の渇望であるような想念ではない。それは何より、春の遅い信州の自然と溶けあった、藤村の身体の自然として内蔵されているように思われる。そこに「幼い心」が確実に在ったところとして「古里」であり「生命《いのち》の源」であった。そのような藤村の「故郷」が、明治近代の仮装を剝がして浮かびあがらせた透谷の、「牢獄」の光源である「故郷」を、思想として理解しえなかったのも当然であった。

時代情況を撃つ根源の思想として、不可視の上昇域につらなる透谷の「故郷」。骨太な身体の自然に組みこまれた「生命《いのち》の源」として、実在の郷里につらなる藤村の「故郷」。二つの「故郷」の推移のあいだに、明治二十年代一般の「故郷」喪失の意識を、特異な身体の幽閉の闇のなかから鋭く思想化した、透谷の「牢獄」が剝落した、ともいいうるであろう。

（一九八六・八）

＊1　平岡敏夫「ある属吏の命運――北村快蔵の非職と透谷――」『文学』昭61・3
＊2　笹淵友一「島崎藤村『春』新論」(上)『文学』一九八二・五
＊3　前田愛「獄舎のユートピア」『文化の現在(4)中心と周縁』岩波書店　一九八一・三
＊4・6　桶谷秀昭『北村透谷』筑摩書房　一九八一・一一
＊5　吉本隆明「日本近代詩の源流」『現代詩』昭32・9～33・2
＊7　十川信介「故郷・他界――明治二十年代の想界について――」『文学』昭60・11
＊8　北川透「〈幻境〉への旅」『北村透谷試論1』冬樹社　一九七四・五
＊9　三好行雄「詩人藤村――若菜集の世界」『島崎藤村論』至文堂　一九六六・四

「厭世詩家と女性」論

憤激して起つ可き社界は、汝が眼前に横はらずや、区々恋愛の説明、吾人是れに懶《う》める事久し

右は『女学雑誌』に掲載された透谷「時勢に感あり」（明23・3）の一節である。「恋愛は人世の秘鑰《ひやく》なり、恋愛ありて後《のち》人世あり」という高名な冒頭にはじまる「厭世詩家と女性」（明25・2）が、同誌に発表されるのはその二年ほどのちのことになる。同じ「恋愛」という言葉の意味が、後の論において大きく変換されたことは注意されてよい。

社界が文学家を必要とするのは「卑劣なる恋情を解釈」せしめるためではない、という言い方も「時勢に感あり」ではされていたのであって、「恋愛」という言葉は、「厭世詩家と女性」においてつよく否定された意味内容を担っていた。たとえば「生理上にて男性なるが故に女性を慕ひ、女性なるが故に男性を慕ふのみとするは、人間の価格を禽獣の位置に遷す者」あるいは「春心の勃発すると同時に恋愛を生ずると言ふは、古來、似非小説家の人生を卑し」めたるもの、というように否定された「恋愛」である。

ここにある男女性愛のつよい抑圧、身体性の排除という規範は、「厭世詩家と女性」のきわだった特徴であって、それが「恋愛」という言葉にあらたな意味を獲得し、価値転換させたものである。

透谷の手記や書簡にさかのぼれば「ラブの権勢の旺熾なる将た又た此に至らんとは」とか「恐るべきラブ

の餓鬼道」「余の凡悩」（「《北村門太郎の》一生中最も惨憺たる一週間」明20・8・21 or 22）、「我痴情」「欲の世界」（父快蔵宛書簡　明20・8）と表現されている。ここでは英語の「ラブ」(love) は「餓鬼」「凡悩」のような仏教的、伝統的言語と代替可能な意識であって、あきらかに身体に感受されている。不可抗な力に拉致されたような透谷の恋愛体験は、欲動も美的快楽もともなう幻想であったようだ。「時勢に感あり」の「恋愛」はそういう「ラブ」であり、身体の自然としてある多形的エロスの意味を担っていたと考えられる。「当世文学の潮模様」（『女学雑誌』明23・1）のなかで用いられた「愛恋」もまた、同じ意味領域の言葉であろう。

さらには劇詩『蓬萊曲』（明24・5）に用いられた「恋」に類縁を認めてもよいかも知れない。蓬萊原、坑中にあらわれる「醜魅」は「死」の使者であって同時に「恋」の「魔」である。美しい姿と化して男女を尋ね、魔の術をかけて「痴愚《おろか》」者を把える。主人公素雄はその「恋」の「本性」を覚らぬではないが、冥界の露姫を思う情の止み難さに苦悩する。従来ここに現わされたものは、仏教的色彩のつよい「恋愛迷妄思想」[*1]だとされているが、エロスあるいは性が原理的にタナトス（死の欲動）と関係づけられるフロイト的なものを引き出すことも可能だろう。ともあれ、『蓬萊曲』のこの「恋」と「厭世詩家と女性」の精神的「恋愛」との間には、大きな亀裂のあることは明瞭である。

『国民の友』（明24・7・23）は、この頃「非恋愛」のタイトルを掲げて青年男女の恋愛に忠告をあたえた。「人は二人の主に事る能はず、恋愛の情を遂けんと欲せは功名の志を抛たさる可らす」というもので、要するに「恋愛」は「怠者の職業」「戦士の害物」であり、国家有為の将来ある青年はよろしく克己の力を養わねばならぬ、という簡明な趣意である。
ここにある「恋愛」もまた「時勢に感あり」に共通する意味領域の言葉であるといってよい。ただし、「恋愛」と「功名」の二者択一において、功名立身を選ぶことで、上昇的に明治近代の秩序に同化しようとするのが『国民之友』であれば、「汝が前に粉砕す可き悪組織の社界あらずや」とする「時勢に感あり」の「恋愛」否定は、その方向が逆向きである。「時勢に感あり」には、明治近代の秩序にたいする懐疑が明瞭である。

この「非恋愛」の説にたいしては『女学雑誌』（明24・8・1）が「非恋愛を非とす」を書いて、反撃したことは周知である。民友社記者のその「東洋豪傑流の筆法」を嘲笑し、「恋愛は神聖なるもの也」と揚言したのであった。しかし、なにゆえ「恋愛」は「神聖」であるか説明はされなかった。が、恋愛と功名の二者択一は誤りであって、「人の主とすべきはたゞ大道」である。「大道に適ふときは、功名も恋愛も敢えて矛盾するものにあらず」と説いたのである。

「大道」がキリスト教思想の「神」を表象することは明らかであるから、ここにいう「恋愛」が、禁欲的、精神至上的「恋愛」であることは理解できる。しかし、その「神聖」なる「恋愛」と矛盾しないという「功名」の意味は曖昧である。その曖昧さの度合に応じ、「功名」と矛盾しない「大道」の意味もまた曖昧とならざるをえないだろう。はっきりいえば、既成の秩序と体系に同化的な在りかたにおいて、『女学雑誌』は『国民之友』の立場と大差はなかったのである。ひとり「厭世詩家と女性」の「恋愛」は「功名」の観念とは徹底して矛盾する「恋愛」を説いたことによって、『女学雑誌』の「非恋愛を非とす」の「恋愛」の意味レヴェルを、大きく超えているといってよいだろう。

これよりわずかに早く鷗外「舞姫」（『国民之友』明23・1）の主人公太田豊太郎を論じたのは石橋忍月（気

取半之丞）であった（「舞姫」『国民之友』明23・2）。忍月はエリスを捨てて帰東した豊太郎を評して「功名を捨てて恋愛を取るべきものたるを確信す」とのべている。これもまた「功名」と矛盾対立する「恋愛」であるが、しかし、この「恋愛」にはキリスト教的肉体と性の抑圧、「神聖」なる「恋愛」という観念はなかった。

「厭世詩家と女性」の「恋愛」の特質は、このようにして明治初年の「恋愛」をめぐる多様な言説のなかに、ようやく浮き上ってくる。

「厭世詩家と女性」の著名な一節「恋愛豈単純なる思慕ならんや、想世界と実世界との争戦より想世界の敗将をして立籠らしむる牙城となるは、即ち恋愛なり」を引用しながら、柳父章は翻訳語としての「恋愛」について次のようにのべている。「loveとは透谷の用語を借りて言えば、『春心』のlove、『單純な思慕』のloveも、そして又『想世界の』『牙城』のloveも含んでいるのである。が、透谷は前者を切り捨て、後者だけを『恋愛』であるとした。透谷は、翻訳語・恋愛の意味を『想世界の』『牙城』にしか見出すことができなかったのである」と。[*2]

みてきたように、透谷は「前者」を切り捨てないものを「ラブ」といいあらわしていたし、同じ意味領域に「恋愛」という言葉を用いていたこともあったのである。「厭世詩家と女性」の「恋愛」のみが翻訳語として特定される必要はない。また、「翻訳語の宿命」（柳父章）として「想世界」の「牙城」のような「純化された観念」である「恋愛」が「舶來の観念」として根づいたということでもないであろう。

「厭世詩家と女性」の「恋愛」は、『国民之友』の「恋愛」とも『女学雑誌』の「恋愛」とも葛藤し会う意味領域として自覚的に用いられている。それは性とエロスのきびしい抑圧、排除によっていわゆる浄化された「恋愛」であると同時に、「想世界」の「敗将」を立籠らしめる「牙城」という想念において、当時もっとも独自的な「恋愛」観念であったのである。

　蓋し人は生れながらにして理性を有し、希望を蓄へ、現在に甘んぜざる性質あるなり。社会の瓊縁《いんえん》に苦しめられず眞直《まっすぐ》に伸びたる小児は、本来の想世界に生長し、実世界を知らざる者なり。然れども生活の一代に実世界と密接し、抱合せられざる者はなけむ、必ずや其想世界即ち無邪気の世界と実世界即ち浮世又は娑婆と称する者と相争ひ、相睨む時期に達するを免れず。実世界は強大なる勢力なり、想世界は社界の不調子を知らざる中《うち》にこそ成立すべけれ、既に浮世の刺衝《ししょう》に当りたる上は、好しや苦戦搏闘《はくとう》するとても、遂には弓折れ箭《や》尽くるの非運を招くに至るこそ理の数なれ。（中略）想世界と実世界との争戦より想世界の敗将をして立籠らしむる牙城となるは、既ち恋愛なり。

ここにすでに特徴的であるのは、「想世界」というものが本来人間に備わっている、という考えかたである。人間の意識は、生長とともに外部世界から入り込むもろもろの事象、観念によって形づくられるのであり、内部に固有の場が自生的に在るのではないだろう。内部に堆積したもろもろが、じつは彼自身に敵対するという覚醒においてはじめて、人は内部にめざめる。「想世界」の発見である。

「恋愛はすでに確立されてある〝想世界〟にかかわり、その危機を救抜するゆえに牙城なのではない。むしろひとは恋愛の中にひとつの〝想世界〟を発見する」。生の意味を変容させるほどの「内部の価値を教えるとき、はじめて恋愛は〝想世界の牙城〟と呼ぶに足る」[*3]という意見はおそらく正しいのである。実状はこのようであるにもかかわらず、超越的世界としての「想世界」が措定されねばならないのはなぜか。それは「弓折れ箭《や》尽くるの非運」「想世界と実世界との争戦」に破れた者、という〝敗者〟のヴィジョンが必要であったからにちがいない。[*4]「想世界」の「牙城」は「敗将」の「牙城」であることによってのみ独自の意味性をもつのである。「厭世詩家と女性」はそれによって『国民之友』にも『女学雑誌』にもない、反秩序的「恋愛」を提示することとなったのである。

しかしながら、この〝敗者〟の「牙城」には、耐えがたい現実から、不可視の領域へひき籠って、現実世界を無視したい、アジール（「内的亡命」）の誘惑がつきまとっている。

恋愛が本来、男女の相互的な対関係であるとすれば、一方が〝敗者〟のヴィジョンに拘泥する関係は、おのずから不均衡とならざるをえない。他方はつねに慰撫をあたえるものであり、救済者、保護者でなくてはならないからである。その意味でここにある「恋愛」には近代の男女の対関係への要求が脆弱である。無意識のうちに女には母性が期待されている。たとえばそれは、聖なる空間としての太母的子宮空間に保護される浄らかな少年、といった仏教的な母子関係である。相手の女性もまた「想世界」を発見しうる、という想像力はこの「恋愛」に欠落している。

ところで、菅谷規矩雄はのべている。「わたしの発想からすれば、恋愛は、はじめから牙城なき野戦である」[*5]と。透谷が「観念の牙城をなすと信じた恋愛には、致命的な弱点」がひそんでいた。それは透谷が「じっさい恋愛において勝者」だったことであり、それが「恋愛は可能であるという命題」を先験的に措定させている、というふうに菅谷はのべている。

彼のいう「牙城なき野戦」とは、いいかえてみれば、基本的な葛藤対立をへて成熟をとげる異性愛のことである。それとは異質な透谷の一種閉鎖的な男女関係の観念のなりたちを、菅谷は透谷の現実の恋愛体験に求めているのである。三歳の年長であり、当時の女性としてはもっとも高い水準の和漢洋の知識教養を身につけていたクリスチャン石坂ミナとの出合いが、透谷に幸福な一時期を恵んだことは事実である。それがじつは透谷の恋愛論の弱点として結果していることを、鋭く指摘した早い論として、菅谷の論はあらためて注目されてよいだろう。

「愛は可能か」という深刻な問が本格的な主題となるのは漱石の文学をまたねばならない。『それから』以後の漱石こそ、いわゆる対幻想の問題と格闘した文学者である。透谷はこのときまだ、男にとって「牙城」をなす理想的「恋愛」を先験的に措定してはばからなかったのである。

「厭世詩家と女性」は、本来たんに恋愛論として読まれるべきものでなく、むしろ婚姻論として読まれることによって、恋愛論の構造もいっそう鮮やかになる。その「恋愛」と「結婚」の断絶の主題は、近代恋愛宣言の意味にも増して、重要な思想課題であったと思われる。

恋愛は人世の秘鑰《ひやく》なり、恋愛ありて後人世あり、恋愛を抽き去りたらむには人生何の色味かあらむ、然るに尤も多く人世を観じ、尤も多く人世の秘奥を究むるといふ詩人なる怪物の尤も多く恋愛に罪業を作るは、抑《そ》も如何なる理ぞ。

これが「厭世詩家と女性」冒頭の一文である。「恋愛」の讃美に始まりながら「然るに」と反転してゆく論理によって本来の主題が提示されるのだが、当時の青年たちの衝撃の物語は、多く一文の前半に集中したため、「婚姻」による「恋愛」の破綻の主題は充分に浮上してこなかった恨みがある。

「恋愛」において濃情人に倍する詩家たちが「綢繆《ちうびう》終りを全う」しない決定的な理由は何であるか。彼らが「恋愛」を必要とすればするほど「婚姻」が彼らに幻滅をあたえるからである。「婚姻」とともに浮世の義理や慣習に煩わされ「社界組織の網繩に繋がれて不規則規則にはまり」「想世界より実世界の擒となり、想世界の不羈を失ふて実世界の束縛」となる。要するに「婚姻は人を俗化し了する者」だからである。過重な期待のはじまりは大いなる失望を招き「惨として夫婦相対するが如き」状態に至る。「想世界」の「牙城」の無惨な崩壊の姿である。

この深刻な現実との対面において、はじめて「恋愛」の虚構性が自覚されている。一種の異界体験としての「恋愛」の怪しさが「心の攪乱」「奇異なる魔力」「根もなき希望」と表現されるのであって、「牙城」としての恋愛幻想は根底から揺いでいる。この論の最後に近く次の一節がある。

> 抑《そ》も恋愛の始めは自《みずか》らの意匠を愛する者にして、対手なる女性は仮物なれば、好《よ》しや其愛情益《ますます》発達するとも遂には狂愛より静愛に移るの時期ある可し、此静愛なる者は厭世詩家に取りて一の重荷なるが如くになりて、合歓の情或は中折するに至《いた》るは、豈惜む可きあまりならずや。

「恋愛」とは「自《みずか》らの意匠を愛する」ことであり、対手の女性はたんなる「仮物」にすぎない。女性は生ま身の他者であることを要しないのである。婚姻論としての「厭世詩家と女性」があらためて提起するのは、そういう「恋愛」の虚構性である。婚姻論をへて、恋愛「牙城」説は容易に恋愛「意匠」説に変貌している。想世界の「牙城」が、何よりも「敗将」の立籠る「牙城」であることの意味は先にのべたとおりである。

そこには男女の正当な対関係への要求が希薄であった。「牙城」によって保護されるのはつねに男であって、女はあたかも「牙城」そのもの、実世界との争戦の砦《とりで》であるかのように幻想されていたのではないか。そうであれば、戦局の変転にともない、ということは、婚姻による日常性の連続のなかで、女が「醜穢なる俗界の通弁」としか見えぬのは、きわめて当然のなりゆきといわねばならない。女も「想世界」を保持する者でありうる、という観点が一貫して欠落しているからである。

　　鳴呼不幸なるは女性かな、厭世詩家の前に優美高妙を代表すると同時に、醜穢なる俗界の通弁となりて其嘲罵する所となり、其冷遇する所となり、終生涙を飲んで、寝ねての夢、覚めての夢に、郎を思ひ郎を恨んで、遂に其愁殺するところとなるぞうたてけれ、うたてけれ。

従来、評論終結部の右の文章は、透谷のフェミニスティックな思想の現われとして理解されている。しかし、みてきたように女性が「優美高妙を代表する」と見えたのは、詩人みずからの「意匠」への愛であった。それが「意匠」であると覚醒したのであれば、女性が「俗界の通弁」と化した、と見えること自体にも覚醒が必要であったのである。「俗界の通弁」としてなお固有な「想世界」を生きる女性との〝対幻想〟の世界は透谷にはついに展けない。「敗将」をして立籠らしめる「牙城」という男性言語の呪縛の強さであり、その盲点であるといってよいであろう。

「不幸なるは女性かな」とは感傷的な客観主義であろう。女に共感するかに見えて、日常生活のなかの女の他者性は少しも理解されてはいない。「終生涙を飲んで、寝ねての夢、覚めての夢に、郎《ろう》を思ひ郎を恨んで」という女性像も、ひとしく「意匠」への愛のレヴェルに結ばれた像にすぎないのである。

「女性は感情の動物なれば、愛するよりも、愛せらるゝが故に愛すること多きなり」。あるいは「葛蘿《かつら》となりて幹に纏ひ賁《まつ》はるが如く男性に倚るものなり、男性の一挙一動を以て喜憂となす者なり、男性の愛情の為に左右せらるゝ者なり」というような見やすい文章に、あらためて透谷の女性観の「古めかしさ」や「自己矛盾」[*6]を指摘したり、それに反論したりするにはあたらないのである。「厭世詩家と女性」の言語は、はじめから他者としての女性存在を欠落させているからである。言語の男性体系が貫ぬいているものとすれば、いかように古風な女性像が描かれようと「矛盾」などではない。

たとえば幸田露伴の「得て纏牽りたがる藤やら蔦やらに身を痩せさせらるゝ如く女といふものに巻きつかれては…」（「いさなとり」明24・5～11）。尾崎紅葉の「女は蔦のごとく恃むところ無くてはかなはざるに……」（「三人妻」明25・3～11）[*7]といった同時代の言語水準を、このかぎり透谷が断然抜いていたとはやはりいいがたいであろう。

「厭世詩家と女性」の「女性」とはおよそ別のタイプの女性が現れるのが、いわゆる花巻書簡（明26・8北村ミナ宛）である。

貴書を得て忙（茫）然たる事久し。何の意にて書かれしや、一切解らず。われ御身に対して敬礼を欠けりと云ひ、真の愛を持たずと云ひ、いろ〳〵の事、前代希聞の大叱言。さても夫たるは斯程に難きものとは今知れり。（中略）われ思ふ、きみ《半身》既に婚して夫に合すれど、半身夫の物にして、半身然らず、君が常に苦しむ所、夫の事業の為ならずして他にあり、夫の沮喪したる勇気を挽回せんとにはあ

らずして、夫のわれに忠ならん事を望むに過たり。（中略）
われ妻が如何なる事業を持つを知らず、また妻としてこれを成すべきや否を知らず、然れども貧人の妻として、多涙多恨なる貧詩人の世に容れられず、世に容れられざるの産物を出さんとし、終生刻苦して世と戦はんと欲するもの、妻として、内に不足怨言を擅にするものを聞かず。

ここに現われた「妻」は、一人の個として「夫」と対等な関係を要求する新しい女である。「夫」は、自己の困難をきわめる事業を励まし、助力するのが「妻」として当然な在り方だと思っている。いわゆる〝内助〟の観念は疑われていない。「終生刻苦して世と戦」はねばならぬ悲運の「貧詩人」であれば、その「内」なるものからの「不足怨言」は到底忍びがたい、というわけである。こうしてかつて幻視された〝敗者〟の「牙城」の廃墟には、同時代の常識的規範が露出している。

「妻が如何なる事業を持つ」かなどに関心はなく、ただ理解と援助をのぞむ依存的な「夫」と、「夫」とは別の世界で「苦し」む自律的な「妻」と、この男女関係の不均衡は明白であろう。「夫」は依存的でありながら自己中心的であることで、「妻」は「夫」に従うものという、明治近代の男女関係の非対称性を、明瞭に示している。

その父権的男女関係の前提が相対化されるには、二〇年あまりのち、漱石『道草』（大4・6〜9）をまたねばならなかった。結局、「厭世詩家と女性」の言語は、のちの花巻書簡において「妻」と呼ぶ女性の現実からほとんど何も学んではいなかった、ということにならないであろうか。

「天地愛好すべき者多し、而して尤も愛好すべきは処女の純潔なるかな。」とは「処女の純潔を論ず」（『女学雑誌』明25・10）の冒頭である。

「厭世詩家と女性」の冒頭の言葉に影響をあたえたといわれるエマソンにも、このような処女崇拝の思想はなかった。「婚姻」による「恋愛」の破滅に立ち会った透谷は、このように身体を完全に超えることで、いよいよ上昇的に観念の純化をはかるほか、「高尚なる恋愛」を保持しえなかったのであろう。

ところで「処女の純潔を論ず」が発表された翌月、横井タマ外三三八名が署名した「刑法及民法改正ノ請願」なるものが第四通常議会に提出された。『女学雑誌』（明25・11）に掲載されたその趣旨は以下の通りである。

一夫一婦は人倫の大本なり。然るに世間往々一夫にして数妻を蓄ふ者あり。是れ人倫の本旨を破るものなり。之を救済せんには刑法中、有夫の婦姦通せし者を罰するのみに止めず、有妻の男子他の婦女に姦通せし者をも、併せて之を罰して矯正すべし。而して民法中に姦通とは、有妻の男子他の婦女に姦通し、有夫の婦女他の男子に通ずるを姦通とすとの條項を設け、有妻の男子にして妾を蓄へ妓に接する者を姦通となし、又姦通する者は其配偶者の一方は、裁判所に訴え相当の償金を請求することを得せしめ、又姦通の配偶者は離婚を請求することを得る、等の條項を設くべし。（句読点筆者）

人間平等の理念にたつ「一夫一婦の建白」運動は、婦人矯風会を中心にすでに明治二二年（一八八九）以来進められてきたものである。右の請願が院議に付されるためには議員三〇名以上の署名が必要であったが、その署名者の中には石坂ミナの父、民権派議員石坂昌孝の名もみられる。結局二名の脱落者がでて請願は失効したらしく本会議の議題となることなく終った。しかし、婦人矯風会はこれ以降もほとんど毎回の帝国議会に同旨の請願を続けている。その要求が実現したのは、昭和二二年（一九四七）、敗戦後の姦通罪廃止であったことは周知である。

明治二〇年代中葉、男女関係のこうした不均衡が、法の体系によって権力的に擁護され維持されていく情況のなかで、皮肉にも「処女の純潔」は賞讃されたことになる。そこではむろん「無染無汚」の純潔の価値は、女性に固有の「処女」にこそあって、男性に固有の〝童貞〟は問題とならなかった。「処女の純潔を論ず」はそのかぎり当代の先進的な思想潮流とは逆行するものとなり、はからずも明治近代の父権的イデオロギーを補強する言説機能をはたしていることになるだろう。

しかし、ここでぜひ注意しておきたいことは、一夫一婦を理想とする近代の対幻想イデオロギーのもつ両義性である。近代ブルジョア的平等思想と共にあるその愛の形而上学は、一方でそれが良妻賢母という規範の住みごこちよい温床であることを隠蔽しているのである。資本主義的私的所有にもとずく男女の性役割の分化、女性の家庭への囲いこみという近代の権力構造を、恋愛結婚、一夫一婦というロマンス物語は巧妙に隠蔽したのである。

「恋愛」と「婚姻」との修復しがたい断絶を説いた「厭世詩家と女性」は、その意味においてなら、ポスト近代を模索する今日に、大変あたらしい問題をつきつける、といわねばならない。

＊1　笹淵友一「北村透谷」『文学界とその時代』(上)　明治書院　一九五九・一
＊2　「翻訳『恋愛』論—観念語の成立と純化の過程を追って」『翻訳の世界』一九七九・一〇
＊3　永松知雄「透谷における詩と恋愛（その一）—「厭世詩家と女性」の場合—」『日本文学誌要』（法政大）昭56・1
＊4　論旨はやや異なるが「敗北」に着目した近年の論に、岡部隆志『北村透谷の回復』（三一書房　一九九一・一二）が

ある。

＊5　「論戦の背後―透谷論（一）」『現代詩手帖』『国家・自然・言語』大和書房　昭50・4

＊6　小田切秀雄『北村透谷論』八木書店　一九七〇・四

＊7　出原隆俊「第四回北村透谷研究会資料」平5・6

（一九九四・五）

魚住折蘆の文学史的位置——啄木の再検討

魚住折蘆(一八八三—一九一〇)の名が最初に文学史上に記憶されたのは、何よりもまず石川啄木が「時代閉塞の現状」(明43・8)において批判の対象とした、当の人物であるということによってである。その後今日までに、折蘆の業績には独自の価値が認められ始めたとはいうものの、その観点は依然として啄木の拘束をうけている。いわば啄木という鏡にうつった折蘆像が基本的には破られていない、と私には思われるのである。それは何故か。

一九二六年(昭1)十一月、中野重治が「啄木に関する断片」を書いてその礎石を置いた啄木観——それはほとんど啄木神話と呼ぶにふさわしい固定観念となっているが——、その啄木観に浅からずかかわっているように思われる。その執拗な束縛をほどいて自由になった魚住折蘆を眺めるということは、いいかえてみれば、「自然主義を批判克服し、その必然的帰結として、社会主義文学へむけて先駆的に道を切り開いた啄木」という従来の輝かしい啄木評価を疑い、これにひとつの訂正を要求することである。語の真実な意味における自然主義文学の批判的克服のためには、啄木の看過した折蘆の発言が、今日あらためて問題とされるべきであろう。

折蘆は、夏目漱石が主宰し、その門下、森田草平、安倍能成、阿部次郎、小宮豊隆、魚住折蘆、太田善男らを主要執筆メンバーとして、反自然主義論の一拠点となった「朝日文芸欄」(明42・11—44・10)にあって活躍したのだが、いわばこの白樺派と血脈相通ずる大正教養派の温床に育ちながら、その強烈な反権力意識において断然異彩を放っていた。こうして、いうなれば左に啄木を、右に白樺、大正教養派を置いた折蘆の位相は、きわめて興味深いものがある。その晩年の問題をいちおうおいていえるものとすれば、ちょうど明治から大正へと移り変る文学史の曲り角で、夭折した魚住折蘆の存命は、あるいは現存の大正文学史を、書き変えていたのかもしれないという仮定を誘うにたる、それはひとり卓抜した位相であった。

小稿ではおよそこのような視点にたって、折蘆の自然主義評論をめぐる問題を検討してみたいと思う。

順序としてはまず、自然主義論に関して折蘆の唯一の発言舞台であったといってよい「朝日文芸欄」の検討から始めることとしよう。

明治四三年（一九一〇）。この年、藤村「家」花袋「縁」泡鳴「放浪」秋声「足迹」白鳥「微光」が発表されて、自然主義文学はその絶頂期を迎えたのであるが、一方同じ年四月には雑誌『白樺』五月に『三田文学』九月に『新思潮』がそれぞれ創刊され、既存の自然主義文学を否定してたつ新しい諸流派が、いっせいに開花した。反自然主義運動と目される動きは、すでにこの前年、四二年（一九〇九）一月の『スバル』創刊をもって始まっている。その顧問格である森鷗外が、敏、荷風、薫、杢太郎らの反自然主義を指導して、その耽美主義的開花に主動力をあたえたのだった。一方漱石はその周囲に、虚子、三重吉、冬彦、節、草平らを擁して「朝日新聞」に拠り、白樺派の擡頭に大きな影響力を及ぼした。この時期に漱石の主宰した「朝日文芸欄」[*1]は、主として門下の青年たち、森田草平、安倍能成、阿部次郎（峙楼、痴郎）小宮豊隆、魚住折蘆、太田善男らの発言舞台として、同じく反自然主義運動の一環をかたちづくったのであり、四二年（一九〇九）十一月二十五日がその幕あきである。小説月評の草平（蒼瓶）を別とすれば、寄稿回数のうえからも論旨のうえからも、この文芸欄に主役をつとめたのは、世に漱石門下四天王といわれた少壮理論家、能成、次郎、豊隆、折蘆らであった。

さて、かれらいわゆる青年大学派の反自然主義論には、共通する論拠をみいだすことができる。

第一に、当時の自然主義文学の動向とは一応無関係に、かれらは一般に自然主義思想なるものを、「器械論的」「唯物論的」「決定論的」世界観であると考えていたから、自然主義者であると自認するものが、これといささかでも矛盾した言辞を弄することは、不可解な混乱であり、主義の崩壊であるとしたのである。論理の鋭鋒は容赦なく振われて、自然派に論争の勝算はなかった。しかし、自然主義の論理矛盾の追求という形をとったかれらの主張は、出発においては逆に自然主義の浪漫的要素の評価と結びついていた、ということに第二の特長がある。

たとえば次郎は「驚嘆と思慕」（「朝日文芸欄」明42・12・10）で次のように書いている。

新鮮なる心を失ひて新鮮なる心を愛するの念は愈《いよ〳〵》募り、生命の尊さを泌み〴〵と感ずるのに生命の疲労次第に身に迫るを覚ゆる生活である。この如き状態に在りて真正に生きやうとする努力の行き途は、唯驚嘆を思慕する情を強め、驚嘆し得ぬ心を悲しむ哀愁の念を深めて此方面より生命の源に遡るより仕方がない。（中略）驚嘆の情を失つた人生の悲惨なる状態を描写して読者の心に或知られざる状態に対する浪漫的なセンチメンタルな思慕を感じさせずには置かない処に、自然主義の価値はあるのだと思ふ。

いわば自然主義的決定論的気分を克服しようとする自己の内的葛藤に重ねあわせて、自然主義の浪漫的要素を評価したのである。

この次郎は、翌明治四三年（一九一〇）二月、『早稲田文学』が永井荷風に推讃の辞を送った時、担当者の相馬御風をてきびしく論難したのである（「自ら知らざる自然主義者」朝日文芸欄 明43・2・6、「再び自ら知らざる自然主義者」同 明43・3・20、21、22）。次郎にとって、自然主義の牙城である『早稲田文学』が、享楽主義者荷風に推讃の辞を送るなどとは滑稽な矛盾であり「主張の弛緩と主義の動揺」以外のなにものでもなかった。御風の弁明（「一家言」「読売新聞」明43・2・13、4・6、7、9）によれば荷風は単なる享楽主義者ではない。「我をも突き離して、現実の底の底までも、観極めずんば止まぬと云ふ冷明な意識……と……『靡爛《びらん》せる歓楽の心』の底から、我々の胸奥に沁み込んで来る冷い〳〵一脈の悲哀感」によって自然主義者と呼吸を同じうするものであるという。しかし御風は、享楽主義と自然主義との相関関係を適切に理論化して反撃する次郎の敵ではなかった。これは帰朝後の荷風の複雑なありかたとも絡む論争でもあるが[*2]、主義範疇の明晰に力点をおいて上から裁断しようとする次郎に対して、御風が作家主体の立脚点を下から探ろうとしたことは、絶頂期にさしかかった自然主義の、一種の苦悶を示すともいえよう。前年には自然主義の浪漫的要素を評価した次郎が、ここに自然主義批判者として発言したということは、これに照応する自然主義凋落のきざしをものがたっている。

能成の場合、自然主義とのとりくみ方は一層激しく真剣で、書かれた論稿も『ホトトギス』「国民新聞」などにわたってもっとも多い。かれは明治四三年（一九一〇）一月『ホトトギス』に「自己の問題として見たる自然主義的思想」という長大な論文を書いて、みずからの精神史における自我覚醒期のロマンチシズムから自然主義的思想への変遷を詳細に述べ、次のように結論する。

自然主義的気分の下にある自己が、主として感覚的、受動的、物質的自己である（中略）我等は自己の尊厳を覚えずして屈辱を覚える。（中略）而かもこの苦痛屈辱に対する鋭き感じさへ、やゝもすれば鈍されんとする（中略）かかる自己を以て（中略）果してどれだけ人生に触れ得るであらうか。多くの外的経験を重ねることが、人生に触れることならば、詐欺師や泥坊は最も多く人生に触れて居なければならぬ。我等がしみ〲と深く人生に触れると感ずることが出来るのは、我等が清新な心持を以て人生に臨む時ではないか。たゞ現実に触れるといふことは、決して人生に触れ人生を深く経験する所以《ゆゑん》ではない。（中略）現実の真なるものは、決して我等が求むる終局のものではない。（中略）我等は我等の現実をどうにかせねばならぬ。この要求を外にして人の生くる道はあるまい。（中略）現実に対する不満は、やがて第一義的のものに対する憧憬とならねば止むまい。自然主義に於けるロマンチックの傾向は我等も等しく力説したいと思ふ。今は寧《むし》ろ我等の現実に対する不満、呪詛《じゅそ》の強からんことを願ふ。徹底的ならんことを望む。

能成はここで「いやいやながらも」経験した「動きの取れない自由のないデターミニスチックな」自然主義的思想感情を、懸命に脱皮しようとする。自然主義のなかに必然論的一面をみると同時に価値的要求の一面をよみとりながら、自己の理想主義的志向を投影して、自然主義を前進的に評価しようとする立場である。かれが「朝日文芸欄」に筆をとった「人生に触れざる感」（明43・1・9、10）はほぼ共通の論旨であるが、しかし自然主義が現実に不満をみいだすところに自然主義の「生命の流動」をみとめ、同時に又そこにその「破綻」をみている点に相違がある。やがてこの発想の延長線上に片上天弦との「主観」をめぐる論争が展開した。（天弦「今日の感想」「国民新聞」明43・2・6、「自然主義の主観的要素」『早稲田文学』明43・4、能成「自然主義に於ける浪漫的傾向」「国民新聞」明43・2・14、15、「自然主義に於ける主観の位置」『ホトトギス』明43・5）

論争の内容を要約すれば、次の通りである。

自然主義の世界観を「物質的」「器械的」「決定論的」であるとし、人間の「意志の自由を否定し、一切の価値判断を徹して偏に自然力の跳梁に一身を委」せるものだと考える能成は、自然主義理論家としての天弦が、自然主義の本質に関して「霊的もしくはロマンチツクの要求」など「主観」の問題をうんぬんするはもってのほかであり、もはや自然主義にあらざるものを自然主義と強弁するにすぎない、という。天弦によれば自然主義文学には「客観的物質的方面とそれに反動する主観的精神的方面との二面がある。而かもこの二面が矛盾し扞格し抗争してゐる苦痛の心持から初めてこの特殊の文学は生れたのである。（中略）自然主義文学の特質本領は、要するに物質的人生観の圧迫に対する主観の抗争に在るといふ他はない。」

能成はかつてここで天弦の訴えるような自然主義の浪漫的要素に着目し、これに期待したことは先にみた通りであって、結局のところ二人の論者は全く同じ地点をふまえながら、自然主義という名辞の解釈を争っている、ということになる。

次郎の場合と同様、自然主義の浪漫性に好意的前進的評価をあたえた本人が、その同じ根拠から自然主義批判をうちだしたということは、やはり明治四三年（一九一〇）という自然主義爛熟期のはらむ衰退の予兆とみることができる。論理的整序性において明らかに天弦に優位した能成は、しかしそのことによってかれ自身における「主観」の問題にある方向をみいだしたわけではなかった。それについては後述することとして、そろそろわが魚住折蘆に登場してもらうこととしよう。豊隆は紙幅の都合で割愛する。

折蘆が「朝日文芸欄」に筆をとったのは、「真を求めたる結果」(明42・12・17、18)をもって最初とする。このなかでかれは「自然主義とは科学的精神が文学の範囲に侵入した事実に過ぎない」という論断に始まって、自然主義思想を一種の必然論的世界観であると規定している。さらに「我等の精神生活は竟に唯物論の跳梁に任すに堪へ切れなくなる」だろうといい、自然主義文学の人をひきつける「哀調」は「長所」であるがやがて「破綻」の源でもあるといい、自然主義の求めて真とした「事実《キルクリヒカイト》」は真の「真《ワールハイト》」でないのではないか、と述べている。ここには次郎、能成らと全く共通の発想をみることができる。しかし次に書かれた「自然主義は窮せしや」(明43・5・18)になるとかなり特長的である。内容はようするに、近頃自然主義が論壇で旗色が悪いといっても、「社会的風潮としての自然主義の実力」は承認せざるをえない。自然主義の奉ずる客観主義は「主観の侮辱」であり「精神文明の発展の阻害」であるが、科学への信頼と物質的享楽主義が頗る堅固である以上、これを時代背景とする自然主義は窮しておらず、したがって「吾等の文明も亦遠い」というのである。

ここには自然主義の論理矛盾に颯爽と挑戦する次郎、能成の面影はない。折蘆は理想主義的傾向を内包しつつも、現実感としての根づよい自然主義にはっきりと着眼していたのである。能成が実はこの点折蘆に近いものをもっていた。天弦との論争の裏に能成の微妙な煩悶があったのである。すなわちかれは、「不徹底なる徹底」(「国民新聞」明43・4・2)「与へず受けざるもの」(「朝日文芸欄」明43・8・31)を書かざるをえなかった。そこでかれは「自然主義と自己肯定の人生観の間を彷徨」して、積極的主張をなしえずに苦悩する自己のありのままを告白し、「主観の空疎」を嘆きながら、そのいつわりの充塞よりはむしろ空虚を撰みたいと語るのである。折蘆のいう風潮としての気分としての自然主義の「実力」を、これは自己にそくして語ったものにほかならない。

御風、天弦がかれら青年大学派との論争において如実に示した時代的苦悶、それは啄木のいわゆる「時代閉塞」というごとき概念となってあらわれはしなかったけれども、いわば本能的実感において鋭く理解していたかれらの時代的苦悶を、折蘆、能成は共通な重さにおいてうけとめていた、といってよいであろう。

だが能成の転機はすぐにやって来た。「朝日文芸欄」に「人生の熱愛者」(明43・9・20、21)に寄せたことがそれをものがたる。

芸術家は人生の描写者たる前に、先づ人生の経験者であらねばならぬ(中略)偏に芸術家的態度に急ならんとするの弊は、どうしても其の人をして人生の皮相を観察して人生を知り得たりとなし、人生の外部的現象を追ふことが徒らに細かになつて、其の内的意味を逸する。(中略)如何にして人生を知るべきか。自分はこゝに至つて久しく世に忘れられて口にする人もなかつた、『愛するは解《カイ》するなり』といふ陳い詞の新しい意味を発揮して来ることを認めづには居られぬ。(中略)忠義といひ孝行といひ貞節といふ類の、唯社会的、家族的の道徳よりも、又人道といひ博愛といふ所謂世界的道徳よりも、内的生命の愛重といふことは、ヒユマニティーの根本義であらうと思ふ。個性の泉に深く自由に掘つた消息を伝へる文学のみが、我等の如き力に乏しき者に力を与へ、我等の萎靡した内生活を振張せしめる。

ここに大正教養主義的あるいは白樺ヒューマニズム的萌芽は明瞭である、といわねばならない。自然主義の主観の苦悶に主体的接近を示していた能成は、今ここで観察する主観から愛する主観へと活路をきりひらき、個性と内的生命の愛重を唯一のよりどころに、精神主義的理想主義へ向けて、みずからを解き放ったのである。ただその後「批評と生活」(「朝日文芸欄」明43・11・22)でやや動揺をみせたが、しかしこの時もはや能成の内部の磁針は大正期を探り当てていたのである。

阿部次郎また同様に個性主義的、人格主義的な理想主義へと軌を一にして進んだのである。

大正期のこれら理想主義、いわゆる大正教養主義にもっとも特長的なことは、国家社会的関心の欠落であった。それは個と全体、個性と人類が直接無媒介につながる認識である。「種という中間媒介項のない普遍と個とを最大関心とする」(唐木順三『現代史への試み』筑摩書房 一九四九・三)心的構造を特質とした。個性の伸長がそのまま「人類の意志」の表現となることを信じて疑わなかった白樺派は無論のこと、『三田文学』『新思潮』による耽美派また、その非政治的偏向という一点において、国家社会的関心を欠いた大正教養派といわば表裏の関係にあったといえよう。

白樺派およびこれら耽美派の反自然主義運動が、かかる性格のものとしてスタートした時点が、世にいう大逆事件の端を発したその時と同じ明治四三年(一九一〇)であったということは、頗る意味深長である。

大逆事件が権力による恐るべき悪質な捏造であることは周知であるが、当時全国にわたって数百名の社会主義者が捕えられ、当局は「一人の無政府主義者なきを世界に誇る迄、あくまでその撲滅を期する」と言明した。その頃すでに自然主義は風俗壊乱のおそれある危険思想とみなされ、政府の治安対策の対象とされつつあった。明治四一年(一九〇八)を境に発禁件数は急上昇し、四三年はその最高を記録している(四〇年五件、四一年一二件、四二年二三件、四三年二五件)。この事件以来社会主義運動はことごとく弾圧され、いわゆる「冬の時代」が始まったのである。

かくして文学における大正期の開始は、政治における冬の時代の開始と並行して進んだ。文学の大正期にみあう能成の理想主義的転回に、ここで鮮かな対照をなして浮かびあがって来るのが魚住折蘆である。ひとことでいうなら、彼はその熱烈な反権力意識において大正教養派の温床、「朝日文芸欄」グループの異色であった。

このことが、自然主義的風潮の根深さを能成と共に強く自覚していた折蘆をして、図式的にいえば能成における白樺派的克服とは別のコース、いわば啄木的方向の克服を模索させることとなったのである。かれは「自己主張の思想としての自然主義」（「朝日文芸欄」明43・8・22、23）で次のように語っている。

> 現実的科学的従つて平凡且フエータリステイツクな思想が、意志の力をもつて自己を拡充せんとする自意識の盛んな思想と結合して居る。此の奇なる結合の名が自然主義である。彼等は結合せん為には共同の怨敵を有つて居る。即ちオーソリテイである。
>
> ルネツサンス及宗教改革の共同の敵たるオーソリテイは教会であつた。十八世紀の独逸《ドイツ》に於て啓蒙主義と敬虔主義とが滑稽なる連合を形作つて当つたオーソリテイも教会である。然し今日の教会は自然主義の正面の敵となる程有力なオーソリテイではない。今日のオーソリテイは早くも十七世紀に於てレピアタンに比せられた国家である、社会である。廟堂に天下の枢機を握つて居る諸公は知らぬ。自己拡充の念に燃えて居る青年に取つて最大なる重荷は之等のオーソリテイである。殊に吾等日本人に取つてはも一つ家族と云ふオーソリテイが二千年来の国家の歴史の権威と結合して個人の独立と発展とを妨害して居る。

「オーソリテイ」を共通の怨敵とするが故に、いわば自己否定的と自己肯定的の互に相反する思想が結合して、自然主義を形づくっているのだというこの考え方は、自然主義にある種の戦闘的姿勢を認めることを意味している。事実かれは自然主義の「反抗的《ママ》主義的の熱意を混じた傾向」により多く同情し、「反発的にオーソリテイに戦ひを挑んで居る青年の血気は自分の深く頼母しとする処である」と結んだのである。能成、次郎らにとって単に自然主義の浪漫主義的自己主張と映ったものは、ここで自然主義の反権力的反抗的自己主張として前進的に評価されようとしている。

同じ論文のなかで、折蘆の反権力意識を証す発言には更に次のようなものがある。

> 先頃夏目先生が本欄にヒロイツクな出来事も不自然でないと云ふ最近の事実から、自然主義と自称する者も此方面に手を付けぬのを非難された様であるが、聊か見当違ひの議論ではないかと思ふ。（中略）ヒロイツクな出来事は其滅多にないと云ふ訳で第一に描写せられないのである。加之、上にも云つたオーソリテイに対する時代通有の反抗的精神の為めに広瀬中佐や佐久間大尉の、従順、謙遜、犠牲、献身、のヒロイツクな行為も鼻の先で扱はれる様な運命を免れないのである。

漱石は「文芸とヒロイツク」（「朝日文芸欄」明43・7・19）「艇長の遺書と中佐の詩」（同、明43・7・20）のなかで二人の軍人の遺書を論じ「人間としての極度の誠実」を讃嘆して、折蘆が右に要約したような意見を出していた。ここにみる折蘆の自然主義理解をそのまま肯定するか否かを別問題とすれば、漱石と折蘆のこの著るしい距離は注目すべきだろう。漱石にとって「器械的社会の中に赫《かく》として一時に燃焼」する「真個の生命」であったものが、折蘆にとっては「従順、謙遜、犠牲、献身」の旧道徳であったということである。

折蘆には続いて「穏健なる自由思想家」（明43・9・16稿、「朝日文芸欄」発表は、10・20、22）と題する論稿がある。内容を紹介すれば次の通り。近頃自由思想と名のつくものがすべて抑圧され、図書の発禁が続出しているが、これは当局が「当然の論理」を辿ったまでである。この事によって従来社会主義や無政府主義の蒙りつつあった抑圧を対岸の火災視していた自称自由思想家文士達は、今や急速にその不徹底な妥協的態度の清算を迫られつつある。その意味で当局のやり口はむしろ痛快と、自由思想家達の権力に対する不明に痛烈な皮肉をあびせながら、今日、微温的自由思想家が横行するのは「鵺的革命たる明治維新」の結果であるという。果して我等は近世国家の住民であるといえるか。近世国家に於ても社会主義や無政府主義は圧迫されたが「個人の脳髄と心臓との働きはもつと尊重」されていた筈である。

所謂「万機公論に決する」近代的傾向は岩倉、大久保等の専制主義に依て其萌芽を抜かれ、征韓論者の暴動や民権運動の如きも明治維新の浅薄を根底から意識した運動でなかつた事は、征韓論者の暴動が寧ろ明治政府に不満なる旧幕の遺士に依て助けられ、君側の奸を払ふと云ふ事が口実であつたのでも分る。民権運動とても同様である。自由党当年の名士の現状が当時の民主的意識の浅弱を最も雄弁に語つて居るではないか。此自由党を以て尚奇矯なりとして穏健中正を標榜して起つた改進党の首領大隈伯が今日寧ろ民衆の為に気を吐く代表者たる観あるに至つては之こそ憲法治下に於る一個のカリカツールでは無いか。

大正教養派の盲点とされる国家社会の問題が折蘆にあっては卒直明快に論じられていること、かくの如しである。しかもこの稿は大逆事件発覚後のまもない時期に執筆されていることに留意したい。「個人の脳髄と心臓との働き」などという折蘆の表現が意味ありげに響くではないか。ともかくもこの時期に、明治維新の妥協的性格と日本近代化の欺瞞を発き、そこにおける自由主義思想家のまやかしを徹底的に批判したことは、注目にあたいすることである。ここに折蘆の旺盛な反権力意識と、近代的民主主義的意識との結合を認めることができる。

折蘆の反権力意識に影響力のあったのはおそらくキリスト教思想であった。幼くして内村鑑三を知った折蘆は非戦論に共感し、徴兵拒否の決意を披瀝している（明治三七年月日不詳、東京より上州田中きゑ子宛書簡）。また、社会主義に同情し、その研究をこころざしてもいるのである。しかしかれの社会主義理解は単に社会的実践の問題であり、しかも志士仁人の運動としての社会主義であって、ついに世界観の変革として影響することはなかったようである。したがってその社会運動としての重大な意義を認めながらも、物質より精神を高しとする見地から、結局精神的解放の事業に自らの任務をみいだしてゆく。これは折蘆に年若くして根づいた宗教的志向（十九歳で洗礼を受けた）の現れであるとともに、かれもまた、その精神主義的一面において大正教養派の子であることをものがたるものである。しかし折蘆は、キリスト教信仰から神の前の絶対平等という思想を学ぶことによって、その徹底した民主的要求の上にかれの反権力意識を養い育てたのであって、「我よりも父母を愛せんとするものは我に協はざる者なり」というマタイ伝の一節は、かれの脳裏をおそらく離れたことはなく、一面教養派としてのかれの近代的個人の自覚がこれとあいまって、そこに厳格な封建道徳批判の基礎をかたちづくったのである。これこそ折蘆が啄木をしのいだ点であった。これによって折蘆は、自然主義批判において啄木には無かった貴重な視角を用意したのである。

啄木は折蘆の「自己主張の思想としての自然主義」を批判して「時代閉塞の現状――強権、純粋自然主義の最後及び明日の考察――」を書いた。しかし詳細にみれば、「自己主張の思想としての自然主義」は必ずしも啄木によって理解された通りのものではない。啄木の批判の要点はこうである。折蘆は自然主義の内部矛盾に「極めて都合の好《よ》い解釈」を与えているが、それはかれが自己主張としての自然主義を説くために我々に向って一つの虚偽を強要しているものだ。相矛盾する両傾向の不思議な共棲を理解させる為にそれに勝手な動機を捏造している。すなわちその共棲が全く「両者共通の怨敵《をんてき》たるオオソリテイ――国家といふものに対抗する為に政略的に行はれた結婚」であるとしているが、これは折蘆の明白な誤謬であって、日本の青年はいまだかつて強権と争ったことはなく、国家が怨敵となる機会はなかった。自然主義の自己否定的と自己主張的の相矛盾する傾向の結合は、「実行と観照」の問題以来分裂した。すなわち「純粋自然主義」が画一線の態度を決定してこの結合から「反省の形」で分離したのである。

　啄木はここで「共通の怨敵《をんてき》たるオオソリテイ――国家」というふうに表現している。啄木においてオーソリティは国家とイクォールに考えられている。ここに啄木の過失があった。

はたして折蘆はそういったか。問題の箇所はすでに先に引用しているが、くりかえせば折蘆は今日のオーソリティは国家社会であると共に、家族制度であると述べているのである。「今日のオーソリテイは早くも十七世紀に於てレピアタンに比せられた国家である、社会である。（中略）殊に吾等日本人に取つてはも一つ家族と云ふオーソリテイが二千年来の国家の歴史の権威と結合して個人の独立と発展とを妨害して居る」のであると。

「時代閉塞の現状」全体を通じても、啄木は日本の家族制度を問題としなかった。確かにかれは別のところで「現在の社会組織、経済組織、家族制度……をそのままにしておいて」自分一人だけよくなろうと思ってもダメだということをいったことはあるが、家族制度を自然主義の問題と結びつけて論じはしなかった。

かれの行った自然主義の積極的評価には、家族を怨敵とする自然主義、という認識は明瞭にしがたいのである。

彼等の「真実」の発見と承認とが、「批評」としての刺戟を有《も》つてゐた時期　「時代閉塞の現状」明43・8

自然主義は文学を解放した。少くとも、しようとした。これは近数年間に於ける日本文学上の一大事実である（中略）（自然主義運動は）維新以後に於る新しい経験と反省とを包含する時代精神の要求に応ずるやうに文学を改造するところの努力である　「一年間の回顧」明43・1

自然主義者は何の理想も解決も要求せず、在るが儘を在るが儘に見るが故に、秋毫《しうがう》も国家の存在と牴触する事がないのならば、其所謂《いはゆる》旧道徳の虚偽に対して戦つた勇敢な戦も、遂に同じ理由から名のない戦になりはしないか。　「きれぎれに心に浮んだ感じと回想」明42・12

この最後に並べた、そしてこのなかでは一番早く書かれた文章は、長谷川天渓批判の一部分なのだが、啄木は旧道徳と勇敢に戦った自然主義を認めていながらも、旧道徳一般から家族制度の問題が特に洗い出されているわけではない。

自然主義作家のもっとも苦難にみちた戦いの相手が、家族制度にあったことは周知の事実である。藤村、花袋を始め、自然主義作家はすべて「家」と生身の体当りを強いられ、格闘し呻吟し、やがて妥協していったのである。日本文学における近代的自我が、その基盤としてもった社会的後進性の故に、内包せざるを得なかった家族的エゴイズム――たとえば「浮雲」の文三にとっては母の心を安め叔父の世話に報いることが、「舞姫」の太田にとっては我名をなすことで「我家を興さむ」ことが、それぞれの関心であり得たような、そういう明治二十年代の文学のもった家族的エゴイズムを、四十年代の文学として自然主義は克服しようと努めたのである。

当時のすべての知識人・民衆はなお、牢固たる家族制度の重圧のもとにおかれていた。明治三一年(一八九八)新民法を施行した明治政府は、その支配機構の中核として法制的に倫理的に強権的に家族制度を編成強化した。天皇制は、この家族制度を末端細胞として、村落共同体を経由したピラミッド状の頂点にあって、同族的擬制共同体観念――固体観念を形成したのである。自然主義作家たちの闘争は、いわばその最底辺の闘争であった。したがって、もっとも基礎的で不可欠な闘争でもあったのである。ただかれらは、その底辺のうえにそそり立つものを見得なかった。この意味で、啄木の自然主義批判は正しいといわねばならない。しかし啄木は、自然主義作家がもっとも悪戦苦闘したその最底辺闘争を、さだかに見抜いてはいなかったのである。

このことによって、啄木がかれのいう国家強権の本質を、家族国家観に武装された天皇制絶対主義として確認することはなかった、ということがいえるのではないか。

魚住折蘆はこの点の着眼に関して啄木を抜いていた、といわねばなるまい。「二千年来の国家の歴史の権威と結合」した「家族と云ふオーソリテイ」が、自然主義の怨敵として指摘されているのである。啄木の批判はこれを全く素通りしたものであった。原因は何か。折蘆の「オーソリテイ」を怨敵とする自然主義という観念に、かれが我慢ならなかった昂奮のためか。いや、その根はもっと深いところにある。

啄木の観念的飛躍、あるいはラディカリズムが、かれの実生活上の「家」と分ちがたく結んでいたことは、国崎望久太郎氏の指摘するところである。

（啄木は）家の問題を回避していた。回避することによってラヂカルでありえたのだ。さらにいえば彼は自己の批判的拠点とした前進的な地点が比較的解放された小家族であり、しかも、それが事実上宮崎郁雨によって支持されているという現実を充分に認識できなかった。のみならず、「天地に家するしらぬ浪人といへ」と歌い、「生活上の落伍者」たることを自認し、その落伍者たることの代償として小説を制作しようとする芸術至上主義的な態度を、やはり事実として持っていた。いわば彼は家族的繋縛から自由な個人として発想する可能性をもっていたのだ。

『啄木論序説』法律文化社　一九六〇・五

中野重治以来戦後の今日にいたるまで、その原型がひきつがれている啄木像――社会主義文学の先駆者、「革命的詩人」、自然主義文学を批判克服し、それの必然的帰結として社会主義文学へ道を開いた啄木――その啄木は生活者としての現実処理能力に欠けるところがあり、したがって当時の現実のもつ重みと深さを、そのものとして正当にうけとめていたかどうかは疑わしいということになる。そこに発した自然主義批判が、自然主義の深部の苦闘を切り捨てて、明快なラディカリズムに傾斜したのは当然であろう。

小田切秀雄氏はその折蘆解説（『現代文芸評論集』㈠現代日本文学全集94　筑摩書房　一九五八・三）の中で次のように述べている。

（時代閉塞の現状は）自然主義の根本的な弱点にたいする鋭い批判に達し、大逆事件直後の険しい社会的空気にあらがいつつ、はげしい気魄をもって社会主義的方向への打開をよびかけた歴史的文章で、日本近代文芸評論史上の代表的な文章の一つであるが、そのはじめのところで批判されている折蘆の原文を見ると、啄木がいかに微妙なところで大きな問題をひき出して論を発展させたかがわかる。

微妙なところで大きな問題を、啄木はむしろおっことしているのである。自然主義文学批判——社会主義文学、という啄木理解の固定化した図式がここにも大きくわざわいしている。小田切氏は折蘆がオーソリティを国家と家族制度にみていることを別段みのがしたわけではないのに、啄木がオーソリティを国家のみにしぼっていることについて、両者の相違を何故か問題にしていない。したがって小田切氏によれば、啄木は、折蘆によって「残された問題をとらえて一挙に大きな理論的転換を作り出し得た」ということになる。残された問題が一挙にと、はたしていえるかどうか。くりかえすが折蘆のとりあげた家族制度の問題は啄木によって論じられなかった。氏は折蘆のいわゆるオーソリティを正しく国家と家族制度にみていながら、啄木至上観にとりつかれて啄木という鏡にうつった折蘆像を、結果としてみてしまっている。そのことは更に、折蘆が天渓、花袋、泡鳴らの国家主義的言説を揶揄した部分の不思議な誤解となって現れている。すなわち折蘆は、オーソリティを怨敵とする自然主義という基本的立場をとりながら、末尾にかっこづきで次のように述べている。

但し天渓氏が自然主義と国家主義とを綴り合せて居るのは只噴飯の外はない。花袋氏、泡鳴氏も聞えた自然主義者でありながら、確か天渓氏同様の説を何処かで為して居るのを見た事がある様に思ふ。然らば随分不徹底な自然主義である。

この部分が小田切氏によれば、折蘆は「長谷川天渓、田山花袋、岩野泡鳴らにたいして、かれらが折蘆のいわゆる『オーソリティ』(国家と家族制度)の問題を回避したことを嘲笑」している、というふうになる。折蘆は明らかに「国家主義」とだけいっているのである。一体、折蘆によって自然主義の肯定的評価に用いられたオーソリティ(国家と家族制度)の概念が、但書の項で否定的評価のために、そのままでてきてよいものであろうか。このことは小田切氏が啄木のなかから家族制度の問題を引き出し得ず、啄木の折蘆理解の盲点をそのまま踏襲したために、「オオソリティ――国家」という啄木の図式に影響されて、折蘆の国家主義に国家と家族制度を包含させることになったのではないか、と思う。

さてこの折蘆のおこなった自然主義の国家主義批判の部分は、折蘆もまた啄木のいう、国家を怨敵としない自然主義について、全く盲目だったのではない、ということのために、はっきり確認しておく必要がある。しかし問題はそれがそこでとどまっていることである。折蘆の場合、怨敵を有する自然主義という理論の優位によって、現実の自然主義がもつ欠陥は単なる主義の不徹底としてそこにとどまったことである。啄木の批判のくいいるすきもここにあった。主義の不徹底を徹底的に追求して自然主義批判のキリフダとするには、かれはあまりにも自然主義に好意的でありすぎたのだ。欠点の故に自然主義を捨てるのではなく、その長所を認めるが故にそれが助長されることを望んだのである。と同時に、おそらくは哲学の徒として文学を論ずる際の一種微妙な距離感がそこにあったと思われる。すなわちかれは自分の自然主義の解釈がようするに解釈であって、どこまで「ヂヤステイフワイ」すべきかについては明確な定見がない、とぼかしてしまっているのである。

しかしともかく、自然主義の家族制度との対決及びその国家権力への無自覚な対応は、折蘆の視野の中にまちがいなくおさまっていた、ということはいえるだろう。いわば自然主義のプラスとマイナスを正しく展望する位置に、ともかくも出はじめていたのだ。けれども「自己主張の思想としての自然主義」は折蘆が自然主義とのギリギリの対決を欠いたところに成りたっていた、という意味で自然主義批判として充分でないうらみが確かにある。現実の自然主義文学の肯定と否定に、いま一歩ふみこんでほしかった。たとえば啄木が自然主義の急所としてとらえた「観照と実行」の問題が何を意味するのかを、かれの立場から語ってもよかったのである。

家族制度の問題を軽視して自然主義の肯定面を捨象したとはいえ、その否定面への切りこみの鋭さによって、だから啄木は偶像的崇拝の根拠をたしかにもっていたのだ。それは家族的繋縛をはなれた自由な発想であると共に、生存そのものの危機が激しく求めた発想として、いやがうえにも尖鋭化したといえる。「時代閉塞の現状に宣戦」し、自然主義を捨て、「唯一つの真実――『必要』!」「『明日』の必要」の発見こそが理想とならなくてはならない、という啄木の言葉は、明らかに新段階に立ってする自然主義批判として、鮮烈な印象をのこすのである。

そもそも日本の社会主義運動はラディカリズムを軸に回転してきた。左派優位はほとんど歴史的伝統である。明治四〇年(一九〇七)の社会党大会において幸徳秋水ら直接行動派左派が、田添鉄二ら議会政策派右派に優位して以来、大正期アナーキズム、昭和期マルクス主義を通じてラディカリズムはいわば思想的純潔の保証であった。しかし同じものが同時に、政治的有効性と結合していたのではなかった。三つの死、幸徳の死、大杉の死、多喜二の死がそれを象徴的に証明する。

啄木のラディカリズムはこれら原型の反映でもある。そして政治の非有効性が背負ったものは、文学もまた負わねばならなかった。自然主義は啄木の批判を得て起死回生することなく、これにかわった白樺派はいよいよ遠い圏外で花咲いたのである。ただ啄木が看過し、自然主義が刻苦して戦った「家」の問題は、白樺派にも受けつがれ戦われることとなった。その白樺派による自然主義の克服が、かりに折蘆を媒介として、その独自な個性主義、個と普遍の発想に国家社会的観点が導入されていたとするならば、あるいはひるがえって、啄木によって意図されたラディカルな自然主義克服の道が、かりに折蘆を媒介として「家」の問題に開眼し、そのエネルギーを汲みあげていたとするならば。それは自然主義の当面する「家」の問題に着目してその反抗的要素に同情し、しかも対国家権力への無自覚な対応をみのがさず、旺盛な反権力の意識に支えられて理想主義的志向を持った魚住折蘆の自然主義評論が、可能性として持つ大正文学史のイメージであり、それこそ語の真実な意味における自然主義の批判的克服というにあたいするであろう。明治四三年（一九一〇）という文学史の曲り角で、魚住折蘆の立ちえた卓越した位相が、可能性としての文学史へ向けて私の想像を刺戟してくれるのはそのような意味においてである。

けれども明治四三年（一九一〇）十二月、チフスが、わずか二十七歳十一ヵ月の折蘆の命を奪った。

折蘆の自然主義評論がキリスト教の絶対平等主義を背景とした反権力意識と深く関係していることは先にふれたが、かれは同時にまた、キリスト教のもつ現世否定の精神を全く失ってはいなかった。かれの自然主義評論の大部分は、この出世間的傾向の最も弱まった時期に、「人間が恋しい」という「terrestrial の心」が最も高まった時期に書かれているが、常に celestial の傾向は伏在していたのだった。それは西田天香との出会いによって強くよびさまされ、明治四三年（一九一〇）九月以降かれはいちじるしい宗教的傾斜をみせる。先の「穏健なる自由思想家」はこの境目のところで書かれており、「歓楽を追はざる心」（「朝日文芸欄」明43・10・6）はその後のもので、かつかれの最後のものとなった評論である。以下要約すれば、我々には歓楽を追わざる心と、歓楽を追わざる誇りとがあるが、しかし歓楽を追う心の嘆きを解し得ない者となりたくない。この嘆きを知って誇を持するというのは矛盾であろうが、両立しない心の状態ではない。我々の批評態度はこの二つの心の分裂を忍んで維持するところにあるのだ、という。

ここに現世否定の精神の表現はない。かれの宗教は評論の裏側にかくされてしまっている。宗教世界と文学世界の不思議な分離であるが、ともかくこの論旨は、自然主義的風潮の奥深さを理解していた折蘆が、それといわば同根の享楽主義的傾向に深い同情を示しつつ、一方で理想主義的方向を眺望したものと解することができる。これが「感慨と思弁」（前掲小田切秀雄氏）に傾いた論文だと私には思われない。二元的な対立の矛盾と動揺に進んで身を挺しようとする折蘆の、思考の柔軟性をここにみたいと思う。

宗教世界と文学世界。理想主義と享楽主義。この両立関係は、石川啄木と大正教養派とをいわば左右に眺めて中間に位した折蘆の、特異な豊饒性に照応するものではないだろうか。

（一九六四・五）

＊1　「朝日文芸欄」は明治四二年（一九〇九）十一月二十五日に開設されて以来、四四年（一九一一）十月十日まで、約二ヵ年間継続してはいるが、最も充実をみせるのは、開始以来の約一ヵ年間で、四三年（一九一〇）末からは、ほとんど常設とはいいがたい断続状態を示している。（廃止に関する事情は小宮豊隆『夏目漱石』『森田草平選集』第四巻に詳しい）。その間自然主義批判者と目される執筆者には、夏目漱石、森田草平、安倍能成、阿部次郎、魚住折蘆、小宮豊隆、太田善男、戸川秋骨、片山孤村、武者小路実篤、桐生悠々、茅野蕭々、厨川白村、小林愛雄、青木健作、内田魯庵、石川啄木がある。これらの人々の原稿が、「朝日文芸欄」記事の過半数をしめるが（他は、絵画、音楽、彫刻、哲学、翻訳等）、直接自然主義を論じたものは八二篇、総数の約四分の一にあたる。

＊2　高田瑞穂『反自然主義文学』明治書院　一九六三・六

魚住折蘆論

折蘆・魚住影雄の名は明治末年に旧一高東大を経た人人の、忘れがたい記憶にとどめられている。その回想類を除けば、今日まで魚住折蘆は石川啄木とともに問題とされるのが常識であった。高名な「時代閉塞の現状」が、魚住の自然主義論を批判して書かれたからである。

したがってこれまでの魚住の像は、東京朝日新聞「文芸欄」に掲載された、その評論文を主体として形成されてきたといってよい。阿部次郎、安倍能成ら、のちのいわゆる大正教養派の青年たちとともに、「朝日文芸欄」の自然主義批評を主導した、少壮気鋭の論客として、その卓越した一人異色ある思想内容が問題とされてきたのである。

そのためにたとえば、晩年の魚住が西田天香という特異な人物に傾倒するにいたる経緯なぞ、単なる「挫折」、あるいはよく解らぬ事態として放置されてきた。そもそも気鋭の批評家であるはずの魚住が、折れたる蘆、折蘆と名のって発言したのは何故かという一事すら、いまだ解明されてはいない。これらいくつかの問題を括る観点となるはずの、魚住におけるキリスト教の意味はほとんど検討されていないといってよいのである。わずか二十七歳で夭折したこの俊秀の思想の全貌をとらえるには、その特徴ある性情と結びあった、宗教的パトスをとらえることなしに不可能だと考えられる。

「折蘆」以前の魚住、魚住影雄の存在が、第一高等学校を中心とする同時代の青年たちに、もっとも鮮烈な印象を残したのは、その皆寄宿制度にたいする敢然たる攻撃にあった。火のごとき舌鋒に一千の校友は敵も味方も驚きの目をみはったという。炎炎たる熱情と肺腑を抉る辛辣とは、さながら「ウォルムス議会のルーテル」（藤井武[*1]）であった、と評されている。

日清戦争勝利後の国家意識の高揚と、資本主義経済体制の規模拡大にともない、進化論的唯物主義、立身出世主義の傾向が、青年思想を支配した時流にあって、これに反撥し、自己内奥の要求と人間存在の意義目的に醒めようとする精神的気運が、当時すでに一高文芸部を中心とする青年たちの間に動いていた。[*2]藤村操の自殺（明36・5）を一画期として、彼らの個人主義的傾向はいよいよ高まってゆくのであるが、魚住が『校友会雑誌』（明38・10）に発表した長い題名の論文「個人主義の見地に立ちて方今の校風問題を解釈し進んで皆寄宿制度の廃止に論及す」は、そうした動きの激発的頂点をなしていたといえるであろう。人間心霊の自由を束縛する、自治寮謳歌の形式的団結主義の愚劣を暴露した、「勇気ある人」（田邊元[*3]）であったと回想されている。こうした格別の印象をあたえた魚住の勇気や熱情の根源について、藤井武も田邊元もともに、魚住におけるキリスト教信仰を考えているのである。

『折蘆書簡集』（岩波書店　昭52・6）に『折蘆遺稿』（岩波書店　大3・12）の時の削除部分をあらたにおぎなって収められた「自伝―友人諸君へ―」（明41・9）には次のような一節がある。

> 僕は思想上常に僕一人の生活をしてゐる。この点は僕の誇りである（無論社会的風潮の感化はまぬかれなかつたが友人間に類似の人がなかつた）。

『折蘆書簡集』を一瞥すれば、魚住のまれな情愛の細やかさと、青年期らしい親密な交友関係の具体を知ることができるけれども、しかし、魚住は阿部次郎、安倍能成、小山鞆絵、宮本和吉、長沢一夫その他、自己身辺には、「類似の人」を一人も見出していなかったのである。この思想上独一の自覚と誇りとは、魚住の宗教的パトスと深く関わるものといってよい。

思想と実生活との相関関係の一範型を見うるとして、故平野謙氏により近来あらたに高く評価された、[*4]魚住の田中きゑ子宛の書簡が、質量ともに充実している一理由は、身辺の学友たちによっては満たされなかったものの奔流した結果である、ということもできるであろう。

当時の魚住の学友たち、のちのいわゆる教養派世代、創業時岩波書店の『哲学叢書』の執筆メムバーであって、それぞれにアカデミーの哲学教授となっていった青年たち、彼らと同世代の一人として、魚住は共通の強い自己肯定と個人主義思想に立脚しながら、しかし、彼らには無かった鋭敏な時代認識、反権力、反権威の意識と、同時にまた信仰にかかわる純潔な自己省察とを有することによって、「あれもこれも」「享受」しようとした、書斎的教養派の態度を超え、「あれかこれか」決断しようと努力する道を、或時は迷いつつもけなげに歩んだ、と考えられる。その晩年にいたるまでの思想と信仰の営為を、できるかぎりトオタルにとらえてみたい、というのが小稿のささやかな意図である。その多感で情熱的な青春の真摯な足どりを尋ねてみる時、日本近代のはらんだ思想的課題が、はるか透谷の延長上に、啄木の位相とのあらたな関連において眺められるのではないか、と思われる。

兵庫県加古郡野寺村にある魚住家は、郷士であり、近郷きっての素封家であった。少年の魚住は「名望権勢ある家の児供として、周囲の人から媚び阿ねられて」(「自伝」)成長した。魚住隆氏の年譜によれば、父逸治は地租改正と水不足による郷土の疲弊をみて、山田川疏水の実現に奔走し、生涯の事業としてこれを完成させた人である。明治十六年（一八八三）、創立まもない立憲改進党に属する県会議員として立ち、明治二十三年（一八九〇）、第一回帝国議会に兵庫県選出の衆議院議員として出ている。日本初のブルジョア地主政党、藩閥政府野党という立場の父親の膝下で、魚住少年は何不自由のない、恵まれた環境に育ち、学業成績も優秀であったから、きわめて自尊心の高い、向意気の強い子供として成長した。また明治十六年（一八八三）生まれの少年として、四、五歳時から漢籍の素読をさずけられるといった、いわゆる「素読世代」のリゴリズムを身につけることもなかったようである。「人生の意義は自家要求の充実を外にして探ぬるべからざるもの也」（「自殺論」）と、はばからず揚言しうる魚住の基本的な自己肯定の傾向は、すでに早く幼少期に根づいている。

若干臆病ではあったが、才気にあふれ驕慢な気味もあったこの少年の自我は、やがて、深甚の打撃をうける事件に遭遇することになる。姫路中学二年級の時、下級生に対する四年生の乱暴な制裁を非難する文章を書いた、という理由で、魚住は鉄拳制裁を受けるはめになったのである。居並ぶ大男の威嚇の前に、一言の弁斥をもなしえず、ただ恐怖のため手短かにあやまったという。「僕の生涯の運命を支配する大事件」「僕の第二の誕生日」（「自伝」）であると魚住はのちに回想している。「自由の束縛、個性の圧迫」を痛感したこの事件によって、魚住ははじめて自己と敵対する他者の存在を、真の意味で自覚したといっていい。自己肯定的な自意識は、あらたに個我の意識として目醒めた、といえるであろう。魚住の根強い個人主義思想の源泉はここに発している。以後魚住には個人の抑圧への強い反感が育っていて、「僕の思想史なるものは、此権威に対する反抗の気を以て貫いてゐる」とも語っているが、魚住の内部に、むしろ理智判断をこえた反抗の情念があるのは、この時の屈辱の体験によるのである。

ともあれ、個性の圧迫に抗するため、当時の魚住は胆力養成を考えた。しかし、それはそう簡単に出来あがるものではなくて、次第に道徳的人格修養というコースに切りかえられるに及んで、魚住には人と世間の汚濁を慷慨するといった、青年らしい客気が鬱積してゆく。ちょうどその頃、内村鑑三主筆の『東京独立雑誌』（明31・6―33・7）が創刊されたのである。

魚住がキリスト者としての先覚に傾倒したこれが最初の経験であったけれども、この時の魚住は、まだキリスト教信仰というものの意味を、ほとんど理解しなかったに等しいといっていいだろう。

焔をはくが如き氏の不平と冷嘲熱罵は僕をして同感の胸を躍らせて、氏と共に慷慨の腕を扼せしめた。而して氏の中心思想は正義であつた。世界主義であつた。換言すれば人道であつた、宗教的人道であつた。

「自伝」

ここに明らかなとおり、内村鑑三は正義、人道の使徒として、社会現実との対決という側面から、強く受容されたのである。事実この頃の内村は「万朝報」の論客としても、直情と怒気とにあふれる戦闘的な時評家であった。しかしながら、

余は明治政府を戴《いただ》く日本今日の社会とは縁《えん》の至つて薄い者である。余は彼等とは主義方針。目的。道徳。信仰を全く異《こと》にする者であつて。彼らの利害は余の利害でなく。彼らの歓喜《くわんき》は反《かへつ》て余の悲痛である。余は陣を敵地に張《は》るの心を以て彼等の中に棲息《せいそく》する者である。

「余の従事しつゝある社会改良事業」「万朝報」明34・12

内村はこういう絶対拒絶の激しい精神において、つねにその孤立を甘受していたといえる。明治の社会のいわば総体を向うにまわして対峙するその場所では、通常の意味の「社会改良」なぞ、むろん妄想にすぎぬはずである。社会は社会改良によって救いえず、人間の力は人間を救済しえない。「世に死して天に生くる」の道、神の力のほかに真の救済はありえない、という聖書の人間観が、内村の激越な社会批判の背後にはあるはずであって、明治の近代社会の総体と対峙せざるをえぬ、それが真の根拠でもあった。まだ十五歳の魚住が理解し感激したのは、その思想の根拠ではなく、社会批判、社会現実との対決の一面であり、その全身的な言論の迫力であった。のちの魚住の時代認識の鋭さを培った基礎は、しかし疑いもなくその内村の言論である。明治三十三年(一九〇〇)一月、二十世紀の年頭に内村は『東京独立雑誌』へ次のように書いている。

第二十世紀は貴族制度の全滅か若《も》くば著しき減殺を以て終わるならん、蓋《そ》は進歩は権力の普及等分に外ならざればなり。権力が貴族を去つて平民に移る時に進歩あり。(中略)社会が要する他の改革に至りては土地所有権廃止の如き、通貨制度革除の如き資本家に対する利益制限の如きは、其主もなるものなるべし、

たとえばこうした時代の展望に耳を傾けながら、魚住がやがて「我こゝろますく〵社会主義を歓迎す」(明35・11・29)というような一節を日記に記すことがあったとしても、別に不思議ではない。しかし、実はそのことよりもなお重大なエポックが魚住の思想史には訪れるのである。

父の病を看護するため十六歳の魚住は中学を一年間休学している。姫路の寄宿先へ必ず隔日に尋ねてきたという慈父の大病にあって、「如何なる神とは知らずたゞ夢中で神の名をよんで祈つた。其祈りは僕の寿命を縮めて父の病を癒してくれといふのであつた」（「自伝」）と記している。魚住の肉親に対する情愛の格別な深さを知りうるとともに、内村の示したはずのキリスト教の神が不在であることもまた明瞭である。まもなく来た父との永別の悲しみは、魚住に死の不安と恐れとを感じさせはしたものの、まだ自己史を画するほどのものではなかった。「死の威嚇」が本当の意味で魚住をとらえ、「人の消滅《アンナイヒレーション》」という事実に魚住が恐怖したのは、一年あまりのち、淡い恋心をいだいていた井上という看護婦が死の床に倒れた時である。実は魚住の入信はこれを直接の契機としておこっている。

　魚住は十八歳の今ようやく人間にとって重大な唯一の根源の問に出会うこととなった。「人は何処より来り何処へ行くか」というその永遠の問の前に、はじめて激甚の動揺をおぼえたのである。人間の営営たるいとなみがついに死、即ち「無《ニヒツ》」にいたるものとすれば、人生は夢幻泡沫と異ならぬ。魚住の自己肯定が大きければ大きいほど、「無《ニヒツ》」の恐怖と悲哀とは強烈とならざるをえない。日夜苦しみつつ、或時、偶然説教をきいた宮崎八百吉の前に恐怖を訴え、声を放って号哭したという。宮崎の紋切形の教説は魚住を納得させず、何度も議論を重ねたすえ、無限の虚無と寂寞の感にとざされながら夜の路上を歩いていたが、突如「一種不可言の感動」が天から落下したような「戦慄とも恐怖とも恍惚ともいふべからざる」体験をえたのであった。この夜、魚住は心から祈ることができたという。まさに宗教は体験であり、体験の特質はその特殊性にある。

「信仰は自我の危機を意味する」[*5]（高倉徳太郎）といわれる時、自己のうちに自己を救いうる何ものもないことを意識したその危機において、信仰が在ることを意味している。自己中心的な肉の子の宿命の如何ともすべからざる絶望において、神の恩寵、キリストの贖罪のみが救いであることを意味している。みてきたように、魚住の場合はこのような人性への絶望、原罪的自覚が信仰への門ではない。

しかし、魚住もまた別の意味においてやはり「自我の危機」を経験していたといえるだろう。自己肯定的、反抗的な自我が、恐ろしい虚無の宿命を如何ともなしがたいという絶望――そういう自我の危機において、魚住は超越的な他者と不思議な感応を体験しているのである。

透谷は石坂ミナとの激しい恋愛を断念できたと信じた時、「驚く可き洪水の如き勢力を以て」（「父快蔵宛書簡」明20・8下旬）入信している。人間らしい願望の一切を捨て、「身を下等社会の巣中に隠くす可し」（「《北村門太郎の》一生中最も惨憺たる一週間」明21・8／21 or 22）というその時の絶望的な自己抹殺――一種の自我の危機においてやはり神をみいだしたといってよい。

二人の青年の自我の危機は、ともに慕わしい女性との別離と重なっていて、透谷が恋愛を「想世界の敗将をして立籠らしむる牙城」（「厭世詩家と女性」『女学雑誌』明25・2）といい、魚住が「圧迫に悩みたるもの、隠れ家」としたのも、その心性の類似を証すものである。ただそこにある大きなちがいは、透谷の「敗将」にこめられた想念の重さを魚住がまったく知らないことであろう。敗退期の自由民権運動をくぐった明治二十年代の青春と、明治三十年代の青春のそれが決定的な差異である。

魚住が信仰をえた明治三十四年（一九〇一）、内村鑑三は足尾鉱毒問題解決のため、政府を弾劾し、幸徳、堺ら社会主義者と共同して活潑な動きをみせるけれども、魚住は特に関心を示していない。「無《ニヒツ》」の恐怖とその克服がいかに重大だったかを示している。永遠の生命の信仰に安定した魚住は、宮崎の道徳主義の感化もあり、品性修養にはげみ、教会活動に熱狂的に集中して約一年を過す。信仰内容はオーソドックス中のオーソドックスであったが、しかし、魚住はそこに自己欺瞞のひそんでいたことを、まもなくさとらされることになった。

新神学の思想によって魚住が信仰に動揺をきたすのは、海老名弾正と接触してからである。海老名は明治三十四年（一九〇一）から五年にかけて、植村正久との間にキリスト論論争を展開し、新神学の立場を明らかにして、福音同盟会から異端として除斥されたが、いよいよ勢力的に活動し、雄弁家としての人気もあって、当時の本郷教会は多数知識青年を集めて活況を呈していた。魚住は果敢にも異端弁斥の目的で海老名を訪問したのであるが、かえって海老名の話に興をもよおし、自己の信仰状態に共通性を発見する。

海老名の論は「基督の神性を認むと称して、其の実神と人とを全く同一なるものと做す」[*6]として植村にきびしく批判されていたように、キリストと人間とを隔絶した異質の存在とは考えない立場であった。

彼（キリスト）は兄である。我は弟である。彼は神我は罪の子と見ることは出来ぬ。基督の十字架の血を見なくては赦されないと云ふのは、クリスチャンの神ではない。我々の神は限りなく之を赦し給ふ神である。[*7]

キリストの完全な神格なしに罪の救済はありえないと説く正統派の信仰と対比すれば、海老名の合理主義的信仰の特質は罪悪感の稀薄なことである。入信の動機からみても、魚住に同様な傾向の潜在することはあらそえない。「わが欲する善はこれをなさず、かえつて欲せぬところの悪はこれをなす」（ロマ書）という、沈痛な嘆きを理解するために、魚住はまだ根本において自己肯定的であったし、また生得情愛細やかなその人柄によって、自他をエゴイズムの塊とみるような深刻な意識は欠けていたものと思われる。久保勉はその追悼文（『日本美術』明44・2）のなかで魚住を、「君の異常なる同情と親切」と表現しているが、普通の目には異常とうつるほどの過剰な情愛が魚住にはあって、当時パウロの信仰のごとく信仰しえなかった一原因であろうかと思われる。

加えて当時の魚住は、増田小民《こたみ》への恋愛を通じて、神は慈愛なり、という実感を切実に味わっていたのであった。魚住のベアトリーチェとして友人間に有名だったという、小民宛の、すべて渡せずじまいの書簡をみれば、その宗教的かつ一方的な恋愛もさることながら、個人心霊の自由の主張者の、因習社会と直面した不自由さがよくわかる。ともあれ、小民とわずかに路上で語る機会に恵まれた嬉しさのため、魚住は「恍惚として父の大愛」を実感したという。当時海老名主宰の『新人』にのせた小文に、「神の導にまかすは、恋人の招きに行くが如く、聖霊のいぶきは、林檎をふくみたる恋人の息の如くかぐはし」（「糸遊」明36・4）という一節があり、恋人ミナに神女をイメージした透谷をここでまた想い起させる。（魚住はこの文ではじめて「ふよう」（芙蓉）の号を用いるが、魚住の愛する淡紅色の優しい花であり、小民を象徴した花である）こうした状態の魚住が、新神学の思想と出会い、その「自由の光」にふれて、むしろ自己の信仰の本音と共通するものを発見したのは当然である。

しかし、やがて聖書の高等批評が許されるのに、神の存在自体に批評が許されぬのは、自家撞着ではないか、とつきつめて考えるようになって、魚住の信仰は動揺しはじめる。神もキリストも「主観の影」として洗い去る、近代の理性主義に圧倒された煩悶は三十五年（一九〇二）末頂点に達する。理性は神が何であるかも、神が有るか無いかも知ることができない。理性に従えば信仰はむしろ粉砕されるべきかもしれぬ。しかし、そこには世界の「死の沈黙」だけが残る。「この無限なる空間の永遠の沈黙が私を怖れしめる」という例のパスカルに通ずる絶望のなかで、魚住は心の飢渇に苦しみ、まさに「隠れています神」（イザヤ書）を泣きながら求めつづけた。この時、シュライエルマッヘルの宗教観が魚住には援軍となった。宗教は宇宙の直観であり、その本質は自己自身の体験――直観と感情――のうちに存する、というようなその主観主義的体験主義の考え方が、魚住に力をあたえたようである。その頃「神は主観の影で実在するものではないかもしれぬけれども実在するものとする外はない、無くてもあるものとせねば置かぬ」（「自伝」）といっているのをみても、神の不在ということが、魚住にとって、もはや理性を超えた心情の事実として、いかに大きな苦痛であったかが察せられる。こうしてまだ神の実在は確信しえぬままに、神を希求する心の止まなかったちょうどその頃、京北中学以来の友人藤村操が自殺して果てたのである。

藤村操の自殺は自分と同じ煩悶であった、と魚住は直感している。その衝撃の深さはもはや語るを要しないであろう。死を思い、身を倒して数日もだえ苦しんだ魚住と、藤村との間をわずかにへだてたものは「信仰の微光」であった。藤村の死の一ヶ月後その間の精神のたたかいをふりかえって、魚住は「どう考へても今日あるのは神の恵である。あゝ神よ、我はたゞ全心全霊の合唱を以て、汝を讃美し奉り感謝し奉る」（「羊の足跡」〈明35・1〜36・12、日誌抜抄〉『新人』明37・1）と書くことができた。さらに藤村の一周忌を迎え、魚住は自殺擁護の熱烈な長論文を書いている。（「自殺論」『校友会雑誌』明37・5）一高文芸部委員にあげられ、当時の『校友会雑誌』には毎号のように自信にみちた才筆をふるった魚住であるが、この「自殺論」はとくに、「一高生らしくない異端的論題として、校内を沸騰させたばかりでなく、ひろく校外の青年をも感動せしめた」[*8]（木村毅）といわれている。

魚住はそこで、もっとも真摯な魂にとっては、自殺こそ、神をのぞいて求めうべき唯一至純の自己主張であり、解脱である、と述べている。万有の死の沈黙と相対した、みずからの絶望と、死の誘惑の淵にたたずんだ体験なくしては、綴りえなかった文章であろう。

ところで、魚住における「信仰の微光」は、やがて動かしがたい確信として意識される日が訪れる。当時、増田小民宛の渡せないままの手紙を、何通も鞄の底にしまっておくような魚住を憐んで、教友田中きゑ子は小民に交際を求めたらしいが、小民が拒んだため、田中は軽率を悔いて魚住に謝罪するといういきさつがあった。田中を許す気になれたその時、魚住は非常な感情の興奮におそわれている。それは「博　愛《クリストリツヘリーベ》」ともいうべき優しい一種の憐憫の情で、大いなるその感情の氾濫が、魚住の懐疑を滔々として押し流し、主観の神はここに客観の神となった、と魚住は語っている。

おそらく自己の内からというより、自己以上の何ものかから、渾渾と湧くような慈愛の情に全身をひたされた、不思議な体験であったと思われる。神は主観の影ではなく、実在を心中に示したのである。この明治三十六年（一九〇三）六月の体験以後は、小民に宛てて「永久へにせめて御身の友」という手紙がしたためられ、「ふよう」の号は新しく「蒼穹」とあらためられた。

「蒼穹」とはれやかに名のることをえた魚住の信仰の性格は「我が来世観と信仰観」（『新人』明36・9）にあきらかである。人間有限の苦痛に発し、永生を信ずるを得た信仰の歓喜は、ただ情をもって感ずるの外なき直覚であり、いわば「天地温情あり」との信であるという。神はその宇宙の人格であり「宇宙大生命の実在」である。キリストは「渾身霊覚の結晶」として宇宙人格の衷情に入りえた「達人」であって、その心懐を救世の福音として信頼し、はげみたい、と述べている。

あきらかなようにイエスを神とする信仰ではなく、イエスの宗教としてのキリスト教信仰、という性格である。キリストは〈達人〉であり、人性の至善なるものは「宇宙大生命の実在」すなわち神と同化しうる。窮極においては自己もまた神と連らなりうる。生長し発展して止まざる我、さえぎるものなき我、「神性の萌芽」を宿す我、というその信仰的自我の高揚した自覚によって、魚住ははじめて、その本来の自己肯定的反抗的の情念を裏うちできる確かな思想的根拠をみいだした、といってよいであろう。「霊覚」によって宇宙の生命に連らなりうるという意味で魚住の「我」は透谷の「内部生命」の観念にかようものがある。ただ「宇宙の精神即ち神なるもの」（「内部生命論」『文学界』明26・5）という透谷の神は魚住の神より人格性が稀薄であろう。ともあれ、そうした魚住の「我」にとっては、「天父」至高の権威のほかに、地上権威の一切は何物でもありえないのであった。

こうして新神学思想への共鳴が、ただちに社会意識としてもラディカルに貫ぬかれたところに、かつて内村鑑三に心酔しえた魚住の面目がある。これが同じ新神学の海老名と魚住とを大きく分つ特色であった。明治三十六年（一九〇三）夏以来、内村鑑三は「万朝報」『聖書之研究』に一貫して、非戦論を唱えていた。海老名弾正は日露開戦とともに主戦論を唱え、国運隆盛のため、戦場に父息子を送る美徳をたたえて、国民的忠誠を強調したものである。

海老名のように体制に順応して「現代を謳歌」することの到底できなかった魚住は、ちゅうちょなく非戦論の側に立った。真剣にその決意の具体化を考えたすえ、たとえ牢獄に入り死刑を宣せられようと、将来きたるべき徴兵を拒絶し、死を賭して自己の威厳を守り通す覚悟ができた、ということを書き記している。（田中きゑ子宛　明37・月日不詳）

当時、徴兵免除規定が大幅に縮少されたこともあり、兵役をのがれようとする者がすでにあらわれている。[*9]そのための逃亡、身体毀傷、疾病作為などには、「一月以上一年以下ノ重禁錮ニ処シ三円以上三十円以下ノ罰金ヲ附加ス」（徴兵令第三一条）という罰則が定められていた。魚住が死刑宣告まで覚悟したというのは逃亡や身体毀傷などを、卑怯と考えたすえの反抗の覚悟の表明であった。[*10] 非戦論を単なる主張としてではなく、ここまで実行上の問題として受けとめた点が注意されてよいだろう。同時に、非戦の理念が世界の同胞兄弟を敵とし殺害する大罪悪として、聖書から演繹された要請であるよりも、死を賭して自己権威の神聖を守るという、個人主義的反抗のアクセントがあるところに、魚住らしい特色をみることができよう。聖書の要請にたつ内村がむしろ「戦争そのものの犠牲」となり「血をもつて人類の罪悪を一部分なりともあがなわん」といった、贖罪と殉教の死の観念に到達しているのと、あきらかに対比されるだろう。

ともかく、魚住にとって「神性の萌芽」を宿す自己は、いかなる外部の権力によっても、その尊厳を侵されてはならなかった。魚住が海老名を通して学んだ信仰は、ここにいたって、はるかに海老名の水準をこえ、自己の神聖と権威とを主張するラディカルな個人主義思想の母胎として、魚住の内部に深く根づいたのを知ることができる。

皆寄宿制度を攻撃し、一高全生徒間に物議をかもした魚住の個人主義思想は、以上のような形成の過程を経ていると思われる。

「人間可能の最高発展」としてのナザレの人の子イエスを、「第二の我」（「苦悶と解脱」『校友会雑誌』明37・11）として憧憬するという、自己無限の可能性を確信する信仰を根底にふまえてこそ、魚住の個人主義の主張はきわめて熱狂的でありえたのだし、個人絶対を唱えて権威と敵対しようとした鋭鋒は、肺腑をえぐる辛辣をもちえたのである。

「人もし汝の右の頬を打たば、左をも向けよ」という至上命令が、学問研究に進もうとする途上にたちふさがり、その絶対的非利己主義と一身名利の追求との間の矛盾に煩悶したという、当時の無垢なる青年は河上肇である。

街頭を乞食のようにさまよいながら、近角常観、山室軍平、海老名弾正をも訪れている。長身に黒紋付、仙台平の袴をまとった「一見して市井の俗人と区別される」海老名の風采をみて、河上はいちどに反撥と不信とを感じたという。「なんじ請ふ者にあたへ」よ、を実行していればこんな立派な服装をしていられるわけがないというのである。[*11] 魚住にはこういう倫理的な急進性あるいは潔癖感はなかった。人性への絶望の薄い魚住のキリスト教と、不可分の事態だといえるかもしれない。魚住が社会主義に早くめざめ、同情と理解とを示しながら、行動をともにしようとしなかった原因は、むろん、唯物論を否定し、物質的解決が人間窮極の救いではない、とする固い信念があったからである。しかし、その精神主義が内村鑑三におけるような、聖書の人間観に立つ窮極の構造をもたないものである以上、魚住の社会主義傍観の姿勢には、おそらく信仰以前の問題がある。物質的解決をこそ急務とするような、苛酷な生活の現実はついに実感しえなかった魚住の、恵まれた生活環境の問題がそこにある、といえるであろう。

このような魚住が、現実肯定的な海老名の軽薄にあきたりぬものを感じはじめた時、むしろ綱島梁川の沈潜の方向へと傾倒していったのは自然であった。

初期の倫理学者としての梁川は人生の窮極目標を、具体的人格的性質を有する絶対的理想の実現にありとする、英国新理想主義学派の代表、グリーンの「自我実現」説に依っていたけれども、結核の発病とともに死の危機と直面し、倫理によって満しえぬ心情の要求にうながされて、一種の直感による霊光との宗教的冥合を期待するようになる。直接的体験的に永遠の実在と冥合しようとするその姿勢は、やがて世間を驚かした光耀体験「見神の実験」（明37・2、10、11）となって頂点に達した。魚住が梁川に親しく接するようになったのはその前年である。「自伝」によれば『病間録』前後の信仰と之に至る経験及び表出法は僕のものに一々合した。先生は僕の唯一の同情者」であるという。

神は実に主観の産なるべく、理想の影なるべしとするも、此くして既に意識の要求に迫られて、姿を現じたる以上は、其は夢にもあらずして、一個儼然たる実在たるなり。（中略）されど、一歩を深うして考ふるに、吾人、よく神を造るといふは、僭上の沙汰ならざるか、厳密に論ずれば、如何なる天才も全く新たなるものを創りだすの能力を有せず。されば造るといふもの、実は発見なり、直感なり、Seeing なり、penetration なり。（中略）吾人自ら僭して創れりと思ふもの、実は永劫の懐ろにある真理の大珠小珠が、我が意識の鏡上に落ち来たれるのみ。そは直感なり、発見なり、受納なり、感得なり。

「宗教的真理の性質」『早稲田学報』明35・1

たとえば右のような梁川の神の表出は、主観即実在をめぐって苦悩した魚住の、経験と思策にそのままの理想的な表出である、と感じられたにちがいない。「悲哀の高調」（『文芸界』明35・1）にみられるような、主観の無限に拡大しようとする渇仰の涙、無限者したわしさの悲哀の情操なども、魚住に共通したものである。梁川は「詩と神と太源一也」（「一家言」『明星』明35・9）として、宗教と文芸との一致を説いているが、宗教意識を美的に享受する傾向のあった魚住の、よく共鳴しえたところであろう。無限者の前に弱小は意識しても、原罪の意識とは無縁な、無限に向上拡大する自我の肯定、究極は神と冥合し神の意識を分有する自我存在の神秘と驚異（「驚異と宗教」『新小説』明38・7）を説くような梁川の境地を、魚住はよく首肯しえたし、憧憬しえたはずである。

安倍能成は梁川の人柄を回想して、「温厚にして同情に富み、好んで人の長所と美点を見出すといふ玉の如き人格者」（『早稲田学報』昭27・9）であったと述べている。魚住が安倍能成のほか小山鞆絵、宮本和吉をひきつれ、梁川を中心に「五人会」を作ったのは、梁川のそうした篤実な人柄によるところが大きいだろう。青年たちに与えた梁川書簡をみても、重い病床の人と思えぬ温情にみちている。しかし、彼らにとって、たとえば高山樗牛などとくらべ、梁川が「遙に深く又地味に自己といふ問題に沈潜した人」（安倍能成）であった、と認識されたことがやはり重要である。倫理学者としての、理想主義的な人格の観念にねざす自己実現が、宇宙大の霊性との冥合により成就するという、その自己可能性の信頼、永遠の実在と自己とを直結する、近代の浪漫主義思想に通う宗教意識[*12]であったことが、樗牛熱以後の思索的青年たちの関心をつよくとらえたのである。

やがて宗教、哲学、倫理、文芸の各分野をとわず、梁川ファンとも称すべき読者大衆を生みだし、明治三十年代後半の時代思潮をリードするにいたった梁川に、魚住はこうしていち早く注目した青年であったし、同時に、その宗教思想の本質にもっとも近接した位置に立ちえた青年であった。

梁川はその見神の体験について「幾んど神の実在に解け合ひ」「我即神となりたる也」と述べているが、さらに「吾れは神にあらず、又大自然の一波一浪たる人にもあらず、吾れは『神の子』」という神子の自覚も生じていて、汎神論や禅の悟りとの差異も説かれている。スピノーザに傾倒し、仏教に関心をよせながら、梁川にはキリスト教の超神論から離れがたいところがあった。

梁川に宛てて自身の特殊体験の喜びを書き送ったり（明38・11・12）している魚住は、梁川の見神の告白にある羨望を感じたように思われる。しかしその「神子霊交」の神秘体験には何やらそこまではついて行けぬものを感じたらしい。「基督我れを去ること遠からず」と確言する透徹の境地をうるためには、魚住はまだようやく二十三歳の五体すこやかな青年として、次第に複雑な生活環境のなかで生きようとしていたのであった。明治三十九年（一九〇六）秋、魚住は東京帝国大学哲学科へ進学するのである。

「小説珊瑚島」（『校友会雑誌』明38・10）は小説と呼ぶにはあまりに稚拙な小品文にすぎないけれども、聖母に似た姉を慕う弟には、ひそやかな官能の陶酔がみられる。ここにかすかな一端をみせる青春期の生理が、たとえば倉田百三の場合のように、魚住のキリスト教と葛藤したか、否かという問題は、膨大な日記の消失ということもあって、いまは明らかにしえない。ともかくこの頃小説の読書量が急速にふえているのは事実である。ゲーテ、イプセン、トルストイ、ツルゲーネフなど西欧の作品と合せ、日本文壇の作家のものもかなり読んでいる。一方「直言」「平民新聞」なども読み、北一輝に感銘したりする。一高三年間の学生生活は、魚住に自分の生き方とはまったく別種の個性と人生とのあることを教えていた。魚住のこれまでの単線的な精神生活はその緊密度をややゆるめただけ、幅の広がりを持ちはじめたわけである。「小生は神をはなれて自己の Dasein の意義価値を信ずる能はざるとともに尚一味の Weltlicher Geist あり、何かと云ふに生は一面神の愛慕者たるとともに Menschennatur の愛慕者に候」（宿南昌吉宛　明41・1・11）と述べているように、精神の一元的統一を保ちがたい自覚が強まっている。

　初期のオーソドックスの信仰から、海老名、梁川にいたる魚住の信仰過程は、いわば魚住の思想史上における中世から近世への過程であった。それはルネッサンスであり、また宗教改革でもあったわけで、その近世の「世間的精神《ヴェルトリヒ》[*13]」の自覚は、なお宗教的精神を圧倒することなく、基督教精神が首位をしめていたのであった。しかし、東大へ進学し梁川の死（明40・9）を見送った頃の魚住の内生活は、「世間的精神」の比重を強め、「宗教的と世間的の中間」にあって懐疑的になりつつあった。魚住がラファエル・フォン・ケーベルを知ったのはこの頃である。

教会を好まぬ魚住にとって、ケーベルの週一回のキリスト教史の講義は、最初、教室で説教をきけるような愉しみであったらしい。その「親しむべく慕うべき玲瓏玉のごとき人格」に感激して頻々と訪問し、「あまり可愛がられるので恐縮した」ほどの殊遇をうけたが、それは独身のケーベルの特別な愛情だった、という見方もある。能成はそれでケーベルを尊敬できなかったとのちに述べているが、[*14]生来の激しい情愛から「ゲリープテのやうな友人」を求めては、失望することの多かった魚住は、「先生の愛、先生の人格、先生の信仰、先生は今の僕の生命」（能成宛　明41・11・21）とまで傾倒するにいたる。実はこの頃、魚住の姫路中学以来の友人長沢が、骨折って阿部次郎との間を結ぼうとしていた、宿南昌吉の妹八重に魚住が交際を求めたため、諸友の不信をかうという事件がおきた。（「自伝―友人諸君へ―」はこの時の弁明のために書かれた）当時宿南にあてた魚住の書簡に、人生は豊富であり具体的である。僕らの信仰といい瞑想というも、概念とどれだけ差があろう、といったような一節があり、八重へのひそかな想いを通して一層いうところの「世間的精神」が膨張していた時期であった。軽率を悔い、あらためて神の摂理を思ったという傷心の魚住を、救済したのがケーベルであって、先の最大級の讃辞の裏には、こうした事情もあったのである。

「ギリシア的自由とキリスト教的敬虔との総合」[*15]（和辻哲郎）といわれるケーベルの人格と教養とは、魚住にとって当面していた精神的課題のいわば生きた範型ともみえたようである。そのギリシア的なものとキリスト教的なものとの間の矛盾に疑問を抱いた魚住がケーベルに質問したことがあった。その時のケーベルの答は「宗教及哲学上ギリシア思想のキリスト教に近い点（Man-god 及 Logos）をあげ、又ギリシアの道徳が

（哲学者の道徳説を見よと）キリスト教の下地であつてキリスト教はギリシア道徳の完成」（能成宛　明41・11・21）である、というものであった。魚住にはなお疑義が残ったけれども、ケーベルを説服するだけの知識も、インテンションも持たず、「要するに先生の人格はキリスト教のギリシア的方面をよくみとめ、又ギリシア思想のキリスト教的方面をよくみとめてゐらる丶のである。要するに人格である、羨しい人格である」というところに落ちついてゆく。

大正の教養人に通有の「あれもこれも」なんでも味わうという、思想の「楽しい遍歴」[*16]に大きく影響をあたえたケーベルは、「享受の人、genießen の人、よい意味でのエピキュリアン」（唐木順三）であったといわれる。そのケーベルの「美的自然主義はキリスト教とはっきり対決しようとする門下生の心がまえを弱め」[*17]（久山康）た、ともまたいわれる。まさにこの頃の魚住は、「享受の人」の生きた手本に魅了されていて、キリスト教との「対決」を先にくりのべている感がある。その意味でこの頃が大正教養派的色彩のもっとも濃厚な一時期であったといえるだろう。

ただ、ケーベル門とともに漱石宅にも出入りしていたのが、いわゆる教養派の典型、阿部次郎、安倍能成らの特色であった。けれども、魚住が漱石に接近した形跡はない。これは魚住の特色である。

また、ケーベル門だけに参じた人人のなかで、波多野精一、深田康算らは、西欧文化をギリシヤ語、ラテン語を通じてその源泉から汲む、という学問の方法をケーベルから学んでいる。けれども、魚住は結局そのような方向へも自分の道を定めなかったのである。

魚住の大学卒業論文は、『カント宗教哲学』であった。『折蘆遺稿』に収められたその序論の「思想史的背景」のうち、「ロマンチーク」の項の比重がもっとも大きく、かつ比較的生彩に富んでいるのをみれば、魚住らしい特質がみとめられる。今、魚住の本論部分を披見しえないのであるが、「ロマンチーク」に力点のおかれた序文から推して、魚住のカント像が、ロマン主義的、理想主義的受容にかたむいていたことは想像にかたくない。ケーベルは新カント学派の論理主義的、主知主義的な傾向に同情を持たなかったといわれる。カントについても、「カントによらざるべからずといふはよし。然れどもカントは理屈をこね廻はせる無趣味なる哲学にあらず、最も深き最も高き意味に於て神秘論者なりといふべきである」（「カントを憶ふ」）[*18]という見解に立っている。当時ケーベルの強い影響下にあった魚住が、同様な方向において思索しただろうということは推測できる。

それはともかく、魚住はその二百枚ほどの論文制作ののち、将来にわたって哲学を専攻する、自己の適性に疑問をもちはじめたようである。安倍能成によれば、一高から一緒に東大哲学科に入ったのは、伊藤吉之助、小山鞆絵、宮本和吉、魚住影雄、山口重知、安倍能成で、卒業論文の成績もその順位であったという。

魚住は卒業後も大学院に籍をおき、「西洋哲学に於ける解脱問題の変遷」を研究テーマと定めている。しかしまもなく、「とても私は哲学に没頭出来ぬと思ひそめた。私には今文明史的興味が殖えて来た、文学、美術、宗教、而して哲学、これらの人類の精神的なる最も深い産物の歴史的研究」（田中きゑ子宛　明42・10・26）にとりくみたい、と述べている。

魚住にはすでに早く、「我は情塊なり」（「羊の足跡」）という告白があった。自己の哲学の思弁的体系化のため、ストイックに全力集中するには、魚住の血はあたたかすぎたし、その現実感覚も鋭敏にすぎた、といえようか。方向転換はむしろ賢明だった、というべきかも知れない。

ただここで注意されるのは、学問が自己の教養のほか何の目的もない、「一個の man of culture」のためである、とされて、根づよい教養派的な一面が示されるとともに、自己の思想信条はまことにくだらぬ小さいものとされ、魚住にこれまでかつてなかった「凡人」意識のあらわれはじめたことである。

そこには阿部次郎の『三太郎の日記』(第一　東雲堂　大3・4、第二　岩波書店　大4・2)におけるような、最終的な自己信頼はない。個個のものを真正に認識して普遍に到達し、凡てのものと共に生きて、しかも自ら徹底して生きる、というような教養派特有の、優越感をひめた自己信頼の意識はほとんど無い。

魚住のこのネガティヴな凡人意識は、かつての「神性の萌芽」を宿し、無限発達の可能性を秘めた我、という自我意識とは大きくへだたっている。そして、「近世的精神に対する悪感とアンチパシーにみち乍ら、尚恋々として離れ難き思」いのある、「堕落した近世的クリスチアン」(田中きゑ子宛　明43・1・3)である、という自嘲が同時に示されている。

魚住の凡人意識は、ただ哲学の徒としての将来への自信喪失というような、単純な感傷ではなかった。年来の「近世的」「世間的」傾向の増大と、キリスト教信仰との間のギャップという問題が、ようやく重くのしかかっていたのである。そこには「生そのものが芸術であった」ような、ケーベルの調和とはほど遠い、自己の現実の分裂した自覚があったのである。

ケーベルのいわゆる「ギリシア的自由とキリスト教的敬虔との総合」は、そのよく知られた「蝸牛生活」――大学と居宅の間をきまって往復するほかは、旅行もせず、日本語は、「テツガク」と「オンガク」くらいしか憶えなかったという、明治近代の社会に徹底して背をむけた、閉鎖性によって維持されていた。その「騒々しき世間よりの隔離」において実現した、ケーベルの平安にいたるためには、魚住の現実感覚、時代認識は、やはり鋭敏すぎたようである。

魚住があらためて「折蘆」、折れたる蘆とみずから名のったのはこうした時期である。「傷める蘆を折ることなく、ほのくらき燈を消すことなく、真理をもて道を示さん」（イザヤ書）という聖書の一節が、念頭にあったことと思われる。その上で、あえて折れたる蘆と名のったところに、魚住の一種の挫折感と孤立の思いとを見てとることができる。引きのばされていたキリスト教との「対決」が重圧となりながら、「堕落した近世的クリスチアン」の現実は変更しえない、という魚住の傷心を、それは表現しているとみてよいだろう。「魚住折蘆」の名は、こうして信仰上の低迷を背後にひめ、一人卓越した時代認識を有する筆者として、「朝日新聞」「文芸欄」に登場することになったのである。

漱石の主宰した「朝日文芸欄」は、「反自然主義の旗を振り翳して、文壇に打つて出た一団[19]」であると見なされ、事実そうした動きであった、とは小宮豊隆の言である。

しかし、世に「青年大学派の崛起」として知られた「文芸欄」の若い筆者たちの足並みは、それほど画一的ではなかった。どちらかといえば、一面、自然主義思潮に影響されながら、反面、そこにとどまりえぬ欲求をいだいた、新しい世代であった、という特徴のほうが印象的である。自然主義の時代から『スバル』を中心とした耽美主義の文学、白樺派の文学へと移りゆく、その文学史上の転換期に位置して、一思潮の頽落と新しいものの胎動とを、微妙にかねて表現するはめになったのである。[20] 阿部次郎、安倍能成、森田草平、小宮豊隆ら、その有力な執筆メンバーのなかにあって、魚住折蘆の評論は異彩をはなつものであった。特徴のひとつは、阿部次郎たち、のちの大正教養派世代の理想主義的傾向には欠けていた、反権力反権威の意識の旺盛なことである。

魚住のそうした自然主義論に、早く注目した一人は小田切秀雄氏であった。小田切説の要点は次のようなものである。

魚住の論の卓抜さによって「啄木の『時代閉塞の現状』の卓抜さ」が「一層具体的に理解」できるものとなったのであり、啄木に「思想的飛躍の直接のキッカケを与えた」のは魚住文であるが、啄木は「微妙なところで大きな問題をひき出して論を発展させた*21」と。

小田切氏のこの評価のパターンは、以来、それぞれの分野で研究の厚みを増した今日でも、それほど動いてはいないように思われる。

魚住の「朝日文芸欄」の評論の評価は、今日でも、啄木との比較対照に重点があるし、啄木は窮極において魚住に優位する、という認識が牢固としてあるということである。

これまで、魚住が「折蘆」と名のるにいたった思想と信仰の経緯をたどってきた本稿としては、まず魚住の自然主義論全体の理解に、その思想、信仰の営為と密接した角度からの、あらたな照明があたえられねばならないし、啄木・魚住優劣論に関していえば、近年の新しい国家論研究を視野に入れた、あらたな対比が考えられてもよさそうである。

小田切説以来、自然主義思想を「オーソリテイ」という広い視野のなかでとらえることを、はじめて可能にしたという意味で、魚住の論は注目されてきたのであるが、しかし、啄木はその魚住の論を批判する過程で、魚住の「オーソリテイ」の概念にこめられていた、日本の「家族」の問題を取り落した。「時代閉塞の現状」のラディカルな反国家=権力の思想には、その意味で、重大な欠陥があるのではないか、というのが、かつて私の思いついた問題であった。いわば啄木神話のタブーに触れた発言にひとしいから、当然論駁をうけた*22。

その後今日までに、魚住の「オーソリテイ」は「権力」ではなく「権威」である、とした今井泰子氏の説*23

がもっとも説得的であり、重要な示唆をあたえるものであった。

しかし総じて、啄木優位説に共通な点は、ロシアマルクス主義の国家論、国家=機構論的把握を当然の前提としていることである。近来、マルクス・エンゲルスの国家論が、レーニンによって一面的に矮小化されてきたことへの、再検討が盛んである。たとえば「イデオロギー的権力」としての「国家」が重視され、「広義の国家」の概念が注目されるような現状において、魚住の「オーソリテイ」の発想の意味も、なお問題視されてよさそうである。啄木の「家」の問題に関する旧稿の不備に、若干軌道の修正をおこないながら、以下順を追って「朝日文芸欄」の評論を眺めてゆくことにしよう。


魚住が「文芸欄」に書いた最初の論文「真を求めたる結果」(明42・12・17、18)は、自然主義文学論であるというよりは、むしろ広く自然主義思潮論とでもいうにふさわしい。大学卒業後、しきりに「文明史的興味」を語っていた魚住らしい発想である。

自然主義文学の勃興をとらえて、「科学的精神が文学の範囲に侵入した」ものとみなしている。科学万能論が、唯物論となり、唯物論が感覚論、快楽論、功利論ともなり、やがて厭世論となる経路は、「近世思想の証明したところで、唯物論の文学たる自然主義が、一種の哀調をおびるのは当然である、と説く。しかし、その(哀調をおびるという)「事実が思想の激流をして長く茲に留るべからざる事を暗示」しているという。「科学の覇権はもはや子午線を経過したのではなからうか」というのが、魚住のひそかな観測である。自然主義における人生無意義の発見が悲しいのは、その真とするところが、「真《まこと》の真《しん》」でないためではないか、と魚住は問いかけている。

「抑も真とは何か。ピラトは此問によつて恥を千載に遺した」と魚住がいうのは、むろん「聖書」のピラトである。「真理につきて証しせんためにわれ世に来れり」（ヨハネ伝）と述べたイエスに、「真理とは何ぞ」と問い返した、有名なピラトの問いである。一般的には懐疑論とも不可知論とも受けとれる問を、魚住は「千載」の「恥」としている。「曾て事実《ヰルクリヒカイト》と真実《ワールハイト》とは別であつたが今は一つにせられた」という文脈は、したがって、科学的思潮が形而上学の欲求を追放したことを意味している。日本自然主義に特有な、事実＝真実という、いわゆる素朴実在論的発想へ、認識論上の疑義を提出した、というふうなものではない。一般に、科学的真理と称されるものに対する、魚住の強い疑問の表明であるとみてよい。信仰上の「真理」の問題が念頭を去らぬ魚住がここに在る。と同時に、この時の魚住には、日本自然主義と西欧自然主義とを区別する観点がほとんどないことも明らかである。ようするに、「近世」の物質的、科学的、唯物論的思潮と自然主義とを一体のものとして捉え、その「現代的感情」に同情をおぼえながらも、深く懐疑せざるをえぬ者として発言しているわけである。

ゾラの自然主義の受容を軸とした、日本自然主義の成立と展開の様相とが、あざやかに分析されている[*24]今日の水準からみれば、魚住の自然主義理解は当然まことに単純である。とはいえ、現場の批評家でも専門の研究者でもないその離れた発想が、かえって当時の文壇の人生観的な自然主義論に、広い文明史的視野を開いたということがいえるだろう。

「文芸欄」が開設されていちはやく、「空疎なる主観」（明42・11・29、30）を書き、日本の自然主義に関心をよせていたのは安倍能成であった。彼がまもなく「自己の問題として見たる自然主義」（『ホトトギス』明43・1）という、かなりまとまった自然主義観を打ち出しえたのは、右の魚住の観点に負うところが大きいと思われる。

魚住の第二の論「自然主義は窮せしや」（明43・6・3、4）は、第一の論の考え方と基本的に同型であるとはいうものの、しかし、先に科学の覇権はもはや子午線を経過したのではないか、というふうに見た楽観性を失っている。

人間の霊性を否定して動物性を解放し、宿命説によって道徳的責任を解除した科学的思潮は、生存競争により自己以外に顧みることを欲しない時代の人心に投ずるものであり、その果しない生存競争そのものがまた物質的傾向を是認し奨励する、という社会関係をふくんだ絶望的な関係がさらに認識されているからである。「快楽説（功利説を含めて）と宿命説とが所謂近代的思潮の本流」として存在している以上、精神の王国は「幻影」であると記している。魚住に示唆をあたえられた能成が、先の論において、「現実に対する不満は、やがて第一義のものに対する憧憬とならねば止むまい」といい、人生に触れる「清新な心持」を説いたのと比較すれば、明暗の対比は明らかである。

魚住のこうした論調の変化は、かつて内村鑑三に心酔し、社会的視野を開いていたにふさわしい時代認識のあらわれとみることができる。しかし同時に、あえて「折蘆」と名のらざるをえなかった内部の懊悩が微妙に反映した論調の動揺をみることができるだろう。唯物的、享楽的な思潮に圧倒されようとしているのは、当面する自然主義時代の大勢であるばかりでなく、魚住の信仰生活の身につまされる実際でもあったからである。「近世的精神に対する悪感とアンチパシーにみち乍ら、尚恋々として」物質的、現実的な世界に執着する、「堕落した近世的クリスチアン」である、という実状を、時に強烈に意識した時、魚住は暗澹として悲観したはずである。

こうして、第一と第二の論にみられる魚住の時代展望の揺れには、低迷状態にあったその信仰生活の動揺が、奥深いところからそのまま反映していた、とみることができるであろう。

魚住は当時の書簡のなかで、新教の信者たちの多くが、「近世的精神」との曖昧な妥協に安んじていると非難し、キリスト教がその本来の面目を捨てて、現実的功利的な「近世思想」と提携し、「偽物」となったがために、今日の無勢力をきたしたのだと述べている。「キリスト教と近世的精神とは二元的に対立した相容れぬ思想」であるという認識を、自己の実状に照らしても、魚住はいよいよ深めざるをえなかったようである。

第二の論の末尾に、「自然主義は無論結構なものではない。然し社会の実力として時代の感情生活を背景として存立してゐる限り、決して窮して居らぬ、従つて吾等の文明も亦遠い」という、かなり断言的な予想のあるのは、自身の信仰生活の理想と「遠い」現実を、そこに苦い思いで重ねあわせていたからだと考えられる。

石川啄木との対比において、もっとも知られた論文である「自己主張の思想としての自然主義」（明43・8・22、23）になるとさらにまた論調の変化がみられる。

これまで、自然主義文学における主観の表白は、その消極的な「哀調」や「倦怠」の情にむしろ意味がある、とされていたのであるが、この論文ではあらたに、自然主義文学の「自己拡充の精神」に大きく注目しているのである。

この論文が桑木厳翼の短文[*25]にヒントをえていることは、魚住自身が語っている。それを要約紹介しているけれども、桑木文とは若干ニュアンスのちがいがある。桑木はそこで、本能主義——ニイチェ主義の鼓吹、宗教的自覚の勃興、自然主義の唱道には、種種の差異はあるけれども、ことごとく「真の我を発見せんとする企図」において共通している、と述べている。魚住はこれをただちに「自己拡充」といいかえている。もっとも桑木は、我を発見せんとの努力が「社会の被治者の側」の青年にあって、自然、我を立てる「主我思想」となり、抑圧する力への反抗運動の調子を高める、というのであるから、魚住がこれをストレートに「自己主張」といい「自己拡充」と要約したのである。

さらに桑木が、近年の武士道の鼓吹や漢学復興などをあげて、これを当局の抑圧策と一体の陳腐な防衛策にすぎぬ、としたことが、一層魚住を共鳴させたのであった。個人の権威をなみする封建的旧道徳への反抗心、魚住本来の反権威の情念が、ここでいきいきと刺激されたもののようである。我の「発見」はただちに我の「主張」であり「拡充」でなければならなかったゆえんである。

島村抱月は「梁川、樗牛、時勢、新自我」(『早稲田文学』明40・11)という文章のなかで、樗牛の「他を破壊せんとする自我の矢さけび」の時代が移り、「我が思想界の今の水平線は、文学に於いて所謂自然主義、宗教に於いて梁川一家の見神論、哲学に於いて人間本位のプラグマチズム、此等に新しい自我の展開、乃至其の工風を見る所に存する」と述べ、今後の努力はいかにして「新自我」を建設し展開するかに集中するであろう、という時代の展望を語っていた。

樗牛、梁川、自然主義を一括し、「自我」を軸としてとらえる見方は、こうしてすでに早く自然主義の側から提示されているものであって、すこしも新しいものではない。しかし、その後の抱月は、いわゆる「芸術と実生活」の問題に直面し、自然主義の「自我」の後退を示さなければならなかった。けれども、抱月より若い世代の片上天弦は、「自然主義における身悶えのかたち」[*26]で「自然主義の主観的要素」(『早稲田文学』明43・4)を論じた。安倍能成がその論理矛盾を追求批判して「自然主義に於ける主観の位置」(『ホトトギス』明43・5)を論ずる、というような事態が当時すでにおこっていた。この身近な論争を魚住が全く知らなかったはずはない。しかも、第二の論「自然主義は窮せしや」を書いて、あえて「主観の侮辱も茲に於て極ま」ったことを強調していたのである。

その魚住に、一宗教雑誌のアンケートに答えた桑木の文章が、もっとも新鮮な示唆をあたえたことになる。片上・安倍論争の過程では、自然主義の「主観」は、まだ「動揺・苦悶」としてとらえられたにとどまるけれども、桑木説によれば、自然主義の自我を、反抗的、自己主張的自我とみなしてよいことになるからであった。それにしてもこの論調の飛躍はなぜか。ということはしばらくおいて、ひとまず魚住の論旨に従ってゆこう。

「現実的科学的従つて平凡且つフエータリステイツクな思想が、意志の力をもつて自己を拡充せんとする自意識の盛んな思想と結合」したのが自然主義であるという。[*27] そして、この相反する傾向の「奇なる結合」は、「共同の敵たるオーソリテイ」を有することによって生じた。日本自然主義にとって「オーソリテイ」とは「国家」であり「社会」であるとともに、「二千年来の国家の歴史の権威と結合」した「家族」である、という論理が展開されたのである。

共同の怨敵をもつ故に、相異なる主義思想が連合するというシェーマは、昔から魚住の気に入りのものであって、卒業論文にも見受けられる。ルネッサンスと宗教改革との歴史にもとづく、この西欧文明史からの応用分析が、じつは当時の石川啄木の目に充分新鮮に映じたようである。啄木はこれを一読してはじめて、自分が本来自己拡充の精神によって自己形成をとげながら、理想を見失い、自然主義と一時的に連合していた「異質の同伴者」(今井泰子)であったことを教えられ、その思想的混乱を整理することができた、といわれている。

啄木に自然主義との訣別を、断然思い立たすにいたらしめたのは、この魚住の論文であった。

啄木はその自然主義との訣別において、しかし、魚住の論を手きびしく反撃し、「時代閉塞の現状（強権、純粋自然主義の最後及び明日の考察）」を書いたのである。「純粋自然主義」ともいうべき日本自然主義の自己否定的な傾向は、その本性上敵をもたず、わが国の自己主張的思想が、敵として「国家」を意識したことはいまだかつてない。自然主義の矛盾した両傾向の結合は、むしろともに敵を自覚しないためであって、魚住の論は明白な「虚偽」であり「誤謬」である、というのが批判の要点であった。

この啄木の論は何よりも、魚住のいう「オーソリテイ」の概念を、ただちに「国家＝強権」と解釈したところに特徴がある。

近世初頭に教会という「オーソリテイ」が失われて以来、今日のそれは「国家である、社会である」と魚住がいう時、「オーソリテイ」の邦訳は、「権力」というよりも「権威」である、としたのは今井氏である。それは「人間の内面に浸透する規範意識まで含めた社会関係、あるいは人間を有機的に統合する社会秩序の問題として『国家』をとらえている」と。すぐれて正当な意見である。

魚住は「レピアタンに比せられた国家」といい、暗にホッブスに言及したのであるから、「支配階級の機関としての国家」というような「国家＝強権」の観念は、この場合念頭においていないと思われる。「国家」が諸個人の「信約」による「人格的統一」としてとらえられ、「国家」と「社会」とは、原理的にも実体的にもほとんど区別されないホッブスの国家観念がもし念頭にあれば、「オーソリテイ」は「国家である、社会である」という表現も出てくるはずである。日本特有の「家族」が、国家秩序との関連において、大きな比重でとりあげられることにもなったのである。

魚住の発想の基本は、その本来の根強い個人主義思想にある。個人を圧迫し、個人と対立する一切のもの、規範意識をふくむ現実の秩序総体、社会関係のトオタルが問題とされたのである。そうした魚住にとって、

「レビアタン」（リヴァイアサン）の語は、まさに聖書に「地の上に是と並ぶものなし」（ヨブ記）とされた、地上最強の怪獣を意識させるものとしてあったと考えられる。

ともあれ、魚住は日本の自然主義が、個人の自由を抑止する、現実秩序への反抗的情熱をひめており、自己主張の精神をはらむことに期待し、その傾向が一層徹底するよう望んでいる、と述べたのであった。

しかしながら、これは自分の「解釈」であり、「必ずしもヂヤステイフイケーシヨンではない」ということわりをつけたように、魚住にとってはむしろ観念上の自然主義という一面があって、現実は、聞こえた自然主義者であるはずの天渓、花袋、泡鳴の国家観なぞ、ただ「噴飯の外はない」という状態もあることを、明らかに承知していたのである。

魚住の「オーソリテイ」の概念なぞは一切吟味せず、直ちに「オーソリテイ＝国家権力」とみなし、「彼の強権」というような強調的表現をしているところには、啄木独自のモチーフがあったと考えられる。

この年、明治四十三年（一九一〇）六月に幸徳事件が発覚していた。周知のとおり、啄木はこの事件に非常な衝撃をうけ、できうるかぎりの社会主義文献を渉猟しているが、「強権」という国家認識もこの時はじめて得たはずである。統治権力機構としての国家、という新しい概念にめざめたばかりの啄木には、その衝撃の大きさによって、魚住のいう「オーソリテイ」を、即「国家強権」と断定してしまうそれなりの必然性があったわけである。

しかし、実をいうと、この時の啄木の「国家」は、階級国家観によるものではないのである。「一階級が他の階級を圧制せんが為めに組織したる権力」（「共産党宣言」幸徳秋水・堺枯川訳『平民新聞』明37・11・13）という認識は、当時の啄木には明瞭でない。「時代閉塞の現状」の基本的発想は、階級対立ではなくて世代対立なのである。啄木より早く社会主義に関心を持ち、「直言」や「平民新聞」も読んだことのある魚住が、もしかりに生前未発表だった啄木のこの論を読んだとしたら、どんな感想をいだいたか興味深いところである。啄木の国家論は、その意味でまだ幼い段階にあったとはいえ、いうところの「国家強権」への敵対意識において、魚住よりはるかに尖鋭であったのは事実である。「国家」を敵対存在として明瞭に意識し、「時代閉塞」の現状を鋭くとらえ、「明日の考察」を示唆した啄木に、したがって魚住よりはるかに優れた時代の認識と批判とをみうる、というのが今日の啄木論の通説である。

たしかに、幸徳事件後の時代の情況を、「時代閉塞」の一語にとらえた鋭感は、美事であるといえるであろう。しかし、啄木のいう出口のない閉塞状態とは、たとえばまず希望のない教師、職のない学生、遊民、財もモラルもない貧民、売淫婦、罪人の激増、等等を指標とした「自滅的傾向」なのであって、ひとくちにいえば、近代の資本主義社会に通有の暗黒面であるといえる。魚住がとくに注目していた、わが国の国家社会に独特の、前近代的体質は、この場合ほとんど意識されていないといってよいのである。いわゆる「家族国家」の擬制共同体理念による、天皇制絶対主義国家のその権力機構の性格は、尖鋭な反権力意識にもかかわらずとらえられていない、といってよいのではないか。啄木の直感的な国家認識は、おそらくレーニンに象徴される「国家＝暴力機構」論的な、実体的把握であって、そこに天皇制「イデオロギー権力」というような発想はありえなかったのである。

マルクス・エンゲルスの国家論のもつ多義性を、「権力機構」として単一化した、ロシアマルクス主義の再検討において、「狭義の国家」＝国家権力＝〈共同体内国家〉と、「広義の国家」＝〈共同体即国家〉[*28]の区別と連関とが問題視されている。とくに、近代日本の天皇制の解明においては、「広義の国家」の観点の導入が必須であるとされている。

啄木が「狭義の国家」＝〈Politische Macht〉に立って、「国家」をたんに直接的実体的に捉えようとしたのに対し、魚住はむしろ、「広義の国家」＝〈Politische Autorität の及ぶ範囲〉に立って、「国家」を有機的体制のイデオロギー支配の問題として捉えている、ということができるのではないか。そうだとすれば、魚住の反「オーソリテイ」の思想ではなく、啄木の反「強権」の思想をこそ、唯一の金科玉条とせねばならぬ、という根拠は薄弱なのである。

にもかかわらず、啄木の論述に魚住をしのぐ印象があるとすれば、それは一般に考えられているように、必ずしも啄木の時代認識の深さにあるのではなくて、時代の現状を打破しようとする、熾烈な欲求にある、といってよいだろう。

魚住の自然主義に対する立場は、よかれ悪しかれ、一種善意の第三者的な批評、あるいは希望的な観測の性格をまぬがれていない。しかし、啄木は身をもって時代の重圧にあえぎながら、自然主義と訣別し、一切の「既成」を否定して、明日を開く「必要」を訴えざるをえないところに生きていた。啄木一家の一ヶ月の生活費が、魚住にとっては、たかだか一ヶ月の遊学費用でしかないような、そういう生活基盤の決定的な相違がそこにはある。

分与する財産をもたない親に、家父長権があるはずはなく、扶養されなければ生きてはおれぬ親をもつ子にとって、扶養は「法」以前の自然状態である。明治四十二年秋の、妻節子の家出事件以来、家族の責任を感じて、啄木が苦闘をしいられていた底辺の生活が、そうしたものであったとすれば、魚住がいわば巨視的に注目し、自然主義文学が微視的、感覚的に当面していたような性質の「家」の問題などとは、ほとんど無縁であったといってよいわけである。「家族国家」の理念的擬制などの及びえない末端の即物的な領域で、啄木の生活維持の努力があったのだとすれば、「家」を無視した啄木の発想は、その現実体験のまっすぐな反映であった、といえるであろう。魚住の論の性急な誤読は、こうした生活基盤のうえに、幸徳事件を契機としておきた、と考えられる。

啄木とともに、国家＝機構論的把握を当然の前提とし、その反「国家」の思想の先駆性をのみ主張することは、こうして不毛ではないかと私には思われる。従来のように、啄木が魚住の論の「微妙なところで大きな問題をひき出し」た、と理解するのではなく、むしろ啄木は魚住の論の含んだ「大きな問題」——今日も有効性のある問題を単一化した、というふうに解釈するのが至当であろう。

ところで、先にのべたとおり、「自己主張の思想としての自然主義」という論文は、桑木厳翼の短文に刺激をうけて書かれたものである。しかし、そのことのみによって、これまでの論調からの飛躍を説明することはできない。魚住自身のうちにそれなりの内的推移がすでにあったからである。

綱島梁川の死後、梁川を慕う者が各地に梁川会をおこし、それを通じて、魚住は西田天香と接触する機会があった。「自己主張の思想としての自然主義」の書かれた明治四十三年（一九一〇）八月頃、魚住はめだって天香に近づいていた様子である。

私の今の信仰は甚だつまらぬものになつてゐる。（中略）然し私の宗教心はやはり私の精神の奥底に沈んで常になつかしい心は宗教の方に向つてゐます。綱島先生の親友の方で西田と云ふ方の信仰に深く敬服して、時々此方と話をして私の幼い宗教心の後々によい芽をふくやうにと心がけてゐます。

昔は信仰がオールであったが今はパートでしかなく、物質生活に恋恋とした、堕落したクリスチャンである、といったこれまでの投げやりな自嘲とは少しちがう、謙虚なものが文面に感じられる。

かつて魚住が「自己」「個人」という観点を強く押し出した時、そこに信仰上の主体の高揚のあったことは、皆寄宿制度反対論の場合にもみたとおりである。天香と接近し、従来の信仰と別種の、しかし信仰上の主体に何やら立直りの契機のつかめそうな自信のできたことが、実は桑木文に刺激されるひそかな下地だったと考えられる。

仙波敬子宛　明43・7・24

彼の謹厳一語も苟もせざる故綱島先生が、西田さんを目して一心同体の友と云はれたる、今に至りて其故ありし事を感じ候。西田さんの著に「天華香録」とかいふもの有之、小生未だ一読の機を得ず候へ共、綱島先生そをよみて『病間録』が焼いて了ひたくなれりと申されし由、これまたよく〳〵のことゝ存じ候。「此人後に知る人あらん」と綱島先生が何かにかゝれしを記憶致し候、如何に深き語に候ぞ。名を求めず世に現はれざる西田師が乞食の如き姿と、其透徹し徹底せずんばやまざる信念の告白と、併せ見来つて生は初めて宗教を語り信仰を説き得る資格ある人に接したる感致し候。生がこゝ十年間に親しく接して教をきゝたる宗教家枚挙に遑なく候、中には知名の士も少からず、盛名一世に籍甚たる人もあり、然も是等の人によりて満す能はざりし者初めて西田師に於て見出し候。生元より鈍根劣機の輩なるが上に多少の知識的教養が今に至りて累をなすことを悲しむ者に候。憐むべき知識、憐むべき理解、我等の生命は知見にあらず理解にあらず、生命は人格、信念、実行に外ならず、生が些少の知識的教養は今はもはや惜しからず、之を一擲して西田師の靴の紐を解かむこと生が願に候。
岡野和三郎宛　明43・9・14

長い引用をあえてしたけれども、これは「自己主張の思想としての自然主義」の約一ヶ月のちに書かれた書簡の一節である。文章に緊張感がみなぎっていて、当時の魚住がいかに強く天香に吸引されていたかを物語っている。また、何にそれほど感銘したのかも、およそ明瞭である。ケーベルの場合をみても、魚住が人格の生きた魅力にひかれる質の青年であったことがわかるが、天香の場合は、ケーベルのように知識教養の広く綜合された人格というのとはおよそ無縁の、乞食のような姿で信仰に生きる実践的人格であった。その一徹な「実行」の人の人柄に、魚住はかつてない深い感銘をうけているのである。

「天国の意義、十字架の意義、汝等明日のことを思ひ煩ふ勿れといふ意味、汝等何を食はむと思ひ煩ふこと勿れといふ意義」などが、まさに「掌を指すごとく」教えられた感をもったとも述べている。クリスチャンとしてあまりにも耳なれたその言葉の真の意味を、今豁然として理解できたというのであるから、魚住の信仰生活における一画期と呼ばなければならないであろう。

天香は近江長浜の紙問屋に生まれた人である。血気盛りの二一歳の頃、開墾のため小作百戸をひきつれて北海道石狩平野に渡ったという。この時、地主・資本家と小作人との間の利害衝突で苦労した経験が、天香の宗教思想の源泉である。開墾事業失敗の責を負い、身一つになったうえで、この両立しがたい関係の矛盾を究明しようと我流の研究をつづけ、生活もどんづまりのなかで、「人と人とは假令兄弟の様な間柄でも食み合つて生活してゐる」という悲惨を痛切に知ったという。その頃、偶然トルストイの『我が懺悔』を読み、「生きようとするには死ね」という意味の言葉にぶつかり卒然、霊覚をえたと語っている。

宣しい、死んで仕舞ふといつた感じに全くわたしはうたれて了うた。この場合わたくしには何等力む気持はなかつた。極めて安らかに広い世界へ飛び出したやうな気持がして、壊れぬ我にぶつかり永生の実在界に還つたやうでありました。

「転機」大正3・10　講演『懺悔の生活』

徹底した気質の天香は、以来家を捨て妻子を捨てて路頭の人となり、餓死寸前のところで、庭掃き、便所掃除など女中丁稚の下働きをして食をめぐまれる、「行乞」の道がひらけ、「托鉢」「奉仕」の生涯に入ったのであった。

天香にとって死ぬるとは迷執を離れること、我執を捨てきることであった。「零を以て数を割れ、然らば無限大」というカーライルに似た説きかたもしているが、すべての行きづまりの原因は所有欲、就中財産の所有であるとされる。所有から自由な乞食の境涯において、おのずから絶対なるもの（天香は「光《おひかり》」と唱える）に養われ、ただ「許されて生きる」生きかたの実践であった。

「死ねますか」という問が、のちの「一燈園」に来る人にまず発せられたといわれる。懸崖に手を放って絶後に甦るていの、ラディカルな自己革命が要請されたのである。自身ひとたびどん底に落ちて、死を透過してきた天香の「無一物の権威」は、現世と調和した近世的キリスト教の浅薄さと、あざやかな対比をなして、魚住の目を射たのである。

「諸宗の真髄を礼拝し帰一の大願に参ぜん」（「光明祈願」）とあるように、天香は一宗をたてず、宗教に偏らず、随時聖書からも仏典からも引用しながら、体系ではなく体験を説いた人である。[*29] 魚住は天香によって神と仏とが一つであることを、「理屈でなく感じの上」でわからせてもらったと述べている。(仙波敬子宛　明43・9・13)

広く知られているとおり、仏はキリスト教にいう天地万物の創造者でもなければ、唯一至高の絶対他者でもない。教法を聴き仏道を行ずることによって、人間可能性の最高をきわめた覚者である。仏教の世界にキリスト教的超越神は存在しない。しかし、罪悪深重の凡夫という痛切な人間観に立つ浄土門の信仰は、仏教本来の自力解脱を放棄している。阿弥陀仏の「誓願不思議」において、「悪人正機」念仏往生の道がひらける、という絶対他力の信仰は、キリスト教信仰の構造と酷似しているといわれている。

　高き存在者によって救済にあずからんとする仕方、いいかえると、念仏門の人々が阿弥陀仏にたいする態度のあり方と、キリスト教徒が神にたいする態度のあり方との間には、その根本構造において、蔽うべからざる平行の存することを、わたしどもは否定することができない。[*30]

魚住が神仏が一であると「感じ」において了解した、ということの消息はこの辺にあるかと思われる。「理屈」において神は仏ではないにもかかわらず、それらに対する人間の態度、人間がそれらを受けとる受けとり方に、根本的相似があるからであった。

大学卒業以来の魚住が、自己の弱小という凡人意識を深めていたこと、現実の物質的世界をいやしみながら、なおそれを求めるような矛盾のなかに生きて、信仰の停滞を味わっていたことは先に述べた。かつて自己のうちに「神性の萌芽」をみとめ、自己の無限拡大の可能性を熱烈に信じえた魚住のキリスト教は、いわば仏教的自力の構造に似ていた、といってよいかもしれない。神との交りも実現されると夢みた青年は、しかし年を経て神との関係がいかに相へだたっているかを痛切に知ったわけである。「善を欲すること我にあれども、これを行ふことなき」我、「造られたるものの虚無《むなしき》」という、パウロの表現が、千鈞の重さで迫る時が魚住にもようやくきたのであった。まさに「人が神を知ることの深さは、人間の側における自己省察の深さに相即する。」（増谷文雄）

魚住はキリスト教の正統的信仰の意味をようやく自覚しはじめるとともに、法然、親鸞の浄土教に対してあらたな関心をよびさまされてゆく。こうして魚住は、大正期にいたって社会的影響力を発揮する、「一燈園」の経営以前の、初期天香の個人の最良部分の影響を、もっとも純粋に受けとった一人である。[*31]

「自己主張の思想としての自然主義」の書かれたのは、魚住の信仰の画期のまだ予感の段階であったけれども、尖鋭な時代批評として知られる「穏健なる自由思想家」（「朝日文芸欄」明43・10・20、22）は、実はその信仰の昂揚を反映したものとみることができる。

しかし、今そのことに触れる前に、天香と接触の深まる頃、嫂節子の友人阿部純子との間に魚住の縁談の進行したなりゆきをみながら、魚住の独特な面目に触れておこう。

天香の影響によって、従来の生活が「根本から虚偽の上に立つてゐる」ことを痛感させられ、出家修業したいような精神の昂揚をおぼえるとともに、かえってそれが早く純子を得たいという、積極的な気持となる。通常、女性への愛着が現世への羈絆となるのと、大いにちがった魚住の特色である。従来この女性への失恋が、魚住を天香に接近させた原因のように考えられていたけれども、そうではなく、すでに魚住は現世の栄達はむろん、捨てがたかった学者としての名誉心をも捨て、「しみじみした内容のある」「真実の生活」を愛する人と頒ちたい、共にしたいという、切実な情をいだいていた。普通なみの感覚では、「朝日文芸欄」に筆をとることで、漱石一門に連らなる新進批評家として世の注目を集めることは、内心得意でないはずはない。しかし、そうした青年らしい虚栄心から自由な、本質的に無垢なものを魚住はもっている。「文芸欄」よりも親類間の回覧誌である「千草」にむしろ書くこと熱心であったのもその証拠であろう。学者としての名誉心を捨てた、という言葉に嘘はないと思われる。ところで、純子が格式高い相当な資産家の娘であり、まだそのたしかな心意もつかめないまま、交渉にあたる嫂を中にして、魚住がいかになみなみならず心を砕いたかを示す、興味ある書簡が数通あって、「家」の重圧の体験がしのばれる。しかし、その細心な配慮にもかかわらず、純子が事実上出家に近い生活の伴侶となりうるか、否か、ということは根本的に疑わぬような迂遠なところが魚住にはある。そのきわめて一方的で宗教的な恋愛の性質は、増田小民の場合と同様であるが、ともかく、魚住は純子とともに、天香に導かれた「懸命の生活」「健闘」の生涯を送りたいと念じ、停滞した生ぬるい生活を脱したいと願ったのであった。その明らかな積極的姿勢の反映を「穏健なる自由思想家」にみることができるのである。

啄木は幸徳事件を整理したノート明治四三年（一九一〇）九月六日の項に、「この日安寧秩序を紊乱するものとして社会主義書類五種発売を禁止せられ、且残本を差押へられたり。爾後約半月の間、殆ど毎日数種、時に十数種の発売禁止を見」と書いているが、魚住もこの論文の冒頭にこうした情況にふれている。その図書取締りのでたらめな苛酷さは、しかし魚住によれば当局の論理としては当然で、むしろ「自称自由思想家《フリーシンカー》」の生ぬるい「意識の浅弱」こそ問題である。新思想を「自己の人格の奥底」において主張することもなく、旧思想が復活すれば妥協説を吐き、穏健中正な進歩主義を奉ずるような、真の「自立」と遠い自由思想家が横行している。それは結局「改造的精神」の部分的満足をもって全部に盲目となった「鵺的革命」である明治維新の結果であり、「征韓論者の暴動や民権運動の如きも明治維新の浅薄を根柢から意識した運動ではなかった」と説く。ようするに、近代ブルジョア革命としての明治維新の不完全、不徹底を指摘して、その帰結である明治末年の社会思想情況における擬似近代性を批判した、鋭い論考であるといってよいだろう。

「その革命は内部に於て相容れざる分子の撞突より来りしにあらず。外部の刺激に動かされて来りしものなり。革命にあらず、移動なり」(「漫罵」『文学界』明26・10)と透谷が明治の近代を批評したのは、明治二十年代なかばであった。幼い青春を民権運動に投じたことのある透谷の苦渋を、魚住はまったく理解してはいなかった。それゆえ、しごくさらりと民権運動批判をしてのけることができたけれども、その時代認識は基本的に透谷の延長線上にある、といってよい。近代国家というに到底ふさわしくない明治国家によって、社会主義者、無政府主義者の「個人の脳髄と心臓」とが無視されていると述べる時、魚住は明らかに、暗に幸徳事件に名をかりた、国家権力の弾圧を非難しているのであって、そのいみで啄木の「時代閉塞の現状」と対応する、反強権の思想の明らかな論文である。しかし、ここに問題は、魚住が自己を「懐疑者」と規定していることであろう。積極的徹底に先だつ消極的徹底、すなわち自立した積極的自由思想をうるに先だち、まず懐疑において徹底するのだという。この論理にはある種の韜晦が感じられる。これを解くためには魚住がわざわざ書き入れた挿入文を注意してみる必要がある。魚住は自由思想が、自己をオーソリテイから開放しようとした人類数百年の努力の結果だと述べたあと、「人類が新しく自己といふオーソリテイを作つて自ら夫れに束縛せられつゝある事は今言ふを要せぬ」という意味深長な一文を、カッコをつけて挿入しているのである。西欧的近代と比較してみて、維新後の日本がいかに未熟な段階にあるかを、当面の論の基調にすえ、近代擁護の立場にたつ以上、オーソリテイは自己を束縛し、自己はつねに束縛される側にあるけれども、しかしひるがえって、自己がオーソリテイと化して、真の自己を束縛するという異質の発想もあることを魚住は確認しながら、いまは不問に付す、という態度をとっているわけである。

生ぬるい生活を脱し「懸命の生活」「健闘」の生涯を送りたいと当時魚住は願っていた。その人生態度の徹底志向が、生ぬるい自称自由思想家、穏健なる進歩思想家攻撃となり、ひいては「鶏的革命」としての明治近代の批判となったのであった。しかし、魚住が天香に学んでめざす徹底化の方向は、すでにかつてのような自己主張による自己解放の方向ではなくして、自己放棄による自己解放という、まったく逆の回路をたどるものだったはずである。このどうしようもない齟齬について、魚住はまだ思想的に明確なかたちで表現をあたえることができなかった、とみてよいだろう。鋭い時代認識と純潔な自己省察とを同時に所有した青年の、その思想の亀裂をおおうために、思いつかれた苦しい命名が、おそらく「懐疑者」だったのである。

阿部純子は結局ほかへ嫁ぐこととなって、魚住の最後の恋は失恋に終るけれども、この経験は、魚住に自己執着から離脱したい気持を一層強めさせたようである。並はずれて情の厚い魚住が、いかに悲しみにくれたかはいうまでもない。が、純子を得られなかったことは、かえって「解脱のため自由のため幸福」であったようだ、と思うところまで、けなげに行きついている。

「十一月の評論」という文章では、金子筑水、片上天弦、相馬御風などを批評しているけれども、これまでにない告白的な論じかたで、「死すとも憾なき生活——絶対の安心」を求め「自己の内に帰らう」とする、抑止しがたいもののあることを語っている。実はこの評論の掲載誌『ホトトギス』が、明治四三年(一九一〇）十二月に発売されてまもなく、まだ二八歳にもみたぬ魚住の若い命は、チフスと尿毒症のため、あえなく奪われてしまったのである。

病床に伏す少し前に、姫路中学時代の恩師山本耕造にあてて、魚住は自己の思想的総括のごときものを書き送っているが、それは次のように結ばれてある。

東京は学問乞食の巣窟です、学問がそれだけ我身自身の存在《エキジステンス》に意義があるんでせうか。to know といふ事と all といふこと、を一つにしてゐる様です。

まさに to know が all であったのはいわゆる大正教養派の人人の特色であった。魚住はそのような態度を自覚的に否定し、知識人エリートとしての積年の過程を、「学問乞食」として振りきりながら、「存在《エキジステンス》」の問題の核心へ参入しようと努力していたのであり、その姿がここに明瞭である。

魚住の惜しくも短い生涯をこのように眺めてくる時、助川徳是氏のいうように、魚住の思想形態は「基本的特質においてアナーキスト」であって、「懐疑的メンタリティを生きた人」である、というふうには考えられない。「ゾラのデテルミニスティクな唯物論的科学的決定論がキリスト教によって否定」され「カント流の倫理思想と共に、精神主義的人格主義」に行きついた魚住、「内村鑑三的、桑木厳翼的、カント的理想主義」により「反逆的心性の基盤の上に反国家の思想」にまで突き抜けた魚住[*32]というのとは、かなり異なる魚住像を描いてきたはずである。

漱石が「現代日本の開化」という著名な講演を行ったのは、魚住の死の翌年、明治四十四年（一九一一）のことである。西洋の開化は「内発的」であるが、日本現代のそれは「外発的」である、というよく知られた発言の前に、漱石は開化一般について、次のように述べている。

吾々は長い時日のうちに種々様々の工夫を凝《こら》し智慧を絞つて漸く今日迄発展して来たやうなもの、、生活の吾人《ごじん》の内生に与へる心理的苦痛から論ずれば今も五十年前も又は百年前も、苦しさ加減の程は別に変りはないかも知れないと思ふのです、それだからして此位労力を節減する器械が整つた今日でも、又活力を自由に使ひ得る娯楽の途《みち》が備つた今日でも生存の苦痛は存外切《せつ》なもので或《あるい》は非常といふ形容詞を冠《かむ》らしても然《しか》るべき程度かも知れない。（中略）是が開化の産んだ一大パラドツクスだと私は考へるのであります。

漱石のみるところでは、積極的、消極的両方面で「競争」の激化するのが「開化」の趨勢であって、その結果、「生存の苦痛」もまた必然となり、むしろ「非常」というほどのものとなる。とすれば、「開化」が「内発的」であるか「外発的」であるかそれ以前の根本のところで、「開化」それ自体が疑われてもよいということになる。それでは「其開化をどうするのだと聞かれゝば、実は私の手際《てぎわ》ではどうも仕様がないので、私はたゞ開化の説明」をするのみである、というのが漱石のその時の態度であった。

漱石門に参集した、阿部次郎、安倍能成らは、漱石の「狂気」とは無縁であったけれども、それと同程度において漱石のこうした「悲観」を理解しえない人人であったといえるだろう。

漱石門に入らなかった魚住のほうが、皮肉にもかえって漱石の直面していた近代のアポリアを直感していた、といってよいのではないか。日本近代の開化のもたらす重圧が、魚住にあっては魚住らしく、「根本から虚偽」の生活として直感されたとすれば、同じものが啄木にあっては啄木らしく、時代の「閉塞」として直感された、といってみてもよいのかもしれない。

「涙を呑んで上滑りに滑つて行」くその「已《や》むを得ない」事態に耐えて、当時、作家漱石の格闘があったとすれば、いさぎよい出家捨身を憧憬した魚住も、「明日の必要」を説いた啄木も同じく、「已《や》むを得ない」事態に耐えられぬ若者であったことに変りはないであろう。まったく逆の回路からではあるけれども、明治末年の情況を超えようとする実行的な情熱をひめて、時代と対峙した姿勢は、むしろ相ひとしいといってもよい。岩波の『哲学叢書』の執筆を皮切りに、学問研究の道を歩み、それぞれ大学教授の職をえてゆく聡明な友人達の、調和した保身にくらべるならば、同じ教養派世代にあって魚住の志した道は、相へだたることまことに遠いといわなければならない。そこに一貫していた魚住の無垢な情熱、本質的に宗教的なパトスをあらためて確認する必要があろうと思う。

「天下を挙て物質文明の輸入に狂奔せしめ、すべての主観的思想は、旧きは混沌の中に長夜の眠りを貪り、新らしきは春草未だ萌え出るに及ばずして、モーゼなきイスラエル人は荒原の中にさすら」う、というのは、透谷の「明治文学管見」（『評論』明26・4・5）の一節である。欧米帝国主義列強の外圧に抗し、富国強兵の統一国家をめざす明治支配層の手で、わが国の近代化が上から強力に押し進められていた明治二十年代にあって、透谷は、その秩序総体の虚妄を意識していた。そこにあらたな「主観的思想」の創出を、「創造的思想」を模索して、透谷は苦しんだといえる。魚住と同じく新神学系のキリスト教思想（透谷にはクェーカー派の影響が大きい）を母胎としたその精神のたたかいは、しかし、魚住が最終的に歩んだ道を歩むことはなかった。透谷のつかんだ「内部生命」の観念は、「暗らきに棲み、暗らきに迷ふて、寒むく、食少なく世を送る」

（「時勢に感あり」『女学雑誌』明23・3）、最下層の人人の願いを切って捨てた、日本近代を疑い、近代の成立を「根底から問い直す価値の転換の場所」として、なお「幻想のたたかいの砦」[*33]でありえたのである。敗退期の自由民権運動をくぐった者の、それが歴史の刻印であろう。ただ一意「自己に帰る」ことに専心しようとした、明治末年の純潔な青春は、明治二十年代の青春の背負った思想的課題を、その全重量において負う力を、やはり欠いていたといわねばなるまい。ごく図式的にいえば、魚住の欠落部分を補へる位相に、啄木がいたということもできるかもしれない。

最も重い課題を負った透谷の自裁をふくめ、優れた三人の青年の夭逝が、明治近代の象徴のように思われるのは私だけであろうか。

＊1　「一高時代」『藤井武全集』第10巻　一九二七・一二
＊2　助川徳是「一高の青春——折蘆を中心に——」『日本近代文学』10集　昭44・5
＊3　『キリスト教の弁証』筑摩書房　一九四八・六
＊4　「大正教養派の一系譜」『文芸』昭48・10『平野謙全集』第六巻
＊5　「福音的キリスト教の特質」『高倉徳太郎全集』第五巻　一九三六・七
＊6　「海老名弾正氏の告白を紹介す」『福音新報』明35・1・8
＊7　説教「新人」二六五、六『植村正久と其時代』第五巻　教文館　一九三八・九
＊8　「『虞美人草』の思想的背景・綱島梁川熱」『比較文学新視界』八木書店　一九七五・一〇
＊9　菊地邦作『徴兵忌避の研究』立風書房　一九七七・六
＊10　内村の信仰に傾倒していた花巻の青年斎藤宗次郎が、やはり徴兵拒否の決意と同時に死刑を予期している。宮田光雄『平和の思想史的研究』創文社　一九七八・一
＊11　「思ひ出断片」昭17・10『河上肇著作集』第九巻

＊12　笹淵友一「綱島梁川論」『国文学』昭35・10『明治大正文学の分析』明治書院

＊13　魚住は「世間的精神」の語を「近世的精神」とほぼ同意義にとりあつかっている。その特色としては「生をたのしみ情を撓めざる希臘的精神」「科学的精神」「自意識の強きこと」の三つを数えている。なお自意識の原因としては、科学精神による自己説明、個人的判断尊重の精神、生存競争激烈をあげている。（宿南昌吉宛書簡　明41・1・11）

＊14　『我が生ひたち』岩波書店　一九六六・一一

＊15　「ケーベル先生の生涯」『思想』大12『和辻哲郎全集』第六巻

＊16　『明治文学全集8　ベルツ、モース、モラエス、ケーベル、ウォシュバン』解題　筑摩書房　一九六八・四

＊17　「日本の近代化と伝統」昭36・6『近代日本の文学と宗教』創文社

＊18　『哲学雑誌』明37・6　宮川透『近代日本の哲学』勁草書房

＊19　『夏目漱石』岩波書店一九三八・七

＊20　熊坂敦子「漱石と朝日文芸欄」『夏目漱石の研究』桜楓社　一九七三・三

＊21　『現代文芸評論集㈠』解説　筑摩書房『現代日本文学全集』94一九五八・三

＊22　堀江信男「啄木における『家』の問題」昭40・2『石川啄木論考』笠間書院、森山重雄「『実行と芸術』の問題――『生の哲学』の方向――」昭42・7『実行と芸術』塙書房、助川徳是「啄木と折蘆」昭43・11『日本文学研究資料叢書・石川啄木』有精堂など。

＊23　『日本近代文学大系23石川啄木集』註釈　角川書店　一九六九・一二『石川啄木論』塙書房　一九七四・四

＊24　猪野謙二「日本自然主義とその対立者たち」『岩波講座　文学7』岩波書店　一九七六・五

＊25　「過去十年間の教界」『新仏教』明43・6

＊26　稲垣達郎『明治文学全集50金子筑水、田中王堂、片山孤村、中沢臨川、魚住折蘆』解説　筑摩書房　一九七四・一〇

＊27　魚住のこの定義は、当代の哲学的布置――進化論に立つヘッケル流の唯物論と、新カント派的観念論に立つパウルゼン流の、あるいはイギリスヘーゲル派グリーン流の倫理的理想主義の対質綜合の問題から整理されたものではないかという見方もある。荒川幾男「一九一〇年代の世界と日本」『日本近代哲学史』有斐閣　一九七六・一

＊28　滝村隆一『増補マルクス主義国家論』（三一書房　一九七四・六）によれば、「狭義の国家」とは社会構成体内部にお

いて、諸階級、階層の soziale Macht に君臨し、それを「政治的イデオロギー的」に支配統制する「独自の Macht」としての「国家権力」＝「共同体―内―国家」であり、「広義の国家」とは、「国家意志」を基軸とした政治的支配＝被支配関係を、一つの有機的体制 gemeinschaftlich に構成された幻想的な体制としてとらえるもので、「共同体―即―国家」である。

＊29 『西田天香選集』全五巻　春秋社　一九六七・九―七一・一〇がある。天香の「一燈園」の意義は、キリスト者の間でも「そうとう高く評価されねばならない」（小塩力）とされている。久山康その他の評価が『近代日本とキリスト教・大正昭和篇』（創文社　一九五六・一二）にみられる。

＊30 増谷文雄『仏教とキリスト教の比較研究』筑摩書房　一九六八・七

＊31 『懺悔の生活』がベストセラーとなり、倉田百三、塩尻公明、橋本鑑など、知識人も多く吸引された大正期が、「一燈園」の最盛期であったが、組織拡大にともなう共同財産経営に問題を残し、「才あり策ある人」「聖なる実在感覚に欠ける」などの評もあった。社会的には労資協調的な役割を積極的に果たすことになった。

＊32 註22の助川論文

＊33 北川透『北村透谷試論II内部生命の砦』冬樹社　一九七六・九

（一九七八・九）

『啄木と折蘆』を読んで

本書には採録されていないが、助川徳是氏が最初に書いた論文「魚住折蘆」を『国語と国文学』誌上に見たのは昭和三十九年（一九六四）七月である。「あとがき」によれば、著者は北海道放浪生活ののち大学院に入り直したころ、魚住折蘆という明治の哲学青年に出会ったという。以来ほとんど二十年、なみなみならぬ熱意が注がれたことを本書はよく物語っている。いや、今日では折蘆のみではない。著者は広く大正期教養派研究の鬱然たる専門家であって、本書につづいて出版された『野上弥生子と大正期教養派』（桜楓社　一九八四・一）にも、その蘊蓄をうかがい知ることができる。

しかし、何より本書の良さと面白さとは、そういう著者の原点がよく浮きあがっていることだろう。『啄木と折蘆』というタイトルではあるけれど、実は本書の内容は折蘆に関して論じられた分量が圧倒的に多いのである。念のため収録された論文名をあげれば次のようである。

「一高の青春—折蘆を中心に—」（昭44・5）
「啄木と折蘆」（昭43・11）
「評論『時代閉塞の現状』—今井泰子の論にふれて」（昭50・10）

「良心の実践―一、魚住折蘆伝のための覚書　二、魚住折蘆の一高時代」(昭54・5〜10)
「啄木における『国家社会主義』」(昭57・1)
「啄木とクロポトキン」(昭57・6)
「啄木の思想」(昭53・8)
「『日本無政府主義者陰謀事件経過及び附帯現象』」(昭53・8)
「漱石と社会主義者たち」(昭57・11)

折蘆論としては昭和四十三年(一九六八)の「啄木と折蘆」が処女論文を吸収したもっとも早い力作であり、十三年を経た「良心の実践」が今日の著者の到達点を示す労作である。

私事にわたるが、著者の処女論文発表とほとんど同時に私もまた論文として始めて魚住折蘆論を書いたのである。当時まだあまり注目されていない一青年をめぐり、同時に論文を書いたという不思議な因縁のせいで、以来私にとって著者は忘れ得ぬ人となったのであるが、どうやら著者にとって私は気にくわぬ存在となったらしい。悲しみながら、かつて私は「啄木と折蘆」を一心に読んだものである。

それは自己の折蘆像をみずみずしく彫りあげるというよりは、他の論者の像に批判と是認とをまじえながら、論点の整理をおこなうという論述の方法によっていて、あらためて著者の博学多力におどろくとともに、その稠密で詰屈たる文章に苦しまされた覚えがある。他にからんで論述してゆく一種好戦的なそのスタイルは、以後の著者の文章からはずいぶん薄れてきてはいるが、しかし、なお隠然としてひそむその圭角は、みなもとをここに見せているということができるであろう。

ところで、「啄木と折蘆」と「良心の実践」とのあいだには著者の見解にかなり大きい変容がみとめられる。折蘆が「教養派左派」としての特色を発揮し、「国家」を「敵」と断じて、はじめて文学を大状況のもとに置き、啄木の「時代閉塞の現状」を導き出した、という大枠の評価は変らぬようであるが、折蘆は精神の本質においてアナーキストであり、懐疑的メンタリティを生きた人である、という見解は改められ、むしろ宗教的心性に比重が移り、その実践的特質がみとめられている。

　教養派中の異色ある俊秀であった折蘆の全貌は、その宗教的パトスをとらえることなしに不可能である、と考えている私にとって、著者はあらためて近しい人となったわけであるが、なおいくつか疑問を感ずるところもあるので、以下率直にのべてお教えを乞いたいと思う。

　著者は折蘆一家の綿密周到な調査をなしとげている。しかし、かえってそれにしばられているのではないか。魚住父子の関係重視がそのあらわれである。

　たとえば折蘆の論文書簡にみとめられる一種の超越性が「神道的な浄という価値」を根底においているのではないか、というきわめて重大な推論が、論証なしに提出されるのである。折蘆の家が祖父の代から神道に改宗された、という事実がその唯一の根拠であっては納得しがたい。むしろ、父の死後、折蘆が熱心に主導し一家がすべてキリスト教に改宗し、受洗した問題のほうが、折蘆の論稿と対照するとき、はるかに重大のように思われる。

　郷土の先覚者として政界にも活躍した父逸治と折蘆との間に、著者は「実践的良心」という同じ血脈をみとめようとする。しかし、「良心」という概念の説明はなされない。キリスト教にあって「良心」とは、たんに人間が善を求める生得の働きではなく、神から与えられた神の意志を知る心であり、信仰を結んだ神への人格的責任を意味するだろう。著者が引いている折蘆の小民宛書簡はそのことを立証すると思うが、そうした折蘆の側にあるはずのキリスト教的思想の特徴が無視されたまま、父子の関係が一線上に結ばれている。

それはまた、海老名弾正の「神は父なり」という宗教意識に折蘆が感銘したという事実をとりあげて、父逸治の「代償」を折蘆が宗教的人格のなかに求めたのである、と解釈するような、そういう理解のしかたにつながるものであろう。折蘆の宗教的心性が述べられながら、その中軸にあったキリスト教信仰の根本契機と、新神学思想の変遷について、著者の理解がどうなっているのか疑問を感じた点である。

さらに折蘆の一高時代、たとえば「苦悶と解脱」のような論稿が引用されながら内容分析へと深まらず、キリスト教史の教える社会的現象へ論調の移り変るようなところに、ものたりなさを感じたが、結論部で綱島梁川を扱いながら「見神の体験」にふれないことももののたらないという以上に気になった点である。

神子霊交の「見神の体験」ぬきで、梁川の思想が教養派世代の「内観」主義の中央にすえられるとき、梁川と教養派世代とは最短距離においてながめられ、その相違点はあきらかにならない。著者は両者の同一性を主張したいのであって、その理由は、教養派もまた「良心の自由」への要請が強く、「『修養』という精神と肉体との深い関わりを忘れていたのではない」ということを、梁川を媒介に主張したいためである。

しかし、その特異な梁川的世界は無視されてよいであろうか。阿部次郎、阿部能成らはそうした特異な世界に無縁な青年だったが、折蘆はむしろ親縁をもちえた個性である。(直ちに体験を了解したことを意味しない)梁川の世界をトオタルにとらえぬとき、教養派内の折蘆の特性を識別しないことになるが、同時に「時代閉塞の現状」において「既成」の「外」に救済を求めるものとして、啄木に否定された梁川の意味がうきあがらない。

ともかくも著者はここで「教養」派のもちえた「修養」を力説して唐木順三批判を展開している。唐木順三著『現代史への試み』一巻は、それがもし「なかったとしたら、本書など到底ありえなかった」とまでこの著者のかつて心服した書物である。周知のように、それは「修養」と「教養」とを対置した「型の喪失」

の理論のうちに、はじめて大正期教養派の役割を歴史規定したものであったが、著者はそれを戦後の「卓抜な知識人論」として受けとり、知識人の傍観的態度克服のモティーフをそこに読んだらしい。したがって反論は「教養」か「修養」か。はたして型の「喪失」か、「変貌」かというように出されている。

しかし、『現代史への試み』の問題はたんに大正期教養派の問題にとどまらない。それは教養派末裔をふくむ「戦後」近代を全否定した、近代の克服をモティーフとした一巻であると私には考えられる。近代が「人智の有限と被制約性」を実証して行き詰った「現代の宗教的性格」において、鋭く存在の根拠を問う「試み」であった。

「恆常なるものは何物もない。存在はすべて無の有化であり、無に媒介された仮象、方便である。それはただ主体の行信に於てのみ存在を保証される。」

ここにおいてある主体の「行信」とは、もはや「良心の自由」に発する教養派の「修養」などと遠く相へだたることは明らかであろう。型への固着は「我性による根源悪」として、没落の宿命をまぬがれがたい。「暫定的でない型は皆無である。」

唐木順三の教養派批判をここまでの射程でながめるとき、梁川的世界を切り落してなされた教養派論の修正が、やや色あせてみえるのは否めないし、唐木批判の矢はマトを若干それているのではなかろうか、とも思われるのである。

私は折蘆の宗教的心性にかかわって紙幅をついやしてしまったが、実はこれらをもしかりに、折蘆の教養派内右派的（?）性格とよぶとすれば、折蘆の特異性は、同時に教養派内最左派でありえたことにあるのである。

著者の「啄木と折蘆」は右派の特性をほとんど考慮しないで、左派の問題に主眼をおいていたが、「良心の実践」は右派の特質をとらえようとして、なおあいまいであるように思われる。理想的折蘆像がその二面の構造的、統一的な把握にあることはいうまでもない。

左派としての折蘆はむろん、「朝日文芸欄」に自然主義批評を書き、例の「時代閉塞の現状」をめぐって、従来から石川啄木と対比される折蘆である。

折蘆と啄木との対立のもとがその国家観に発することは現在の研究の到達において異論のないところであろう。私自身は啄木に対する認識のかたよりを改めつつ、折蘆の国家観念が有機的体制のイデオロギー支配を問題とした「広義の国家」(共同体即国家)であることを指摘し、「狭義の国家」(共同体内国家)の観念に立つ啄木と比較して、明治末の天皇制下における折蘆の新しい意義を考えたつもりである。

「良心の実践」のなかで著者はこれに対し次のようにのべている。

「中山和子がその『魚住折蘆論』で『オーソリティ』=『権威』を強調しているのを見て、それが大学紛争当時の全共闘用語の国家権力を意味するものでないこと(自明のことである)を識別する必要があるならば、今井や中山の所説(?)を認めてもいいと思っている。」

これを一読したとき、私は何の意味かわからなくて首をひねったものである。私の論が「?」印に相当するものならば、「啄木と折蘆」においてあれほどに稠密な是非論を構築した著者が、全共闘(?)などを気にしないで、ビシビシやっていただきたいものだと思っている。

折蘆に関して本書のなかで私が一番学ぶところの多かったのは「一高の青春—折蘆を中心に」であった。啄木にふれた論稿は短いものもあるなかで、「啄木における『国家社会主義』」と、「啄木とクロポトキン」とが力篇で、よく整理されており目くばりもきいた論稿である。

もはや詳細をしるす余裕がないのでただ大づかみに感想だけをのべるとすれば、著者の評論をとりさばく手つきのキメ細かさにくらべるとき、啄木の詩歌作品をさばく手つきはかならずしも同じでないということである。それは私には理解しかねるほどの一種不思議な荒っぽさに思えた。これらは啄木の評論をあつかった論稿であって、著者の本格的な啄木論をまたずに軽々に云々すべきことではないのかも知れない。しかし、たとえば次のような一節に出あうとき、私は思わずたちどまって考えこまざるをえなかったのである。

「『我々は時々刻々自分の生活（内外の）を豊富にし拡張し、然して常にそれを統一し、徹底し、改善してゆくべきではないでせうか』（同）このような生活者としての啄木が生みえた文学が、短歌であり『呼子と口笛』の詩であり、『時代閉塞の現状』であり『我等の一団と彼』であった。啄木はそこでは断じて感傷的詩人ではなかったし、また幻想的な観念論者でもなかった」。

啄木のあの絶望は、哀傷は、どこへいってしまったのか――。短歌と評論との〝あいだ〟の問題はどうなっているのか。

挑発的に書くことの楽しみは、圭角ある著者もつとにご存知のはずである。

（洋々社　一九八三・六発行）

（一九八四・一〇）

石川啄木の小説

小説家としての啄木は当時の文壇ではむろんのこと、長く文学史家の評価を受けなかったけれども、戦後窪川鶴次郎氏の「作家啄木」がきわめて積極的な評価を押し出してのち、小田切秀雄氏・猪野謙二氏をはじめ、啄木の小説の評価と研究は多く出るようになった。しかし、それらはかならずしも一様ではないしそれぞれに検討の余地もある。以下数編の作品と未完の断片とを通して、小説家啄木の特質と可能性とをあらたに探ってみたい。

啄木が最初の小説「雲は天才である」（生前未発表）に着手したのは明治三十九年（一九〇六）七月であるが、じつはその前月上京し、漱石・藤村などを読む機会をえ、「僕だつて小説を書ける」という自信を土産に帰ったのである。漱石については、「驚くべき文才」に注目したが、藤村については「確かに群を抜いて居る」というのみで曖昧である。しかし「天才ではない。革命の健児ではない」という不満は、『破戒』（上田屋明39・3）の主人公にあると思われ、おそらく漱石に劣らぬ文才をもって、『破戒』の描きえなかった革命健児を描こうというのが、少なくとも前半までの啄木の野心であった。前半の饒舌体が、当然ながら機知縦横の漱石を模して及ばぬお粗末な水準にあることや、登場人物全員が揶揄される「吾輩は猫である」（『ホトトギス』明38・1〜39・8）の世界とはかかわりなく、主人公と味方の女教師・生徒たちが単純素朴に肯定されているなどを気にせぬとすれば、辺地の無能無気力な校長と首席訓導を相手に、生徒を従え革命健児ぶりを発揮する主人公は不思議な活気にあふれていて、むしろ「坊つちやん」(『ホトトギス』明39・4)風な愉しさがある。この明るく無邪気な前半と、落魄の境涯にある天野・石本の登場する暗い感傷的な後半が分裂していて、そのまま啄木自身の二つの「内面の声」である、という猪野説は正しいだろう。ただ作の出来ばえから見れば、前半が後半より格別すぐれているということに、私は啄木の問題を見たいと思う。後半石本の不幸な身の上話になるとぎごちなく単調な説明となり、歯の浮くような会話を交わし、やたら涙にくれる人物たちには、作者の主観が露出するだけで読者の共感はえられない。つまり啄木の小説的才能は、前半のような知的非情緒的な場合において破綻が少ないのである。「人生は長い暗い隧道だ」「脚の下にはヒタ〳〵と、永却の悲痛が流れて居る」という天野の述懐が、啄木のかくれた一面であればこそ、「破戒」の真実に感動し、後半の展開ともなったのであろうが、啄木はついに藤村には学びえなかった。漱石・藤村を打って一丸としようとする二十歳の啄木の野心は、どうやら漱石風において無難であった、というところに早くもその才能の特質が認められる。

短編「赤痢」(『スバル』明42・1)は久保田正文氏によれば青果の「南小泉村」(『新潮』明40・5)「太十と其犬」に優るとも劣らぬ農村小説であり、猪野氏によれば長塚節「土」(『東京朝日新聞』明43・6・13—11・17)、正宗白鳥「牛部屋の臭ひ」(『中央公論』大5・5)、真山青果「南小泉村」と関連する自然主義的農村小説の代表作であるという。しかしこの作が「土」や「南小泉村」に比肩しうる実質をもつとは私には思えない。農村と農民とを見る作者の腰の据え方が違うのである。「我等の一団と彼」「道」に続いてまとまりもよく啄木小説群中の上位をしめる作ではあろう。しかし、それは自然主義的農村小説の代表作としてより、一種の風刺小説の傾向にあるものとしてである。僻地の農村を描いているけれども、寡婦お由と鍛冶屋重兵衛の像がやや明瞭なだけで、ほかの農民たちの生態はほとんど描かれてはいない。農民自体に作者の視線は向かわず興味はむしろ天理教伝導師横川松太郎の愚劣な滑稽譚にある。父が家屋敷を売り払って献納した大会堂のその屋根から滑り落ちて死んで以来、天理教支部長に使われて成人した松太郎は、伝導師にされて東北の一寒村に居つくことになる。生来の臆病と無気力でものの役には立たぬ男であるが、たまたま流行した赤痢でお供え水が飛ぶようにはけるので世の中急に面白くなり、昔新聞に葡萄酒が伝染病にきくとあったのを思いついて信者に供えさせ、水割りのお供え水を与えては残りを頂戴。気嫌よく酔っぱらっておよそ空瓶が十八、九本もたまったころ足元に火がついた。宿の主婦お由が発病して苦しみ出し、天理教坊主のインチキを罵倒しながら悶死する。愕然としてうろたえる松太郎を描いて一編は終わっている。

あらゆる手頼《たより》の綱が一度に切れて了つた様で、暗い暗い、深い深い、底の知れぬ穴の中へ、独りぼつちの魂が石塊《いしころ》の如く落ちてゆく、落ちてゆく。そして、堅く瞑《つぶ》つた両眼からは、涙が滝の如く溢れた。（中略）抑へても溢れる。抑へようともせぬ。噛りついた布団の裏も、枕も、濡れる、濡れる、濡れる。

この寝床の中で泣きに泣く松太郎は、あきらかに作者に笑われているので、無知と迷信のはびこる農村を背景に、臆病で軽薄な一天理教坊主の滑稽が描かれようとしたのである。

ただここにあるのは「雲は天才である」前半に示されたような、明るい嘲笑の精神ではない。寒村に猖獗する赤痢という暗い自然主義風な素材の描写に、作者が歯止めされたかのような印象を与える、どこか遠慮がちな風刺的精神である。啄木は藤岡玉骨から素材を得たとき、「天理教には、多少、共産的な傾向がある。もしこれに社会の新理想を結付けることが出来たら面白からう」と日記に書いた。漠然とではあれ「社会の新理想」というような真面目な思いつきがあったとすれば、松太郎の存在はいよいよ滑稽なはずであって、

「赤痢」はさらに痛烈な風刺小説になりうる可能性があった。けれども現にそうならなかったのは、自然主義主流の文壇でともかく市民権をえようとして焦っていた当時の啄木の無定見にあるだろう。「新しいロマンチシズム」「第二期の自然主義」などという考えがひらめくばかりで、具体的な分析はできず実作上の立場がまったく曖昧なまま、時代の衣裳をまとおうとした作が、焦点のぼけがちなのはやむをえないだろう。「父と子」「喜劇父の杖」などの断片にふれて、啄木にある「一抹の喜劇的精神」に注目したのは荒正人氏である。

断片「無題（田村君が云ふには……）」も「喜劇父の杖」と同内容を田村が語る形式のもので、けっきょく「父と子」のテーマには三つの違った試みが残されており、啄木の並々ならぬ執着を示している。

古い教育を受けた人達は笑はれねばならぬ。同時に又、それらの人達に反抗する子も笑はれねばならぬ。笑つて笑つて此喜劇の幕が下りた時、真の明治の文化が幕を明けなくてはならぬ。明治に於ける最初の真の喜劇は時代の一切を笑ふ事だ。　日記　明43・4・3

ここに「父と子」のテーマは明瞭である。そして「一抹の」というにはあまりに宏大な喜劇的精神への期待がある。現実には片々たる試みを残すに終わった啄木ではあるが、既成の文化の総体を嘲笑しうる、明治で初の真の喜劇を書きあげようともくろんだのである。

啄木は大島経男宛の手紙の中で「一切の文芸は作者の把持する哲学の奴隷」「作者の哲学（プラクチカルな）（生活意識の統計）から人生乃至一時代を見たところの批評の具体的説明でなければならぬ」（明43・1・9）といったけれども、この「批評」としての文芸の観点はすでに「きれぎれに心に浮んだ感じと回想」（明

42・12・1）において、田山花袋批判のキーであった。自己の実作上の立場の曖昧を払拭し自然主義文学を否定する道は、時代と人生に対する批評の確立であると、啄木はようやく信じはじめていた。おそらく啄木の喜劇の発想は、そのまっすぐ延長線上にあったのである。第一作「雲は天才である」に胚胎し、「赤痢」に十分熟しおおせなかったものが、ここに自覚的に方法化される可能性があったといいうるであろう。「道」（『スバル』明43・4）は批評としての文芸から喜劇という明確な発想をうるに至る道筋の、その中間に位置する作である。

つまらぬ事をだら〳〵書いただけだが、然しそれだけの事実によつて、老人と若い者との比（数学で所謂）を表はしたつもりだつた。極く〳〵つまらぬ事実には（事実としては）違ひないが、行く時は老人が先に立ち、帰りには若い者が先に立つ。後からゆく若い者は老人達を笑ひ、後になつた老人達は若い者を追ひ越さんとして近道をとる、（ところが途中の橋はもう落てゐて駄目だつた！）さうして第一の老人は自余の皆に頼んで待つて貰つて糞をたれる………それだけさ、ハ、、、。

宮崎郁雨宛　明43・4・12

古い世代と新しい世代を対照し、若い世代の優越を示して古い世代の無能醜態を嘲笑しようとした意図があきらかである。が啄木はこの作の手法を「徹底的象徴主義（？）」という確信のない呼び方をしていて、乗り気のしない作だったとも述べている。新旧世代の対比という批評的イデーを、いかなる形式で表現するかという課題に、確かに啄木は直面していたのである。「象徴」という言葉もその模索過程から出たものに違いない。現存する作は、新旧世代の対比のイデーを象徴の図式で示す露骨さは感じられず、東北僻村の平凡な教師生活のリアリティに、啄木の小説技術の格段の進歩を認めうる作である。しかしそれだけに、意図したテーマの押し出しかたにあと一歩すっきりしない印象を残している。

「道」における世代対立のテーマを練り直し、喜劇の発想によって成功させ、完成しようとしたのが「父と子」の構想であった。喜劇となることにより、若者への楽天的肯定がそのまま老人への侮蔑に連なっていた「道」の甘さが克服され、新旧の双方の世代を笑わねばならぬという、徹底した風刺の観点に到達したのである。「僕は威張るんぢやないが、これは日本に於ける最初の真の喜劇だ」(宮崎宛)という自負に啄木はひとり興奮したのである。しかし、現実には三つの断片を残すに終わったのはいったいなぜであろうか。

「不穏」という断片にこんな一節がある。

何処といふ目的《あて》、何といふ目的はないが、何処かへ行つて暫時でも自分といふものを紛らさなくては、暗くさびしい心の中で企てられる辛い企てが、刻一刻危険な方へ向いて行くやうに感じられて、少しの暇もじつとしてはゐられなかつた。見たくもない菊も見た。入りたくもない活動写真にも入つた。(中略)時々、物を探し求める眼を自分に向けて、私は私の心の状態《ありさま》を眺めた。其処には暗くさびしく涯のない野のやうな景色が、何も待つことのないやうに唯静かに横《よこた》はつてゐた。

この主人公の「辛い企て」が自殺を意味するのは間違いないだろう。彼はしんから疲労し、ふと飢えを覚え、ある安洋食の店に入るのであるが、その洋食屋の内部が意外にも喜劇「父と子」の舞台と寸分違わないのである。当時の啄木は毎日夕方発熱し、社から帰ってアンチピリンを飲んで一晩汗を取り、翌朝卵で元気をつけて無理に出勤するという日が続いていた。「僕は顔色はあまり可くないといふ事だが、頭はいつも水の如く澄んでゐる。殆んど無限に元気がある。僕は天下にこの元気一つを神と頼んで死ぬまで奮戦する」（宮崎宛）と書いている。啄木の喜劇の精神とはじつにこの「水の如く澄んでゐる」頭の「無限の元気」に支えられていたのである。そして一方の「あまり可くない」顔色に潜在したものを「不穏」の主人公が代弁している、と私には思われる。そして一方の「暗い穴の中へ」には「心の底から盲滅法な力が湧いて来るやうに思はれ」「体を弾丸《たま》にして何処ぞへ突き抜けて了はうとする」ようなほとんど破滅に通じる危機的なまでの生命の燃焼が語られるとともに、その燃焼の極点からの陥没の恐ろしい絶望が語られている。「死ぬと覚悟した人の心持になるより外に、心を落付けて眠るべき寝床が、何処にも見出されな」い奈落の意識は、「不穏」のそれに通じている。喜劇を構想した同じ舞台へ、しいて「不穏」の主人公を登場させた啄木の、その絶望的な敗北感を思うべきであろう。こうして啄木の喜劇の発想はとぎれている。

——僕は今見つめてゐる。僕はもう僕の運命なり、境遇なり、社会の状態なり、乃至は僕自身の性格なりに対して反抗する気力を無くした。長い間の戦ひではあつたが、まだ勝敗のつかぬうちに僕はもう無条件で撤兵して了つた。そして今、検事のやうな冷やかな眼で以て「運命」の面を熟視してゐる。

岩崎正宛　明43・6・13

「元気一つを神と頼んで」奮戦するといった戦意をことごとく喪失したかわりに、啄木はいま諦観に近い冷静な眼で現実を見つめようとする。戦闘的な喜劇の精神は「透徹した理性」による運命の「熟視」へ沈潜しようとする。啄木には自分がついに「戦ひを好む弱者」にすぎぬという自覚が痛切であった。晩年の傑作「我等の一団と彼」（生前未発表、「読売新聞」大1・8・29—9・27）はちょうどこの時期に書かれたものである。

「戦ひを好む弱者」の唯一の武器が「透徹した理性」以外にないという自覚において、「熟視」の視線が安定し、この作は未完ながらに一応成功した。

「僕は極めて利己的な怠け者だ」とうそぶく作中の高橋が、じつはもっとも熟視する人であり、当時の啄木内面を大きく投影している。亀山はいわば「戦ひを好む」一面の分身といえようか。「雲は天才である」前半の快活な主人公と後半の沈痛な天野との対照は、四年の歳月をけみしここに亀山・高橋の対照に成長したといえなくもない。啄木の四年間の生活と思想の重量が人物の生彩ある描写を若い代用教員から中年の記者へとまったく逆転させたのである。この作を称賛している小島信夫氏の指摘どおり、たしかに男ばかりの会話と議論によって進行する作品の形式が啄木にあっていたということができる。それにしても、こうした挫折感を背負う中年男の虚無的で不思議な魅力を、二十五歳でかなりに描きえたのは相当な才である。独歩三十一歳の作である「牛肉と馬鈴薯」（「小天地」明34・11）がこれに似た形式の先行作品であるけれども、その主人公岡本に比べても、啄木の描いた高橋のほうが複雑であり老成していて、二つの作の間にある一〇年の歴史的経過を十分感じさせる。「我等の一団と彼」はそうした時代的現実の刻印を明瞭にきざんだ作であると私には思われる。

啄木は自身でこの作が「現代の主潮」を写した、という自信をもっていた。とすれば高橋に投影されたものは一個人の自覚を越える背景をもつはずである。啄木の創作過程を考える場合、高橋には、二、三モデルがあったと見るほうが自然である。挿話への興味の持ち方にそれが感じられる。ただ二葉亭の面影を想定する説（窪川・小田切）があるけれども、高橋のようなタイプを啄木における二葉亭受容のかたちとみるのは疑問である。むしろ二葉亭に関係があるとすれば、啄木は二葉亭の方法にこそ注目したのではなかったか。

「誰か余所であつた人とか、自分の予て知つてる者とかの中で、稍自分のもつてゐる抽象的観念の脈に通ふやうな人があるものだ、するとその人を土台にしてタイプを仕上げる」この方法こそ「現代の主潮」という「抽象的観念」を抱いていた啄木に納得のいく道筋だったに違いない。そして「現代の主潮」なるものが当時の社会主義運動の「衰頽の気運」ではなかったか、というのが私のひそかな推定である。

啄木には「小説『墓場』に現れたる著者木下氏の思想と平民社一派の消息」という一文がある。渋民時代以来啄木は木下尚江の小説を第一作からほとんど読んでいた形跡があり、この一文は『乞食』(昭文堂　明41・7)『労働』(同上　明42・6、)などにも言及して一貫した関心を示しているが、おもに平民社解散以後の社会主義運動衰頽の気運の必然を分析し、そこにおける尚江のキリスト教社会主義者としての煩悶と失意とを究明している。啄木の「現代の主潮」の把握にとって、『墓場』(同上　明41・12)その他に示された尚江の転向後のイメージが、重要な暗示を与えたように私には思われる。「我等の一団と彼」における時代の刻印とは、啄木のこうした情況への鋭感を意味している。

啄木の主な小説には他に「鳥影」(「毎日新聞」明41・11~12)がある。これは窪川氏による「本格的な骨組をもったロマンの『雛型』」「社会性の明確な批判的リアリズムの精神の、まつたく稀な、それゆえに孤立的な達成」という高い評価により周知の作である。しかし、これは啄木自身が「ノヴェルでなくストーリー」だというとおり、天外や風葉を意識したらしい、新聞小説の通俗性を否定できない作である。むしろ「農村の美しく穏やかな風物のなかに展開された恋物語」(今井泰子氏)と見るほうが妥当であろう。たとえばモデルの部落の資産家だった秋浜家のナヲが、重い借財と家族をかかえ「生活の為随分何人もの男と関係していた」(今井氏の調査)と噂されるような暗たんたる現実には立ち入らず、ただ貧しくものがたい女に写されているという一例によっても、この作の底の浅さが知れるだろう。作中、吉野が「僕は苦しくつて怺《たま》らなくなると何時でも田舎へ逃げ出すんです」と告白しているように、「鳥影」の世界は「批判的リアリズム」などではなく、一種甘美な啄木の望郷歌というにふさわしい。短編「天鵞絨《ビロード》」（明41・5）がいわば同系の作で、二人の家出娘がけっきょくあっさり帰村する話のものたりぬ甘さにも、ただ遠い故郷の風物と人間たちを軽妙に描くことに、逃避的な安息をえている啄木を見いだすことができるだろう。

「故郷の人間は常に予の敵である」と「渋民日記」には書いていた啄木である。父の復職や自身の小学校赴任問題で村人たちとの間に起きた確執は「狂へる如き」憎悪をかきたてたはずであるが、そういう暗く生々しい農村の実態を追求するかわり、啄木はかえって望郷の抒情に包んでいる。「島田君の書簡」「赤インク」その他数々の断片から、啄木がローマ字日記時代の惨憺たる自己を描こうとして果たさなかったことを知りうるけれども、自己のみならず痛ましい妻も母も、その両者の争いも啄木は描かなかった。その最も自然主義文学的な素材はわずかに短歌において叙情的詠嘆的に表現されたにとどまる。

第一作「雲は天才である」から「赤痢」「道」へという系譜に明らかなとおり、啄木の小説的才能は風刺的批評的であることにおいて生動する知的な特質をそなえている。その批評としての文芸の主張は自己の資質に根ざした必然の主張であったといえよう。それの最もラディカルな形式を啄木は喜劇に求めた。喜劇への期待は壮大なものであったにかかわらず片々たる試作が残されたにすぎない。したがって啄木の喜劇的才能は未知数だといえるけれども、自然主義克服をめざし文芸に攻撃的批評力を求めて喜劇に到達している啄木の独自な道筋は確認される必要があるだろう。

やがて運命を熟視する以外にない敗者の自覚において代表作「我等の一団と彼」が書かれた。それは明治末年の情況を領略しえた思想小説として成功したが、また啄木の知的な資質に合った議論形式も幸いしている。当時に稀なその思想小説としての達成が、しかし、たとえば妻を家出に追いやるような整理のつかぬ日常現実とは一応別個の思索であるということに、小説家啄木の問題は残されている。生地の寒村の実態や惨たる家族の実情を、つまり最も生身の痛む現実を冷厳に剔抉するのではなしに、抒情と詠嘆に包みながら、一方で時代の総体と取り組む喜劇や思想小説を構想することに、なお問題は残されている。

啄木が克服をめざした自然主義文学は、その生身の痛む現実の泥沼をこそ正念場にしていたのである。「時代に没頭してゐては時代を批評する事が出来ない。私の文学に求むる所は批評である」（「時代閉塞の現状」）という自然主義への最終的な訣別が、それとして明快正当であるにもかかわらず、その意味でいささか空虚に響くのも致しかたない。もし啄木が自己の批評的知性と抒情への分裂についてよく自覚し、「我等の一団と彼」が諦観に近い熟視という、むしろ自然主義的態度において成果を収めたことをよく自覚しえたならば、その自然主義批判はさらに別なかたちになるはずであり、代表作が中絶をまぬかれる道もそこに開けたのではないかと私には思われる。

（一九七四・五）

小説家として世に立とうとした啄木が、釧路から上京して最初に書いたのが「菊池君」（未完・生前未発表）である。大逆事件発覚のすぐ前に書かれ、啄木最後の小説となった「我等の一団と彼」（生前未発表、「読売新聞」大1・8・29—9・27）も、「菊池君」同様新聞記者を扱った小説である。この始めと終りの小説の主人公、その取扱い方をくらべてみる時、明治四一年（一九〇八）五月から、四三年（一九一〇）五月にいたるわずか二ヵ年をけみした啄木の、驚くべき老成ぶりに目をみはるのは私だけではなかろうと思う。「菊池君」は「私」という人物を視点にして、菊池君なる特異な人物の面白さを描こうとしたものらしい。

辺地に放浪生活を送る、一種豪傑肌の落魄したインテリである菊池君が、徐々に相貌をあらわしてくる、その出現のしかたそれ自体は、「我等の一団と彼」の主人公高橋のそれとも匹敵して、巧みであるともいえるけれども、それが序の口にとどまったまま、啄木自身と思われる「私」の身辺の些事に、筆がむやみについやされてしまっている。「我等の一団と彼」の「私」が、主人公を浮き出させる役まわりの人物としておさえられ、作品のバランスを崩すことがないのと対照的である。どこか「馬賊の首領」を思わせるという菊池君と高橋とでは、人物像にも格段のひらきがあり、高橋ははるかに複雑な陰影と老成した思念とをもつ人物である。

彼は孤独を愛する男だつた。長い間不遇の境地に闘つて来た人といふ趣きが何処かにあつた。彼は路を歩くにも一人の方を好んだ。そして、無論余り人を訪問する方ではなかつた。が、時とすると、二晩も、三晩も続けて訪ねて来ることもあつた。さういふ時彼は何か知ら求めてゐた。たゞ其の何であるかが我々に解らぬ場合が多かつた。

人が何か言ふと、結末《しまひ》になつて、ひよいと口を入れて、それを転覆《ひつくら》かへして了ふやうな、反対な批評をする傾向があつた。其の癖、それが必ずしも彼の本心でないやうな場合が多かつた。

一見平凡なベテラン記者の高橋は、こうした奥行きを示す人物である。作品はこのある測りがたさのある人物の正体を、徐々に明らかにする面白さで展開してゆく。こういう知的な展開とともに、男性だけの会話を巧みにつないで思想内容を述べてゆく形式は、啄木の知性的な資質によく合っていて、思想小説としてこの作を成功させた一因でもある。

ところで、高橋が個と個の衝突に時代のジレンマをみて、近代のエゴイズムのおちいる孤独地獄の苦痛を語るくだりなどは、ちょっと漱石「行人」（「東京、大阪朝日新聞」大1・12・6―大2・11・15）の一郎を想い起させるところがある。彼は「利己的感情」を「修行」によって克服していく道があるのではないかと考えるが、しかし、それは一郎の脳裏にあった宗教的な自己鍛練を意味する修行ではなく、一般的な精神的努力を意味するようである。宗教的超克という極限の発想に向わない高橋には、一郎に無かった「時代の推移」という歴史感覚がはたらいている。「僕等が死んで、僕等の子供が死んで、僕等の孫の時代になつて、それも大分年を取つた頃に初めて実現される奴」という社会変革の展望をもつという意味で、高橋はあきらかに一郎と世代を異にした新しいタイプである。

しかしながら、彼は「仮令《たとひ》それが実現されたところで、僕一個人に取つては何の増減も無いんだ」と述べるような男でもある。こうした言い方のなかには、客観的体系的思惟と対立する実存的心情の芽生えがある、といちおういえるかもしれない。しかし、高橋はそれにしてもある敗北の影を色濃くひきずっている人物である。

「僕はただ僕自身を見限《みかぎ》つてゐるだけだ」「僕は極めて利己的な怠け者だよ」などという彼は、自分の一生が次の時代の犠牲になるのはいやだから、誰よりも平凡に暮らして平凡に死ぬと語るのであるが、そこには何か自棄的ないらだちがかくされている。


高橋は、言つて了ふと、「はは。」と短い乾いた笑ひを洩らして、両膝を抱いて、髯の跡の青い顋《あご》を突き出して、天井を仰いだ。其の顋と、人並外れて大きく見える喉仏とを私は黙つて見つめてゐた。喉仏は二度ばかり上つたり、下つたりした。私は対手の心の、静かにしてゐるに拘はらず、余程いらいらしてゐることをそれとなく感じた。

「私」の素朴な理想主義や実行的情熱の空想性を笑う、その高橋の「冷たい心」の内側へ、更に踏みこもうとする「私」は、高橋の巧みな自己韜晦に会う。「僕が何んな男だかは、僕にも解らない」などといいだす高橋である。が、我々日本人の将来をいったいどうしようというのだ、と問いつめる「私」に答えて、「夢は一人で見るもんだよ」といいながら、「俄かに、これから何か非常に急がしい用でも控へてるやうな顔」をするのである。このあたり鮮やかに、ある挫折を秘めた中年の男の相貌が捉えられている。

ところで、高橋の暗い体験がただ思想的なものにとどまらなかったところにも、彼の人となりの奥深さがあったのである。実は高橋の美しい細君は隣室の学生と問題をおこしたことがあった、とのちに「私」は知ることになる。「我々男は、口では婦人の覚醒とか、何とか言ふけれども、誰だつてそんなに成ることを希望してゐやせんよ」というようななげやりな現実主義や、夫婦は「生活の方便」、尻に敷かれる方が差引勘定得、といった冷笑や打算は、おそらく愛する女に裏切られた男のにがい自嘲をふくんでいる。

人間の情念のうちでもっとも純粋なはずの変革と恋愛の夢に、ともに破れ去った高橋には現実を見つめて耐える、「冷い心」が残っている。「私」が高橋の見ている世の中の広さと深さに、「年齢の相違ばかりではない」ものがあると感じはじめるのは当然である。しかし、松永という志なかばで死の運命を迎えた不遇の青年画家に、高橋がなぜ異常なほどの親切をつくすのか、その真意を理解しかねる位置に、「私」はまだ立っている。

この未完の作の末尾に近く、休暇をとって活動写真を見にいっていた高橋は、そこが「批評の無い場処」

であるばかりでなく、「自分にも批評なんぞする余裕が無くなる」からいいのだといい、そういう「活動写真を見てるやうな気持で一生を送りたいと思ふ」と述べている。近代という時代のジレンマと、そこに組みこまれた無力な自己のジレンマとを、「冷い心」で熟視し、それに耐えてゆく以外にない、意識の戦いに疲れた一知識人の、それは重い苦しみの表白であろう。「硝子窓」（「新小説」明43・6）に次のような一節がある。

「願はくば一生、物を言つたり考へたりする暇もなく、朝から晩まで働きづめに働いて、そしてバタリと死にたいものだ。」斯ういふ事を何度私は電車の中で考へたか知れない。

高橋における意識の疲労は、あきらかに当時の啄木自身のそれと重ねあわされていたのである。浪漫的傾向のある「菊池君」から、「我等の一団と彼」の高橋にいたる飛躍的成長の背後にあるものは、おそらく作者自身における根本的な覚醒の体験であろう。小説家となるべく勇躍上京したが、小説は全く売れず、文学的野心を砕かれるとともに、自活の道をとざされた啄木が、いかに大きな苦痛と動揺とを味ったかは、彼が再三自殺の誘惑にかられていたことからも明らかである。しかし、北海道に残した家族を含めて、当面の生活の破綻が友人達の援助で糊塗されていた間は、啄木がくぐったはずの奈落の体験は、どこか紙一重をへだてていた模様である。啄木が真の意味で、ある終焉を自覚したのは、一家上京後まもなく妻節子の家出を経験した時であろう。「弓町より（副題食ふべき詩）」（「東京毎日新聞」明42・11・30、12・2—7）「きれぎれに心に浮んだ感じと回想」（『スバル』明42・12）など一連の評論を一見するだけで、啄木の終焉と覚醒は明瞭である。しかしながら、啄木にはやがて行きづまる時がきた。それがまた、飛躍的成長を一層深めた体験であったのであるが。

身心両面の生活の統一と徹底！　これが僕のモットーだつた、僕はその為に努めた、随分勤勉に努めた、そして遂に、今日の我等の人生に於て、生活を真に統一せんとすると、其結果は却つて生活の破壊になるといふ事を発見した、

宮崎大四郎宛　明43・3・13

僕は今見つめてゐる。僕はもう僕の運命なり、境遇なり、社会の状態なり、乃至は僕自身の性格なりに対して反抗する気力を無くした。長い間の戦ひではあつたが、まだ勝敗のつかぬうちに僕はもう無条件で撤兵して了つた。

岩崎正宛　明43・6・13

かくて「性急な思想」(「東京毎日新聞」明43・2・13—2・15)の高揚した論調は「硝子窓」へと暗転しなければならなかった。

こうした自身の深刻な変貌と挫折の体験をぬきに、二五歳の青年に中年の男のもつ不思議な奥行きを捉えることはできなかったであろう。啄木はこの小説を「現代の主潮」を描いたもの、とひそかに自負していたけれども、それは真剣に生きた自己の総体を、主人公に大きく投影することにおいてはじめていいえた言葉であったと思う。[*1] そして、そのことによってまさに、明治末年の時代閉塞の現実をよく領略しえたのであって、「我等の一団と彼」が思想小説として、当時に稀な価値を有する所以である。

「それから」(明42・6—10)の代助、「何処へ」(明41・1—4)の健次は、ともに高橋と同時代を呼吸する知識人である。彼等の当面する思想的課題[*2]という一点で相互に比較してみれば、啄木の先駆的な位置はおのずから明瞭である。しかも、漱石がじき三〇歳になる代助を描いたのが四二歳の時であり、二七歳の健次を描

いた白鳥が三〇歳であったことを思えば、三一、二歳のはずの高橋をこれだけ描けた二五歳の啄木が、小説家としての才能を疑われる理由はないと考えられる。

＊1　高橋には同時にモデル問題からのアプローチも可能であるが、本稿では啄木の自己投影の側面に言及した。

＊2　しかし妻を家出に追いやるような惨たる日常現実の剔抉を一応離れた思索であるところに、自然主義批判と関連する啄木の問題点はなお残される。

（一九七五・一〇）

啄木のナショナリズム

幸徳秋水らの特別裁判のあった明治四十四年（一九一一）一月十八日、啄木は次のような一節を日記にしるしている。

今日程予の頭の昂奮してゐた日はなかつた。さうして今日程昂奮の後の疲労を感じた日はなかつた。二時半過ぎた頃でもあつたらうか。「二人だけ生きる〳〵」「あとは皆死刑だ」「あゝ二十四人！」さういふ声が耳に入つた。（中略）予はそのまゝ何も考へなかつた。たゞすぐ家へ帰つて寝たいと思つた。（中略）「日本はダメだ」。そんな事を漠然と考へ乍ら丸谷君を訪ねて十時頃まで話した。

いわゆる大逆事件の死刑宣告をまざまざと知ったその時、啄木の胸中にひろがったのは、日本はダメだ、という思いなのであった。

すでに前年明治四十三年（一九一〇）八月、啄木は「時代閉塞の現状」を書いて、国家＝強権を敵とみなし、時代の「明日」を考察する必要を説いている。その強権の残虐な暴力を目の前にした時、啄木をおそったのは、強権にたいする憎悪や憤怒であるよりも何よりも、「日本はダメだ」という絶望感であった。

周知のように、啄木は永井荷風にたいして強い反感をいだいていた。たとえば「百回通信」（「岩手日報」明

42・10・5―11・21）のなかで、荷風の「新帰朝者の日記」（『中央公論』明42・10）を読んださいの、非常な失望と厭悪の情とを表明している。「浅層軽薄」な「非愛国者の徒」に加担するあたわずとなじり、「現在の日本を愛する能はざる者は、また更に一層真に日本を愛する者ならざる可らず」と述べたのである。啄木の荷風理解が、はたして充分であるか否かはいまおくとして、「日本はダメだ」というさきの絶望感は、このようなナショナルな心情の延長上にあるのではないか、ということがいちおう考えられる。

近年の啄木研究の傾向は、荷風批判のなかに啄木の深い「祖国愛」（石母田正）[*1]を読みとるような、かつての見解に比較的冷淡である。またさきの荷風批判が、ハルビンに倒れた伊藤博文の霊にたいする啄木の熱烈な哀悼文ときびすを接して書かれている、という事実をあまり問題としたがらない。啄木晩年の思想的転向の問題、いわゆる「社会主義的国家主義（帝国主義）」というやっかいな問題にもかかわることであるが、啄木におけるナショナルなものの検討は、軽視、または回避されているふうがある。

しかし、啄木が「国家」への関心をいだいた、当時にまれな文学者であった理由は、そのナショナリズムの構造を正視することなしに解明することはできないのではないか。先駆的とみなされる反強権の思想も、それとの関連において検討しないでは、トオタルな把握にいたることはできないと思われる。

第二次大戦下のウルトラ・ナショナリズムの暗い記憶によって、本来のナショナリズムのもつ意義が正当に評価されていない、という問題提起は、実は戦後早くからなされている。[*2]

「マルクス主義者を含めて近代主義者たちは、血ぬられた民族主義をよけて通った。自分を被害者と規定し、ナショナリズムのウルトラ化を自己の責任外の出来事とした」[*3]（竹内好）というきびしい知識人追求の言葉は、おそらくその問題提起の意味を、もっとも鋭く鮮明にしたものであろう。そして、ナショナリズムとインターナショナリズムの接点を自覚的に捉えることに、現在もなおいぜんとして成功していないという反省は、一層つよまっている。[*4]

そのようなことを念頭におきながら、啄木におけるナショナルなものの相貌をさぐってみようというのが、小稿のこころみである。

明治三十七年（一九〇四）日露開戦の時、啄木は『明星』派の新進詩人として出発したばかりの、ようやく十九歳の青年であった。郷里渋民村にあって、騒然たる当時の世相を眺めながらその心境を次のようにしるしている。

戦の一語は我らに取りて実に天籟の如く鳴りひゞき候。急電直下して民心怒涛の如し。（中略）そこの辻、こゝの軒端には、農人眉をあげて胸を張り、氷を踏みならし、相賀して hey! ho! の野語勇ましくも語る。酔漢樽をひっさげてザールの首級に擬し、村児群呼して「万歳」の土音雷の如し。愛す可き哉、嘉すべき哉。日東詩美の国、かくの如くして未だ滔天の覇気死せざる也。小生は、あらゆる不平を葬り去りて、この無邪気なる愛国の民と共に軍歌を唱へんと存じ候。（中略）小生は近く「愛国の詩」を賦して、唱へんとして歌なき民衆にそなへんと存じ候。我は何故にかく激したるか。知らず。たゞ血は沸るなり。眼は燃ゆる也。快哉。

野村長一宛　明37・2・10

「農人」の描写には気どった文学的粉飾が感じられるけれども、戦争そのものにたいしては、まさに無邪気な欣喜雀躍ぶりをうかがうことができる。のちの「時代閉塞の現状」において、手きびしく批判することになる魚住折蘆が、当時ためらわず非戦論にたち、微兵忌避の方法について、深刻に思いめぐらしていたのとは大きな相違である。啄木は怒涛の如き「民心」とともに揺れ、「愛国の民」に和して「愛国の詩」を唱えようと勇んでいる。啄木のなかにおのずから湧きおこったこの愛国の情に関して、まず啄木自身の解析によってみることにしよう。

国家若しくは民族に対する愛も、世の道学先生の言ふが如き没理想的消極的理窟的の者には無之《これなく》、実に同一生命の発達に於ける親和協同の血族的因縁に始まり、最後の大調和の理想に対する精進の観念に終る所の、人間凡通の本然性情に外ならず候　「岩手日報」「渋民村より」明37・4・28—5・1

啄木にとって愛国の情は人間「本然」の性情としてまったく疑われることがない。それは、「同一生命」の血族集団である民族の自然だからであるという。啄木は民族というものの原生的な共同意識をうけいれている、といえる。そしてここでは、民族と国家とがほとんどまったく同一視されているのが特徴的である。「理想に対する精進の観念」というような表現に、民族の社会的契機にたいする関心はみえるものの、国家が民族と区別される契機はほとんどない。

民族と国家とが同一視されているばかりではない。啄木個人と日本国家との生長発育が、しばしば重ねられている。たとえば、日本が一等国になったということは「国が成人して大人並に交際《つきあひ》が出来る様になるといふ事である。すると、明治廿八年に僅か十歳の小児であつた予も、今二十一歳で、大抵の世の中の人と先づ話だけは対等に出来る様になつて居る。畢竟《つまり》予も亦人間同志の社会で、一等国になつたのだ」（「林中書」明40・3・1）というわけで、「日本君」という親愛の情をこめた呼びかけさえなされている。自己の生長と、上昇期にある国家＝民族の運命とを、素朴に重ねあわせた共同意識である。啄木が「民族的膨脹力」（「古酒新酒」明39・1）という観念をすなおに肯定できるのは、成長期の自己のエネルギーを、国家＝民族のそれと親しく重ね合せている結果であろう。国家＝民族を自己と重ねる啄木の意識は同時に強いエリート意識と結びあっている。最初に引用した書簡文のなかに、「野語」「土音」という言葉で民衆の声をあらわしているのは、あきらかな愚民意識であり、したがって自己のエリート意識である。そして、エリート意識はおのずから天才主義につながる。「大和民族」を代表すべき、「天才的一大人格者」（「古酒新酒」）の出現を仰望する、という主張がおこなわれている。

啄木は日露戦争を「正義の為、文明の為、平和の為、終局の理想の為」の戦争だと考えていた。けれども日本の文明がロシアに勝ったのではなく、ただ日本の兵隊がロシアに勝ったにすぎない、と痛切に考えていた。軍事においてと同等の勝利を「民族競争場裡」において獲得するためには、民族を代表する大天才が必要なのである。明治絶対主義国家の帝国主義戦争を全面的に肯定していた当時の啄木のなかに、多少とも戦争に批判的な萌芽をさがし出すとしたら、こうした文明観の側面からであろう。啄木は次のような考えかたをする。

日本は立憲国でロシア人に較べて多くの自由をあたえられているにかかわらず、その自由と権利とを尊んでいない。日本人にあたえられている一切の自由よりも「一切の不自由の中に居て真の自由を絶叫した朴翁の一老軀」のほうが尊く、はなやかな明治の文物よりも「浮浪者上りの幾度となく監獄の門をくぐつた、肺病患者のゴルキイ」のほうが、真の文明のために、はるかにはるかに尊いのだと。

つまり、ロシアは真の文明を代表すべき天才を所有しているという意味で、日本にはるかに優位するということになる。戦争に勝った国の文明が、敗けた国の文明に敗けていはしないか、という焦慮が天才主義者啄木の当時の愛国的情熱なのであった。こうして「今の日本」を「哀れなる日本」だと認識しなければならなかった啄木は、資本主義興隆期の近代日本の運命に、親身な共同感をいだいていたきわめてヒロイックな明治青年であった。

その時代の「平民新聞」が社説のなかで、「将師頻に捷を奏するも、国民は為めに一粒の米を増せるに非ざる也、武威四方に輝くも国民は為めに一領の衣を得たるに非ざる也」(「嗚呼増税」明37・3・27)と断じたような日本帝国の現実は、啄木にはまだみえてこなかった。

この頃の啄木のナショナリズムは、民族の血族的な共同意識が、国家の実体と融化し、エリート意識と結んでできあがった、一種の国家主義的ナショナリズムとでもいえようか。明治専制国家の体制が根本的に疑われることはまったくなかったのである。

明治四十二年(一九〇九)十一月、荷風の「新帰朝者の日記」にたいする非難をのせた、同じ「百回通信」のなかで、啄木は「新日本の経営」に献身した「偉大なる」伊藤博文の死をおしみ、深い哀悼の意をあらわしている。

偉大なる政治家偉大なる心臓——六十有九年の間、寸時の暇もなく新日本の経営と東洋の平和の為に勇ましき鼓動を続け来りたる偉大なる心臓は、今や忽然として、異域の初雪の朝、其活動を永遠に止めたり。(中略)公今や亡焉《なし》。吾人は茲に事新しく公の功労を数ふる程に公を軽視する能はず。公を知らざる者は日本人に非ず。

明治の日本の今日あるは、伊藤公に負うところ最大である、という賛嘆をおしまない。これは伊藤遭難の日の翌日、「岩手日報」に書きおくったものであるが、次の回もその次の回も、同じ記事が書きつがれており、啄木の感動のなみなみでなかったことが明瞭である。以下のような哀悼歌もみられる。

いにしへの彼《か》の外国《とつくに》の大王の如くに君のたふれたるかな

火の山の火吐かずなれるその夜のさびしさよりもさびしかりけり

王者のごとき為政者英雄にたいする、手ばなしの傾倒であり哀惜である。ドイツの建国はビスマルクの「鉄血政略」によるものであるが、新日本の規模は伊藤の「真情」によって作られた、と啄木は解釈する。「陛下は何としても有難い。だから俺は死ぬ迄身命を捧げるのだ…」と伊藤がいったという、その理屈でも議論でもない「真情」、清廉な人格によって明治の日本は今日ある、と啄木は考えている。王者の風ある英傑であって、同時に天皇個人の忠僕というイメージ。ここに、明治政府の帝国主義政策推進者という観点もなければ、むろん天皇制絶対主義国家というような構造的理解があるはずもない。「国民的英雄」にたいするきわめてナイーヴな心情的把握があるだけである。国家＝民族が天才主義と結びあっているパターンはここにもあるといえよう。

同じ「百回通信」において、日米両国間の満州をめぐる対立にふれた啄木は、日本政府の口先だけの平和親善外交のゴマカシを非難している。むしろアメリカからの「抗議の飽迄強硬ならん事を願ふ。世界を挙げて終局なき戦ひを闘ふ日の一日も早く来らん事を願ふ」という物騒な発言をしている。国家＝民族の興隆発展を願うことにおいて、侵略政策と帝国主義戦争の擁護が平然となされている、ということになろう。日露戦争の時からすでに五年余をへている啄木であるが、さきの伊藤博文といいこうした発言といい、啄木の一種の国家主義的ナショナリズムに大きな変化が生じたとは考えにくい。

「一国若《も》しくは両国が其現在の国力及び其国力から生れる欲望によりよく満足を与へるところの平和を獲《う》ると言ふ事」（「文学と政治」「東京毎日新聞」明42・12・19、21）それが戦争の目的である、と啄木は述べている。正義と理想のため、平和と文明のための戦争という、かつての戦争美化論よりも、かなりリアルな観点が生じているわけであるが、しかし「国力」とは何か、「国力から生れる欲望」の本質とは何かを問いただす契機はない。

しかし、「国力から生れる欲望」が他民族を圧迫する、または侵略するという現実に当時の啄木は気づいたことがないのであろうか。「気がついていないか、または気がつきながらそれを承認していた」[*5]というのではあまり曖昧である。私のみるところ啄木はどうやらそれに気づかなかった。

啄木は「虚報」というものの生ずる動機に、故意の場合と、一人ないし数人の「特殊の心理状態」から「偶然の想像が事実の如く伝播する」場合の二つあるといい、伊藤博文没後の韓国事情をその後者の場合の好例として次のように説明しているからである。

今回伊藤公歿後、日韓の関係を闡明《せんめい》したる韓皇の詔勅が、韓民間にこれ日本の圧迫の結果なりとの訛《くわ》伝《でん》を生じたるもそれにて、伊藤公の凶死によりて生ずる日韓関係の変動に対する危惧、即ち韓人の特殊なる心理状態と、かの詔勅と結び付いて生じたる想像に御座候。

「百回通信」二十一

ここには明治国家の対外政策のために韓国民族が何らかの犠牲をしいられているという考え方はみぢんもない。不思議なほどに無垢な楽観的な日本帝国への信頼である。「国力から生ずる欲望」の黒い影はどうやらみえていないのである。引例ははぶくけれども、清国に対する啄木の態度も同様なものである。

啄木の憂慮は、他民族よりもむしろ、日本民族それ自身に関している。たとえば、米国は日本と談判を開始するに先だち「清国解放に賛成せる列強多数」(傍点筆者)の同意をえようと画策しているが、それら列強多数のなかで日本があたかも「成上りの新華族」のような有様であることが、啄木の心痛の種である。

> 金は無し、家の普請、庭の手入、それ相応に格式を張つて行かねばならぬところに、他から見えぬ気兼遣繰ある事にて、年中心配の絶間なく候。小生は日本人の一等国呼ばはりを聞く事に冷々致候。(中略)小生は二十歳にて結婚し、現在既に三歳になる子供あり。彼是《かれこれ》思ひ合せて、日本に同情するを禁じ得ず候。
>
> 「百回通信」八

しみじみした調子で新興日本の運命と自己の生涯とをひきくらべている。

明治四十二年(一九〇九)の十月初め、ゆきつまった生活と病苦にたえかねた啄木の妻が、家出するという事件がおきている。この事件が啄木の精神に深甚の打撃をあたえたことは周知であって、以後啄木の生活態度は大きく変化し、一家の責任を負って涙ぐましいほどの勉励がはじまったのである。右の文章がちょうど妻節子家出事件のただなかの不安焦燥のなかで書かれたことを思えば「若い日本」の遺繰への啄木の「同情」は、身につまされる真実であったと思われる。

政府提出の「工場法案」に関する当時の啄木の批評文（「百回通信」二十五）を読めば、その思考の輪廓はさらに明瞭となる。つまり、十年の歳月を費した政府調査の集約としては、「大山鳴動して鼯鼠出づる」の感があるが、当局の「誠意」は充分認められる。ただ将来発生すべきもっとも重要な問題——労働者失業問題を閑却し、「危険を保留」したにひとしい。これは労働者のためにいうのではなく「実に帝国の安寧の為」にいうのである、というのが啄木の見解である。

失業問題の重要性はあえて、「経済学者ワグネルの言」をまつまでもなく、啄木自身のにがい生活体験に裏うちされた実感であったろう。にもかかわらず、啄木は労働者の立場に立つのではなく、国家秩序維持の立場から発言している。啄木にとっては、「若い日本」の遺繰が第一義であって、しかもそれがすべてを解決できるのである。

此頃、啄木が社会主義思想にまったく無関心であったわけではない。人類の現状を「生活の圧迫其物より解放せんとする」思想・運動が、「善意に所謂社会主義」である、という考え方をしている。けれども、社会全般の問題をひとり「労働者の幸福の犠牲たらしめんとする普通社会主義者の愚昧なる偏見」には、同意することができない、とはっきり述べている。

「百回通信」は当時の一文学青年の発言としては、おどろくほど視野の広いもので、政治、経済、外交問題から、教育、文芸の問題にもわたった評論文である。こういう広範さは、北海道放浪時代の啄木の、新聞記者としての経験とおそらく無縁ではありえない。一夜、啄木が社会主義演説会を聞きに行って、西川光二郎を知ったのも小樽であった。「哀れなる労働者を資本家から解放すると云ふでなく、一切の人間を生活の不条理なる苦痛から解放することを理想とせねばならぬ」（日記　明41・1・4）というのが、その夜の啄木の不満であった。「愚昧なる偏見」という考え方も当然この延長上にでてきたものである。だから当時の啄木は「民衆的勢力即ち多数者の圧迫（圧力）」を正当とは認めない。

さらに地租軽減問題をめぐる政府と野党の攻防に言及して啄木は次のように述べる。

此貧乏世帯の切盛は要するに前後の問題にして是非の問題に非ず。（中略）要は唯々切盛のみ。この点より言へば、誰が其局に当りたりとて左したる相違ある可らず。（中略）大した失策なき限り、国民は黙つて彼等に世帯のメ括りを任せて置いて然るべく、　「百回通信」十一

啄木にとって明治日本は、列強諸国と同列に並び進歩発展をとげるため、その貧乏世帯の遺繰に年中心配のたえぬ国家であった。後進新興国家としてのその遺繰は必至であり、遺繰、切盛それ自体の意味、是非を論ずる必要はないのである。いいかたを変えれば、明治絶対主義国家による、上からの近代化過程は大前提として全面的に肯定されていた。「国民は黙つて」それについてゆけばよいし、「帝国の安寧」こそ第一義でなければならないのである。[*6]

この時期、明治四十二年（一九〇九）末の啄木には、明治の近代化過程の総体を根底から懐疑し、それと対峙した、北村透谷のような困難な思想的たたかいをみることはできない。

荷風の「新帰朝者の日記」にたいする啄木の非難は、伊藤博文哀悼の二日あと、工場法案の記事の九日前に書かれたものである。いわゆる非愛国思想への強いいらだちと論難とは以上のような啄木のナショナリズムの文脈のなかでとらえるのが自然であると思われる。よく引用される文章であるが、それは次のようなも

のである。

一言にして之を言へば、荷風氏の非愛国思想なるものは、実は欧米心酔思想也。も少し適切に言へば、氏が昨年迄数年間滞在して、遊楽これ事としたる巴里生活の回顧のみ。(中略)譬へて言へば、田舎の小都会の金持の放蕩息子が、一二年東京に出て新橋柳橋の芸者にチヤホヤされ、帰り来りて土地の女の土臭きを逢ふ人毎に罵倒する。その厭味たつぷりの口吻其儘に御座候。(中略)日本人の多数が保持する道徳形式に満足する能はざるは小生も同感也。日本の国土、社会の現状に満足する能はざるも同感なり。(中略)然し乍ら我等は遂に日本人なり、何処に行きたりとて日本人なり。漫然祖国を罵りたりとて畢竟何《どう》するものぞ。小生は日本の現状に満足せず。と同時に、浅層軽薄なる所謂非愛国者の徒にも加担する能はず候。在来の倫理思想を排するものは更に一層深大なる倫理思想を有する者ならざる可らず。而して現在の日本を愛する能はざる者は、また更に一層真に日本を愛するものならざる可らず。

「百回通信」二十

この啄木文のなかに「日本という祖国にたいする啄木の深い愛情と信頼」とを読みとる、石母田流の読み方、つまり荷風批判の最大根拠を啄木の祖国愛にあるとする読み方は、啄木の意図にそぐわない、というのが近年の理解である。啄木の荷風批判は祖国愛や民族への愛情であるより、「荷風の文明批判における一般的姿勢としての不毛性、無責任性に対する怒り」[*7]にある。現実に対する批判や不満は、それと対置されるほどの、ないし現実を打開するに足るほどの方向性をともなわぬなら、不毛な不平にすぎない。荷風への「厭悪」の情は実は、かつて無責任な不平家であった啄木自身へのそれであって、そこには啄木のひそかな自戒がこめられているのだと。
たしかにそういうことは考えられる。家出した妻節子をようやく上野駅に迎えることのできた朝、啄木は喜びをかくしきれず、次のように書いているほどである。

すべての人の心に、すべての家の中に、すべての路の上に、ライフの生色澎湃として流れわたるを見る。小生は久振りにて此永遠に清新なる人生の活光景に接したるを喜び候。 「百回通信」十五

これほどまでに浮きたつ喜びのなかで、従来の生活態度の改善をかたく決意した啄木である。責任ある生活者としての一歩をふみ出そうとして遊惰な金持息子の無責任な不平不満とみえるものに、厭悪の情をいだいたとしても不思議ではないだろう。しかしながら、この感激の朝の一文の次の回からつづけて三回、ほかならぬ伊藤公哀悼のあることも、けして無視するわけにはいかないのである。「新日本の経営」に献身した伊藤博文に深く頭《こうべ》をたれた啄木であるからこそ、日本のあらゆる人事自然を嘲笑する、たんなる「欧米心酔思想」とみえるものに我慢がならなかった。田舎からぽっと出の放蕩息子が、東京の芸者に心酔して、土地の女を軽蔑する、その厭らしさとまったく同じだ、というような思いきった悪罵には、都会の女ではなく田舎の女への、つまり、先進国欧米ではなく後進国日本への、啄木の真卒な愛情をみてとることができる。女の比喩には、啄木における国家＝民族把握の、自然的契機の根づよさをみいだしてもよいかもしれない。「我等は遂に日本人なり、何処に行きたりとて日本人なり」という自覚、明白な帰属意識をもつことが、とりもなおさず、自己の現実にたいして責任ある、不毛な不平とは無縁な生活態度の第一歩だと、啄木には考えられたはずである。

国家＝民族の観点から、明治絶対主義国家の近代化過程をそのまま肯定し、現体制を少しも疑わなかった啄木であればこそ、荷風における反近代の批評意識を理解しなかったのであり、我等は日本人なり、と剛くよどみなく発言することができた。

しかし、そのナショナリスト啄木にも、やがて「国家」にたいするひそかな異和が生じはじめる。あの「時代閉塞の現状」における、国家＝強権の認識にいたる過程、すなわち、啄木における「国家」の発見はどのようなものであったか。

啄木が「国家」というものを独自に考えるようになった端緒は、文芸取締問題であったと考えられる。啄木は生田葵山の発禁事件にふれ、今は筆を折って隠棲するときくその人について、「理窟は別として同情すべき事」であると述べている。また、文学・医学両博士であり、陸軍軍医総監陸軍省医務局長の要職にある森鷗外までも、文芸取締の厄にあうというのは、「社会現象としては随分矛盾ある出来事」（「百回通信」十九）だとも語っている。国家枢要の人物であるはずの人が、「其筋の忌諱《きゐ》に触れる」という社会現象に、啄木としては何かしらのみこみにくい矛盾を感じたのにちがいない。「其筋」として権力を持つ存在がばくぜんと意識されはじめた、とみてよいだろう。

永井荷風が当時もっとも「其筋」の注視をうけた人物であることにも啄木は言及し、荷風の特色の一つは、「在来の倫理思想、国家思想」に「反抗的」なことである、としているけれども、「新帰朝者の日記」批判を書いて激しく荷風にあたったのはその翌々日のことである。したがって、荷風の「反抗的」への着目をそのまま啄木の反国家思想の端緒であるかのようにうけとるおおかたの理解はあやまりである。当時はまだばくぜんたる異和として「其筋」が意識されていたにすぎない。啄木が「国家」をいち早く問題としえた、当時にまれな文学者であった理由は、何より啄木が一種の国家主義的ナショナリストであったからにほかならない。「在来の倫理思想、国家思想」に根本的な疑いは持たなかったからこそ、「其筋」が独自にもつ圧力に、ある異和を感じなければならなかったのである。したがって啄木が次のように発言する時、それは啄木自身はじめて当面した懐疑のきざしの、正直な訴えであったのである。

国家！　国家！

国家といふ問題は、今の一部の人達の考へてゐるやうに、そんなに軽い問題であらうか？……凡ての人はもつと突込んで考へなければならぬ。今日国家に服従してゐる人は、其服従してゐる理由に就いてもつと突込まなければならぬ。又従来の国家思想に不満足な人も、其不満足な理由に就いて、もつと突込まなければならぬ。

「きれぎれに心に浮んだ感じと回想」『スバル』明42・12・1

この文章が引用されるのは通常ほとんどここまでか次の荷風についてのくだりまでである。というのはそのあと始末のわるい一節がつづくからである。すなわち次のようなものである。

私は凡ての人が私と同じ考えに到着せねばならぬとは思はぬ。永井氏は巴里に去るべきである。然し私自身は、此頃初めて以前と今との徳富蘇峰氏に或連絡を発見することが出来るやうになつた。

荷風に、断然巴里へ去ることを要求し、潔癖な二者択一をせまっている啄木は、さきにもっと突っこんで考えよ、といっていた啄木とちがって、ここで急速に感情的に傾いていると思われる。これを「荷風の人間そのものに対する拒絶反応[*8]」とみてもよいが、それはたんにその日の食にことかく貧者の裕福な閑人にたいする「劣等感」というようなものではないだろう。この感情的肉体的反発は、やはり啄木の内部にあるナショナルなものの自然であると私には思われる。

「従来の国家思想に不満足な人」の代表を荷風であるとすれば、その対極に「国家に服従してゐる人」の代表として、啄木は徳富蘇峰をみいだしていることになる。かつてははなばなしい平民主義の主張者であり、現在国家主義の鼓吹者である蘇峰の思想的変貌に、そういう意味では共通項を発見できると啄木は考えたようである。これは蘇峰の思想の本質にせまる、ある意味でたいへん鋭い直覚である。

「其筋」にたいするひそかな異和を感じながら、日本人として日本国土にとどまっている以上、「国家に服従」するということの意味が何かを、啄木はあらためて考えはじめていた。

このことは啄木が長谷川天渓を批判した文章のなかにも微妙に観取できる。この啄木文は従来「国家」を武器として自然主義の急所をついたものとして評価されてきたものである。

> 長谷川天渓氏は、嘗て其の自然主義の立場から「国家」といふ問題を取扱つた時に、一見無雑作に見える苦しい胡麻化しを試みた。（と私は信ずる。）謂ふが如く、自然主義者は何の理想も解決も要求せず、在るが儘を在るが儘に見るが故に、秋毫《しうがう》も国家の存在と抵触する事がないのならば、其所謂《いはゆる》旧道徳の虚偽に対して戦つた勇敢な戦も、遂に同じ理由から名の無い戦になりはしないか。従来及び現在の世界を観察するに当つて、道徳の性質及び発達を国家といふ組織から分離して考へる事は、極めて明白な誤謬である——寧《むし》ろ、日本人に最も特有なる卑怯である。
>
> 「きれぎれに心に浮んだ感じと回想」

ナショナリスト啄木にとっては道徳の性質および発達を国家との関連において考えるのは自明のことであった。自然主義が旧道徳の虚偽にたいして戦うというのであれば、当然「日本帝国」の存在と何らかの齟齬をきたすのは必然であろうと考える。

ところが、天渓は無理想、無解決、「総ての偶像を破毀して現実に還る」(「無解決と解決」『太陽』明41・5)などと説きながら、同時に日本帝国をまるごと承認しているのはおかしいではないか。

「我れ等は日本人であるから、日本々位の種々なる運動や、思想と、必ず一致しなければならぬのである」「国民として生活する以上は、其の国家と自我を均うしなければならぬ」(「現実主義の諸相」『太陽』明41・6)などというのははなはだしい矛盾ではないか、むしろそこに日本人特有の「卑怯」がある、と啄木はいいたいのである。

この啄木文は、旧道徳への挑戦をいいながら、「国家」の存在に傍観的であり自己の理論と「国家」の関係を理解しない自然主義のアキレス腱《ケン》をついたもの、道徳の性質及び発達を「国家」の存在とむすびつけた近代文学史上最初の文章である、というふうにかつて読まれていた。しかし、天渓の自然主義は「国家」に傍観的ではなくむしろ積極的な日本主義との野合である。啄木は天渓の日本主義に一面共感するところがあればこそ、その野合の矛盾を問い正したのである。この時の啄木の「国家」は、旧来の解釈と逆向きであるといってよい。啄木は荷風の反国家思想を批判してきた、その同じ立場から、自然主義もまた本来反国家思想を持つべきものではないのか、という正当な疑問を強めていたのみである。自然主義は啄木の「国家」を武器として批判され、啄木によりはじめて「国家」と対峙させられた、というような解釈は、啄木の「国家」を性急に古典マルクス主義的に解釈した結果である。

啄木のよく知られた評論「弓町より（食ふべき詩）」（「東京毎日新聞」明42・11・30―12・7）がこの前後に書かれている。

啄木はそこで自らの文学的半生をきびしく反省している。すなわち、何の財産もない一家糊口の責任が自分の上にあっても、それにたいし何らの方針も定めることができなかった。「凡そ其後《そののち》今日までに私の享《う》けた苦痛といふものは、すべての空想家――責任に対する極度の卑怯者の、当然一度は享けねばならぬ性質のものであつた。さうして殊に私のやうに、詩を作るといふ事とそれに関聯した憐れなプライドの外には、何の技能も有《も》つてゐない者に於て一層強く享けねばならぬものであつた」と。

「空想家――責任に対する極度の卑怯者」という仮借ない自己断罪こそは、四十二年（一九〇九）末の啄木の変貌の秘密である。従来の自己を革命する必要を感じた啄木が、いわば自己革命と詩の革命とを重ねようとしたのが「食ふべき詩」であったといってよい。詩を高価な装飾品のごとく、詩人を普通人以上、または以外のもののように考えるのではないその新しい詩は、「両足を地面《ぢべた》に喰《く》つ付《つ》けてゐて歌ふ詩」「実人生と何等の間隔なき心持を以て歌ふ詩」「珍味乃至《ないし》は御馳走ではなく、我々の日常の食事の香の物の如く、然く我々に『必要』な詩」でなければならないとされている。生活と密着した口語詩の提唱である。そして最後にあらためて次のような一節がつけ加えられる。

我々の要求する詩は、現在の日本に生活し、現在の日本語を用ひ、現在の日本を了解してゐるところの日本人に依て歌はれた詩でなければならぬ啄木にとって両足を地面につけて歌うこととは、とりもなおさず「日本人」として「現在の日本を了解」することでなければならなかった。わざわざマル印をつけて啄木が強調したこの最後の一節を閑却する傾向はあやまりである。「了解」とは含みの多い言葉であるが、ここには荷風の「新帰朝者の日記」批判にあらわれた同じ心情が流れているとみてよい。大島経男宛書簡（明43・1・9）では次のような表現をとっている。

現在の日本には不満だらけです。（中略）乃ち私は、自分及び自分の生活といふものを改善すると同時に、日本人及び日本人の生活を改善する事に努力すべきではありますまいか。

そして、自分の生活の徹底した改善にもとづき「新らしい個人主義」を把握すると同時に、「新日本主義」というものを説いてゆきたい、とも啄木は述べている。

こうして自己改革と日本の改革を統一するという、ラディカルな発想を自覚的に自分のものとしはじめてから、啄木はどうやら「国家」というものに今までとは別な注意をはらうようになったようである。

両足を地面につけ、すべてに「具体的」であることを最良とするという、啄木にとって革命的な「実際的」生き方を徹底しようとして、当時の啄木は昂揚していた。「近代生活の病処」を徹底的に研究し、解剖し、分析し、「我々の社会生活上のあらゆる欠陥と矛盾と背理とを洗除」（「巻煙草」『スバル』明43・1・1）しつくし、新しい時代を作る生活改善に努力しようという意気ごみであった。

田山花袋に言及したことから文芸書発売禁止の標準の問題もこの時啄木の関心の一つであったことがわかる。そしてまもなく、明治四十三年（一九一〇）二月「性急な思想」（「東京毎日新聞」明43・2・13、14、15）が書かれた時、「国家といふ既定権力」という表現がなされたのである。明治絶対主義体制を疑わなかった啄木のナショナリズムは、この時ようやく「国家」という支配権力をおぼろげに気づきはじめたと考えられる。「国家」は民族と実体的に区別のない共同体ではなくて、共同体内の個人と対立する権力であるという概念がおぼろげに生じはじめた、といえるであろう。

自然主義の運動なるものは、旧道徳、旧思想、旧習慣のすべてに対して反抗を試みたと全く同じ理由に於て、此国家といふ既定の権力に対しても、其懐疑の鉾尖《ほこさき》を向けねばならぬ性質のものであつた。

「性急な思想」

国家＝権力という考え方の明瞭になったことによって、かつて長谷川天渓の矛盾を指摘した時よりも、啄木の論理は非常に明晰になったといえるだろう。この四ケ月のちには大逆事件が発覚し、さらに二ケ月のちに「時代閉塞の現状――強権、純粋自然主義の最後及び明日の考察――」が執筆されることになる。そこでは「彼の強権」というどこかなまなましい語感によって、支配権力としての国家＝強権がとらえられている。それは「既定の権力」という表現を用いた時とは、やはり飛躍的な相違があると思われる。啄木における幸徳事件の異常なショックと社会主義文献の翻読の裏打ちのある言葉だからである。

それにしても啄木は幸徳事件の発覚になにゆえそれほどの衝撃をうけたのであろう。厳重な報道管制がしかれ、事件の内容は、爆弾を使用する、容易ならざる大罪、無政府党の陰謀、というほどの意味が、新聞記事として伝えられたにすぎない。当初、天皇暗殺計画＝大逆罪を匂わせるような新聞記事は一切なかったという。[*9]

啄木のノート「日本無政府主義者陰謀事件経過及び附帯現象」をみると、次のように書きだされているのが注意される。

明治四十三年（西暦一九一〇）六月二日／東京各新聞社、東京地方裁判所検事局より本件の犯罪に関する一切の事の記事差止命令を受く。各新聞社皆この命令によりて初めて本件の発生を知れり。命令はやがて全国の新聞社に通達せられたり。

同年六月三日／本件の犯罪に関する記事初めて諸新聞に出づ。

右にみるとおり、啄木にとって幸徳事件は何よりまず「記事差止命令」としておきている。このことは重要である。かつて新聞記者、編集者の経験があり、当時「朝日新聞」の校正係をしていた啄木が、報道関係者の感覚で、この検事局命令を異様な事態として強く印象したことをこの書きかたがものがたるからである。全国的な報道管制をしいた国家という権力の相貌を、この時啄木は鋭敏に感じとったのにちがいないのである。事件の全容は一切発表されないまま「無政府主義者の全滅」を期した当局の逮捕が続けられていく。啄木は八月四日の項には次のように書きつけている。

文部省は訓令を発して、全国図書館に於て社会主義に関する書籍を閲覧せしむる事を厳禁したり。（中略）更に全国各直轄学校長及び各地方長官に対し、全国各種学校教職員若しくは学生、生徒にして社会主義の名を口にする者は、直ちに解職又は放校の処分を為すべき旨内訓を発したりと聞く。

つづいて九月六日の項には

この日安寧秩序を紊乱するものとして社会主義書類五種発売を禁止せられ、且つ残本を差押へられたり。爾後約半月の間、殆ど毎日数種、時に十数種の発売禁止を見、全国各書肆、古本屋貸本屋は何れも警官の臨検を受けて、少きは数部、多きは数十部を差押へられたり。

とあり、以下「社会」という二字さえあれば、社会主義と全然無関係なものまで累を受けるという無法な事態が記され、発禁書目を列挙している。

こうした思想言論にたいする一連の弾圧と徹底した管理統制を、自分の眼前で確認した啄木はその異様な事態を克明に記録せずにはいられなかったのである。たとえ事件の内容が天皇暗殺計画であることを知らなくとも、啄木が事件に衝撃をうけたのは当然である。「強権」の威力を啄木が肌身に実感したのは、まさにこの時であると考えられる。

ところで「時代閉塞の現状」は魚住折蘆批判を枕として書かれた論文である。折蘆は「自己主張の思想として自然主義」(「東京朝日新聞」明43・8・22、23)のなかで、自然主義における自己主張的と自己否定的との相矛盾する傾向の不思議な共棲は、両者に共通の怨敵「オーソリテイ」に対抗するためである、と述べている。啄木はこの部分を追求して猛烈に反論したのであった。啄木は折蘆の認識が「明白なる誤謬、寧ろ明白なる虚偽」であるといい、それは「詳しく述べるまでもない」ことだと断言する。なぜなら「我々日本の青年は未だ嘗て彼《か》の強権に対して何等の確執をも醸《かも》した事が無いのである。従つて国家が我々に取つて怨敵となるべき機会も未だ嘗て無かつた」からであると。

この論争は、啄木が魚住のいう「オーソリテイ」を、すなわち国家＝強権であると、早のみこみしたところに第一の特色があったといえる。二人の国家概念の相違については、今は問わないとして、ともかく啄木がそのように速断したということは、当時の啄木に国家＝強権の観念がいかに強烈かつ新鮮なものであったかを物語るであろう。そのすぐれて強烈新鮮な理由は、幸徳逮捕以降啄木の肌身に感じた実感のためであるが、さらに奥深くは、啄木がわずか半年前まで、一人の愛国家、素朴な一種の国家主義的ナショナリストとして、明治の国家体制をほとんどまったく疑ってこなかったことにあるであろう。それゆえ「我々日本の青年は未だ嘗て彼の強権に対して何等の確執を醸した事が無いのである」と啄木は実感をこめていうことができたのであるし、同時にそのことは「詳しく述べるまでもない」明白な事実として自嘲的に断言された、ということさえできるであろう。国家＝強権に確執を醸したことがない自然主義と啄木との距離は、その意味で五十歩百歩にすぎなかった、という慙愧の念こそが、啄木をかくも威丈高にしたといってもよいであろう。啄木が魚住の「オーソリテイ」といういわば広義の国家概念を吟味することなく、ただちに国家＝強権という狭義の国家概念に読みかえた奥深い原因はここにあるだろうと私には考えられる。[*10]

ここで近頃問題にされている「所謂今度の事」という一文にふれるべきであろう。執筆時期は「時代閉塞の現状」より後ではないかと考えられる。警察当局の迅速にして遺漏なき活躍に感謝の言葉が述べられ、あらゆる意味において過激、極端な行動は許さるべきでないといい、今回以上の熱心をもって今後も警戒をゆるめぬようにとの当局への要望を含むこの屈折の多い一文が、近頃その文意をまともにとって、「時代閉塞の現状」以前（四十三年六月二十一日から七月末までの間）の執筆であると論じられたため[*11]、では約一ケ月後に「強権」への強い敵対意識が示される、その変貌をどう理解すべきか、という問題があらたに生じている。しかし、見てきたように、啄木の決定的変貌は幸徳事件発覚とともに始まっていると考えられる。その昂揚のなかで書いた「時代閉塞の現状」を、啄木はおそらく「朝日新聞」へ掲載してもらうつもりでいたのではないか。折蘆文が「朝日」のものであり、啄木文は魚住の論理を粉砕せずにおかぬという、熱意をこめた力作だからである。しかし、現実には新聞掲載の希望は断たれ、原稿のまま保存された。無念の思いの痛切であったにちがいない啄木が、再び書いて「朝日」の弓削田精一に依頼したのが「所謂今度の事」だったのではないか。警察当局にたいする手ぬかりのない防衛線を張ったのは、俊敏な啄木がふたたび没原稿のうきめをみたくなかったからであろう。まして、九月二十四日にはニューヨーク電報によって、この事件が大逆事件ではないか、という疑問を啄木はもちはじめたと思われる。巷間にもこの噂はささやかれ始めた。啄木がきわめて慎重を期した文飾をこころみたのは当然である。

表題の所謂今度の事が、すでに察知されたその天皇暗殺計画を意味することは、次のような箇所をよめば明らかである。

> 今度の事有つて以来、私はそれに就いての批評を日本人の口から聞くことを、或特別の興味を有つて待つてゐた。（中略）そして今彼の三人の紳士が日本開闢以来の新事実たる意味深き事件を、たゞ単に「今度の事」と云つた。（中略）私はまた第二の興味に襲はれた。それは我々日本人の或性情、二千六百年の長き歴史に養はれて来た或特殊の性情に就てゞ有つた。——此性情は蓋《けだ》し我々が今日迄に考へたよりも、猶一層深く、且つ広いもので有る。彼の偏《ひと》へに此性情に固執してゐる保守的思想家自身の値踏みしてゐるよりも、もつともつと深く且つ広いもので有る。

「日本開闢以来の新事実」、「二千六百年の長き歴史」という表現など、暗に天皇、皇室の存在を指示している。二千六百年の歴史に養われて、はかりがたいほどに深くかつ広い日本人特有の性情とは、皇室崇敬の念にかかわるものと解する以外にはないであろう。それあるゆえに、あからさまに口にすることをはばかって今度の事といわしめている、というのが啄木の解釈である。事件が大逆事件であることを予想して書いたと思われるこの一文には、さきの文飾があると同時に無政府主義と社会主義の区別、ヨーロッパ無政府主義の発達とその思想、運動の内容について書かれており、それらと真剣にとりくもうとしている啄木をみることができる。日本の警察機関が全能力を発動して主義の宣伝と実行を迫害したにかかわらず、主義を捨てたものは一人もなく、遂に今回の計画にいたったのは、「一面、警察乃至法律といふ様なもの丶力は、如何に人間の思想的行為に対《むか》つて無能なもので有るかを語つてゐるでは無いか」と啄木は痛烈にいってのけてもいるのである。俊敏な情況判断からくる文飾をはぎとってみれば、啄木の醒めた視点が、ここに定められているのをみることができるであろう。

啄木はこうして国家＝強権に確執をかもす思想とその集団とに注意を集中し、勉強を続けていたけれども、国家強権の認識それ自体の内容は、深まりをみせなかったといえるだろう。天皇・皇室の問題を大きくとらえていながら、それと強権との関連という方向で少しも追求されることはなくて、問題は日本人の特殊の性情のなかに解消されてしまっているからである。後世のように、天皇制絶対主義権力機構というふうにも、イデオロギー的権力としての天皇制というふうにもむろんとらえることはなかったわけである。

明治四十四年（一九一一）一月五日の日記に、啄木は次のように記している。啄木はこの日、前夜から平出修に借りた幸徳秋水の陳弁書を写しつづけていたのである。

幸徳の陳弁書を写し了る。火のない室で指先が凍つて、三度筆を取落したと書いてある。無政府主義に対する誤解の弁駁と検事の調べの不法とが陳べてある。この陳弁書に現れたところによれば、幸徳は決して自ら今度のやうな無謀を敢てする男でない。さうしてそれは平出君から聞いた法廷の事実と符号してゐる。幸徳と西郷！　こんなことが思はれた。

ここに注目されるのは「幸徳と西郷！」という啄木の感慨深げな並べかたである。自ら計ったのではなく、同志のものに推されて罪をえた悲劇の人、という類似は考えられるかもしれない。しかし、なぜ外ならぬ西郷が連想されねばならなかったのであろう。維新の大功労者でありながら征韓論に破れて下野した西郷に、第二の革命の希望をみた「東北の根強い西郷伝説」[*12]の背景が啄木にある、という説もあるが、しかし、幸徳と西郷とを同位に並べうる啄木に、ある根強いナショナルな感性の存在することを注意したい。

啄木は「安楽《ウエルビイング》を要求するのは人間の権利である」（「田園の思慕」明43・10・20）と強調している。これはまちがいなくクロポトキンの『麺麭の略取』から学んだ言葉である。当時惨憺たる貧乏生活に喘いでいた啄木にとって、まさに〝真理〟として輝いた言葉であったろうと思われる。「時代閉塞の現状」における「唯一の真実――必要！」という啄木の発想も、これと相通ずるものが感じられる。幸徳事件の発覚以来、すなわち国家＝強権の発見以来啄木を集中させてきた社会主義問題とは、端的にいって「安楽」の権利の問題であり、その実現の問題にあったように思われる。

「僕は長い間自分を社会主義者と呼ぶことを躊躇してゐたが、今ではもう躊躇しない」という一節のある瀬川深宛書簡（明44・1・9）には次のように記されてある。

無論社会主義は最後の理想ではない、人類の社会的理想の結局は無政府主義の外にない（中略）然し無政府主義はどこまでも最後の理想だ、実際家は先づ社会主義者、若しくは国家社会主義者でなくてはならぬ、僕は僕の全身の熱心を今この問題に傾けてゐる、「安楽《ウエルビイング》を要求する人間の権利である」

啄木は無政府主義にたいする充分な憧憬を示しながら、しかし、それは所詮最後の理想であって、現実性がないと考えている。実現可能性のあるのは社会主義または国家社会主義だというのである。当時、平民社系の人々が国家社会主義とよんで批判したのは、国家の力により階級間の軋轢をふせぎ調和を計るという、社会政策を標榜した社会政策学会の主張である。一方、平民社主流でない片山潜、安部磯雄らいわゆる社会民主主義者は、社会政策を社会主義に到達する一ステップと理解し、社会政策を社会主義とは背馳しないと考えていた。こうした当時の段階では、社会政策を押しすすめていけば社会主義へ到達できる、というような考えかたが広くあり、この頃、啄木と親しく往来した丸谷喜市がそのように考えていたという。[*13] 啄木は幸徳陳弁書の筆写によって無政府主義に強く動かされながら、丸谷の影響もうけてなお実際的手段としては、社会主義＝社会政策というふうに考えたのかもしれないと思う。啄木にとっては、人間が不条理な生活の圧迫から自由であることが、なにより緊急であり、それが人間の解放そのものであって、まさに「安楽《ウエルビイング》」の要求こそが問題であったとすれば、思想原理の追求よりもいわゆる「実際家」の考えかたを受容する下地はあったわけである。その強烈な反強権志向にもかかわらず、なお善意に国家の力を用いる可能性、その社会政策の実現に可能性をたくすような、根深いナショナルなものの残存が啄木にあった。今日からみて不可解な、幸徳、西郷の並列現象の背後にあるものは、そういう感性だといえるのかもしれない。

しかし、啄木はまもなくこの年の一月十八日、幸徳ら二十四人の死刑確定の当日をむかえる。平出修を通じての資料から、啄木はひそかに「二十二人は当然無罪」だと確信していた。判決を知った啄木の胸奥に、いまこそ「日本はダメだ」という暗い絶望感が広がったのである。次の日の日記に啄木は書いている。「『畜生！　駄目だ！』さういふ言葉も我知らず口に出た。社会主義は到底駄目である。」

啄木が無政府主義への傾斜を深めるのはこの頃からとみてよいだろう。

啄木はここにいたってようやく、自己内部の国家幻想を払拭したのである。徹底して権力の存在を否定する思想――アナーキズムに啄木が魅せられていった心持がわかる。以後の友人にあてた書簡をみれば、幸徳陳弁書の影響が明らかである。とくに雑誌『樹木と果実』の発刊計画が挫折して以後、悪化する病状のなかで啄木はクロポトキンの自伝を英文で読み始め、無政府主義に傾倒していった。

啄木のノート「A LETTER EROM PRISON」(明44・5)はみずから筆写した幸徳の陳弁書に EDITOR'S NOTES として、啄木の丹念な註と意見を付したものである。本文に二十六までつけられた註は、五まで書いて未完に終っているけれども、無政府主義にたいする自己の知識を総集し、幸徳事件という未曾有の事態の認識に、いかに正確をきするかという、いわば歴史の証人たらんとする情熱をそこにひめている。'V'NAROD' SERIES とされた体裁からしても、ひそかに地下文書として流そうと考えたのではないか、と思われるくらいである。

その註のなかで啄木は幸徳事件にたいする一般の人々の反応を総括的に整理しようとこころみている。まず啄木の周囲の新聞人たちのなかには、東洋豪傑風な保守主義者がいる。それは「一体日本の国体を考へてみると、彼奴等を人並に裁判するといふのが既に恩典だ……諸君は第一此処が何処だと思ふ。此処は日本国だ。諸君は日本国に居つて、日本人だといふことを忘れとる。」というような、頑迷な国粋主義にこりかたまった男であるが、これにたいし啄木は「一疋の野獣」という表現をあたえる。同時に彼が「日本人」という代名詞で呼ばれていることに、私は感慨をおぼえざるをえない。啄木が荷風を痛烈に批判した時、またそののちも「日本人」という言葉がいかに啄木にとって穢れなき価値であったかを思うからである。この醜い「日本人」の鮮明な対象化のうちに、従来の国家幻想をみごとに剥離した啄木の姿をみてとることができる。

同じ頃書かれた「日露戦争論」(明44・4〜5)のなかにも、かつて「『日本人』の一人」であった啄木の、慙愧の思いをこめて、自負心と偏狭と独断とにみちた、いとうべき「日本人」代表として、あの徳富蘇峰の名があげられているのを見ても、やはり啄木のみごとな覚醒をうかがうことができる。

ところで啄木は、こうした「日本人」の頑迷な思想が、一部新聞の誇大な吹聴にもかかわらず、実は国民の多数をとらえはしなかった、とみている。

啄木にとって国民の多数は、思想以前の状態にあるのであって、かれらは「思想を解せざる」人びとである。事件の重大を感じても何故重大であるかの真の意味を理解する知識的準備を欠いている。だから事態はただ生起するまゝに受容されるのみである。すなわち「死刑の宣告、及びそれについで発表せらるべき全部若しくは一部の減刑――即ち国体の尊厳の犯すべからざることと天皇の宏大なる慈悲とを併せ示すことに依つて、表裏共に全く解決されるものと考へ」るのが、かれらの精一杯の考えであるという。冷静妥当な判断というべきであろう。

この「思想を解せざる」多数と対比されるのは、「思想を解する」少数である。啄木の分類ではこの少数集団は三つに分かれる。第一は日本が「特別な国柄」であることを「事実」として承認しており、しかもその「事実」はどれほども尊いものでないことを知っている自由主義的知識人である。第二は政府当局者で、思想鎮圧の困難を経験上知っているから、事のおこるや国民の耳目を聳動することなしに非道な抑圧手段を用いるチャンスとしてこれを利用した人々である。第三は時代の推移に多少の理解をもち、一様にこの事件に深く衝動され、社会主義無政府主義に知的渇望を感じている青年たちである。

以上にみるとおり、啄木の現状分析には、少数知識人と多数大衆という大きな構図のあることがわかる。「時代閉塞の現状」の認識がただ我々青年と父兄という、単純な世代対立の意識であったのにくらべると大きな進歩である。ただ問題は、時代に傍観的な自由主義的知識人、時代に積極的な社会主義的、無政府主義的知識人という二つの傾向と、まったく同位の「知識人」という分類において、政府当局者による思想弾圧がとらえられていることであろう。ここにも啄木の国家＝強権の概念のあいまいさが露表している。今日からみれば、そこに階級支配のための国家＝強権という、階級の観点の欠落があるからだといえるであろう。ましてや「特別な国柄」としての天皇制の問題が、強権とのかかわりで明確にとらえられることもなかったのである。

思想以前の生活者である「国民の多数」と覚醒しつつある若い少数の知識人という情況の把握のなかで、啄木はあらためてそこに絶望的な懸隔を意識せざるをえなかった。啄木の認識したその情況の闇を、「はてしなき議論の後」（明44・6・15夜）にみることができる。

暗き、暗き曠野にも似たる
わが頭脳の中に、

時として、電のほとばしる如く、
革命の思想はひらめけども――

あはれ、あはれ
かの壮大なる雷鳴は遂に聞え来らず。

我は知る、
その電に照らし出さるる
新しき世界の姿を。
其処にては、物みなそのところを得べし。

されど、そは常に一瞬にして消え去るなり、

革命の成功なぞはただ一瞬の電《いなずま》に照らし出された幻影にすぎない。現実にあるものは暗い曠野の無限のひろがりばかりである。その闇の奥に、壮快な雷鳴を、動乱の予兆のうなりを聞きたいと切にねがう、その期待の空しさ。空しさに焦だちながら、しかし、一体何ができるのであろうか。

我等の且つ読み、且つ議論を闘はすこと、
しかして我等の眼の輝けること、

五十年前の露西亜の青年に劣らず。
我等は何を為すべきかを議論す。
されど、誰一人、握りしめたる拳に卓をたたきて、
「V NARÓD !」と叫び出づるものなし。

我等は我等の求むるものの何なるかを知る、
また、民衆の求むるものの何なるかを知る、
しかして、我等の何を為すべきかを知る。
実に五十年前の露西亜の青年よりも多く知れり。
されど、誰一人、握りしめたる拳に卓をたたきて、
「V NARÓD !」と叫び出づるものなし。

クロポトキン自伝から学んだであろうロシアのナロードニキ青年たちに、日本の知識青年をだぶらせている。啄木の想像世界にみえる日本の青年たちの、その勇気なく実行力なきありさまに啄木は焦だち、怒り、そして嘆いている。しかし、情況は凍結したように微動だにしない。暗澹たる絶望のなかに一人たたずむ啄木の心の餓えが、次のような哀傷のこもる佳篇を残している。

げに、かの場末の縁日の夜の
活動写真の小屋の中に、

青臭きアセチリン瓦斯の漂へる中に、
鋭くも響きわたりし
秋の夜の呼子の笛はかなしかりしかな。
ひょろろろと鳴りて消ゆれば、
あたり忽ち暗くなりて、
薄青きいたづら小僧の映画ぞわが眼にはうつりたる。
やがて、また、ひょろろと鳴れば、
声嗄れし説明者こそ、
西洋の幽霊の如き手つきして、
くどくどと何事をか語り出でけれ。
我はただ涙ぐまれき。

されど、そは三年も前の記憶なり。

はてしなき議論の後の
疲れたる心を抱き、
同志の中の誰彼の心弱さを憎みつつ、
ただひとり、雨の夜の町を帰り来れば、
ゆくりなく、かの呼子の笛が思ひ出されたり。

――ひょろろろと、
　また、ひょろろろと――
我は、ふと、涙ぐまれぬ。
げに、げに、わが心の餓ゑて空しきこと、
　今も猶昔のごとし。
明44・6・17

「墓碑銘」の労働者像が、現実感のとぼしい、ほとんど空虚な理想像として描かれねばならないのは、啄木の居場所が、このようなところにあるからである。理想像が一見輝かしければ輝かしいだけ、啄木の絶望は深かったというべきであろう。

しかしながら、明治四十五年(一九一二)、啄木最後の年の一月は市電の車掌、運転士のストライキに明け、元日は電車が動かなかった。貧しい荒涼たる生活のなかで、日増しに病状が悪化し体力の衰えてゆく啄木であったが、そのことを興味深く感受している。なんだか「保守主義者の好かない事のどん〳〵日本に起つて来る前兆のやうで、私の頭は久し振りに一志きり急がしかつた」と日記にしるしている。そして翌日、この事件に関する蘇峯の「国民新聞」の報じかたをとりあげて、「国民が、団結すれば勝つといふ事、多数は力なりという事を知つて来るのは、オオルド・ニツポンの眼からは無論危険極まる事と見えるに違ひない」ともしるしている。この時一瞬、「オオルド・ニツポン」とは異なる「国民」「多数」の未来が、啄木の頭脳のなかをはせめぐったはずである。この頃すでに、「何事からも興味を見付けかねる」ような衰弱にみまわれていた啄木であったけれども、なお原生的な共同意識としての「ニッポン」が潰えさることはなかった。啄木の新しい「ニッポン」は、もはやエリート意識と結合した国家＝民族なぞではなくて、「国民」「多数」の力の作りだすものであったはずである。「国民」「多数」はかならずしも労働者階級を意味しない。けれども、はるばると幾曲折をへて、ここにはじめて、階級的なものと民族との結合の端緒がみえそめていたといっていいのではないだろうか。

ここまでみてくれば、例の啄木晩年の難題、金田一京助を訪ねて語ったという「社会主義的国家主義（帝国主義）」是認の問題、いわゆる啄木の思想的転向の問題には、すでにおのずから一定方向の解答が用意されたといってもよいわけであるが、啄木のナショナリズムを問題としてきた以上、やはり一言ふれておかねばならないだろう。

みてきたように啄木がその晩年、社会革命の思想を棄てていないことは明らかである。最晩年の「平信」（明44・11・3）のなかには、クロロポトキンの『ロシアの恐怖』について、病をおして、長い熱心な紹介を書いている。さらに「朝日新聞」の同僚の義捐金――とぼしい一家の生計費と医療費とにあてるべき貴重なその義捐金の大枚二円五十銭をさいて、クロポトキン著『ロシアの文学』を購入している。その死の二ケ月あまり前である。しかし高熱のためついに読むことはできなかった！

最後まで啄木は無政府主義思想に心ひかれていたものと思われる。それは晩年の啄木がいかに絶望し、諦め、敗北を是認したか、ということとはいちおう別のことがらである。まさに「あきらめてこころひそかに憤る」（土岐善磨）心境が、そこにあったというのは正しいであろう。「げに、げに、わが心の餓ゑて空しき……」である。

啄木が自己の国家主義的もしくは帝国主義的思想傾向を、いかに脱却してきたか、ということはもはやここにくりかえす必要はない。しかし、啄木のなかの「ニツポン」は決して潰えてはいなかった。国家＝強権の観念に覚醒して、国家主義的ナショナリズムから脱却した啄木の思想は、「国民」の「多数」に依拠したナショナルなものでありながら、同時にインターナショナルに向かって開いていることも明らかなように思われる。

クロポトキン『ロシアの恐怖』における「官権の横暴と人民の痛苦」とのむごたらしいみじめな数かぎりない実例を、喰い入るように読んだ病床の啄木は、「世界中で最も苦しんでゐる人々」のために「始終一種の緊縮した不安と憤怒」にかられた、とのべている。そのあとに、啄木は次のようにしるし、文章はそこで中絶している。

　君、僕は露西亜人ではない。繰返して言ふが、僕は露西亜人ではない。随つてその露西亜人がどんな生活をしてゐようと、僕には別に何の関する所もない筈だ。

啄木はおそらくいいたいのである。日本人である自分、ロシア人でない自分が、かくもロシア人の痛苦をまざまざと共感している事実はいったい何であるかということを。啄木はインターナショナルな視野から発言している。

ソヴィエトロシアを「労働者の祖国」とすることによって、無国籍者となりはて、インターナショナリズムとコスモポリタニズムとのちがいを忘れたような、戦後のマルクス主義の一傾向と啄木とのちがいははっきりしているだろう。啄木のインターナショナルは民族の心をなくすことはなかった。啄木のその民族の心のあたたかさを、次のような美しい詩篇にみることはできないであろうか。余命わずか十ケ月をあます時の、啄木最後の詩である。

見よ、今日も、かの蒼空に
飛行機の高く飛べるを。

給仕づとめの少年が
たまに非番の日曜日、
肺病やみの母親とたつた二人の家にゐて、
ひとりせつせとリイダアの独学をする眼の疲れ……

見よ、今日も、かの蒼空に
飛行機の高く飛べるを。

当時は死病であった肺病の母親をかかえながら、せっせと独学をする少年のいじらしさは、啄木における日本の民衆というもののいじらしさではないのか。

疲れた少年の眼に、蒼空高く飛ぶ飛行機を「見よ」、と啄木は呼びかけている。当時めずらしかった銀色の翼は、少年を遠く限りない夢にさそってくれる。たとえどんなにそれが地上の現実とかけはなれていようとも、少年の貧しく暗い現実がそれを必要としているのだ。そしてそういう夢を必要としていたのは、日本の民衆の一人である啄木自身でもあったのである。

例の「社会主義的国家主義」という表現は、おそらく啄木のつもりでは、インターナショナル・ナショナルの意味をもっていたのにちがいない、と私には思われる。啄木の思想傾向を好まぬ金田一に、その観念をどう説明してよいか迷った啄木が、金田一の耳に入りやすい言葉を用いた急造語ではなかったか、と推定される。それは革命の主体としての階級を、まだ萌芽的にしかやどしてはいないけれども、母体としての「ニツポン」を離れることのない心であった。

しかし、少年の夢は所詮むなしい夢でしかなく、現実にはもはや何事の成就も望みえなかった啄木であってみれば、「此の世界は、此の儘ではいけないのです」といったところで、「此の世界は、此の儘でよかつたのです」といってみたところで、所詮同じだったともいえるのではないか。「此の儘でよかつた」とは死期をさとった啄木の絶望がいわせた、精一杯のイロニーだったかもしれないと思う。

＊1・5　『続歴史と民族の発見—人間・抵抗・学風—』東大出版会　一九五二・一二
＊2　平岡敏夫「ナショナリズムと文学」『日本近代文学史研究』有精堂　一九六九・六
＊3　「近代主義と民族の問題」『文学』昭26・9
＊4　高島善哉『民族と階級—現代ナショナリズム批判の展開—』現代評論社　一九七〇・九
＊5　鹿野政直「啄木における国家の問題」『近代精神の道程—ナショナリズムをめぐって—』（花神社　一九七七・一二）は「百回通信」に言及して、啄木が「下からの近代化」の発想をもっていたように述べているが疑問である。
＊7　今井泰子『石川啄木論』塙書房　一九七四・四
＊8　仙北谷晃一「啄木と日本の近代」『国文学』昭50・10

＊9・11　多良学「啄木の思想変遷」『国文学』昭50・10
＊10　拙稿「魚住折蘆論」『文学』昭53・9
＊12　小西豊治「石川啄木と北一輝」『第三文明』昭53・6
＊13　宮守計『晩年の石川啄木』冬樹社　一九七二・六

（一九七九・三）

啄木──「家」制度・女・自然主義

啄木は北海道での荒涼たる放浪生活を通じ、実感において自然主義文学に接近していながら、方法的に習熟することができず、自然主義主流の文壇に出られなかったといわれている。

しかし、自然主義に接近していたとはいったいどういうことなのか、必ずしも明瞭ではない。自然主義文学との関連を「家」制度、「結婚」制度、ジェンダーの観点からとらえなおし、自然主義批判者としてあらわれる啄木をあらためて考えてみたい。

啄木の日記（明41・5・16）には田山花袋の「蒲団」（『新小説』明40・9）をよんだ感想が次のように記されている。

　生田君から借りた〝花袋集〟の〝蒲団〟を読み乍ら下宿へ帰る。家庭といふものが、近代人に何故満足を与へぬのかと云つた様な事を考へた。

当時の島村抱月に、「此の一篇は肉の人、赤裸々の人間の大胆なる懺悔録である」という「『蒲団』評」

(『早稲田文学』明40・10)のあることはよく知られている。これが同時代の評価の方向を決定的にしたといってよい。抱月の批評より半年以上たって「蒲団」をよんだ啄木は、「家庭といふものが近代人に何故満足を与へぬか」という独自な問題をひきだしている。この啄木のとらえかたのほうが、「蒲団」理解として「正当なものを含んでいる」という指摘が近年なされている。つまり、抱月のように花袋が「醜を描」いたことに重点をおかず、啄木のように「家庭」を主眼におくほうが、「『家族』の機能は『エロス』を抑圧することと」(R・D・レイン)だという、「蒲団」のかくされた主題に接近できるからだ、というのが木股知史氏の意見である。(『石川啄木・一九〇九年』富岡書房 一九八四・一二)

たしかに、「蒲団」における「家」は都市の単婚家族としての家であって、土着の封建遺制にからまれた大家族ではない。おそらく啄木は作品をよむとき、自己の当面する問題に重ねておのずから鋭い視線を働かせたのである。啄木が一般に自然主義文学の当面したといわれる、大家族としての「家」に向き合わなかったのは、啄木自身の切実な問題が都市底辺の単婚家族であり、その解体の危機であったからである。

先の「蒲団」の感想をかいた日記につづけて啄木はかいている。「花は嵐が無くても自然に萎む。(中略)萎ませぬ様にするには、真空な硝子の箱に入れて置くに限る」「男と女は、結婚しない方が可いぢやないか」と。この場合「恋は花」だとされている。時の経過という不可抗力によって、単調平凡と化する男女関係、「結婚」という関係が問題なのである。「家庭といふものは近代人に何故満足を与へぬのか」という問は、啄木にまず「結婚」制度そのものに疑惑を生じさせた。

やがて例の木下杢太郎との会話「僕の最も深い弱味を見せようか?」「何だ?」「結婚したつてことよ!」が日記(明42・1・19)に記され、間もなく「ローマ字日記」(明42・4・15)の妻節子にたいする直接の言及となる。「恋は醒めた。それは事実だ。当然の事実だ――悲しむべき、しかしやむを得ぬ事実だ!」

さらに「予は節子以外の女を恋しいと思つたことはある。他の女と寝てみたいと思つたこともある。現に節子と寝ていながらそう思つたこともある。そして予は寝た。——他の女と寝た。しかしそれは節子と何の関係がある？　予は節子に不満足だつたのではない。人の欲望が単一でないだけだ」と記される。ここにあきらかに先のレインの「『家族』の機能は『エロス』を抑圧すること」だという、その性としての「家」に、精一杯反抗しようとする啄木があらわれる。

節子の立場にたってみれば、便りも送金もしてこない啄木を信じ、代用教員をしながら老母と子供のいる一家の過重負担にも耐え、上京できる日を待ちわびていたのだから「節子と何の関係もない」などといってすむものではなく、まことに、自分中心の勝手な言い草といわざるをえないが、しかし、ここでも啄木は自己の当面する問題とかかわらせることで鋭い概括をおこなった。「人の欲望が単一でない」という認識である。これは一夫一婦制を基本とする近代の「結婚」制度にたいする正直な、そして根本的な疑問の提示である。一夫一婦で結ばれた理想的「結婚」が、一方で合法非合法の売（買）春制度によって補完される、いかに欺瞞にみちた近代の制度であるか、というところまで啄木が明瞭に切りこんでいるわけではない。しかし、そういう問題性に近づいているのは確かである。

「結婚」制度への啄木の疑惑はたとえば次のようなかたちでも表現されている。はじめて浅草へ行き、凌雲閣の在りかを知って娼婦についてかいたものである。

結婚といふ事は、女にとつて生活の方法たる意味がある。一人の女が一人の男に身をまかして、そして生活することを結婚といふのだ。世の中ではこれを何とも思はぬ、あたり前な事としてゐる。否、必ずあらねばならぬこととしてゐる。然るに、〝彼等〟に対しては非常な侮蔑と汚辱の念を有つてゐる。

少し変だ、彼等も亦畢竟同じ事をしてゐるのだ。唯違ふのは、普通の女は一人の男を択んでその身をまかせ、彼らは誰と限らず男全体を合手に身をまかせて生活してるだけだ。

「明治四十一年日誌」八月廿二日

妻という名の女と娼婦という名の女は、天と地の開きがあるかに錯覚されているが、しょせん同じであるというこの指摘は、近代の「結婚」制度の本質的理解としてきわめて鮮やかである。女の永久就職として打算された結婚が、男の月給に見合う女の身体の商品化であり、主婦という一種の専属売(買)春にひとしい意味をもつというのは、今日のフェミニズムの観点からは当然であり驚くに当らない。これは妻という女の責任ではなく、近代の家父長的「家」制度の結果なのである。女に独立して社会の表面に立って働く職業があたえられず大多数が「結婚」によって「家」のなかに入らねばならない状態を図式化すれば、女は家庭内娼婦となるか、家庭外娼婦となるか、いずれかであろう。そして家庭外娼婦は性抑圧の機能をもつ「家」制度を補完する性として、維持されつづけるのである。

「普通の女」も「娼婦」も同じことをしているのに、「結婚」という「生活の方法」が何か道徳的であるかのようにみなす、世の常識の錯誤をあばいた啄木の明晰さは、まだ娼婦と家父長的「家」制度との関連構造まで見透してはいないけれども、性抑圧的に機能する「〝性〟としての家」を構造的にとらえるところまで一歩である。

啄木の「ローマ字日記」には次のような記述がある。

現在の夫婦制度——すべての社会制度は間違いだらけだ。予はなぜ親や妻や子のために束縛されねばならぬか？　親や妻や子はなぜ予の犠牲とならねばならぬか？

ここではあらためて「家」という経済単位が深刻に問題となっている。「半独身者」として売れない小説を書いている啄木は、石川の「家」の扶養義務をもつ長男の位置にあるのだった。いかにそれが不当であり不合理であるかを啄木はまっすぐにのべている。たとえ若年であっても、妻子を持つ男が親をふくめ一家を養うのは当然の義務とする明治近代の家父長制の「家」の常識にたいして、啄木の強い個が根本的に反抗の声をあげているのである。

いよいよ今月は家族の上京を迎えなければならぬという月の一日のこと。月給二五円を前借した啄木は、本来なら「家」を準備するために大切なその金で、郷里から出てきた少年の下宿代を払い、浅草で洋食を食べさせ小遣いまで持たせてやり、自分は若い娼婦と寝て雑誌五、六冊買って帰る。何と「残るところ四十銭」であった。こういう記述をよむともはや驚くどころではなく、何ともいえず暗然としてくる。当時の啄木にたいして生活無能力者、生活破産者といういいかたがあるのも仕方がないだろう。

しかし、この時の啄木の異常な浪費、あるいは気前の良さとはいったい何か。おそらく目前に迫った家長とならねばならぬ「家」からの無意識的な遁走願望のあらわれであろう。経済単位としての「家」にたいするこれが啄木の最後の抵抗だったわけである。最初の抵抗はといえば、あの花婿不在の奇妙な結婚式が思いあたる。行方をくらまし、友人の準備した披露宴にも出席せず、仙台に途中下車して土井晩翠を訪ねたりしていた「結婚前後の異聞ほど度肝を抜かれる話はない」（今井素子『石川啄木論』塙書房　一九七四・四）といわれている。この啄木の非常識を支配していたものは、おそらく「家」の成立にたいする直感的な恐れであり、「家」の経済からの遁走願望のあらわれである。

こうしてみてくると「〃経済〃としての家」と、「〃性〃として家」とその「家」機能のもつ両面において、啄木は近代の「家」制度を懐疑し、それと根本的に対抗する地点に立っていたことが明らかになるだろう。

じつは、当時の自然主義文学もまた、同様な問題をかかえていた。田山花袋の「妻」（「日本」明41・10・14〜42・2・14）のなかには次のような主人公の述懐がある。

あゝもう自分は生活の係蹄《わな》の中に入つて了つた。妻といふ係累さへ自分には重すぎるのに（中略）今は子といふ重荷も附いた。もう駄目だ。自分はもうこの係蹄《わな》から脱却することは無論出来ない（中略）恐るべき係蹄、恐るべき生活の係蹄！

妻と子！　妻と子などは何だ。何うでもなるが好い。己はそんな意気地のない平凡な人間になり得るか。世の中の普通一般の人間のやうに単に妻を愛し子を愛するのが己の能か。己は何の為めに生きてる。何の為めに煩悶してゐる。子を育てる！それにも痛切な意義はあらう。けれど子の為めに自己を犠牲にする必要が何処にある。子は子、妻は妻、自己は自己。

ここでは「〃経済〃としての家」の重圧と、それを背負う苦痛が「恐るべき生活の係蹄《わな》」というふうに表現されている。近代の単婚家族の、家父長的「家」の常識、扶養の義務に圧迫される個が、自由を求めて懊悩しているのであって、このかぎりでは、啄木の欲求とあまり変らない。

啄木が自然主義文学に接近したということができるとすれば、ここにひとつの接点を見ることができるであろう。啄木も自然主義も同一レヴェルの問題に逢着している、といってもいい。

相違点は、花袋がそれを「生活の係蹄《わな》」と表現し、啄木は「夫婦制度—すべての社会制度は間違いだらけ」と明快に概括するところにある。花袋の表現は「家」の責任を取ろうとしつつ「家」の不合理を発見している者のそれであり、啄木の場合は家父長の責任を回避したいという、「家」解体の危機における表現であって、それだけに自然主義よりもいっそうラディカルに近代の「家」制度の不合理を露出させることができたのである。

明治四二年秋の節子の家出事件を契機として、啄木は大きく変貌したといわれている。それまでの文学至上主義と決定的に別れを告げ、一切の文芸は「自己及び自己の生活の手段であり方法」であるという場所に降りたった。家父長としての責任を果すべく、涙ぐましいほどの努力がはらわれたことも周知である。いったんは家を捨てた節子も、そういう啄木の従順な妻として共に生活することになった。

それにしても、子供と姑と病気をかかえた、貧窮生活の節子の心労はいかばかりであったろうか。それを思いやれば、多少の気にさわるふしがあっても、目をつぶらねばならぬ立場の啄木である。しかし、啄木はおのれの懐疑、嫉妬、面子には、あくまでも忠実に断固としてふるまうのである。そのため節子の実家堀合家とは義絶し、恩人であるはずの宮崎郁雨と絶交する。みずから命綱を切り一家を窮地に追いこむにひとしい行為をあえてする啄木である。

家父長的「家」制度に組みこまれたくないという欲求の強さによって、その「家」制度のもつ不合理と欺瞞とを鮮明にしてみせた啄木であるが、今、決意して一家の責任者となったとき、はからずも「家」制度の支柱である男性優位を露出させることになった。これは啄木の「家」制度批判にはまったく意識化されていなかった項目である。しかし、「家」制度がもっともラディカルに批判されるためには、「家」における男性支配が問題化されねばならないのは今日では自明のことがらである。

啄木のこの盲点がいかに骨がらみであるかを示す例は、やはり「ローマ字日記」にみられる。

普通の女も娼婦も畢竟同じことをしているではないか、といったときの啄木の「結婚」制度「家」制度への懐疑は家長を忌避する男の立場でなされている。家庭内娼婦か家庭外娼婦かに分断されて男性支配をうける女の立場には立っていないのである。

同じことをしていても「男全体」を相手にしなくてはならぬ身体の商品化が、どれほど苛酷な人間疎外であるか、ということを啄木ははたして理解しえたのかどうか疑問である。著名な四月十日の「ローマ字日記」に登場する十八歳の娼婦マサ。女なら誰しも鳥はだ立つような啄木の残酷さをみれば、十八で年増女の荒れた肌をもたねばならぬ女の悲運というものは、啄木に到底わかっていたとは思われない。職業的売春によっては、男女のエロスを濃密に味いえないというらだちが、あれほどの憎悪に転ずるのか。憎悪の炎は血だらけの女の死骸さえ幻想のうちに望むのである。殺意にまでいたるこの兇暴なものは、啄木の自己破壊の欲求なのである。日記の前後をよめば明らかなように、啄木は『Three of them』のイリアの如く、石の壁に頭を粉砕して死にたいのだった。だが死ねない、その自己破壊の代償を無意識に他者に求めるのである。「予は弱者だ」狂気の氾濫のなかで「男には最も残酷な仕方によつて女を殺す権利がある」と口ばしる奈落まで啄木は落ちていく。

しかし、それは一瞬啄木をおそった闇であって、さすがに「何という恐ろしい、嫌なことだろう!」と覚めてはいる。それにしても、「権利がある」という言表にからみついた啄木の自己肯定の深さを思うとき、啄木が十八歳の娼婦の無惨さに、心痛まぬということも不思議ではないのである。娼婦としての女ばかりではない。妻である節子という女の、身になってやるということが、はたして啄木に一度でもありえたであろうか、という疑問が生じてもやむをえない。

「家」制度というものの究極の批判は〝無言〟の領域に沈んでいる節子とマサが行わねばならないものであろう。節子とマサのその空白の領域が言語化されるとき、近代の家父長的「家」制度の根本的批判は可能となる。

「家」制度の不合理を訴えた自然主義作家の場合も、女の〝無言〟の領域を女の側から言語化していないという点では啄木と差はあまりないのかもしれない。しかし、次の場合はどうであろうか。

田山花袋の「兄」(『太陽』明41・4)のなかには家屋としての家、つまり「家」の容器としての家が出てくる。モデルは花袋の実兄で長男の実弥登である。貧苦のなかで肺結核のため死去しているが、熱に浮かされて幻の新宅を夢見るところがある。

大森の海岸近く、見晴しの好い処に新しい家屋を建て〻置いた。(中略)間数は七間、座敷から海は見えるし、植木も松と木犀と高野槇とを沢山に植ゑたよ。病気が治つたら、あの借家に帰らずに、すぐ新宅に行かう。心地が好いだらうナ。

暗い建付のよくない借家を出て、新築の気持よい家に入ることを末期の幻に見る悲しさは、おのずから啄木晩年の詩「家」を思い出させる。[*1]

場所は、鉄道に遠からぬ、／心おきなき故郷の村はづれに選びてむ。／西洋風の木造のさつぱりとしたひと構へ、／高からずとも、さてはまた何の飾りのなくとても、／広き階段とバルコンと明るき書斎……／げにさなり、すわり心地のよき椅子も。

「兄」の建築が純日本風なのにたいし、啄木の「家」はハイカラな西洋風であり、海岸のイメージと草原のイメージも違っているけれど、都市生活者のはかない夢、棄てがたい執着の悲しさは同じである。この啄木の詩が、他の社会的素材を扱った六篇と差がない「見果てぬ夢」であるとしたのは今井泰子氏である。

現実には墓場が「新しい家」でしかなかった都市生活者の、末期の夢の哀れさを描いたことで花袋の「兄」は、啄木の「家」の「見果てぬ夢」を共有していた、といっていいかと思う。ただ、啄木の「見果てぬ夢」が「泣く児に添乳する妻のひと間の隅のあちら向き」というような、夫に遠慮する妻の背中を幸い、ひとりひそかに夢みられるのだとすれば、埃及煙草をふかし、丸善の洋書をよむ日々しあわせな啄木の亭主関白の姿もそこに透けて見えるのである。

「兄」には「家」の責任をおわされながら家父長でさえありえなかった長男の陰湿な家族関係が描かれている。「酒と不平と荒涼たる生活」のなかで我儘に振るまう母親に気がねし、飽きも飽かれもせぬ最初の妻を離縁した長男は、新しい妻を迎えてからも、初めの妻を妹として面倒みている。彼女は看護婦となり夫を持たない。やがて母親も癌で死亡し、女同志のひそかな確執が、優しく心弱い長男の、みじめな病死によって和解にむかう。
この作は次男の「僕」の語りで展開されており、三人の女のドラマは、当然女の内側からは語られることがない。その意味で〝無言〟の領域は言語化されてはいない。しかし、明治末の日本の「家」制度の犠牲とゆがみとが、男をも女をもふくめ、いちおう描出されているといっていいだろう。

啄木は明治四十二年（一九〇九）末の評論「きれぎれに心に浮んだ感じと回想」（『スバル』明42・12）のなかで自然主義文学批判を行っている。田山花袋が「観照―隔一線の態度」を明らかにしたことにたいし、彼は「文学を人生に近づかしめた、さうして遠ざからしめた」。そこに花袋の「人としての卑怯」がある、というふうに追求する。自然主義は創作方法によってではなく「人生の態度」の問題として批判される。

この時期の啄木は何より自己の生活改善、建て直しが第一義であり、人間が変ったように生活と思想との転換がおこなわれていた。当面する自己の問題からつねに鋭く発言するのが啄木であったが、このときも、きわめて実践的な角度からの批判である。*2

しかし、自然主義文学の傍観的方法を「人生の態度」の問題として倫理的次元に集約していくとき、たとえば花袋の「兄」が描き出している「家」の問題を、啄木は充分に受けとめていたといえるだろうか。「傍観」のはたしうる文学方法としての有効性、観照的態度の有する積極的意義について、啄木が正当に評価しえたかどうかは疑問である。自然主義文壇に流通する小説をほとんど書きえなかった啄木は、自己客観化の手法に習熟しえなかった。つまりは、対象化するものと、対象化されるものとの距離感覚が明晰とならず、失敗をくり返したといえようか。方法的にいえば、作品内の語りの位置をつかむことができなかった。*3 冷徹な「観照」の視界のもちうる意義を軽視してしまったのはそのためであろう。

啄木は自然主義と時代の問題を共有しつつ、明治近代の「家」制度の根源にとどく、鋭い視線をはたらかせていたといえる。それを作品においては表現しえなかったかわり、自然主義はただ倫理的次元において、思想的に克服されようとしたのである。「明日の必要」というイデオロギーが強調され、「私の文学に求むる所は批評である」（「時代閉塞の現状」生前未発表『啄木遺稿』東雲堂　一九一三・五）というとき、その批評的精神と作品との間にある、千里の径庭はやはりとびこえられているといえるのではないか。

＊1　平岡敏夫氏が『日露戦後文学の研究下』（有精堂　一九八五・七）のなかで、花袋「兄」の家、晩年の独歩の語った家、啄木の「家」を取りあげて論じている。

＊2　自然主義を明治の日本人が編み出した「最初の哲学の萌芽」とみた啄木は「『哲学の実行』という以外に我々の生存には意義がない」という立場にたつ。この実践性には、上田博氏が指摘する、田中王堂のプラグマティズムの思想的背景も当然考えられる。

＊3　語り手は必ずしも人称をもった語り手の設定を要しない。「ローマ字日記」には木股知史氏の指摘もあるように絶望的状況にある自己を冷静にみつめる視点がある。この視点＝語りの位置を作品内部に確立することができれば、啄木に小説は可能であった。ローマ字日記はこの可能性を示している。

（一九九二・四）

啄木・女性・言葉——節子という「鏡」

「啄木は変った、啄木の歩みを顧みればそれは涙ぐましいほどの変化である」（今井泰子）というのが、妻節子の家出事件以来の啄木に関する一致した意見である。

啄木の短い生涯における変貌のドラマが妻の家出を契機としておき、啄木を文学史上にとどめる作品の多くも、その後に書かれているといってよいのだが、それにしても、啄木が節子の家出を知ったときの狼狽と悲嘆とは異常なものであった。

金田一京助のところへ駆けつけ「あれ無しには、私は迚《とて》も生きられない」、「どうしてよいか解らない。私には、この際やつぱり、どうか戻つてくれと、逃げたかかあへ云つてやれないし、戻つてくれなければ、私は生きて居れないし、頼るのは、あなた一人です」[*1]という有様であったし、さらに盛岡小学校時代の恩師、当時「岩手日報」主筆でもあった新渡戸仙岳宛にも綿々と苦痛を書いている。

今は洗ひざらひ恥を申上ぐる外なし（中略）日暮れて社より帰り、泣き沈む六十三の老母を前にして妻の書置《かきおき》読み候ふ心地は、生涯忘れがたく候。昼は物食はで飢を覚えず、夜は寝られぬ苦しさに飲みならはぬ酒飲み候。妻に捨てられたる夫の苦しみの斯く許りならんとは思ひ及ばぬ事に候ひき。（中略）あらゆる自尊心を傷くる言葉を以て再び帰り来らむ《ママ》ることを頼みやり候。若し帰らぬと言つたら私は盛岡

にいつて殺さんとまで思ひ候ひき　明42・10・10

啄木はほとんど錯乱の状態にいたっているといってもいい。

創作生活に専念することを唯一の希望として上京した啄木にとってみれば、たしかに「妻は荷厄介的な存在であり、重荷であったが、この家出事件によって、改めて啄木は彼女が彼にとってかけがえのない存在であることを自覚した」（岩城之徳）のにちがいないのである。その「かけがえのない存在」の意味について、小稿ではさらに追求してみることにしよう。

雑誌『明星』（明36・12）に「愁調」と総題して発表された詩のひとつ「人に捧ぐ」には次のような言葉がある。

君が瞳《め》ひとたび胸なる秘鏡《ひめかゞみ》の
ねむれる曇《くも》りを射《ゐ》しより、醒《さ》め出でたる、
瑠璃羽《るりば》や、我が魂《たま》、日を夜を羽搏《はう》ちやまで、
雲渦《くもうず》ながるる天路の光をこそ
導きたる幻《まぼろし》　眩《まばゆ》き愛の宮居《みやゐ》。
（中略）
峻《こゞ》しき生命《いのち》の坂路《さかじ》も、君が愛の

炬火《たいまつ》心にたよれば、黯《くら》き空に
雲間《くもま》も星行く如くぞ安らかなる。

「人に捧ぐ」の「人」は、のちに妻となる堀合節子のことであって、詩中の「君」にはその人節子、「我」には作者啄木を想定するのが通説である。

ここでいう「胸なる秘鏡《ひめかゞみ》」は、作者の胸奥に在る「鏡」であろう。その「曇り」を拭い去った恋人の「瞳」の冴えざえとした輝きが、「射し」という強い言葉に感得される。それはやがて「君が愛の炬火《たいまつ》」という火炎のイメージにまで高揚する。「秘鏡《ひめかゞみ》」とはたんに作者の「魂」の暗喩であろうか。詩中の「君」は作者の「秘鏡」をのぞき視る人ではない。「鏡」はじつは恋人節子の側にあったのではなかろうか。そもそも「鏡」とは何を意味するのか。

少年石川一は明治三五年（一九〇二）一〇月、盛岡中学校を中退し単身上京した。詩歌の人としての自立を目指したのである。しかし、収入のあてのない都会生活の渦中にあっては、当然、行きだおれ同様となって郷里へ帰るほかなかった。病と敗残の思いとに沈む少年を、とくに勇気づけた女性が堀合節子である。二人の仲は中学時代からのものであったが、石川家では母親カツの、堀合家では父親忠操の強い反対があり、一時は節子の監禁事件もあったほどであるが、結局、明治三七年（一九〇四）一月、石川・堀合両家とも二人の婚約を認めることとなった。従来の三十一文字の形式には盛り切れない歓喜が、突如あふれ出たような「愁調」一連の詩は、その少し前、前年の一一月上旬に制作されている。その背景に、若い恋人たちの性交渉があったと見るのが今日の通説のようである。

節子は父親忠操の説得を伯母ノシに依頼したとき「妊娠した」と語ったらしい。彼女が父親の強硬な反対を覆すことのできた有力な理由だったに相違ない。「妊娠」はともかく、すでに肌身で接した男性以外に、他の選択肢など考えられないという、明治の女学生のピューリタニズムがそこに働いていただろう。ちなみに節子の通学したのはミッションスクール盛岡女学校(明25創立)である。

節子の恋愛は、その意味で明治近代の家父長的抑圧「父の支配」から脱するだけのエネルギーをもっていた、といえるであろう。まさに「愛の炬火《たいまつ》」と讃えられるにふさわしい、一途なエネルギーを節子はかたむけたのだと思われる。

しかしまた、二人の結婚式が花婿不在の奇態なものであったことは、その前後の啄木の行動の不可解さとともに、よく知られているところである。仲人役に立った友人の上野広一、佐藤善助は、前途を危ぶんでこの結婚を思いとどまるよう節子を説得したという。それに対する節子の返事は次のようなものである。


吾れは啄木の過去に於けるわれにそゝげる深身の愛、又恋愛にたいする彼れの直覚を明にせんとて、今此の大書状を君等の前にさゝぐ。此の書は三六年彼れ病をおうて帰りし当時、ある人の中傷より私外出を止められ、筆をとることさへ禁ぜられたる時、吾にあたへし処に候、願はくば此書に於て過去二三年の愛を御認め下され度候。吾れはあく迄愛の永遠性なると云ふ事を信じ度候。

明38・6・2

節子の唯一のたのみの綱は啄木がかつて「大書状」にしたためた「愛の永遠性」という〈言葉〉であった。

「雲渦《くもうず》ながるる天路の光をこそ／導《ひ》きたる幻《まぼろし》眩《まばゆ》き愛の宮居《みやゐ》」とうたわれたような、聖なる天上愛の世界である。節子は何より啄木の〈言葉〉を愛し信じた人であるようだ。当時すでにピアノや、ヴァイオリンを習っていた明治の新しい女学生であり、北村透谷を読んだ形跡もある。当代の青年たちを魅了した「恋愛」という近代のロマンチックラヴイデオロギーに、もっとも柔らかな感性の年頃にあって感化された一人であろう。啄木の〈言葉〉は節子のなかでたえず反芻され〈永遠の愛〉という恋愛信仰として深く内面化された。

節子はまれな「良い妻」であったとされている。「謙譲」「寡黙」「けなげ」といった徳目が節子と結びつけられる。結婚早々から嫁入り道具を売りはらい、借金に追われる生活のなかで、裁縫教師として家計をたすけ、酷寒の地の長い別居生活にも耐えて苦情ひとついわなかった。夫の創作活動を励まし、その意向を気づかいつつ、子持の身で代用教員の職を探し、無理をしながら働いている。彼女は何より夫の才能を信じていた。「啄木」を埋もれさせたくない、と願うことが節子の生きる証であった。

> 私は吾が夫を充分信じて居ります。大才を持ちながらいたづらにうづもるるゲザのたぐひではないかと思ふと何とも云はれません。世の悲しみのすべてをあつめてもこの位可なしい事はないだらうと思ひます。古今を通じて名高い人の後には必ず偉い女があつたとおぼへて居ます。私は何も自分を偉いなどおこがましい事は申しませんが、でも啄木の非凡な才能を持てる事は知つてますから今後充分発展してくるやうにと神かけいのつて居るのです。（中略）四年も前から覚悟して居りますもの、貧乏なんか決して苦にしません、
>
> 函館にて宮崎郁雨宛　明41・8・27

節子のこういう忠誠と信頼があるかぎり、啄木にはどのような自由も許されていた。啄木はそういう節子

を目のあたりに視ることによって、不安に襲われる時の自分を支えていたと思われる。

子《こ》を負《お》ひて
雪《ゆき》の吹《ふ》き入《い》る停車場《ていしやば》に
われ見送《みおく》りし妻《つま》の眉《まゆ》かな

函館、札幌、小樽と流浪のつづいた啄木は、いよいよ最果ての地釧路へ旅立つことになった。残った帯一筋さえ質草にかわって、京子をおぶった節子のねんねこの下は、人には見せられない惨めな有様であった。そんな見送りの小樽の駅の情景である。

雪の吹ぶく白い風景のなかに、子を負う妻の寒々しい姿がある。「歌の焦点を『眉』にしぼることで、別れの日の頼りなげな妻のふぜいとそれに責めさいなまれていた作者の心を歌う」（今井泰子）とされている。『一握の砂』が編まれた時点の回想歌である。

もし、回想された時点の啄木が哀れに不安げな妻のふぜいに真実責めさいなまれていたとすれば、釧路から送金がないため、襖、建具を売りはらい、空家同然の部屋で食物にもこと欠く家族がふるえているような状態はなかったであろう。酒と芸者遊びとをおぼえ、取材がらみとはいえ連日料理屋にあがるような遊楽生活では、送金の余裕があるはずもなかった。

小樽駅を発った時の啄木にとって、どんなに哀れに頼りなげに見えようと、自分を見送る妻がそこに居る、その眉がほのかにも見える、ということが救いだった。最果ての地へと流浪する自分に、なお、無条件の信頼を寄せる節子がいる。啄木に見えていたのは、そういう女性のたたずむ白い風景であった。頼りない別離の悲哀は「妻」の思いであるよりは作者自身のものである。啄木は哀れげな「妻」の姿を「鏡」として自己の哀れを見ているといってよい。雪の吹ぶく停車場の風景、そこにたたずむ節子は啄木の鏡像《ミラー・イメージ》なのである。啄木にとって節子は一個独立した女性ではなく、男の何たるかを写し出す、男のミラー・イメージとしての存在である。

　自己同一的主体である男性、自己の像を映し出して、自己同一性をさらに強固に回収するために必要とされるもの[*2]」が「女性」である、という意見はこの場合示唆的である。啄木の「鏡」としての節子は、啄木が自己を見失わぬために不可欠の存在であって、啄木は常に鏡面を眺めているにすぎない。「鏡」の裏面をのぞいて見ることを啄木はついに知らなかった。その裏面の暗黒に、他者としての女性存在のあることを、啄木は意識しえなかったというべきであろう。

「男は自己自身に触れるのに何らかの道具を必要とする。手とか、女とか、あるいは何かその代替物とか。このような装置の代替が、言語のなかで、言語によっておこなわれる。男は自己愛のために言語をつくる[*3]」といわれる時、男のミラー・イメージという自己愛の問題は、さらに男性特有な言語獲得の欲望――代替装置としての「言語」と考えられている。

　啄木の言語への愛がとくに熾烈なものであったことは疑う余地がないであろう。啄木の場合、その言語生産による自立の道筋が、まだ幾重にも不透明であるまま、鏡像としての節子の存在は、それだけ強く不可欠であったということができるであろう。

「かかあに逃げられあんした」といって、金田一京助のもとにかけつけた動転ぶりは先に記した通りである。「出勤もせずに日中は蒲団を被って寝、夜になると飲めない酒をあおったという。どれほどの後悔にかられていたことか、十分後悔すればよいのである」とは今井泰子『石川啄木論』（塙書房　一九七四・四）の忘れがたい一節であって、女性筆者ならではの最後の一句であろう。

しかし、これまでの文脈からすれば、この時の啄木の意識内容は「後悔」の語の意味領域をはるかにこえたものである。妻の家出は啄木がはじめて体験した自己の鏡像の喪失であった。節子を失った啄木は、そのまま自己崩壊の危機に直面していた、といってよい。節子さえ戻ってくれるなら、「私をば、阿呆と書いても腑抜けと書いても馬鹿と書いてもかまひません」とまで啄木は嘆願した。この身も世もあらぬ惑乱ぶり、先にも引用したけれど、帰らなければ殺す、とまで思いつめた啄木は、ただ自己喪失の危機に本能的に恐怖していたのであって、これこそ節子という「鏡」の意味である。


家出した節子の置手紙は「私故に親孝行のあなたをしてお母様に背かしめるのが悲しい。私は私の愛を犠牲にして身を退くから、どうか御母様の孝養を全うして下さる様に」というふうなものであった。これによって節子家出の原因を母親カツとの確執に求めるか、あるいは今井泰子のように「夫に対する痛烈な抗議、夫の愛情に対する不信」とみるか、どちらかと問われるなら、私は今井説をとりたい。

啄木の上京後、待ちに待ってようやく上京した一年二カ月ぶりの夫婦再会において、節子は啄木のやつれ方に驚いたが、その夜の夫には「ギクリとする違和感があった」[*4]と沢地久枝が書いている。「ローマ字日記」に記されたような「半独身」の東京ぐらしが身体に滲みこませた、かくしきれぬ荒廃である。節子はいきなり「東京はいやだ」という書き出しの書状を、上京三日目に書いている。そして「やっぱり盛岡のお母さんの処はよいのよ、これぞとビックリする様なところも之なく候」とも。

姑カツとの不和、節子より「親孝行」の側へ逃げる夫、上京して改めて知った夫の経済的無力、性的荒廃。

――節子の〝母恋い〟は以来根強いものとなっていくのである。

「恋は醒《さ》めた。それは事実だ。当然の事実だ。しかし恋は人生のすべてではない。その一部分だ、しかもごく僅かな一部分だ。恋は遊戯だ。歌のやうなものだ」とは「ローマ字日記」の一節であるが、これに似た思いは、じつはもっと早くから去来していた。一方釧路の啄木に「第二の恋」が芽生えたのではと、心痛めたことがないではなかったけれど、節子は一貫して啄木の愛を信じてきたようである。

「あゝ夫の愛一つが命のつなですよ、愛のない家庭だつたら一日も生きては居ません、私は世のそしりやさまたげやらにうち勝た愛の成功者です」という手紙が郁雨宛に書かれている。（明41・8・27）その節子は待ち望んだ明治四二年（一九〇九）六月の上京で、はじめて「恋は醒め」ていたことを知らされることになった。

「恋妻という我が一語に喜ぶ妻！〝時〟の破壊力の怖ろしさ！」と述懐し、歌の弟子たちへ歯のうくようなラブレターを書いていた啄木とは知らず、啄木の「恋妻」という〈言葉〉と〈文字〉とを節子は信じていた。その幻想は破れたのである。

しかし、節子の家出はわずか三週間で終りをつげた。啄木やその周囲の懇望の力であるよりは、何より父「堀合忠操の説得によったものであろう」「典型的な士族気質の節子の父は、娘の側にたとえいかなる言い分があり、啄木に非があろうとも、いったん石川家に嫁いだ節子を何時までも実家に置いておくということはしなかった」[*5]とされている。その通りにちがいない。ここに明治近代の家父長制支配を、まともにこうむらねばならなかった節子の悲劇がある。

『近代家族の成立と終焉』（岩波書店　一九九四・三）のなかで上野千鶴子は次のようにのべている。

「恋愛とは女が『父の支配』から『夫の支配』へと、自発的に移行するための爆発的なエネルギーのことだと、言ってよいかもしれない。女の側における『恋愛』の観念の内面化は近代家父長制の成立のための必要な条件だった」。

節子は「愛の永遠性」という「恋愛」の内面化において「父の支配」を脱したといってよいが、同時にそれが「夫の支配」への編入であって男性支配として両者は一体であったことを思い知らされることになった。啄木のもとへ戻った節子が女親を恋い慕う理由はここにあるだろう。「私おつ母さんに別れたくないの。ステーションで涙がこぼれましたよ。いくぢなしね――」(ふき子宛　明42・11・2)「私はね――、お母さんが恋しくて〳〵しやうがないのよ。一処に居るわけにも行きませんけれどもね――。」(ふき子宛　同11・26)

こういう節子が内にこもった固い表情をみせ、啄木とは心の通わぬ素振りをみせるのも当然であろう。

放《はな》たれし女《をんな》のごとく、
わが妻《つま》の振舞《ふるま》う日《ひ》なり。
ダリヤを見入《みい》る。

「放たれし」の解釈をめぐって諸説があるが、以上の文脈でよめば、岩城説の通り「離縁された女」とみるのが当をえている。節子はもはや無条件に啄木を信じ受容する人ではない。「鏡」としての節子の役割は終った。一人ダリヤに見入る啄木に亀裂は充分意識されている。おそらく赤いダリヤの花は、妻とは異なる別な女性の暗喩である。もはやそれは実在の女性であることを要しない。たとえば詩集「呼子と口笛」の「激論」でうたわれる「若き婦人」のような、理想的女性の面影だったかも知れない。自己の鏡像を失った恐怖は、啄木をあれほど動転させたけれども、戻った節子が、啄木のアイデンティティを強固に回復させてくれる「鏡」ではもはやないことを、啄木は悟らざるをえなかった。代替物は〈言葉〉である。
啄木晩年の充実した言説生産の秘密のひとつは、ここに隠されている。一家の生計を担う経済上の責任や、大逆事件という未曽有の歴史的事件の衝撃など、啄木の身辺をおそった多事の根底に、啄木の言語獲得による自己像の回復が、大きなモチーフとしてあったように思われる。

いつか、是非《ぜひ》、出《だ》さんと思《おも》ふ本《ほん》のこと、
表紙《へうし》のことなど
妻《つま》に語《かた》れる。

貧困と病の惨憺たる日常に耐えながら、おのずから相寄り相たすける以外、生存そのものが不可能であったろう。この時「妻」は鏡像ではなく啄木の身体の一部である。自己に必要な一部であるかぎり「妻」は独立した他者ではありえない。夫が〝言葉〟を発し妻はただ聞いている。「鏡」の裏をのぞき見なかった啄木は、ここでも妻を沈黙の闇に置いてそのことに無意識である。
詩集「呼子と口笛」の「書斎の午後」には「若き婦人」と対照されて「この国の女」が現われる。

われはこの国の女を好まず。

読みさしの舶来の本の
手ざはりあらき紙の上に、

あやまちて零したる葡萄酒の
なかなかに浸みてゆかぬかなしみ。

われはこの国の女を好まず。

西欧の書物の分厚い紙の手ざわり、舶来酒の色と香り。新しい時代の感覚と精神に馴染まぬ「この国の女」の哀しさ。「われ」は「好まず」というリフレインには、むしろ女に対するいらだたしさが強調されている。自身の妻を含め、深い沈黙の闇に放置されていた、大多数の日本の女の哀しさを、啄木はまだ優しく歌いえなかった、というべきであろう。

（一九九四・一〇）

＊1　金田一京助『石川啄木』文教閣　一九三四・三
＊2　西川直子「性的差異とディスクール」『actes 5　男と女の関係学』一九八八・一二
＊3　＊2に同じ。リュース・リガライの引用による。
＊4　『石川節子―愛の永遠を信じたく候―』講談社　一九八一・五
＊5　岩城之徳『石川啄木伝』筑摩書房　一九八五・六

『破戒』から『春』へ

『春』は「藤村の花袋に対する降伏状であった」という『風俗小説論』の見解は、その後の実証的研究によって否定された。『春』が花袋の『蒲団』以前に構想されていたことは、疑いのないところである。『蒲団』発表と同じ明治四十年（一九〇七）九月に、『春』の旧稿が破棄され、あらたに改稿されたという事実が推定されうるとしても、[*1]また、その時点ではまとまった形の旧稿なるものの存在は疑わしい、[*2]とするにしても、ともかく『蒲団』の発表によって『春』の原構想に決定的変更があったとは考えられない、というのが今日の一致した到達点である。『破戒』から『春』へというコオスが作者の内部に自生したものとすれば、その間の脈絡をいかにとらえるかという問題は、なお截然と処理しにくい問題のひとつである。

すでに戦前において、従来の『破戒』論が「自意識上の相剋」に偏し、「社会的偏見に対する抗議」の要素を不当に軽視したことを論じて、二者を統一的にとらえることを提言していた平野謙氏は、「日本自然主義の正統な発展のためには、『破戒』こそ絶対不可欠の出発点」であったとし、『破戒』と『春』とのあいだに「自然主義文学が私小説に変質してゆく近代日本文学史上の重大な屈折」[*3]を読みとっている。中村光夫氏の『風俗小説論』もこれと同系の意見であって、これらは『破戒』における近代小説としての社会的性格を重視するとともに、『春』とのあいだに重要な方法的転換「小説概念の革命」をみとめる意見である。

同じく『破戒』と『春』とのあいだに「ある断層なり屈折なりを感ずる」[*4]としながら、しかし、平野・中村説とはあたかも逆の形になるのが和田謹吾氏の意見である。『破戒』には「『告白』に重点があるのであって、部落民はそれを重からしめるための方法として使われている」[5]という氏の『破戒』論は、主人公丑松のなかに作者の自己投影をみとめて、『破戒』のいわば私小説性を立証しようとした早い意見である。佐藤春夫の『破戒』論[6]の流れをくむこの意見は、『破戒』と『春』とのあいだに断層を見ない、現在の研究主流の意見を形成させるものとなった。たとえば吉田精一氏は次のように述べている。『破戒』は「社会問題を中核として筆をとったといふよりは、個人の心情の世界を小説化するために個人的問題を社会化したといふことになり、このやうに考へて『破戒』から『春』への推移は、『断層』なくつづくのである」[7]。しかし、なにか断層が感じられるという点に注目する和田氏の『春』の分析をあえて図式化してみれば、客観小説から私小説へという平野・中村説の裏がえしになるといえる。つまり、『春』は時代の先駆者としての透谷を描くことに最初の意図があったのであり、『春』前半にその原型をとどめている。断層はこの『春』原型と『破戒』とのあいだにある。「『破戒』で摑んでいた自己告白的方法がそこで一旦屈折しかけながら、『蒲団』の影響によって再びより直接的な形でその原型に挿入され」たと説くのである。

　しかし、『破戒』に自己告白性が色濃いとしても、それはあくまで他者に仮託されたものである。『春』の原型がかりに透谷を中心に描くことにあったのだとしても、その周辺の青春群像を描いて、作者自身もまたナマミのまま登場せざるをえないとすれば、『春』は作者身辺の現実の秩序に従った自伝的作品であり、『破戒』は作者とは一応別個の、独立した創造的秩序の中で架空の人格をかたちづくるという、近代小説の基本概念にもとづいた作品である。ここに、客観小説から私小説へと向う小説概念の革命をあきらかにみてとることができる。ただし、『破戒』は本来客観小説でありながらたぶんに私小説的要素を含んでいるし、『春』が本来自伝小説・私小説でありながら客観的要素を含んでいることも事実である。この独特の錯雑した関係こそ、『破戒』と『春』とのあいだの処理しにくい問題の原因である。

和田説と基本的には同系と考えられるが、しかし、『破戒』と『春』とのあいだには屈折をみとめないのが三好行雄氏である。屈折は『破戒』と『春』とのあいだにはなく、「『春』の構造的亀裂」としてあったという意見である。つまり、『春』は岸本をもその他の『文学界』同人達と同列に客観化する描写手法――作者の次元と作中人物の次元とをつねに一定距離に保ちながら、自由に視点を移動させて青春群像を浮きぼりにするという、客観小説の手法によって進められている。が、後半岸本を描写軸とした一元的手法に転換する。そこに作者の小説理念の屈折があるというのである。

『春』前半にはたしかに客観的手法がみとめられる。しかし、それは『破戒』の客観小説としての「方法的原理の継承」ではないのではないか。むしろ、仮構の世界から自伝へという方法的原理の断絶を問題にしないのはおかしい。和田氏はおもにテーマから三好氏は方法から『春』のもつ客観性を説いていることになるが、しかし、『春』が自伝小説であることに変化はなく、いかに私小説性が立証されようとも『破戒』が客観小説であることに変りはない。問題は、客観小説においてむしろ私小説的であり、自伝小説においてかえって客観的であろうとした、作者固有の発想とその条件とをみきわめることにあるのではないか。『破戒』と『春』とのあいだにあって、作者の小説概念を革命した重要なファクタアと、作者生得の性質との結びつきを尋ねながら、『破戒』から『春』へのコオスをたどってみたい。


『破戒』と『春』(前半)とのあいだの断層は、次のような文体上の相違によっても明白である。

一生のことを思ひ煩ひ乍ら、丑松は船橋の方へ下りて行つた。誰か斯う背後《うしろ》から追ひ迫つて来るやうな心地《こゝろもち》がして――無論其様なことの有るべき筈が無い、と承知して居乍ら――それで矢張安心が出来なかつた。幾度か丑松は背後を振返つて見た。時とすると、妙な眩暈心地《めまひごゝち》に成つて、ふら〳〵と雪の中へ倒れ懸りさうになる。『あゝ、馬鹿、馬鹿――もつと毅然《しつかり》しないか。』とは自分で自分を叱り励《はげま》す言葉であつた。河原の砂の上を降り埋めた雪の小山を上つたり下りたりして、軈て船橋の畔へ出ると、白い両岸の光景《ありさま》が一層広濶《ひろ〴〵》と見渡される。目に入るものは何もかも――そこゝに低く舞ふ餓ゑた烏の群、丁度川舟のよそほひに忙しさうな船頭、又は石油のいれものを提げて村を指して帰つて行く農夫の群、いづれ冬期の生活《なりはひ》の苦痛《くるしみ》を感ぜさせるやうな光景《ありさま》ばかり。河の水は暗緑の色に濁つて、嘲りつぶやいて、溺れて死ねと言はぬばかりの勢を示し乍ら、川上の方から矢のように早く流れて来た。

深く考へれば考へるほど、丑松の心は暗くなるばかりで有つた。斯社会から捨てられるといふことは、いかに言つても情ない。あゝ放逐――何といふ一生の恥辱《はづかしさ》であらう。もしも左様なつたら、奈何して是から将来生計《さきくらし》が立つ。何を食つて、何を飲まう。自分はまだ青年だ。望もある、願ひもある、野心もある。あゝ、あゝ、捨てられたくない、非人あつかひにはされたくない、何時迄も世間の人と同じやうにして生きたい――

『破戒』第十九章（七）

翌朝、岸本は急がしさうに斯宿を発つた。而して前の日と同じ方角を指して歩いて行つた。眼前《めのまへ》には種々《いろ〳〵》な光景が展けないでもなかつたが、判然《はつきり》と心に映るものは少かつた。彼は、今迄に何里歩いたかといふことも知らなければ、今何処を歩いて居るかといふことも知らない。斯様な調子で、とぼ〳〵と辿つて行くうちに、昼過に成つても食ふ物は無かつた。其時は最早、親兄弟は言ふに及ばず、友達とも遠く離れた。稀《たま》に途中で逢ふ人は知らない他人ばかりである。終には歩き疲れて、自分の身体を路傍《みちばた》の土の上へ投出すやうに成つた。

薄日が霜枯れた草の上に射した。岸本の眼に映るものは、今、その動揺する光ばかりである。ボンヤリとして眺めて居ると、彼の頭脳《あたま》の内部《なか》も幾分《いくら》か明るくなつて来る。粉《ぷん》とした土の臭気《にほひ》を嗅ぎながら、彼は身の周囲《まはり》を眺め廻した。唯一人――斯うなると寂しいところを通り越してシーンとして了ふ。最早、何にも無いと言つて可かつた。有るものは、薄い日の光と、戦《をの》き慄へて居る自分ばかり――斯様な風になつて、長いこと岸本は悄然《しよんぼり》眺め入つて居た。すこしも静止《じつと》しては居られなかつたが、と言つて休息《やす》まずにも居られなかつたのである。

日が隔《かぎ》つて来た。復た岸本は器械のやうに歩き出した。

『春』四十

『破戒』において、作者は丑松とともに白く降りつもった雪の小山を上ったり下りたりしながら、船橋の畔の方へ歩いて行く。作者は丑松と等身大であり、外界は丑松の感情を通してしかとらえられていない。鳥の群、船頭、農夫は一様に「生活《なりはひ》の苦痛《くるしみ》」の色にひたされており、暗緑の千曲川の急流は、追いつめられた丑松の心に、死ねとばかり嘲るようにしか感じられない。作者が自己位置から主人公を客観視する距離はほとんどゼロに近い。「あゝ、あゝ、捨てられたくない」という丑松の熱い願いは、作者その人の全身的願望と化している。

『春』の引用文はあきらかにこのようなものではない。岸本を眺める作者の眼は冷静である。作者は岸本の行動や心理を自由に俯瞰できる位置にいる。霜枯れた草の上に射す薄日は、作者の眼にくっきりととらえられているが、岸本のボンヤリした頭の中では光の動揺と意識されるだけである。「日が隔《かぎ》つて来た」のがみえるのは作者であって、この時、器械のように歩き出した岸本には、ただじっとしていられない衝動だけがあったのである。岸本は作者その人であるはずなのだが、作者が主人公と等身大であるのはむしろ『破戒』のほうであって『春』ではない。『春』(前半)が岸本をも他の友人と同列に対象化する客観小説の手法を用いている、という三好説にこのかぎりでは賛成であるが、しかし、『破戒』と『春』とのあいだにある、このあきらかな文体上の相違、したがって小説理念の断層の存在をみとめないわけにはゆかないのである。『破戒』はその文体の流れ動く感傷性によってむしろ客観小説なのであり、『春』(前半)はそのひかえめで静止的な文体によってむしろ自伝的作品なのである。ここに藤村という作家の独特の個性がある。

『破戒』の文体は作者の主人公への自己移入が、完璧に近いかたちで行われたことを示している。丑松という他者の肉体を借りることによって、作者は自己の存在証明をかちえようとしているかに見える。藤村はたとえば岩野泡鳴のように、また近松秋江のように、自己を語ることのとうてい不可能な作家であった。わが胸の底の思いを打ちあけ難いという、その「鬱屈した性格」はいたるところにある。手近なところで、勝子を愛し悶々としながら一言も告げえず、あてもない放浪の旅にのぼらねばならなかった『春』。作家としての独立を決意し、『破戒』自費出版の費用を懇請するため、果もない白い海のような雪原を凍死の危険さえおかして行きながら、それとは言い出しえずに引き返す『突貫』。『新生』の作者は、自身がその身をあやまたせた節子の、後事を托す責任を負ってさえ、会うべき義姉を避け、懊々として兄に一通の手紙を書きなやんでいる。この人にしてはじめて、「言ふぞよき、ためらはずして言ふぞよき」という言葉の意味は新鮮である。丑松の告白をそのまま新生涯の開始とした意味はここにある。暗い血統の意識を底流とした自己隠蔽の本能と、自己告白の情熱との矛盾は、作者のいわば業である。野村喬氏のいう「『身を匿そう』とする本能と『身を起こそう』とする衝動[*8]」との「二元相剋」の苦痛である。丑松の背後にはあきらかに作者の自画像が透けて見える。

他者に化身することによってはじめて、いかんなく自己を語るというこの作者の性質は、すでに詩集『若菜集』以来のものである。六人の処女に変身した若い作者の、官能のよろこびはなまなましい。『旧主人』の女中に化身した中年の作者の、復讐と嫉妬の情念は鋭い。ハウプトマンの『寂しき人々』の影響を、『蒲団』というかたちで提出した花袋と、『水彩画家』というかたちで受けとめた作者との差を考えてみてもあきらかだろう。おそらく藤村は、本来仮構を必要とする作家であった。自己隠蔽の本能と自己告白の情熱という相矛盾した情動は、野村氏のいうようにそのまま藤村文学の「根底に貫通する告白臭」として「帰結」するのではなしに、自己の全存在を仮構の世界に賭け、想像上の人物に自身の熱い生血を通わせるという、迂遠な方法によってしか調整されないものではないか。西欧近代小説の概念がすなおに受けいれられる素地を、藤村はいわば体質的にもっていたといえよう。二葉亭のロシア文学に相当する根生いの素養を欠いていた藤村が、『破戒』にほぼ正当な近代小説の骨格をそなえたのはこのためである。部落民という絶好の仮装に安んじて自己を語りうる解放感が、文体の主情性をささえている。しかし、その絶好の仮装は、ただ告白を重からしめるための方法、自己を語る装置ではなかった。おそらく『破戒』の執筆動機は、「藤村みずからが人種的偏見に囚われていたことと相手が部落出の知的な青年であったこと」との「衝撃」ととらえている平野氏の直感が正しいのである。そこに、越智治雄氏のいう「自然や労働に関する観念[*9]」と結びついた当初の「意図」が確められる理由もある。モデルの社会的境遇に対する熱い共感と、そこに強引にぬりこめた自己内心の苦悩とのバランスは、藤村の独創であるとともに、そういう素材にめぐりあえた稀な幸運の賜てよいと思う。

物といえよう。日本自然主義の正統な発展を期待される『破戒』の栄誉は、そのようなものとして理解され

客観小説において主情的に発想せざるをえないという作者の特質は、『破戒』にあっては、主人公以外の副人物たちの造型力の貧しさとしてあらわれているが、主情的な傾斜において主人公を安易に造型してしまった結果ひきおこされたのがモデル問題である。

『破戒』の前作『水彩画家』は小諸時代の友人で画家の丸山晩霞を主人公に、その妻、母、妹、女友、書生という人物の外的条件をすべて写してモデルとしながら、実は作者自身の家庭生活の煩悶を移し入れたものである。晩霞にあたる人物は当然作者の感慨をぬりこめられている。『破戒』と同系の発想であり、同じ感傷的詠嘆的な文体をもっているが、『破戒』と違うところは、主人公に架空の人格としての全円的な造型をほどこさず、安易にモデルの事実へ依存していることである。藤村の想像力不足については時々指摘されるが、あたかもそれを実在のモデルによっておぎなうかたちになったのである。作家の主観的情調に色あげされた主人公のモデルが、不満をいだくのは自然である。晩霞は「島崎藤村著『水彩画家』の主人公について」(『中央公論』明40・10)を書いて追及したが、実はこれより一月前に、すでに『並木』が、そのモデル馬場孤蝶、戸川秋骨らの辛辣な批評の矢面に立たされていたのである。(馬場孤蝶「島崎氏の『並木』」『趣味』明40・9、戸川秋骨「金魚」『中央公論』明40・9)この一連のモデル問題によって、文壇は一時騒然と湧いたようである。結論だけいえばさしてめづらしくもないようだが、このモデル問題こそ、『破戒』と『春』とのあいだにある断層を解く鍵であると私は考える。

「当時、私は筆を折つて、文壇を退かうかと考へた」（「モデル」『新片町より』）というのが、その頃の作者の実情であった。

『藁草履』に線路番人の話を書いて以来、当人に会うのを恐れて、なるべくその「踏切のところを通らないやうにして居た」（『突貫』）くらいの人である。『破戒』完成のために小諸の山を下りたにはちがいないが、『旧主人』のなかに恩師木村熊二の先妻をモデルにしたということが、決心を急がせたのでもあった。（同）これほど他人の気を兼ねる作者が、モデル本人の公の抗議にあって苦しい思いをしないはずはない。冗談ではなく「人をして悶死せしむる底のもの」（神津猛宛書簡　明40・9・10）であったと思われる。それは親しい人に迷惑をかけたという律義な気持からくる苦痛であるとともに、自己の文学的力倆に対する深刻な打撃であったはずである。

『並木』という作品は長年の意にそまぬ腰弁生活に疲労倦怠した中年の男の焦燥感を中心としたもので、作者としては相当自信もあったらしいが、これに対する馬場孤蝶の皮肉は痛烈をきわめていた。

相当の年令に達したものの間では、友情などは不言の間に通じていて、めつたに「君と僕とは離れることの出来ない友達だ」などと言はぬものである。壮士芝居式に行かずに何んとか他に書きようは無いものか…べたついて居る…厭味たらしい…要するに『並木』は、新躰詩の真似事でも為やうといふ所謂る詩人諸君のなかで時々見かけるやうな人間を書いたものである。断じて三十以上の人間を書いたものとは見えぬ。

中年の男の心境を描くことに特に注意の払われた作品に対して、断じて三十以上の人間でない、などといわれたショックは小さくないだろう。孤蝶は『並木』の主人公が「馬場＋《プラス》島崎」であるときめつけて、作者の創作方法上の欠陥をするどく突いたのである。他者に変身して自己の感慨を語る作者の発想が客観小説として熟さず、実在のモデルに依存したまま、単にモデルを自身にひきつける結果に終ったのである。晩霞の批難も「モデルの皮相ばかり写してその人の自然の性情を写さないで自分の経歴をそのモデルに添加」し、作者流の「小胆な泣男」をこしらえたというにあって、事情は同じである。モデルにもとづいて自立した想像世界を構築するのではなしに、モデルに依存してそれに自己投入するという安易な方法が、しかし、どうしてとられたのかということは、ただ単に作者の想像力不足にだけ帰することはできないだろう。そこに、抒情詩から散文へ転向するにあたって、営々努力した作者独自の「観察」の方法があった。「観察は私の武器」「物は観さえすれば書ける」という観察の精神は、事実尊重の精神と結合する。これが作者を呪縛していたのではなかったか。経験的事実に取材する写実の誘惑がつねにあったのである。

ともかく、このモデル問題は、従来の創作方法に対する根本的反省をうながしたようである。いったん筆を折ろうとしたものの、「行ける処まで行つて見るより外に、自分の取るべき道はない」と思いなおした作者は、次のような自己分析を行っている。

　我伎倆の拙劣なるが故である。離れて物を観ることの出来ないからである。ある生活の一部を写す時、全体を写すことを忘れたからである。

これは描くべき対象を自己とひきはなして、それ自体の完全な姿において客観的に把えることを意味している。実在のモデルに依存して、そこに自己投入するという方法の否が自覚されていることになろう。「もつと事物を正しく見ること」は散文家として新たに出発しようとした作者の初心であったが、事物をむしろほしいままに見ていたことを、さとらされたわけである。こうして、作者はモデル問題によって、方法上の決定的転換を迫られていたとみることができる。「冷い脂汗」を流し、幾度か筆を投げようとしながら書きあげた労作『春』が、その回答であった。作者は当時を次のように回想している。

ああいふモデル問題があつたといふことは、もつとまともに、自分の旧友や亡くなつた知己などをまともに観るといふことの力になりました。今になつて考へてみますと、あの「並木」ばかりでなしに、その他の作のモデル問題が起るたびに、私は可なり苦しみましたが、さういふ問題から教へられることも多かつたと思ひます。それやこれやの刺戟で、長篇の上などでも、それまで自分で敢てしなかつたことを試みようと思ひ立つやうになつたのです。

今からみると、「春」以前の作は、私にとつても、創作の試みの時代で、「春」あたりから、どうやら自分のものと言へる文体も出来てきたかと思ひます。

「『春』のことがら」『文章倶楽部』大15・8

作者もみとめているように、『春』にはそれまで「敢てしなかつたこと」の試みがなされた。それが何であったかは、先にあげた『春』の引用文をみればあきらかである。そこに、作者と作中人物との次元をわけた冷静な客観的手法があるとともに、作者である藤村自身がその人として、対象化されているのである。もはや作中人物の中へ主情的に自己移入する作者はいない。逆に作者みずから仮面を取ってあらわれることにより、登場人物と作者との情交を断ちきったのである。

『破戒』以前の仮構による作品をすべて習作にかぞえ、『春』の方法にわが文体の確立を位置づけたのはこのためである。『破戒』と『春』とのあいだの小説概念の変更は、このようにしておきたと考えられる。

ところで、モデル問題のもちあがったのは明治四十年（一九〇七）九月のことである。『春』は最初緑蔭叢書第二篇として刊行予定であったのを、「東京朝日新聞」の勧誘をうけて連載にふみきったのが同じ九月であった。三好説ではこの時旧稿が破棄され新稿執筆が始まった。和田説ではこの時までにまとまった形の旧稿は無く『春』執筆の開始は九月二十日前後と推定されている。いずれにしろ、『春』の「構想自体にすぐさま決定的な変質を期待するわけにはゆかない」（三好）し、「基本的骨組み」は「急に変更しようのないもの」（和田）であった、というのが一致した意見である。

その『春』の原構想とは何であろうか。

「『理想の春』にあざむかれて死ぬ青年を書き、次に『芸術の春』を求めて失敗する青年を書き、最後に『人生の春』に到達した青年を書かうと思ふ」という「『春』執筆中の談話」（『新思潮』明40・9）は有名である。しかし、『破戒』の蓮太郎を充分描けなかったことに思い到った作者が、蓮太郎すなわち透谷を、次作の主人公に据えたのが『春』の原構想であるという和田説は、この談話筆記を信用していない。和田氏の引用している「（『春』は）青年の熱烈なる恋愛を中心としたるものなりと」（『文章世界』明39・12）「篇中の人物は若き天才を写し出さるるやに聞く、故北村透谷子の面影なる由」（『新古文林』明40・2）という記事から、透谷が篇中の一人物たることに疑問はないけれども、現在ある『春』には、透谷の熱烈な恋愛は描かれていないのである。結婚というその灰色の結末から始められている。

「只こんな人物をかいて見やうといふことだけボンヤリ頭に浮べて此章にはこれをかゝうといふことなど

は腹案すらもたてゝゐない」(「『春』と『龍土会』」『趣味』明40・4)というのが実情だったにちがいない。それが三ケ月後の明治四十年七月二十六日、藤村は「『春』の出版によりて得べき純益を揚げて、多年の恩誼に酬」いたいと決意を披瀝し、神津猛宛に二百円の借金を申し込んでいる。慎重な藤村がいよいよ作品完成の見通しをつけたうえでの申し込みと思われる。おそらくようやくこの頃、『春』の構想は具体化したのである。その翌月に語られた「『春』執筆中の談話」をもっとも信用していいのではないか。その『春』の原構想は「青年の団体」という発想であり、透谷は「理想の春」を代表する篇中の一人物である。「芸術の春」に失敗する青年は、普通藤村自身のようにいわれているが、瀬沼茂樹氏[*10]、また三好氏の指摘もあるように、透谷なきあと、唯美主義的ディレッタンティズムへと転向する『文学界』の青年達であろう。「人生の春」に到達する青年には、作者自身のイメージが振り当てられていたと思える。

しかし、このことは『春』の原構想がすでに現在あるような自伝的作品として構想されていたことを意味しない。以上三つの春に分類された青年達は、単に『春』のモデルにすぎなかった、と考えることは可能である。それは、『破戒』の「型」を再現するのに必要な、「都カラー」だったという考え方もできるのである。『破戒』の丑松は先輩蓮太郎のように壮烈に理想へ殉ずる道でもなく、父親のように社会的因習と妥協する道でもない第三の、屈辱にまみれながら、しかし、死なずに生き残る道を発見した。告白による心理的救済が部落民としての人間的解放にとって、なんら社会的対応力をもたないとしても、作者にとってはそれが一青年の「解放と更生」であり、「人生に相触れたもの」として意識されていたのである。この論法を『春』もまた踏襲している。激しく燃焼した透谷=蓮太郎的青春でもなく、自己韜晦した『文学界』主流=父親的青春でもない。第三の、困難に耐えて生きのびたものの「人生の春」が展望されている。それは丑松の新生に比すべき明るさ——真の意味の現実的対応力を欠いた救済の明るさにおいておそらく構想されていたであろう。ただ、『破戒』が丑松という一人の主人公をもっていたのに反し、『春』の主人公は複数であった。したがって、丑松が藤村の相貌をおびているという関係を、三つの春の主人公たちはそれぞれ受けつぐことになったにちがいない。作者の主情的な自己投入によって、『並木』の主人公が「馬場＋《プラス》島崎」であったちょうどそのように。他者に仮托して自己を語るという『破戒』の方法が藤村の宿業に根ざしているものとすれば、何か重大な衝撃を受けることなしに、創作方法上の転換は考えられないのである。モデル問題の発生する直前まで、こうして、『春』は『破戒』とよく似た発想によって計画されていたものと考えられる。

けれども、モデル問題がこの原構想を破棄させることになった。作者は「離れて物を観」「一部を写す時全体を写す」厳格な手法を課題として、実在するありのままの対象を領略しようとしたのである。三つの春という観念的な図式にしたがうのではなく、ありのままの現実の秩序において作品世界を支配しようとしたのである。『破戒』完成のよろこびを語るためにも、『家畜』のような仮構の作品を必要とした作家にとって、ナマミの自己が登場するということは、容易ならぬ勇気を要したにちがいない。その人とわかる実在の友人を描くことは、「冷い脂汗」をしぼらせるに充分だったのである。すでに故人となっていた透谷をのぞけば、他の青年達の像が一様にぼけていて非個性的であるのは、作者の筆の遠慮とみるほかはない。「方々で必ずお世辞を振り蒔いてゐる」たしかに「苦心の作」(孤蝶)などという皮肉な批評をこうむったゆえんである。透谷だけはそういう配慮を必要としなかったため、比較的筆が自由にのびている。しかし、

懺悔するやうな口元には何となく人の心を牽引《ひきつ》けるところが有つた。それを見ると、世の中の惑溺や汚穢《けがれ》を嘗《な》め知つた人の口唇《くちびる》を思ひ出させる。(二)

これは当時の透谷の姿をきびしく観る文体ではなく、忘れがたい先輩透谷へ主情的に近ずこうとする文体であって、『破戒』に一脈通じている。作者は透谷をあらためて「スタデイ」して書いたといっているが、そのことは透谷の再構成を意味するわけで、いわば一種の仮構である。透谷の像が比較的明晰であるとともにきわめて藤村調を帯びているのは、丑松と似た創作条件によるからである。では作者自身はどのように描かれているか。

「手招きと、御辞儀と、卑下した言葉とで、煙草を勧める婦女《をんな》」というような描き方は、一般に『春』の文体の特色とされているが、これは岸本の始めて経験する女の姿である。恋人勝子の写真と手紙を裂いて捨てた時、「何故其様《そん》なことを為るのか、自分にも解らなかつた」としか作者は語らない。対象の印象描写も、自己内心の動揺を分析しないための働きをしているのである。自己対象化の省略をもっともよく示すのは国府津海岸の場であろう。海を墓場と観念し、暗い波に相対した岸本は、突然「――今こゝで死んでもツマラない。」と思い返すのである。自殺の危機を克服した内的葛藤は描かれない。他者に変身して語る作家の、それまで「敢てしなかつた」試みの困難をものがたっている。

モデル問題のおこったのは四十年（一九〇七）九月であるが、これは『蒲団』発表と同月である。三好氏によれば「自己表現にあたってのシンセリティを要求し、いわば自己暴露の要請とも読める」孤蝶や晩霞の批判の方向を実現してみせたのが『蒲団』で、その「告白的手法」を『春』の後半は無視するわけにゆかなかったという。モデル問題を『蒲団』と一括してとらえている。しかし、藤村にとってモデル問題の教訓は厳正な客観的態度の要請ではあっても、そのまま『蒲団』に通う自己暴露の要請ではなかったと考えられるし、かりに三好説の通りだとしても、改稿と同時期におこっているこれらの事件の影響が、何故『春』の後半になってはじめて現れたのか、という事情は説明されないのである。藤村への影響に関するかぎり、二つは別個の事件であった。藤村は独自の立場で『春』の原構想をねり、九月モデル問題に遭遇してまた独自の道を切り開いたのである。その対象と自己とを隔離する距離の意識が、『春』の客観的手法をささえたといえる。『春』の後半、岸本へ描写軸が移り告白的傾向を強めるのは、作者が透谷なきあとの『文学界』主流の友人達を書きなやんだための、止むをえない結果であったと私は判断する。『蒲団』の存在は、そうした条件においてはじめて作者を勇気づけたと考えられる。

『春』の記述は明治二十七年（一八九四）の十月から翌二十八年十一月までが省略されている。この省略の一年のあいだに、実は作者としては重大な文学的岐路が横たわっていたはずである。

明治二十八年（一八九五）五月、『文学界』誌上に上田敏の「美術の翫賞」がのり、同時にこれと好対照をなす藤村の「聊か思ひを述べて今日の批評家に望む」がのせられていた。上田敏の論文は透谷なきあとの『文学界』主流が、唯美主義的ディレッタンティズムの方向へ転向したことを示し、藤村のものは、透谷を追って「心の戦」をつづけながらも透谷のように砕け散るのでなしに、「活きたる俗人」として「今日」の現実に立脚し、生活者としての自己を肯定して生きる、という自覚の見え始めたもので、藤村の自己形成過程に一期を画すものであった。この二論文が同人達の話題となり、若い藤村が友人達とひそかな訣別を意識する場面が、『春』にはちゃんと描いてあるが、しかし、それは作品のうえでは二十九年（一八九六）三月のことになっている。三好氏の指摘のあるように作者は故意に約一年間の時間的くりさげを行っているのである。年来の友人達との訣別という意味ある時期が作為された原因は何であろう。おそらくそれは、作者に友人達の変貌の過程を描きわける自信がなかったからである。

一年間の記述の省略というのは、戸川秋骨の「秋風蕭条の記」が引用され、「斯様なことを菅が書いてから、一年ばかり過ぎた」とつづいてゆくところであるが、その斯様なこととは、

日清戦争に世は武士《もののふ》のものとなりぬ。市川学窓に古賢を友とし、岸本僅かに余喘《よぜん》を保ち、菅また悄然、ひとり足立の意気軒昂たるは奈何《いか》なるまぎれにや、風の便りに聞かば隣家《となり》の庭に野花《やくわ》一輪の咲出でしなりといふ。

という一節である。作者は市川、菅、足立ら友人の動静が一筆書きに報じられた他人の文章を借りて暗に示すだけで、作者自身による直接描写を省き、しかもそのまま、唐突に一年もの経過をとばしているのである。二十八年（一八九五）五月までの時点で、作者を『文学界』主流の方向から離反させた過程を描かないとすれば、残された方法は、時の経過を借りて彼らの成長、変化を無理なく印象させるほかないのではないか。事実、架空の一年を経過した市川、菅らの老成ぶりは自然であり、その「旧《むかし》からの学校友達を憐れむやうな眼付」は「頭を垂れて思い沈んで居る」岸本と鮮やかな対照をなして描かれているのである。「芸術の春」に失敗した青年は、「学問でもして、傍ら芸術を楽まう」というディレッタンティズムに逃避した、透谷なきあとの『文学界』である、そういうひそかな批判をいだきながら、具体的経過においては示さず、唐突な省略によって切りぬけたのである。実在の友人を対象とする苦痛はここにもあらわである。この時はじめて作者は自己自身に密着する発想をえらんだ。『蒲団』とはちがった道筋を歩いてきた作者は、こういう事態においてようやく、無視しえない時代の潮流に影響されていったと考えられる。

けれども、『春』後半の文体と『蒲団』のそれとは決して同じものではない。

不思議な、あさましい、平素《ふだん》は殆んど念頭にも浮ばないやうな思想《かんがへ》が、其時浮んで来た。自分は未だ髪も黒く、頬も紅い――すくなくとも斯の黒い髪や紅い頬に対して、十円やそこいらの金は貸して呉れさうなものだ、と斯う思つて見た。其時彼は婦人《をんな》の前に跪づく多くの薄志弱行な男子《をとこ》のことを考へて、年老いて好色な後家にかしづく壮年《わかもの》、有福な女に弄ばれる男妾、金の為にはいかなる媚《こび》をも売らうとする美しい節操《みさを》のない男子《をとこ》なぞを数へて、恥づべき自分の心情に於ては、すこしも左様いふ蕩子《たはれを》と違ふところがないかのやうに思つた。岸本は自分で自分の可厭《いや》な臭気《にほひ》を嗅ぐやうな思をした。兎に角、西京へ宛て、金の無心の手紙を書いた。

ねちねちと廻りくどくテンポののろい、イメージの不明確なものである。「違ふところがないかのやうに思つた」とか「臭気《にほひ》を嗅ぐやうな思」とかいうふうに、やうなというクッションを入れて叙述をおぼめかしている。自己の恥部をズバリと暴くことが出来ない。美貌に対するひそかな自負を、「黒い髪や紅い頬」などと表現してすまそうとする。岸本は自分で自分の可厭な臭気を嗅いで深い羞恥をおぼえたはずであるが、「兎に角」という一語でそれを乗り超えてしまい、金の無心の手紙を書いている。その間の心理的葛藤は描写されない。人生の危機にのぞんで執拗におのれを生かそうとする、底深い自我の本能を対象化することができないのである。『春』前半の客観的手法においても、内心の危機的葛藤はとばされていたが、作者が岸本の一元的視点に近づいても、それは同じである。藤村はやはり、ナマのままの自己を語りえない作家であった。

こうして、本来仮構を必要とした作家の「敢えてしなかつた」試みである『春』は、死んだ透谷だけを比較的鮮明に写したけれども、実在する友人達の描写には成功せず、方法的に転位した自己の描写にも、独特の曖昧さを残して、作品全体の晦渋と不統一とを結果した。四十年（一九〇七）九月の時点で三つの春という原構想が崩れ去り、多少の事実のやむをえぬ改変はあったにしろ、実在する人物の秩序に服した自伝的作品として展開された以上、当初の構想にあった人生の春が描かれなかったのは不思議ではない。自己の青春の真実をあとづける過程で、すでに家の重荷を自覚していた作者にとって、仙台の青春は虚妄の春の感が深かったのである。

『家』は自伝作家としてのコオスをきめた作者が、『春』における失敗をくり返さぬために、刻苦精進した傑作である。題材の点で他人よりは遠慮のいらぬ身内を対象としたことがまず有利であったし、手法の点できびしい客観主義を一貫して通し、その写実的実証性を、肉体と行為による文体において保証したことによるだろう。人物の心理的内面に深く立ち入らず、その肉体と行為とにより簡略に暗示的にとらえるリアリズムである。三好氏が「事実へのあくなき傾斜」「即物的な徹底客観描写」という、例の「眼付」の用法は、野村氏の「肉体化された文体[*11]」という把握のあるように、いわば肉体による実証のひとつである。また、「叔父は犬のやうに震へた」「眠たい子守歌をお房に歌つてやりながら三吉は自分の声に耳を澄した。」というような肉体とその行為による表現の的確な効果は、『家』においてもっとも鮮やかである。自己を素材にしてその内部を論理的実証的に表現しつくすことはもともと不可能であり、そこに告白という方法が残されているが、ナマのままの自己をとうてい語りえぬ藤村にとって『家』の文体は自己対象化の困難とたたかって得た窮極の技法であった。

『水彩画家』の主人公伝吉と、『家』の三吉とを比較してみれば、その間六年をけみした藤村の変貌は歴然としている。『蒲団』の出現という文壇的事情とは別に、モデル問題を真摯に受けとめた作家藤村のめざましい成長のあとをここに象徴的にみてとることができる。しかし、その成長を代償として、稀に稔った『破戒』の道筋は消え去ったのである。

（一九六九・一〇）

＊1　三好行雄「人生の春」『島崎藤村論』昭30・9
＊2・4　和田謹吾「『春』の構造」昭35・6『自然主義文学』
＊3　「春」昭24・7『島崎藤村』
＊5　「『破戒』の史的位置」昭26・5『自然主義文学』
＊6　『近代日本文学の展望』一九五〇・七
＊7　『自然主義の研究』下　東京堂　一九五八・一
＊8・11　「藤村の文体」昭42・7『島崎藤村研究必携』
＊9　「破戒」『島崎藤村研究必携』学燈社　一九六七・七
＊10　『島崎藤村』世界評論社　一九四九・四

森鷗外——母という光背

私という人間を一番理解しているのは、母親だと私は信じている。母親が一番私を愛しているからだ。愛しているから私の性格を解析してみる事が無用なのだ。私の行動がたどれないことを少しも悲しまないから決してあやまたない。私という子供は「ああいう奴だ」と思っているのである。——小林秀雄はそう語っている。世の母親というものの「古い美しい典型」ともいうべきものがここにある。

愛することによって無限に受け入れるという女の理想像は、おそらく母親以上に全きかたちをとることはできないであろう。あるがままに許容するものへの限りない憧れ、深い安息と救済へのねがいは、たとえば夏目漱石においても、美しい母のイメージを結ばせている。

それは漱石がまだいたずらで強情な少年の頃の回想としてある。二階に上って一人で昼寝をしていた漱石少年は、よく変なものに襲われ恐ろしい思いをしたらしい。あるとき、何処で犯した罪かわからないが、ともかく何の目的に使用したとも知れぬ、自分のものでない大金を消費してしまい、到底、子供の力で償うわけにはいかぬ額なので、寝ながら大変に苦しみだしたのである。そして、とうとう大声をあげて下にいる母を呼んだ。少年の声をききつけると母はすぐ二階へ来てくれたが、そこに立って眺めている母に、少年は自分の苦しみを話し、何うかして下さいと頼んだのである。

母《はゝ》は其時微笑しながら、「心配しないでも好《い》いよ。御母《おつか》さんがいくらでも御金《かね》を出《だ》して上《あ》げるから」と云つて呉れた。私は大変嬉《うれ》しかつた。それで安心してまたすや〳〵寝《ね》てしまつた。

私は此出来事《ごと》が、全部夢《ゆめ》なのか、又は半分丈本当なのか、今《いま》でも疑つてゐる。然し何《ど》うしても私は実際大きな声を出して母に救《すくい》を求め、母は又実際の姿を現はして私に慰籍の言葉《ことば》を与へて呉れたとしか考へられない。さうして其時の母《はゝ》の服装《なり》は、いつも私の眼に映《うつ》る通り、やはり紺無地の絽《ろ》の帷子《かたびら》の幅《はゞ》の狭《せま》い黒繻子の帯だつたのである。

「硝子戸の中」


ここに、漱石の母の原像があるといっていいだろう。

よく知られているように、漱石は両親の晩年の子で、生まれ落ちると間もなく里子に出されている。さらに養子に出され、義父母の離婚とともに実家に戻るという恵まれぬ境遇に育った。そののち五年ほどして、まだ十五歳のときに生母を失っている。漱石のなかの安息と救済のイメージが、全部夢のようでもあり、半分現実のようでもあるという危うさには、その薄幸な生いたちが影をおとしているのかもしれない。それゆえ一層、「実際の姿」として憧憬されることになった。

紺無地の絽の着物に黒繻子の帯をしめ、大きな老眼鏡をかけて裁縫《しごと》をしながら、上眼づかいに、少年漱石を凝っと見ることがしばしばあったという、そのなつかしい母の面影が、いつでも背景になっていた襖の、「生死事大無常迅速」と書いた石摺とともに彷彿されたいうことも、注目されてよいだろう。存在の根源に通う言葉とともに在る母とは、そのままひとつの象徴的光景である。父母未生以前といい、自然とも表現された、漱石の生の根源へむかう想念の領域にこの母は美しい像を結んでいる。明治日本の資本主義的近代のいわば裏側へ降りたつ領域に、漱石の母の像は床しくもなつかしく浮かんでいる。

日本の近代文学を代表し、あらゆる意味において漱石と対比される森鷗外は、はたしてどのような母の像をもったであろうか。おそらくその対照性は母のイメージにおいても鮮やかに見えてくるものと思われる。

漱石の「趣味の遺伝」の冒頭部分をひきあいに、かつて中野重治は次のようにのべたことがある。

新橋駅へ出かけて行つた夏目漱石と、新橋駅へ凱旋してきた森鷗外とのあいだには——どこまでもたとえ話としてのハンディキャップがつきまといはするが、まつすぐ馬車で「参内《さんだい》」するものと、「冷飯《ひやめし》草履《ぞうり》」の母親に「袖にぶら下が」られて家路《いえじ》につく軍曹とのあいだにあるくらいのちがいが「身分」上のものとしてあつたのである。

「漱石と鷗外とのちがい」

比喩としての制限をみとめながらではあるが、ここに語られた対比には、戦後まもなくの中野重治らしい、尖鋭なクマドリの仕方があって面白い。

ここでいう鷗外の参内とは、明治三十九年（一九〇六）一月、日露戦役が終って凱旋し、軍、官、民の出迎えるなかを、宮中差廻しの馬車に幕僚とともに分乗したただちに参内したそれである。翌年十一月、陸軍々医総監に任ぜられ、陸軍省医務局長となり、四十五歳の鷗外はこのとき軍医として最高の地位にのぼりつめる。鷗外の母峰の満足はいかばかりであったろう。若いときからこの長男の立身を夢みて、一途に励んできた女性であったからである。

森家長男としての鷗外林太郎が手厚く育てられたさまは、小金井喜美子「不忘記」にもあきらかなエピソードを残している。

「知りたる人、さ夜ふけて通りかかれるに、ともし火あかあかとして人の打騒ぐけはひす。急病の人もやと立寄り音なへば、幼なき児をあやすざわめきなりしかば、その事々しさに驚き笑ひて、人にも語りぬとぞ。」——この一件は、何と林太郎の夜啼きなのであった。里子に出された先が古道具屋で、我楽多といっしょに小さい笊に入れられて、毎晩大通りの夜店に曝されていたという、漱石の生いたちが思い合わされる。

「女の子は育てても便りなきやうに思」ったという母峰の気性には、やがて東京に出る長男が諸国の人に勝れた人となり、「家の名をもお国の名をも揚げるやう」育てあげずにはおかぬものがあった。「才気煥発で全く聡明」といわれた彼女は、女に学問はいらぬという時代の旧い慣習のなかに育っている。林太郎が四書素読を学ぶようになると、その復習をみてやるために隠れてひそかにいろはから習い始め、仮名つきの四書を暗誦してその復習を監督したといわれる。忙しい家事に疲れた夜ふけまで、次の日の予習をおこたらず、力のかぎり自身読み書きの勉強に励んだという。この並々でない熱意のみなもとをたどれば、鷗外の「本家分家」に示された、津和野藩典医としての森家の位相がうかびあがるだろう。

こんな風に他国ものが来て、吉川家を継ぐのは、当時髪を剃つて十徳を着る医者の家へは、藩中のものが養子やよめに来ることを嫌つてゐたからである。(中略)かう云ふわけで、吉川博士の家には、博士の祖父から博士の母を通じて、一種気位の高い、冷眼に世間を視る風と、平素実力を養つて置いて、折もあつたら立身出世をしやうと云ふ志とが伝はつてゐた。

鷗外の祖父玄仙から母峰へと流れる血のなかには、藩の典医をひそかに冷遇した世間を、いつか見返さずにはおかぬという反抗的出世主義がひそかに燃えていたのである。

ともあれ、母峰は命よりも大切に思い、心をつくして育てあげた林太郎が、今や手もとどかぬほどの高位にのぼり、立派に成功したのを眼前にしたのである。鷗外長男の森於菟はのべている。

まことに祖母にとっては己が望みのすべてをかけて育てた父の成人して、期待したよりもすぐれた人となった喜びに、その子のために書物を整え肌着を縫いつつ老を忘れ、また床の間の柱や縁の手すりを拭き庭石を洗う手も歓喜にふるえたのであった。「鷗外の母」

本郷千駄木の観潮楼は、かねてわが子を住まわせたいと夢想していた母峰の夢の実現であり、その設計はすべて峰の手になったという。

峰はそこにあって、家のものの食事のこと、寝起きの世話いっさい、一人か二人の女中を相手に家事万端とりしきり、少し暇があれば庭に出て雑草をむしり草花を作って、終日楽しげに身体を動かすというふうであった。数千巻におよぶ蔵書の整理虫干から裏打ち綴りなをし、ときに雑誌の校正の手助けもする賢母である。鷗外の書くものはかなりむつかしいものまで眼を通したようであり、鷗外も一作成るごとに朗読してきかせたと、於菟が回想している。『即興詩人』（『しがらみ草紙』明25・11〜27・8、『めさまし草』明30・2〜34・2）の初版が大型の四号活字で組まれたのは、いつも座辺に置いて繰り返し読む母の視力を、鷗外がとくに気づかったためであるといわれる。

世間通常の目には鷗外の母峰こそ、もっとも幸福な女性のひとりであるかにみえるであろう。しかし、ひるがえって考えなおしてみれば、この母が世取り息子を何ものか偉いものにしおおせて、世に出したいと願ったその一心不乱というものが、中野重治のいう「政治的に世俗的」（「鷗外位置づけのために」）という性質をおびていることもまた否めないであろう。明治日本の近代の新しい体制は、少年鷗外を擁した母峰の前に無限の出世コオスとして開けていた。その立身の階梯を疑いようもなく、たゆまず登りゆく夢はきわめて熱烈に現世的であり、世俗的に体制維持的であった。明治の近代のいわば裏側へ降りたつ領域というようなものと、それはほとんど無縁である。あの漱石の母の像の浮かぶひそかな領域とはちょうど反対の側に、鷗外の母の特異な（得意な）居場所があったといえるだろう。

はたして、鷗外はその母をどのように描いたであろうか。

「舞姫」（『国民之友』明23・1・3）の主人公太田豊太郎は、父を早く失い母一人に育てられた俊秀である。某省の官吏となり五十を越した母を残して洋行する。「母の教に従ひ、人の神童なりなど褒むるが嬉しさに怠らず学びし時より、官長の善き働き手を得たりと奨ますが喜ばしさにたゆみなく勤めし時まで、ただ所動的、器械的の人物になりて自ら悟らざりし」というのが、周知のようにかの地での「まことの我」の覚醒である。そういうなかで知りあったエリスの一件がもとで、職を解かれた豊太郎は、即刻帰国すれば路用は給す、という通達に一週間の猶予を願った。実はその間に、豊太郎の運命を左右する重要な書状が舞いこむのである。

一は母の自筆、一は親族なる某が、母の死を、我がまたなく慕ふ母の死を報じたる書なりき。余は母の書中の言をこゝに反復するに堪へず。涙の迫り来て筆の運を妨ぐればなり。

外地において罷免されるというのさえ、容易ならぬ事態であるのに、さらに加えて最愛の母の死に直面したのである。「悲痛感慨の刺激によりて常ならずなりたる脳髄」の「恍惚の間」に、ついに豊太郎はエリスと結ばれるという設定である。

ところで、「わが心はかの合歓《ねむ》といふ木の葉に似て、物触れば縮みて避けんとす」る、というのがそもそも豊太郎の本性であって、「所動的、器械的の人物」になりえた理由もそこにあった、とされている。人に秀でた耐忍勉強も「唯外物に恐れて自らわが手足を縛せしのみ」の結果である。「まことの我」を一枚むいた正体は、外界への違和であり不適応であるといってよい。事実、エリス事件は留学生仲間とうまく付き合えぬ面白からぬ関係からおこった「讒誣《ざんぶ》」である。

そうした傷つきやすい臆病な青年である豊太郎が、エリスとの「清白」な交りを越えるためには、何か常ならざる危急の事態がぜひ必要であった。免官にかさなる母の死が設定された理由であろう。

しかし、母の突然の死が、いったいどういう死にかたなのかまったく不明のまま、偶然にしてはいかにも都合がよすぎるのである。そこに、免官と知った母の覚悟の自殺、諫死といった説も出てくる理由もある。そうだとすれば、母一人子一人の関係で、当然異常なショックであったはずの母の諫死の、豊太郎にあたえた心理的影響の内容に、作者の筆が少しもついやされないのは、なんとも不自然である。母の諫死はむしろ、エリスと豊太郎を別離へみちびく可能性もあるからである。

かりに偶然の病死であったとして、書状の内容をかきとめ得ないほど悲嘆にくれながら、その後のエリスとの生活のなかで、豊太郎が亡母の面影をしのんで悲しむといった様子のまったくないのも、大いに不自然であり不可解なことである。要するに母の死にはリアリティがない。

免官となってもし国元に老母が生きていたとすれば、豊太郎は母かエリスかいちおう選択をせまられる。おそらく、「弱性の人」豊太郎は、まだ師弟の「清白」の交りにすぎぬエリスを残して、名残りを惜しみつつも帰国しえたし、またしなくてはならなかったであろう。別離の自責と苦悩とに人事不省におちることもなければ、エリスも無惨な廃人と化すべくもなかったわけである。

母の死はどうやらエリスと豊太郎を結ぶ手段であり、最大に悲劇的結末をみちびくための人工の布石である。その死がもたらす作品構造上の不自然は、作者によってかえりみられていない、ということになる。「舞姫」における母は、こうしてかなり安易にとり扱われており、実在する人物としての形象化がほとんど放棄されているにひとしいといってよい。

「若しこの手にしも縋らずば、本国をも失ひ、名誉を挽きかへさん道をも絶ち、身はこの広漠たる欧州大都の人の海に葬られんかと思ふ念、心頭を衝いて起れり」という、例の天方伯に認められた豊太郎の深刻な動揺のなかに、老母のさしのべる手の影がないのは、すでに亡き人である以上当然である。しかし、もしその影が見えるものとすれば、この瞬間における豊太郎の矢のような帰心は、さらに一層強かったはずである。その意味で母を死なせたことは、豊太郎の「特操なき心」の自責に、母の責任を解除していることになろう。エリスを捨てた豊太郎は相沢謙吉という、世にまた得がたい良友のみを、一点憎むだけでよかった。親と家とのしがらみは、きれいに切って落されている。豊太郎が人事不省におちている間に、相沢謙吉が事のすべてを運ぶ成り行きは、従来から豊太郎の不当な保護であるとされているが、保護されたのは豊太郎だけではない。母もまた、息子の悔恨のかかわらぬ領域へ聖別され、保護されているわけである。

触れば縮む合歓と同じ「我心は処女に似たり」という、豊太郎のもつある種の小児性は、「早く父を失ひて、母の手に育てられしによりてや生じけん」と思われている。そうであれば、豊太郎の運命を決定したのは母の存在である。にもかかわらず母の像は、すでにみたとおり作品構造の必然において生動せず、実在の疑わしいほど希薄な存在として、しかも作者の手厚い保護をうけている。

鷗外には「舞姫」の母を正面から描くことに、意識無意識の禁忌のようなものが働いていたのではなかったか。

ドイツ留学から帰った森林太郎のあとを慕い、「舞姫」のエリス（エリーゼ・ヴィーゲルト）が四日後、横浜港に着いている。明治二十一年（一八八八）九月十二日のことである。しかし、彼女は翌月十七日、空しく故国へ帰っていった。

エリーゼが築地精養軒に滞在していた間の森家および周辺の動きは、「小金井良精日記」「石黒忠悳日記」「西周日記」などにより今日かなり明らかである。「西周日記」によれば森林太郎は九月十八日西家へ「婚姻の返辞を述べ」に行った。エリーゼ来日のため、縁談のことを一時延期してもらうためだったらしい。林太郎が上司石黒軍医監と帰国した九月八日当日、赤松登志子が西邸を訪れ、西夫妻は新橋に林太郎らを迎えている。林太郎の帰国を待ちうけていたもののひとつに、登志子との縁談があったことは動かしがたいとされている。

登志子は男爵赤松則良の長女、則良の妻貞子は林洞海の娘である。林洞海の長男林紀は第二代医務局長、長女は文部大臣榎本武揚に嫁し、六男紳六郎が西家に養子に入っている。林洞海の妻つるの弟松本順は陸軍医務局を創設し、初代三代の医務局長をつとめた。時の医務局長橋本綱常は松本の弟子である。赤松登志子と結婚することは、陸軍省軍医として生きてゆくのに、最強の閨閥を手にすることであった。帰国の当夜エリーゼ来朝の件を打ちあけた林太郎は、予想もしていなかったこの縁談を聞かされたものと考えられている。林太郎以上に予期せぬ話に驚ろいたのは母峰であったろう。外国の女性を妻にした例は、外交官などその頃の日本にないわけではなかった。しかし、いま赤松登志子とのまれな良縁が結ばれようとしているのである。林太郎の出世を唯一の生きがいにしてきた母峰が、判断をくもらせることはない。一家総がかりの説得がおこなわれたと思われる。森於菟はのちの母峰の言葉をつたえている。「あの時私達は気強く女を帰らせお前の母を娶らせたが父の気に入らず離縁になった。お前を母のない子にした責任は私達にある」（「父の映像」）のだと。

豊太郎ならぬ林太郎の内心の劇は、こうしてドイツではなく明治日本の現実のただなかで演じられたはずである。

林太郎の業績才能に着目していた石黒軍医監は、エリーゼの一件もすでにドイツ滝留以来よく承知していた。しかし、所詮は日本陸軍々医界に「独逸ノ風流家の風」をもたらすことに批判的であったから、林太郎は公私の圧迫に囲繞されていたことになる。

故国も家族も捨ててきたエリーゼをえらぶことは、ついに林太郎はできなかった。

エリーゼ帰国の十月十七日、林太郎は石黒にこれを報告し、それから三日後、すでに森家のあわただしい動きがはじまる。母峰は次男篤次郎を伴って西周邸へ赴き「婚姻の談」をなしている。翌日重ねて篤次郎が使わされ、「兄婦の事急を要する」由がのべられた。翌月七日、両家の婚姻がととのうと、峰は再び西家へ「媒妁の件」で出向いている。こうした奔走ぶりをみても、エリーゼの替りに登志子を娶らせた舞台まわしが誰であったかは明らかである。

くりかえせば、「舞姫」において哀れなエリスを捨てて故国に帰る豊太郎のうしろめたさに、その母は一点の責任も負わされていなかった。「舞姫」のモティーフが母峰にたいするひそかな抗議にあったのではないか、という説はこの意味で説得力がないだろう。「舞姫」の朗読会が千住の森家でおこなわれ、人々はモデルの長男が無事危機を脱したことに心から涙を流し喜んだという、そのような作品外の事実から母抗議説を否定するまでもない。

「舞姫」の発表は、直属の上司石黒に「秘事」とされて、対外部的に守られていた事件の暴露であった。石黒、西、林洞海など周囲の配慮をも無にした行為という意味では、陸軍々医界とその閨閥への反噬なのである。この年秋の登志子との離婚はその延長線上に考えられる。西周の側からみれば鷗外の行為は非常識そのもの、「一変事」というほかないものであろう。「一変事」にいたりつかねばならぬ鷗外の鬱情が「舞姫」を生んだのである。その内部のただならぬ熱塊は、しかしついに家族エゴイズムを、就中母峰を対象化する視点を持つことができなかった。主人公太田豊太郎が女々しく小児的な「弱性の人」として誇張されたのは、エリス問題の責を彼一人に負わせねばならなかった結果であると考えられる。

鷗外の最初の口語体小説「半日」(『スバル』明42・3)は、その家庭生活を描いてほぼ事実に近く、しげ子夫人の懇請によって全集収録を見合せた、ということで名高い。

主人公文科大学教授高山博士を育英し、今日あらしめたのは母君である。

博士の父が、明治初年に、同県の友で好《よ》い地位を得てゐた某の世話で、月給十五円の腰弁当を拝命して、東京に住むやうになつた時から、食ふ筈の肴を食はず、着る筈の着ものを着ずに、博士の学資を続けて、博士が其頃の貸費生といふものになりおふせる迄にしたのは、此母君の力である。

代々津和野藩主亀井家典医であった森家に婿入りした父静男は、上京して千住の東京府区医出張所に務め月給二十円を給された。まもなく当地で医院を開き相当多忙であったらしいが、静男は性温順、利慾に恬淡の人であった。夫を助けて過失なきよう「巧に柁を取つて」家事万端を切り盛りし、子供を育てた母峰の働きは、「食ふ筈の者も食はず、着る筈の着ものを着」ない、一途な献身という表現をあたえられている。

「半日」の母君はまた、「頗る意志の強い夫人で、前晩に寝る時に、翌朝何時に起きやうと思ふと、auto suggestionで、きっと其時刻に目を醒ます」くらいの人である。ところが、美しい奥さんの「意志の弱いことは特別」であって、「嫌な事はなさらぬ。いかなる場合にもなさらぬ。何事をも努めて、勉強してするといふことはない。已に克つといふことが微塵程もない」というふうに対照的に説明される。しかし、この母君は冒頭に奥さんの嫌う「鋭い声」を聞かせるのみで、最後まで姿をみせない。反対に奥さんは容赦なくあからさまに描かれるのである。

母君を「あの人」としかいわぬ奥さんは母君と食事を一緒にしない。皆の食事がすんでから別間で食べる。食事ばかりではない、母君と少しも同席しないのである。奥さんは母君を嫌いぬいて、髪を切るの、咽を突くの、玉ちゃんを連れてどこかへ行くのといいだすこともある。

丸であなたの女房気取で。会計もする。側にもゐる。御飯のお給仕をする。お湯を使ふ処を覗く。寝てゐる処を覗く。色気違が。

姑を罵るこのような妻の台詞をかきとめた小説は、日本の近代の小説では他に例がないといわれている。奥さんの罵詈は高山博士によって否定され、説得がおこなわれる。奥さんの目に映る母君のほうが、もしかしたら本当の母君か知れぬ、という疑惑を読者にいだかせるためには、この奥さんはあまりに我侭放題の幼稚な女性として辛辣に描かれている。

どうやら「鷗外はあからさまに奥さんを描き、母君に一行の筆もついやさぬというからくりで、両者からそれぞれ等距離に身をおいて『半日』を書いた」（三好行雄）のではないように思われる。母君に筆をついやさぬ「からくり」は、「舞姫」以来の鷗外の母親保護のかたちなのである。鷗外は高山博士に寄りそって母を隠蔽した。鷗外は「母君の像を奥さんの批難にふさわしく描く」「作者の特権を放棄」したというよりも、鷗外は母君の前に作者ではありえなかったのである。作者の特権を行使する可能性はゼロに等しい。

奥さんは「此家に来たのは、あなたの妻《さい》になりに来たので、あの人の子になりに来たのではない」とはっきりいう。この結婚観はたいへん近代的である。奥さんのこうした台詞をかきとめることを忘れぬ鷗外とは、しげ子の短篇集『あだ花』について、「世上一般の婦人の心事とは自ら異るものがあつて奔放不羈の自己を主張して甚だ妙」と語った（佐藤春夫）というその鷗外である。しかしながら、「半日」の奥さんの近代は、結局のところ金毘羅様や干支《えと》の迷信と同居する、たわいない女の新らしさとしてカリカチュアライズされる。奥さんの近代をまともに引き出す姿勢は作者にも高山博士にもないのである。

「一体おれの妻のやうな女が又と一人《ひとり》あるだらうか」と考える博士は「精神が変になつてゐる」のじゃないかとも思う。

若し又精神の変調でないとすれば、心理上に此女をどう解釈が出来よう。孝といふやうな固まつた概念のある国に、夫《をつと》に対して姑の事をあんな風に云つて何とも思はぬ女がどうして出来たのか。西洋の思想から見ても、母といふものは神聖なものになつてゐるから、夫《をつと》に対して姑を侮辱しても好《よ》いと思ふ女は先づあるまい。東西の歴史は勿論、小説を見ても、脚本を見ても、おれの妻のやうな女はない。これもあらゆる値踏《ねぶみ》を踏み代へる今の時代の特有の産物か知らん

というのが、離婚も別居もせず、現状維持でいこうとする博士の感慨である。

博士には田山花袋ら同時代の自然主義作家が、ともかくまともに立ちむかった嫁、姑の陰惨な対立、日本の家の問題は問題として受けとめられていないに等しい。姑は姑である前に母として「神聖」なのである。姑としての母のなかに、女の化けものを見る様な作者の視点は鷗外に存在しない。

「半日」を「孝の国の、孝の家庭の孝の日の半日の物語」（山田晃）とする意見のあるように、博士によりそう鷗外の論理は、家父長的家族制度の維持を前提としたものである。ささやかな女の自我なぞは、「精神の変調」とみてその秩序内に手なづけるべきものであった。

「半日」によく似た設定の「蛇《へび》」（『中央公論』明44・1）の嫁さんは実際に発狂する。鷗外の見通すそれが近代である。

「女は我欲《がよく》を張《は》り通《とお》して、自分が破滅《はめつ》するのですね。」

「まあ、そんな物でせう。だから、赤ん坊を泣かせて、火を攫《つか》ませないやうにする。赤ん坊を大人と一しよには扱《あつか》はない。無政府主義者でも、社会主義者でも、下《げ》の下《げ》までの人間を理性のある人間と同一《どういつ》に扱《あつか》はうとしてゐるから間違《まちが》つてゐるのです」

嫁さんの夫である宿の主《あるじ》と主人公との会話であるが、ここにあきらかに、家父長的封建的家族の秩序と、明治日本の国家の秩序とを一体化して維持しようとする、鷗外の統治の思想が正直に語られている。このようなゆるがぬ砦がある以上、「半日」の奥さんがどんな罵詈雑言をあびせようと、母君に勝利する見込みはまったくないのである。

そのことの現実のあかしは、鷗外の酷薄な遺言に示されてある。

一、予ハ予ノ死後遺ス所ノ財産ヲ両半ニ平分シ左ノ二条ヲ附シテ一半ヲ予ノ相続者予ノ長男森於菟ニ与へ一半ヲ予ノ母森みねニ与フベシ

（中略）

三、予若シ森於菟ガ未ダ丁年ニ達セザル時ニ死セバ森於菟ノ財産ハ森しけヲシテ管理セシメズ予ノ弟森篤次郎及予ノ妹小金井キミヲシテ管理セシムルコト（略）

四、右第三号ノ条件ハ予ヲシテ此遺言ヲ為サシムル動機ノ存スル所ナルガ故ニ予ハ茲ニ右条件ノ已ム可カラザル所以ヲ特ニ言明ス即チ森しけガ森於菟ト同居年ヲ踰エナガラ正当ナル理由ナクシテ絶テ之ト言ヲ交ヘズ既ニシテ又正当ナル理由ナクシテ森みね及森潤三郎ト同居ヲ継続スルコトヲ拒ミ右三人ニ対シ悪意ヲ挾ミ到底予ノ遺族ノ安危ヲ託スルニ由ナキコト是ナリ

こういう遺言状をひそかにしたためていた鷗外が、反面、妻しげ宛書簡のなかに、熱心な「でれ助」ぶりを示したのも周知のことである。年若い「少々美術品ラシキ妻」しげを鷗外が愛していたのも本当である以

上、母と妻との間で、嫁姑の問題に鷗外が絶望的に苦しめられたのは明らかである。にもかかわらず遺言という現実処理につらぬかれたこの冷静が、作品の処理においてもつらぬかれたとみてよいだろう。

「舞姫」の母も「半日」や「蛇」の母も、鷗外が対象化の視点をもたぬことによって保護された像であった。エリーゼ事件にしろ、しげ子夫人の問題にしろ、現実の鷗外のひそかな流血は、作品の劇として構成されることがない。母に対するとき鷗外は子であって、作者たりえないのである。母は後方にいわば光背のごとく背負われていて、前方に明視する対象とならない。鷗外は母の秩序に愈着したまま、これと対決する位相を内部にもたないように思われる。

思えば漱石の母は現世を超えるはるかな領域にあって、永遠に受容するものとして安息と救済のシンボルであった。明治近代の虚構がそこにおのずと露呈させられる根源のイメージである。鷗外の母はむしろ現世の秩序そのものとして暗黙に君臨する大母性であり、明治の近代の体制を支える政治の原理のひそかな母胎でさえあった。鷗外はこの母の呪縛から生涯自由になることはなかったように思われる。

小堀杏奴が、鷗外は母に「絶対服従」(「晩年の父」)であったとのべているが、それにもまして彼女のあかす次のエピソードは、鷗外の母の呪縛をしめす重要な証言であろう。それは千駄木の鷗外の家の近くの荒物屋の少年店員の話である。

当時十一、二歳であった少年の顔を、九つくらいの少女だった私は不思議なほどはっきりと覚えている。

暖かい微笑を浮かべながら、黙って少年を眺めていた父が、母に向ってその子が、父の「舞姫」の主人公で、ドイツ留学時代の父の恋人の面ざしにそっくりそのままだと語ったことを、大人になってから私は母に聞かされた。

知っている人々の中で、その少年の面ざしに似通っている人をと、私は記憶の中を馳せめぐったが、それらしい人は浮んで来ない。それが今日、祖母、森峰子の、正面向きの写真の顔に影像がぴったりと重なった。そして父はドイツで意識せずにその母の面ざしを求めていたのだと知った。

「朽葉色のショール」

（一九八四・五）

宮嶋資夫論——大正期労働文学の可能性

宮嶋資夫（本名信泰、一八八六—一九五一）は初期プロレタリア文学の代表的傑作「坑夫」（大5・1）の著者として、今日文学史上にその名をとどめている。周知のように、戦後平野謙・小田切秀雄らの手によってなされたプロレタリア文学再検討の動きのなかで、プロレタリア文学即共産主義文学という硬化した「ナップ」文学史観が改められた。その結果、いわゆる「前史」と称して冷遇されてきたプロレタリア文学初期の作品も、あらたな照明のもとに見直され、「坑夫」はたとえば「労働文学の文学的成立を力強く告知した一つの記念碑」（小田切秀雄）という声価を得るにいたったのである。

しかし要するに、大正の初期から中期にかけて労働文学の描いた諸タイプは、自己解放の道をまさぐりつつ苦悶し、空しい努力を続けていて、それがみずからの階級的立場を自覚した闘争者に成長転化してゆく過程は、葉山嘉樹の「海に生くる人々」（大15・11）をまって始めて全一的にとらえられる。大正期労働文学は「海に生くる人々」においていわば完結し、同時に昭和期プロレタリア文学への道を開いた、というのが今日の文学史的通説である。

しかし、従来の「坑夫」の解釈には今なお検討の余地がある。それに関連して、とかく「坑夫」の名声に隠されてきた感のある宮嶋の他の作品、評論をもあわせ眺めてみれば、そこには、初期労働文学作家としての一般的イメージを超えるものが確かにある。放浪生活の果に、大正期アナーキズムの洗礼を受け、やがてそこから離反し、出家僧形に身を変えるにいたる曲折に満ちたその生涯と作品には、初期プロレタリア文学がすでに孕んだ政治と文学の問題が、まがいもなく刻まれてある。そこにおける豊富な可能性と現実の苦悩とは、昭和九年（一九三四）、社会主義リアリズムの移植にからんだナルプ解体期の一時期のそれに、あたかももみあうものがありはしないか。

これまで誰の注意も受けなかったささやかな感想文「断片(二)」（大10・10）をひとつの手がかりに、小稿はそれらを確かめてみたいと思う。

まずは著名な「坑夫」の分析から始めるとしよう。「坑夫」には次のような評価がある。

絶対主義下の資本秩序の網の目のなかで、網の目の権威を信じないところにまで成長してきた労働者階級の人間的エネルギーが、まだ自己の解放の道をつかみえないために個人的な反逆のなかで自己を破滅させてゆく経過を力づよく描きだした作品

小田切秀雄『日本プロレタリア文学大系』(1)解説

大逆事件後の日本における社会運動、労働運動の最暗黒の時期を背景として、労働者階級が自己解放の道をみいだせないで苦悶している時代の表現として、また労働者のなかに蓄蔵されている無限のエネルギーを予感させるもの

森山重雄「宮嶋資夫」『日本文学』昭37・10

日本の労働者階級がまだ組織も自覚も持たない時代の、個人的な反逆的エネルギーのなかに、あらたなる

力の胎動をみようとする右二つの意見に対し、一方

うそうそと焦燥して生きて、絶望することさえ知らぬ従順な庶民性にたいする積極的な不信と否定が注ぎこまれている

秋山清「宮嶋資夫」『思想の科学』三三・四号

という誠に鋭利な視角がある。私は後者に共感するところが多い。

「坑夫」の主人公石井は腕のいい中年の坑夫で、「酒と喧嘩と媾盗人」の常習者である。坑夫病《よろけ》で父親を失い母親が新夫と駈落したあと、少年坑夫として流浪生活の不遇に耐えて成長した。坑夫稼業にみきりをつけ下山したこともあったが、都会では嘲笑のほかに何もえられず、雪深い金鉱の山番となり飢えと孤独に耐え抜いたすえ、鉱主に騙されたこともあった。社会や資本家に対するおぼろげな反感がつのり、次第に沈鬱な怒りっぽい人間になった石井は、たまたま野州大暴動に遭遇し、主謀者よりも勇敢に戦った。鎮圧に出た軍隊の追跡を逃れ、お尋ね者として山から山へ流浪するが、いたる所で隠匿を恐れる仲間の裏切りに出合う。他人の勇気のおかげで恩恵を得ていながら、わが身だけは可愛いその卑怯なエゴイズムに、石井は限りない憎悪と孤独を味うのである。社会や資本家に対する反感よりも、仲間の卑劣を憎み蔑まずにはいられぬその耐えがたい不信をまぎらすため、かれは復讐的な兇暴を振りまきつつ、はねかえる自己嫌悪のいらだちのなかで、また荒れていたのだ。盆踊りの夜、酒を含んだ喧嘩のすえ斧で斬り倒されるが、日頃から石井を憎む坑夫達に踏みつけられ、泥と血にまみれて無惨に息絶えるのである。石井が坑夫らに投げつけた激しい憎悪と軽蔑は、残忍な笑みを浮べて瀕死の仲間をふみにじる復讐となって戻ってきた。会社側のものには断固たる態度を失わぬ、石井の窮極の正当さに学ぼうとせず、その狼藉の陰に隠されたひそかな苦痛を受けとめよ

うともせず、かえって便乗的にうっぷんばらしをするような、そういう坑夫らを鮮やかに描き出す結末に、石井の絶望は残酷なまでに仕上げられている、といってよかろう。

「坑夫」は、日本の労働者階級がまだ組織も無く自覚も持たなかった時代に、内には不満を抱きつつ、卑屈な現状維持と狡猾な保身にのみ生きるその無力へ、主人公の死にいたる兇暴な孤独を通して、激しい憎悪と軽蔑とをこめた絶望の訴えであり、その絶望の深さによって、仮借ない批判を階級内部に向けえた作品である。先の小田切・森山説の言葉で、自己解放の道をまさぐりつつ個人的反逆の中で自滅するエネルギーとは、まさにこのような先駆的革命性において正当にとらえるべきものと私は思う。

秋山清によれば、「坑夫」で宮嶋が提出したものは、仲間のなかに、しかし、自己自身のなかにもある現状への妥協と底ぶかいエゴイズムへの挑戦という、おそらく革命だけでは片づかないだろう、それ故に現在と将来にそのまま横たわる、深い意味における戦闘的な問題であるという。ここに、主体を賭けた反逆の思想を追尋して止まぬ、秋山清のすぐれて今日的な視点がある。マルクス主義の世界観に立たず、したがって多分に「アナーキスティックで、ニヒルでそして衝動主義的」作品、という江口渙などの「坑夫」評へ反撃し、アナーキズムの思想としての根源的革命性を主張することに、主要なモティーフがあったとみえるこの坑夫論は、アナーキズムの思想と情熱を酵母として生まれた「坑夫」の、そのラディカルな革命性へ迫って見事ではあるが、しかし、「坑夫」のもつリアリズム文学としての独自の意義は明らかにされていない。

作中一貫して登場し、ことごとに石井の冷笑と罵倒を浴びる、野田という男が私の注意を引く。石井には最後となった喧嘩の相手も、近く飯場頭になる野田の用心棒で、野田のことがそもそも騒ぎの始まりだった。石井があくまで野田を憎んだ理由は、かれが野州暴動以来の仲間であり、その人を煽動する口先達者なずるがしこい振舞を、目撃してきたからである。同じ暴動を体験し、勇敢に戦ったが故に日陰者のうきめをみた石井と、親方株に出世しようとする野田とのからみあいが、ひとすじ作者の問題意識を予想させる。

ここでいう野州暴動が、明治四〇年(一九〇七)二月の足尾銅山大暴動を意味することは、作中野田を「足尾の仲間」と呼んでいることからも間違いない。坑夫約三千。監視所、電燈、電話を破壊し、会社役職員に死傷を出し、交通はとだえ、警察なすところを知らず、ついに高崎連隊が出動してようやく治安が恢復した、あの足尾暴動である。日露戦後の反動恐慌の爆発と共に、ストライキが基幹産業に集中して記録的昂揚を示し、暴動をともなった炭坑ストライキは、特に政府財閥を震駭せしめ、日本の社会主義運動はこれに対応して活気づいた。まもなく開かれた社会党第二回大会において、幸徳秋水は足尾を実例に「議会二十年の声よりも三日の運動」の効力を力説して感銘を与え、議会政策派を圧して大勢を直接行動論に導いたのである。

宮嶋は、暴動後の四二年(一九〇九)から三年にかけて水戸近くの鉱山に現場事務員として生活したが、大正二年(一九一三)、露店の古本屋で雑誌『近代思想』をみつけたのをきっかけに、大杉栄らのサンジカリズム研究会へ出席するようになり、「坑夫」はその影響下に五年(一九一六)一月出版された。つまりこのことは、幸徳一派の直接延長線上に伸展したアナルコサンジカリズムに緊密な接触を深めつつも、宮嶋は自己の体験に基いて、足尾暴動とその後のネガティヴな現実——労働者階級の絶望的無力へ、鋭いメスを入れていたということになる。幸徳のアメリカ土産ではあったが、足尾を象徴的モティーフとして揚言された直接行動論の現実的基盤を、それははからずも照射することとなったのである。結果からみて、そこにあきらかな問題意識があったと予想させるものはあるが、しかし、おそらく宮嶋はこのことの重大さを充分自覚しなかったのである。「坑夫」の正系と呼ばるべき作品が、ついに書かれなかった秘密がここにある。

「個人の生の拡充」が「征服の事実」によって阻止されることへの荒々しい反逆、主体の変革を通してなしとげる社会の変革という近代的理想、「光をあびたやう」に感じたというそのアナーキズムとの出合いに、宮嶋はおそらく衝き動かされていたのであり、「坑夫」がその文学的真実によって具えた客観的価値を、充分理解しなかったのである。アナキースト秋山清もまた、ホームグラウンドに拠りすぎて、そういう宮嶋を超ええなかったといわねばなるまい。問題作「安全弁」を氏が黙過した所以である。

「坑夫」と同系列に立ちつつ正系たりえぬ「安全弁」(『解放』大11・6)によって、宮嶋の蹉跌のあとを辿ることにしたい。「安全弁」は傑作といえぬまでも決して凡作ではない。(森山重雄のように主人公が醜悪な関係を断てないでいる下宿の神さんを女房と読み違えれば、「濃密な実在感」のない失敗作と映るのかも知れない)

主人公の俊三は、子供の時から過労が続き、重い肺患をわずらう缶焚きの労働者である。毛穴の奥まで煤が染み、一膳めし屋の女中さえ相手にしない若者として、下宿の四十婆さんと泥沼のような関係も断ち切れず、前途は真暗で何の希望もない。しかし、このままゴネてたまるものか、俺にも出来ることが唯一つ残っている、とひそかに思いめぐらすことがあった。それは安全弁に抑えをつけ、加熱でボイラーを爆発させ、自分もミジンにふっとんで会社に思い知らせることである。先頃のストライキの敗北を、少しでも建て直そうと努める仲間に俊三は皮肉な目差しを向け、「何度繰り返したつて同じこつた」という考えから離れない。スクラムが警官隊に崩され敗走した日の印象が強いのだ。「やつぱり彼等はこの弱い、虐げられた現実をも愛してゐるんだ。それに執着のある間は、ある点まで来ると止つてしまう……皆がそこで止る間は、何をしたつて駄目なんだ。」この仲間への不信感は、だが、一人俊三の胸のうちに畳まれる。それは、ある中老の職工が女房子供にとりまかれ、貧しいながら楽しげに晩酌する風を、これも好いのかも知れぬと思うような気持が、どこかにあるからでもある。「俺は悪魔でいい。」人間の破ることのできない壁は悪魔が破るのだ……絶望的ヒロイズムがかろうじて支えた決行だった。が、それは寸前に発覚した。突き飛ばされ鉄板の上に血を吐いて倒れた俊三は、ドーッという音を遠い意識の底に聞きつつボイラーが破裂したかのように思うが、実は誰かがバルヴをひねって蒸気を逃がした音であった──。

「坑夫」の主人公石井は、仲間の現状維持的な怯懦に軽蔑と憎悪を燃やしたものだが、「安全弁」の主人公俊三は、幾分の嘲笑を含みつつもそれを容認し同情さえみせる。石井の惨死を結末として訴えた「坑夫」の作者の姿勢には、現実の絶望を現実に叩き返す苛烈な理想主義があった。しかし、ひとり革命に先駆するヒロイズムのなかに現実の絶望を押し包み、その無惨な敗退を描いた「安全弁」の作者の姿勢には、すでに現実と繋がりようのない孤絶と虚無とがひそんでいる。

ここにある落差を作者の思想的挫折の反映としてみることは容易である。ただ、「坑夫」がアナーキズムの尖鋭な理想に支えられつつ、はからずもその理論の現実的基盤の脆さを照射しえたのは、そこに作家主体として独自のリアリティの発見があったことを意味する。もしその文学的真実に依って立つ充分の自覚がその時作者にあったとすれば、作者の思想的動揺がひたすら虚無への拡散状態となって「安全弁」の世界を結果することはなかったであろう。大多数の民衆が「弱い、虐げられた現実をも愛し」それに執着している実情を、鋭く洞察していた「安全弁」の主人公を、あえて追いつめられた絶望的境遇に置いて行動させ、一切を断念することはなかったであろう。日本の労働運動にアナルコサンジカリズムの影響が最も強く、かつ華やかだった、大正十年（一九二一）前後の運動底辺の内実が、その時主人公の鋭い洞察のなかでまがいなく切り取られることに、自己の作家的意義を見出していたかも知れない。そこに革命路線と現実との間の断層を透視し、「革命に照明を与える」ことで「おのずから革命に役立つ文学」を創造するという、偉大な理想が想定されなくはない。宮嶋はそれを可能にする能力を持ちつつ、それを遂行する作家的自覚に欠けていたといえるであろう。「坑夫」から「安全弁」への道筋に位置する「断片㈡」（大10・10初出不明、『第四階級の文学』所収）のなりゆきがそのことを裏書きすると私は思う。

「断片㈡」は宮嶋が労働文学について語ったもっとも早いものである。自分その作者の一人にされている労働文学とは、いったいどういう文学なのかまだよくわからないといいながらも、それが作者の出身とか単なる題材とかの問題ではなく、労働階級に身を置いて、社会革命の手段に訴え闘う意志を有する者の書いた文学、ということになるらしいという。そして労働文学の第一に踏むべき道として論者が共通して説くところの「現実否定」ということを宮嶋も肯定して、次のように述べる。

現実否定を口にする者でも、案外根深く現実に執着してゐるのである。今日の自覚したプロレタリヤが現実否定の道を実現すべく努力してゐる事は、何人の眼にも明らかに映つてゐる。そして彼等は懸命に努力してゐる。併し、彼等の現実否定が容易に出来ないのは、相手方の力がまだ強いにもよるけれども、彼等自身の現実に執着してゐる点も尠くないからである。茲に現実否定者の悩みがある…そして如何に強く現実を否定しようとし、如何にその否定し難き事に悩むかと云ふ事からのみ、真に意義あるプロレタリヤの芸術が、生れて来るものだと信じてゐる。

ここに表現されたこと——醜い虐げられた否定すべき現実へ執着し、なおウジウジ生きのびようとする弱さを剔抉することに、変革の苦悩と意慾を貫くこと――それこそ、「坑夫」におのずから稔り、「安全弁」において失われたものである。あきらかに、「坑夫」を方法的に自覚し、その正系を孕みうる可能性をもつこの見地は、しかし、宮嶋の確信となりえず、字義通り断片の運命でしかなかった。

直後に書かれた「労働文学の主張」（『解放』大10・11）はその頃の平林初之輔の論調（「唯物史観と文学」「第四階級の文学」「無産階級の芸術」）に比して実感的主観的傾きはあるが、文学の階級性を強く主張して戦闘的であり、作家の内発性を重んじつつも、しかしもはや「断片㈡」のような意見はみられない。「第四階級の文学」（「読売新聞」大11・1）になるとさらに尖鋭化の一途を辿り、「なしくづしの殺人と、圧迫の苦痛」に耐えるより、「恍惚と法悦の中に、自己の生を終りたいという」テロリズムをもあえて辞さぬ高みにまで、燃えあがろうとするのである。

「断片㈡」のゆくえは瞬間にしてくらまされた感がある。リアリズム文学としての「坑夫」の意義を、みずからはよく解さなかった作者の止むをえぬなりゆきであったろう。そしてこのラディカルな理論的表現の裏側に、実は「安全弁」の虚無世界が口を開けていたことになるのだ。両極に分裂したこの矛盾こそ、「断片㈡」を足場によく踏みこたえなかった宮嶋の悲劇といえよう。かれの懊悩もまたここにあるが、しかし、宮嶋の内部にそくしていえば、「断片㈡」の意味を窮極において曇らせていた原因は、思想的挫折の自覚であり、その挫折の性格である。

少年時代をかなり裕福に暮した宮嶋は、一家没落後、丁稚小僧に出てからも下町風の贅沢に染み、江戸っ子らしいエピキュリアンの一面があった。大杉栄の恋愛事件から微妙な精神的亀裂[*1]を生じて動揺し始めるや、相場に熱中し遊蕩にふけって自己統制力を失うような脆さがあった。（自伝『裸像彫刻』では、父の兇暴な血と母の享楽的な血とが統一されず争っている、という意味のことを語っている。）かくて大正七年（一九一八）労働者街へ移住し、運動の画期的昂揚に対応して積極化した大杉達の動きへ、全面的に同化できなかった宮嶋は、ひそかに脱落の意識を深めるのである。自伝『遍歴』（昭28・8）は当時を、「先天的な反逆児」である大杉と違って「妻子に対する愛着」を、「革命の要求」によってはきれいに断ち切れぬことが、運動への情熱を失わせた大きな原因だとしている。しかしこれは一種の自己欺瞞であろう。妻子に対する愛着とは、妻子に愛着する自己への愛着であったろう。兄達が死亡し事実上の長男だった宮嶋であるが、その青年期の転々とした放浪生活は一家の長男的責任と無縁であるし、後年（昭和6）六人の子供を妻一人の手に託して出家できたのも、根強い自己中心主義があればこそである。そういう資質がかえって宮嶋をあらゆるエゴイズムに敏感ならしめたのである。アナーキズムの理想へ向うイデアルな希求のみがあって、アナーキズムの運動過程へ向うリアルな批判的視野が開けぬ以上、そこに自己の弱点を拡大視した、エゴイズムとの絶望的闘争がおこらざるをえない。そこからは、原理が常に正しく非はすべて己にありという、倫理的発想だけが生ずる。宮嶋が作家として、ネガティヴな現実をよく見抜いたのは、自己のネガティヴな内部をよく知るからであったが、しかし、その自己の弱点を逆手にとって立ち上るべく、宮嶋はあまりに潔癖であった。（この古風な純潔こそ、のちの転向文学にも通ずる封建性のプロトタイプである。）加えて、遠く青少年期の不遇と放浪がつちかった、意識の底のニヒリズムが、しばしば困難の克服にブレーキをかけた。けれども、それは一人宮嶋の個人的事情の責めに帰すべきではあるまい。問題は当時の文学・思想情況の相対的吟味のうえに、据え直されねばならぬだろう。しかしその前に、作家としての宮嶋の業績をもう少しふりかえっておきたい。

宮嶋はすべて何らかの自己の体験に基いて創作した作家であり、それ以外できないタチの作家であったという意味で幅はせまい。しかし、材料を自伝的に扱う場合――「恨なき殺人」（『新日本』大6・9）「犬の死まで」（「東京日日新聞」大10・1）「残骸」（『大観』大10・3）「閃光」（『小説クラブ』大10・5）等――よりも、「坑夫」を始め客観小説に仕立てた場合がより多く成功している。

『黄金曼荼羅』（万有社、大13・5）は一般に「坑夫」と並び立つ別系列のピークとされているようだが、しかしそれは、関東大震災直後、大杉栄の虐殺事件に甚大な衝撃を受け、報復の心情と死の恐怖との間に惑乱して根本的な自己不信にさいなまれ、作品の上でも政治、思想の領域を避けざるをえなかった宮嶋の、苦悶を背景におかないでは考えられないし、その後退の一帰結と見てこそ、成功作としての意味はあると私は思う。材料は宮嶋が二二、三歳頃、大阪の鬼権と呼ばれる高利貸の手代として働いた時分の経験から得ている。金貸の老人の、手段を選ばぬ逞しい拝金主義に、冷やかだがしかしひそかに驚異の眼を向ける青年の眼を通して、その世界を客観的に描き出したものである。世間の常識からは強欲非道な男でも、その自己を貫ぬく生命力の偉大さが、相手の憎しみにも価しない稀薄な人間に勝っていると感じた青年は、老人の前にいつか「全存在」として立ちうる、何か「形」になりたいと希い、「あてのないその燃焼の世界」を憧れて老人の家を去るのである。高利貸・地主鬼権の収奪の対象である下層貧民の問題は意識して避けられ、正面から扱われていない。作者に糾弾されるのはむしろ鬼権ではなく、かれをとりまく小胆なくせに残忍で嫉妬深いケチな人間どもである。「坑夫」の石井は、いってみれば労働者階級の全人間的自立と解放の夢のこめられた巨人像であったが、ここでは蓄財へ命を賭ける巨人像が、ただ漠然と方向のない「燃焼」を暗示するにすぎない。激しい思想的試練の渦中にある作者の、最低線上の彷徨がそこに刻印されている。これをただ「高利貸的な人間模様を喜劇として眺める視座を設定」して、自然主義風の世界からわずかに救われた作品（森山重雄）としてのみ受けとることはできない。この理解は、「坑夫」を処女作として出発した宮嶋の、その作家コースの全体を、一貫した問題性において追求しない結果のあらわれであろう。

喜劇的手法はむしろ、辻潤の恋愛を中心に叡山生活を描いた新聞小説「仮装者の恋」（「東京朝日新聞」大12・6—8）に顕著である。『唯一者とその所有』の訳者として、日本最初のスティルネリアンとして、当時文名高かった辻潤をモデルに、新聞読者を予想した手馴れた筆さばきは、宮嶋がいわゆる文壇作家としても立てることを示している。この意味では、結末に執筆当時の作者の願望を反映さしているが、茶屋女を主人公とする自然主義風の素材をこなした、「憎しみの頃に」（「報知新聞」大11・6—7）をあげることができよう。

長篇『金《かね》』（大15・4）は宮嶋のその一面を示すと同時に、プロレタリア文学の観点からも問題とするにたる異色作である。青野季吉のように、これを宮嶋の代表作とみるべきでは勿論ないが、森山重雄のように大衆小説として黙殺すべき作品でもない。小新聞の連載（未見）らしく色濃い通俗臭はあるが、相場師の手代をした頃や、その後も兜町に出入りした頃の経験を生かし、金の魔術にかかった人間群像を多彩に描いて、筆力は旺盛なものである。貨幣こそ近代の人間生活を具体的に支配する怪物であるが、特にその集中的表現である投機世界を発き出す試みは、当時全く未開拓の分野であった。近代ヨーロッパ文学では、すでに大きな比重を示したその主題に接近したものとして注目すべきであり、プロレタリア文学の正当に受けついでしかるべき仕事の、幼いながら先鞭であったといえよう。[*2]

『金』が、プロレタリア文学の豊かな土壌の広がりのための要素を、そこに芽ぐんでいたといえるならば、「山の鍛冶屋」（『解放』大15・2）にもまた別な意味でそれがいえると思う。

「山の鍛冶屋」は、痴鈍で無垢な鍛冶工の青年が、山の娘に裏切られる悲喜劇を短篇として巧みにまとめたものである。人間を疑ってかかることのない、あざといかけひきとはまるで無縁な、純だがはがゆい愚鈍さを、労働生活の雰囲気の中にとらえて、そこに作者の人間愛をただよわせている。「坑夫」のいわば裏側の文学的可能性を孕む、とも考えられる。広い意味でいえば、平野謙が葉山嘉樹の文学に発見したような、「プロレタリア文学の根柢にあるべき素朴な人民生活に対する原初的な愛情」[*3]に連なってゆきはしないか。

『金』および「山の鍛冶屋」の執筆はともに大正一五年（一九二六）であり、アナーキストとしての自己の深刻な挫折感のうちにも、新居格らとささやかながら雑誌『文芸批評』（大14・2、15・2）を起し、「プロレタリア文学の自己試練の時」というひそかな意欲も動いていた時代である。二作はその模索の過程で示した宮嶋の優れた可能性である。けれども、詩「無題」（『文芸批評』大15・2）にもあらわな止みがたい心情のテロリズムが、それ以上プロレタリア文学の理論にも実作にも、落ちついた追求をさせなかった。『金』「山の鍛冶屋」と並んで、「非流行作家の受けた侮辱」（『中央公論』大14・6）「誤算」（『新潮』大15・9）等、低調でなげやりな作品が見受けられる所以である。

雑誌「矛盾」（昭3・7—4・11）時代の、もはやすべてを非合理に韜晦しようとして、いよいよ自責し荒れ狂うほかなかった宮嶋には、ただ静かな自己の安心立命が必要となったようだ。そこに、一切放下、身心脱落の禅の世界への渇仰が生れた。しかし宮嶋は、僧形となってからも行状は変らず無頼漢的であり、やがて自力の禅に絶望して他力の浄土真宗に転換する。晩年貧苦のうちに自伝『遍歴』を書きつづった老いの精進にいたるまで、それはまことに、長い苦悩と模索の生涯であった。

大正十年（一九二一）の『種蒔く人』以来、わがくに最初のプロレタリア文学運動が組織的に成立した。マルクス主義の立場にたつその指導的理論家平林初之輔は、「文芸運動と労働運動」（『種蒔く人』大11・6）のなかで、文芸運動の革命運動において果す役割を考察し、始めて「階級闘争の局部戦」という歴史的規定を行い、この問題に理論的端緒を開いた。これこそ、以来プロレタリア文学十年の歴史を縫いとる、「政治と文学」問題の主要テーマである。

ところで一方大杉栄は、大正初年の雑誌『近代思想』とともに、初期プロレタリア文学の胚胎に貢献した、かれの民衆芸術論のなかで次のように述べている。真の民衆芸術が成立するためには「芸術的運動とともに、というよりもむしろそれに先だって、社会的運動に従わなければならない」(「新しき世界のための新しき芸術」『早稲田文学』大6・10)と。芸術運動と社会運動の統一的視点に立ちつつ、なお社会運動を第一義的に考えていたことがここに明らかである。その立場から「労働運動のないところに労働文学はない」。「前衛の戦争の中」に加わって「前衛の中の労働者」を捉えなければ駄目だ(「労働運動と労働文学」『新潮』大11・10)という要請が出るのは当然であろう。当時の平林初之輔が、文芸運動を革命戦線の「一翼」と規定するだけで、まだその独自の役割について特別考慮を払わなかったように、アナーキズムの文芸理論もまた、その点何ら追求がなされなかった。いわばプロレタリア文学最大のアポリアは、マルキシズム、アナーキズムいずれの側においてもその時まだ未解決のままに、茫漠として広がっていたのである。

宮嶋は、まさにその茫漠のなかに苦悩していたことになる。この意味で、「坑夫」のリアリズムがもつ客観的な独自の意義を見、その文学的真実に依って立つ自覚を持たなかったこと、「断片(二)」の立場を自己の創作的確信にまで高めえなかったこと、それらは一人宮嶋の責めではないだろう。革命運動の前線と、現実の民衆との間の、はかりしれぬ隔絶を見据えることで「革命に照明を与え」、運動のトータルな批判に進み出るためには、文学理論上の時代的空白を、独力でうずめる困難と立ち向かわねばならなかった。大杉栄の死によってアナーキズム運動がテロリズムに矮小化したことは、大正期アナーキズム運動そのものの極左的偏向を象徴している。大正初年以来のデモクラシー運動を背景に、米騒動を経て第一次大戦後の画期的好況に支えられた労働運動の昂揚のなかで、資本家側の要請と、労働者階級の未成熟があいまって、労資協調的改良主義が瀰漫しようとした時代に、労働者の自主自治を高く叫んで運動の戦闘化を促進した、その歴史的革命的意義の偉大さにかかわらず、そのラディカリズムは、ひとつの革命的浪漫主義として現実の過程をとらえるにいたらなかった。宮嶋が正当に、自己の文学的真実に依ることの意義は、そこにおいて重要だったが、脱落の倫理的苦悩が激しいほどかえってみずから、声高く「第四階級の文学」を叫び、「意識的叛逆」を描け、「前衛の戦争」のなかの労働者を描け、という運動者側の要請に耳傾けつつ、「断片(二)」の真実はいつか押し流されたのである。

私はここで、おのずから川口浩の「否定的リアリズムについて」(『文学評論』昭9・4)という論文を想起する。それは、ナルプ解散後のプロレタリア文学再建の一方向として提唱されたものだが、社会主義リアリズムに情勢論的視野を働かせつつ、「ポジティヴなものに比して、あまりに大きく強い」ネガティヴな日本的現実にあっては、ネガティヴな真実を語る作家の市民権――「主題の積極性」時代に奪われたその市民権を、取り返す必要があると説いたものである。

若き日の亀井勝一郎はこれをうべないつつ、「ありとあらゆる仮面の剝奪」(『文学評論』昭9・5)を書いた。宮本顕治・小林多喜二らの硬直した「政治主義的傾向」に反撥するあまり、社会主義リアリズムの客観主義的歪曲に隠れて、体験的に文学する真の困難を回避し、なお正統派めかすその「仮面」を、徹底して引き剝がすことの必要を情熱的に語ったものである。あらゆる否定的現実の容赦ない剔抉が、強い変革の意欲によって貫かれること――これは、そのまま「断片(二)」の見地とみあっている。亀井達が、革命運動の惨憺たる大敗北に直面し、あらゆるネガティヴな要素を白日のもとに晒すことで再起しようと希った時、そこにすでに革命運動批判のモティーフが動いていたことは明らかである。小林多喜二の虐殺という未聞の犠牲から、転向という精神の危機情況にいたる思想的葛藤を代償に、それは始めてあがなわれたものであった。

大正末、「政治と文学」問題のいわばとばくちに佇んでいた宮嶋は、そののち「政治の優位性」という輝く旗の下に、一路硬化していったわがくにプロレタリア文学運動の一結末を、ひそかに先取りしたかにみえる発言をしていたことになる。くりかえしていえば「断片(二)」は、「安全弁」の虚無世界と「第四階級の文学」のラディカルな心情とに引き裂かれた矛盾を、自己の文学世界に統一し止揚して、名作「坑夫」の正系を生ましめ、そのことで、明治以来の極左的伝統を受けつぐわがくに革命運動に批判のモティーフを投じ、更には昭和期プロレタリア文学運動にまで、その影響を与えたのかもしれない。というのは、私一個の夢想にすぎないであろうか。

さまざまな人間的弱点をこめて、宮嶋の資質の豊富さが、それを損い傷つけた時代の酷薄を思わせずにおかないのである。


（一九六五・一一）

＊1　自伝『遍歴』がこれについて詳しいが、なお宮嶋には「予の見たる大杉事件の真相」（『新社会』大6・1）、小説「その頃のこと」（『中央公論』大12・8）がある。
＊2　『現代日本小説大系四〇』宮嶋資夫解説　河出書房　一九五一・九
＊3　「プロレタリア文学序説」『日本文学講座VI』河出書房　一九五〇・一二

宮嶋資夫再論——アナーキズムの衝撃と大正期「政治と文学」

森山重雄氏の「宮嶋資夫再論―刃物の思想―」（『文学』昭41・7）は、私の「宮嶋資夫論」（『文学』昭40・11）に対する批判を、ひとつのモティーフとして書かれている。つたない試論は手きびしい全面否定を受けた。見事に暴露された欠陥がそこに示されている、というふうにはしかし、実のところ思えなかったのである。小論の意味は何故か誤って理解されている。一部教示を受けたところもあるが、全体としてみてやはり、旧稿の立場を崩し去る必要を認めなかったのである。いやむしろ、森山氏の「刃物の思想」という立論の基礎には、アナルコサンジカリズムの思想に対する過大な評価があり、そのため、氏は作品の位置づけのうえで錯誤を犯し、宮嶋における本質的問題を隠蔽している。ここに大杉栄の文学論をも合せ検討し、大正期の「政治と文学」というなお未墾の問題の糸口をさらに求めて、森山氏との間にある宮嶋論の争点を明らかにしたいと思う。

まず森山氏による批判の要点は、「中山の論が『政治と文学』の枠組を論全体にあてはめようとしている」ことであり、そのため宮嶋という作家を不当にゆがめていることである。「政治と文学」とは、「本来『ナップ』的な政治一元主義に随伴して起きてきた問題視点であって、アナーキズム時代に刻まれた標柱ではない。強いて言えば『実行と芸術』という視点がアナーキズム時代の『政治と文学』にあたるが、『実行と芸術』は組織力としての政治の威圧に直面していない点において、『政治と文学』とは基本的に発想を異にしている。アナーキズムの『実行と芸術』とは、実行即芸術として『生』の全局面を総体的に捉えようとしたものである。」中山の論は、ナップ的な文学史観への反措定として、「政治と文学」の枠組を、ただ無限定にアナーキズム文学へ流入させた、「一種の修正主義的文学史観」であると。

いわゆる「政治と文学」の問題が、昭和三年(一九二八)に始まるナップ時代に固有の問題であることを、私もまた承知している。「芸術大衆化論争」から「社会主義リアリズム論争」にいたる諸問題を、そのままほかの時代にみることはできない。森山氏のいう「組織力としての政治」が威圧していた時代である。ただそれは、「政治と文学」をもっともせまい意味に限定した場合のことである。明治以後の日本文学についてみても、自由民権左派の政治小説以来、透谷以来、政治と文学との相関関係は、日本の文学史を一貫して流れる問題性であることが、今日よく知られている。ナップ時代の「政治と文学」はそのいわば極限形態を露呈したものである。大正期アナーキズム時代の「政治と文学」は、森山氏によると実行即芸術としての「実行と芸術」であるが、私の考えでは、大正期アナーキズム時代には実行即芸術すなわち「実行の芸術」はあったが、「実行と芸術」という問題は、問題として正当な位置におかれたことがなかった。私が旧稿で語ろうとした作家宮嶋のあらゆる困難が、まさにそこに発したのである。それは「実行と芸術」が、「政治と文学」に変容する一過程の、昭和期「政治と文学」問題のいちヴァリエーションである。「組織力としての政治」がないから「基本的に発想を異にしている」と、一概にいえぬのではないか、私はそう思う。

周知のように、いわゆる「実行と芸術」の問題は明治四一年(一九〇八)一月、田山花袋が始めてこれを提起し(『文章世界』「評論の評論」)抱月、天渓らを始め自然主義の内外に反響をよんだが、翌四二年をピークに、「芸術の観照性」を一応の結論として終熄した。この論争を「無駄話」と評したのは石川啄木である。啄木は自然主義が「実行と芸術」に隔一線の態度を明らかにしたことについて、常に目的論を回避する「人としての卑怯がある」と指摘した。著名な「明日の考察」の観点、「唯一つの真実――『必要』」の観点はこれと直結するものである。芸術家を「実行し且つ観照しつゝある」普通人と同列にみることで、実行と芸術との分裂を鋭く批判した啄木であるが、それがいかに統一されるべきかについて、芸術家固有の問題を追求せぬままに終った。国家強権を敵としないわがくに自然主義の思想的克服の道を示すことはできたが、現実と表現との間の距離をふまえて、問題を正当に展開させはしなかった。「実行と芸術」を未分化のまま内包しながら、なお啄木の解決は実行の側の解決に道を清めたのである。中野重治の「啄木に関する断片」(大15・11)をはじめ、あげ潮に乗ったプロレタリア文学運動の啄木受容は、この一線上につらなっている。

しかし、啄木評価のもっとも早いものの一つに、雑誌『近代思想』(大1・10〜3・5)の荒畑寒村がある。「平民階級の苦悩煩悶」をそこに発見し、彼がもう少し生きていたら、文学に満足する能わずして、革命運動を起したろう(「緑陰の家」『近代思想』大2・7)と結論したもので、啄木受容の原型がすでにここに芽生えていた。『近代思想』は大逆事件後の世にいう「冬の時代」に、堺ら社会主義グループの自重待機の方針にあきたらず、「せめては文学にかこつけ」(大杉栄「獄中記」)鬱積した反逆のエネルギーを発散させた、大杉、荒畑ら革命的新時代ののろしである。それは「知識的手淫」にすぎぬとして、早晩廃棄される運命を当初から持っていた。「革命の軍歌としての文学詩歌、僕はそんなものは信じない(中略)社会革命は労働者の力だけで沢山だ」という寒村の言葉は、また、大杉の「実行の芸術」論の基調でもあった。

僕は僕自身の生活において、この反逆の中に、無限の美を享楽しつつある。そして僕のいわゆる実行の芸術なる意義もまた、要するにここにある。実行とは生の直接の活動である。（中略）多年の観察と思索とから、生のもっとも有効なる活動であると信じた実行である。実行の前後は勿論、その最中といえども、なお当面の事件の背景が十分に頭に映じている実行である。実行に伴う観照がある。観照に伴う恍惚がある。恍惚に伴う熱情がある。そしてこの熱情はさらに新しき実行を呼ぶ。そこにはもう単一な主観も、単一な客観もない。主観と客観とが合致する。これがレヴォリューショナリイとしての僕の法悦の境である。芸術の境である。

「生の拡充」大2・7

まさに、天成の革命児大杉栄の面目が躍如としてある。しかし、これは「実行と芸術」論ではなくて実行論そのものである。意識と行為一般の関係はあっても「芸術と実行」の問題はない。そして、この革命的行動者の芸術境を、そのまま、「徹底せる憎悪美と反逆美との創造的文芸」「傾向的の文芸」の創造へと安易に短絡させてしまっているのである。

当時『近代思想』同人は、文壇の作家批評家を招いて会合を持った。第一回に呼ばれたのが島村抱月と相馬御風で、「実行と芸術」論がとりかわされたらしい。抱月はその時の事を「四種の人」（『文章世界』大2・6）という感想にまとめている。芸術と実生活との関係を全く無関係とするものから、芸術即実行、芸術無用論にいたるまで四段階に分ける。大杉らの説が芸術無用論として理解されたのは明らかである。抱月はその芸術無用論に痛快な魅力を感じつつも、なお芸術を捨てかねて中間説をとる。芸術は実行の「内攻」「逃避」「宣布」として、「思想と実行の中間の宿駅」であるような「変態実行論」にとどまることなく、一箇の完成品として、広く深い人生の全景をあたえ、「哲学化」するところに意義がある、という。そういう芸術は知らぬままに読者の人生観を変形調節するので「調節的実行論」と呼ばれる。

抱月がこれまでの芸術即観照の立場から、「哲学化」などという言葉を残しつつも、ともかく芸術の実生活への交渉をとらえ、それを「調節的実行」としたこと、芸術の「動機」、「材料」としては「変態実行論」を認めたこと等、注目してよいであろう。行きづまりに来た自然主義論の打開に、大杉らの実行論の影響のあることが、明らかにみてとれる。やがて、相馬御風が「人間性のための戦ひ」（「読売新聞」大2・11）へ身を起し、「個人革命と同時に、あやまりつくられたる社会組織の革新」を要求することのできたのも、すでに理想主義への転回を求めていた自然主義に、大杉らが指標をあたえたからである。しかし結局、社会主義思想と「生の哲学」とが抱合したかたちの大杉のいう「実行の法悦」が、「芸術家的生活に対するアンチパシイ」となって常に対立し、独自な芸術創造の次元を無視させることとなった。その強烈な自我主義において共通する、白樺派など人道主義文学を認めつつも交錯しえず、自然主義の側に、御風の文壇引退という一種の挫折を見送らねばならなかったゆえんである。

大正五年（一九一六）に始まる大杉の民衆芸術論議も、右のような発想の延長上にあるといえよう。第一次大戦を契機としたデモクラシー思想の台頭を背景に、白樺派ヒューマニズムに発したホイットマン流の民主思想（民衆詩派）、トルストイ的人間主義（加藤一夫）、その他を含む、広い戦列の最左翼に位置して、大杉は発言したのである。それは、ロマンロランの『民衆芸術論』（大杉訳　大6・6）の結びの一句、「ファウストは言った『初めに行為あり』と」を強調し、「芸術的運動とともに、というよりもむしろそれに先だって、社会的運動に従わなければならない」（「新しき世界のための新しき芸術」『早稲田文学』大6・10）というにあった。民衆芸術を欲するなら、まず民衆そのものを持つことから始めよ、というのが、民衆を階級概念においてとらえたこととともに、大杉が、凡百の民衆芸術論から自己を区別した民衆芸術論である。むろんそこには、新しき社会の思想感情の止むに止まれぬ表現であるとか、民衆芸術の問題は民衆にとっても、また同時に芸術にとっても死活の問題であるとか述べられているが、民衆の自己表現としての芸術運動は具体とならない。例の大きな所作、単純な力強いリズム、荒い調子、という大杉の民衆芸術のイメージは、民衆に娯楽と元気と理智とをあたえるためのフランス平民劇の技法そのままであり、それを演劇伝統を持たぬわがくにへ、しかも演劇論でなく民衆芸術論として直輸入するというまさに荒い調子は、すでに芸術問題ではなく思想問題なのである。

それゆえ、平民労働者の成就せんとする革命は、政治経済組織の革命ばかりでなく、社会生活そのもの、人間の思想、感情、および「表現の仕方の革命」でもある（「民衆芸術の技巧」大6・7）という大杉の主張は、森山氏のいうように「社会運動と芸術運動の統一」（「民衆芸術論」『日本文学』昭38・7）の視点とみるべきではない。それは、労働者の自己確立に基礎をおくアナルコサンジカリズムの思想の、人間革命運動としての思想運動の一端であって、芸術運動としてよく意識されたものではなかった。大杉の民衆芸術論はむしろ、一種の芸術否定論であることによってその光彩を放っていた、というのがふさわしいのである。

平林初之輔は、大杉栄訳の『民衆芸術論』が出ることによって、当時の民衆芸術論はその指標を得た（「プロレタリア文学運動の理論的及実践的展開の過程」昭3・4）というふうにのべているが、彼の論文「民衆芸術の理論と実際」（『新潮』大10・8）は、ロマンロランの『民衆芸術論』を、「始めに行為あり」という、大杉と全く同じアクセントにおいて受けとっており、その時すでに、マルクス主義的唯物論の観点に立っていた「第四階級の文学」論により、大杉の民衆芸術論の発想はそのままひきつがれて、運動理論の形成をうながしたといえるのである。やがて平林は「文芸運動と労働運動」（『種蒔く人』大11・6）を書き、「プロレタリヤの文芸運動は文芸運動であるよりも先ずプロレタリヤの運動」であり、階級闘争の局部戦であるとして、「政治の優位性」の理論へ最初の第一歩を踏み出したのである。革命思想としての大杉のアナルコサンジカリズムは、その後継者をもたなかったけれども、大杉の民衆芸術論の血統はここに「正当」に受けつがれたのである。

大杉にはさらに、「労働運動と労働文学」（『新潮』大11・10）がある。労働文学とはプロレタリアの止むに止まれぬ思想感情の表白であるという。ただ大杉のいうプロレタリアとは「労働運動の前衛」でなければならない。第一次大戦後、労働運動の未曾有の昂揚のなかで、友愛会系の労資協調的な改良主義を排除し、当時アナルコサンジカリズムの影響力が強まりつつあった。芸術運動にさきだつ社会運動が、大杉の眼の前に、その実態を見せはじめたのである。ためらうことなく、運動の前衛と「一体」化することが、芸術家に対する要請となった。「実行の芸術」論は当然の結論に達したのである。労働運動の前衛戦にはいり、自己を運動者と等しい位置にたたせねば労働文学は生まれない。大杉の達意の文章はプロレタリアの生命力をまるごと信頼する、革命的本能に輝いている。そして、これを別の角度でいいかえてみれば、「知識階級が労働運動に加わる利益が、ちゃんちゃらおかしく」（「知識階級に与う」大9・1）ということになるのである。

平林初之輔をその指導理論家とした雑誌『種蒔く人』（大10・10～12・9）が、知識階級の運動としての性格を持ったのは、これらインテリ排撃的な風潮と無関係ではなかった。それゆえ、知識階級自立の道は、「行動と批判」と銘うたざるをえなかったのである。大杉のアナルコサンジカリズムはかくして、芸術運動理論の血統を伝えながらも、多数の知識階級を分離し、その知識的優越感と肉体的コンプレクスをない合せた、のちの共産主義文学運動——青年インテリゲンツィアの革命代行的運動へと、はるかな軌道をしいたのである。しかしまたその革命的前衛にのみ信頼するラディカリズムによって、一方に広範な労働大衆を分離してゆくこととなった。わが宮嶋資夫は、その無力で広範な労働大衆との関係において、またひとりの作家として問題にされねばならぬ人である。労働者の自主自立をモットーとしたアナルコサンジカリズムの思想の、そのすぐれて主体的な革命性を、のちのマルクス主義運動が失った貴重な遺産として、今日高く評価すべきはもちろんであるけれども、その極左浪漫的発想が等しく分ちもったマイナスを探ろうとしない立場が、宮嶋資夫を「刃物の思想」の中に封じねばならぬ森山氏の立場である、と私は思う。

大杉は宮嶋の処女作「坑夫」（大5・1）の序において、「ゴーリキーの初期の作物に現れて来る一種の叛逆者、習俗や権威に対する盲目的叛逆者の面影」が「坑夫」にあるといい、さらに努力して「ゴーリキーの後年のごとく、現在における自己およびその周囲の人々の意識的叛逆」を描くことを強く期待した。獄中生活の間に読みあさったロシア文学、とくにゴーリキーの影響と、サンジカリズムの研究とが、労働者の強烈な反抗本能に信頼するようになった原因である、と大杉はのべているが、その大杉の革命的労働者のイメージを培ったロシア作家に宮嶋は比較され、日本における小さな卵として属目されたわけである。大正二年（一九一三）、露店の古本屋で『近代思想』を見つけた宮嶋は、サンジカリズム研究会へ出席するようになり、「坑夫」はその影響下に成ったものである。処女作に対する大杉のこの讃辞と鞭撻とが、いかに宮嶋の勇気を鼓舞し、同時に重い責任を感じさせたかは想像するにかたくない。大杉の望む憎悪美と叛逆美との創造的文芸は、ここに具体となりはじめたとされたのである。しかし、宮嶋は「坑夫」を超える作品はおろか、それに匹敵する作品さえ以後ついに出さなかった。それは何故か、というのが宮嶋論のカナメにならねばならない、と私は思う。森山氏の論にはこの問いが全くない。わかれ道はここにある。この回答をみちびくものは、宮嶋における思想的挫折の意味であろう。「アナーキズムの理想へ向うイデアルな希求のみがあって、アナーキズムの運動過程へ向うリアルな批判的視野が開けぬ以上、そこに自己の弱点を拡大視した、エゴイズムとの絶望的闘争がおこらざるをえない」と、私は旧稿で書いた。アナーキズムの理想には、「先天的叛逆児」と宮嶋の感じた大杉の像が、[*1] たえず重なっていた。「実行の芸術」論は宮嶋の内部で意識され通したのである。

「野呂間の独言」（『憎しみのあとに』大阪毎日新聞社　大13・7所収）に次の一節がある。

胸の中で何かゞ燃えてゐる……この心臓をえぐり出して壁にでも叩きつけたくなつてくる。恐らくそこには、赤黒い炎が立ち上り、やがて暗の中でも物凄い燐の光を放つだらう――さう云ふ芸術が欲しいのだ。

あきらかに、宮嶋が「坑夫」を書いた時代の内的衝迫として読めるものである。ところが、そのうち宮嶋は、自分の心臓に「いやなしみ」がついている、と思いはじめた。物凄い光どころか、ぐじゃぐじゃに萎びて腐って行くような、堪らないものを意識する。だんだんだれて来て分泌力はなくなり、ただ「壊体」ばかりを欲するようになる。ここに「坑夫」以来、湧きあがる創作衝動を失った混迷の内実が、それなりにあらわである。

宮嶋の思想的動揺が、「坑夫」出版の年の末、刃傷沙汰をひきおこした大杉の恋愛事件（大5・11）を、微妙な契機として生じたことはあきらかである。大杉の個人生活に「不純」なあるものを見、一種の失恋にも似た感情を抱いた宮嶋は、生来の江戸っ子らしいエピキュリアンの一面がふくれあがり、相場に熱中し遊蕩生活に沈湎する。しかし、「どうかして壊体からのがれたいとあせつて」比叡山に引き籠る。大正九年（一九二〇）はじめである。大正七年（一九一八）以来、亀戸の労働者街へ移住し、当時の労働運動の画期的昂揚に対応しつつ、積極的に実践運動に転じて行った大杉らの動きに、この時、宮嶋は同化しえず、立ちおくれる結果となった。

小説「迷乱」（『解放』大12・3）は、当時の宮嶋の恐ろしい寂寥と虚無と、苦痛に耐え危険を冒して闘う仲間への、ひそかな嫉妬とを、スパイ事件にからめて、微妙に定着させたものである。作中、命の精が奪われたような虚脱の原因について、「エゴイストの落る地獄」、とのべているが、大杉恋愛事件を契機に、禁酒までして、いちずに精進したこれまでの宮嶋は、底深いエゴイズムの自覚を深めていった模様である。「いつかは心の底から本当の勇気が湧き上つてくるだらう。さうすれば貧乏も窮迫も、妻子に対する愛着も、一切をかなぐり捨てて……」というはかない期待が叡山に引き籠る宮嶋の心境でもあった。帰京後、大杉らのアナ・ボル共闘の方針に同調せず、吉田一らと「労働者」を刊行するなどの宮嶋の動きは、ぬぐいえぬ脱落の意識を裏がえした、一種の虚勢ではなかったか。つねに「本物の労働者でない」という劣等感と、「一歩踏み出し切れない弱い心」とに、さいなまれ通すからである。「文学もの」という自嘲が、無頼漢的狂態を演じさせ、寂寥と虚無とが全身にしのびよるのである。「野呂間の独言」の言葉でいう、心臓の「いやなしみ」にほかならない。アナーキズムの理想へ向う観念的な希求のみ激しく、自己の弱点は絶望的に拡大視される、その倫理的構造が、ほとんど体質的な虚無と隣り合せなのである。

「坑夫」とそののちの作品との間に、こうした混迷の過程はあきらかに見てとれるけれども、森山氏の「刃物の思想」に統一を求める方法が、これを無視させる。氏によれば宮嶋の「刃物の思想」とは、その兇暴な「自己疎外」という問題にかかわっている。仲間を疎外し、仲間から疎外され、自己をも疎外する宿命的兇暴が、「坑夫」の主人公石井の本質である。「坑夫」ののちの「恨みなき殺人」「犬の死まで」の主人公は、これと等質の血を分け持っている。自伝『裸像彫刻』小説「残骸」などによって、宮嶋の青少年期の異状な原体験に、それはさかのぼりうるものであり、究極において小説「安全弁」に、その『絶望的テロリズム』の思想の貧弱」をあらわし、転落失敗した、というのである。

「坑夫」は、「日本の労働者階級がまだ組織もなく自覚も持たなかった時代に、内には、不満を抱きつつ、卑屈な現状維持と狡猾な保身にのみ生きるその無力へ、主人公の死にいたる兇暴な孤独を通して、激しい憎悪と軽蔑とをこめた絶望の訴えであり、その絶望の深さによって、仮借ない批判を階級内部に向けえた作品である」と、私は旧稿に書いた。

森山氏によれば、私の「坑夫」の読み方は孤立者としての石井をとらえていないという。ここに民衆からの絶望的孤立を、語っていないというのだろうか。森山氏のいう宿命的自己疎外者としての孤立についていえば、まず石井の兇暴は、父を坑夫病で失い母親に捨てられた流浪生活以来、冷酷な資本主義社会と、卑屈な仲間の数々の裏切りとに、必然的に傷ついた結果であり、(不充分ながら宮嶋はそこを、とらえようとしている）兇暴がもたらす孤独と憂愁に耐えず、さらに兇暴と悔恨とを重ねてゆく、激情する暗い血はあっても、人のあたたかさに飢えたどこかで優しいのも石井である。たとえば、下山する坑夫と裏山で別れの酒をくみかわし、早起きして途中まで送る、別人のように優しい人なつっこい石井、恋に落ちて猛々しさを失い、女のためには猫のように用心深くする石井、彼をかばう萩田の前では素直に行状を反省する石井、等々。つまり私は「坑夫」に、本質的に残忍な自己逃亡者の兇暴を読まない。

「坑夫」以後はじめての「恨みなき殺人」(『新日本』大6・9）と「犬の死まで」(「東京日日新聞」大9・12・11～大10・3・15）との間には三年以上もの開きがあるが、二作とも「坑夫」との落差を示していて、発想は同じである。「坑夫」にチラと顔を出す坑山事務員の吉田、すなわち宮嶋を共通の主人公に選んでいる自伝的小説である。

「恨みなき殺人」は、鉱主に隷属する所長の愚劣、中傷や密告に反撥しながら、無為にすごした主人公の卑怯への自己嫌悪が主なテーマである。直接には自分と関係ない坑夫の殺人事件まで、その卑怯怠惰と結びつけてゆく、宮嶋特有の自己可責癖をあらわしているが、殺人を犯した若い坑夫のいさぎよい下山を見送り、酒に酔いつぶれる主人公に、兇暴な「自己からの逃亡希求」を強いて感じなかった。

「犬の死まで」は、自他のあらゆる奴隷根性を容赦しない激しい潔癖から、喧嘩早く周囲と孤立し、自己嫌悪に屈折し、そのやるせない激情と孤独とをもてあます主人公が、ついに所長をなぐって下山するまでを描いている。ともに、人間の「卑怯」「ケチな根性」に対する過敏な反応とその鬱積といってよい。

「坑夫」の主人公石井は、仲間の卑屈な現状維持、狡猾な保身へ、憤怒と憎悪による兇暴な体当りを試みた。だから、傷ついた瀕死の石井を、日頃の腹いせに残忍な笑みを浮べて踏みにじる坑夫らに向って、吉田(宮嶋)は、「身体をぶるぶる慄はせて、『誰がこんな真似をしたんだ』と口惜しさうに怒鳴つた」のである。「坑夫」時代の宮嶋は、労働者階級の絶望的無力へ、絶望を叩き返すだけの革命的情熱を持っていた。その情熱によって精悍な石井の像をこめて客観世界を造形しえたのである。「恨みなき殺人」「犬の死まで」が、ひとすじ「坑夫」の発想をうけつぎながら、自己可責や、やるせない激情と孤独の色彩の強い自伝的小説に堕して緊張を欠いたことのうちに、「エゴイストの地獄」と表現せねばならなかった、作者の変容を私は見る。おのれを賭けた兇暴な叛逆と、叛逆におのれを賭けえぬやるせない激情と自責、この差異は、石井の兇暴な叛逆にまざまざと照り返っている、労働者階級の無力をみきわめ、そこに燃える「自分の心臓」を投げつけえたか、えないかの決定的差異である。「坑夫」は「恨みなき殺人」「犬の死まで」との「連関で評価しなければならない」のではなく、明確に分離して評価されねばならないのである。

　同様なことは「土方部屋」（『解放』大9・10）についてもいえる。不潔で単調な土方生活を比較的客観的にとらえながら、土方を、豚の飼い殺しだ、とののしるお尋ね者の男を、精力的に造形する意慾はない。どん底生活に沈んだ作者の体験が主調である。

　「安全弁」（『解放』大11・6）は、「坑夫」と同系列にたつ唯一のものであるが、「坑夫」に示された作者の苛烈な精神は全くない。「弱い、虐げられた現実を愛してゐる」民衆は、あいまいに容認され、革命にひたり疾駆する絶望的ヒロイズムは、無惨な敗北に終るのである。現実に絶望する情熱さえ失った作者は、もはや深くたちこめる虚無の霧を、はらいえない。森山氏のいうように、これは「『絶望的テロリズム』思想の貧弱」を露呈しているのか。主人公がボイラーを爆発させるという復讐的テロ行為に出るのは、仲間の労働者が、醜い、虐げられた現実を「愛し」それに「執着」しているのを、知りすぎているからである。それが人間の実情なのだ……病軀の余命も知れた「俺は、悪魔でいい」。人間の破ることのできない壁は悪魔が破るのだ……これが主人公をうながしたヒロイズムである。ここに単なる「貧弱な個人主義」はない。「反権力の意識が失われている」どころか、その絶望的な激しさによって、現実が空しいのである。「この虚無的なテロリストに何か積極的な意味があるように描こうとしている」のは、そのような能動性によってのみ、わずかにあかしされる、労働者階級の反抗の現実が、宮嶋にとって重いからである。しかも小説の結末が行為の完全な失敗として終るのは、作者にどこか「戯画化」の意図があったからではない。おのれをかけた反逆さえも、ついに空しい、という、いいようもない深い虚無がそこにある。「戯画化で一貫さしてもいない」のは全く当然といわねばなるまい。

　自伝その他にみえる、宮嶋が幼時父から受けた異常な拷問や、情死未遂事件から、私はむしろ宮嶋にある根深いニヒリズムの源を考えるが、森山氏はそこに、本能的殺意や刃物の思想の源流をみる。ここにも森山氏の、宮嶋におけるテロリズム思想の一貫性を検証しようとする意図が明白である。

さらに森山氏の宮嶋論で不審に思われるのは、「坑夫」の系列にたたず、宮嶋の文壇的水準を示す作品「仮想者の恋」(「東京朝日新聞」大12・6―8)『黄金地獄』(万有社大13・5)などが、宮嶋の「観照的態度」の産物であると断ずるのみで、「坑夫」その他によって氏が主張してきた、宮嶋の兇暴な自己疎外という、ほとんど対極的性質の問題が、どうして結びつくのか納得させないことである。「彼は自己を観照しうるゆとりのある間は、酷熱的な自己疎外から脱れえたのである」という。しかし、宮嶋がいつ、いかにして、その「ゆとり」をつかんだのか少しも説明されないのである。氏によれば観照的態度は宮嶋の当初からあった。「坑夫」の吉田の存在がそれを示しているという。しかし、「坑夫」の骨格正しい作品世界は、自他に対する厳正な観照によって始めて構築されたものである。ひとり吉田の存在が証拠ではない。問題は現実と対峙すする作者の観照の緊張度にある。「芝居を見るような気持」(『遍歴』)で観照した『黄金地獄』の「ゆとり」とは、私にいわせれば、宮嶋のはてしないエゴイズムとニヒリズムとの格闘が、大杉虐殺事件の衝撃によって倍加した惑乱の時代の産物であり、根本的自己不信にさいなまれた、思想的後退と、そこにおいて現実と馴れた、緊張の弛緩の表現にほかならない。高利貸小谷を「蓄財へ命を賭ける巨人像」と理解するのは私ではなく上野(宮嶋)であり、そこにこそ、漠然と無方向な「燃焼」を希願するしかない宮嶋の、苦しい思想的混迷があるのである。生れつきぐうたらな俺はぐうたらに生きる。俺以外の一切のものは亡霊にすぎない。というスティルネリアン辻潤の恋愛を、ユーモラスな筆致で描いた「仮想者の恋」は、だんだんだれて来て

「壊体」ばかりを欲するような宮嶋が、辻の虚無的自我主義にどこか親和して浮き上った一種の軽さであろう。これを「転換期に直面する瞬間の平静」とはどういう意味だろう。

「観照的態度」と「自己疎外」との関係のこの曖昧さと、「坑夫」とその他の作品との間に断絶を見ない見方とが相寄って、次のような森山氏の宮嶋論の骨ぐみが生ずるのである。すなわち、「革命の芸術」である「坑夫」、「観照視座の設定」である『黄金地獄』、「仮想者の創造」である「仮想者の恋」はすべて宮嶋のいう「物凄い光を闇に放つ芸術」(「野呂間の独言」)であり、宮嶋はそれら「彼の芸術が円熟した瞬間」に、自分の心臓にいやなしみがあるのを意識しはじめたのであると。みてきたように、『黄金地獄』「仮想者の恋」を、単に作品技術の上から「物凄い光」を放つ芸術とはみとめ難い。それらを芸術の円熟に一括することは、宮嶋論の本質問題を隠蔽することである。のみならず円熟の瞬間にいやなしみがあるのを発見したという。「野呂間の独言」をもって、宮嶋のアナーキズム思想からの転換の画期とみる森山氏としては、そうならざるをえないのかもしれぬ。しかし、大正十三年(一九二四)出版の『憎しみの後に』に収められた「野呂間の独言」という独白体の文章は、いつの執筆かは明らかでない。宮嶋が「労働者」を廃刊するのが大正十一年(一九二二)五月であり、その直後の房州根本の生活が写されていること、その語りくちからみて、私はこれを大正十一年(一九二二)中の執筆と推定する。[*2] だとすれば、「仮想者の恋」(大12・6—8)『黄金地獄』(大13・5)は「野呂間の独言」より明らかにあとである。単に執筆時期の問題からいっても、氏の意見は崩壊の危険が充分にある。なお、詳細によめば、「野呂間の独言」はその時、宮嶋の転機を画したのでないことが明瞭である以上、森山氏による宮嶋論の構想はいよいよ認め難い。

論文「第四階級の文学」(「読売新聞」大11・1)は、いわば「実行の芸術」の尖鋭な主張である。しかし、ここに注意すべきは執筆時の大正十一年(一九二二)頃、宮嶋が「心臓はだれてだれて、分泌力は全くなくなる……ただ壊体ばかりを欲する」ような心境にあったのも事実であることだ。この大きな矛盾こそ、原理は常に正しく、非は常におのれに有りという、宮嶋の潔癖な倫理的発想を立証するものにほかならない。私が旧稿で「断片(二)」(大10・10)に注目した理由は、この悲劇的分裂が、宮嶋の内部で克服されるみこみが全くないではなかった、と考えるからである。「断片(二)」の要旨は、こうである。労働文学の進むべき道は、第一に現実否定ということにあるけれども、「現実否定を口にする者でも、案外根深く現実に執着してゐる」、そこに現実否定者の悩みがあり、真に意義あるプロレタリア芸術は、「如何に強く現実を否定しようとし、如何にその否定し難きことに悩むかと云ふ事からのみ」生まれて来るものと信ずると。

これは、「第四階級の文学」とは異質の意見であり、「卑怯で怠惰な私」を、「我々」を、まっすぐに見つめた場所で発言されたものである。ネガティヴな自己の内部をよく知るが故に、ネガティヴな民衆の現実を、宮嶋はよく見抜きえていたのである。虐げられた、醜悪な現実へ執着し、愛し、オメオメ生きのびようとする民衆の弱さを剔抉し、そこに変革の苦悩を貫くこと、現在の真に意義あるプロレタリア文学はここにのみ生れる、という宮嶋の判断は、日本の労働者階級にアナルコサンジカリズムの影響がもっとも強まった大正十年末という時代に、作家の肉眼への信頼において、現実を洞察する自由とその責任の自覚の可能性であった、といえるであろう。

けれども、三月ならずして「第四階級の文学」を執筆した宮嶋に、その文学に拠って立つ自覚と自信にとぼしかったのは明らかである。「文学もの」という自嘲は、革命戦線の斥候、あるいは照明燈という、おのずからなる文学の意義をみいだす余地なぞ、あたえなかったのである。大杉という光背を着けた「実行の芸術」論は、やはり深く宮嶋をとらえていた。しかし、「第四階級の文学」の文末には、労働運動に理解と同情を持ちながら、何もしない文学者の態度、「自分自ら」を含めて「矛盾に満ち矛盾に苦しみつゝある今日の芸術家の地位」について、あらためて論じてみたいと書きそえているのであって、宮嶋の内面のひそかな動揺をしのばせるものがある。

森山氏によれば、現実への執着、現実否定者の悩みというのは、大杉に毛ほどもみられぬ宮嶋特有の自己疎外なのである。「『いっそ、ひと思いに殺して下さい』という被虐者の絶望を反転させて、進んで叛逆の刃を相手の横腹にぶすりと突きさしたいという願望の成熟」として、「断片㈡」の逡巡を吹きはらったものが「第四階級の文学」であるという。ここにあるものは、宮嶋が「『坑夫』の出発から、兇暴なる精神をもてまし、それはやがて刃物の思想となり、テロリズムとなって」云々という、森山氏の既定の論理を証拠だてるゴウインな解釈である。現実を否定しえぬ「我々」の悩みが、なぜ自己疎外なのか。宮嶋の「第四階級の文学」における「絶望的テロリズム」という言葉は、自分は自分の生活をしたいという当然の要求の提出に、たえず牢獄と失職とで報いられる時、そこに到達するも「何の不思議もない事」、それゆえ「正当防衛的、消極的〇〇論」として肯定しようとしたものであって、森山氏のいうように「『暴力と圧制』に対する『復仇の念』を純粋最高の形で表現したもの」とはいえぬと思う。宮嶋が「生命の尊貴」についていかに関心したかは、「断片㈠」（大10・6）や小説「憎しみの後で」（「報知新聞」大11・5―7）のテーマがこれを示しているだろう。

「断片㈡」の見地が川口浩の「否定的リアリズムについて」（『文学評論』昭9・4）を想起させる、と私は以前に書いた。ナルプ解散後のプロレタリア文学再建の方途を提唱したその論文は、ネガティヴな真実を語る作家の市民権――「主題の積極性」時代に奪われたその市民権を要求したものである。まさか宮嶋のいう「現実の否定」と、同語だから同じだなどと思ったわけではない。宮嶋の「現実の否定」が、「反映論とも社会主義リアリズムともなんの関係もない」のは明白な道理である。周知のように、日本のプロレタリア文学運動は芸術の階級性の自覚にはじまり、「目的意識」論の提唱となり、ついには「共産主義芸術の確立」というスローガンにまで、ひとすじ道を登りつめていった。それは、「プロレタリアートの全的な『人間』はただ階級闘争のうちにのみあらわれる」といい、「つねに唯一の革命的観点から積極性のある主題が選ばれなければならない」（蔵原惟人「芸術的方法についての感想」昭6・9・10）というとき、「前衛を描け！」という必至の到達点をもったのである。小林多喜二の虐殺という未聞の犠牲と、大量転向とによって無惨にも敗退した「主題の積極性」理論へ、川口浩の提起した反措定の意義は、その反映論的リアリズム論の芸術論としての当否にかかわらず、なお大きなものがある。あらゆるネガティヴな要素を白日のもとに晒すことで再起しようと希った、当時の亀井勝一郎の「ありとあらゆる仮面の剝奪」（『文学評論』昭9・5）などとともにもつ、その批判的意義を、森山氏は何故か認めない。「断片(二)」で宮嶋が、現実を否定しようとして否定しえぬ、そういうネガティヴな情況の直視から、プロレタリア芸術が生れると説いたことの意義は、「労働運動の前衛」を描けという大杉の要請と対置するとき、おのずから相似た位相にあることに気づくのである。むろんこの前衛は党を意味しないけれども、少数精鋭であることに変りなく、むろんこの要請は、「たたかいの武器」としての現実に対する文学の有効性の理論に裏づけられた組織的圧力を意味しないけれども、アナーキズムの理想の実現を希う者にとって、尊重すべき中心指導者の発言であることに変りなかった。宮嶋はたちまち「第四階級の文学」を叫び、大杉をうべないつつ、実作においては「安全弁」の虚無世界へ崩落せねばならなかった。

「坑夫」は、作者の体験が偶然したものではあるが、明治四〇年（一九〇七）二月、坑夫約三千の蜂起がついに高崎連隊を出動せしめた足尾の大暴動と、その鎮圧後の労働者階級のネガティヴな現実へ、鋭いメスをいれたものである。「議会二十年の声よりも三日の運動」という、足尾暴動を象徴的モティーフとして揚言された、幸徳の直接行動論の現実的基盤を、それははからずも照射していた。従来この作品の背景を、ただ漠然と「絶対主義下」あるいは「大逆事件後」の社会労働運動の暗黒期であるとした見方は、この明瞭な、歴史的視点を附与さるべきである。アナーキズムとの出合に衝撃されていた宮嶋は、しかしそのことの重大さを確認しえぬままに終った。宮嶋が「断片(二)」の見地によく踏みこたえることは、「坑夫」のリアリズム文学としてもつ独自の意義を方法的に自覚することであり、それは「安全弁」の虚無世界と、「第四階級の文学」のラディカルな心情とに引きさかれた矛盾を、自己の作品世界に止揚しうる可能性であった。明治以来の極左的伝統を受けつぐわがくに革命運動に、それは批判のモティーフを投じたかもしれぬ、と私はひそかに思う。

たとえば宮地嘉六の呉海軍工廠のストライキを扱った「騒擾後」(『中央公論』大8・8)「裏切られた人々」(『解放』大9・11)など、当時労働者階級のネガティヴな真実を一応描いていた作品はあったが、宮嶋のような苛烈な主体的反逆の情熱をこめて、ネガティヴな現実に喰い入る主題を、質においても規模においても深める必要はなかったか。第一次大戦後の好況に支えられて画期の昂揚を示した労働運動の、労資協調的改良主義を打破し、運動の戦闘化をうながしたアナルコサンジカリズムの革命的意義の大きさにもかかわらず、ついに現実の過程をとらえるにいたらなかった、その革命的浪漫主義としてのひよわさを、宮嶋が自己の文学的真実によって照射することの意味は、またきわめて大きかったと思われる。戦後の荒正人にならっていえば「民衆とはわたくしだ」といいきる勇気を、しかし宮嶋の潔癖な倫理性がこばんだのである。そこに表現者の自由と、その責任とに賭け、案内者であるよりは証人であるような道が、開けてくるはずもなかった。

「愛、妻子のほかに出でざるものは痴なりと眉山は云った。が遂に自殺した……しかし自殺はいやだ」といった宮嶋は、「恩愛あはれむべし、恩愛あはれむが故に恩愛なげうつべし」といった道元の禅へ、さいごの救いを求めていったのである。創作「彼の哄笑」は、死ねない宮嶋が縊死したモデルの和田久太郎を通して死との対話を試みており、生きたまま死を領略する術を禅に求めたこの時の転機を示しているといえるだろう。生来のエピキュリアンを意識するゆえに激しい宮嶋の倫理性が、ときに自虐癖ともとれる傾向をおびたことはいなめないだろう。その葛藤のなかに、時代的刻印を眺めようとするか、しないかの差が、森山氏の論と私の論との差異である。大杉とそのアナルコサンジカリズムの思想を、マルクス主義運動の受けつぎえなかった貴重な遺産として評価し、その極左的発想に随伴したマイナスを見ようとしなければ、宮嶋における一見兇暴なその葛藤が、テロリズムに通ずる自己疎外という、個人の生得の資質に還元されざるをえないのである。森山氏の発想は、アナルコサンジカリズムの思想の遺産を、今日正当に継承する仕方としては問題があり、その欠陥をはしなくも宮嶋論のうえに露呈しているといえよう。さらにいえば、宮嶋を自己疎外、刃物の思想で色あげることは、「坑夫」をまだマルキシズムの世界観にたたぬ、「多分にアナーキスティックで、ニヒルでそして衝動主義的」作品だとし、思想としてのアナルコサンジカリズムをおとしめた、江口渙などのナップ式読み方と、一脈相通ずるという、まことに皮肉な印象をさけがたいのである。

宮嶋が文学の特殊性について、次のような感想をのべるのは大杉亡きのちである。

芸術家も理論の影響をうけることがある。しかしそれ以外にかれ等はまたかれ等の直観が、理論以前にそれを認識する場合もある。私は、芸術家に対してはそれを尊重するものである。だから、私のやうに、ある時、ある主義を持ち、その理論にある点まで傾倒したものは、自己の作品にのぞむ場合種々の危険を自己に感ずる。

「独断」初出不明[*3]『仏門に入りて』創元社　昭5・12

これを田山花袋の「人生に対する作者の理想（実行者が多く抱いてゐるやうな、社会が斯うありたいとか、自分が斯うありたいとかいふ）が加はれば加はるほど、一層描写の目的が達せられなくなる」（『文章世界』明42・6）というふうな発言と比べるなら、さすがに隔世の感はあるが、意外に相似た「実行と芸術」論の様相も、また眺められうる。第一次大戦を境に、ほぼ歴史の現代に踏み入った社会経済情況の総体を反映して、大正という時代の政治思想的性格があるとすれば、それらをまぎれなく体現して、「人生に対する作者の理想」は、主義・理論として明白な志向を持ってはいるが、ともに自立した表現世界のリアリティをめざす作家の立場が語られている。「政治の優位性」理論としての「実行の芸術」論は、ようやく「政治と文学」を包含する「実行と芸術」論として、正当な位置に置かれようとしているのである。同じ頃、文芸の伝統的形式の問題、ロシアのプロレタリア文芸政策への疑問、「思想と美術的表現の間」の問題等、素朴ではあるが正当な方向が模索されていて、「断片(二)」の問題はさらに豊富に発展する兆をみせる。

やがて、一定の教理ドグマを排し、心内の苦悶を表現して「不正直」を排すという、雑誌『矛盾』（昭3・4—4・11）の時代を迎える。これは昭和期のマルクス主義文学運動の隆盛とそのナップ理論へ反撥する、個人主義系アナーキストの態度表明とみられるものであるが、しかし、すでにそこには、現世の一切を非合理「矛盾」に韜晦せねばならぬような、思想的混迷と焦燥とが明らかにあった。やがて宮嶋は政治からも文学からも敗北的に去り、天龍寺に入るのである。（昭5・4）

「実行の芸術」論の呪縛を根底から振りほどくことは、宮嶋にはやはりできなかったものらしい。名作「坑夫」の正系を生ましめ、極左的革命伝統に批判のモティーフを投じえたかもしれぬ「断片(二)」とその発展の方向はひそかな可能性としてのみ終ったわけである。

すでに余白を失ったが、長篇大衆小説『金』（大15・4）について一言すると、たしか私の評価には過大の傾向があった。しかし、作品の構想は森山氏のいうように、安田を刺した青年に資本主義社会の悪への反逆をみようとしているのでないことは、青年に自己否定の告白をさせていることからも明白である。それゆえ「テロリズム思想の『壊体』したみじめな結末」などという評語はあたらない。宮嶋の経験をたっぷり生かした投機世界の多彩な群像にこの作品のおもしろみがある。それが当時文学的には全く未開拓の分野だっただけに、その通俗的取扱いが惜しまれる。

＊1　宮嶋には「大杉栄論」(『解放』大10・4)があり背後の複雑な性格を認めてはいるが、しかしやはり先天的反逆者の側面は強調されている。

＊2　後、森山氏の調査によりこの作の初出は『新興文学』(大12・3)であることが判明している。森山重雄「宮嶋資夫における「実行と芸術」(「本の手帖」昭42・6)

＊3　宮嶋によればこの書物には大正十一、二年頃からの文章を収めている。

(一九六六・一二)

「かんかん虫」・『坑夫』・『海に生くる人々』

宮嶋資夫の『坑夫』は、「ナップ」文学史観の訂正という戦後の観点からあらたに見直され、以来今日まで研究の進んできた作である。

『坑夫』が明治四十年（一九〇七）二月の足尾銅山大暴動を背景とし、その弾圧による敗退後の、暗い時代状況に立脚しているという点については、すでに大方の異論のないところである。

当時の労働者の、保身をこととした現状維持的な怯懦とエゴイズムとに、激しく反撥する主人公石井の兇暴な孤独を通して、労働者大衆の絶望的無力を剔抉し、そのことによって、幸徳秋水らの唱えた直接行動論の現実的基盤の脆弱を、はからずも見事に照らしだした作である、というふうに私は考えてきた。

けれども、今回は『坑夫』の作品世界が、むしろ独特のロマンチシズムに支えられていた内実をあきらかにして、そこに問題を取り出してみたいと思う。日本のプロレタリア文学にとって、労働者大衆とはいったい何であったか、という根源の問にそれは連なっている。この漠として捕捉しがたい像へのあらためての問が、たとえば、有島武郎の「かんかん虫」と、葉山嘉樹の『海に生くる人々』とを『坑夫』の両側においてみようとするような、小稿の模索をうながしたものである。

ドゥニパー湾の水は、照り続く八月の熱で煮え立つて、凡ての濁つた複色の彩は影を潜め、モネーの画に見る様な、強烈な単色ばかりが、海と空と船と人とを、めまぐるしい迄にあざやかに染めて、其の凡てを真夏の光が、押し包む様に射して居る。

涯しない蒼空《おほぞら》から流れてくる春の日は、常陸《ひたち》の奥に連る山々をも、同じいやうに温め照らしてゐた。物憂く長い冬の眠りから覚めた木々の葉は、赤子の手のやうなふくよかな身体を、空に向けて勢よく伸してゐた。

前者は「かんかん虫」（『白樺』明43・10）の、後者は『坑夫』（大5・1）のそれぞれ冒頭である。「かんかん虫」の精緻でバタ臭い客観的描写にくらべれば、『坑夫』の自然はやや古風であり、凡庸であるともいえるだろう。「かんかん虫」の精密が「モネーの画」の印象と不可分であるのに対し、『坑夫』の凡庸は「赤子の手」の実感と結びついている。その差異は二人の作者の文学的才質や素養の差であるというよりも、作者の表出の基盤である、生活現実の差異であるように思える。『坑夫』には「かんかん虫」のイフヒムのように「シヨウパンの顔に着けても似合うだらう」ような、そういう眼を持つ男は決して出てこないのである。こうした事情に示される意味は、「かんかん虫」の結末へ向って、より顕著にあらわれてゆく、仕事じまいの日、金づくで恋人カチャを奪われたイフヒムは、屑鉄を飛ばして会計係ペトコフの頭蓋を割る。かんかん虫の一群の目の前を、ペトコフは階段を逆落しにもんどりうって落ちる。一瞬の間に果された復讐の「きび〳〵とした成功」「身ぶるひのする様な爽か」さ。イフヒムはどこにまぎれたか姿をみせない。やがて警部が十数人の手下とともに乗船して取調べにかかる。かんかん虫は溢れるばかり大勢集められるけれども、ひっそりとして誰も口を割らない。当のイフヒムはとぐろを巻いた大縄に腰をおろして眠っている様子である。ときに、蚊柱の声のように聞こえる薄暮のケルソン市のささやきと、小蒸気の響以外に物音はない。この沈黙の支持の瞬間――。社会からのけものにされた「虫」の自分達こそ本当の人間であり、キリスト教のまやかしが社会悪を覆っている、というようなヤコブイリィッチの長々しい流暢な口辞なぞは、この沈黙の生彩にくらべればむしろ色あせてみえる。

「かんかん虫」の基調には労働者大衆というものに対する、無垢な信頼が流れている。『白樺』発表の当時、文壇からは黙殺されたらしいこの作に、作者は若々しいロマンチシズムを溶けこませていた。仲間の反逆を沈黙によって支持する力を無限に信頼する、激しいロマンチシズムがここにはある。それはモネーの画やショパンの眼と不可分なところで、作者の生活現実に直結した憧憬であろう。

『坑夫』はそのようなロマンチシズムと全く無縁であるという点で対照的な作である。社会の底辺に生きる人々を描こうとする暖い人間的な関心が、「観念的な『共感』[*1]」となって発露している有島の場合と、現実に社会の底辺に生きて、その薄暗い奥を眺めた宮嶋の場合の対照である。

『坑夫』の主人公石井金次は、労働者大衆への信頼のすべて断たれたところで生きている。

皮がむけて、あざれた骨のやうになつた松の木で囲つた坑口が、凡《すべ》ての熱も光も吸ひ取つて了つてゐるので、山の肉を割き骨を剞《えぐ》つて切り込んだ洞の奥には、永久《とこしへ》に動かない黒い冷たい闇が一杯にこもつてゐた。(中略)死のやうな闇黒と静寂の境で、石井が振ふ鋼《はがね》の鎚の冴えた響が岸壁を唸つて行く絶え間には、山肌から滴る水の啜《すゝ》り泣くやうな音も聞えてゐた。

皮がむけて骨の出たような松の木、山の肉、水の啜り泣きというような表現を、ただ単に古風な擬人法と云い捨てることはできないだろう。ここには自然と官能的に結ばれた、地底の労働の生々しさがある。若葉の柔らかさを赤子の手と表現したと同じ、自然と肉体的に共感する擬人法は、石井がすでに人間社会のなかに見出しがたいものを代償的に自然のなかに見出していたのをおのずと物語っている。

「何万年とも知れぬ昔から、何物にも触れたことのない山の肉を、自分の持つ鏨《たがね》の刃先で一鎚毎に擘《つんざ》いて行く」石井の孤独な快楽は、しかし一方で、鉄のような堅岩をダイナマイトを使って轟然と粉砕する時の、狂暴な快楽と隣りあっている。石井は孤独に追いつめられながら、それに耐ええない暗い情念の奔騰に支配されている。石井がそこにいたった閲歴は、概念的な説明に堕していて、この小説の弱みであるけれども、いちおうは頷ける。

鉱石箱を背負って、子供の時から坑内に下りた石井は、坑夫病《よろけ》の父と母に十五の時別れたまま、父がまもなく死に、母が新しい亭主とどこかへ行ったことを知るのみである。坑夫病の夫をもつような山の女が、自分の肉体を提供して上役から条件のいいキリハ（採掘現場）をもらうことなど、めずらしいことでもなく、腕のいい男に乗りかえてでも生きねばならぬどんづまりの*2、その現実の酷薄について作者は何も語ってはいないけれども、自分を捨てていった母親の運命に、何の感傷も持たぬらしい石井は、おそらくそうしたことを自明とする現実に自分を立たせていたのである。自分の力だけを支えとすることを学んだ少年が、十七、八の頃、すでに人に勝れた腕前の坑夫になったのは当然である。腕一本をたよりにどこの山でもいばって通れる渡り坑夫の、自立した放浪の境涯がそこにはじまる。山から山への放浪が石井の常態である。一時は、坑夫病への不安から、山を下りて落ちつくことも考え、ただ街の人間の嘲笑をあびて舞もどっただけの屈辱や、まとまった報酬をあてに、雪深い金山の苛酷な山番に耐えて騙された経験などが、石井を怒りっぽい沈鬱な男にし、反逆的な放浪をうながしていった。野州大暴動に遭遇したかれが主謀者より勇敢に働きえたのは、その反逆的で不羈な放浪魂のゆえであろう。しかし、暴動鎮圧後、官憲の追跡をのがれ、おたずね者として渡り歩かねばならなかった時、かつての仲間は隠匿を恐れ口実を設けて追い出そうとするようになる。「味方と思つてゐた人々に裏切られた孤独の寂しさは、彼の心を攪き乱した。そしてその仲間に対して抱くやうになつた新しい反感は、曾つて社会や資本家に対して、おぼろげに抱いてゐたそれよりも更に激しく強かつた」のである。他人の勇気のおかげで現に恩恵を受けていながら、いざとなればわが身だけが可愛い、その卑劣なエゴイズムに対する軽蔑と憎悪とから、石井は復讐的に仲間の妻を犯し、酒にひたって刃物ざんまいの喧嘩に明け暮れる。男達に対する耐えがたい不信は、また女に対してもあった。たまたま寝とった仲間の女房に恋着し、人並に駈落ちしようとまで思いつめた石井は、女に拒まれ、彼女がただ恐怖と保身のためにのみ自分を受け入れていたのを思い知らされる。激怒と遣る瀬ない寂寥のなかで、「自分の口に爆発薬《はっぱ》を啣へて火をつけて、むづつく身体を粉々に吹き飛ばして了ひ」たいような激情にかられる。女を失って一層荒れすさんだ石井は、野州暴動以来の仲間で、今は飯場頭に出世しようと利口にたちまわっている野田の手下と喧嘩になり、みじめな自滅の道をたどる。

瀕死の石井は日頃からかれを憎む仲間の坑夫達に蹴とばされ、踏みつけられ、泥と血にまみれて息絶えるのである。惨忍な笑みを浮べて瀕死の石井を復讐的に踏みにじり、うっぷんばらしをしたあげく、上役が来たというのであわてて介抱するような振りをする、その坑夫達は鮮やかに描き出されている。

吉田は身体をぶる〳〵慄はせて、

「誰れがこんな真似をしたんだ」と口惜しさうに怒鳴つたが、それに答へる者はなかつた。四辺《あたり》に滴つた血汐は、焦げつくやうな日の力に乾きかけて薄黒くなつてゐた。

この真昼の沈黙には、労働者大衆に対する暗い絶望の思いがこめられている。卑屈な保身と残忍なまでのエゴイズムのなかで、うそうそと生きる、かれらの無力への烈しい絶望がある。仲間への沈黙の支持の美しい瞬間を描いた「かんかん虫」――この二つの〝沈黙〟間の天地のひらきを、説明する必要はないであろう。『坑夫』には若々しい無垢なロマンチシズムなどは跡形もないけれども、しかし、それは「かんかん虫」とはまた別の意味で烈しいロマンチシズムに支えられていた。

石井は鉱量係と争って横面をはりとばし、憤懣をはらしていさぎよく下山する、佐藤という青年に親愛の情をいだいている。若い独り身の佐藤は浪人を覚悟で争ったのであって、誰も鉱量係のやり方には不満であるが、先にたって貧乏籤をひきたがらないのである。

石井は佐藤のなかに、自分と同じ放浪者の反逆の血をみとめて愛情を示すけれども、ほかの仲間が「人を煽てて手前が楽をしやうつてけちな奴」（傍点作者）ばかりであるのを激しく憎悪する。石井は仕事の腕のよさ度胸のよさ、喧嘩の強さ酒の強さ、あらゆる点で仲間うちの強者の資格をそなえているけれども、身一つのほか失うべき何物もなく、腕一本を頼みの放浪と反逆の自由のみ持つそのことによって、かれの強さは根本的に支えられている。そして石井は強者以外を愛することができない。凡庸な仲間のなかに自分と同じ強者の潔癖な本能を求めて、求めあぐみ、「云ひ知れぬ寂しさ」と「苛ら立たしさ」に耐えがたい思いをするのである。山犬のような石井の狂暴はそのシンの淋しさに由来している。激情的な無頼は、その意味では意識下の求愛の逆表現ともいえるのであって、石井の孤独に感傷がつきまとうのはおそらくそのためである。自分の身体が「大きな岩に圧されて薄紙のやうにへし潰れたら快からう」とか、口に爆発薬をくわえ火をつけて、粉々に吹き飛びたいとかいう自棄的な石井の欲求は、死への逃避でも、死の誘惑でもないだろう。落盤や爆裂の一瞬の、その壮烈なエネルギーによる自己破壊の欲求は、それほど爽快な生を生きたいことの裏がえしにすぎまい。

石井にも死の影のせまったことがある。村の床屋の次郎を傷つけ、弁償金の必要から水の出る仕事場を選んだ時のことである。

――その時彼れの頭に妙な悲しい影が射した。――彼れは、此うして此所に此儘二三時間も立つてゐれば、滴る水に身体は冷え凍《こゞ》えて了うだらうと思つた。さうして一分毎にも増して行く水はやがて自分の身体を溺らして了うだらう――真暗な洞窟の底で人知れず死んで了へば、癪にさはる事も悲しい事もなくなつて、凡ての苦しさやいまはしさから離れて、全く楽になれるやうな気がした。（中略）死は彼には最も美しく楽しいものに思はれて、ヂツと立ちすくんでゐた（中略）初めは胸が悪くなつた。次には気持の悪い寒さが全身を襲つた。頭ばかり熱くなつてぐら〳〵し初めた――死の手がもう眼の前に突き出された――と思ふと彼は自分のしてゐる事が馬鹿らしくなつて来た。

死の手がもうすぐ眼の前にある――と思った刹那、急に「馬鹿らしく」なったという、この反転は、唐突なようだが、藤村の『春』の国府津海岸の岸本を思い出させる。暗い海を自分の墳墓と思い定め、押し寄せる波に向って歩いていった岸本は、「今ここで死んでもツマラない」と、突然思い返すのである。死のうと思ったのは、はたして本当だったかと疑われるばかりの描きかたである。精神の反転のドラマが空白のまま放置されてあるのは、そこに表現しがたい何ものかがあるからであろう。突然自分のしていることが馬鹿らしくなった、とのみ表現されている石井の場合もそれに似ている。そこで作者に実感されている共通のものは、おそらくいわくいいがたい生の本能である。石井はこうして死の手をはじき返す根源の生命力をたくわえていた青年であって、自己破壊の欲求はやはり裏返された強烈な生の欲求であり、衝動であると考えられる。大杉栄が『坑夫』の序において正しく述べたように、石井は「強烈な生活本能と叛逆本能とを持つてゐ」た坑夫であった。

大杉栄は「本能と創造」（『近代思想』大1・10）において次のように云っている。

僕はこの衝動的行為あるいは本能的行為ということに重大なる意味を結びつけたい。すなわち本能の偉大なる創造力を考えたい。

本能は盲目だ。したがって本能そのままの表現は多くの誤謬を伴うに違いない。けれども失敗はなお無為《イナクテイフ》に優る。かなりの誤謬は犯しつつも、なお多少の長い間これを続けて行く時には、やがて本能の行為そのものにアイデアができて来る。人の行為を律する在来の多くのアイデアは、在来のミリューの間にできた旧人のアイデアである。新人はこれらの在来のアイデアを棄てて、さらに新人自身の新しきアイデアを創り出さねばならぬ。

衝動的、本能的行為に、近代の「解毒剤」としての積極的意味をみとめ、その「原始的状態に復帰」することにおいてはじめて湧出する「創造力」に大杉は明るく期待する。多少の誤謬は致しかたない。盲目的、本能的行為のなかから、「新人」としての新しいアイデアを創出すべきである、というこの大杉一流の本能主義は、『坑夫』の作者の注意をひいていたろうと思われる。強烈な生本能と狂暴な衝動とを振りまく石井金次は、大杉栄のいう「新人」のイメージにひそかに暗示される一面があったのではなかったか。

しかし、より大きな力をもっていたのはヴァガボンドの哲学であったようだ。

「激しい絶望の中に閉じ籠つて、その生活の各瞬間を狂暴な反抗の壮厳さで色づけて行くこと」(大杉栄「ヴァガボンド魂——ロシア民衆の研究——」[*3])は『坑夫』の作者が石井金次を通して実現しようとしたことである。

人間をしていい加減な幸福の無駄な追求を止させなければならない。ことにまず人間を目覚めさせなければならない。人間は余計な遠慮や諦めの中に眠っている。人間に元気を起させなければならない、反抗の力を起させなければならない。(中略)幸福などはどうでもいい。自分の生活に自分の強い意志の大きな判をべた押しに押せばいいのだ。

このヴァガボンドの哲学の実践者は石井であるといっていい。「自分の生活に自分の強い意志の大きな判をべた押しに押す」ことを、仲間の坑夫達に激しく要求してやまないのが石井であった。「酒と喧嘩と媾盗人」の常習者であるかれは、平穏な日常の「いい加減な幸福の無駄な追求を止させ」それに挑戦する。自立した反逆魂と強烈で衝動的な生本能において、生活の各瞬間を狂暴に生きてゆく一種のヴァガボンドであるといえよう。「幸福などはどうでもいい」と思える男であることによって、かれは貧弱な安穏をむさぼり、卑屈な保身にあけくれる坑夫達を憎悪する。その批判の仮借なさが憎悪にまで達する。そうした石井の像には、しかし、もうひとつ大杉の「鎖工場」(『近代思想』大2・9)や、「正気の狂人」(『近代思想』大3・5)にある一種のエリート意識が重ねあわされているようにみえる。

他人の脳髄によって左右せられることだけには、せっせと働いているが、自分の脳髄によって自分を働かしているものは、ほとんど皆無である。こんな奴等をいくら大勢集めたって、何の飛躍ができよう、何の創造ができよう。

俺はもう衆愚には絶望した。

俺の希望は、ただ俺の上にかかった。

「鎖工場」

そこへ登つて行く努力がしたいのだ。自分ばかりではない。他人にもまた、この努力と行為とを、勧告したいのだ。強制したいのだ。これのできない奴輩は、またこれをなそうとも思わぬ奴輩は、僕のいわゆる衆愚だ。

「正気の狂人」

こうして『坑夫』の石井金次はエリートの強者のイメージを背負わされていると思われる。そのことによってかれは強者をしか愛することができない。

『坑夫』が大正初期の大杉栄の思想的影響を陰に陽にうけ、その若々しい革命的ロマンチシズムをパン種としている形跡が、こうしてあきらかである。卑屈な現状維持にうそうそと日を送る「衆愚」を軽蔑し、憎悪することによって、その無力を剔抉し、それと戦おうとするいわば憎悪のロマンチシズムが『坑夫』のなかには流れている。「かんかん虫」に流れていたものは、いわば希望と信頼のロマンチシズムであったけれども、『坑夫』にあるものは絶望と憎悪のロマンチシズムである。

そして、そのロマンチシズムに支えられることにより、『坑夫』は仲間への憎悪と反感のみ激しく、「いい加減な幸福」に執着しなければならぬ、そのいぢましいかれらの毎日の生活の辛酸、そこでかれらが耐えている重さには、じつはほとんど眼を開いていない。

暗い梁から吊した洋燈《ランプ》の鈍い光が、粗雑な建物の羽目にぶら下げた汚れた仕事衣や、両側に並んで寝てゐる一人者の蒼ぶくれた顔をだるく照してゐた。いぎたなく大きな口を開けてゐる者もあつた。によきつと両腕を出してる者は土左衛門のやうに見えた。（中略）彼は此んな寂しい山奥で、甘《うま》い酒や美しい女に親しむ事もなく、危険の多い仕事に侘しい月日を送つて、中年になれば坑夫病にかゝつて、枯れ木のやうに朽ちて行く人達が、果敢ない身を不思議に思ひ患《わづら》ふ事もなく、安閑と寝入つてる状《さま》を見ると、片つ端から叩き起してやりたくなつた。

蒼ぶくれた顔を並べて、いぎたなく寝りこけた坑夫達は、石井の軽蔑するけちな奴等にちがいないとしても、はたして「思ひ患ふ事もなく安閑と寝入つてる」のであろうか。かれらは一様に、何時おそうかも知れぬ死の恐怖に耐え、地の底の十数時間の過激な労働に耐え、恐るべき粗食に耐え、そういう何もかもの毎日の果もない繰返しにまた耐えている。その者たちの泥のような眠りを、石井が、ただ安閑としているとみるのは致しかたないとしても、作者もまた石井と同じ眼界でものを見る必要はないのである。

「果敢ない」などという陳腐な感傷のけしとんでしまうところで生きている重い現実を、『坑夫』の作者は親身になってとらえようとしない。そういう冷淡さはたとえば先にのべたように、石井を置いて行った母親の運命に、少しも追求の筆が及ばないことにも、父親が奉賀帳を首にぶらさげて旅立ったというのみで、坑夫病の坑夫というものの悲惨を、生々しいイメージとしては少しも浮かばせようとしないことにもあらわれているだろう。また、石井が駆落ちしようとまで思った女は、「白い柔かい肌、赤い唇、うるんだ優しい目、そしておど〳〵慄へてゐた可憐《しほ》らしい姿」という、まことに類型的な表現をあたえられていて、自分も毎日選鉱場で働かねばならぬ坑夫の女房のリアリティに迫ろうとする作者の眼は無い。また、『坑夫』は鉱山生活を描いていて子供達の姿を描かない。たとえば、ダイナマイトの爆発で倒れた父親の屍の冷たい首を何回でも無理に持ちあげようとする、坑夫の子の哀しい姿を「海に生くる人々」の作者葉山嘉樹は何げない小品で描いていた。[*4] またたとえば、坑内に入ればすぐ真黒に汚れるのを承知でも、入坑時には純白の手拭を首に下げるのを心意気とした、[*5] というような、そういうかれらの日常のどん底の耐えかたなどに気づこうとしないのがじつは『坑夫』の世界である。

　放浪者のラジカルな反逆魂と狂暴な孤独とを通して、労働者大衆の絶望的な無力に挑戦したその憎悪のロマンチシズムは、絶望的無力の底で呻吟しつつかれらが耐えたものをよく見ようとしなかった。

　坑山事務員の吉田は、石井に同情的な青年であるけれども、坑夫らの間にはいってまで石井を擁護しない。石井に対する心情的な支持と、坑夫生活に対する上からの傍観という吉田の態度は、はからずも作者の姿勢を暴露したものであるといえるかもしれない。

　石井の同情者としてはほかに萩田という飯場頭がいる。鬼という綽名のつわもので、先に佐藤が鉱量係と争った時、「俺の面を踏み潰《つぶ》しやがつたな」といって胸ぐらをとり張りとばす男である。石井が傷害事件をおこした時、「全く病気だなあ」と気弱く反省させ、「また面白い芽の吹くことだつてあるぢやねえか」と姑息なだめかたをする。石井の狂暴を理解しても、萩田は立場上、結局は妥協的な現状維持にまわる。そして石井は萩田に対して猫のように従順である。

新井紀一の「坑夫の夢」（『黒煙』大9・1）は、「俺達の頭銭をはねて」いる飯場頭の家を爆破する夢である。それは夢にしかすぎないけれども、石井にはない展望であった。強者への愛である憎悪のロマンチシズムがはらんでいた、もうひとつの盲点であるといえるだろう。

「かんかん虫」が信頼のロマンチシズムであることによって、労働者大衆のいわばプラスを拡大したとすれば、『坑夫』は憎悪のロマンチシズムであることによって、そのマイナスを拡大したといえるであろう。そして、プラスでもマイナスでもないところで労働者大衆を描きえたのはおそらく葉山嘉樹であった。

> ナンバン、大工などの連累者は、ボースンの命乞ひを計画して、それ〳〵手分けをして頼み廻つてゐた。殊に大工は、船長と同じ国の山口県の者であつた。彼は、国者と云ふ——何と云ふ哀れな、せゝこましい、けちくさいことだらう、——理由で、船長の処へ、日頃の寵を恃んで出かけて行つた。
> 「お前が、国の者で無かつたら、お前も一緒なんだぞ」大工は、船長にさう怒鳴りつけられて、失望したやうな、ホツと安心したやうな、何だか浮き〳〵して嬉しさうな気にまでなりながら、おもてへかへつて「駄目だつた」ことを報告した。そして、心の中では口笛でも吹き度いやうな元気元気した気になつた。

三上は、何とも思はなかつた。それは、人のことなのだ！　ナンバン、ナンブトーも、同様であつた。読者は、作者に対してこのことで憤つては困る。作者が冷淡にしたわけではないのだ。若し又、皆がさうでなかつたら、ボースンが下ろされるやうなことも初めつから生じ得なかつたらう。要するに、労働者が結合してゐないことを、作者に向つて憤られるのは甚だ迷惑だ。

『海に生くる人々』

船員仲間の同郷意識のけちくささやエゴイズムを、作者はちゃんとみてとりながら、しかしそれをおかしがっている様子がある。[*6]『坑夫』の作者が「けちな野郎」をいかに憎悪し軽蔑したことか。「かんかん虫」の作者ははじめからそんなものは見なかった。『海に生くる人々』の作者は、そういう両極の激しく熱烈な発想から自由な、ゆるやかな場所にいるのである。プラスでもマイナスでもなく、善でも悪でもない、過大な幻想も過小な幻想もないことによって、この奔放な明るさがもたらされている。それを根底において支えているのはむしろ、厳正なレアリストの眼光ではなく、現実の労働者大衆に対する深く暖かい心である。その豊かさから、作者は登場人物の一人に、思わず見かねて直接話しかけたりするのである。

哀れなボースン、彼は臆病犬見たいに、半信半疑で、主人の心を探つてゐた。だが、ボースン、君が、君自身のことを考へるやうには、他の人は決して君のことを考へてはゐないんだ。君自身が食へなくて餓死する刹那にだつて、他の人は妾のことや、芸妓のことなどを考へてるのだ！　……他の人とはお前を使ふ処の人だ、分つたか、ボースン！

作中の藤原は冷静で脅えを知らぬ闘争の組織者であるけれども、「味方に対しては、我々は徹底的に寛容な態度を取らなきやならない」という方針をとっている。

「あの牢獄と不貞と餓死とのむごたらしい経験にもかかはらず、終始飄逸な口のききやうを忘れなかつた、このやうに渝らぬ愛情の流れの不断湧出を示し得た人間は、不幸にも、われわれの時代にはごく稀にしか見られなかつた。」[*7]といわれる作者の、それは全人間性にささえられた世界である。この作者が若い時分、ゴリキーの『チエルカシユ』を「自分の生活内容としたくて堪らなかつた」ということを述べているけれども、実は『坑夫』がその『チエルカシユ』に近いところがある、といわれたことがある。

放浪者の無頼と反逆の強烈な個性において、チェルカシュと石井金次の面影とはどこか似ている。危険な泥棒の片棒をかつがされたガヴリーラの、小心と卑屈と貪欲とが、強者であるチェルカシュによって存分に憎まれ軽蔑される点も、『坑夫』と同じ構造である。しかし、わずかな分前をチェルカシュに取り戻されたあげく乱暴されたガヴリーラは、ようやく反抗心を燃やし、チェルカシュの頭蓋に石を投げる。倒れ傷ついたチェルカシュは札束から一枚を抜きとり、残り全部をガブリーラに投げつける。嘲けるようにアバヨといい捨ててよろよろ去って行ったチェルカシュは、すでにあきらかに百姓ガヴリーラを愛している。その貧窮の果の小心と卑屈と貪欲とを、荒々しく憎悪しながら、奥深いところでよく理解しえたチェルカシュの愛は、『坑夫』の石井のついに抱きえぬものであった。狂暴無頼のチェルカシュの底にたたえられた暖かい心は、一見作風の似た『坑夫』の作者よりも、むしろ『海に生くる人々』の作者にふさわしいものである。

葉山嘉樹の満州開拓団員としての悲惨な最期は、日本の労働者大衆の労苦を共感し、かれらの運命をともに生き、愛した人のほとんど象徴的な最期であった。

有島武郎は周知のように「宣言一つ」（大11・1）を書いて、知識人の肉体の不可変性に固執し、労働者階級に何物かを寄与できると思うことは明らかに「僭上沙汰」であるとして、潔癖な自己否定におもむいたが、ついに情死という結末をえらんだ。

宮嶋資夫は労働者大衆の絶望的無力の認識のなかで焦燥し、自虐と虚無とにおちいりながら、ついに敗北的に出家遁世の道をえらんでいる。

信頼のロマンチシズムは性急な自己否定を生みだして労働者大衆と絶縁したけれども、憎悪のロマンチシズムもまた、そのラジカルな現状否定によって同じ道を歩んだことになる。そのどちらでもない、葉山嘉樹のいわば慈愛のリアリズム（?）がそれを超え得た王道であるとは、しかし、云えないところに私たちの困難はあるだろう。

葉山嘉樹を排除した日本のマルクス主義文学運動の歴史は、図式的にいえば、有島武郎の知識人としての自己否定を、さらに否定することによって、そこから一直線に革命運動の「一翼」の道を疾駆した歴史であった。それは本質においては「かんかん虫」の作者のロマンチシズムをより尖鋭化したものであって、その労働者大衆への「観念的共感」のなかに、大量転向による敗北という無惨な結果の一因はあった。労働者大衆への単なる共感ではなく、『海に生くる人々』の作者にあった共生感ともいうべきものの空白がそこにあったのである。

けれども、「滓のやうにドン底に沈んだ者の苦悩」の「代訴」を考えて、時代に抗いながら葉山嘉樹はやはり新体制運動賛美、積極的な侵略戦争協力へと押し流されていった。かれは大衆の労苦を労苦として大衆のなかに埋没した。

善でもなく悪でもない、悲観もせず楽観もせぬリアリズムを、すくなくとも慈愛によってのみ支えてはならないとすれば、『坑夫』の絶望はいまいちどかえりみられる値打があるだろう。その憎悪のロマンチシズムのはらんだ強者の愛の盲点を、同時に受けとめてゆくとき、絶望も希望もともに虚妄であるような地点に、労働者大衆のその見えがたい像が浮かびうるのではないか。

（一九七三・一）

＊1　山田昭夫『有島武郎』明治書院　一九六六・一

＊2・5　森崎和江『まっくら―女坑夫からの聞書き―』三一書房　一九七〇・八、上野英信『地の底の笑い話』岩波書店一九六七・五参照、これらは炭鉱の実態であるけれども実情はほとんど変らないものと思われる。

＊3　『坑夫』発表よりやや後の論文（大6・5）であるが、当時ゴリキーに心酔していた宮嶋との間で同様な内容が話しあわれていたことは疑いないと思える。

＊4　「坑夫の子」『文芸戦線』　昭2・5

＊6　寺田透「葉山嘉樹と平林たい子」『理智と情念㊦』晶文社　一九六一・四

＊7　寺田透「葉山嘉樹」右に同じ。

江馬修『山の民』——明治維新と歴史小説

『山の民』は、「これまでにわが国で書かれた最もすぐれた歴史小説ではないか」[*1]というのが以前から大岡昇平氏の意見である。

最近では本多秋五氏による評価がある。とくにその第四部「蜂起」にふれて、氏は次のように語っている。「濁流の氾濫するような群衆の動きを、その力と多面性において、これほど大規模に生き生きと描いた例が、日本の近代小説のなかで他にあるのを私は知りません」[*2]。むろん、作の欠点や不満が鋭く指摘されてはいるけれども、「それらを償ってあまりある」興味、読みごたえについて氏は語っている。

『山の民』は明治維新の社会変革期をとり扱った一大長篇であるが、積年の調査研究と、改作を重ねてできあがった、いわば執念の書でもある。その性格は「ありし歴史の真実に迫ることが、そのまま文学の醍醐味に通うといった種類の、もっとも正統的な意味の歴史小説」(本多)といわれ、「歴史の『自然』を破壊せずにその中の劇的な契機を取り出す」(大岡)といわれるように、いわゆる「歴史其儘」の理想に向った作品である、といちおういうことができる。

「御一新」「王政復古」の新しい時代への期待が、みごと裏切られて終るという作品の構想において、『山の民』は、『夜明け前』によく似ている。しかし、その維新の変革過程にはらまれていた社会的矛盾が、どこまで視えていたかということになれば、これは『山の民』の優位を否定することはできないだろう。『夜明け前』については歴史家服部之總の批判のあることはよく知られている。[*3]

飛騨地方の幕末維新期の実態について、江馬修はおそらく、島崎藤村の木曾とは比較にならぬほどよく勉強していたと思われる。しかし、『夜明け前』の作者と『山の民』の作者との基本的な相違は、作者が視点をそれぞれどこに定めたかにあるだろう。

『夜明け前』の主人公青山半蔵の家は、代々の本陣問屋、地主である。『山の民』には青山半蔵に相当するような特定の主人公はいなくて、「梅村騒動」と呼ばれる動乱の過程全体が、いわば主人公みたいなものであるけれども、作者の一貫した視点は水呑百姓、下層貧民におかれている。いわば青山家に出入りする十三人の小前百姓の側である。『山の民』にほぼ通《とお》して出てくる人物が、貧農の広瀬村五郎作とドシマ（高山方言で牛方のこと）の甲村《かぶと》源兵衛の二人であることによっても、それは証されている。[*4] この鬱然たる大作のなかの二人物の動きを追ってみれば、作者の考えかたも、したがって明治維新のうけ取りかたもおのずから出てくるわけである。そして注目すべきことは、飛騨地方における青山家に相当する豪農層と、かれら下層貧民との間に、いかに対立が生じていたかというそのことに、作者の意識が明瞭なことであろう。『夜明け前』ではほとんどまったくネグられていたこの関係が、かえって『山の民』の作者のひとつの目のつけどころであった。青山半蔵の幻滅は狂気にまでいたるけれども、五郎作たちの幻滅は牢死を必然の運命としていた。ただかれらは下層貧民代表のようなかたちで描かれてはいても、作の主人公格ではなく、膨大な人物群像の一人であり、青山半蔵に匹敵する濃密さを当然欠いている。のみならずその描きかたに不審な点もなくはない。それにもかかわらず、江馬修が五郎作、源兵衛らの視座から、明治維新の変革の意味を根本的に問うていることは、『夜明け前』の作者と異なる重要な特色である。

『山の民』に登場する他の主要人物に、梅村速水がいる。五郎作たちの当面した相手であり、維新政府が高山へ派遣した気鋭の新知事である。この人物の描きかたに関しては「不統一」（大岡）があり、「史的評価をぐらつかせる」「不透明」（本多）なものがあることは、一見あきらかであって、作者が苦心を重ねているさまがわかる。

農民騒動を書くのに「その時の権力者に惚れこんだ」のではダメである、という霞好夫氏のうがった指摘[*5]もあるけれども、惚れていたかいないかは別としてたしかに作者のなかには、この急進的革新的な、しかも独裁傾向のつよかった若い政治家を、どこか救済したい思いがあるようである。

最底辺の貧民に視点を定めながら、敵対する権力の側にいる人物を救済する、というこの困難な構想は、しかし、江馬修にとっては一種宿命的ともいえるものがあったのである。

実は、梅村速水のもっとも重要な側近であった江馬弥平は、修の実父である。梅村を篤く信頼し、敬慕し、忠誠をつくした敏腕の人であった。梅村評価にみられる作者の不統一には、奥深いところで自己の血につながる、納得のしかたがあるように考えられる。

一方で、江馬修における底辺民衆というものもまた、さけがたい必然によるものであった。角川文庫版『山の民』の「まえがき」（一九四九・一〇・三〇）には次のように記されてある。

関東大震災の前後に長篇『極光』を書いたが、この時分になると、それまでの自由主義的な、人道主義的なわたしの世界観は根柢からぐらつきはじめた。震災にともなう反動の白色テロルの深刻な印象によって、とくにゆり動かされたのだ。かくて第五の長篇『追放』を書くことによって（一九二五年）、わたしは観念的な人道主義とはきっぱり手をきつた。すくなくとも自分ではそのつもりだつた。つづいてわたしは日本プロレタリア作家同盟の一員となった。

江馬の家は「梅村騒動」のさい、激昂した群衆の第一目標となって打ちこわされている。江馬はその模様を幼時から身近に聞かされて成長した。被害をうけた側の二代目知識青年が、良心的人道主義的自覚をえて、次第に緊迫した時代の影響をうけつつ、左傾していったコースを、右の文章にみてとることができるだろう。[*6]しかし、当時の江馬は革命理論を自分のものとしたつもりでいたものの、実践上も創作上も不徹底をまぬかれず、動揺しがちであった、と語っている。「血の気のうすい、力よわい」自分の作品に不満で不満でたまらず、苦悩しながら、とうとう何も書けなくなったという。その上に弾圧の強化、生活の窮迫が重なり、『資本論』を読み通すことで苦しみをまぎらす以外にないような日々のなかで、江馬は、今こそ『山の民』を書く時だ、と思いあたる。家を売り、一年程の生活費を用意し、かねて集めていた騒動関係の資料文献の研究をはじめたのは一九三二年（昭7）である。郷里高山に帰り、聞き取りで接触した農民たちの生活を、ほとんど何も知らないことにショックを受け、同時にその時、「書けない作家になった理由もはっきり分かった」と語っている。容易ならぬ決心で飛驒に移住し、以来八年がかりで最初の版が完成した。

「まえがき」をそのまま受けとるかぎり、『山の民』は江馬修のまさに「血路」を切り開くための作であった。プロレタリア作家としての自己救済の念願をこめた作であったともいえる。一九三二年は小林多喜二の死の前年であり、プロレタリア文学運動の上げ潮の時期である。同時期に重なる高山移住に、かりに政治的逃避の影があるとしたら、[*7]いっそう、『山の民』の底辺民衆の視座には、自己再建の希願がこめられていた、といえるかもしれない。江馬修における必然とときにいったものは、およそこのようなものの謂である。『山の民』の小前百姓が、バルザックの『農民』に描かれたような深刻なずるさ、酷薄さをもたぬ理由は、おそらくそういう作者のたくした夢のためである。

ともあれ、『山の民』は右にのべたような二律背反する困難な構想をもつことによって、人物の造形に難点をとどめながら、しかしむしろ正当に、明治維新期の歴史の真実を発見した歴史小説であった、と私には思われる。

場面の一つ一つの描写、個々の事態の説明はていねいになされながら、あざやかな遠近法において全体を浮き上らすという効果にはとぼしいうらみのある『山の民』の、その膨大な細密画のような世界にわけ入りながら、以下そのことをあきらかにしてゆきたいと思う。


維新政府の東山道鎮撫総督先鋒隊として、岩倉具視の命をうけた国学者竹沢寛三郎が、高山をさして美濃路を北上していた。飛騨は天領であって、幕府の代官の支配下にあったが、郡代は夜逃げ同様、高山陣屋を退散してしまっていた。隣の郡上《ぐじょう》青山藩は竹沢隊と同時に高山へ進入し、飛騨を自藩の預りにしようと画策している。安永二年（一七七三）の大原騒動にさいし、郡上藩兵に鎮圧された苦い経験のある飛騨の民衆は、こぞって竹沢方の天朝直支配を望んでいた。郡上反対運動はこうして郡中会所《ぐんちゅうかいしょ》を主導力としてもりあがってゆく。

郡中会所とは、飛騨三郡の村々の有力名主によって運営されている、自主的な連絡協議会とでもいうべきもので、町年寄、有力町人の運営する高山町会所《まちかいしょ》と並ぶ、公然正規の機関とみなされていた。

郡中会所はその本拠を郷宿押上屋の二階におき、宿の主人押上屋市次郎が事務一切をとりしきっている。地役人《じやくにん》衆（幕府の天領行政の役人で代官転免にかかわらず執務した。高山地役人は金森藩家臣の子孫である）や、町会所の旦那衆は「アテにならん」というのが、大原騒動以来、郡中会所主脳の一致した意見であった。その主脳、大沼村久左衛門、甲村孫助、宮の前村久兵衛、大村長吉ら（ほぼ実名・実在の人物）を中心とする緊急対策会議が開かれていた押上屋二階の、その階下の台所に、広瀬村五郎作（ドシマ源兵衛とともに創作上の人物）が登場する。台所の炉端は、町へ出てくる百姓たちのたまり場であった。五郎作はぼろぼろの股引やミジカ（腰切りの短衣）にも、水呑百姓らしい貧苦のしるしがまるみえである。太い声をはりあげて下のようなことをしゃべっている。〝おれたちァ百姓じゃ。……百姓は国のたからじゃ。国の本じゃ。これもむかしから言われとることじゃ。早い話、将軍さまや大名衆が、上の方であんなえらそうな顔をして、いばって生きておられるのも、下々におれたち百姓がおって、汗みずくで米を作っておるでじゃ。これでもし、この世に百姓がたえてしまったら、おエラ衆はどうなると思う？　飢《かつ》えて死ぬより仕方あらまいが、じゃで百姓があって世の中は初めてもっておるのじゃ。……かりに幕府がつぶれて、天朝になったところで道理はおんなじよ。……百姓をひとり殺しや、それだけ国の方で損をすることになるのじゃ。それで、いくら官軍が攻めてきたところで、むやみに百姓を殺すなんてこたァやる筈がない。〟

五郎作はあきらかに作者の思想をたくされた農民である。村人を説得してまわるような行動性もある。官軍でも郡上兵でも、おれたちにタマを打ちこむようなことをしたら、黙ってはいないぞ、と、つづけて五郎作は語っている。〝おれたちの先祖の衆は、郡代はおろか、幕府さえ向うにまわして一揆おこさしゃったでないか。いざとなりや、いくら相手が官軍じゃろうと、天朝じゃろうと、みんなシシツキ槍とって、向って行くぞっ！〟

作者のイメージにある、たのもしい最下層人民代表なのである。かれは病妻をかかえた中年の貧農のはずであるが、そうした陰鬱なかげりはまったくなくて、生一本な向う気の強い百姓として描かれている。その点作者の理想化による、やや平板な人物像であることは否めない。それにしても、作品の冒頭近く、郷宿押上屋の階上と階下とに、時を同じうして集った人々の描かれたことは、まことに象徴的である。飛騨農村の支配関係の縮図が、そこに明瞭に浮きあがっているからである。

百姓たちの炉端の雑談は、かねて郷倉（飢饉にそなえて村毎に穀類を貯蔵させたしきたり）の負担に耐えかねていたところから、このさい郷倉の籾を分けてもらおうということに一決し、二階の旦那衆の前へ嘆願に出る。小前の百姓の要求を了解した郡中会所は、早速、郷倉取止め、貯蔵穀類すべて払い戻されたし、という願書を作成して動き出した。ところがその願書には、穀類すべて百姓どもへ払いさげて貰いたいという、かんじんな条件は無視されていたのである。郡中会所の旦那衆＝村役人について五郎作は批評している。〝村役人なんて、百姓は百姓でも、ふんとの百姓じゃないぜ。まあ、半分金貸商売みたいなもんだ〟。五郎作には郡中会所の高利貸地主的性格が見通されている。郡中会所が鎮撫使竹沢を出むかえて差し出した口上書には、安石代（天領飛驒に特別な年貢取立法で、格安の値段で金納が認められていた）の据置、天朝直支配の要望がなされると同時に、「もし新規の御願筋申しあげ候ものこれあり候とも、むきむきとくと御ただしの上ならでは、御ききずみ成し下されまじく」の一条がとくに加えられた。ここにも郡中会所の特徴は露骨であるとしながら、作者は次のように記している。

> 彼らは村の小前どもが、会所を出しぬいて、いろいろ自分勝手な申出でを竹沢へじかに申立てはしないかと少なからず心配していたことが分る。同時に、御一新ときいて、下づみの貧農大衆が長い間つもりつもった不平と不満をもちよって、ひそかに容易ならぬ動きをみせていたこと、そしてそれが村役人どもに充分な不安を抱かせていたことが察知される。要するに郡中会所は地主と富農層の協議機関であった。

農民内部の矛盾対立にたいする作者の認識はきわめて明瞭である。そしてそのことは、ドシマ源兵衛の行動のなかにも具体的にあらわされている。

源兵衛は郡中会所主脳の甲村孫助と同じ村に住んでいる。かれは廃止された郷倉の穀類が郡中会所の費用にあてられているのを憤慨して、村中をしゃべり歩いた。村人の会所と孫助への不満が高まって、ある晩、小前十人ばかりをひきつれた源兵衛は、高利の借金の棒引きを要求して孫助の台所へ談判にやってくるのである。

源兵衛は牛に荷をつけて美濃と高山とを往来する牛方を業としていて、世間も広く、五郎作よりどこか自由さがあり、のっけから百姓の美人女房に眼を光らすような女好きでもある。その旺盛な活力を物語るように、かれは騒動関係者のうちで、唯一逮捕をのがれ、行方をくらました人物である。ほとんど全員の牢死に終る運命のなかで、源兵衛の生存は一縷の光明をとどめる。しかし、それは後の話である。ともかく、当時天朝直支配と郡上藩拒否とは郡中会所の願望であるとともに、下層貧民大衆の願望でもあった。郡中会所の総代の鎮撫総督府にたいするその嘆願に追いすがって、山方小前百姓二百人の集団が、高山大垣四十里の街道筋をうめて歩いた時、牛方稼業を放り出して道中のリーダーをつとめた源兵衛の活躍は、印象的に描かれてある。

反郡上藩運動（青山騒動）が勝利を収め、竹沢寛三郎が正式に飛驒国取締役に任ぜられ、かれにたいする絶大な人気のそもそもの原因であった年貢半減、諸運上減免の申し渡しが、いよいよ現実のものとなる。

これを知った五郎作が、有頂天になって喜ぶありさまは、しかし、どうも現実の水呑百姓らしくはない。長い間の下づみの貧農ならば、もっと疑い深いはずであろう。あまりに単純に喜びすぎている感がある。しかし、作者は酔っぱらった五郎作の姿に、貧農大衆の見た「御一新」の虹のような夢を代表させたかったのかもしれない。

しかし、「御一新」のかけ声を信用しない農民が、まったく描かれなかったわけではない、五郎作に好意をいだく若衆小屋の小屋頭、勘助がそれである。

「御一新」などといっても、徳川のかわりに天朝が天下をとるだけの話で、年貢をまけるの、運上をへらすのというのは、いっとき百姓の機嫌をとる飴であると勘助は考えている。そのうち地金を出すにきまっているから、幕府でも、天朝でも百姓にとって結局は同じである。〃いっそどっちも共倒れになって、天朝も幕府もこの世から消えてしまったら、一番せいせいすると思うがのう〃と、皮肉な冷ややかな調子でかれは語っている。米を作るのは百姓で〃あの衆〃は米ひと粒自分でつくる訳でない、〃あの衆がござらぬでも、おれたち百姓はちっとも困らぬ〃。年貢や運上金も出さずにすむ。この勘助の考え方は、土地所有への根本的批判にいたる、五郎作をこえた先進的思想であろう。かれの語る「餅のなる木」の昔話は、あきらかに原始共産社会の理想を寓意したものといえる。

ところが、この若者はただ一度登場するのみで、作者に忘れられてしまったかのように、姿を消している。冷静でいささかニヒルな味のあるこの若い農民の動きを、五郎作にからめてもう少し描いていれば、農民像はいっそう厚みを増していたはずである。

ともあれ、郡中会所は小前百姓の集団行動を自分たちの示威に利用しながら、自分たちの力で郡上青山藩に打ち勝ったように自信に満ち、竹沢を擁護することで、かれらの利益を擁護しようとしていた。作者はいう。「古い旦那衆の利益は御一新によって少しも損ねられていなかった。それどころか、年貢半減、運上の減免、その他の措置によって、その位置はかえって強化されつつあった」。しかし、かれらは自分の足元にたえず小前大衆のぶきみな動きを感知していたから、「竹沢の永代留任をかちとることによって、維新を少しも早く打切りにし、小前どもを元のように眠りこませておかなければならぬと、半ば本能的に考えはじめていた」のであった。まもなく明治元年（一八六八）の三月、竹沢は解任され維新政府の命をうけた高山知事梅村速水があらたに着任する。

梅村は水戸にあって水戸学を学び、勤王派浪士として、諸国の勤王派と交る一方、岩倉、三條ら巨卿にも謁していたから、時勢に明るく、勤皇精神と理想主義的な愛民主義の持主であって、王道楽土の建設、天朝農民の撫育を説き、全飛驒をその理想郷たらしめる「斐太政府」実現のため、大きな抱負と熱意をいだいて着任したといわれている。[*8]

ひとくちにいえば、この急進的な自負のつよい理想主義者が、「民」をよりどころとするかわりに、いつのまにか「権力」をよりどころに、その革新と建設とを強行していった過程が描かれている。

梅村は幼児の死体遺棄を知って、政治を預る者の責任を感じ、とくに〝罪人梅村〟と署名した墓をたてて埋葬するほどの、人道主義的政治家なのである。しかし、「下下の下の国」と呼ばれるような貧しい地域を、王道楽土たらしめんとするその性急な理想主義は、かえって逆な発想をも生んでいる。すなわち、貧農をなくすのがなにより為政者の任務であるが、早急な解決はむつかしいので、「さし当って、貧乏人どもに当分の間、妻帯を禁ずることが必要ではないか」などと平然と考えるのである。善意ではあっても貧民大衆の生活実態から浮きあがった、真剣なだけに滑稽なほどの主観性を、作者はいくつか描いている。かなり冷静に梅村の人間性のプラスマイナスは計算されていて、そのかぎり作者が梅村に〝惚れて〟いるという評はあたらないだろう。

そして、政治的経験のとぼしい梅村は郡中会所の存在を簡単に無視した。新知事就任により年貢半減が反故になった埋め合わせのため、郡中会所の出した諸要求は、僭越至極だというので却下され、総代すべて蟄居謹慎をいい渡されるのである。この厳格な処分は、ひとつには、郡中会所が竹沢復任運動を進めているという情報にもよるが、郡中あたりが願い出なくとも、天朝の御役所は万事よく心得ておる、というのが若い自信家である梅村のやり方なのであった。

既成の組織や習慣、身分門閥に関係なく、有能な新人を抜擢して役所の重要ポストに据えた。商法局の江馬弥平、勧農方柏木徳兵衛がその最たるものである。しかし、商法局による思いきった物産専売制度や、統制経済は、町人、豪商たちの既得権を大きく侵害した。勧農局の積極的な新田開発は、農民の労役負担となり年貢加重に通じた。その他、兵隊取立、凶備倉取立、学校建立など、矢つぎ早に出される新施策は、梅村知事の信念によると「幾年ならずして人民は誰も彼も富みさかえ、窮乏は地上から影を没し、破倫と汚辱はあとを絶つ」て、理想の国土が生まれるはずであった。けれども、飛騨全土には不満と反感がうずまきはじめる。思慮深い政治家らしく、その不満反感の原因を研究するかわり、梅村はかえって新施策を理解しない民衆にたいする侮蔑の感情をつみかさね、粗暴な強圧手段に出るようになった。

梅村の命とりになった最大の原因は、人別米《にんべつまい》、山方米《やまかたまい》の廃止である。安石代による年貢金納制と二万俵におよぶ人別米、山方米の払い下げが、飛騨農村の経済に決定的影響をもつことを梅村もいちおう承知していたから、慎重を期し、太政官の指揮を仰いだ。しかし、とくに人別米、山方米は幕府の政治的無力によって残された不公平な制度であると梅村は考えていた。第一、人別米が米の多い地域や金持で不自由ないものにまで人別に応じて払い下げられること、第二、この割当が持株とみなされ、質入れ売買の対象となり、持株が高利貸的地主富農の手に集中し、救恤の意義は大方失われ、裕福な地主富農をさらに肥らせ、小前百姓はいよいよかれらに隷属していること。幕府御用材休止による山方救済のための山方米については梅村の誤認もあったらしいが、人別米の現状にかんするかぎり正当な分析にたっていた、といえよう。しかし人別米、山方米の廃止が、郡中会所らの不当利益を取りのぞく意味でいかに革新的であろうとも、貧民大衆の既得権をも同時に奪うことになる、という面を梅村は深く考慮しなかった。たとえ新規の合理的（と梅村の信ずる）貧民救済策を講じようと、容易ならぬ事態をまねくやもしれぬとは、若い梅村に予想できなかったであろうか。方針は正しいのだから「愚かな民衆」がどんな騒ぎをおこそうとやり通してみせる、という「自負」が命とりだったと作者は解釈している。

ところで、明治政府はこの件についての梅村の意見をそのまま取りあげず再調査を命じ、「永世至当の見こみ立ち候までは、まず旧慣による」むね指令している。梅村は独断で廃止したことになる。「斐太政府」を自称したことでも知られるように、梅村には飛騨を小独立国として進退するような傾向があったようである。[*9] 作者は梅村のこの面をとくに注意して取りあげてはいない。むしろ、騒動の責任者として捕えられ、一度の取り調べもなく放置され、毒殺の疑いさえある牢死をとげた梅村を描くとき、作者は梅村が、維新政府の方針にあくまで忠実な行政官であって、「政府の信任に感激し」「必死で真剣に事にあたってきた」のだと、その忠誠ぶりを、逆に強調しているのである。のみならず、「梅村知事の企てた改革はまちがっていなかったばかりでなく、むしろ時勢に先んじていたもの」だとまで、梅村の全面的擁護と受けとられる書きかたである。

この矛盾に関しては本多氏による指摘があって、「首尾照応せぬ」一例とされている。梅村がその愛民主義にもかかわらず、暴君的独裁傾向をつよめる過程を、これまで歴史の条件と人間気質とのからみ合いのうちに描いてきた透明さが、ここへきてとたんに曇ってくるのである。

なぜこのようなことが生じたのであろう。おそらく、江馬修に執筆当初からあった二つの要因——貧民大衆と父弥平との問題が、それにかかわるのではないかと考えられる。

底辺の民衆の視座に立つとき、梅村速水の権力主義と大衆蔑視とは、あくまで剔抉されねばならない。他方、生涯梅村の遺業を継ぐ者をもって任じた、父弥平の視座に立つとき、梅村はやはり維新政府のもっとも革新的な政治家だったのであり、「その後の明治政府の着々と押し進めた施政の方針と経過」をみれば、梅村の改革は正しく「むしろ時勢に先んじていたもの」であった。そしてこの評価はさらに江馬修自身が、執筆の当時明治維新＝ブルジョア革命[*10]の観点をもったことによって補強されたとみられる。かれはのべている。「維新の革命こそ徳川将軍家の封建的支配を強力的に顚覆して、新しい産業資本主義のために道を清める事によつて、歴史を飛躍させたものである」[*11]と。したがって、梅村の政治的巧稚はおくとして、かれが「明治新政府の趣意を体してつねに急進的であり改新的であつた」、というその点に関するかぎり梅村に「敬意」を払う、ということになってくるのである。

こうした二つの視座による矛盾を、作者はそのまま放置している。梅村像はうまく統一されず分裂しているといってもよい。

しかしながら、二つの視座を同時に肯定したい、という困難な構想のなかから、両者を納得するかたちで作者にはっきりと視えてきたものがあるとすれば、それはまず、貧農大衆にたいしても、梅村知事にたいしても、共通の敵であったものであろう。それこそ郡中会所、町会所、地役人ら保守的集団だったのである。「騒動に当つて、その陰謀の中心的巣窟とも云ふべきものは、町会所と郡中会所であつたが、——これについてはこれまでに公刊されたものには誰も触れてゐないが、私はさう断言しても差支への無いだけの確証を持つてゐる」[12]という表現にこめられた強い反感は、そのような解釈を可能にする。とくに郡中会所の保守性が意識的にあばかれていたのはすでにみてきたとおりである。梅村知事排撃の気運がいわゆる梅村騒動となって、全飛驒をまきこむ過程において、作者はいっそう町会所、郡中会所、地役人の集団が一致してその本質を露わにし、煽動と裏切りとの役割をいかに巧妙に果したかを、的確に表現しているといっていいだろう。

ただ、町会所に連なるはずの富裕町人個々の動きはあまり描かれず、肉づけがうすい。塩問屋川上屋善右衛門などは一部に高い評判もあったらしいが、作者は梅村失脚をねらって悪質な中傷ざん訴もあえてした、姦商として描いている。地役人一団が騒動の兆候のみえる決定的な危機をうまく利用し、自らの失われた封建的官僚身分と特権とを、いっきょに取り戻そうとした動きはよく描かれてある。地役人は郡中会所と緊密な連絡をとって、かげから騒動を指揮したし、郡中会所は蜂起を訴える無名の廻状を村々へ流して煽動し、秘密指令部として、騒動の先導者であった火消連（町の小前たち―人夫、小商人、日雇職人などの集団）と計画をねった。しかし、予想以上に騒動の規模が拡大し惨害が出はじめると、郡中会所、町会所、地役人はいっせいに騒動鎮圧のために動いたのである。

火事装束に身をかためた火消を先導とし、頰かむりバンドリ（大蓑）の小前百姓で構成された数千の騒動勢による破壊のありさまを、作者は次のように書きとどめている。

（騒動は）飛驒三郡にわたって、幾十箇所でもまき起ったのだ。そして氾濫する大河のように、四方八方に破壊の手をひろげながら、ひだ全土の約七割を蔽い流した。二日目に始まった村々の焼き討ちは、後二三日の間に、中部の大野郡で三十九戸、北部の吉城郡で六十一戸、南部の益田郡で二十五戸、これに高山の分を加えると、合計百五十五戸が焼かれたり打ちこわされたりした。いずれも立派な大きな家ばかりで、この中には土蔵はかぞえられていなかった。

この数字の示す意味内容については、作者の分析は何も加えられていない。こういうものたりなさは、作品の遠近法の欠如にも通じるものである。高山三十、郡部合計百五十五にも及ぶ大量破壊は、単に反梅村という政治的反乱動機によっては説明しがたいものであろう。それは日常直接の支配者である者にむけられた憤怒であったと理解される。貧農大衆と、農村にとどまりえなくて流出した人夫、日雇などにとって、高利貸地主、豪農こそが当面の対象であった。梅村騒動が、そのような農村内部の「階級闘争」[*13]としてたたかわれた意味を、作者はもうすこし明瞭な輪郭で浮き出させるべきであろう。かんじんなところを論理的にしめくくらないところがある。ただ、貧農大衆の豪農層にたいするもっとも残酷な報復の事例は書きとめられてある。かつて源兵衛が小前をひきつれて借金棒引きを要求したことのある甲村孫助は、半殺しにされた上、益田川の高い吊橋から、首に大石をつけて川底へ投げ込まれた。名張村五郎左衛門は裸にむかれ、無数の石礫に血まみれとなって叩き殺されている。にもかかわらず作者は、「この反政府の大闘争を通じて、人民間の階層と階層との間にいろいろ利害に相違のあることが分り、そこに大きな亀裂が生じたように見えた」などと、のんびりしたことをいうのである。惨殺にいたるような階級矛盾が騒動の前提として、すでにあったことは作品のうえからも明瞭であると思われるにもかかわらずである。

作者のこうした茫洋として不正確なコメントにもかかわらず、といおうか、関係なくといおうか、近年「世直し」[*14]の概念で研究されている歴史の具体的な現実、いわゆる「副次的階級闘争の激化」は、いちはやく明らかにとらえられている、といってやはりよいであろう。それはみてきたように、江馬修における二つの創作要因にからんで洗い出された、いわば作家的真実のたまものであった、と考えられる。『山の民』の歴史小説としての主要なメリットも、そこにあるといえるだろう。

作品の終末、縄をかけられ、とうまる籠で雨の中を送られる五郎作は語る。〝おらァつまらぬ水呑百姓で、虫けら同然のものじゃが、天朝さまに隠さにゃならぬ事や、うしろ暗いことは何にもしとらん。〟

この五郎作の哀れのうちに、「御一新」の夢の虹のようなはかなさと、初期明治国家の強力な専制主義はおのずから浮かびあがっている。大局からみれば梅村速水もまた、その権力に切り捨てられた犠牲者でなくはない。それは梅村騒動ばかりでなく、各地に頻発した「世直し」騒動を解体し、抑圧して、明治近代国家の体制をととのえていったのである。飛騨地方におけるその過程が、郡中会所地役人ら末端の旧勢力を温存し、それに依拠しておこなわれたありさまを、江馬修は写し出していたことにもなる。作品の欠陥や不満はそれとして、歴史小説『山の民』は明治維新の変革期の現実に、あたうかぎり迫りえたものと、やはりいわざるをえないだろう。

＊1　「江馬修『山の民』」『文学界』昭39・9『歴史小説の問題』文芸春秋社

＊2　「歴史小説論の一齣」明治大学人文科学研究所　文化講演集第二集　一九七九・七

＊3　「青山半蔵—明治絶対主義の下部構造」『文学評論』昭29・1『服部之總全集10』福村出版

＊4　この人物は冬芽版（角川文庫版）『山の民』（一九四九・一〇）には出てこない。同じく冬芽版では第三部「蜂起」のなかに書かれた話が、北溟版（一九七三・三）では「ホヤを食う人びと」として独立の一章となっている。それだけ北溟版は作品のふくらみを増した、ともいえるが、他方、あきらかに問題の朧化もあって戦前の初稿をふくめ『山の民』改作の問題は、別箇のテーマとなりうる。

＊5　「江馬修と『山の民』」『飛騨作家』昭50・4

＊6　ここでは、単純化されているが、自伝『一作家の歩み』（理論社　一九五七・六）には、曲折にとんだ青年時代が描

かれてある。
＊7　この点『一作家の歩み』からは明瞭な告白をきくことができない。
＊8　桐山如松日誌『岐阜県史・通史編近代下』一九七二・三
＊9　「梅村在任中に新政府の上命による施政は九件、上司への伺によるもの二件一四項に過ぎず、上命に対しても反対したり、不履行に終ることとすらあった」『岐阜県史・通史編近代下』（筆者は菱村正文）
＊10　この考え方は当時のいわゆる講座派、羽仁五郎その他にも見うけられる。
＊11・12　「梅村高山県知事について」『飛騨史壇』一九三三・一
＊13　「幕藩制解体期における階級闘争には二つの側面があり、一つはいうまでもなく、領主対農民の基本的階級矛盾の激化形態としての、その意味での基本的階級闘争としての闘争であり、二つは被支配階級、その総体としての人民の中に存在し、形成してくるところの、諸階級・諸階層間の諸矛盾の激化したものとしての、その意味での副次的階級闘争としての闘争である。」佐々木潤之介「幕末の社会情勢と世直し」『岩波講座日本歴史13』一九七七・二。ここでは「副次的階級闘争」の意味。
＊14　佐々木潤之介『幕末社会論』塙書房一九六九・一〇、『世直し』岩波書店　一九七九・七

（一九七九・一二）

藤森成吉——母性思慕と女性蔑視

藤森成吉の「まぼろしの句碑」という文章のなかに、次のような一節があります。

自分が死んだら、あの「山の神」あたり、あるいはもつと左寄りの、諏訪湖が一眸に見渡される手長神社か温泉寺の上あたりの山に骨をうづめ、ごく小さな石碑へこの句を彫つてもらいたい。さうしたら死ぬこともどんなにたのしみで、死んでからもどんなにたのしみだらう。

この一文は、成吉の死後、長男の藤森岳夫氏によって発見されたものですが、そこに記されていた句とは、次のようなものでした。

郭公の声町ぢゆうにひびきけり

一九八四年（昭59）六月、諏訪湖畔の百景園に建てられた藤森成吉歌碑の碑面には

山川のたぎつ瀬みれば飽くことを知らざるこころ山の子のわれ

という一首が刻まれました。山田国広氏らを中心とするこの碑の建立の経緯については、岳夫氏の綿密周到な藤森成吉伝『たぎつ瀬』（中公事業出版　昭61・8）に記されてあります。

ともあれ、これらの句にも歌にも、ふるさと信州の自然に愛着し、それを血肉のように感じていた成吉をみることができましょう。とりわけ「山の子」としての成吉を魅了したものが、逆まき流れる清らかな渓流〝たぎつ瀬〟であったことは、八十四年余の多事な生涯を貫ぬくものを暗示しているように思われます。しかしながら、今日とくに女性の視点からながめるとき、成吉の文学はどのような問題性をはらんでいるのか、ここではそのようなことを中心に考えてみたいと思います。

藤森成吉は一八九二年（明25）八月二十八日、長野県上諏訪町角間（現・諏訪市上諏訪元町）にある、大坂屋という薬種卸小売商の家に生まれました。現在、神奈川県立近代文学館に保存されている藤森家古文書によれば、開祖は一七三七年（元文2）の「和漢薬品売買」だといいますから老舗のひとつです。大坂屋の屋号は祖先の一人が大坂の店で修業したことに始まるようです。[*1]

成吉の父英一郎は八代目忠四郎を名乗った人ですが、若い頃は三田の慶応義塾に学びました。その留守中、財産乗っ取りのお家騒動がおき、無理矢理連れもどされて大坂屋の家督を相続したのでした。この時二十二歳。志なかばの憤懣やるかたない若旦那として、遊廓がそのはけぐちとなりました。大坂屋の将来を心配した母さつが、自分の縁戚に当たる娘みなを嫁に迎えましたが、英一郎の遊蕩は止みませんでした。そのため、家出を繰り返し、ついに離縁となったみなの後へ嫁入ったのが、成吉の母、豊科の藤森新吉の長女けさへであります。[*2]

しかし、英一郎の素行はいっこうにおさまらず、けさへの妊娠と同じ頃、馴染の芸妓もまた身籠るという始末でした。[*3]

やがて一八九二年（明25）夏、けさへの出産した男児が成吉です。成吉は政治家志望を断念した英一郎が、息子にその望みを託し、某政治家にあやかった命名だといいます。

英一郎の母、けさへの姑さつは、三十三の歳に夫を失い寡婦となっていましたが、男まさりの口やかましいしっかり者で、大坂屋の米倉と家財倉とは、さつが建て増したといわれたほどです。英一郎が上京中のお家騒動のときは、一人奮戦して英一郎の家督を護り通した人です。[*4]その姑の厳しさに耐え、夫の放蕩にも懸命に耐えたのが成吉の母けさへでした。しかし、この若い母にもついに破局が訪れます。この事件は、成吉の生涯に大きな影響を残したのでした。改造社版自筆年譜（『現代日本文学全集47』昭4・5）の一八九四年（明27）の項に

七月、母短刀を以て自殺す。父の遊蕩と祖母の専制の為め、要するに封建的残存家族制度の犠牲である。

という一節があります。このとき、けさへは十九歳と二ヵ月。ようやく一歳と十一ヵ月になった成吉を置いての死出の旅でありました。

二つの倉の間に筵を敷き、膝を結んで座り、嫁入り道具と一緒に与えられた一振りの懐剣で、ノドを突いたものでした。可愛いい盛りの我児を思い切ったのですから、余程のことです。「成吉を頼みます」と、遺

言はそのひとことであったといいます。

幼い成吉がこの生母を憶えているわけはないのですが、それだけに、在りし日のたった一葉の写真が、成吉に母親への思慕を限りなくかきたてるものとなったのでした。「母の憶ひ出」（『叛逆芸術家』聚英閣　昭13・9）という小文に次のように記されています。

丁度マリヤか何かのやうに赤んぼの私を抱いた彼女は、やや華手な矢がすりの着物を着て、ひとり椅子へ腰をおろして、思ひ入つたやうにじつと前を見つめてゐる。おお、その思ひ込んだ眼つき、――これがいけなかつたのだ、（中略）どうかしてその写真を見るたびに、私は思ふ。

遺言の言葉を思ふにつけ、なぜその位なら、もう一踏んばり母は踏んばつてくれなかつたのだと私は何度となく思つた、時には彼女が怨めしくもなつた、それほど、彼女の死んだことは私に大きな打撃となつた、成長すればするほど。

成吉が終生居間に飾って偲んだというその写真の女性は、やや吊りぎみの切れ長の眼に、広い額のういういしい細面の人で、意志的な表情をたたえて正面を見つめています。嬰児を捧げ持つような抱きかたの、ほとんど少女に近い若々しい母親が、いかに哀憐の情をそそったかを想像することができます。この生母への思いが深かったため、成吉は結婚する相手に母親のあることを条件にしたといいます。

もし尠くとも今日まで彼女が生きてゐてくれたら、私に取つてどんなに大きな力だつたらう、どんな場合にも許し、抱き取つてくれる一人、……それがなかつたばかりに、どんなに今まで自分の生きかたを阻まれたらう、恐らく私の全生涯が変つたらう、ただ彼女の存在だけで。
一旦逝けばもう返らない、かつては彼女はゐた、が、今はどこに見つけられやう。

右は同じ「母の憶ひ出」の最後の部分ですが、三十三歳になって、成吉の母への思慕はいっそう募る心の飢えとしてあったようです。

こうした特別な生い立ちが、成吉に、女性一般の苦しい境遇にたいする敏感な理解を育てることになったと思われます。明治二十五年（一八九二）生まれというこの世代の人には珍しいほど、新しい女性解放の思想に近づいています。

しかし、同時に、母が現存しないということは、母を極限にまで理想化してゆく傾向をも生じます。一枚の写真以外にその素振りも声も知らぬ母親は想像の中でどのようにでも美化できるでしょう。そのため現実の女性がどうも物足りない、自分の理想像とくいちがうという、やむをえぬ分裂状態が生じました。このことを後に詳しく問題にしたいと思います。

さて、成吉は小学校入学前から英語と日本画の個人指導を受けます。虚弱な体質の内気な子供で、早くから字を覚え本を読むことが大好きなこの少年に、教育熱心な父親は早期教育を心掛けました。成吉が絵画鑑賞眼に優れ『渡辺華山』（昭10・12）のような作品をものす下地もすでに作られています。また、成吉の語学力は芥川龍之介の感嘆するところでした。

やがて諏訪中学へ首席で入学し、終始首席を通して開校以来の秀才といわれました。さらに新渡戸稲造が校長であった一高へは無試験入学をいたしました。同年に一高へ入学した学生には、英文科に芥川のほか菊池寛、久米正雄、山本有三ら、独法に泰豊吉、倉田百三がいます。山国から東京へ出てきた成吉は、ここで初めて本格的に文学や思想と出合うこととなり、猛烈な勉強が始まります。

この頃、とくにロシア文学の翻訳が流行しており、成吉に甚大な影響を及ぼしたのでした。ツルゲーネフの『浮き草』を読んで感銘し、作家志望を思い立ったといいます。父親には独法料に入るよう命じられましたが、東大は独文科へ自分で変更しています。

一高卒業の夏、大島に遊び早くも長篇『波』を書きあげます。青春の記念の意味をこめた自伝的作品です。これを同郷の先輩でもあり、かねて尊敬していた窪田空穂に見てもらい、父親を説いて資金を出させ自費出版をいたしました。（大3・6）これをかなり改訂し、六年後に『若き日の悩み』（大9・7）として出版することになります。

その頃、江馬修が『受難者』を書いており、島田清次郎が『地上』で一躍有名になっています。そういう当時のベストセラーズに伍して、成吉の『若き日の悩み』も売れた作品ですが、その中ではいちばん純潔という印象が強かった、と批評家平野謙が回想しております。

『若き日の悩み』は一種の教養小説といってよく、大正初年の知識青年の内面生活を描いて、青年期特有の雰囲気を漂わせているものです。

青春時代はまだ直接の人生経験をあまり持たないのですから、その前に観念的に人生という未知の意味を先取りしようとして、いろいろ悩むものです。そういう青年期特有の悩み、あせり、漠然と内攻する煩悶などが描かれています。志賀直哉の場合はそういう青年期の煩悶を描くにしても、肉体に即して描かれます。つまり、セックスの欲望に由来する煩悶として見抜かれて描かれますが、成吉の場合はそれがひたすら観念的に追求され、解決されようとします。若い平野謙にそこいらが純潔という印象を与えたのかも知れません。また、この作品では、偽りの生、虚偽の生活というものが否定され、素朴で民衆的、本能的な生き方が肯定されます。そこにすでに成吉の視野の社会的広がり、民衆思想への関心が芽ぶいているといえましょう。志賀直哉的ではない、有島武郎的な大正作家としての資質でもあります。

一九一五年（大4）『新潮』に発表された「雲雀」が大変好評を博しました。これは諏訪の生家を舞台にしたといっていいもので、作者らしい人物が若旦那として登場します。

「お前の前世は雲雀だつたのかね」といわれるほど、一羽の雌の雲雀を飼い馴らし、大切にしている新どんは、心だての素直なおとなしい青年で、若旦那は身寄りのない彼に兄のような気持をいだいて好いております。ある日、新どんが集金に出て、なぜか帰りのおそかった留守に、雲雀が逃げてしまったのでした。新どんは顔色を変えて探し廻りますが、間もなく新どんの姿も消えてしまいます。新どんは集めた掛金を持っていなくなったことがやがて判るのです。彼のいなくなった日、お千代という雛妓も姿を消したことも判ります。それを知った若旦那は、新どんが不思議なほど愛しんだ雲雀がやはりお千代と呼ばれていたのを思い出したのでした。

下積みの孤独な若者の情愛を描いて優しく甘美な小品です。成吉が原稿料をもらったのはこれが初めてでした。

一方、それ以前から大杉栄の文章に大変影響され、何度か学校をやめようかと思った、と自筆年譜には記されています。

大杉はいわゆる社会主義の〝冬の時代〟をしのぐべく、雑誌『近代思想』を発行して、文学者との交流をも深めようとしていました。天性の革命家、アナーキストとして大杉はまれな魅力のある個性であります。

当時の文学者たちの自我確立という考え方を肯定しながらも、その確立は必然的に社会への反逆に至るべきものだ、と説いていました。

「征服の事実がその上点に達した今日においては、階調はもはや美ではない。美はただ乱調にある」というような〝民衆芸術〟に関する発言もするようになります。

当時の社会主義者の仲間では、堺利彦が「売文社」を経営しますが、成吉はそこへも出かけて刊行物を買ってきたといいます。帝大の学生は当時大変なエリートですから、そういう危険な場所へ出入りするなど、常識では考えられぬ行為だった、とのちに木村毅が語っています。世に大逆事件といわれるものですが、明治天皇暗殺計画容疑で二十六人が起訴され、幸徳秋水ら十二人が即刻死刑になるという、言語道断なフレームアップに絡んで、全国の社会主義者、無政府主義者数百人が検挙されるという時代です。知られた社会主義者を訪ねるなどはやはり大胆な行為でしょう。「内気なくせにガムシャラな、向う見ずな面」があることは成吉自身もみとめています。そういえば「雲雀」のなかの若旦那も、晴れ渡った高い空に舞い上らうともしない飼い馴らされた雲雀を眺め、時に歯がゆく、意気地なく思ったりする青年でした。自由と反逆への翹望は、あの一見甘美な味わいの小品のなかにも潜められているものといっていいでしょう。

成吉は一九一六年（大5）大学卒業と同時に岡倉信子と見合結婚しています。信子は英文学者岡倉由三郎の娘で、由三郎は岡倉天心の実弟でありますから、信子は天心の姪にあたります。

すでに新進作家として文壇に認められていた成吉ですが、六高のドイツ語講師として岡山へ赴任することになります。しかし、翌一七年（大6）六月、「教授にすると云ふを辞し、妻と故郷へ帰る」（自筆年譜）ことにします。「学校生活の馬鹿らしさと、新しい文学への欲望が、押へ切れなくなつた為め」でした。当時文壇では芥川や菊池らが華やかに活躍を始めていました。成吉は彼らとは別個に、大杉栄の仲間であった荒畑寒村の小説「父親」に感銘し、この人にはとても敵わぬと、ひそかに焦燥の思いを深めたようです。

ところでこの帰郷中のことは自筆年譜に次のように記されてあります。


帰郷中、父達と思想上その他で争ひ出し、又激裂な胃腸病を病む。八月半ば、二三年間の放浪と労働を計画し、妊娠中の妻を置き去りに、ひとり山陰道へ行く。胃腸の為め温泉を転々し、ミササ温泉で『研究室で』を書く。つひに力尽き、十数日の後故郷へ戻る。古い家に横はりながら父達と争ひつづく。


学校の職を簡単になげうつのも、筆一本で生きるのは容易でない当時、思い切りよいやりかたですが、二、三年の放浪を計画し身重の妻を置き去りにする、というのも常識からいえばかなり「ガムシャラな向う見ず」ということになりましょう。秀才のほまれ高い長男の政界出世を夢みる父親と、左翼的思想傾向を強める息子との反目葛藤の末とはいえ、妊娠中の妻をその渦中に放置するというのは、針の筵に座らせるようなものであったはずで、自己中心的な行動と評されても仕方ないでしょう。

一九一八年（大7）に「山」を『中外』に発表して好評をえ、文壇に復帰を果しました。この頃から有島武郎と親交を結びます。また、短篇集『新しい地』（大8・10）、『研究室で』（大9・1）、『寂しき群』（大9・9）、『その夜の追憶』（大10・9）、長篇『煩悩』（大10・1）、『妹の結婚』（大11・9）、感想集『芸術を生む心』（大10・10）等々、おびただしい作品を出版し、めざましい活動期に入りました。

一方、一九二一年（大10）に社会主義同盟に加入し、この時から社会主義運動にも参加してゆきます。

ところが、一九二三年（大12）関東大震災が起こり、大杉栄一族が官憲の手によって虐殺されました。その直前に、有島武郎が自殺をしたのでした。二人とも成吉が心酔し尊敬していた人物であっただけに、大きな衝撃を受けたのは当然です。成吉はこの時を「大反動時代」と呼んでいますが、それに備えるため、何とかしなければならぬという気持ちから、日本フェビアン協会を組織します。コミュニストもアナーキストも共に協力することを目的に雑誌の発行も行います。

翌年、成吉は十年来の願望をついに実現して、労働生活に飛びこむ、ということをしています。妻と共にほぼ一年間、花王石鹼工場、北海道遠軽の家庭学校農場、松沢病院畜産部等々転々として労働生活を体験します。これは当時大変議論になり、評判になった事件です。成吉が労働生活という思い切った行動に踏みこんだ理由、少なくともその契機に、有島の死の影響を認めないわけにいかないでしょう。

有島は一人の知識人として、新時代の第四階級（プロレタリア階級）のために、何物をも貢献する資格、能力のないものと潔癖に自己限定いたしました。知識人としての宿命的肉体は黒人の肌の色のように不可変であることを強調して、一種の知識人の絶望宣言をしたのが「宣言一つ」（大10・1）でありました。そういう有島の宿命的敗北感と知識人無用のプロレタリア至上主義を打破する願いが、労働生活体験のモチーフにはあったと考えられます。この体験の記録は、のちに『狼へ！』（大15・9）にまとめられました。

このようにして、短篇集『東京へ』（大12・8）、『鳩を放つ』（大13・4）、『暖き手紙』（大13・6）感想集『叛逆芸術家』（大13・9）等、これまでの人道主義的な自由の翹望と反抗の色彩のつよい成吉の文学の世界に、ひとつの転機が訪れようとしていました。

一九二六年（大15）四月、よく知られている戯曲『礫茂左衛門』を『新潮』に発表します。井上正夫一座が浅草でこれを上演いたしました。当時は、プロレタリア文学がようやく日本文壇にその存在権を獲得するにいたった時期といっていいでしょう。例えば、葉山嘉樹が「淫売婦」を一九二五年（大14）十一月に、「セメント樽の中の手紙」を翌年一月に、黒島伝治が「銅貨二銭」を同年一月に、また林房雄が「林檎」を書いています。細井和喜蔵が『女工哀史』を書いたのは前年の七月でした。このように、初期プロレタリア文学として知名の作品が出揃ってくるのが大正末でありますが、その初期プロレタリア戯曲として、『磔茂左衛門』は、初めて成功した作品だといわれています。

日本のプロレタリア文学運動は、ロシアマルクス主義の絶大な影響下に、政治の優位性理論によって尖鋭化してゆきます。文学は革命を煽動する手段であり、革命のための武器とならねばならない、と考えられていました。一九二六年（大15）九月に発表された青野季吉の「自然成長と目的意識」という論文あたりから、日本共産党主導のロシアマルクス主義的文学運動への一元的統一が行われるようになります。『磔茂左衛門』はこの論文が出る少し前に書かれております。領主の暴政にあえぐ七十七ケ村の農民たちが、自然発生的に反抗を始め暴動が起りそうになるのですが、茂左衛門はそういう農民の暴発的一揆が、いたずらに損失の大きいことを思い、彼らを抑えて自分だけ犠牲となり、直訴をして妻子ともども処刑される、いわば義民の物語です。この核心にあるものは階級闘争の観点というよりも、むしろ人道主義的正義感にちかいといっていいでしょう。農民大衆の描き方や、領主と農民との支配関係の分析に、型通りの図式性が目立つのもそのためでしょうが、初期のプロレタリア戯曲として、一定の歴史的な役割を果たした作品であります。

続いて戯曲「犠牲」（大15・5～6）が発表されました。これは小山内薫の演出によって築地小劇場で上演されようとしたのですが、準備中に上演禁止となり、発表誌『改造』も発売禁止となります。有島武郎と波多野秋子の心中事件を扱ったその内容によるものです。

『磔茂左衛門』よりも、劇としては「犠牲」のほうが優れているように私は思います。小山内薫もこれを高く評価しました。成吉は小説より戯曲に才能のあった人ではないでしょうか。いったいに成吉の小説は描写よりセリフの方に精彩があるし、客観小説よりも〝語り〟の文体において成功しているもののようです。しかし、先の青野季吉による目的意識論が書かれ、運動は次第に政治の優位性理論の方向へと尖鋭化するなかで、成吉の戯曲作品にはその後ついに傑作があらわれませんでした。

著名な戯曲『何が彼女をさうさせたか？』は、一九二七年（昭2）一月に発表されています。築地小劇場で上演され、主演女優は山本安江、杉村春子は端役で初出演でした。これは映画にもなり大変な評判になった作品です。〝何が彼女をさうさせたか〟というコピーが大流行となったのでした。そうした社会現象の考察はひとつの問題たりえますが、戯曲作品としてはそれほど優れたものではありません。

孤児の不幸な少女が主人公で、心中未遂をおこしたり、ついには教会へ放火をするに至るさまざまな経緯が辿られるのですが、少女の内面の動きのきめ細かな追求がされていない物足らなさがあります。絶望的な反抗にいたる、生きた人間のドラマとして充分な実在感をもたず、数奇なストーリイに興味をつなぐ、通俗的展開となっているのです。

この頃、成吉は作品活動だけでなく実際面でも盛んに活躍し、小作争議や労働争議の応援に出かけています。一九二八年（昭3）の第一回普通選挙に労農党から推され、長野県第三区から出馬しましたが、これは落選いたしました。翌年二月、日本プロレタリア作家同盟（ナルプ）の初代委員長に選ばれています。

小林多喜二に感銘を与えたという小品「拍手しない男」（昭2・7）は、成吉のプロレタリア小説としては最も優れたものではないかと思われます。弁士が熱弁をふるっていて会場は熱気に満ちています。割れるような拍手。ふと横を見ると全然手を叩かない男が一人いるのです。なんだこいつ、警察の犬だろうかと自分は疑いの目を持って見ている。すると意外にも、彼はそのうち感極まった様子で腕を動かすような恰好をする。ひょっと見ると、その手はスリコギのようだった。手首がないのです。拍手したくてもできないのでした。それを見た瞬間に自分は、工場の轟音の中でベルトに挟まって手が飛び散る様子を思い描く。そして、そうだったのかという感動とともに、山芋のような彼の手をしっかり握りしめる、そういう作品です。

　恋人の労働者の身体が粉々に砕かれてセメントに混ってしまう、葉山嘉樹の好短篇「セメント樽の中の手紙」をどこか思い出させるものがあります。

　闘いの積極的なテーマを持って描いている作、例えば「土堤の大会」（昭4・1）などはあまり感心しません。むしろ比較的良いものは、大正後半期の作のなかにあって、例えば「盗人」（大9・4）、「脱走者」（大15・1）など。前者はあわび取りの名人なのが唯一取り柄の男の話、後者は北海道の監獄部屋から脱走してきた男の話です。こうした組織的労働者でもなんでもない下層民衆の生活が、暖かいヒューマニスティックな眼で描かれるものに良い味わいがあるようです。

　昭和期の作で、宮本百合子の手厳しい批判[*5]をあびたことで有名な「亀のチャーリー」（昭7・9）があります。「生々したたくましい現実としてのプロレタリアートの日常に作用している革命性、そのための組織など書いていない。」「プロレタリアートの力を背後に押しかくし、亀の子、子供、子供ずきの孤独な移民チャーリーと市民的な哀感をかなでている。」「主題の把握においてプロレタリアートの闘争から切りはなされ」逸脱している、といった気鋭の批判には、当時の革命的ロマン主義的文学運動の前衛の観点が明らかでありますが、成吉の資質はむしろその「子供ずきの孤独なチャーリーと市民的な哀感」の表現のほうに文学的基盤の安定を感じるものだったように思います。

　さて、改造社の円本ブームで思わぬ印税が入ったため、妻信子と共にドイツに渡り、滞在中、勝本清一郎と日本代表として第二回国際革命作家会議（ハリコフ会議）に出席したりした成吉は、帰国後、共産党に資金提供をした理由で逮捕されます。（一九三二・昭7）転向上申書を提出し、実際運動はやらぬがプロレタリア文学は続けると誓って、実刑二年、執行猶予四年の判決を受けました。公判に際し、予審判事がつぶやいたひとこと〝もうそろそろライフワークに取りかかるべきではありませんか〟が、成吉の胸を刺した、ということです。

以後、現実に材を取らず、歴史にそれを求めた小説、戯曲を数多く書いてゆきます。こうして一九三四年（昭9）は成吉にとって転機となった年でした。

「歴史の河」の構想をたて、小説『渡辺華山』を第一作とし、華山周辺の人々、高野長英やシーボルトを取りあげる緒となります。

主な戯曲は『シーボルト夜話』『転々長英』『江戸城明渡し』『陸奥宗光』『大原幽学』『岡倉天心』等。主な小説は『太陽の子』『悲恋の為恭』等々。その他論文随筆集が数冊、短歌、俳句それぞれ千数百、童話集等、めざましい多産ぶりを示したのでした。

戦後は旧左翼の陣営による新日本文学会創立の発起人に加わります。一九四五年（昭20）共産党入党。『人民文学』を創刊します。日本救援会々長としても活躍。戦後の主要作は『悲しき愛』『悲歌』等。研究、随筆『渡辺華山の人と芸術』『知られざる鬼才、天才』等。他に歌集、句集等じつに多彩、多産な生涯であり勤勉な作家でありました。大正初期から昭和の末年近くまで、ほとんど筆を置かずに通した長い長い作家の道程でありましたが、その本領はやはり大正期にあって、自然発生的に、ヒューマニスティクに民衆像を描いた時代に発揮されたのではないかと思われます。

しかし、その成吉の大正期ヒューマニズムも作品の女性像に焦点をしぼる時、またあらたな問題を考えさせられるものがあるのです。

一九一八年（大7）に発表された「娘」という作品があります。成吉の生家の薬種問屋の有様が彷彿とする作で、勝手向きの手伝いに雇われている少女が主人公です。なかなか気性の激しい娘です。寒い信州ですから、赤かぶみたいなほっぺたをして、両手はアカギレで真赤に腫れあがっている。正月だといっても垢染みた着物で働かなければならない、そのような境遇です。この薬種屋には、しっかり者のお姑さん〝おふくろさま〟がいて、非常に厳格でうるさい小言が絶えません。店の小僧たちも少女をからかったりいじめたりします。〝姉さま〟といわれる若奥さんも彼女には冷たい。だから自分の味方になる者は誰もいないのだという孤立感があります。しかし、彼女はそれでめそめそするのではなく、自分に味方がいない、と思うことで心が猛り立ってくる、そういう娘です。女だと思って馬鹿にしやがって、と悔しがって涙を流すような娘です。ただ一人の父親がいて、父親に会いたいというのが彼女の唯一の希望です。焼きつくように会いたいと思っているその父親が、ようやく、年の暮、わずかな着替えを持って訪ねてきます。〝おふくろさま〟は父親に向かって、少女の反抗的な日常がじつに気に入らないことを話す。〝女でおとなしく無え者なんずは三文にもなら無え〟と強調するのでした。そんな意見が世の中一般に通用していて、彼女が頼りにし、一番なつかしく思っていた父親さえ、〝おふくろさま〟のいう通りだという。少女は待ちに待った父親に、何も訴えることができないのです。別れ際になっても言葉がでない。ただだまって上諏訪の駅まで送っていくのですが、最後に一言、〝おれも帰つて行きたい〟とすがりつくように訴える、その別れのシーンが印象的です。この娘が、本来気性の激しい反抗的な少女であるだけに、何もいえないで別れる雪の駅の情景が、ひとしお哀感をさそうものがあります。

佐多稲子の「キャラメル工場から」のあの可憐な主人公の少女の哀れさとはまた違う、反抗的な山国の少女の哀しさが描かれています。

ここに〝信州おなご〟すくなくとも〝諏訪おなご〟の一つの原型が描かれているように思います。

同年発表の「山」にも、テーマは異なりますが信州の女性が描かれています。こちらは女学生で、やはり勝気な異様に荒々しいところのある娘の個性を浮き出させています。「娘」と同系統の女性といっていいでしょう。成吉が信州を描いた作はみなそうですが、土着の方言を正確に写しているので、地方生活の雰囲気がじかに伝わってきます。その信州独特の風土、荒い厳しい自然の中に育くまれた山国の女性像といえましょう。この〝信州おなご〟が成長してゆけば、平林たい子「施療室にて」の中の、朝鮮半島から旧満州へと放浪のすえ、監獄の中で子供を生み育てようと決意する、あの絶望的なまでに反抗的な女主人公になるはずであろうと思います。その意味で初期の「娘」には、成吉の女性解放の願いが潜められている、とみてよいのではないでしょうか。

本来この「娘」のように気性の激しい女ではありませんでしたが、使用人との仲を執拗に疑われ、日頃の忍従にもたえがたくなって、ついに夢中でカミソリをもって夫を殺害するにいたる「床甚」(大8・6)のお菊の反抗などをみても、成吉がその生母の境遇を思うことに発する、女性解放の願いの潜流を確かめることができるでしょう。

有島武郎の情死事件を扱った戯曲「犠牲」(『改造』大15・5—6)は、当時、小山内薫によって西欧近代劇の手法の熟達の段階にいたったもの、という高い評価を与えられました。情死の相手である美人記者波多野秋子は、当時いろいろと悪評もあった女性ですが、成吉はこの人を、私の知っている秋子氏より遥かに立派な女性に描いたと語っています。一つには、〝心中〟ということで有島の評判が落ちたことに対する、有島弁護の気持ちがあったからだと考えられます。もう一つは、やはり母の自殺からずっと尾を引いてきている女の不当な立場への同情、女の弱い立場への抗議の気持ちが、「犠牲」の女主人公を立派に描かせていると思われます。

　作中、モデルの有島は石川という人物、秋子は千代子として登場します。石川と外泊をしたということを、千代子が夫の前で問い詰められ、白状させられる場面があります。最後に千代子は夫の片山にむかい、仕方がない別れてくれといいますが、片山は別れないといいます。離婚ができないと知った千代子は、今度は片山に激しく逆襲していきます。私は詫びなければならない気はしない。あなたはいくらでも女を持っているくせに、あなたこそ私に詫びていただきたいと。夫が資産家で大勢の女を囲っているのを千代子は知っています。私だけが責められる理由はないと、千代子は正面から向き直るのです。やがて石川はこの事で卑劣な片山に強請《ゆす》られるのですが、石川はそれを拒絶しむしろ刑を受けることを決意します。当時は姦通罪がありました。金銭を強請りとられる侮辱に耐えるより、すすんで刑を受けようというのでした。その石川に千代子は次のようにいいます。

　家長権本位の、男本位の、馬鹿げた法律の制裁なんか、先生は尊重なさるんですか？（中略）いやです。いやです。わたしは受けません。このうへ男の社会の侮辱を受けることなんぞ、とても忍べません。片山が先きに牢へ入るなら格別……。

『現代日本戯曲全集』花月社　昭22・6

これは理路整然とした女権の主張といえます。男女平等の強い要求です。当時の姦通罪は、有夫の婦人が他の男と通じた場合、二年以下の懲役が課されましたが、それは女だけを罰するもので、妻を持つ夫の他の女との関係は問わないものでした。千代子の口を通して、姦通罪にあらわれた不合理な男性優位の家父長権体制にたいし、激しい攻撃をしかけていることになります。現体制にたいするこうした反逆性が、発売禁止、上演禁止の措置をこうむったのは当然でした。姦通罪は第二次大戦が終わってようやく廃止になっています。

成吉におけるこうした女性問題にたいする観点の新しさは、たとえば「母性保護」(『叛逆芸術家』聚英閣 大13・9)というエッセイの中にも見出されます。次はその一節であります。

母性は、むしろそれ自身として保護さるべきです。これは、少しでも考へのある人には自明の事だと思ひます。殊に自分達男に取つてはそうかもしれませんが、「母性」と云ふ言葉は、すでに無限の崇高と偉大と愛慕と尊敬の表象の気がします。更に僕の如き、幼くして母を失つた者に取つては母は一種一生の憧憬であり、「やさしきマリヤ」です。

が、僕は敢て、所謂世間で叫ばれる如き母性保護の声は排したく思ふ者です、何故ぞ。

そもそも、日本の婦人の今までも最大欠点と云へば、彼女等があまりに「家」の者で、所謂「社会」の者でない事です。母性と云ふことが、一体どんなに大きな社会的意味を持つてゐる事でせう。にも係はらず、それは今までその最も狭い意味に於て、実に「社会」に反した「家」の中だけに局限されて来ました。そんなふうにしたのは、勿論婦人の罪ではありません。彼女の弱点――否、隙を最も狡猾に利用した男性の罪です。

この事を考へると、僕達新時代の若い者は堪らなく腹が立つて来ます。そんな意味の古来からの「母性保護」は、それ自身女性への侮辱であり、詐欺であり、圧服であり、男性達の飽くなき利己主義の最偽善的仮面です。その長いあひだの伝統と習慣が、どれだけ婦人達の真の人間としての成長を阻害し、彼女等の位置を最もみじめなものにして来たでせう。（中略）婦人は、特に母性として保護さるべきものでは決してありません。すべての誤りと低迷はここから発します、婦人は、何よりもまず、一個の人間として待遇さるべきです。これがアルファでありオメガです、彼女が一個の人間として扱はれる時、彼女の母性は自然に保護されます。尊重され、又保護されない筈がありません、これこそ、彼女の最も自然にして、且つ適切な権利獲得の途です。

これは鋭い指摘だといえましょう。とくに後半、母性保護の観念に隠された欺瞞について、とくに男の側の役割を突いている点、今日なお通用する議論でしょう。男が母性保護をとなえる時、いかに利己主義的偽善を行うかが爽快に暴露されています。

しかしさらにそこから、男達の創りあげる母性神話、――無限に豊穣なるもの、生命の根源としての大地母神、永遠に聖なる母――がいかに女の自我を縛り、女の自我を破壊してきたか、それを洗い出して男たちの母性神話を破壊することを始めねばならない、というのが今日のフェミニズム、女性解放思想の一つの課題となっているのですが、右の文章のなかでは、男性の創る母性神話の意味については追求がなされていません。

生母の自殺という個人的体験の深さにおいて、一個の人間として扱われなかった女の不幸を痛恨する気持が、成吉に女性解放への思想的関心を育てたのは確実だと思われます。しかし、亡き生母への永遠の憧憬は、反面、現実の女性にたいする不満ともなり、生身の女の問題にかえって冷たい無理解を生じています。成吉に母性神話の解析ができなかった所以でしょう。

岡山の第六高等学校の教職を辞して、郷里へ戻った時、父と激しい争いとなり、成吉は妊娠七ケ月の妻を置き去りに一人で旅に出ています。生母がついに自殺して果てねばならなかったような旧家の重苦しい争いの中へ、身重の妻を置き去りにするのは、普通ではできにくいことですが、成吉は自己中心的に断行しています。

さらに「子供」（大8・4）という作のなかに、成吉の自画像に近いものが描かれています。

妻が最初の出産をする前後を扱っていますが、結婚を反対された夫の両親の家で、子を産まねばならぬ若い女の気苦労というものに、主人公はほとんど思い至らないようで、かなりエゴイスティックで冷淡な印象を与えます。彼は子供が生まれてもあまり愛情が湧かす、泣声をうるさがって、発作的に殺意さえ催すような憎悪を抱いております。しかし、子供一途に無心な愛情を注いでいる妻の姿にようやく気付いた主人公は、それがあたかも聖母とキリストの像のように感じられ、はじめて心なごむというものです。

この場合、妻という女性は、母性を示すことではじめて主人公の心に触れてくるものになるわけです。ここにはからずも現われている男性像は、女性がなにより一個の人間として扱われるべきであり、とくに母性として保護されるべきではない、母性保護は女性自身への侮辱でさえある、と論旨明快に説いたところとは、明らかに矛盾してくるのであります。

さらにまた、戦後になっての話題作、長篇『悲しき愛』（昭30・8）を例にとってみましょう。多少のフィクションを混えていますが、自伝的作品といわれております。もはや老境にある劇作家、共産党員でもある次郎が主人公です。奥さんは難病*6にかかって苦しんでおります。長い間主人公と辛苦を共にしてきた糟糠の妻ですが、いまや主人公は地方劇団の主催者である貞代に恋慕しています。貞代にたいする彼のひたむきな情熱は、それとして純粋なものです。ただ彼は貞代が妻と異なり劇団関係者であることから、自分の仕事に非常に理解があり尊敬もしてくれ、創作のエネルギーを与えてくれる有益な女性なので、その意味でも離したくないのです。自分の仕事の充実のために彼女は役に立つ女性であるという計算が、老境に達した男性の内部に無かったとはいえないでしょう。

一方、貞代は劇団の仕事を持っている。その人に、主人公はいとも簡単に家庭の人になってもらいたいと希望するのです。その時彼女が、自分の仕事を貫こうか、家庭に入るべきか悩むにちがいない、などと相手の身になって考えてやることはほとんど無いのです。

病気の奥さんは主人公に献身的に尽してきた女性で、親馬鹿にたいしていうなら、まさに夫馬鹿とでもいえる女房なのでした。いま、主人公が他の女に気持を移していることは、彼女にたいする残酷な裏切りであるはずですが、妻にたいしうしろめたいという思いがこの主人公にはどうやら無いのです。平野謙も「罪の意識」[*7]が全く無い、といっております。それで、ラヴレターを延々と書かれるのがむしろ貞代のほうで心配になり、逆に奥さんの病気を心配する始末です。その時主人公はこんなふうにいいます。

第一に、「責任を忘れるな」とのお言葉ですが、ぼくは家内に対する人間的責任はあくまではたしてゐるつもりです。これはだれ一人否定できないでせう。なんなら看護婦の鈴木さんにでも訊いてみてください。

しかし恋愛的責任はべつです。それは、おそらく家内に対して守るべきものでないでせう。

人間はいくつになろうと恋に落ちるもので、それは止むをえない事態ですが、このように人間的責任と恋愛的責任とを、晴天白日のごとくきれいさっぱり割りきれる神経にはおどろかされます。自己中心的、男性優位に馴れた主人公の内省や自己省察のこうした不足のため、全体としての底の浅さが目だつ作品です。

妻は病人であって人間ではないのです。貞代もまた老境を支える第二の妻の候補として恋着の対象であるのなら、同じ運命が予想されるというものでしょう。ここにあるのは、男の中にある無意識の、それゆえじつに根深い男性中心主義であるといえるでしょう。

成吉の永遠なる母性への思慕が、現実の女性蔑視の傾向と裏腹の関係にあるという皮肉が、はからずもここに表現されているように思います。若い母の悲しい自殺を代償としてもなお、成吉という明治生まれの男性を、根底から変えることはやはり難しかったことになりましょう。母性神話の破壊が、今日のフェミニストたちの課題となっている所以でもあります。成吉の女性解放思想の先進性と、その作品の意義とを認めるに決してやぶさかではありませんが、反面また、成吉の気付かなかった、男性的発想の矛盾と陥穽も明らかに見なければならないだろうと思います。


（一九九一・六）

＊1　このほか伝記的事実については藤森岳夫氏『たぎつ瀬』に多くご教示を得ました。
＊2　この母の実家のことを描いた作に短篇「雀の来る家」（一九二〇・一〇）などがあります。
＊3　この芸妓が生んだ女児を、のちに知った成吉は強く愛着し、長篇『妹の結婚』（一九二〇・九）のなかに描いています。
＊4　この成吉の祖母さつを描いた作には短篇佳作「祖母」（一九二五・九）などがあります。
＊5　「一連の非プロレタリア的作品――『亀のチャーリー』『幼き合唱』『樹のない村』――」（一九三三・一）
＊6　岳夫氏によればパーキンソン病です。
＊7　「最後の長篇小説」（『新日本文学』一九五五・一〇）坂上弘「藤森成吉『悲しき愛』」にも批判的意見がみられます。（『文学評論』一九五六・一）

葉山嘉樹——共感と共苦・二人称の世界

中野重治は、『葉山嘉樹全集』（筑摩書房　昭50〜51）に寄せた文章「葉山の手紙」（月報　昭50・10）のなかで、葉山の特別な「不運」にふれて次のように述べている。

文学の面でいえば、革命運動との関係での、あるいは革命運動のなかでの、文学というものの性格がよく呑みこまれていなかったということでもあるだろう。平林初之輔のような人でも、これには足をとられていた。私などにはそれに輪をかけて同じことがあった。葉山に強い親近感を持っていた小林多喜二などにもそれがあり、それが本道へ出られぬうちに小林自身ころされてしまった。

ここには、葉山が「文戦派」の作家であるという政治判断が優先し、「この大きな作家」を生かしえなかった、過ぎし日への慙愧の思いがこめられている。葉山の文学を「極上のもの」[*1]と一口にいい切る中野の気持は、その苦い記憶と重なっている。

右の文章でみると、小林多喜二の死は、葉山への親愛、尊重を生かすその「本道へ出られぬうち」の死であった、とされている。

たしかに当時の小林は、日本の文学がそれまで決して持たなかった「逞しい腕」に「初めて襟首をつかまれた」のだと語っていた。『海に生くる人々』一巻は僕にとつて、剣を擬した『コーラン』だつた」とは、よく知られた言葉である。しかし、小林は葉山の文学を、まっすぐ生かしうる人だったろうか、という疑問はここで生じうる。小林は、葉山がゴーリキーを読んで以来、手のつけられぬ「ゴロ」から立ち直ったと語ったのを受け「葉山嘉樹」(『新潮』昭5・1)のなかで、次のように述べている。

「それまでの俺は手のつけられないゴロだった」――葉山はそう云う。然し「それからの」葉山は、では「ゴロ」でなくなったろうか。「手のつけられない」ゴロではなくなったろう。だが、そのゴロは、葉山の身体の何処にもまだゴロ〱しているのだ。

「ゴロ」が「ゴロ〱」している、などという言い方は、葉山のその種の円転滑脱の発語力を模している。しかし、気になるのは、「ゴロ」の意味が問題にされないまま、小林がさらに気鋭にたたみかけていることである。葉山は、いわば「親父」の時代の「体験作家」であって、僕ら「息子」の時代がきている以上、「胆石のような『ゴロ』を何処かへ捨てて来」ないかぎり、僕らを逞ましかったその腕で振りまわすことはもはやできないだろう、と。小林は、ここで明らかに葉山への別れを告げている。岐路は明瞭であって、小林の道をナップ系のマルクス主義文学運動はひた走りに走ったのである。小林の言葉に従えば、日本の特殊な困難な情勢の要求する、「鉄」の「スターリン」型の道であって、葉山のような「気楽」な「ゴールキー」型の道であってはならなかった。

小林は、やはり葉山の道を生かしうる人であるか、いや、小稿の意図はそうした小林多喜二の文学の全可能性にかかわる問題にあるのではない。「ナップ」の理論に忠実であった小林の作品を、一つの合わせ鏡として葉山の初期作品を眺め、その充実した文学の個性の意義を、あらたに考えてみたいと思うのみである。

「ゴリキイの作品は、私の血の中を流れてゐる」(「ゴリキイを追慕する」『文学評論』昭11・8)という葉山は、それを最初に読んだのが一七、八くらいだった、と回想している。

博文館から相馬御風訳『短篇六種ゴーリキ集』[*2]が出たのは、明治四二年(一九〇九)一一月であるから、葉山は数えで一六、豊津中学二年生である。出版と同時に読んだ記憶にまちがいがなければそうなる。当時の葉山は、文学書を読みあさる、学校の成績の良くない、女にはだらしのない、早熟というより「早熟過ぎた」「不良少年」であった。が、「私にとつては、どうにも防ぎやうがなかつた。私は少年の本能に忠実に従つて行動した」(「文学的自伝―山中独語―」『新潮』昭11・11)までである、と葉山は語っている。

「本能に忠実」に「どうにも防ぎやうがな」いほど感性に正直に生きる性情が明らかにされている。この自然性の勁さこそは、葉山に一貫する特色である。ともかく、刻苦勉励、勤倹節約して偉くなる、というような立身出世の意識とはおよそ無縁に、「手つとり早く、そこにある、毎日毎日の生活を面白くやつつけたい」という風な少年であった。上昇的な権力志向をもたない、自由な魂の小エピキュリアンである。「ゴロ」の下地は、こうした本質的に無垢なるものの勁さでもあった。

早稲田大学の予科へ入る時、父親から、これだけだと、家を売った金四百円を一度に手渡され、二、三カ月できれいに遊蕩に費やしたという有名なエピソードも、「防ぎやうがな」いものの勁さであり、所有の垢のないさわやかさでもある。

ところで、そうした少年葉山のゴーリキーの読み方はまた、きわめて体験的であった。自分がボルガの川舟のボーイや、ボートの下にもぐりこんで寝る浮浪人になってしまったように思い込んだという。作品の世界をこのようにジカに生きうる能力というものは、本来ロマンティックなものであろう。が、とくにゴーリキーの世界をそのように生きた、ということは、葉山の根底にある、上昇意識や秩序志向とほど遠い、自由な魂の共鳴を考えずにはすまないだろう。「俺の理想は浮浪人になる事だ」という夢につかれた少年ができあがる。「屑のやうな人物」が屑として打ち捨てられないで、「人間性の尊貴」が認められる、ゴーリキーの「稀有の慈愛」に感動し、この、あまり「自分に期待しなかつた」不良少年の心は、おそらくひそかに暖められたのである。「ゴリキイの偉大な愛」「あの博く深い愛情」と、葉山はくり返し述べている。「総てが高まるためには、自分自身は落つこつても構はないと云ふやうな、崇高な浮浪人」は、少年の偶像となる。底辺の人間として生きることの方が、「人間として、真実に生きる方法」だという、自信のようなものを得たのである。世間通常の価値観を転倒させたラディカルな発想である。本性無垢で自由な魂にして、このことは可能である。その魂のいわば自己定立が、ゴーリキーとの出会いであったわけである。かくして、ゴーリキー短編集は「私のバイブル」であった。

不良少年の「ゴロ」から、浮浪人志願のロマンティックな「ゴロ」として立ち直った葉山は、早稲田に籍を置いただけで、父親からもらった金をはたいてしまうと、船乗りになる。荒らくれたマドロスたちの中の生活は、葉山から「スツカリ枠を外してしまつた」という。海の労働の鍛えた強健な身体をもって、日常秩序の枠をはみでた、もはや不良少年まがいでない、まさに本物の「ゴロ」になったのである。

全集に収録されたが、それまでは一般には容易に見ることのできなかった、作家以前の葉山の文章は、その「ゴロ」の成長過程をみるうえで面白いので、ここで少しふれておきたい。

足の怪我で合意下船させられ、門司鉄道管理局雇、戸畑の明治専門学校雇などを転々とし、葉山は名古屋セメント会社の工務係となるが、組合を組織しようとして馘首され、「名古屋新聞」社会部記者となる。作家以前の文章とは、この頃から執筆されたものである。

兄弟よ。沢庵漬は上に加はる圧迫が大きければ大きいだけ、お互に密着《くっつ》き合ひ緊《ち》めつけ合ふのである。が、労働者は沢庵であるか。

兄弟よ。われ等の運命は沢庵である。すつかり食ひ物にされるのである。資本家はいろんな贅沢な食ひ物に飽いては、「これに限る」と云つて、われ等沢庵を食ふのである。彼等の食ひ物は沢庵に初まつて沢庵に終るのである。（中略）兄弟よ。上からの圧迫が重いとお互の間の関係は、恐ろしく窮屈になる。互に足を踏み合ふ。肩と肩とが打つ衝り合ふ。けれどもそれは沢庵の知つたことでは無いのである。重しがさうさせるのである。窮屈だからと云つてお互いに喧嘩してはならない。

「工場の窓より」「名古屋新聞」大10・6・10～13

当時、葉山「特有の風ぼうと快弁とは労働青年の間に大きな魅力をもってい」[*3]たといわれている。右にみるような生活のなかの比喩、論理のユーモア、生きのよい語り口は、葉山の「快弁」をしのばせるものがある。ともあれ、ここで明らかなことは、マドロス上がりの「ゴロ」が、資本家と労働者との階級対立の観点をもったこと、労働者たちお互いの結合を説いていることである。のち、「誰が殺したか」（『文藝戦線』大15・11）のなかに鮮やかに形象されるけれども、名古屋セメントの一職工の無惨な事故死、その扶助料獲得の奔走、馘首とつづいた経騒が、葉山を変えたことはまちがいないであろう。

しかし、当時の葉山は、マルクス主義者でも唯物論者でもなかった。結論部分を引用してみよう。

兄弟よ。われ等が望む処は、今資本家及其傀儡が行ひつゝある、物質的栄華であつてはならぬ。それを望むは恥づべきことである。われ等の否定するものをわれ等が内心に於て望んでゐることは、全く唾棄すべきことである。（中略）われ等は富を追はないで、貧を追ふために、そこにこそたゞ一つの神の国に入るの道が残されてゐるのである。われ等は決して資本家の富を奪還しようとするのではない。われ等の虔譲なる生命までも彼が拒否しようとすることを詰《なじ》るのである。（中略）現世に極楽が来り、地上に天国が齎されるのは何時か。それは地上の人類が眼覚めることによつて即座に出現されるのである。（中略）兄弟よ。神を知り、神の御名《みな》による天国を地上に齎さうではないか。

ここに「極楽」も「天国」も出てくるけれども、全体の語彙の種類からいえば仏教よりもキリスト教の影のほうが濃い。

葉山を門司鉄道管理局に紹介した高橋虎太郎は、葉山の父と同藩の侍であったが、船をおりた当時の葉山は、その読書家でクリスチャンの虎太郎をしばしば尋ねていたらしい。葉山はトルストイの翻訳を読破していて、そのキリスト教にひかれていたという。*4

自伝的長編『海と山と』（河出書房　昭14・2）のマドロス畠山芳紀が船内に持ち込んでいる書物は、『罪と罰』、トルストイの寓話集、ゴーリキーの初期小説である。

ゴーリキーが「私のバイブル」であり、そこにドストエフスキーやトルストイが加われば、ロシア文学を基盤に、葉山がキリスト教に関心を深めたとしても、何ら不思議はない。枠なしのマドロス、権力意識や上昇志向からは遠い自由な魂は、本質においてラディカルである。日常既成の秩序を裏がえす、世外の発想と親縁的でありうる。ただ、青年葉山のキリスト教は、たとえば内村鑑三のような宗教的本質性を何らもたなかった。もともとエピキュリアンの素質のある勁い自然性が、おそらく聖書の絶望的人間観になじまなかったのであろう。葉山は、自己の体型に合わせてキリスト教を理解した。かくして清朗に言う、「天国を地上に」と。

したがって、地上楽園の理想に通ずるかぎり、葉山の神はキリスト教の唯一神であることを要しないことにもなる。釈尊であっても差しつかえないのである。「名古屋新聞」に入る前後、一時『極楽世界』[*5]同人でもあったのは、そうした葉山なりのユートピアの模索であったと考えられる。

さらに、「大自然の前に立つて其崇高な精神と雄大なる現はれとを見て、自分の小さいのを知るのである。その小さい自分が此偉大なる自然から一切を認容されてゐることを知つて、われ〳〵は神の偉大を知るのである」(「小林橘川氏に」「新愛知」大10・5・25・〜26)などというところをみると、神は汎神論の神に近い。これはやはり葉山の勁い自然性に連鎖するものであろう。ともかく、こうした素朴な、基、仏、自然の渾融の底に、既成秩序の外へと向かう葉山の願望の高まりをみれば足りるのである。

「工場の窓より」が書かれた時、それが虐げられた労働階級のための、人類の自覚による地上天国の実現という具体像をもったわけである。数え二八歳。母と妻と子一人の生活を負って失業した経験のある、本性無垢な「ゴロ」の夢であった。

しかし、「名古屋新聞」から、神戸の三菱、川崎両造船所の同盟罷工に、特派記者となった経験が葉山を変えはじめる。「改悛することのない悪魔」＝資本家が「地上を悪に化し終へる」一刹那前に、力弱き、謙譲なる民衆は立つ、という民衆の抵抗の観点をもつ。しかし、それはあくまで民衆を通しての「神の意志」の実現であって、世界はなお神の経綸のうちにある。それにしても、罪悪が焼きつくされる「時」が来たのだ、という認識が生じていること、同時に注目すべきは、民衆が神聖視されていることであろう。

われ等の生活を、戸口から覗いたならば、諸君は、内部が真つ暗であつて、じめじめして居り、プンプン悪臭を放ち、狭くつてゴロ〳〵して居り、騒音で満ちて居り、「神」が、かくの如き居心地の悪い場所に住みさうな筈がないと思はるるであらう。なる程そこには神の姿は見ることが能きない。然し、そこには悪魔の衣を着て「神」がゴロ〳〵してゐるのだ。諸君は穢ない神だと云ふだらう。よろしい。われ等は限りなき忍従と敬虔とに仕へてゐる「愛の神」を、そこに見出し得るのである。

「無産労働階級の宗教的特質」「名古屋新聞」大10・9・28

悪臭を放つ穢ない民衆には、そのまま神が内在する。神と人間との間に本質的な隔絶をみない、汎神論的な神観であり、人間自然の神聖視である。民衆が「愛の神」を内在しうる、というようなこの人間観の楽天性は、ゴーリキーの「稀有の慈愛」によって自己定立した、葉山の自然性の自己承認でもあるだろう。

葉山を更に大きく変えたのは愛知時計電機の争議（大10・10・4～14）であった。団結権を前提とした団体交渉権の要求、工場委員会制度の設置、最低賃金、労働時間、雇傭解雇その他諸規定に対する労働者側の決議権増大など、「当時の労働組合のもっとも進歩的な要求を網羅」した要求項目が提出され、神戸川崎造船、横浜ドック争議に学んだ組織、戦術は、名古屋地方労働運動に画期的な変化をもたらした争議であるとされている。[*6]

葉山は争議支援の先頭にたち、治安警察法に問われて起訴され、懲役二カ月で名古屋刑務所に服役した。出獄後の「労働階級は何を作るか」（「名古屋新聞」大11・10・27～28）には、「われ等はレニンが好きである」

という率直な一句もみえる。資本主義の否定、階級闘争の思想は明瞭である。しかし、「『鉄鎖を失つて、全世界を得る』われ等の時代を労働組合は作る。（中略）地上の天国を、労働組合は作る」という労働組合主義であった。労働階級の「団結した力」が「奇蹟をやり出す神様を作る」というゴーリキーの言葉がなお注目されてもいるのである。

ところが、「反動新戦術に拮抗する対策」（『労働組合』大12・7）になると論調は一変し、戦闘勢力としての組合組織化、科学的作戦計画による戦線整備といったふうな、尖鋭で組織的な観点があらわれ、同時に、葉山でなくとも誰にでも書けるような非個性的な文章になっている。

この間にあった葉山の身辺の出来事は、失業。生活困難のなかでの母親の自殺未遂。公には、プロフィンテルン＝労働組合赤色インターナショナルの日本組織準備会である非合法の「レフト」に名古屋代表のかたちで参加。その系統組織〝LP〟を組織し、いわゆる名古屋共産党事件として千種の名古屋刑務所に収監される。先の文章は、その直前のものであろう。

そして、この刑務所を保釈出獄するまでの三カ月余の間に、代表作『海に生くる人々』は執筆されたのである。

長編『海に生くる人々』（改造社　大15・10）を論ずるために、一見不要なまわり道をしたようでもあるが、しかし、実はこのことによって、作中の主要人物が、それぞれ葉山の経過した時代を正直に代表する分身であることがわかるのである。

つまり、大正五年（一九一六）に葉山は室蘭—横浜航路の石炭船・万寿丸に乗船していたが、『海に生くる人々』の世界は、下船してのち、獄中執筆するまでの葉山を、もう一度乗せてみたような趣きである。作中もっとも生彩のある人物であって、便所掃除係の波田は、現実に乗船した時代の葉山、すなわち葉山の原型とでもいうべき人物であり、同時に「無産労働階級の宗教的特質」を書いた頃までの精神像がそこに重ねられている。熱湯と竹の棒とで仲間の汚物を排除する、いやな仕事を受け持ちながら、しかし、働くとの喜びを生理的な快感で知っている本物の水夫である。

波田はスカツパーから、太平洋の波濤を目がけて、飛び散つて行く、汚物の滝を眺めては、誠に、これは便所掃除人以外に誰も、味へない痛快事であると思ふのであつた。「これで俺も気持がいゝし、誰もが又気持がいゝわい」波田は、その着物を洗つて乾すために、缶場へ行つた。

そして彼は、その汚れた着物を洗ふ間に、「若し神が在るなら、糞壺にこそ在るべきだ」と思つた。

神の愛する人間が豚小屋や寺の床下に住んでいるとすれば、神こそさらに最低の場所に住んでいるはずであり、波田によく似た菜っ葉服を着て、便所掃除をする労働者にちがいない、というのが波田の宗教観である。かつて、悪臭を放つ穢ない神がゴロ〳〵しているといった、「愛の神」の内在の思想である。この清朗な楽天性と、情愛の豊かさ。同時に、「貴様がボーイ長に対して、畜生の態度をとるなら(中略)俺は、畜生に対して、人間として振舞はれないんだ!」と、腰のシーナイフを引き抜き、背《せな》も通れとばかり、テーブルに突きさす直情径行。しかも、全収入を挙げて金つばを食べずにはいられないという、「菓子に身を持ち崩す」好青年である(「獄中記」に、のちの酒豪葉山も獄中で執筆中はジャムへ恋着していたとある)。しかも、波田は船中で『資本論』を読む水夫であった。しかし、その読み方は、本文の論旨を説明するために具体例を引用したところだけが素敵に面白くて、それ以外のところはまるで分からない、という読み方である。感性に忠実で、概念的なものになじまない葉山の本性を暗に告白しているだろう。

その『資本論』を貸してくれという藤原は倉庫番であるが、労働運動の経験をもつインテリで、船中ではもっとも先進的なストライキの組織者である。だから、常識的に考えれば、読書家の藤原が当然先に『資本論』を読んでいて、波田が借りるのが自然である。なぜ逆になったのか。おそらく藤原には、愛知時計電機争議以降の葉山の思想像を投影しているからである。葉山はその時期、『資本論』を読んでおらず、名古屋共産党事件で収監された期間に、差し入れでそれを読んだ。波田の持っている『資本論』（マルクス全集第一巻II）と同じものを葉山は読了してから、実は『海に生くる人々』の稿をおこしたのであった。だから藤原はこれから読む人なのであり、本来の分身である波田は読んでしまったのであろう。創作過程の無邪気さの一端をうかがうことができるともいえるが、このことは当然次の問題とかかわってくる。実は、高畠素之訳の『資本論』が出版されたのは大正九年（一九二〇）六月以降であって、『海に生くる人々』は第一次大戦初年の設定であるから、波田が『資本論』を読めるはずがない、というのが従来から指摘されている年代錯誤である。リアリズムの観点からすれば、あるいは重要な錯誤といえるかもしれない。しかし錯誤というよりは、もともと葉山の創作態度は、そういう歴史意識から自由なものであると考えられる。現に作者葉山が『資本論』を繙読し、おのずから葉山の原型である波田が読んでいることになるという関係、つまり、作者の時間が作品のなかの時間と円環しているのである。獄中で執筆しながら、海の匂いをかぎ、激しい労働にヘトヘトになった、と葉山は回想しているけれども、「書く」ことによって作品の時間を現実に生きており、片方では『資本論』を読む獄中の時間が作品に流入する。だから作者が、『資本論』を抜き書きして作品の叙述を進める、ということもおきているのである。

ところで藤原は、重要人物であるにかかわらず、抽象的、観念的である、というのがおおかたの見方である。たしかに、波田と同じような肉体の生動感には乏しい。ただ、チーフメイツや船長と渡り合う時の藤原の、活殺自在な弁論の巧みさには、葉山の雄弁がおのずから吐露されていて、ドラマティックな生彩がある。しかし、相手とからみ合わない言葉は概念的で面白くない。葉山自身そこに熱のこもらない証拠には、当然藤原のセリフであるものを、西沢という水夫のセリフのように書いている不注意もある。藤原は、生きた個性であるよりは概念の容器になりがちなのである。第一次大戦の初期に、藤原のようなマドロスが現実にいただろうとは確かに思われない。大正一〇年（一九二一）、名古屋地方の労働運動に画期をもたらした近代的争議を経験し、プロフィンテルンの組織と理論のたとえ末端にでも触れてきた葉山の思惟が、藤原のなかに投入されたものであるから当然である。

ただ、特徴的なことは、争議期間一一日、九〇〇名の罷工を伴った愛知時計電機の現実の規模は、『海に生くる人々』のなかにまったく影を落としていないことである。

藤原は、彼自身が影響をうけた先輩の白水という知的な労働者について熱心に語っている。白水が職工の醵金させられている「積善会」の積立金を会社に支払わせるため、職工に付き添っていって堂々談判する一場面は特に鮮やかな印象で語られる。愛知時計電機争議は「積徳会」の積立金分配を要求項目の一つにかかげていたから、白水の行動には明らかにその反映があるけれども、ここでの白水の役割は、洪水、出産が重なって困窮する一職工の、個人的代弁者にとどまっている。これは一職工の家族の生活扶助料獲得に奔走した、名古屋セメント時代の葉山の影が半分重なっているからであろう。だから、藤原の話を聞いていた波田は（つまり作者は）、「白水と云ふのは、藤原の前名のことではあるまいか」などと種明かしをしてみせる。白水＝秋水＝大逆事件の生き残り（平野謙）、白水＝一八四〇《ママ》年代のナロードニキ（中野重治）というような連想をあえてしなくても解けそうである。

ともかく愛知時計電機争議の現実の社会的規模は、こうして縮小されている。そして、藤原が波田らと計画し、結局失敗した船上ストライキの規模は、ほかに舵取小倉、宇野（これは名前だけで最後にあらわれ、描写はなにもない）、水夫西沢の合意結束が具体的に明らかなだけであって、彼らの下船命令で事が終わるものである。要するに、葉山は人間の集団を描こうとしていない。

小林多喜二の「蟹工船」（『戦旗』昭4・5〜6）と比較してみれば、以上述べたような葉山の特色、歴史意識から自由であり、人間集団を描かないというような点は、まさに対照的であるといってよいだろう。

『海に生くる人々』なくしては「蟹工船」もなかったであろう、とは普通いわれているけれども、二作は両作家の相違をきわめて明らかに示している。

「蟹工船」の末尾には、「この一篇は『殖民地に於ける資本主義侵入史』の一頁である」という付記がある。原稿完成の翌日、小林が蔵原惟人にあてた手紙には、「労働者の『集団《グループ》』が、主人公」になっており、「集団を描く」という作品意図が述べられてある。

「蟹工船」がかなり長期間にわたる詳しい調査のうえで執筆されたことはよく知られている。『海に生くる人々』と同じ海洋生活と、海上労働とを取り扱ったけれども、小林はこれを自己の体験ではなく、研究と理論によって、きわめて理性的に構成したわけである。「体験作家」の時代はもはや過ぎた、という宣告は自信にみちたものであった。

しかしながら、いま、次のような表現をくらべてみることにしたい。

見る〳〵もり上つた山の、恐ろしく大きな斜面に玩具の船程に、ちょこんと横にのツかることがあった。と、船はのめったように、ドッ、ドッと、その谷底へ落ちこんでゆく。今にも、沈む！　が、谷底にはすぐ別な波がむく〳〵と起《た》ち上ってきて、ドシンと船の横腹と体当りをする。

「蟹工船」

浪はその山と山との間に船を挟んでしまふ。その谷になつた部分が船のヘツドから胴体へ進む時、次の山の部分がヘツドに打ち衝る。鉄製のわが万寿丸も、この苦悶には堪へかねて、断末魔の叫びを挙げる。ミリミリ、ドタンーとうなる。その谷がやがて、ともへ行くと推進器は空中で空ら回りをする。推進器は、飛行機のプロペラーのやうに空中で廻転する。兇暴なその船の太さほどの猛獣のやうに吠える。

『海に生くる人々』

ともに激浪にもまれている船の表現である。「蟹工船」の作者は、その船の動きを凝視している。外から距離をおいて視ている文体である。[*7]『海に生くる人々』の作者は船の中にいる。波を越す船体の衝撃を船とともに全身体で感じている。無機的な「玩具」と、生きた「猛獣」という比喩のちがいがまさに照応していよう。両者の相違は労働場面の描写に次のようにあらわれている。

着物の上からゾク〳〵と寒さが刺し込んできて、雑夫は皆唇をブシ色にして仕事をした。寒くなればなる程、塩のように乾いた、細かい雪がビュウ、ビュウ吹きつのってきた。それは硝子の細かいカケラのように甲板に這いつくばって働いている雑夫や漁夫の顔や手に突きさゝった。波が一波甲板を洗って行った後は、すぐ凍えて、デラ〳〵に滑った。皆は、デッキからデッキへロープを張り、それに各自がおしめのようにブラ下り、作業をしなければならなかった。——監督は鮭殺しの棍棒をもって、大声で怒鳴り散らした。

「蟹工船」（傍点作者）

水夫等は、デツキを洗ふ波浪からダンブル内への浸水を護るために、ハツチカバー（船艙の蔽ひ）や、それを押へた金具や、又その上から厳重にロープを通して縛らねばならなかつた。それは危険な作業であつた。そして此の危険な作業なしには、此の船全体が危険から免れ得る方法がなかつた。恰も意地の悪い馬が馴れぬ乗手にするやうに、船体は猛烈にその背を振つた。そしてその毎に柄杓が水を掬ふやうに、デツキは波浪を掬ひ込んだ。ロープは濡れて、固くなつて操作に非常な困難と遅滞とを招いた。然し夫れは成し遂げなければならない仕事であつた。ハツチが水を飲むと云ふことは、文句なしに、簡単明瞭に船体の沈没を意味するものであつた。五人の水夫と、ボースンと、ストキと、大工との八人が総動員で、此の仕事を遂げた。

彼等はその体が、そのまゝ凍るやうな風の下に、メスのやうに光る、そして痛い波浪に刺された。そしてそれは、余り動かない部分をカンカンに凍らせた。

『海に生くる人々』

後者の船体は〝馬〟のように「猛烈にその背を振」り、ハッチは水を「飲む」のであって、こういう荒々しく躍動する〝生きもの〟のイメージは「蟹工船」にはないものである。そして、この大揺れに揺れるデッキが共通した労働現場のはずであるが、「蟹工船」ではそれが充分とらえられず静止的な印象がある。のみならず、「蟹工船」の雑夫たちは、風雪のなかで「甲板に這いつくばって」働いているのであるが、その労働の内容は、何ら具体的なイメージをもっていない。これに対し、『海に生くる人々』の表現は正確な労働のイメージを喚起する。石炭運搬船の船艙を浸水から護るため、そのキビキビした一刻を争う作業が、読者をして、ともに行動に駆りたてるかのようなテンポと説得力とで表現されている。

対象を常に客観視する態度の「蟹工船」の作者は、対象をとらえうる全能の位置を獲得しているかにみえて、実はそうではないのである。北海の風雪のなかで過酷な労働を強いられる、その悲惨さをいかに描くかという作者の目的がのめりだして、表現はむしろ概念的となっている。「おしめのようにブラ下り」という比喩などが特にそうであって、労働する者の姿かたちは少しも具体的イメージを結ばない。「余り動かない部分をカンカンに凍らせた」というような描写のもつ現場のリアリティにも欠けている、といえるだろう。「『蟹工船』という、特殊な一つの労働形態を取扱っている」、「殖民地、未開地に於ける搾取の典型的なもの」を描き、さまざまな「国際関係、軍事関係、経済関係が透き通るような鮮明さで見得る」（前掲の蔵原宛書簡）ようにしたという作品意図は壮とすべきものではあるが、いわばその意図にローラーをかけられたみたいに、「蟹工船」の世界は陰惨な一枚の絵になってしまっていて、人物は集団に埋没し、立体像として浮き上がってこない。

『海に生くる人々』のなかには、波田、藤原のような魅力あり特色もある人物のほかに、愛すべき「原始的教養の持主」「不飽性性欲的」三上、高等海員志望で分別もあり善良でもあるが事なかれ主義の小倉などが登場する。三上は波田に似て生動的に描かれ、どちらかというと小倉は藤原に似て観念的である。この対照的な二人が横浜港の曖昧宿で一夜をあかす場面には、葉山の特徴がまたあらわである。もともと小倉のセリフは、意識家らしいかなり知的なブッキッシュなもので、葉山のロシア文学の根の深さを感じさせるが、この時、小倉の相手をする売春婦が、またいっそう高級なのである。彼女はいう。小倉が自分では賢く善良で、人類のためになる人間だと思っていても、それだけではただの「役に立たない穀潰し」にすぎない。この世を益々悪く腐らせて行くために努力していて、自分は非のうちどころのない人間だと思っているからだ。一人せっせと勉強し出世していく者は「滅亡の階段」を昇る者である。それがある間は「その階段を支へる土台の方で、無数の人間が失はれる滅亡の階段」である。その「実は、ありもしない幻の階段のために、実在してる人間が、永劫に苦しむつてことはいいことなの。」といった調子で小倉を問いつめながら、延々長口舌がつづくのである。残念ながら、こういう売春婦が実在しようとは思われない。むろん彼女は、そのまま葉山の代弁者とみてよい。しかし、「ソーニヤはラスコーリニコフにだけ必要ではない。それはあらゆる虐げられたる人々にとつて、無くてならぬ女性である」（「ソーニャ」『週刊朝日』昭2・9）という葉山の女性思慕のロマンティシズムがあってこそ、このセリフが女性のものになったのである。「蟹工船」の女たちが、性そのものとして卑猥にイメージされているのと、きわめて対照的である。総じて小林の集団の描写は人間を卑小にし、物質化している。しかし、葉山の人物たちは現実以上に人間内容をあたえられ、人間の物質化を拒否している。

また、小林の人物たちは、作品の背後の見えない作者の全能的な支配のもとに統制されている。しかし、葉山の人物たちは、そういう目的的支配を受けていない。「要するに、労働者が結合してゐないことを、作者に向つて憤られるのは甚だ迷惑だ」などと葉山は作中に顔を出し、読者に向かって語るのである。

いわば「蟹工船」の世界が完結した「閉じられた」世界であるとすれば、『海に生くる人々』の世界はいわば「開かれた」世界である。作者は作品の背後の全能者ではなく、作品と同次元にいて読者に親しく語りかけるとともに、作中人物たちとも交流する。

たとえば、葉山の叙述のなかには突然「我々」という主語が出てきたりする。それは船員たち全員を意味する「我々」であって、それまで客観的に語っていた作者が、「身がはいつてくると船員たちに乗り移つて」[*8]しまうことを示しているが、その「我々」が同時に読者の「我々」でもあるかのような錯覚をあたえる。読者はおのずと作品内部に連れ出されるのである。作中人物に乗り移る作者は、作中人物に直接語りかけもする。「哀れなボースンよ！　年は寄つてるし、子供は多いし、暮しは苦しいし、鼻は病気だし、此の臆病な禿のお爺さんに従ふことに皆決めた」という叙述などは、ボースンを憐れむ作者の語りかけにはじまりながら、最後のところで作者の気持を「皆」の気持に移行させた叙述である。

さきに作者の時間と作品の時間の円環ということも記したけれども、これらの現象を「開かれた」世界の特色といっていいのではないか。それは他者を対象化する三人称世界ではなく、他者と対話する二人称世界であり、歴史的時間から自由な無時間である。これは進歩史観としてのマルクス主義、その統一的な目的意識や意味づけの枠をはみだす世界であろう。葉山のレフト機関誌『労働組合』にのせた論文が、非個性的な硬直した文体であったのに似て、藤原が思惟の傀儡じみた人物なのを、作者はよく承知していた。それゆえ藤原のような人物をあとから葉山は一度も書かなかった。

『海に生くる人々』を書きあげて間もなく、葉山は予審判事へ「改心悔悟」のことを語り、保釈依願している。一種の転向である。「人間は理論一点張りではいかぬ。感情が非常な力を持つてゐる。矢つ張り俺は作家だ」（「獄中記」大12・9・28）という自覚があった。本然の自然性の確認であり、作家の本能において理性中心主義を信頼しない、身体の原理にもとづく自己承認でもある。

以後、葉山の書いた生彩ある海洋もの、「淫潔船」（『文藝戦線』大15・9）その他に、波田のイメージが柱とされたのは当然だろう。そこにあるのは進歩史観のもつ縦割の時間の情熱であるより、横割の時間の共同感である。小林多喜二らナップ系のプロレタリア文学を枯渇させていった、リアリズムと闘争の原理ではなく、共感と共苦の原理である。他者を対象化する三人称の精神がその底に他者を統制支配する欲求をもつのに対し、他者に呼びかける二人称の精神は純粋に他者と出合う欲求だけをもっている。それは「理屈もクソ」もなく「兎に角生きて行かん訳には行かん」という民衆の、ふてぶてしい「蛆のやうな生活力」を、しかと見定める慈眼であって、いわゆる「前衛の眼」ではなかった。「ゴロ」の「体験作家」には、プロレタリア文学が本来そこにおいて出発すべきはずの、その肥沃なものの醇乎たる源泉があったのである。

＊1 『友樹』昭42・10『葉山嘉樹全集』一巻 小田切秀雄解説
＊2 葉山の「文学的自伝――山中独語」によれば、前田晁訳か、とあるが、これは存在しないから、前田晁訳『短篇十種モウパッサン集』の混同であろう。
＊3 荒谷宗治の回想による。斎藤勇著『名古屋地方労働運動史』風媒社 一九六九・一一
＊4 鶴田知也の回想による。「葉山嘉樹のこと」文学批評の会編『プロレタリア文学研究』芳賀書店 一九六六・一〇
＊5 『極楽世界』については浅田隆「名古屋時代の葉山と『極楽世界』」（『日本文学』昭51・4～6）がある。
＊6 前掲『名古屋地方労働運動史』
＊7 江藤淳「プロレタリア文学の小説性」（『文学』昭33・11）に「みている者の文体」という指摘がある。
＊8 中野重治「『海に生くる人々』の言葉」『多喜二と百合子』昭31・6

（一九七九・九）

平林たい子——「施療室にて」——身体と表現の〈空白〉

雑誌『新潮』の昭和六年（一九三一）九月号に、「平林たい子女史」と題された阿部知二の訪問記事がある。眼を伏せ、つつましく座った若き日のたい子をそこに見ることができるのであるが、知二の語るところによれば、その時たい子の眼は非常に明るく、驚くほどキラキラ光っていて、明快な応答ぶりのなかには鬱勃たる自信がみなぎっていた、ということである。伏し眼がちな恥じらいのある面影と、一見相反する自恃にみちた内面とを、ともに把えたものとして、この記事は面白いと思う。そのちょっと矛盾した印象が、たい子における思想と身体の問題に、ある暗示を与えるように思う。

昭和六年（一九三一）といえば、たい子はまだ二六歳のはずであるが、前年の六月、岩藤雪夫の代作問題をめぐって「労芸」（労農芸術家連盟　昭2・6創立）に内紛が生じ、解決方法に不満だったため、長谷川進、今村恒夫とともに組織を脱退している。

当時すでに小林多喜二の「蟹工船」（『戦旗』昭4・5〜6）、徳永直の「太陽のない街」（『戦旗』昭4・6〜11）が発表されていて、実作の面でも、マルクス主義文学運動の正系と目された「ナップ」（全日本無産者芸術連盟　昭3・3結成）が、共産主義芸術の確立をめざして上げ潮にあった。「労芸」はあきらかに頽勢にあったとはいえ、なお葉山嘉樹をはじめとする実力あるプロレタリア作家を多く擁していた。彼女は進んでその組織から離れ、独自の道を歩もうとしていたわけである。左翼文学運動の二つの組織からの批判を覚悟の上で、

「孤立も辞せず」という強い態度を押し通そうとしていたのであった。阿部知二の前に鬱勃として自信にみちて見えたものは、実はこのような政治的背景をも背負っている。

「数によつて勢力が決定する大衆団体ではない芸術家組織では、自分の主張を歪曲してまで何かの組織にかじりついてゐなければならない原則はない」（「私の立場」『新潮』昭7・11）というのが、当時のたい子の言い分である。注意しておきたいのは、「大衆団体ではない芸術家組織」というその芸術家の矜持である。阿部知二との会見では、「自分の文学を成長させる」ためには独りも有益、という答え方をしている。「労芸」の仲間のプロレタリア作家としての弛緩したモラルや、ボス的支配に反撥し、労農党支持派ではあっても反「労芸」の立場にたち、しかし、芸術運動のボルシェビィキ化をかかげ、工場農村のサークル組織活動へむかった共産党支持派の「ナップ」系の動きに同調できなかったたい子は、ひそかに「自分の文学を成長させる」ことを考え、一芸術家として自立を期そうとしていたと見うけられる。

阿部知二に答えて、たい子はさらに「技術についてはやはりブルジョア古典をよみます。しかし、文学をつくる感激は文学に求めません。日本の作品はあまりよみません」というふうに述べている。既成文学の技術に学び、それを超える第一級の文学作品を作らねばならぬ、という若々しい理想にもえていたのである。そのかぎり同時代のプロレタリア文学なぞは、あまり読む必要のない水準のものと考えられていたらしい。

中野重治が「芸術に政治的価値なんてものはない」（『新潮』昭4・11）と揚言した時の芸術至上主義の発想には、マルクス主義が唯一の正しい世界観であり、唯一の正しい「芸術の窓」であるとする先験的発想が貼りあわされていたけれども、芸術的理想主義という一点においてみるなら、当時のたい子にも中野重治と相通ずるものがあったのかもしれない。しかし、「文学をつくる感激は文学には求めません」という、さりげない言葉によって示されたものは、中野流の世界観的発想とはおよそ異質な、身体の発想であった。

『女人芸術』に掲載した「プロレタリア文学運動の一年間」（昭3・12）のなかで、たい子は述べている。プロレタリア文学運動の主要目的の一つは「労働者や農民の中から、それらの生活の芸術的表現者を生み出す事にある」と。周知のように、青野季吉の「自然生長と目的意識」（『文芸戦線』大15・9）を境として、わが国のプロレタリア文学運動は、自然発生的なプロレタリアによる文学から、知識階級によるプロレタリアのための文学へと変容してゆくといってよいが、たい子には当時なお、労働者農民がみずからその生活の表現者となること、本物のプロレタリアによる文学の創造を重くみる考え方が根強くあったようである。

そうした傾向は、たとえば文芸時評「『ズラかった信吉』ほか」（『改造』昭6・9）という宮本百合子批判文のなかにもおのずからあらわれている。たい子の意見は大要次のようなものである。

百合子の作品には彼女の意識的努力にもかかわらず、一種の「上品さ」が厳然としてひそんでおり、それは「いかなる言葉によって表現しようとも、その言葉をかりて表現しようとするものそれ自体の中」にあって、たとえば「階級意識などてんでなかつた信吉をさへロシアへズラからせた程の日本資本主義の圧迫が、信吉の性格やものの考へ方の上に、少しの影をさへ現していない」不自然さのなかにあらわれている。その一種の「上品さ」は、食うに困らない、生活資料を得るため社会の激流にさらされずにすむ人びとの子弟に特有なもので、反感と不快とを引きおこさずにおかぬものである。

鋭く的確な批評といっていいであろうが、同時に、その冷やかな辛辣さのなかには、作家としての容易ならぬ反目があきらかである。

一八歳で文壇にはなばなしくデビューし、すでに『伸子』の作者であった百合子の、芸術家として本然の力量を熟知していたたい子が、彼女と並び立とうとして対峙できる唯一の道は、食うに困らないその「上品さ」のもつ弱点に、容赦ない攻撃をかけることであったろう。その冷静な辛辣さには、まずもって食うに困ることからはじまった、たい子自身の半生の重みがこめられていたとみねばなるまい。

晩年の「宮本百合子」(『別冊　文芸春秋』昭46・9～47・3)のなかでも、百合子が「社会主義を自分一身の解放として憧れる立場になく、誰かのために社会主義を獲得して贈ってやりたい立場」にあった人だと述べているが、同じ一貫した見方であろう。

零落した元製糸家・地主の娘として、近隣の農家を相手に細々と営む雑貨商の店番をつとめながら、小学校を終え、家の反対の中で受験した女学校を首席でパスしたため、やっとのことで通学を許されたような、切り詰めた境遇にあって、やがてゾラ『ジェルミナール』の訳者、社会主義者堺利彦に手紙を書き、『種蒔く人』を上諏訪の書店に見いだして読むようになった頃から、たい子にとって社会主義の問題は何よりも「自分一身の解放」の要求を伴っていた。家畜のように働いて死ぬ故郷の百姓女の生活を、自己の運命としてはならぬ、という固い決意がそこにはあった。あえていえば、たい子は自己の充分な成長をはばんでいる境遇が打ちくだかれる保証があるなら、どの道であれ、まっしぐらに突破する心熱を内に秘めていた娘であった。その一六歳の少女の前に社会主義思想はもっとも美しい可能性を語ったのである。

女学校卒業の夜上京して、電話交換手や書店の店員をしばらくつとめたのち、アナキスト青年グループと接触して、陰惨な貧乏ぐらしの果てに、満州朝鮮を放浪するなど、郷里のつましい生活とはまた違った生活条件の最低部をくぐりぬけてきたたい子には、ロシア帰りの左翼作家・百合子に、ブルジョアのお嬢さん作家が――という並々でない敵愾心がもえていたに相違ないのである。それはたい子が本物のプロレタリアのなかから、その生活の芸術的表現者を生む、という理想を重く見ていたことと通じあう志向である。たい子は自身こそが、その底辺の生活の芸術的表現者たりうるという自負をいだいていたに相違ない。けれども、たい子はみずから生粋のプロレタリア出身という自覚には立たなかった。林芙美子とともにカフェーの女給に出たりしていた頃を語る、次のような文章がある。

実際二人とも今まで歩いて来た道は、財産もなければ美貌もない、しかも、何か自由なものを憧れてやまない女の避けがたい道だった。道徳上の価値批判や習慣の束縛ではどうしても押え切れない反抗があった。私にしろ芙美子さんにしろ、もしうまれが労働者で、私たち自身も労働者であったら私たちの反抗心はこんな風に発揮されなくともよかったにちがいなかった。

「日向葵」『婦人サロン』昭6・12

「財産もなければ美貌もない」という率直な表現は、たい子における反逆の核心を語っていて興味深いけれども、ここではひとまず、労働者ではないという彼女の自覚を確認して、その自覚のみなもとへしばらく立ち還ってみることにしたい。

「没落の系図」(『新潮』昭8・5)によれば、座繰機械製糸の工場主で自由党々員でもあったらしい(正式党員であったか否か不明)たい子の祖父が、銀相場の狂いから失敗して芸者と出奔し、没落がはじまるその生家の変転の歴史は、藤村の『家』に匹敵するかもしれない素材であるが、たい子は惜しくも筋書きだけを残したにすぎない。ともかくも、親類同士が債務整理の不動産をめぐって敵対し、訴訟事件の泥沼に落ちこんで一層没落を早めてゆく暗い境遇のなかで、たい子の姉は製糸女工となり、たい子は小学校をひけて帰ると雑貨屋の店番に座るのが日常であった。その負債と掛売りの多い小店の苦労のなかで「少女期をとばして幼女からまつすぐ大人の世界に入つた」のだと、「春のめざめ」（『中央公論』昭25・7）は語っている。世間を組み立てている骨組みは「金銭に対する人間の限りない欲望」である、と幼い心に承知しなければならなかった日常現実は、たい子にとって文字どおり頭痛のする灰色一色であったけれども、いっときそれを忘れさせたものが学校の生活と小説の耽読であった。小説世界のなかに「この無慙な生を憩わずには生きていられない」と思ったという、それほど明瞭な意識は、執筆の時点から振りかえっての整理と考えられるにしても、小学生の女の子が、ドストエフスキー、トルストイ、ツルゲーネフ、プーシキン、ゴンチャロフ、チェホフ、モーパッサン、ゴンクール、クープリン、ドーデエなどを読みあさったという、驚くべき早熟旺盛な読書欲のみなもとが知られる。

たまたま、長野師範卒業直後に中州小学校へ赴任した青年教師・川上茂（上條）[*1]がたい子の担任であって、優秀な生徒をとくに選んでルソオの懺悔録や哲学入門書などを読ますという早教育を実施したことがまた、たい子の成長には大きな刺激となった。

> 真によく了解すれば児童は各自一箇の天才として生まれたるものあるを知る。（中略）内在せる天賦を開発し、自覚せしめ、もつて力ある向上の途に就かしむるが基礎教育の責務也。
>
> 「天才教育」西尾実『学友』明45・7

というような信州の教育者の若い情熱を、まともにあびる機会にたい子は遭遇したのである。彼女のうちに一貫してある強固なる成長願望、「人の生肝を食べても成長したい」（「人生実験」『世界』昭23・6）というおそろしいほどの願望は、いちはやくこの熱烈な青年教師によって呼びさまされた、ということができるであろう。

　ともかく、このようにして学校と小説とが教えた観念の世界の豊かさと、あまりに貧寒な日常現実との落差を意識してゆくなかで、二つの世界にまたがる「二重の生活」というものが、すでに小学生のたい子の内部に生まれていたことは確かであった。はやくも一二歳頃から作家を志望したという素地は、ここに明らかであろう。

　「春のめざめ」のなかには、「おゝ逝く春よ、スプリングよ」という調子の上級生の作文を読んで、たい子が軽蔑するところがあるが、当時すでに「線の太い写実的な文学」を学ぼうとしていたのだという。

　川上茂は国語の時間に国定教科書を用いず、雑誌『白樺』から抜粋した文章や、島崎藤村、長塚節などの文章を印刷して教えていたらしい。大正初年の信州では、青年教師の多くが『白樺』の影響下にあり、自己開発と全人的教育をめざした情熱的な自由主義の教育が盛んであったけれども、川上茂もまた、その理想主義の影響を受けた青年であったようである。同時に、同郷の先輩・島木赤彦にも私淑していたといわれている。幼いたい子が教えこまれた「写実的な文学」とは、このようなものであった。

　しかし、たい子が写実的な表現について意識的に勉強しだしたのは、おそらく諏訪高等女学校へ入学してからであったと思われる。

　あたかも彼女が首席で入学した大正七年（一九一八）、島木赤彦の紹介により土屋文明が教頭に就任した。アララギ派の教員も多く、赤彦を神格化する風潮さえあった土地柄であるから、土屋文明の着任によって女学校生徒の間にも、さだめし作歌が流行したであろうと思われるが、事実は逆であった。うっかり歌なんか作れない、という厳粛な雰囲気が生じたらしい。「文学談は絶対に禁じられていた」（「文学的自叙伝」『新潮』昭10・12）とも、のちにたい子は語っている。彼女も歌は作らなかった。しかし、「的確で、簡勁な表現への関心から、かなり一生懸命勉強した」（「作家に聴く」『文学』昭27・12）ものだという。言葉を「極度に要約」した「描写の堅実」を、アララギの歌の表現から学んだと語っている。「よく乾燥した堅い材料を使った木製家具のように、平林たい子の文体は、がっちりして狂いが来ないばかりか、湿気を寄せつけない」[*2]といわれるような印象は、たしかにアララギのリアリズムをひそかに熱心に研究した、若き日のたい子の賜物といっていいだろう。

またその頃、とくに志賀直哉の文章に、「本当に生きた日本の言葉の駆使がある」と思って感銘を受け、「志賀氏の小説の一節を暗誦してきかせる位、よく覚えている」（前掲）と、たい子は述べている。たい子の「簡潔な、ブツ切り体のスタイル」[*3]といわれるものも、志賀直哉の熟読の影響を抜きにしては考えられぬかもしれない。アララギの歌と志賀直哉とは、かくて早くも作家を志していた少女に、その文体の成熟を促したものであった。たい子がみずからを生粋のプロレタリア出身であると自覚しなかった大きな理由は、以上述べたような、作家をめざした文学修業の閲歴によるものであろう。

しかし一方、たい子は女学校入学当初から、女生徒が普通にはく海老茶袴の半値で、ガス綾の茶の布地を求めて袴にし、残金で欲しい本を買って堂々と通学したような娘であった。あたるべからざる独往の気概と、質素な生活に鍛えた心がそこにあった。もともと質実剛健は諏訪地方の教育の伝統でもあり、生け花、茶の湯などの稽古事を禁止し、手拭かぶり、わらじばきで山野を強行軍させるような、学力中心の教育がおこなわれた女学校は、そのようなたい子を、はばかりなくさらに大きくした。たまたま総同盟の鈴木文治の講演を聞きに行って、感奮するような下地はおのずからあった、といえるだろう。「財産もなければ美貌もない」という二重の意識は、底の方で一人の少女を過激にもする。貧しく生きる者の一人として、何より自身の正当な人間的解放を求め、新しい社会主義の理想にあこがれ、関西修学旅行に行くと見せかけて、堺利彦を訪問するような勇気ある所業は、たい子のような娘にとって必然であった。たい子が労働者農民の自己表現としてのプロレタリア文学を理想とし、下積みの生活の芸術的表現者であると自負して、知識人によるプロレタリア文学に注いだ胡散くさいまなざしは、以上のような幼い青春期の閲歴が育てた、直感によるものといってよいだろう。

たい子におけるプロレタリア作家としての自負が、単なる自己過信ではなく、作品の内容をともなって示されているのを、私たちは「施療室にて」に歴然と見てとることができる。

「施療室にて」は昭和二年（一九二七）九月『文芸戦線』に発表されたたい子の初期傑作である。この一作により、たい子はプロレタリア文学の有力新人と目され、以後葉山嘉樹と並んで、文戦派を代表する実力作家となった。

大正一三年（一九二四）一月、たい子は山本虎三とともに大連へ渡り、施療病院で出産しているが、多くその時の体験にもとづいて構成されたのがこの作である。

主人公「私」の夫は苦力《クーリー》の争議を指導し、テロを企てたため収監される。慈善病院で分娩を待つ「私」も、出産がすめば共犯として収監される、看視つきの身の上である。その上ひどい妊娠脚気にかかっている、という設定である。「私」が憲兵隊から病院へ戻るところから始まり、入獄のため病院を出て行くところで終わる、その枠組みのなかに、施療室内の陰惨な有様が、緊密な文体で生まなましく描かれている。醜悪、汚濁をあえて好むかのように、作者の感覚はその方面へ鋭敏に働き、筆が冴える。とくに作品冒頭、病院へ帰った「私」が、脚気のため地下室の階段の上で足をすくわれたように倒れ、冷たいコンクリートの床から起き上がれないでいる場面は、作者特有の優れた〝感覚描写〟である。湿った暗い廊下、異臭にまじる蚊の翅の音、「血を吸った蚊のような大きな腹をかかえて起き上れない」身体の重苦しさ、力の抜けた手、指の腹のしびれの感覚、そういうものが鋭く細かくとらえられ、的確な表現を得ている。彼女は「身体で書いてゐる」と「文戦」派（労農芸術家連盟の機関誌『文芸戦線』に拠った人々）の作家・黒島伝治が評したとおりである。[*4]今日風にいえば、〝身体感覚〟にその表現の根拠があるといえよう。具象的イメージを喚起する短く圧縮された言葉が用いられている。

入獄する「私」が、はるか行く手に点滅する真赤な燈を見て、「監獄の表門だ」と、ただひとこと言う作品の結末も、そこに「あらゆる渦巻く感情を押し切ろうとしている強い意志力と緊張」[*5]をみなぎらせていて、たい子の簡勁な表現をよく示しているだろう。

「額の広い、目の少し吊った女の児をうみたいと思う。よし、日本のボルセヴィチカを監獄で育てよう」というのが出産前の「私」の決意であったのだが、赤ん坊は脚気の母乳を飲ませたため、生後間もなく死亡する。一日一合の牛乳を得ることが出来なかったのである。

昭和二年（一九二七）九月発表のこの作品より前に、当時の「文戦」派の指導理論家であった青野季吉が、「自然成長と目的意識」を書いて議論を呼んでいた。プロレタリア文学はいまや自然発生的段階を脱し、社会主義的目的意識を持たなければならないとされ、マルクス主義文学運動への方向づけを行なった歴史的文献である。

その当時、「文戦」派に属していたたい子が、この論文を意識しなかったはずはないだろう。しかし、ひそかに独往する胆力とプロレタリアの自己表現をめざす矜持とをもったたい子の創作の現場は、また別であった。たい子は当時、「ロープシンの『蒼ざめたる馬』（青野季吉訳）を座右に」[*6]おいて執筆に励んだという。

従って作中の「私」の決意の実質を、従来のように「目的意識論」の影響として限定しないほうがよい。

たとえば、主人公の「私」が「夫をうらむまい」と思い決めるところがある。テロのため争議は惨敗し、「私」の見通しどおりになったのであるから、「私」の意見を無視した夫への、運動者としての批判、要求があって当然であろうし、無念の思いも激しいはずである。しかし、「そういうところを通り抜けなければ向うへ行けないすべての大勢ならば、やはり、それに従って行かなければならないのが、運動する者の道だ。夫に対する妻の道だ」というような、理屈にならぬあいまいな判断で、というよりは判断中止によって、「妻の道」などが顔を出し、夫のすべてが圧倒的に肯定されるのである。

たい子の年譜を読めば、夫の争議指導やテロ行為、「私」の投獄などすべて現実にはなかった設定である。そういうデフォルメのされ方、そして、こういう「私」の描き方などを見ると、書く行為において自己を奮い立たせていたたい子が、むしろ、テロリスト・ロープシンの影響下にいたのではないかと思わせるものがある。

「私」の反抗がこうして非常に意志的でありながら、反面虚無的でデスペレートな心情に彩られていることは、赤ん坊に脚気の乳を飲ませるところにも現われている。「私」は牛乳をくれるよう院長に頼もうとして待ちかまえているが、その「私」の貧血に高価な注射をしたといって、猛然と看護婦をどなり散らす院長を見た時、「私」はあっさりと牛乳の要求を断念する。「――一壜の薬品の値段よりも軽蔑せられた女患者の生命――私は、子供に濁った乳をのませる決心が、ひょうひょうと風のように淋しく心に舞い込んで来たのを感じた」のである。

彼女が運動者であるならば、牛乳獲得の闘いが必要だったのではないか、少なくともひとことの努力も払わないでそれを放棄したところに「深いニヒル」[*7]が露出している。これは「子供不在の文学」[*8]であり闘い不在の文学である、というような意見も出てくる原因となる。

しかし、敵を殺すために、自己を殺すのを辞さないのがテロリズムの心情である。「私」が自分の産んだ赤ん坊に残酷であるとすれば、それだけいっそう猛々しく絶望的に敵と対峙しようとしているからであって、ここから直ちに闘い不在をいうことは当たらないし、たい子の女としてのエゴが、子供への愛を凌駕するのだ、というのも言い過ぎであろう。そういう酷薄な、自己破壊的な熱情をバネとしなくては、開ききれないような時代の情況を、その時の作者が直感していた、と考えることができる。

この作に対して、「彼女の『肉体主義』とはうらはらな、抽象的な『決意』が痩せ細った概念として、不消化のまま、つけくわえられている」[*9]というような戦後の批判があり、近年これに反対して、「自らの身体を唯一の基底とし、ここから〈思想〉をつかみとっていく人間」「身体を媒介とし『目的意識』的な観念的幻想に陥らない〈決意〉[*10]」を表現したものとする意見が出されている。

たい子の「性をめぐる〈身体感覚〉」の表出に着目した新鮮な論である。たとえば先の「私」が、そういうところを通りぬけなければ向うへ行けない」なら、それに従うのが運動する者の道で「夫に対する妻の道」だと決意する、その決意のあり方が、性的〈身体感覚〉を基底として、運動者としての自己と妻としての自己とが「一体化」したものとして把えられる。たしかに「抽象的な『決意』」などという観点に充分反論しえているだろう。しかし、先にも述べたように、そこには判断の停止を強引に呼びこむ、デスペレートな反抗のエネルギーが描かれているのも事実である。次のような一節がある。

ああいやだ。いやだ。どこかへ落ちこみそうでたまらない気持だ。寄木細工のようにがらがらに崩れてしまいたい。

愛する同志よ、周囲を見廻すな。前を見よ。前を見よ。深い天井に描いた彼の幻影に呼びかけて見る。「私」は本当に危うく崩れそうなのだ。しかし、突如として「愛する同志よ」と呼びかける。そして、激情にふるえる低い声で「民衆の旗」をうたい出したりするのである。突如として何ものかに押し出され、あるいは何ものかを跨ぎ越す戦闘性。こうした表現の〈空白は〉、他にも見られるこの作品の特色である。この〈空白〉にはむろん、「抽象的な『決意』」や「痩せ細った概念」なぞはないが、「私」の闘いの身体性に伴う、ある種の過激な危うさがはらまれている。

しかし、その危うく反転するデスペレートな反逆の形に、昭和初年という情況の中の、女の闘いのリアリティは、むしろ浮き出ていたというべきであろう。

（一九七五・一〇）

＊1 『上條茂先生遺稿集』信濃教育会出版部（一九五六・一〇）がある。
＊2 和田芳恵「平林たい子論」『新潮』昭47・4
＊3 佐伯彰一「平林たい子」『平林たい子集』集英社 一九七三・一一
＊4 「『施療室にて』――平林たい子短篇集」『文芸戦線』昭3・11
＊5・7 駒尺喜美「施療室にて」『国文学』昭43・4
＊6 阿部浪子編『人物書誌大系⑾平林たい子』日外アソシエーツ 一九八五・五
＊8 阿部浪子『平林たい子―花に実を―』武蔵野書房 一九八六・二
＊9 壺井繁治「平林たい子論」『新日本文学』昭27・3〜6
＊10 石川奈保子「プロレタリア文学における〈身体〉性―平林たい子「施療室にて」に現われた〈私〉の問題」『異徒』昭56・4

平林たい子「嘲る」——性の「被征服階級」

たい子の出世作、初期傑作のひとつとして「施療室にて」（『文芸戦線』昭2・9）が有名である。以来、たい子はプロレタリア作家の有力新人として、葉山嘉樹とならぶ『文芸戦線』派の実力作家として注目された。ひきつづき「夜風」（『文芸戦線』昭3・3）、「殴る」（『改造』昭3・10）などが評価されてゆくことになる。

たい子は大正十三年（一九二四）一月、アナーキストの山本虎三とともに大連へ渡り、苦力《クーリー》を使って鉄道敷設の仕事をしていた義兄をたよったが、ひどく冷遇される。山本は密告により不敬罪で収監され、たい子は宿もなく施療病院で出産を迎えねばならなかった。そのときの体験にもとづいて構成されたのが「施療室にて」である。

女主人公「私」の夫は、苦力の争議を指導したかどで収監されており、身重の「私」も、運動の共犯者とみなされ、出産がすみ次第収監される身の上である。しかも重い妊娠脚気を患っているという設定である。「私」は「額の広い、目の少し吊った女の児を産みたいと思う。よし、日本のボルセヴィチカを監獄で育てよう」と決意していたが、汚濁、陰惨をきわめた施療院の一室で産まれた赤ん坊は、脚気の母乳をあたえたことで、生後まもなく死亡する。一日一合の牛乳を得られなかったのである。看護婦が「私」に高価な薬を注射したといって、猛烈にどなりちらすような院長をみて、「薬品の値段よりも軽蔑」されている生命を思い「ひょうひょうと風のように淋しく」子どもに毒のある乳を飲ませる決心をしたのであった。

敵を倒すためには自己の倒れるを辞さないのがテロリズムの心情であるが、「私」の赤ん坊に対する一種の酷薄さは、そうしたたけだけしくも絶望的な反逆の心情に通じている。「施療室にて」は、そういう虚無的で自己破壊的な熱情をバネとしなくては、開ききれないような時代情況の暗さへの、女のデスペレートな闘いを描いた佳作である。

「投げすてよ!」(『解放』昭2・3)が同じ満州時代を素材としているけれども、この二作を比較すれば、「施療室にて」のたい子が、その執筆時点において、反逆の情熱をいかに奮いたたせていたかがよくわかる。夫の争議指導や「私」の入獄などが描かれない「投げすてよ!」のほうが、現実のたい子の体験に忠実な作品である。

「嘲る」(昭2・3)は「投げすてよ!」と同時期、「施療室にて」より半年前に発表された。「大阪朝日新聞」の懸賞短編小説に応募し、(一九二六・一二)入選したもので、最初のタイトルは「喪章を売る」というものであった。

この作は「施療室にて」のように時代情況への反逆を浮かび上がらせたものではない。むしろ、そうした思想的視野からはみでる、重苦しい反抗の情念を描いている。それは社会経済体制上の階級支配の問題であるより、男女の「性」という支配関係の問題であり、男に対する不満といらだちが、並はずれた愛執とからまる、女主人公の絶望的自嘲でもある。

その意味で「嘲る」一編は、はるかに今日のもっとも困難なフェミニズムの問題性に接近しえている作であり、表現の水位においても、「施療室にて」を上まわる身体表現のあざやかな独自性を示している作だと思われる。以下そのことを検討してみたい。

「嘲る」の女主人公のまれにみる反逆性をよくあらわすのは、冒頭に描かれた彼女の行動であろう。

電車が動きだすと「私」は大げさによろめいて、傍の吊革の若い男にもたれかかる。瀟洒な合服を着て、腕にステッキを引っかけたその男は、「私」の容貌をチラと見、すぐ正面を向いて広告を見上げている。つづいて次のような情景が展開する。

> この男も、勿論、容貌によって女を区別し、ゴルフや、帝国ホテルの宴会が好きそうな、青年紳士であった。
> 次の停留所で電車が止る時にも、私は、その男にもたれかかった。電車が発車する時にも、私はその男の、地質の好い洋服地の腕に顔をうずめかけた。男は、ようやく、この見すぼらしい女が故意に自分によりそうのであることに気づき、眉をひそめて、じろりと見ておいて、吊革を一つ送って向うへ移った。と、私もまた、何気ない顔をして、吊革を一つ送ったのであった。
> 男は驚いて、この女の動作に気付いた。味方を求めるように、あたりを見廻した。
> その時、男の前の座席が空いた。
> 男は、青年紳士たる、平常の習わしをも忘れたように、肘で私を妨げながら、あわてて腰を下した。
> 次に電車の衝動が来た時には、私は、よろけて、その男の膝の上へ、肥った手を、どしりとついたのであった。
> （二）

「私」はつね日ごろ、若い男が行き過ぎたあとで、近づいて見た「私」の容貌に失望し、苦笑しているのを見たことがあるが、そのことに気おくれしたり悲しんだりするよりも、侮辱を感ずるたちの女性である。また「醜い女」に生まれたといういかんともしがたい自覚が、「私」をいっそう過激にしていると思われる。それがこの男への執拗な敵意である。電車のなかの「私」のしぶとい攻撃性はそういうものであるだろう。しかし、はたち前後の若い女のふるまいとしては、前代未聞といっていいほどの大胆不敵さである。一種、女の痴漢めいた「私」のふるまいを、男は到底理解できない。

男は本来、容貌によって区別されない世の中に生きており、女だけが外貌を基準にして美術品のごとく評価される。そういう男中心の社会のなかの女の位置の不当さは、「醜い女」の宿命において、いっそう鮮烈に意識される。

その意味で、「私」のこの攻撃的な「妙な動作」を、印象的に描きえたこの部分は、近代文学史上でもはじめての女性意識の先駆的な表現であるといえるだろう。

「私」をこれほどまでに過激にしていた背後の、さらにいっそう厚みのある、なまなましい事情について語られるのが、「嘲る」の世界である。作品冒頭の文は次のように始まっている。

右の手で、よれよれな袷の上から、左の乳房を押えながら、私は、前屈みになって、よろめくように歩いていた。

左の乳房の底に、錐で揉まれるような痛みを感じるので、胸をひらいて、調べて見たい衝動を押えながら、歩いて来たのであった。(中略)

空気を失った風船球のように、萎びて垂れ下った乳房から、幾筋かの妊娠腺が、苦悶の表情のような醜い痕をのこして走っていた。

私は平常、この乳房を見るのが厭だった。自分自身の醜い姿が、そのまま、模様になって、たるんだ皮膚の上に描かれているような気がして仕方がないのである。

乳房には、何の異状もなかった。私は、また、自嘲の気持が、渦巻きのように捲上って来るのを感じながら、胸に着物を合わせて歩き出した。

私は、かすかに、黄色な歯をあらわして笑っていたかも知れなかった。（一）

女が痴漢的にふるまうためには、男と拮抗する同等の意識を必要とする。「私」はそういう猛然たる気性の持ち主であったが、反面、たるんだ乳房のなかに、醜い自己像を感じとらねばならぬような、身体的次元の〝女〟をたっぷりもった存在なのである。

乳房の奥の「錐で揉まれるような痛み」は、「私」という女の苦悩、女の弱みの身体表現として象徴的である。そういう女の「私」を嘲笑し、「黄色な歯をあらわして」無気味に笑いうる不敵な「私」が、しかし、いかに泥濘のような女の「私」にあえがねばならないか。――そういう展開となる冒頭である。

たい子は諏訪の女学校時代に、雑誌『種蒔く人』や、資本論抄訳などを読む機会があって、社会主義思想にめざめはじめるとともに、古い性のモラルを革命する新しい思想のありうることを学んでいた。男の側のみが女に要求する〝貞操〟などというものに、何ほどの値打ちがあるか、という問いをすでに抱きえた早熟な少女である。

そして、信州人たい子の並なみならぬ勇猛心と正直さとが、自己の生涯をかけて、いわば人体実験的に、その思想を生きさせることになった。

「二人とも今まで歩いて来た道は、財産もなければ美貌もない、しかも、何か自由なものを憧れてやまない女の避けがたい道だった」(「日向葵」昭6・12)とは、林芙美子と一緒にカフェの女給に出たりしていたころを語ったことばである。持てるものも失うものも、なにものもない女として、社会革命と、性革命を二つ重ねた女の自由の欲求を、ラディカルに生きざるをえない条件はととのっていた。

こうして、自伝的短編「嘲る」の「私」は、「過去に、三人の男を知り、三人の男を、何の悶えもなしに捨てて来た」私である。そして、今もなお「命を捨てて飛びかかるような男に出会いたい」と渇望している女である。

にもかかわらず、現実に出会う男は、売れない原稿を書き、女を働かせるという狡猾な理由で、一緒になるような男であった。生活が窮してくると、「私」の前の男から、金を工面してきてもらいたいと、哀願する意気地のない男である。しかもその底に「そうもして俺の機嫌をとらなければならない弱味を、お前は持っているのだぞ」という並の男の意識がのぞいていた。

「いかに、私が、恥じなくてはならない、多くの過去を持っているにしてもそれがすなわち、彼の強味になるべき理由はなかった」と、それをはっしと打ち返す「私」の激しさには、男にはある性の自由が、女はなくて当然と思っている男本位の鈍感に対する敵意があるだろう。

しかし、そういうしたたかな「私」であるにもかかわらず、「自分の意志以外の、髪の毛一本ほどの力にも引摺られて行かなければならないみじめな女」の「私」であった。あの「黄色な歯をあらわし」た、無気味な自嘲の描かれるゆえんである。

「髪の毛一本ほどの力」とは、それではいったいどんな力をいうのか。たい子の簡勁な文体はいっさい説明をはぶいている。たい子は、ほとんどはにかんでもいるように、性をあからさまには描かない。が、別のかたちでなら性はたっぷりと描かれているといってよい。「私」が、金のため前の男と一夜をともにし、現在の男のもとにふらりと戻ってきたときの場面は次のようなものである。

小山は、火箸で紙屑だらけな火鉢の中を掻き廻し、やにの汚点の出た、バットの短い吸殻を拾いあげた。

「買って来なさいな」

と、私は、ふところから五十銭銀貨を出しながら、欠伸をした。

「これだけ、貰って来たのか？」

と小山は珍しいもののように、銀貨を掌の上で見ていたが、やがて煙草を買うためにみしみしと下りて行った。

むし暑い窓をひらくと、窓の形の、長方形のあかりが、竹林の暗い地面に落ちた。地面には、茶色の皮を被った筍がすくすくと生えていた。若い男の、力強い腕を連想させる、新鮮な、その太い芽は一日見ない間にも、間違《ママ》える程伸びていた。（五）

「私」は自分の体じゅうに「蟬の声のような、喧しい自嘲」の声が充満するのを覚えながら帰ってきたはずである。ところが目の前に、汚い吸殻を探している、むさい哀れな男を見れば、つい金を出したくなる

「私」である。「私」のなかに横溢する何ものかが、弱いものに庇護的に働くところがあるらしい。すなおに煙草を買いに下りていく男の、みしみしいう足音が、「私」には何となく楽しいのだと思わざるをえない。なにしろ、「あんな男のために、あんなことまでして」と外では思いつづけてきた気持ちが、家のなかでは蒸発したみたいに描かれないからである。どうやら、やかましい「蟬の声」はハタとやんだのであって、夜の竹林に肥え太る、筍の新芽だけが匂うように初うい しい。その茶色の皮を被った太い芽は、「若い男の、力強い腕を連想させる」のである。

若い筍にみなぎる精力は、文字どおり若い男のそれであるとともに、「私」自身の欲求の暗喩としても見事である。

新しい煙草を口にくわえて帰ってきた男に、「ねえ、今晩筍の御飯にしましょうか」と、はずんだ声をかける「私」の妥協ぶりに、暗然とさせられるのは、筆者だけではないと思う。

たい子の代表作とされる「一人行く」(『文芸春秋』昭21・2)、「かういふ女」(『展望』昭21・10)、「私は生きる」(『日本小説』昭22・11)など、戦後の一連の自伝作品をみても、たい子にある旺盛な生活欲、原質的な生命力の強さは目をみはらせるものがある。そのすさまじいまでの、一種、過剰ともいえる生のエネルギーは、当然、性のエネルギーでもあるだろう。その貪婪な性は、かつて円地文子が、果てはどういう海へ注ぎ入るか見当もつかぬ「濁流」といい、「地獄相」とも評したことがある。

「髪の毛一本ほどの力」とは、かぼそい弱い力をあらわすのではないのである。実は、これほどに底深く、圧倒的であればこそ、「私」の理性をも意志をも打ち砕く力なのである。

それが「私」に、「髪の毛一本ほど」と表現されねばならないのは、おそらく男が、「私」の全容量を受けるに足りぬ、チッポケで、軽蔑すべき無能な男であるからであろう。「私」の自嘲と絶望とは、こうした悪循環を絶ちきるすべのないところにおきているのであった。

たい子は同じ素材を扱って、これより早く「愚なる女の日記」（『文芸市場』大15・12）という短編を書いている。

その最後の一行は、「この上は自分自身に対しても直接行動だ！」と結ばれてある。男にだまされ、女給に住みこまされた店を逃亡しながら、ふた月たらずで探し出され、またぞろ同棲した女が、「あらあらしく男にさからいながら痩せて行き、男は雄鶏のように威張って、ますます我侭になって」いくという関係のなかで、「女の自由」というような言葉がすでにはがゆく、この上は「自分自身に対しても直接行動だ！」という決意になる。

泥濘のような男女の関係から、自己破壊的、あるいは自己革命的に脱出しようという、そのメッセージだけは伝わるけれども、いったい、如何にして、というその過程はないために、女の悲願に終わるのではないか、という疑問をもたざるをえない結末である。「嘲る」の濃密なリアリティーには遠く及ばない。

たい子は「愚なる女の日記」を書く一年あまり前、評論文を書いていた。『文芸戦線』に最初に発表された「婦人作家よ、娼婦よ」（大14・9）がそれである。

男性の征服的愛を、全生活の対象物として生きる現代の日本の女性は、恐しく没社会的である。従って、彼女等には、階級意識なく、征服者男性に対する、被征服の自覚すら持ち得ない。

かような女性の間より出た者が、現代の婦人作家である。

「女である、女にしては……」この二つの言葉によって、男性中心の、ブルジョア文壇は、彼女たちを、娼婦を迎える如く、雙手をあげて歓迎した。

明快な裁断であり、手きびしい否定の論理である。「男の征服的愛」、「征服者男性」、「男中心」の社会という、たい子の観点が明確に存在している。そういう情況のなかで、ただ女であるという理由によってもてはやされる女性作家が、「性」を売る「娼婦」に等しい、とは当然の論理である。たい子は、「性」による「被征服階級」である女性の解放は、いまだ遠いと述べている。

「性」による階級的支配が、社会経済的階級支配より、女にとって第一義的であること、すべてに優先すると考えられていた社会経済体制の変革も、女の解放をもたらさないということに、女自身が気づいたのは、一九七〇年代以降のフェミニズム思想である。

たい子は当時の「階級意識」と女性解放との間に、今日のような逆転の論理を提起しているわけではないけれども、「性」による「被征服階級」という階級意識を明確にもっていた。わずか二十歳の若いたい子の、めざましい思想的先駆性である。

こういう思想的裏づけがあればこそ、「愚なる」女の日記と標題され、「自分自身に対しても直接行動だ！」という振り切りかたができたのだ、ということがわかる。プロレタリア文学のなかに、いち早く女性解放思想の大きな問題性を提起しえた作家として、たい子は注目されるべき作家である。[*1]

しかしながら、評論文のようには明快に片付けえない余剰によって、「嘲る」（執筆は大正十五年一月）一編の文学作品としての迫真性は保証されていたのでもある。

フェミニズム、女性解放思想におけるセクシュアリティの問題は、今日もっとも困難な課題のひとつであるが、二十歳をでたばかりのたい子が、作家として、すでにこの問題と格闘しはじめていたことは、驚嘆に値することである。「嘲る」はあらためてそのことを教えてくれる。

＊1 のちに、いわゆる「愛情の問題」として昭和初年のマルクス主義文学運動内部において論じられ、戦後は「ハウスキーパー問題」として「政治と文学」論争のなかで注目された、革命運動内部の根強い女性蔑視の問題がある。

（一九九二・一一）

平林たい子「夜風」「殴る」——笑う女、女の号泣

平林たい子は一九二〇年代半ばに、雑誌『文芸戦線』の有力新人として登場している。そのときの短篇「施療室にて」（昭2・9）は初期を代表する傑作である。

しかし、評論ではすでにその前年「婦人作家よ、娼婦よ」（大14・9）が同誌に掲載されている。冒頭は次のようである。

> 男性の征服的愛を、全生活の対象物として生きる現代の日本の女性は、恐しく没社会的である。従って、彼女等には、階級意識なく、征服者男性に対する、被征服の自覚すら持ち得ない。

若いたい子によれば、こうした女性たちの間から出たのが現代の婦人作家であり、「男性中心の、ブルジョア文壇」は、彼女たちの送る秋波によって、容易に文壇の椅子をあけ、「娼婦を迎える如く」婦人作家を歓迎するのである。あたかも全女性作家を相手に「娼婦よ」と呼びかけたにひとしい過激な発言である。

その独往邁進の気力も刮目すべきものではあるが、さらに注目してよいのは、階級意識と同列に並べて、性意識における支配—被支配関係の無自覚という問題が、明瞭に指摘されていることであろう。たい子によれば、新しい時代は、人類の半数を占める「我等女性の『性』なる被征服階級の解放」なくしてはありえな

いのである。

ここでは女と男の「性」関係は、はっきり「階級」関係として言語化されている。「『第二の性』における私の立場の変更をもたらしたものは、階級闘争そのものは女性を解放しないということです」とは、七〇年代のボーヴォワールの言であったが、それより約半世紀以前のたい子の時代は、世界的視野において、まだ階級闘争を見切り得る時代ではなかった。日本においても、革命幻想は唯一、新しい時代を招き寄せる可能性として光芒をはなっていた。社会主義革命によって、はじめて窮極の男女差別の終焉もある、という神話は生きていたのである。

「婦人作家よ、娼婦よ」の新しさは、そのような時代に、「階級」の解放と女の「性」の解放との神話的同一化という思想の痕跡をとどめていないことである。

当時『文芸戦線』同人[*1]であったはずのたい子は、労農派としての政治綱領を受け入れていたことになるが、この最初の評論に顕現したものは、あきらかに、初期小説作品のなかにも息づいているのである。

「いかにして、我等が、かくも男性の奴隷に落ちたか、男性中心の道徳は、いかにしてかくも発達したか、更に我等が、この呪うべき社会のあらゆる制度の鉄鎖をたちきるためには、何が必要であるか[*2]」という問題に対する、理知と闘志との必要をよびかけ「女性征服の上にたてられた文化」の破壊を唱えるたい子としては、小説製作におけるその実践は、当然の自己要請であった。

そして、これらは「新しきロマンチシズム」を標榜した「施療室にて」においてよりは、むしろ、対極的な技法によった「夜風」あるいは「殴る」において、固有のすぐれた達成をみせているといえる。

「夜風」（『文芸戦線』昭3・1）については、当時気鋭の批評家勝本清一郎の「平林たい子氏の『夜風』を推す」（『新潮』昭3・4）が知られている。

信州諏訪湖畔に近い養蚕村の、小作貧農の生活を取り扱ったものであるが、勝本はこの短篇を長塚節の大作『土』（明43・6―11）と比較しながら論じている。

『土』は夏目漱石がその序文を書いて「斯様《かよう》な生活をして居る人間が、我々と同時代に、しかも帝都を去る程遠からぬ田舎に住んで居るといふ悲惨な事実を、ひしと一度は胸の底に抱き締めて」みる必要を説いた小説としても著名である。

しかし、勝本によれば「最も獣類に接近した」陰惨な農民生活の克明の描写にもかかわらず、『土』は「案外暢気な空気」しか感じさせないという。それは人事をも「初期印象派の風景画」の如く「抒情詩的感受性を伴つて把握」しているからである。「自然界を人間の現代的社会生活からは切離して、それをそれだけのものとして眺め」「或ひは人間の生活の方をその自然の中へ溶け込ませる事によつて、両者の牧歌的な関連だけで、見て行かうとしてゐる」からである。

「夜風」はそういうものではない。「一木一草の姿をも、それぞれに現代の社会生活との積極的関連」において把握しようとする。たとえば農村工業化の問題に対して『土』では、利根川開鑿工事から帰った勘次が、お品と二人で、「全然彼等の立場からだけでの、まるで時代の世相に暗い会話」をするだけである。しかし、「夜風」では、田を売って電気株を買う地主や、その電燈代が高くて小作人が難儀する事情、小作地を取りあげ潰して製糸工場の敷地を拡げようとする地主、それに対抗する小作人達……それらが「積極的に一篇の主題」になっているのであって、小作貧農の生活の悲惨が「現代の社会生活の全体的機構」と結びつけられている。

そういう意味で最近のプロレタリア芸術として「地を抜いて旨い」と賞讃されたのであった。勝本の評は当時のプロレタリア文学批評のモデルタイプであるといってよいだろう。

しかし、「夜風」の主題をそのように中心化することが、左翼文学勃興期の時代の要請であったとしても、女のエクリチュールとしてのこの短篇の特質は、そこからはすっかり抜け落ちてしまうのである。

「八ヶ岳の裾野が振袖のように引摺った裾のところは、火がついたように真赤な赫土の崖になっていた」というのが「夜風」の冒頭である。

八ヶ岳連峰のなだらかに長い裾野の広がりを表わす比喩としては、特異なものといっていいだろう。裾を長く引き摺る「振袖」を女が着るのは結婚式の衣装としてである。その婚礼衣装の裾に「火がついた」という、ただならぬイメージを冒頭に置く語りには、明らかに、この物語の結末との照応が考えられている。これを勝本のように「自然を細部のニュアンスで摑まうとしないで、もつと意志的な態度で、自然の地理的構造を原色で描」いている、などと読んですませることはできないのである。したがって、「浅間山が、折重った山脈の向うに、男の肩の様に突出して静に煙を噴いて見えた」という風景描写のなかに、夫を亡くした中年の農婦の、抑圧されたセクシュアリティを読むことも勝本にはむつかしい、ということになる。

先祖代々の小作人である末吉の家は、兄清次郎が別居していて、製糸工場の繭乾燥に通い、弟の末吉が家をついでいるが、夫に死なれた妹お仙が戻ってきて、家事や鶏の世話をしている。農婦お仙の陣痛によってこの短篇の物語は始まる。

昼少し過ぎから、腹が不安な疼痛でときどききりきりと渦巻いて消えた。

便所へかがむと通じはなくって、押えつけられる下腹で胎児が苦しそうに張り切った腹の皮を突張る。

「あ痛た…あ痛た…」

眉《ママ》に力を入れて息をつめていると、痛みは、風の様に、襲って来て過ぎて行ってしまう。

腹の中に、ひび割れるような痛みがある。

という具合に、陣痛という女性に固有の身体感覚は、なまなましく適確に言語化されているが、このときお仙を苦しめていたのは、じつは陣痛の激痛だけではなかった。腹の子供を「猫のように人にかくれて」産まねばならぬことである。相手は田植の日雇い稼ぎで知り合った日傭取の男であった。男となりゆきは、しかしいっさい省かれている。語り手はその意味でお仙を無言の領域にとじこめているといっていい。が、陣痛でくらくら目まいのするお仙の目に入る鶏の交尾の姿が、その空白を充塡するものであるだろう。

牝鶏が駈け出すと、雄鶏は、止り木を飛び降りて、風のようにしめった黒土の庭へ追いかけて行って小さな牝鶏の背を咬んで足で押えながらつるんだ。

たい子の戦後の作『かういふ女』（『展望』昭21・10）のなかには、夫が逮捕されたかも知れぬという心配で、張りさけそうになりながら、明け方の道を夢中で走る「私」が、長い鶏鳴を聞く場面がある。

「それはいかにも休息が足りて精力に充ち溢れた男性の歌声と聞けた」のであり、「私」は離れている「夫の体が生きものの一人としてみずみずしい体力の充実を受けていること」を直感して安堵するのである。この「私」は生き物としてほとんど鶏のメスと同一化しているといってよい。

「夜風」の場合はそういう交歓なしに、ただ、強引なすばやい交接だけあったことが、鮮やかに暗示されているといえるだろう。

お仙は「産婆に見せる金はなし、産婆に自転車に乗って村中の道を通って来られては困る身の上」であった。彼女はこれまでも、何かといっては兄清次郎になぐられてきた。臨月近い腹を蹴られ「達磨の様に転がりながら、黙って耐えてもきた。しかし、今夜あたりはいよいよ産まれるらしい。そのことを田から帰った弟末吉に、おずおずと告げる。「俺あ今、そんな相談は御免だ」と末吉はつっぱねたのである。去年の年貢を収めきれていない末吉には、地主で製糸工場の持主でもある善兵衛と、昼間交した話が気になって仕方がなかったのである。小作田を取りあげそれだけ製糸工場の敷地を広げたい善兵衛は、案の定この夜、工場の男工を使って、末吉の田と隣家の陽之助の田の稲を刈り取り出した。知らせを受けて末吉が陽之助と一緒に飛び出して行ったあと、お仙は腹痛のために、目が見えなくなり、自分で用意しておいた布団の上に倒れこんでしまった。

と、ひろい掌が力いっぱいに横顔を打った。打たれた横顔の皮膚が、びりびりとこまかくふるえたようであった。お仙ははじめてひらいた目を見定めた。更にお仙を打とうとして手を振り上げている骨のたくましい兄の顔が白い紙の様に明るくお仙の顔の上にあった。

「立て！　立たねか。布団は土間へ敷けえ。家の中で今度の産をするこたあならね！　断じてならね！　この野良猫女が！　恥さらし！」

やっと意味がわかってお仙はふらふらと立上った。腹で胎児が足を突張ると、体が一枚の薄絹の様に軽かった。

お仙は暗い土間へ布団を引摺り降した。鶏の糞らしい冷いものを足の裏にペタリと踏んだ。と、また恐しい腹痛が押しよせて来た。お仙は樽の様に布団の上に倒れ、しめった土間の土の香をかぎながら気を失った。


産婆も、手伝いの者も誰一人いなくて、いますぐにも出産が始まるという妊婦を横打、罵倒する肉親の男。その男の顔が「白い紙」のように見えるのは、家族や血縁がもはや自分との有機的連関を失っているお仙の感覚を表したものだろう。彼女の産褥は、牛馬同様に鶏糞にまみれた暗い土間である。

この夜稲刈に動員された男工の一人が、もと小作人の次男坊で、苦しい生活に見切りをつけ、工場に雇われた男であった。他の三人も渡り者の労働者で具合よく末吉たちに味方してくれ、善兵衛の狼狽を尻目に、彼等は刈り取った稲を、全部その場に残して引き上げてしまった。その稲を車に積んで帰って来る末吉は「愉快で愉快で堪らなかった」のである。そして、家へ戻り何げなく土間の戸を引き開けたときの光景は次のようであった。これがこの短篇の結末である。


お仙の、薮の様に乱れた髪が、向うから射しているあかりですいて見えた。お仙は襤褸の上にうずくまって頭を持上げていた。

「一体どうしたえ」

お仙は返事をせずに、明るい声でからからと笑った。

「どうしただえ！」

末吉はこわごわとのぞいた。と、鼻が抉られる様な悪臭がぷんと来た。

「子供がうまれたでなあ、こうしたわえ」

お仙は乱れた髪を持上げてからから笑った。傍にたたんである襤褸を室のあかりですかすと、末吉は思わず一足退った。たたんだ襤褸の間から子供の小さい頭が見えた。

「姉さ！」

「ああ、殺したわえハッハハハ」

「なに！」

「ああ殺したわえハッハハハ」

お仙は、室より一段低い土間の土の上に坐って凄く笑った。がさがさと藁の音がした。


先に、プロレタリア芸術の中で抜群に旨いと賞讃していた勝本清一郎は、この最後の部分が、作のもっている迫力「圧迫感」を「実質的にはかなり消極的」なものにしていることを注意し、次のように述べている。「宵から産気づいて打ツちやられてゐた姉のお仙が、遂に発狂して、生んだばかりの嬰児を圧殺した所で終つてゐる。（中略）それに依つて末吉の心持も再び苦悩にかはり、読者の心持も一層ぴしやんこにされるのであるが、しかし、考へて見ると、末吉の前の一時の勝利は、かうした家庭的事情の為ばかりで崩されるのではない。地主と小作人との稲刈の争奪戦があれだけの簡単な押し遣りで終るものとは考へられない。地主の後ろには警察があり裁判所があり、しかしてもつと広いブルジョワジイの権力組織の全体系がある」。そこまで入っていかなければ、読者に対する「圧迫感」は徹底しないのである。末吉の一時的な「児戯的勝利感」のかなたに、到底そんなものでは打ち勝ちえない、組織的な力のがんばっていることを、「色濃く出して見せてくれたらば好かつた」というのが、勝本の注文であった。

勝本の考えでは、短篇の結末を鮮やかに彩るお仙の子殺しは、この作全体の衝撃力を弱め、効果を減殺している。お仙の発狂は「ブルジョワジイの権力組織の全体系」に迫る必要のある、理想的プロレタリア文学にとって、「家庭的事情」にすぎないということになる。ここに、近代のプロレタリア文学批評のもつ男性・ロゴス中心主義は、おのずから明らかであろう。

「夜風」には稲刈争奪と同時刻のこととして、製糸工場の停電風景がでてくる。県役人の立入調査にそなえ、工女の持物の消毒整理を指揮する監督に、停電の瞬間「わあっ」と叫んで工女たちが布団をかぶせて蹴りとばす、という一幕である。同じ時、停電は小作人陽之助の家の籾乾し作業場でもおきていた。地主が株を持っている電燈会社の高い電気料に困りはて、破れかぶれに常より明るい電燈をつけて籾乾し作業をしたのが原因で、あたり一体に停電さわぎが起きたのである。これら稲刈争奪戦と停電のさわぎと、お仙の分娩とはテクスト内で同時進行的なのである。勝本の読みでは、このテクストの多層的時間が明瞭に浮きあがらない。ましてお仙の時間を、その陣痛に始まり狂気に終わる物語として中心化することができない。末吉らのまさに一時的「児戯的勝利感」(勝本)は、お仙の物語、その結末の「からからと笑う」凄い笑いによって、転倒させられているのである。薮の様に乱れた蓬髪の狂女は、正義と革命の理念をひき裂き、その理念のもつ権力構造を、身をもって暴いていることになる。

末吉一家の家庭内労働と鶏の世話とを引き受ける働き手でありながら、出戻りとして冷遇され、相手の男にも責任はあるはずの妊娠を、「野良猫」の恥としてただ一身に背負わされ、誰一人助け手のない分娩を、家畜同様、土間でしなければならなかったお仙である。「がさがさと藁の音がした」という最後の一行は、まことにシンボリックな一行であって、牛馬の褥と同じ藁に寝かされた女は人間（Man）の領域を逸脱せざるをえなかった。そういう女の狂気と暴力とが、男性世界のロゴスを嘲笑しているのである。お仙の不敵な「凄い」笑いは、最下層に抑圧された小作貧農社会にも偏在する、父権的支配構造に対する抗議である、といえるだろう。

冒頭にあった婚礼衣装の裾に「火がついた」ような赤という異色のイメージは、結末の私生児出産と、その惨殺という不吉な血のイメージに照応するものであろう。お仙は、サラシの産衣の一枚も用意できぬことを悲しんでいた母である。「結婚」という法権力に守られた制度の外の不幸な子を育てるより、惨殺される子の幸福を選んだ母性にとっては、「結婚」の記号でもある婚礼衣装は、「火がついた」ように復讐の炎で燃えねばならないであろう。語り手は、あきらかに物語の最初の一行から最後の一行へと一貫するメッセージを送っているとみてよい。

「ブルジョワジイの権力組織の全体系」に迫る男たちの革命文学の必要よりも、男と女の関係のおそるべき非対称性の認識、「女性征服の上にたてられた文化」の破壊こそは、たい子の目ざす緊要な革命文学であった。「夜風」のもつ政治的メッセージを、当代の気鋭の批評家勝本清一郎は、ついに読みそこねたといわねばなるまい。

「殴る」（『改造』昭3・10）は「施療室にて」と並んで、たい子初期の傑作である、というのがこれまでの評価である。『改造』という当時の有力雑誌メディアに掲載され、横光利一の「文芸時評」（『文芸春秋』昭3・11）にも取りあげられるという幸運をもった。横光利一は次のように書いている。

平林たい子氏の作は、新感覚派の作風をもつて来た。今頃突如として、かう云ふことをやり出した氏の努力には、何か確乎とした確信がなくては出来ないことだ。「殴る」一篇には、農父が農母を殴り、娘が稲や馬糞の間から飛び出して都会へ来、田舎の栗の花が長い茎を垂らして落ちる状景を忘れない間に早や土方と一緒に生活し、母が父から殴られたやうに、再び娘は良人から殴られるのだ。此の間の照応の立て方や、貧しい家庭の娘であるが故にかくの如く殴られると云ふ無産派の人世観は、最早やしばしば現れて来たやうに、古風な錆びを持つてゐる。しかし、此の作品がこれほど強い力感を持つて読者に迫つた理由をわれわれは考へねばならぬ。それは作者平林たい子氏の芸術的表現が、フォルマリズムに浸入して来たが故である。即ち、新しいプロレタリアのリアリズムは、最早や、随筆的リアリズム、例へば、勝本清一郎氏の作風のごときでは、何ら読者をして動かす力を持たないと云ふことを教へてゐるのだ。平林初之輔氏や、蔵原惟人氏の云ふやうに、内容が形式を決定するといふ理論は、此作で見事に顚覆されねばならぬ。

片岡鉄兵をはじめとする、新感覚派からプロレタリア文学派への相次ぐ「転換」が、当時、文壇現象として注目をあびていた。新感覚派の闘将と目された横光利一もまた、新興勢力としてのプロレタリア文学に強い関心を示している。

横光の立場は「新感覚派とコンミニズム文学」(『新潮』昭3・1)その他に表明されているように、いわゆる「唯物論的文学」の正当性は、新感覚派のものでもある、というものであった。しかも、「新感覚派文学はコンミニズム文学よりも、より以上に明確な弁証法的発展段階」に位置しているという。なぜなら「コンミニズム文学は、文学としての発展段階を無視」した文学形式であるからである。彼らはその理想さえ主張できれば「唯心論的文学の古き様式をさへも、易々諾々として受け入れ」るのであって、その「文学」のレヴェルを問題とするかぎり、単なる理想主義文学と変わりがないのだ、と正当にも批判していた。もし真に新しい社会主義的文学がおこるとすれば、正統な発展段階にある新感覚派の中からであり、新しい資本主義的文学が発生するとしても、それは「唯物論的な鑑察精神をもつた新感覚派文学」でなくては、無力であろうと説いていたのである。

「殴る」は、そうした横光の期待にそう、充分に新しい「感性」を具備した、新感覚派風プロレタリア文学として出現した、ということになる。

そして、横光によればこの作が「強い力感」をもって迫る理由は、何よりその「フォルマリズム」への接近にあるのであって、「貧しい家の娘であるが故にかくの如く殴られる」という物語の示す、「古風」な「無産派の人世観」によるのではない、のである。

しかし、短篇「殴る」が新感覚派風であり、真の意味で新しい「感性」がそこに証明されているのだとすれば、在来の古びた「無産派の人世観」が同時にそこに顕現するのはなぜか、という問いが横光には当然おこらねばならぬはずである。

「何が書かれてあるかは、形式を通じて見たる読者の幻想であり、さうして、これこそ真の内容と云はるべきものである」とは、同じ「文芸時評」（昭3・11）の横光の言葉である。形式の意味領域において正当なこの発言者をあやまらせているのはただひとつの先入観、「貧しい家の娘であるが故に」と概括するプロレタリア文学に対する、それこそ「古風」な先入観である。

プロレタリア文学としての「殴る」は、もちろんその新しい文体にふさわしい新しい内容をもっているといわねばならない。冒頭は次のように始まる。

日露戦争が始まろうとする頃であった。

十月がすぎると藁の上に雪が降った。白樺の幹は目立たなくなった。こまかい枝から塩の様な雪がさらさら辷り落ちた。空一面灰色の雪が落ちて来た。地面に近くなると塩の様に白くなって落ちた。屋根の庇《ひさし》は重くなったせき板の隙間からきららの様に光って吹き込んだ。

重くなった屋根の下にしめった炬燵があった。爪に黒い垢をためて、馬鈴薯のこおるのを心配しながら冬を越さなければならなかった。

さらさら辷り落ちる「塩の様な雪」、一面が雪におおわれ、雪の風吹《ふぶ》く印象的な白い風景である。その雪の重い屋根の下で、爪垢をためて厳寒をしのがねばならぬのは誰であるのか、このセンテンスに主語はない。主語となる主体を排除した冒頭の語りは、寒冷地の農民の人間主体たりえない生活実態を描いて、横光のいわゆる「唯物論的文学」風といってもよいだろう。

特色のある白い風景は、じつは「雪」のみではない。雪が解けて田仕事が始まる。やがて「白い梨の花が散ると薯の花が咲いた。皺のある葉がくれに、星の様な花が白くぽっと咲いた」とある。「白い雲の多い七月になった」「栗の花は高い梢から白い尾の様に抜けて落ちて来た」。そしてまた、「十月が過ぎると藁の上に雪がふった。こまかい塩の様な雪が、白樺の枝からさらさら辷り落ちた」という、冒頭と全く同じセンテンスが反復されている。こうして自然の時間の循環は、意識的に「白」い絵の具で彩られていることになる。

登場人物たちはすべて、外部から行為動作によってとらえられ、詳細な心理には立ち入ることはない。彼らはまた、ほとんど言語を発しない人間たちである。主体を排除した語りは、おのずから言語主体でありえない極貧の農民たちを登場させているのである。この短篇のもつある種の圧迫力は、こうした無言語世界の展開によるものであろう。「白」とはこうして、変化しつつも変化しない自然の循環する時間の表現であると同時に、言語を奪われ、言語を抑圧された空白を意味する「白」であり、いわゆる「空白のページ」の記号である。

父松造の反復的行為は「手洟《てばな》」を飛ばすことであり、これは彼の慢性的不気嫌を示している。それがしばしば「殴る」行為へと連動する。

父は冷たい甕の縁をとって炬燵の側まで持って来た。また立って行って雪の中に水の様な手洟を飛ばした。

子供らは黒砂糖がなくなって我にかえった時またいつもの事が始っているのに気がついた。

鳶口の様な爪のある手が母の耳のところに打ち下された。雪やけの皮膚の上で、皮の厚い父の掌の思いきり乾いた音がした。つづけて音がした。

甕の中味は密造の酒である。買えば高い酒は米と糀でひそかに造る。母はとぼしい一家の食糧となるべきものを、松造一人が呑んでしまうことに、多少のグチをこぼしたのに相違ない。それを耳にした松造は、無言で、ただ殴った。身体の暴力がコミュニケーションのかたちであり、聞こえるのは人間の音声ではなく、皮膚を打つ物理音である。正確にはディスコミュニケーションのかたちがその音である。

父松造はいたるところ、田の畔でも人がいる事も忘れて、理由もなく母を殴る。

鳶口の様な爪のある手で鎌をといでいる母をなぐった。かわいた泥がぼろぼろ落ちた。女の子はどうして母が泣かないのだろうかと思った。母は黒い暈《くま》のある目でうすく笑った。そして落ちた櫛を拾ってさした。

女の子は土の塊を拾って、いきなり父の方へ投げた。土は方角ちがいの、母が鎌をといでいる水たまりの中へ落ちた。父は赤い額の下にある目でじっと女の子を見た。そして田の草の中へ手洟を飛ばした。

「うすく笑」うというわずかな身体表現のなかに、いいたい言葉は押し込めて、すべてを回避する母に、固有名はない。しかし、そういう母をみて不審に思い、土塊を投げる行為によって、父への憎悪をあらわす女の子には、ぎん子という固有名がある。この子は四歳の折、母を殴った父の足首へ噛みついた娘でもある。顎骨の張った醜い娘であるぎん子は、やがて近在の製糸工場に通うようになるが、ある時、新聞を読み東京へ出る決心をする。「都会には勇敢な労働争議などがある。すべて都会の人間の生活は、率直で勇気がある」とぎん子はそう思った。

無断で上京したぎん子の前に、電話交換手募集の看板の「白ペンキ」が輝いていた。東京の風景もまた白かったのである。「田舎では、白い栗の花が抜け落ちて来る頃」東京では「高い邸の塀の中に白木蓮が咲いた」[*3]。「間借りの窓の下に白い襁褓《おしめ》」がひるがえり「白い雲が月島の海の方へ流れた」「白い制服をきて胸掛電話機をかけ」て、ぎん子は働いている。

山間の農村から東京へと物語の空間は移動したけれども、いぜんとして無言語世界、「空白のページ」の連続していることが暗示される。

上京したばかりのとき、ぎん子は中央電話局へゆく道を、穴掘りの土工の磯吉に尋ねた。コンクリートミキサーの轟音で二人の会話はかき消されたが、この時の一瞥で二人は互いに顔を「緞く」したのだった。その身体現象によって、「目立って背の低い」磯吉と、みすぼらしく醜いぎん子は容易に結びつくことになり、その晩から二人は世帯を持った。

「昨日は十日も前の事の様であった。汽車にゆられた一昨日は一ヶ月も前のようであった。男は女を打つために生れて来ている。それは、幾重にも青い山脈にかこまれた、山の中の人間どもにしかあてはまらない理屈だったと思った。一夜で膚が白くなった様に思った」ぎん子である。

こうしたぎん子にとってしあわせの「白」は、しかし、やがて春先になると交換台の下に「白いうどんげが咲いて脚気の気味」になる憂鬱な「白」となった。ぎん子の月十三円の見習手当は、交通費や身仕度費用に消えてしまう。夜店でパンフレットを買い「働く者と資本家」の関係という解説を読んで、目を開かれたぎん子は、仲間をさそって昇給願を出そうとした。そのことがバレて、夜勤に回される。夫婦が食いちがって出勤するようになると、男は不気嫌になっていった。

浅草の森に花火があがり、夕暮であった。男は裸になって団扇を探した。凸凹な畳の上を歩いた。袴をはいている女に団扇のありかをきいた。夫のかえりを待って出勤時刻におくれた女が二言三言答えた。いきなり駆けて行って裸で女を殴った。

「男は女を打つために生まれて来ている」という農民の父母から得た観念を、変えてくれたかに見えた都会の男も、やはり殴った。

職場の不満分子を集めることに熱心になったぎん子が、ついに解雇された日、男は拳をふり上げて狼のように襲ってきた。ぎん子は父を思い出し男に殴りかかった。最初に殴られたときは母を思い出し、黙って耐えたが、父を思い出したとき、ぎん子は反抗したのである。その時、ぎん子には男という「性」を貫く女性支配の構造がおそらく直観されている。男はぎん子を殴りつづけるが、「殴る」光景においてもっとも鮮烈なのは結末の場面である。

或る日、ぎん子が通りかかると男たちの輪の真中で監督がどなっていた。見るとその前に頭をたれてどなられているのは、彼女の夫なのであった。


監督は更に夫を見下して吋尺を持たない方の掌で横に殴った。頭を殴られた夫はもうよろけて傍の男に突当り体を安定さした。それは人間の卑屈な姿であった。ぎん子はいきなり人を分け入って、監督に一と声浴せかけた。人の足をふんで行き卑屈な夫の代りに監督の胸ぼたんの所に自分でもわからない怒声を吐きかけた。監督はたじろいだ。

瞬間であった。

監督の方へ向いて卑屈に固っていた夫の顔が、女の方へ向いて赤ダリヤの様にパッと拡がった。夫は何かどなった。夫は拳を振りあげて女の上に振り下した。

それは見慣れた掌であった。それが力いっぱいに振り下された。女はセメントの濡れている地面に投げつけられた。声をあげて泣いた。割れる様に泣き出した。鉄骨を打ち込む音が頭の上の空にひびいた。呆れて立っている監督の前で夫は妻を殴った。

資本と労働の関係について、初歩的であれ知識をたくわえたぎん子は、その結果すでに馘首《かく》されていたのだった。資本家の手先ともいうべき監督の暴力に、当然鋭敏であらざるをえなかった。殴られる夫が屈従的であるなら、殴られる弱い者に代わって、立ち向かわねばならなかった。幼女の頃、母に代わって父に土塊を投げつけた剛い気性と、正義とがそれを命ずる。

しかし、ぎん子が怒声を浴びせかけたその瞬間、監督に殴られていた夫の顔が、彼女の方へ向いて「赤ダリヤ」のように拡がり、ぎん子は男に殴られていたのだ。——暴力関係の反転するその一瞬。

資本主義的支配構造としてある暴力が、その暴威にさらされる者自身の暴力として、より劣位の者にふるわれる。この内部迫害の暴力関係は資本主義社会における男と女の関係でありその支配構造なのである。「赤ダリヤ」としてとらえられた夫の顔は、「赤土」色をしていた父の「額」と、正確に対応する「赤」であり、最下層に抑圧された者にも偏在する父権的構造の記号であるといってもよい。割れるような女の泣き声は、最下層に抑圧されたその階級のなかの、二重の抑圧に対する、やり場のない訴えである。号泣という身体表現以外に、女は抗議の手段をもたなかった。支配される階級のなかの支配関係という構造がここに鮮やかに浮きあがっている。

これが横光利一のいうようにたんに「貧しい家庭の娘であるが故にかくの如く殴られる」というていどの「無産派の人世観」などでないことは、もはや明瞭である。

当時、たい子の属した労農芸術家連盟（一九二七年六月創立）は機関誌『文芸戦線』を発行し、世に「文戦」派と呼ばれた。同じ「文戦」派の作家黒島伝治は、たい子の作を批評し、特有の「太った肉体」で書いたその文章、「すぐれた感覚描写」を高く評価している。しかし、「殴る」に関しては「直接経験以外の材料」を扱ったもので「形式上の新しい試み」[*4]という評があるだけである。短篇「殴る」にこめたたい子のメッセージは、「文戦」派の同志にも理解されなかった。

同じ仲間の里村欣三は、当時、林房雄が「国民新聞」文芸時評でたい子を悪罵したことを怒り、「林房雄よ、恥を知れ！」（『文芸戦線』昭4・4）を書いている。林によれば、たい子作品に描かれたものは「プロレタリア的な何物でもない。単なる貧乏、単なる悲惨単なる無智、単なる醜悪――それは別に社会主義者の、プロレタリアートの眼をもたずとも若干の経験と観察力、若干の作り話の才能とお嬢さん流の人道主義を持ち合はせてをれば、プロレタリア作家をまたずとも誰でも書ける世界」だ、ということだが、それはそのまま「林自身に当嵌まる鋳型である」といった論旨である。

ナップ（NAPF。一九二八年三月結成）の機関誌『戦旗』のもとに結集した人々は「戦旗」派と呼ばれ、以後、昭和初期左翼文学運動の主流をなしてゆくのだが、当時、「プロレタリアートの眼」を競いあった「文戦」派との対立が、どのようなものであったかを示す一例である。いずれにしても、両派の男性作家たちにたい子一人が提起していたラディカルな革命的主題が見えていなかったことは明瞭である。

さらに「戦旗」派の闘将となる蔵原惟人の当時の評をみてみよう。

一九二八年度の日本文壇がプロレタリア文学によって、リードされていたかの如き観を呈したのは、以前から名のある藤森成吉、前田河廣一郎、林房雄、黒島伝治らの活躍であるとともに、すぐれた新作家の出現にあるとして、「文戦」では平林たい子を筆頭にあげている。「嘲る」「投げ捨てよ」「施療室にて」など、放浪する少女の悲惨なしかし反抗にみちた生活を書いてきたたい子は「これまで日本の文学に欠けてゐた新しい世界と新しい型とを展開して見せ」、この作者が「敏感な眼と独自な表現力」を持つことを示したが、これらの作は「その主題が個人的生活の限界を超へてゐないこと、及び作者の現実に対する態度が個人主義的、人道主義的、無政府主義的である」ことをも示している。しかし、「夜風」「荷車」等において、「この個人的生活の限界を超へ、より広い社会的テーマ」を取り扱っている。これは大きな進展として期待されたのであるが、「殴る」において、彼女は「再びもとの無気力な日常生活主義に帰つてしまつた。これは作者が現実を本当に……的に見てゐない為であつて、作者の取つた新しい形式も何等その本質を救ひ得てゐない」[*5]というものである。

伏字は「マルクス主義」と読むべきものであろう。マルクス主義的世界観による現実の裁断が、唯一至高とされていて、その限り、「夜風」のほうがやや評価が高く、「殴る」は「無気力な日常」への後退とみなされている。「殴る」に鋭くえぐり出された、資本主義社会システム内部の父権的権力構造と、それに対する最下層の女のやり場のない訴えを言語化してみせた作品は、マルクス主義文学運動の指導理論家にとって、どうやら白紙のページにひとしいのである。ここにおいて「白」い風景は二重の意味性を獲得しているというべきである。

やがて「戦旗」派のなかで、片岡鉄兵「愛情の問題」（『改造』昭6・1）、江馬修「きよ子の経験」（『ナップ』昭6・2）など、非合法時代の職業革命家とそのハウスキーパーの関係が、いわゆる「男性的偏向」[*6]（蔵原惟人）の問題として議論されることになる。マルクス主義文学におけるこの問題の追求の曖昧さが尾をひいて、小林多喜二「党生活者」（『中央公論』「転換時代」昭8・4—5）の女性蔑視として露表し、戦後「政治と文学」論争における摘発をへて今日にいたり、なお根深い問題性としてあることは周知である。革命運動内部にもある男女関係の不均衡は抑圧された階級内部にもある男女関係の不均衡の縮図である。その底深い男と女の関係の非対称を、いち早く焦点化していたのが「殴る」であった。

たい子のそういう問題意識の熾烈さは、生きのいいエッセイの類においても充分示されている。「良人論」（昭5・2）においてたい子は次のようにいう。多くの女が理想的な「良人」（夫）を求めているが、「私は断言する、恐らくたった一人もその後姿をさえ見た事はなかったろうと。それはその筈である。そんな、『理想的な良人』などというものは、日本国中、どこの工場にも畑にも鉱山にも男湯にも『屑籠の中』にもいなかったのだから」。

「良人」は経済上扶養の義務を負っているが、その代わり法律上も慣習上も絶対的な権利をその女性と子供の上に確保している。もしこの権利が侵されるときは、国家権力をもって女性に酬いることもできる。女性が「人間として必要な全平等をその良人から取戻そうと思えば、それと引換に彼から被っていた全部の扶養を返還しなければならない」。それだから理想的「良人」などというものは「焼いた氷」を探すにひとしい自家撞着にすぎない。「良人」と妻との絶対的自由平等は「良人の消滅と妻の消滅との後に来る、何等の経済的事情によらない純粋単純な男女関係の成立」によってのみ成立する、とたい子は説いている。「良人」という制度、「妻」という制度を破壊すること。資本主義社会システムにおける一夫一婦制度、法制度に保証された「結婚」という制度そのものを打ち壊さぬかぎり、女の自由も平等もない、という、明解な言説である。

さらに「男性罵倒録」（『中央公論』昭5・4）なるエッセイには次のようにある。

今の社会は、人類の縦の一半、即ち労働階級の労働力を商品化すると同時に、人類の横の一半、即ち婦人の生きた肉体そのものを商品化した。私が婦人の肉体そのものが商品化されたというのは、決して売春婦のみを言うのではない。婦人が男性の享楽材となることによって生活の保証を得ている今の社会では、殆どすべての婦人の肉体は商品化されていると言っていい。既婚の婦人は既に消費過程に入った商品であり、未婚の婦人は未だ流通過程にある商品である。

すでに明治社会主義者たちの婦人論において、資本主義的私的所有にもとづく結婚制度は「商売結婚」[*7]（堺利彦）とも、「乞食的結婚」[*8]（山口孤剣）ともいわれていたが、たい子はその延長上に、女の性の商品化を明確化し、高度資本主義社会におけるフェミニズム思想を先取りしてもいるということができるだろう。ただし、今日との比較においてはっきりと異なるのは、女を商品化し財物化する社会組織、そこから女の無自覚と奴隷化も始まると思われていた、その資本主義階級社会の廃絶、という希望がこの時のたい子にはまだあったことである。

「靴をはいた雄鶏」の支配からの脱出は、しかし、やがて来たナップの解体に集中的に示されたような革命運動の崩壊、相次ぐ転向という情況のなかで、階級の廃絶が幻想化するとともに、たい子のなかで、独自な課題として模索されることになる。社会組織の問題に解消されえない、その女の自由と解放のために、暗いファシズムの時代の予感のなかで、たい子がいかに書いていったか。「女の街道」（『新潮』昭10・11）、「女の問題」（『改造』昭10・11）その他については別稿にゆずりたい。

＊1　同論文は寄稿されたもの。「婦人作家よ、娼婦よ」が掲載された当時は、同人ではない。
＊2　「同性作家への警告」『解放』大15・5
＊3　栗の花と白木蓮とが田舎と東京とで同時期の花であることは考えられないので、意識的な「白」の強調であることが

知られる。

＊4　「平林たい子『施療室にて』評」『文芸戦線』昭3・11
＊5　「最近のプロレタリヤ文学と新作家」『改造』昭4・1
＊6　これについての詳細は「『男性的偏向』をめぐって」（『信州白樺』昭58・4）中山和子コレクションⅢに収録
＊7　「自由恋愛と社会主義」「週刊平民新聞」明37・10・2
＊8　「週刊平民新聞」明37・7・24

（一九九五・五）

佐多稲子——性の修羅・「政治」の修羅

名作のほまれ高い短篇連作『時に佇つ』（川端康成文学賞）は、作者七二歳の作である。翌年『佐多稲子全集』全一八巻の刊行が始まり（一九七九年完結）、その後、八五歳の今日までに、生涯の友中野重治を送った『夏の栞』（毎日芸術賞）、随筆集『月の宴』（読売文学賞）など、合計一一冊の文集が刊行され、長年の現代文学への貢献によって朝日賞も賜られている。見事な現役ぶりである。

ところで近頃刊行された『思うどち』のなかに、熱海へ梅見に行く話がある。花のうち色の濃い紅梅を一番好き、という作者ではあるが、娘二人を交え、東京、大阪の友人たちと二泊の熱海行きがまとまると、「私は嬉しくてしようがない」と飛びたつほど無邪気に喜ぶのである。曾孫もいる歳頃になって、なお、ものに〝弾む〟こころがこの作者にはある。

誕生日に、西ドイツ製のワインカラーの財布を贈られ、何度も取り出しては眺め、恥ずかしいほどに「嬉しい」とつぶやく人である。「こんなたわいない喜びも、夏の夕方の打水のように、いっとき気を養う」と書いている。「気」といわれているこうしたこころの〝張り〟。

庭に植えた山もみじが、土の中で吸い上げた水を、その幹の小枝からこぼす。明るい陽差しのなかで、青い幹に糸をひくようにして落ちていく水。

「山もみじが、水をこぼしている」
私は何かわが胸もあふれるようなおもいをして、それを見つめた。
「いのちのいとなみ」『出会った縁』

作者はこの一瞬、「いのちのいとなみ」にふれた感動を覚えるのである。こういう、ふとした挿話のなかにもうかがえる、この作者の弾みと張りのある若さ、いつまでも柔らかで清冽な感性、いわば佐多稲子の〝いのちのいとなみ〟はどのように生成したものであろう。それは右の挿話にみるような、平穏な日常とは似てもつかぬ、昭和という激動の時代を生き抜いて、男女の修羅と「政治」の修羅とをくぐった人の〝いのちのいとなみ〟でもあったのである。そのみずみずしくも強靱なあらわれを、主要な自伝的作品によって辿ってみよう。

佐多稲子は一九〇四年（明37）六月一日、長崎市八百屋町の田中梅太郎宅で生まれた。本名イネ。父田島正文は一八歳、佐賀中学五年生である。母高柳ユキは一五歳、佐賀高女の女学生であった。「いたずらごとの始末のために大人たちの計いで長崎へ移されて、不安と羞恥の中で女児を生んだ。このときの彼女の心中がいとしい」と『時に佇つ』の作者は母を語っている。長崎へ行く都度、自分の生れた二階を見上げて唯一思い描くのは「蔑すみの波紋にかこまれて私を生む母の、愛らしい顔」だともいう。

『時に佇つ』は単なる過去の回想ではなく「作者の中に今も生きていて、彼女を衝き動かしてやまぬ歳月」（奥野健男）[*1]の美しい結晶だといわれるように、若い母の哀しい苦痛が時を超えて温かく共有される。そればかりではない。近年、祖母タカの弟田中梅太郎方へ行儀見習にきていた、山本マサの私生児としてイネの出生が届けられ、梅太郎、マサの結婚によりはじめて戸籍上梅太郎長女となったことが判明する。身におぼえのないマサの「私生児出生の恥に追いやられた口惜しさ」を思って、二階を見上げる作者の眼は、自分の出生に、もっとも傷深く関わったマサの存在を探るのである。それは動乱の時代を通じて、苦しい女のたたかいを経てきた人の優しい眼である。

周囲の反対を押し切り、子供の出生と同時に夫婦生活を成りたたせた両親は、自分たちの手で子供を育てた。「清潔で多感な感受性をながく見失わなかった佐多稲子の資性が、両親から受けついだことだけはたしか」（平野謙）[*2]だといわれるが、佐多稲子の資性にひそむ並々でない反逆の熱情もまた、この可憐な恋愛の反抗的情熱に発しているかと思う。

少女イネの不幸は、小学校入学の年に生母ユキが肺結核で亡くなったことに始まる。父は三菱造船所書記として働いていたが、放蕩を始め家計は逼迫した。やがて本所向島に住む弟佐多秀実を頼って一家上京となる。が、父は定職をえられず生活は困窮した。この無謀な上京がこれまでのイネの生活を一転させる。小学校を五年で中退し、小さな稼ぎ手として、「キャラメル工場から」（昭3・2）に描かれたような生活が始まった。当時、早稲田大学に学び小説や劇評を書いていた佐多秀実は、イネ上京の翌年、心臓脚気で死亡してしまうが、この叔父との接触は、少女イネの早熟な読書欲を刺戟し、文学的なめざめに影響の大きかった人である。後年「佐多」稲子を名乗ったのは、中道にたおれた叔父「佐多」の志を偲んでのことであるという。

「一人の女窪川稲子を見つけたのは窪川鶴次郎であるが、そのなかにすぐれた小説家を見いだしたのは私であつた」[*3]という中野重治の「誇り」はよく知られている。

中野重治、窪川鶴次郎、堀辰雄、西沢隆二、宮木喜久雄ら『驢馬』グループとの接触がイネの生涯にさらに決定的な転機をもたらしている。『驢馬』以前は佐多稲子「前史」とみてよい。

本郷動坂のカフェ「紅緑」に勤めていて、たまたまそこでコーヒーを飲む青年たちの一人窪川と恋愛し、中野にその文学的才能を発見される幸運がなかったなら、今日の佐多稲子は別の人になっていただろう。「あの時代。あれはあたしの輝ける青春でした」(『年譜の行間』一九八三・一〇)といいきれる「本当の、最初の青春」を持ったのである。しかし、その時イネはすでに一人の子を持つ母であった。「そういう過去から、いわば矢竹が皮を剥いでゆくように、めくれた黄色い皮の一片をつけていたとしても、それだけに深い真青な色で伸びている」(『樹々新緑』一九四〇・一)というふうに、その「青春」は内から溢れるすがすがしいいのちのイメージで表現される。

「そういう過去」とは、丸善の洋品部に勤めていて模範店員と認められ、上役の世話で資産家の相続息子に嫁いだが、自殺をはかってあやうく一命を取りとめた、というような過去である。単調な仕事と貧困に疲れ、玉の輿に乗る気になった結婚の相手の、神経症や病的嫉妬に悩んだはての、敗北感と厭世とのなかから、二一歳のイネがどうにか抜け出すことができたのは、彼女の胎内のいのちの賜だった。「すべての感覚を放擲しているつもりの私の胎内で、私は胎児の動きを感じた。私はそのとき初めて、感情を取りもどし、悲しみと不安におののいて、泣いた」(『私の東京地図』一九四九・三)とある。「彼女の意志に関わりなく継続された生命」の力がイネを救ったのである。

ほとばしる乳が肥えふとる赤児につながる愉悦を知ったすこやかな母性が、初めて、青年の若々しさに惹かれて燃焼した。

一九二〇年代後半の新気運のなかで『驢馬』同人たちの左傾化が進み、彼らの影響でイネは、レーニンやエンゲルスなども読み、マルクス主義思想に近づいていった。もともとプロレタリアの生活体験を経てきている彼女に、窮極の人間解放の理想は、水が砂地に滲みるように受け入れられた。

以前にも詩や短文を投稿したことはあるが、中野重治にすすめられ初めて書いた小説が「キャラメル工場から」（『プロレタリア芸術』昭3・2）である。貧しくいたいけな少女の心理、動作、境遇を繊細に過不足なく浮きあがらせ、のちの佐多稲子の名短篇「水」（昭37・5）の萌芽を感じさせる。観察力の鋭敏、他人の立場・境遇への察しの良さ、反応のすばやさ、それらは佐多稲子の文学を流れる特質であるが、生来の稟質もあろうけれど、小さい時から人中にまじって働いた生活体験にもとづくものと思われる。丸善へ勤める以前、上野清凌亭の座敷女中をしていた「おいねねえさん」の、シャキッとした気働きの良さでもあることは勿論である。

さて、窪川と結婚した窪川いね子は、その後、東京モスリン工場争議に取材した五部作などを書き、当時、目的意識性を重視した文学理論に忠実であろうと努め、いわゆる「政治の優位性」をほとんど絶対の要請としていた尖鋭なマルクス主義文学運動に突き進んでいった。治安維持法下の非合法共産党を守ることが、そのまま文学的情熱の源泉となるような左翼浪漫主義の時代であった。戦後に書かれた長篇『歯車』（一九五九・一〇）に、一九三二年（昭7）春から一年間の困難な半非合法活動の有様が明らかである。三二年三月窪川が逮捕され、四月、いね子は一人で女児を出産しなくてはならなかった。乳児の養育、夫への差入れ、祖母、長男、次女、手伝の少女らの生活費の工面、それだけでも大仕事のはずであるが、プロレタリア作家としての創作活動と半非合法の組織活動とを同時並行させねばならない、などとは、今から思えば神わざに近いが、二八歳の女のみずみずしいエネルギーと、非日常的な革命的浪漫主義の情熱がそれを可能にしていた。この年いね子は共産党に入党している。

やがて翌三三年（昭8）二月、小林多喜二の拷問による虐殺を絶頂として、転向が続出し、弾圧強化の中でマルクス主義文学運動は崩壊期を迎える。

『くれなゐ』（一九三八・九）は運動の壊滅とともに、『歯車』の非日常的次元から日常的次元へと復帰をよぎなくされた男女一組の、陰鬱な鋭い相剋を描いた秀作である。

「自分の成長が、女房的なものにどうしても掣肘されそう」だという女主人公の苦悩は、端的にいえば、亭主が討論に熱中し、女房は黙ってお茶を汲んで出す、という世間のしきたりに、われから従ってしまう女の作家の内面の矛盾。仕事上対等の仲間である亭主が、共通の友人と談論の後、お茶でも飲みに出かける時、「女房」は家で後片づけをするのか、という内攻する疑問。こんなふうに書けば、五〇年後の今日なお、古びていない女の問題であることに、むしろ思い索然たる向きもあろう。しかし、中野重治の著名な評言、「女であってしかも女の作家であることの苦痛、これがこの作家を攻めたててきた苦痛の源であり、彼女の肌理のこまかさとは、この苦痛にひたと直面してきたこの作家の、作の額に滲ました、むしろ作の手のひらに握りしめた脂汗としてみられるものである」[*4]という独特の評言にあたいする表現の実質によって、『くれなゐ』は秀抜である。

「夫を愛していながら、独り暮しの自由さを希ませる矛盾は、女の生活の何処にひそんでいるのであろう」と涙をあふれさす女主人公は、夫のため世間普通の女房をかしずかせたら、などと空想することがあるのだが、それが現実となって夫がほかの女を愛し、そのもとへ行こうとした時、彼女は激しい嫉妬に惑乱する。ついに「台所のガス自殺」にまで導かれた女主人公の絶望と虚無とは、自分の自殺が長屋のかみさんと全く同じものであり、彼女たちへの裏切りでもあるという明らかな自意識によって、一層深い。

夫を愛していながら独り暮しの自由を希ませる矛盾は「女の生活」にあるのではなく、根本的には男の生活にある、ということを、この時作者は女主人公に教えるべきであった、と今日の眼からは考えられるだろう。しかし、社会主義革命もまた、女を解放しない、と見極めるようになった一九八〇年代の女たちにして容易にいえる言葉である。『樹々新緑』の青春と輝ける革命の理想とを、ふたつながら失おうとしていた哀しい女の、血の流れる苦痛と絶望とは稀有な表現を得ているといってよい。

『くれなゐ』に続く時期を描いた戦後の作に『灰色の午後』（一九六〇・三）がある。夫の情事を探ろうとして独特の直覚を働かせながら、女主人公は嫉妬と猜疑にからまれ、疑心暗鬼に動乱する。情事の相手は『くれなゐ』の女性ではなく、夫婦共通の友人で作中女医とされているが、作家田村俊子であったことは周知である。『くれなゐ』よりももっと陰惨な、壮年男女の相剋と官能の図とがくりひろげられる。事件が明るみに出て惑乱の極に達しながらも、子供をつれ、夫と別れる決心をした女主人公は、その土壇場になって愛欲の泥沼に溺れる。

「あゝ、共犯だ、共犯だ、どこかでそう叫ぶ彼女の悲痛な泣き声は、官能の泣き声の中にひとつになって妖しい勝利を挙げていた」

右の一節にふれて「情痴に眼くらみ、是非善悪を一瞬にして見失った暗いデカダンスの世界は、読む者の心を凍らせる」とは平野謙の評である。至当な評言ではあるが、女のなかに満ちてくる「官能の泣き声」の、「暗いデカダンス」にまみれるほかない、女にとっての哀しい不当さのようなものは、見すごされているのではないか。ともかく、文学者の戦争協力という当時の圧倒的な風潮にあらがい、孤塁を守ろうとしていた少数グループから、女主人公もその夫も、この時転落しかけていたのであった。

佐多稲子は戦時下の自分の行動を「隠れ蓑を着たつもり」と思っていたが、戦後、新日本文学会創立の発起人メンバーに加えてもらえなくて、初めて強烈な打撃をうけた。

短篇「虚偽」（昭23・6）に、その時の羞恥と孤独とが描かれる。しかし、戦争協力を傍観しながら、表面上の交友をつづけ、果ては孤立に追いこむような、そういう革命運動の仲間とは何者であろうか、という根本の疑惑がそこにはめこまれている。

「二重に重なる羞恥に、実体をさらして責めを受けるしかないと、年枝はおもった。が、年枝の勝気な性格は、あああ、と、歯がみをするように、性格そのものがぎしぎし鳴った」とある。作者の並でない剛さを示すとともに、この口惜しさ、納得のしがたさは重大な問題を提起していた。

大量転向にひきつづき戦争協力へと大きく崩壊していった戦前の革命運動の必然とその欠陥とを、今こそ戦時下の社会総体との関連のなかでとらえ、戦中体験を思想化してゆくという、「戦後」第一歩に課せられていたはずの課題に、「虚偽」はひとつの契機をあたえたと思われる。しかし、戦後の民主主義文学陣営はこの戦争責任と革命運動批判の課題を正当に受けとめなかった。

戦時下の狂濤に、生ま身をさらして生きた人間のえた教訓は、佐多稲子個人のなかで反芻されていく。旧左翼作家のなかで、佐多稲子ほど誠実に自己の戦争責任に対峙した人はいないだろう。ただ、戦時下の文章を「笑うべき抵抗」とし、自己の「赤い思想」の「弱さ」「浅薄」さを糾弾する佐多稲子の潔さはすがすがしく美しいけれども、問題が個人の倫理や心情のレベルに激しく収斂してしまうのだとすれば、やはり「新しい力」となる困難をもっている。

佐多稲子六八歳の長篇『樹影』（一九七二・九　野間文芸賞）は、戦争責任の傷を深く負いつづけた作家が、その本来の仕事において応えた、見事な責任のとりかたであったと思う。作者はその自伝的作風の系列において、こころの肌にひしと合った傑作を残してきた人であるが、これは実在のモデルのあった作品である。作者の郷里長崎への愛着と、被爆した中年男女の愛と孤独への熱い共鳴とがないあわされ、繊細で陰影深い円熟した味わいをみせている。妻子ある不遇な画家と、華僑の女性との一〇年にわたる深い愛をむしばんで、死にいたるまで理解を絶した被爆者の限りない孤独が、被差別中国民族の女性の孤独とダブって、作者生涯の課題に相違ない反戦のメッセージを、底深く響かせた傑作である。

佐多稲子の長篇力作には、ほかに『渓流』(一九六四・一)、『塑像』(一九六六・八)など党員文学者としての戦後の活動と、党除名にいたる推移を描いた自伝的作品がある。そこにある作者の「わが家」意識の問題をめぐって、とくに書きたいことは多いが、残念ながら紙幅がない。それらは平野謙の綿密な解説[*5]にゆずる。ただひとつ、『渓流』の女主人公が、酒の酔いをかりて古い仲間を、「あなたも駄目、あなたも駄目、あなたも駄目!」と糾弾している印象的な場面があるが、その哀しい声は、男女の修羅とともに、「政治」の修羅をも生き抜こうとする佐多稲子の強靱ないのちの叫びを聞く思いがする、とつけ加えておきたい。

(一九八九・八)

＊1 「佐多稲子解説」『新潮現代文学18』新潮社 一九八〇・三
＊2・5 「佐多稲子解説」『日本文学全集47』集英社 一九六七・一一
＊3・4 「『くれなゐ』の作者に事よせて」「都新聞」昭13・12・22〜26

佐多稲子――『歯車』の吉本恒子

『時に佇つ』を『文芸』に連載した佐多稲子は、たしか七十歳を超えていたかと思う。並ひととおりではないその生涯をふりかえって、心に残るエピソードを選んで書いたこの作は、たんに奥深くきざまれた過去の記憶というのではない。七十歳を超えた老いのなかになお生き残り、繰り返され、思いよらぬ相貌であらわれもする過去である。

「時間というものは人間の中でこういうふうになってくるんだな、というものの凝縮」である、と坂上弘が感動をこめて語っていたが、いくつかの挿話を折り重ねながら、「時」の流れというものにひたと向き合う作家の老年を、そこに見事に浮き上がらせた作である。

全体が十二の物語で構成されているが、その二にあらわれるのが「吉本恒子」である。仕事の打合せにきたN放送局の若い社員が、帰りぎわに「吉本恒子は、僕の、母でして……」という一言を残して去る。あまりに突然耳にした四十年も昔の人の名前である。しかもその人の、その後を示す証人を目前にした衝撃。

戦後のある時、吉本は亡くなったらしいと噂では知ったが、何か始終「細々ながら胸の中に追うていた」人である。彼女に関わるひとつの挿話を「美しいと感じたことがあって、それに関連した自分の軽はずみな行為を書いたものの中にはめ込んで」いたからであった。「書いたもの」とは昭和三十三年（一九五八）秋から「アカハタ」に連載した『歯車』をさしている。

吉本の息子という青年の思いがけぬ出現によって、回想されていく四十年の昔は昭和の初年、佐多稲子は非合法共産党の地下活動を身近で支えながら、宮本百合子らと『働く婦人』の編集に昂揚していた時代である。若い日の「吉本恒子」はその編集の仲間として働いていた。

吉本に夫があるのを承知していながら、なお好きだと告白する男（手塚英孝）の気持に、組織の仲間うちの身びいきからぴったり寄り添い、「いっしょにおなりなさいよ」などと、吉本に何の疑いもなくなれ合う調子でいった時、彼女は厳しい表情のまま

「私、夫を愛していますもの」

といい切ったのである。

はっと、あわてて、「ごめんなさいね」を繰り返しながら「とりつくろいようもなく恥じていた」というのが、いま、ひとつの挿話の内容である。

いま、『歯車』と『時に佇つ』の描きかたを比較してみると、そこに明らかに十数年という時間の推積が感じられる。その間に「吉本恒子」の記憶はいっそう美しく育っている。

「水で洗ったばかりのような、皮膚の薄い引締まった顔」、「てきぱきとして決して暗い表情などはなかったけれど、不思議にその笑い顔の記憶がない」こと、「すらりとした細い線」の「どこかまだ学生のような、理知的な雰囲気」をもったその容姿や人となりの描写は、『時に佇つ』の回想のなかでは、いっそう濃やかに広がっている。『歯車』にはなかったものである。

『歯車』の光線は何といっても非合法下の幹部活動家たちを、クリアに描くために用いられており、彼らの周辺で働く視点人物としての明子（稲子）が、吉本という女性の毅然たる態度に、十分恥じ入る思いをしたのは事実だったとしても、その明子の体験こそがむしろ重要なのであって、吉本自身を充分対象化し、あ

ざやかに描くというふうではない。

しかし、『時に佇つ』では、かつての日の吉本の印象的な姿態が浮かびあがり、その言葉の厳粛なほどの「美しさ」が反芻される。それと対照的に「ぬけぬけと、あるいはのほほんと」「いっしょになれば」などといった自分の「浅薄」「滑稽」「無ざま」さが強調されている。それを「当時の私たちの何かを象徴することかも知れなかった」という具合に、佐多稲子らしい独特の、明確にはいいきらぬかたちで、当時の運動批判にもつなげている。

そして、この『時に佇つ』の回想は、じつは、さらにもうひとつの挿話が重なることによって圧巻となる。吉本の息子という青年に逢って一年がすぎた頃のある日、聞きなれぬ老人の声で電話がかかる。電話の主は意外にも吉本の夫であった。息子は胃癌で死んだという。あまりに突然な電話のため気が廻らず、簡単な会話で電話はあっけなくとぎれてしまった。曇り日の午後をひとりぽつねんとしている老人の姿を思い描く作者は、彼が作品のなかの過去を、――「私、夫を愛していますもの」というあの言葉を、たしかに読んだと直感するのである。余韻の見事な作である。


「吉本恒子」のモデルは「松下米子」だということである。横田文子が次のように語っている。

あの頃、『女人芸術』の編集部に松下米子さんっていう日本女子大を出た人がいましてね。私と小学校から女学校まで一緒だったんですよ。私はもう怠け者の学生でしたが松下さんはずっと優等生で、その松下さんが昭和六年の夏に飯田に帰って来て『女人芸術』の文芸講演会を企画しようというんで、中条百合子さん、平林たい子さんに来てもらいました。（中略）旅館代、交通費と切符の売り上げだけでは足りなくて、私と松下さんとでポケットマネーを出しましてね。松下さんは私と同い年で明治四十二年生まれ。絹糸の問屋をしている旧家の出身でした。秀才なだけでなく美人で有名で、佐多稲子さんが『時に佇つ』の中に書いていますが本当にいつでも水で顔を洗ったような感じの人でした。『女人芸術』の後は地下運動に入り大学の先生と結婚しますがすぐに肺結核になったり、暴力を振るわれたりで余り倖わせではなかったようですね。

尾形明子『「女人芸術」の世界――長谷川時雨とその周辺』ドメス出版　一九八〇・一〇

この証言で気になるのは、松下米子は「結婚しますがすぐ肺結核になったり、暴力を振るわれたりで余り倖わせではなかったよう」だ、という一節である。佐多稲子の「吉本恒子」ははたして純愛神話なのであろうか。

できれば松下米子について詳細を知りたいと思っていたやさき、久保田幸枝「『女人文芸』覚え書（三）」（『ぬかご』73）と『女人文芸』に書いた米子の文章をみることができた。

信州飯田の高等女学校を卒業した十八歳の横田文子が『女人文芸』を創刊したのは、『女人芸術』創刊の四ヵ月あとである。雑誌のノウハウは多く『女人芸術』に学んでいる。昭和三年（一九二八）十一月から六年（一九三一）四月まで十一冊を発行。高女同窓生、在学生十数人で支えた若い女だけの同人誌である。創作・評論・詩・短歌・随筆・展望・座談会などの欄を設け、小文のコメントやアンケート回答ではあったが、与謝野晶子、山川菊枝、神近市子、岡本かの子、平林たい子、林芙美子他、当代活躍の女性作家評論家を巻頭に並べて意欲さかんである。横田はこの八号（昭5・3）の同人寄稿家紹介で松下米子について次のように書いている。

　小学校六年生時分、編輯子は勉強も、学校もない、只焼芋買ひと野球に夢中になつていた時分、氏は、すでに、学校の文才として詩を書き、歌を詠じてゐた。それから、土地の女学校を卒業するまで、別に親友と云ふ程度でもなく交じつて来たが、実を云ふと、何となし、近より難い人のやうに思つてゐた。深く話し合えば、そうでもなかつたが、その時分ほとんど話し合ふ機会がなかつたので只、理性の馬鹿につよい人だなと思つてゐたきりだつた。だが、そのくせ、氏に対して一種の尊敬と、ある程度までの、あこがれに似た気持をもつてゐたからおもしろい。

　氏は、今年、目白を出るさうだが、仕事をみつけることに困つてゐるらしい。これは、過度《ママ》期におけるインテリゲンチア級の悩みであるが、何かいい口がないものかなあとまあ、編輯子も心配してゐる次第である。学窓を出る氏は完全に赤はだかで進むだらうと思ふ。氏の、故郷に於ける家は資産家だ。而し、それに頼るやうな氏ではないと思ふ。氏の本当のものは、これからの生活から生まれるんぢやないかと思はれる。少し僭越な言葉を用ひたかも知れないが、編輯子は氏の、今後の活躍を大いに期待する次第である。

　住所　東京市小石川区目白台日本女子大学　寒香寮

つづいて松下米子自身の文章が記されている。

過去のことは考へたくない

何の変てつもない小学校生活から、女学校、それから目白へと、今日まで廿一年間私の過去はいまさら、何の変てつもない。

しかもこの最近の四年間は今さらかへりみるもイマイマしい位ぼんやりとした半睡状態だつたのです。

したがつて私は過去のことはあんまり考へたくない。

今は、やうやくにして、四年間の生活の殻を押しやぶつて娑婆《ママ》の空気を吸はうとしてゐます。それで、さすがの私の心臓も健康な脈をうちはじめたといふものです。

未来に対する抱負。さあ、一体自身にもどうなるか解らない。しかし、抱負は大いにもつてゐます。とにかく、私としては、自分のもつ過去の残滓を、いさぎよくふりはらふことが、目下急務なのです。

久保田氏の先の「覚え書」によれば、米子は大学卒業後、『女人芸術』の編集に加わっている。「祖父の代に蚕具商として財をなした升屋」の娘で、八人兄弟の七番目、五女。すぐ上の姉は女子大を出て、赤彦の女婿丸山東一の弟稲と結婚。「東大を出た兄さんもいて、子どもにありったけ教育をつける家だった。五十円くらいの仕送りが普通だったのに、米ちゃんは七十円送ってもらっていた。……国鉄の職員の給料が十四円の時代ですに。」（『女人文芸』同人岡島てるゑ氏談）ということである。

「本当のもの」が家庭に頼らぬ「これからの生活」から生まれる、と文子がいい、米子が「半睡状態」の学生生活、「過去の残滓」をふりはらうのが急務だというこの考え方は、昭和五年（一九三〇）当時の日本文壇を被っていた時代の嵐を、鋭敏に感じとったものである。横田文子はすでに昭和三年（一九二八）プロレタリア作家同盟に加入していたが、この年作家同盟長野支部伊那地区双方の責任者となった（坂井信夫・久保田幸枝・東栄蔵共編「横田文子年譜」）。米子の自己改造のコースが『女人芸術』の編集から、さらに『働く婦人』へという道をたどったとしても不思議ではない。

すでに米子は卒業前年の『女人文芸』六号（昭4・6）に評論「前号岡本氏中河氏巻頭言について一言」を書いている。寄稿者の岡本かの子と中河幹子がブルジョア文芸とプロレタリア文芸の区別に反対をとなえたのに対し、異議をのべたものである。

> プロレタリア作家とはその過去に於て尸《ママ》(属)する階級がたとひブルジョアであらうとも、現在プロレタリア意識を把握し来るべき新興階級のために創作する人である。又プロレタリアであつても、未だ階級意識に目ざめずブルジョア趣味をもち、従来のブルジョア作家の書く範囲に於て或は意識において書くならばたとひいかにプロレタリア的境遇にあらうともプロレタリア作家と云へない事は勿論である。

現在の日本において「プロレタリア、ブルジョア二階級の対立が厳然たる事実」である以上、二つの文学は存在するという、階級文学論の主張である。論理明快であり、整った文章である。

ところが、少し前、同年二月の『女人文芸』三号の「年頭随感録」をみると、十九歳になった米子の理論的立場、信条は、かならずしもつねに揺るぎないものではなかったことがわかる。

> 押しせまつた年の暮、私は疲れ切つて家にかへつて来た。そしてせゝこましい、いやに乱れ切つた心

を抱き、しかも今は下らない思想をこの信州の天地にひろびろと放つてしまつた。

飛躍のある文章だが、「私」を疲れさせ、「せ、こましい」「乱れ切つた心」にするのは「下らない思想」なのであろう。郷里の雪の山をしみじみ美しいと眺め、その「放心状態」のまま、あらんかぎり許された怠惰をむさぼり、米子は底深い無力感にひたっている。

「たとひブルヂヨアであらうとも、現在プロレタリア意識を把握し来るべき新興階級のために創作する」そういう人に自分を鍛え上げる、自己革命の理想が、若い米子にどんな負担をしいていたかを、この「年頭随感録」はいたいたしく物語っているだろう。

さらにそこには、芥川龍之介の死について感想が述べられている。芥川は「過渡時代の一詩人」として世を去ったが、「詩」と「理智」との大きな撞着に悩みぬいた。その果の自死は「れいろうとした玉の如く清らか」であるという。芥川を追慕し、その死へのひそかな親縁すら感じられる。当代のマルキスト青年文学者たち、宮本顕治、中野重治らのように、「敗北の文学」を超えて進む、明確な視界は開けていない。かろうじて、「私の思想中樞に一抹の暗鬱をふりそゝいだ」芥川の「暗い芸術」ではなく、できるだけ「明るい芸術」に親しもうと「無意識ながらつとめてゐる」という。

同じ号には「旅のうた」六首もあるがそのうちの一首

ねぐるしくて体の向きをかへにけり、この夜ふかきをたゞに眠らな

こういう米子が『女人文芸』に最後に書いた小説を紹介しておこう。「ある男の話」(七号　昭4・7)がそ

れである。

没落した旧家の長男で、大学生の同郷の男に、「私」は偶然出会った。話しながら「私」の下宿までできてしまった男は、当分家には帰らない、親も兄弟も要らない、「親子の関係なんてものは経済関係を除いたら何もない」などという。下宿の飯で朝からの空腹をみたすと、俄然活気づいて激しく社会をののしった。が、大学を終えたらという話になると「親や兄弟があるから」やはり人並に職を探す外はない。「日本の家族制度が亡びない限り僕のやうな犠牲者が幾人か苦しむんだ」と、彼はうるんだような眼を頼りなく光らせるのである。やがて、世の中は変わりつつある、学校のことなどいい加減にして、あなたも「あつちの理論」をみっしり勉強してはどうかといい、喋るだけ喋ると、「暗い顔つき」をしてあわただしく出て行った。その後、電車の中でふと見かけただけで彼には会わないが、故郷の便りで彼の母の死を知った「私」は、彼がいっそう「涙ぐんだやうな目つきで世の中をのゝしることだらう」と思う。

この作は、資本主義社会の重圧、家族制度の桎梏をまともに受けて悶え、新時代の曙光をめざして、一直線には歩みきれないでいる知識青年の、どこかひ弱な苦悩する姿を浮かび上がらせようとしたもの、といちおういえるだろう。

「年頭随感録」(昭4・2)の低音が、岡本かの子らを批判した「前号岡本氏中河氏巻頭言について一言」(昭4・6)の高音を媒介に、「ある男の話」(昭4・7)の小説空間へと客観化され、同時に語り手の「私」(作者)が自立した、というような経緯を三作にみることができるだろう。

できばえからみれば、米子の小説は評論の明晰ほどには視力の明晰がみられず、描写の力が弱いといえる。「理性の馬鹿につよい人」(横田)という印象はやはり争えぬ米子の特色を示すようである。人物の生動感が少なく、小説空間にふくらみを欠いているが、米子らしい思考の持続を示すテーマ――「過渡時代」の知識人の苦悩——は明瞭な作となっている。

松下米子はこの他、「女人文芸創刊号について」（三号　昭3・12）短歌「姪ひとり生まる」（六号　昭4・8）を書いているが、この小説を最後に『女人文芸』には登場しなくなる。おそらく『女人芸術』の編集に力を注いだものと思われる。

久保田氏の先の「覚え書」によれば、「間もなく不況のあおりで家運は急速に傾いた。米子も不幸な結婚をして、そのあげく結核にかかり早世したというが、詳しいことは同級生も知らない」という。

この家運衰退—結婚—結核の時代が『働く婦人』編集の時代と重なっていることは、『歯車』や『時に佇つ』の描写と符号していることによってわかる。かつて七十円の仕送りを受けていた米子＝吉本は、『歯車』では「囲いなどはない貸家建ての板壁の家」に住んでいる。「水で洗ったばかりのような、皮膚の薄い」顔というのも「結核」をもつ人の面ざしとしてふさわしい。

問題なのは郷里でもまた、米子は「不幸な結婚」をしたと思われていたことである。

大学講師だという「吉本恒子」の夫は「インテリくさくない、どっちかといえば厚みのある風貌の中に若さのもつ無造作というようなものを見せている人」（『歯車』）であった。

ああ、今の人が恒子の夫なのだ、と明子は胸がしゅんとなるおもいで、窓ガラスの外に視線をすえた。私は夫を愛していますもの、ときびしい調子で恒子にいわれたときのことが、一層現実感をもって明子をたたいた。　　　　　　　　　　　　　　　　　　　　　　　　　　　　　　　　『歯車』

先に横田文子が「結核になったり、暴力を振るわれたり」と語っていたが、この「明子」は「吉本恒子」

の夫に、「暴力」を想像することなど、とうていできなかったに違いない。吉本をあきらめた「貝塚」もまた「あの人の主人という人はりっぱな人でした。りっぱな、ね」とうなずくようにいっていた。『時に佇つ』の「吉本恒子」は『歯車』の「夫」との理想的対関係を保ったまま、十七年の時のフィルターのなかでいっそう美しく磨かれたのである。

しかし、よく注意すれば、『時に佇つ』には、「吉本恒子」の印象的な表情が思い出されている。「てきぱきとして決して暗い表情などはなかったけれど、不思議に、その笑い顔の記憶がない」と。

この「不思議」だと一瞬思われた吉本の表情について、しかし「彼女自身気づかぬ病弱のせいではなかったろうか」という方へ、吉本の早死にとからめて、佐多稲子の思いは移っていってしまう。一点の疑惑をさしはさむ余地のないほど、それほどに佐多稲子を打ちのめしていた「吉本恒子」のあの毅然たる美しいひとことは、しかしはたして、青天白日の幸福宣言であったのであろうか。

「てきぱき」と動いて「きびしい」ものをひそめていた吉本＝米子の活動ぶりは、芥川龍之介を追慕するような「過去の残滓」を抑圧し、弱い自分を克服するための緊張したたたかいそのものであったであろう。そのあるべき明日への思いつめた夢のために、あるべき日常が、意志的に物語られる、そういうこともまたありえたのではなかったか。

「吉本恒子」＝松下米子に「笑い顔」が失われていたとしたら、けなげに自らを規制した、その縄縛の強さゆえであったかも知れない。明らかに優れた資質に恵まれていながら、激動の時代のなかで夭折していった一女性の不幸の影を、「笑い顔」を思い出せないという、佐多稲子のその記憶の空洞のなかにみるように思うのである。

（一九九九・七）

佐多稲子――〝抵抗〟の意味

佐多稲子の戦争協力の問題について、戦後、手きびしい批判をあびせたのは宮本百合子である。『女作者』」（昭21・6）という短篇が当時の佐多稲子を語る、として、百合子はその一節を引用しながら、次のように書いている。

「戦争に対する認識は、多枝の抱いてゐた考へのうちで変つてはいないのに、隠れ蓑を着てゐるつもりの感情が、隠れ蓑を着たまゝ戦争の実地も見て来てやれ、と思はせ、また、兵隊や兵隊をおくつた家族の女の感情にもひきずられて、その女の感情で」中国へも立つて行つた、と。だが「女とは云え、それなりの作家根性でもうそれより先には日本の陣地はないといふところまで進んで行つた」心持は、林芙美子の漢口一番のりをさせた女ながらもと、どのやうに本質のちがつたものであり得たらうか。

「明日へ」『婦人と文学』昭22・10

「隠れ蓑を着てゐるつもり」とか「女の感情」とかいう申しひらきよりも、百合子の直情は「作家根性」に激しくぶつかっている。「女とは云え、それなりの作家根性」という佐多稲子の矜持が、現実の文章のうえに、ではどのように表現されたというのか、百合子はそこを容赦なく追及した。周知のとおり、佐多稲子の戦時の文章は、「作者の観察の本質を理解させないほどの奴隷の言葉」である、という評言がなされたのである。

この発言のあとで、佐多稲子は短篇「虚偽」（昭23・6）を発表している。そこに宮本百合子らしい人物Mが登場する。

主人公の年枝（稲子）が戦時の南方行きは金のためだった、という噂を否定したとき、「じゃ、なんで行ったの？」と鋭い語調でMに問い返される。年枝はポソンと吐息のように「私は、見たかったのです」と答えている。ここにも作家根性の告白がある。先の百合子の追及の矛先は、その現実の結果としての表現に向けられていたから、百合子の批判を受けて書こうとするかぎり、会話はその方向に展開しなくてはならないだろう。しかし、「虚偽」の作者は、そこをはずしていく。たたみかけていうMの言葉は次のようである。

「しかしね、作家は、ただ、見たいから、って、立場があれば行けないのよ」

ここで問題になっているのは、作家として戦地慰問に赴いた、行動それ自体の錯誤なのである。それではこのときの佐多稲子は、百合子にきびしく差し付けられた表現の責任を回避しようとしたのであろうか。そうではあるまい。のちにそれは問題にされるからである。おそらくそのことは胸に重いオリのように澱んだまま、そのほかに訴えたい鬱積があったからである。

年枝は、「立場があれば行けないのよ」というMの言葉に一応納得し、うなずいている。「が、戦争の終る少し前に、この友達が自分の食べ料の米袋を下げて、年枝の家にも寄ってくれたのは何だったろう、とおもい出した」とある。この作には「が」という接続詞がめだって多い。主人公の思いがいくどもねじれ、何か鬱積を伴って裏返るからであり、この場合もその重要な一場面である。

「虚偽」という題名にも示されているが、佐多稲子は戦時下の行動を意識的偽装と考えていた。「隠れ蓑を着たつもり」であった。そして、そのことは周囲の古い仲間たち、旧プロレタリア作家たちにも了解されているものと思っていた。ところが、それは違っていた。戦後、新日本文学会の創立発起人のメンバーに加えられないと分かって、初めてハッとする強烈な打撃を受けたのである。「一緒だとおもっていたところから自分だけ遠く離されていた」とわかった、そのときの深い「羞恥」と、「肩先のうそうそする孤独感」が「虚偽」に描かれている。そこでも、「だって、と、年枝は昨日までの友情をたぐるようにし、だって、と心のうちで弾き返した」とある。この「だって」という、あとの途切れた一語にこめられた言いがたい思いは、米袋を下げて寄ってくれたのは、あれは何だったのかという疑惑に通ずる。

ここには、戦争協力を許し傍観しながら、表面的に昔ながらの交友を維持し得たような、そういう革命運動の仲間とはそもそも何者であろうか、という根本の疑惑がひそんでいるといえよう。反戦の運動を広く組織しえなかった前衛の責任、というごとき高遠な問題を問うのではなかった。もっとも身近な旧い仲間の戦争協力を放置し、手をかさず、果ては残酷な孤立に追いこむような、かつての革命運動の仲間とは何であったか、その責任はないか、という問いがそこに横たわっていた。「だって」の一語は、戦後の、いわゆる民主主義文学陣営にそういう問題を提起していた。

戦争協力と分かっていたのなら、そのとき何故忠告してくれなかったかという佐多稲子の疑問には、〝私だけが悪いのではない〟という一種の「甘え」がある、そういう指摘がある。佐多稲子の戦争責任を追及し、その自己批判の不徹底をついた近頃気鋭の論である。[*1]

しかし、終局において問題を個人の倫理に収斂させるリゴリズムによっては、真の問題性が浮かびあがらないのではないか。

長谷川啓は、宮木喜久雄宛ての窪川鶴次郎書簡を紹介しながら、窪川が「自分が逼塞を強いられるだけ、作家としての仕事の上でもあるいは家計のやりくりからいっても、積極的にそそのかしこそすれ、妻の稲子の慰問行きに到底反対したとは思われない」[*2]と述べて、「夫婦の共犯性」を主張している。

その窪川が、「帝国主義戦争に協力せずこれに抵抗した文学者」の資格において、新日本文学会創立発起人に名を連ねたのである。そうした例は窪川のみではなかった。佐多稲子の納得しがたい苛立ちは当然であろう。次のような印象的な「虚偽」の結末には、そうした事態が明瞭に浮き出ていると思われる。

年枝は、Mをおくり出した玄関に立つて、壁に顔を伏せた。二重に重なる羞恥に、実体をさらして責めを受けるしかないと、年枝はおもった。が、年枝の勝気な性格は、あああ、と、歯がみをするように、性格そのものがぎしぎし鳴った。

大量転向にひきつづき、戦争協力へと大きく崩壊していった戦前の革命運動の欠陥と内的必然とを、戦時下の社会総体との関連においてとらえ、戦中体験を思想化することによって、戦後に連続させることが、「戦後」の第一歩であるべきはずであった。佐多稲子の「だって」の一語にこめられた〝抵抗〟は、その契機となりうるものであったろう。しかし、それは正当に受けとめられぬまま、今日にいたる「戦後」風化のコースが決められたのである。

「虚偽」から八年ののち、佐多稲子は「自分について」というエッセイを書いている。その冒頭に、「自分についてだけ言おう、という気持が今もある」と記され、そこには「相当にひねくれた」「傲慢なもの」があるのだ、とも述べられている。ひとつには「虚偽」に表現された周囲への不信と疑惑、羞恥と自己侮蔑のからみあって内攻した未解決のものを、佐多稲子は重く引きずらざるをえなかったからであろう。戦争責任について考えたとき、「生れ変ることができるなら」とは思ったが、死のうとは思わなかった、その理由は、「生きてつぐないたい、などという殊勝なものではなく、悔恨のうちにも自分を見つめたい、周囲をも見つめたいという、ある抵抗感」であった、というふうに佐多稲子は述べる。強い矜持と意地とがなければ、悔恨と自己侮蔑の深さもまた生じない。その張りつめた作家精神を〝ある抵抗感〟と表現したようである。しかし、敗戦直後の旧プロレタリア作家たちは、そういう佐多稲子をあいまいな領域へ追いやった、と思われる。「私は内部の関係でえこひいきされつつ、『作家の戦争責任追及』が提出されることに言いようのない当惑を感じた」と書いている。旧プロレタリア作家として、新日本文学会を主導する民主主義文学陣営に属することで、おのずと戦争責任を追及する側にまわるという妙な位置におかれた。「だって」の一語にこめた抵抗の意志を持ち耐えて、革命運動の歴史の組織的批判にまで、それを押しひろげる内部抗争をたたかうには、おそらく佐多稲子の羞恥と悔恨とはあまりにも深かったのであろう。「いたわられ」「えこひいき」されて、次第にあいまいな領域に立たざるをえなかったと思われる。その頃の友人たちとの今までどおりの接触が「私を救った」（「時と人と私のこと(4)」昭53・2）とも回想されているのを見れば、やはり当時の佐多稲子に、内部からの運動批判という孤塁を守ることは到底不可能だった。吉本隆明、武井昭夫らによる戦後第二期の戦争責任論争を契機に、佐多稲子が一面でいっそうきびしく自己糾弾的であったのは、そうした背景があるからであろう。戦争協力の動機を回想して、たとえば次のような一節がある。

みんなが辛いおもいをしているのに、私は安穏でいる、というおもい。その自責の他にもうひとつの感じ、それは、孤立感であった。本は売れたけれどジャアナリズムの中では孤立した感じであり、近所となりに対しては赤い思想保持者の孤立感で、絶えず近所に気兼ねをしている。その弱さは、私の「赤い思想」の浅薄さにちがいない。孤高などという立場を望んだことのない私は、周囲に混じってゆきたい、という孤立感からの欲求が、私の浅薄と軟弱さだということをその時は知らなかった。

「自分について」『新日本文学』昭31・9

戦争でみんな辛い悲しい思いをしている、ということに泣く、その佐多稲子の優しい女の感情は、たとえば短編「情愛」（昭17・1）に見ることができる。出征する夫とそれを駅に見送る赤児を抱いた若妻が、あたりはばからぬ情愛にあふれて、浄らかにじっと向かい合う姿に、作者らしい人物が感動し、思わず涙ぐむシーンがある。別離に耐える人びとの悲しさを泣く佐多稲子は、それだから戦争に抗議するという方向へ向かうのではなくて、むしろ、その人びとを美化することで、戦争に肯定的な作品となっている、とも言えば言えるであろう。しかし、作品発表の一カ月前に太平洋戦争が開始された。戦争反対を匂わすなど、到底考えられもしないファシズムの狂濤の時代である。祖国と逃れえぬ運命を共にする民衆の、けなげな悲しさに感動するこころには、あたたかな人間真実がある、とも言える。「民衆の悲哀の外にはいたくない、という裏返されたおもい上り」というふうに佐多稲子は、これを自己批判する。戦争の相手国の民衆の、幾層倍かの悲哀のうえに成り立つ戦争である、という現実認識を危うく眠らせてしまったとすれば、「赤い思想」の軟弱はあったかもしれない。しかし、「周囲に混じってゆきたい」、悲哀の外にいたくない欲求は、「おもい上り」でも「軟弱」でもないのではないか。

短編「善良な人達」（昭17・1）には、針仕事で二人の子供を育てている戦争未亡人と、夫婦二人だけの安穏な暮らしのなかでの女主人公が描かれる。未亡人の前では夫の肩の塵を払うのにも遠慮がちに、家器ひとつふたつ揃えるにも疚しい気のするような細かい思いやりと、未亡人のひそかな僻みやら気の昂ぶりやらの交錯しあう日常を描いた好短編である。父親のいない、叱られた子供を夫婦でお酉様に誘ってやる明るい結末も好ましい。この作品が「大東亜戦争」開戦の狂騒音の流れる、一七年一月誌上の発表であることによって、戦争下の現実に覚めた眼を注いだ作であることをむしろ際立たせている。戦争の陰の女の不幸に、優しいいたわりを示す佐多稲子の世界を、やはり「おもい上り」として切り捨てるべきではないだろう。

中国奥地の兵隊たちの切ない望郷の思いを感動的に描くことのできたのも、そういう佐多稲子なればこそである。

夜明けに山を降りかけて、白みかけた山のどこからか、おうい、とひと声呼びかけられた時、多枝の持ちこたえてゐた感情は切れて、彼女は、わざとうしろのものには気どられぬように馬の背に身体はまっ直ぐにしたまま、声を出して泣いた。その、おうい、と呼びかけた声は、兵隊の、まざまざと故郷へ呼びかけた声であった。

多枝は、これら兵隊の姿から目を離すまい、とすることを、自分ひとりの心の支えにした。

『女作者』昭21・3

「赤い思想保持者の孤立感」があって、それでたえず近所に気兼ねしている。「その弱さは、私の『赤い思想』の浅薄さにちがいない」と先に佐多稲子は書いていた。しかし、「赤い思想」を保持することで孤立に陥ったおおもとは、実は当時の「赤い思想」そのものの性格、その移植観念性にあったのである。昭和八年

（一九三三）以降の大量転向のきっかけを作った、共産党幹部・佐野学、鍋山貞親の転向声明書は、当時のマルクス主義理論と土着大衆の生活基盤との乖離を明らかに照らし出した、という限りにおいて正当性をもっていたのである。思想の孤立は単に佐多稲子個人の「弱さ」「浅薄さ」に帰せられるべきものではないだろう。そのような過剰な自責と自己糾弾とによって、日本のロシア・マルクス主義思想と運動の全体は、未曽有の戦争体験によって検証される方途を見失うことになるであろう。

「自己について」のなかでは、さらに作家の表現とジャーナリズムの問題が考えられている。

「新聞社からの誘いだということで軍部に屈服するともおもわなかったところに、ジャアナリズムへの依存ぐせと、戦争そのものへの憎悪を欠くものがあった」と。さらに「……『赤くずれさ』とのかげ口を聞いて、フンとおもいながら、その反撥力の弱さをも気づいていた。しかも尚、『天皇のおん為め』とだけは書くまい、とまでおもいつづけ、その字だけ書かずにいた。その字だけである。笑うべき抵抗。」

戦時期の思想統制下に、ジャーナリズムがいかに当局に迎合し、進んで自己規制を行なっていったかは、今日のジャーナリズム研究が明らかにしている。文筆を廃して転職を考えないかぎり、そのジャーナリズムに依存しなければ、収入を得ることは不可能なはずである。戦時期のジャーナリズムで衣食する以上、多かれ少なかれ、その要求に従うことは必然であった。

食糧増産報国という報国の仕方もある、といったのは硬骨の中里介山であるが、沈黙という抵抗を守りぬくためには、たとえば広津和郎のように家賃収入などを必要とした。佐多稲子のように「ジャーナリズムへの依存ぐせ」という自責に終始するとすれば、戦争責任問題における日本のジャーナリズム、その知識人集団の犯した重大な役割を解明せずに済ますことになるだろう。

戦争憎悪が弱かったのだという懺悔も、ただ弱かったというのではなく、なにゆえに弱かったのかが追及されねばならないだろう。そこに、意識の暗い領域のナショナルなものの存在が問題になると思われる。

「私の泣いたのは、あくまでも自分の接した日本軍の兵についてであって、中国人民の悲惨に対してではなかった。私の心も、そこに身を置いた当時の『日本』に同化していたのである」(「時と人と私のこと」)と佐多稲子はのちに述べて、内部の「日本」に触れている。しかし、同時にまた、「時の情勢に混り入ってゆくことは、結局、安易な道なのである」というふうな自己批判もなされていて、「日本」への同化の問題は「安易な道」と化し、近代史のアポリアとしての民族の問題がそれ以上追及されていないようにみえる。日本の庶民大衆はむろん、知識階級の大多数をも根こそぎ巻き込んだ〝民族〟の血の体験は、今日なお追尋すべき多くの難問をふくんでいる。

「天皇のおん為め」という文字だけは書くまいとしたことを、佐多稲子は「笑うべき抵抗」と自嘲していた。おのずからその他の文章がいかに戦争に協力的であったかを自認しているかたちである。以下、その問題を少し見てみよう。

昭和一八年(一九四三)九月の「髪の歎き」(『オール読物』)は、インドネシアのメダン市の日本新聞支局に勤めるオランダ人の少女の物語である。敵性国人として日本軍に家を管理されるが、支局長をひそかに恋し、次第に大東亜共栄の思想や日本婦道に目ざめてゆく。通俗的色彩が強く、時局の要請に明らかに忠実な作、と言えるだろう。

同じ一八年七月、『新潮』に書いた「挿話」がやはりメダンに取材したもので、作者らしい人物が滞在中、現地で長く働いてきた矢島という日本人と会い、身の上話を聞かされる。捨てられることを恐れ、妊娠するまで可憐な嘘をついていた原住民の娘を女房にしたのだが、原地の女との結婚を勤め先から果たしてどう思われるか、何しろ色が真っ黒いので人前にも出せないし、といった矢島の尽きない憂慮はこんなふうに締めくくられる。「この地で今こそ晴々と働ける日本人として、自分の生活のすべてを何はばかりなく人前に出したい矢島さんの、それは渇するやうな切ない愛憐の情のもつれかとも聞えたのであつた。」

南方の風物も「旅人」の目でのびやかに描写され、ここに日本帝国の植民地支配に対する作者のうしろめたさの感触を見出すことはできない。けれども、南洋で長らく下積みの生活をしてきた愚直な一日本人の、原住民の娘にいだく素朴な情愛に作者の温かい視線が注がれている。大衆誌発表の「髪の歎き」と文芸誌に発表した「挿話」とでは、作者の意識に明らかな相違が認められる。

同様な関係はエッセイにおいてもあって、『婦人公論』発表の「空を征く心――航空記念日に因んで」(昭18・10)と、『文芸』発表の「南の女の表情」(昭18・6)とでは明らかに異なるのである。戦時下の文章を「笑うべき抵抗」として全否定することは、こうした微妙な可能的事態を見逃すことになるのではないか。やはりこれを見れば、佐多稲子に作家的矜持がつよく働くとき、一種のすべり止めが作動しているようである。みんな〝五十歩百歩〟だったという判定は、今日の批評家にとって愉快だろうが、その時に生きた人のその時なりの工夫と勇気とを見失わせる、という意味のことを確か鶴見俊輔が書いていた。

佐多稲子の自己糾弾は、すがすがしく美しい。その稀な潔さは、「生きていた人たちに死者の代理が出来るであろうか」という追及者への追及ともなる。「誰が私のざんげを許すのか」とまで、人間の傲慢を撃とうとする。生きている人間には、死者の代理が、ましてや神の代理が務まるわけはない、そう痛切に思い知ることから、戦争責任論の一歩は踏み出されねばならぬ、と佐多稲子は考えていたと思われる。戦争責任の追及は、そのうえに立って「新しい力となるほどのものとして」解決されねばならないとされている。まことに、そのとおりにちがいないと思う。しかし、人間の傲慢を許さない佐多稲子の自責は、その潔い激しさによって、問題を個人の心情のレベルに収斂させるものであった。「新しい力」となりうるものは倫理的追及から生まれる以上に、社会総体とそこに生かされる生ま身の人間の関係それ自体の解明から生まれるのではないか。生きものとしての人間個人が、いかに脆弱で当てにならぬ存在であるかを教えたのは戦争である。その生きものの精神と生理との解明は倫理的糾弾によるだけでは、いよいよ暗黒に封じこめられるばかりであろう。「自分をかるく扱う女のひ弱さ」(「『女作者』」)が、戦中の誤りに認められるとしたら、いさぎよい自己否定もまた「自分をかるく扱う」誤りとはならないであろうか。

(一九八六・一)

＊1　前田広子「佐多稲子――戦争責任への屈折」『戦争と文学者』三一書房　一九八三・四
＊2　「太平洋戦争期の佐多稲子(下)」『独立文学』8号　昭60・7

宮本百合子「刻々」その他——二重の仮空性

一九五七年、昭和三二年はじめ「戦後に発表された宮本さんの作品では、私は『刻々』が一番いいのではないかと思っている」[*1]といったのは本多秋五である。

「刻々」は『中央公論』一九五一年（昭26）三月号に掲載されたが、執筆は一九三三年（昭8）の六月である。当時も『中央公論』に送られたが、「特高警察の取調べの実状等を大胆に暴露しているため、検閲の関係上到底発表不可能というので雑誌掲載を見合わせられた」[*2]ものだという。一九五一年（昭26）一月の百合子死後になって、ほとんど二〇年ぶりに日の目をみた作である。

それが戦後発表の作品中一番いい、という本多秋五の評価は、著名な『道標』その他、百合子の戦後代表作をしのぐものとしての位置づけであって、「刻々」に対するこれ以上に高い評価はないといってよい。評価の理由については次のように語っている。

戦後の作品には、回顧的なところ、教育目的的なところがあった。「刻々」には、たとえそれが絶無でなかったとしても、それを破ってほとばしるものがあり、中條百合子の「生存の尖端」が生き生きと躍っている。何よりも日本人民の無権利の感覚が生きている。別の言葉でいえば、日本人民の無権利に対する怒りの感情に空虚なところがない。

逆に「歌声よ、おこれ」の第一声にはじまり、「播州平野」「風知草」、『伸子』につぐ自伝長篇『二つの庭』『道標』の完成、おびただしい評論の執筆、といった戦後の仕事は、彼女が戦前の作家同盟解体まぎわの文学者たちの生ま生ましい行状や、戦時下の動態を描くため（それはついに描かれなかったが）「省略することのできぬ清掃作業」[*3]のようなものとしか、本多秋五には見えなかったようである。

ところで、一九五一年（昭26）に「刻々」が発表された直後の「『刻々』所見」（『人間』昭26・4）をみると、本多秋五はじつはずっと厳しい評価をしているのである。

この間の変容に何を読みとるかは、おのずから本多秋五論の問題ともなるので、ここでは立ち入らないが、本稿はむしろ、「『刻々』所見」に共鳴するところが多く、その論旨に近いところから展開を始めることになるだろう。

一九九〇年（平2）以降、ソヴィエト共産党七〇余年の歴史が幻影と化し去り、社会主義体制が世界的に解体するという、かつてない歴史の一大変動期を経験しつつある現在、一九三〇年代の日本の留置場生活の「報告文学」と銘うたれた「刻々」に、新たに読みうるものは何であろうか。

百合子の「生存の尖端」が躍っているという「刻々」には、ソヴィエトの党と日本の党の二重の指導下にあったマルクス主義文学運動はどのように現象していたのであろう。生ま身の身体であがなった犠牲と、無垢なたたかいの情熱とが、二重の仮空性に囲繞されていた特異なその観念の磁場を、あらためて読みといてみたいと思う。

「刻々」とは、一九三二年（昭7）四月百合子が駒込署に検挙された時の、留置場の「刻々」を意味している。これは『プロレタリア文学』に掲載された「一九三二年の春」（昭8・1―2、一部『改造』掲載　昭7・8）の続篇にあたり、登場人物すべて実名を用いた記録小説である。

一九三一年、昭和六年は、いわゆる「ナップ」（全日本無産者芸術団体協議会）の全盛時代として知られているが、この年の末、「ナップ」は「コップ」（日本プロレタリア文化連盟）へと発展的に解消した。

翌一九三二年（昭7）三月から「コップ」にたいする弾圧が開始され、指導メンバーは続々と検挙される。この「コップ暴圧」を境として、日本のマルクス主義文化、文学運動は一路衰退にむかった。

百合子は「コップ」の創立とともにその中央協議会委員、婦人協議会責任者、機関誌『働く婦人』編集長となっていた。

編集長としての百合子はこの雑誌の任務について以下のようにのべている。「婦人大衆をブルジョア文化の影響からひきはなし、解放に向って闘うプロレタリア文化の下に決定的に結集させる」こと。（「婦人雑誌の問題」『プロレタリア文化』昭7・3）そのためには「文化宣伝武器としてのブルジョア婦人雑誌の全散兵線」を周密に検査しなくてはならないとして、雑誌とその読者である婦人層を次の四種に類別している。

第一グループ　婦女界、婦人倶楽部、主婦之友、婦人世界等。〔読者層〕小市民の家庭婦人、農村の富中農婦人ならびに一部の工場労働婦人を含む。

第二グループ　女人芸術、婦人之友、婦人公論、婦人サロン、婦人画報等。〔読者層〕大小ブルジョア有閑婦人、女学生、インテリゲンツィア家庭婦人、職業婦人等。

第三グループ　若草、令女界等。〔読者層〕小学校卒業または女学校程度の年少職業婦人、下級婦人勤人、女学生等。

第四グループ　少女の友、少女世界、少女倶楽部等。〔読者層〕小学上級生、女学生、少女勤労者等。詳細な分類であるが、これらすべてが「ブルジョア婦人雑誌」とされ、共通する特色として大量のグラビア、挿画、同一編集暦の反復、購読者網の確立などをあげている。せっかく読者層の分類が行われかけているのに、雑誌内容の「共通」のブルジョア性だけが抽出されて終っている。正月、七五三、新学期、盆など、全日本のブルジョア婦人雑誌が同一の編集テーマを追って猛烈競争に走り、附録ダンピングを計る。「失業、賃下げ、次第次第の労働強化と工場、農村で闘っている恐慌下の勤労大衆の妻、娘の生活にとって、これらのブルジョア婦人雑誌の浮立った内容は何のかかわりがあろう！」と慨嘆するのみである。

近年、永嶺重敏『雑誌と読者の近代』（日本エディタースクール　一九九七・七）が戦前の婦人雑誌読者のデータを提供しているが、それによれば大正末昭和初期にかけての婦人雑誌読者の中核は職業婦人や女学生で、女工は大正後期からリテラシーが急上昇するものの、なお周辺的読者である。

昭和初年の山川菊枝は、ある印刷工場の女工三〇人全員が婦人雑誌の月極め読者である例をひきながら、女工、女中などプロレタリア階級に属する女性の間に、婦人雑誌が鞏固な勢力を張っているのを嘆き「売上高二十万三十万という大きな婦人雑誌は、婦人の中の最も虐げられ、最も後れている層の中に、確固不抜の勢力を張っている」[*4]と述べていたが、永嶺の調査によれば、婦人雑誌の女工層への浸透度はむしろ弱く、企業が配布する「工場雑誌や修養雑誌の方が上位」をしめている。[*5]それに当時の女工には婦人雑誌よりも「活動写真という魅力的な娯楽」があったからである。しかし、やがて都市中産層文化圏の女性達に普及した講読の習慣が、より下層とくに若い大衆女性に徐々に波及し、「エリート女性文化の一種の模倣過程」がおきはじめるという。

百合子の『働く婦人』がターゲットとした女性読者は誰であったか。ちなみに『働く婦人』創刊時代の主要婦人雑誌の発行部数は次の通りである。[*6]

	（一九二七）	（一九二九）	（一九三一）
主婦之友	約二〇万	四三万	六〇万
婦女界	約一五・五万	三五万	三五万
婦人倶楽部	約一二万	二〇万	五五万
婦人世界	約八万	一七万	一二万
婦人之友	約六万		
婦人画報	約三万		七～八万
婦人公論	約二・五万	三万	二〇万
女性	約二・五万		
女人芸術			三万

大正中期に相次いで創刊された有力三誌『婦人公論』（大5）『主婦之友』（大6）『婦人倶楽部』（大9）が、明治期創刊の雑誌の勢力圏を大きくぬりかえ、その伸張ぶりがめざましい。『働く婦人』はこれら圧倒的な出版量を誇る婦人雑誌の「全散兵線」のただなかで、読者像が不鮮明なままに、創刊号以来発禁につづく発禁という、孤軍奮闘を強いられていたのである。

しかし、毎号にくだる弾圧こそ、プロレタリア文化運動の活躍を、ブルジョア官憲が「どんなに恐怖しているかという明らかな証拠」であると考えられていた。強烈な不屈の精神であるとともに、読者はほとんど問題の外においた前衛主義であり、ウルトラ・オプチミズムともいうことができるだろう。

「一九三二年の春」には、百合子が検挙されてから数日後、蔵原惟人が「やられた」という「震撼的」なニュースが、監房内で囁かれる場面がある。それをいう時の今野大力の「名状出来ない表情」につづいて、蔵原のことが記述されている。

「資本主義日本における激化した階級対立と、その革命性の見とおし、その政治的方向を国際的見地からはっきり摑んでいたからこそ、同志蔵原はプロレタリア文化闘争において頼もしい実践的理論的指導者であり得た」。その論文「プロレタリア芸術運動の組織問題」他の検討を通して、作家同盟の画期的な方向転換が行われたのであり、「文学の基礎が工場、農村の『真にプロレタリア的な基礎』におかれるようになり、サークル活動が勤労大衆の生活にくい入るようになった。／蔵原惟人はすべての革命的勤労大衆に親しい存在であった」と。

一九三一年（昭6）末の「コップ」結成は、ソヴィエトから帰国したばかりの蔵原惟人ひとりの指導によってなされた、といわれている。[*7]

蔵原は持ち帰ったプロフィンテルン第五回大会アジプロ会議の決議「プロレタリア文化及び教育の諸組織の任務と役割」にもとづき先の論文を書いた。そして、芸術運動のボルシェビィキ化をさらに押し進め、「ナップ」加盟各団体が工場農村に直接サークルを組織する、という急進的運動方針を打ち出したのである。度重なる弾圧によって力をそがれ追いつめられていた共産党、全協（全国労働組合協議会）の活動の補塡代行的役割が芸術団体に期待されることになった。これら文化活動が共産主義運動の一翼たるためには、強力な中央集権的組織が作られねばならない。すなわち、「コップ」の誕生である。

しかし、翌一九三二年（昭7）三月、はやくも「コップ」大弾圧が開始され、約四百名が一斉検挙された。検挙をのがれた宮本顕治、小林多喜二らが非合法生活に入り、多喜二の逮捕、虐殺をピークとして転向が続出、運動が内部崩壊に至ったことは周知である。

満州事変という日本帝国主義侵略体制のもとにあって、「コップ」結成のような反撃に出た方針のあやまりは、当時から勝本清一郎らによって、戦後は平野謙その他によって指摘されている。

百合子の「一九三二年の春」は、当然のように蔵原にも「コップ」にも全面的な信頼をよせている。しかし、すくなくとも蔵原は言葉の正しい意味で「すべての革命的勤労大衆に親しい存在」（傍点中山）であったかどうか、百合子は吟味することがあってもよかったのではないか。そう〝あるべきこと〟と〝あること〟とが無意識に融合しているのである。中野重治、窪川鶴次郎、壺井繁治ら重要メンバーが次つぎと逮捕され、組織は壊滅的打撃をうけた、と思うのではなく、われわれはそのようにして「鍛えられていく」のである。「敵」のそのような集中した襲撃こそ「とりも直さずプロレタリア文化運動の拡がりと深さを意味する」のであって、敗北感のカケラもない美事な向日性である。

向日性とは、しかし、強烈な太陽の光に向うだけ、それだけ地上は暗くなる一種の盲目性である、といっていいのかも知れない。「一九三二年の春」にこんな一節がある。

> 資本主義の矛盾はここにも現れて、数人の前衛をうばったことは、逆にこれの何倍かの活動家たちを生み出す結果となっているのだ。
>
> 洋々とした確信が胸にみち、自分は思わず立ったまま伸びをし、空に向いて笑った。声を出さず、ひ

ろく唇をほころばして順々に笑った。

数人の前衛がそれに数倍する活動家を生むというのは、まさにそうあってほしい事態ではある。しかし、それが「洋々とした確信」となるのに必要な媒介はここに何もない。にもかかわらず確信は胸にみちる。膨大な闇の空白が一気に飛びこえられてしまう信じがたい観念性であって、空に向いて笑う、この声のない笑いが、今となってはどこか不気味な印象をあたえるのは否めないだろう。

「刻々」には、不潔な留置場で男たちがあぐらの上にシャツや襦袢をひろげ、虱をとる光景が描かれている。主人公の皮膚もこするとポロポロ白いものが落ち、虱がわき出した。そんな或日の午後、姿は見えず飛行機の爆音だけが聞こえる。

鉄格子の中の板の間では半裸で、垢まびれの皮膚に拷問の傷をもって、飛行機の爆音の下で虱狩りをしている。——

帝国主義文明というものの野蛮さ、偽瞞、抑圧がかくもまざまざとした絵で自分を打ったことはない。自分は覚えず心にインド！　印度だ、と叫んだ。インドでも、裸で裸足の人民の上に、やはり飛行機がとんでいる。人民の無権利の上に、こうやって飛行機だけはとんでいるのだ。（中略）

猶も高く低く爆音の尾を引っぱってとんでいるわれわれのものでない飛行機。——

モスクワのメーデーの光景が思い出され、自分は濤《おおなみ》のように湧き起る歌を全身に感じた。

立て　餓えたるものよ
今ぞ日は近し
これは歴史の羽音である。自分は臭い監房の真中に突立ち全く遠ざかってしまうまで飛行機の爆音に耳を澄した。

帝国主義文明の「徴証」としての飛行機。その爆音下での虱狩りという図に、帝国主義文明の「野蛮」を見てとる視力はさすがに鋭い。しかし、そこから自然にまっすぐに「印度」がイメージされるという、知識的な国際感覚のようなものは、百合子に特有なものではないか。「人民の無権利」をいうなら、現にそのとき日本帝国主義の植民地支配下にあった、朝鮮半島や台湾の、アジア人の顔においてイメージされてもよいはずである。が、百合子の頭の回転の速さはぜひ印度までも滑っていく。[*8]

同様な現象は、飛行機の爆音にダブって、突如「モスクワのメーデー」が思い出されるところにもみられる。それは湧きおこる歌声の幻聴に、全身が共鳴するほどのリアリティで迫ってくる。「洋々とした確信」にみち、空に向いて声のない笑いを笑った、「一九三二年の春」の主人公と同じように、彼女もまた、監房の真中にひとり突立っている。

このふたつの〝突立つ女〟の表象は、蔵原理論とソヴィエトロシアの磐石の無謬性の象徴的立像であるかに見える。

この留置場の経験を、出たらきっと書いておこうと決意する主人公が、監房の日本人「看守の顔を眺めながら」その向う側に思い浮かべるのは、ソヴィエトの革命博物館の光景である。

そこには、種々の革命的文献の他に、帝政時代の政治犯が幽閉されていた城塞牢獄の模型が、当時つかわれた拷問道具を用いて出来ており、粗布の獄衣をきせられた活人形が、「獣のような抑圧と闘いながら読書している革命家の姿を示し」ていた。

　工場や集団農場から樺の木の胴乱を下げてやって来た労働者農民男女の見学団は、賑やかに討論したり笑ったりしながらノートを片手にゾロゾロ博物館の床の上を歩きまわる。が、ここへ来ると、云い合わせたように誰も彼も黙ってしまった。（中略）

　がっちりした肩を突き合わせた彼等の密集は底強い圧力を感じさせた。執拗な抗議を感じさせた。彼等が闘いとった権力をもう二度とツァーに返すものかという決意が、まざまざ読みとれ、彼等はやはり言葉すくなに、携帯品預所でめいめいの手荷物をうけとり、職場へ戻って行くのであった。

　日本のこの留置場の有様が、そうやって革命博物館の内にそっくり示される時が来たら、赤いネクタイを首にかけたピオニェールたちが、どんなにびっくりして、その不潔、野蛮な様子を押し合って眺めるであろう！

　その日のためにも、自分は書いて置く。そう思うのであった。（傍点原文）

　ここにいう「赤いネクタイを首にかけたピオニェール」は、ソヴィエトの少年であって、日本人少年ではないかのようだ。日本の「この留置場の有様」が展示されるのは、ソヴィエトの革命博物館であるかのような印象をあたえる。

　熱情的なプロレタリア国際主義の夢が、日本独自の革命という主題をしばしば薄れさせている。そして、さらに問題なのは、ソヴィエト同盟の労働者、農民たちが、帝政時代の野蛮な抑圧、無権利状態から、完全に自由な幸福な生活の享受者としてイメージされていることであるだろう。

「刻々」が執筆されたのは一九三三年（昭8）六月のことであった。

百合子が湯浅芳子とともにソヴィエトへ出発したのは一九二七年（昭2）一二月（帰国は一九三〇年〈昭5〉一一月）のことである。じつはその一九二七年、ソヴィエト国内には戦争の恐怖による社会的パニックが発生していた。塩や灯油が買いだめによって店頭から消え、市民は小麦粉から乾パンまで買いあさり、農民は政府への穀物売り渡しを渋った。スターリンは非常措置を発動して、強制的に農民から穀物を徴発した。

翌二八年（昭3）、スターリンはクラーク（富農）に対する非常措置を指示した。ウラル地方ではこれをためらった地元幹部一、〇〇〇人以上が更迭され、この年、ウラル＝シベリア方式という名のもとに非常措置が全国に広められた。

翌二九年（昭4）、こうした中で「ネップ」政策を否定した、スターリンの「上からの革命」が発動されたのである。その前触れはすでに前年二八年（昭3）五月、党扇動宣伝部長クリニッキが文化領域におけるプロレタリアヘゲモニー確立を呼びかけた、階級闘争としての「文化革命」である。文学団体「ラップ」はプロレタリア文学の「ボリシェヴィキ化」を宣言し、教育関係の部局には「文化革命の戦闘的参謀本部」たることが要請された。

「上からの革命」の中核は農業の全面的集団化、クラークの絶滅であった。農村に送りこまれた都市の青年が、強制と熱狂とによって農民コルホーズに加入、経営熱心な篤農はクラークとして追放された。全生産手段の没収、逮捕、北部追放、分散移住、ということになったクラークたちは、当然ながら抵抗する。テロ件数は、三〇年（昭5）の一月から三月の間だけで二、二〇〇件、八〇万人にのぼった。彼らはさらに家畜の屠殺によって対抗したという。

この危機に直面したスターリンは全責任を地元活動家に押しつけ、集団化にブレーキをかける。農民たちは一斉にコルホーズから脱退したが、再びしめつけが行われ、三一年（昭6）夏までに集団化率は五二・七パーセントに達したといわれる。

「上からの革命」の今ひとつの柱は強行的な工業化である。一九二九年（昭4）に採択された第一次五ケ年計画によって、二八年（昭3）から三二年（昭7）の大工業粗生産は二・八倍、生産材生産部門は三・三倍増が目標とされた。しかし、労働者たちの熱狂を全国的に組織する中で建設が進められ、目標額は上向修正され、「五ケ年計画を四ケ年で」という呼びかけがなされる。

この強行的工業化は穀物の輸出によって、機械設備、工業プラントを輸入することで可能なものだった。一九二七、八年（昭2、3）の穀物調達危機で輸出穀物は三四万トンに激減、二九年（昭4）も同様だが、三〇年（昭5）の豊作時八、三五〇万トンの収穫から二、二一〇万トンが調達されその中から五〇〇万トンが輸出された。翌三一年（昭6）、六、九五〇万トンに落ちた収穫から二、二八〇万トンも調達し、五二〇万トンが輸出された。この穀物輸出は完全な「飢餓輸出」であった。三三年（昭8）には深刻な飢饉にみまわれ、死者数百万人が出たといわれる。

ともかくこうした犠牲の上に、強行的工業化は一部目標額をのぞけば、充分な成果をあげることとなったのである。[*9]

以上のように農業集団化と強行的工業化と文化革命とを通じて、経済の一元化、指令経済化が進み、党と国家の一体化、国家社会の一元化が実現され、人類史上かつてない新しいシステム、国家社会主義体制としての全体主義的体制の基盤が完成されたのであった。
その頂点に立つスターリンの独裁権力が、キーロフ暗殺（一九三四・一二）以来、かつての革命の同志たち、ジノヴィエフ、カーメネフ、トロツキー、ブハーリン、ルイコフはじめ反対派を根だやしにした党粛清、銃殺とラーゲリ死者を含む犠牲者総数、数百万以上（犠牲の規模は最新資料にもとづき研究が進行中だがなお不確定）といわれる大テロルが行われたことは、まぎれもない歴史の事実である。[*10]
「刻々」の中の革命博物館を見学する労働者、農民の男女は、ちょうど第一次五カ年計画進行のさなかにあった人々のはずである。それにしては、何という清朗な光景であるだろうか。

向い合って坐っていた女給が突然、

「いやァ！　こわい！」

と袂で顔を押え、体をくねらしたので、自分はびっくりして我にかえった。

「どうしたの？」

「だってェ……あんた、さっきからおっかない眼つきして、私の顔ばっかり見つめてるんだもの……」

「そうだった？」

思わず腹から笑い出した。自分は、ただいつの間にか一ところを見つめていたばかりで、それが誰かの顔だか壁だか、見ているのではなかったのであった。　「刻々」

毎日同じ監房で起居を共にしている女給の顔を、刺すように凝視していながら、そのことに気づかないという主人公のこの視線は特徴的である。対象が生ま身の人間であることを容易に無視できる、一種非情な抽象的視線ともいうべきものである。女給はこのとき一個の石ころ同然である。

　主人公の意識にこれほどの集中をもたらしたものは、その直前の母親との面会である。呑気に犬の仔の話などしていられなくなった母親が「国体というものを一体お前はどう思っているのかい？」と口にしたとたんに、主人公は「湧き起る顫えるような憎悪」を覚えている。この激しい身体的憎悪は、「反動的」な弘道会に出入するような目の前にいる母親に触発されてはいるが、その母親を貫いて、彼女をそのように仕向け「利用」する「敵」に一直線に向うのである。残酷ともいえる抽象的視線がここに生じている。

　二度目に面会にきた母親が耳元で、はやく白状して、あやまってしまえと囁くとき、主人公には「動物的な憎悪が両手の平までこみあげて」くる。彼女は「一言一言で母親を木偶《でく》につかっている権力の喉を締めつけるように、『私は、金なんぞ、だ、し、て、はいない』」といい放つ。

　敵権力に向かう視線が抽象的であるということと、その権力が「喉」をもつ動物のメタフォアで生ま生ましく語られるということとは、一見撞着するかにみえて、じつは同じメダルの両面であるだろう。権力との闘争という具体的政治過程がともにきわめて観念的レベルにあることの証である。

　「昭和七年に、これほど毅然と訊問に対することは、知る人ぞ知る、実に至難だった」とは、拘留の体験をもつ本多秋五の感慨であるが、「刻々」の主人公の特筆すべき剛毅さは、このような観念の虹によって支えられていた、といってよいだろう。

　蔵原惟人と同じくプロフィンテルン第五回大会に出席し、新テーゼ草案を叩きこまれた風間丈吉が帰国したのは、一九三〇年（昭5）一二月であるが、日本共産党はすでに同年の七月、田中清玄、佐野博、岩尾家定ら中央部すべてが検挙され組織は壊滅状態にあった。

「一兵卒として、走り使いとして使われたいと勢い込んで帰ってきたのに、指揮者になれ！といわれ」風間は「腰を抜かさんばかり」に驚いたという。（「雑草の如く」）残っていた唯一人の松村とともに、日共再建の努力をはじめた風間は、同志松村について、「一切の組織上の連絡線は彼の手に集中されていた」と述べている。コミンテルンとの国際連絡線、全協、反帝同盟などの下部大衆組織、また技術部（資金、アジト、地下印刷、武器などの担当）関係の組織は、すべて松村に掌握されていた。この「同志」松村こそ、今日では知る人ぞ知るスパイMとして著名な人物である。

「最も成功した公安スパイであったと同時に、最も成功した共産党オルガナイザーでもあった」とは立花隆『日本共産党の研究』上（講談社、一九七八・三）の記すところである。その巧妙な手口において天才的智能に恵まれていたようだ。

この頃の共産党は資金網作りに力を注ぎ、前代未聞の大カンパ網を作りあげていた。月三円以上を提供するシンパが一万人はいたといわれる。むろんこの資金網は松村が一手ににぎっており、シンパたちは次々と検挙されていった。「刻々」の主人公が純粋な「動物的な憎悪」にふるえつつ、護ろうとした実体は、じつにこのような虚妄の組織だったのである。

ソヴィエトから帰国した百合子が東京駅で一等車から降りてきたことは、野上弥生子や平林たい子の印象に強く残ったらしいが、その実務を今野大力がきりもりした『働く婦人』の編集長時代、百合子は派手な洋装で印刷所を訪れ今野をあわてさせたこともあったようだ。（当時は洋装自体が目立った）

その今野大力が重態の中耳炎のまま監房に放置されたときの百合子の堂々たる闘いぶりは、非の打ちどころがない美事さである。主任、特高、看守らがずらりと居並ぶ中へ呼ばれて来た医者を「一寸！」と呼びとめ、病状を追求したり、病院へ入れるなら「斯う斯ういう病院へ紹介していい」から、と主任をせきたてたりする態度は、おのずから一等車に乗ることが可能な百合子の日常感覚――人を使う側に固有の無意識をあざやかに浮き上がらせている。

「一九三二年の春」に、夕方帰宅したところを主人公が検挙される場面がある。手伝いのヤスという小娘の扱いかたなど「木の端くれか何か」のようで、志賀直哉によく見かける「奴隷に対する主人の態度」[11]が感じられるといわれたものである。

小娘ヤスの場合ばかりではない。「刻々」の監房は三畳たらずの広さだとされているが、そこに押しこまれた六人の女たちは、それぞれ「売淫」「堕胎」「媒合」「気違い」といった閲歴のためであろうか、主人公にとってほとんど何の興味も価値も認められない存在であって、描写の対象になっていない。壁か石ころ同様に凝視された女給のいたことは、先にみたとおりである。ここには彼女たちが「女」であるが故に蒙らねばならなかった不当な負荷の追求、社会のジェンダー構造に対する視野はこのかぎり開かれていない。

今日では、七〇年代の階級内ジェンダー支配を問題化したラディカルフェミニズムを超えて、フェミニズム内部にある階級支配が問題化されている。「刻々」の主人公の美事な剛毅さを支えていた観念の虹、その革命幻想の二重の仮空性が証《あか》される場は、同時にまた「女」が均質のカテゴリーでないことを証する場にもなっている、ということがいえようか。

＊1　「人間の大きい作家」『サンケイ』昭32・1・21
＊2　「宮本顕治附記」『中央公論』昭26・3

＊3　「宮本百合子―人と作品―」『宮本百合子研究』新潮社　一九五七・四
＊4　「現代婦人雑誌論」『山川菊栄集5』岩波書店　一九八二・六
＊5・6　『雑誌と読者の近代』
＊7　平野謙『昭和文学史』筑摩書房　一九六三・一二
＊8　佐多稲子の百合子に関する回想によれば「あなたはあまり頭の回転が速過ぎて、ここに丸いものがあるとすると、そこから離れていってしまう」というと、百合子は「それじゃあ丸いものを貫いてしまうわけね」と応じたが、じつは「的を貫いているのではなく、丸いものを滑ってしまって離れちゃう」のだという。尾形明子『「女人芸術」の世界―長谷川時雨とその周辺』ドメス出版　一九八〇・一〇
＊9・10　工業総生産目標四三三億ルーブリ達成。生産材生産部門目標一八一億ルーブリ→二三一億ルーブリ達成。総雇用目標一、五八〇万人→二、二八〇万人達成。
　以上、第一次五カ年計画とその後のスターリン独裁政権に関しては、ソヴィエト崩壊後の新資料にもとづく多くの研究が出されている。和田春樹『歴史としての社会主義』岩波書店　一九九二・八、塩川伸明『終焉の中のソ連史』朝日新聞社　一九九三・九、同『現存した社会主義』勁草書房　一九九九・九、マーティン・メイリア『ソヴィエトの悲劇』上、下、草思社　一九九七・三その他
＊11　本多秋五「宮本百合子論の一齣――『冬を越す蕾』の時代」『現代日本文学論』眞光社（一九四七・九）及び臼井吉見編『宮本百合子研究』津人書房（一九四八・一〇）に掲載のものにこの言葉がある。『本多秋五全集』第一巻（菁柿堂　一九九四・八）では、この部分が「本能的に主人階級の眼でみられた召使」となっている。

（二〇〇〇・六）

中野重治「村の家」――転形期の農村とジェンダー

「村の家」（『経済往来』昭10・5）冒頭の場面。――いっこうにはかどらぬ翻訳に倦んだ勉次が、縁側の小物置を開けて、「宗門改め村人別」帳を引き出して読んでいる。

とそこへ、あけっぱなしの玄関から入ってくるのが田口である。百姓の片手間に、勉次の父孫蔵と組んで「生命保険の村代理店」をしている。その日の用向きは、長男が死んで半年もかけなかった保険金三千円が、孫蔵の奔走で首尾よく取れた、その礼として、百姓のよこした金を持ってきたのである。

「村の家」はこうして保険金の話ではじまるが、最後もまたその話で閉じられる。勉次と孫蔵との会談のあいだ中、追い払われて田口のところにいた母クマが、「保険の礼アやつぱしもろておきないといね」といいながら、「卓袱台《ちゃぶだい》の方へ寄つてきた」ところで終わる。「村の家」は生命保険の保険金を枠にして構成されているといっていい。

一般に生命保険「代理店」は、新規契約と保険料集金機能とを兼ねていたはずであるが、孫蔵と田口とが、そのことにどうタッチしたか作中では明らかにされていない。しかし、保険金という枠組の設定自体、「村の家」における日本農村の性格を巧妙に示唆する仕掛であるだろう。

中野重治が「転向」出所した一九三四年（昭9）の当時、民間の生命保険会社は三三社、保有契約高は一〇〇億円を突破したといわれ、生保業界は満州事変後、財界における地位が大きく上昇した黄金時代を迎えている。すでに一九一一年（明45・大1）、日本人の三〇人に一人が何らかの保険に加入していたという調査[*1]もある。そうした資本主義体制、市場経済のただなかにある日本の農村が、どのような変貌をとげつつあるか。小説「村の家」の視野は何よりもそれに向かって切り開かれている。

出所後の重治がはじめてかいた「村の話」という短い文があるが、「帝国大学新聞」（昭9・9・17）発表のそれは以下のようにはじまる。「この夏私は何年ぶりかで生まれた村の家でひと月ばかり暮らしてきた。おふくろの顔なぞも五年ぶりで見た。いろんな変りが目についた」

重治は出所後しばらく一本田《いつぽんでん》（福井県坂井郡高椋《たかぼこ》村・現丸岡町）の「生まれた村の家」へ帰っていた。その「村の家」に唯一「おふくろの顔」の重なるのも小説「村の家」と比較して興味深いが、それはのちに論ずるとして、ここでは一文の主題にそった「村」の「変り」に注目したい。

重治は子供時代をともにすごした仲間たちの死や離村、繰り返される離婚、結婚、多産の子供の病気や死など、彼ら彼女らのおびただしい境遇の変化——そして何よりも、農業で生計《くらし》をたてる村の変貌の大きさを語っている。

ずつと以前は畑地《はたち》もかなりあつたが、だいぶまえの耕地整理でみんな田になつてしまつた。そしてさかんに米をつくつてきた。それがこのごろは田地《でんち》の一部をつぶしてまた畑にして野菜をつくつている。西瓜《すいか》とかトマトとかいうものをさかんにつくる。しかしトマトなどを自分で食うものはほとんどない。胡瓜《きうり》、南瓜《かぼちや》、茄子《なすび》の類《るい》に至るまでつくり手自身はあまり食わない。食つても売れ残りの悪いところを少量だ。米など作つていられないという調子がどこにも見える。生産の主力がだんだん移動している。（中略）米などは、ちようど売る米を持つていたとしても、相場のことを知らないからいつまでもひどい安売りをくりかえしている。

助かつているのは人絹のおかげだ。人絹は今のところ大繁昌で、嫁も娘もおふくろもそろつて機屋《はたや》へ通う。まだ二年くらいは機もきくだろうといつている。これがきかなくなつたらどうなるかということは心配しているが、とにかく目の前のことが大事で、女という女は機織工場へ通つている。

一本田のある福井県坂井郡は県下随一の農業地帯といわれたところである。しかし、いまは以前のような水田風景は見られなくなった。農民は田を畑にかえ、野菜作りに励んでいる。米の値段が暴落し、安閑と「米など作つていられない」からである。

周知のように一九二九年（昭4）一〇月のアメリカにおける株価大暴落に端を発した恐慌は翌年には日本に波及した。中小企業倒産、失業者激増、大幅な賃金カットをもたらし、国民購買力の減少による農産物価額の暴落は深刻な農村不況を引きおこした。近代日本史上最悪の不景気といわれている、この昭和恐慌によって、農産物価額の下落は、米、一九二九年（昭4）を一とすれば一九三一年に約〇・五、繭は一九三四年（昭9）に三分の一に落ちこんだ。野菜も「キャベツ五〇個で敷島《しきしま》（タバコ名）一つ」といわれるほどの惨憺たるものであったという。*2

米価ほどでなくても、食用農産物はすべて五、六割に近い惨落とされているから、恐慌下の農民は、畑作に変えたところで、「売れ残りの悪いところを少量」食うのが精一杯だったわけである。重治の「村の話」はこの「昭和農業恐慌」といわれる農村窮乏の姿を、具体的に伝えていたものである。

一方、昭和恐慌期にめざましい成長をとげた産業はレーヨン工業であった。恐慌下の為替低落と関税保護によって帝国人造絹糸（テイジン）東洋レーヨンその他が急成長し、世界生産量の二八〜九パーセントをしめ第一位となった。なかでも福井県の人絹生産はめざましく、一九三五年（昭10）に全国生産量の三分の二を占めるほどで、丸岡はその一拠点となった。その頃高椋《たかぼこ》村だけで工場七二、織機一〇八五台があった[*3]とされている。

「嫁も、娘もおふくろも」「女という女は機織工場へ通つている」というのも決して誇張ではなかった。こうして一本田の農村は、資本主義市場経済の侵蝕をまともに受けており、伝統的な共同体の基盤は崩壊しつつあった。「村の話」はそのような日本農村の現実の「変り」の認識にたったエッセイである。

小説「村の家」はエッセイ「村の話」と交差させて読みうるものであって、そのとき、循環する時間とともにある「農耕の民」の共同体とか、「縦の結合体」としてある「家」というような「村の家」読解における在来の農村概念は通用しない。同時に、吉本隆明、江藤淳、桶谷秀昭など一連の「村の家」論にも共有されている父孫蔵の肯定的評価や美化も転倒されねばならないであろう。

孫蔵を超えて、転向の再転向を志した勉次の戦略はいったい何であったか。しかも、そこに構造化されたジェンダー（文化の構造にはめこまれた性差）が、どのように機能していたか、そういう問題を射程にいれた新たな読みが、必要とされているように思う。

「村の家」の冒頭、家中あけっぱなしの板の間から眺められるのは、天井からさがった「煤だらけの太鼓」、框にかかった「沢潟紋ちょうちん箱」、柱にかけた「分銅のとまつた古ぼけた柱時計」である。

この三つのものを「選びとる勉次の視線」を重要視したのは林淑美「勉次の家・重治の家――村の家」（「日本文学」昭61・8『中野重治　連続する転向』八木書店）である。たとえば次のようである。

とまった柱時計が農耕の民の可逆的で反復する時間体系を意味し、太鼓が勉次と祖父との通い合う血脈を意味し、これに家紋のついたちょうちん箱を加えれば、冒頭の、村の家の板の間の空間をさまよった勉次の視線は、先祖から子孫へと伝わる縦の結合体としての家を見たということになる。（中略）父母の不在で始まる「村の家」の冒頭は、勉次を迎えたのが紛れもなく家そのものであったことを伝えている。（傍点原文）

印象的な冒頭部の、あざやかな読みであるかにみえるのだが、どうやら時計、太鼓、ちょうちん箱という三つの古道具セットを、「村の家」の神話化に、都合よくつなぎすぎているようである。

「分銅のとまつた柱時計の下で、孫蔵、クマ、勉次、親子三人が晩めしを食つている」という一家集合の情景が示すように、このとまった柱時計は、たしかに他の古道具の及ばない、シンボリックな意味作用をもっている。

しかし、とまった柱時計は、「村の家には時計で計算される時間が欠落」しており、そこに「同一の時間が年々繰り返される農耕の民の時間体系」があることを示すだろうか。「村の話」でみてきたように、昭和農業恐慌下の農村には、先祖たちも繰り返した自然時間はもはやなく、市場経済に必死に適応するための時間がそこに流れている。そして村の機織の女たちは、まさに近代の「時間」体系のなかで活気をおびてさえいたのである。

「分銅のとまつた柱時計」とは、むしろ農耕の民の時間の運行停止を意味するものであるだろう。資本主義商品経済の浸透が、かつて自然の運行とともにあった農村の牧歌的時間を破壊していることは、なにも小エッセイ「村の話」に引きつけた解釈なのではない。なによりも小説「村の家」が明らかに語るところであって、孫蔵が獄中の勉次にあてた「あの美しい手紙は、農耕歳時記でもある」（林淑美）などというのも、美しい幻想にすぎないのである。

「其年の豊凶が定まる」という土用五郎の日にかかれた孫蔵の手紙は、この日の快晴を喜んでいるが、つづいて、以下のような言葉がつらねてあるのを見のがしてよいはずはないのである。

農村の困難は農産物の下落から来たもので、肥料と税金を差し引けば殆ど残らぬ状態で、過般藤田氏一部の整理を行うたが、一坪五円で買うた田が七十銭で売買になつたという事です。これで一般を想像出来ることと思ひます。

父は当年六十七歳でモー此の世の者でないが、生き残り居る為め心配斗《ばか》りしてゐる為めか、本年に入り老《おい》の急に加はつたのを感じられる。殊に農産物の下落と家庭内の不幸とに依り、収支計算合致せず大いに閉口して居ります。今の処《ところ》万事行詰り、羅針盤なき航海の如く成行き放題といふ始末です。此辺は御身《おんみ》も十分了解して置いて貰ひたい。父は老年であるから仮令《たとえ》餓死するも運命とあきらむれど、母や女達兄弟どもは如何《いか》に成り行くや、又《ま》た堪へ得らるるやが心配である。

これは深刻な農業危機を告げる手紙といってよいだろう。一般的にいって、小作料収入だけで生活を維持できるのは、一〇町歩以上の地主と考えられているから、「二町何反」かの孫蔵のような零細地主は、小作料収入は副次的で、自作その他兼業収入がなければ普段でもやってゆけない。孫蔵が家を外に「ながい腰弁生活」を勧めあげた人であり、現在、生命保険代理業を営むのもそのためであろう。

昭和農業恐慌における農産物の惨落は、耕作農民のみならず、膨大な数にのぼる中小零細地主の経営破綻を決定的にし、日本の地主制土地所有の解体をすすめたといわれる。

「万事行詰り、羅針盤なき航海」とも「餓死するも運命」ともいう絶望的なことばで、そうした事態は語られている。また「世間は少しも思ふやうに行かぬものと見え」とか「世の中は自由にならぬもの」という述懐をともなって、近隣の人びとの病や死、発狂、事故などさまざまな不幸が伝えられている。この孫蔵の視線は、エッセイ「村の話」の「私」が共有している視線であるといえるだろう。獄中でたたかう勉次を支えていたのは、こうした、孫蔵との連帯意識であり精神的交流であったのである。さまざまに郷里の惨状が伝えられていながら、勉次が「父の手紙は楽しかった」と思えるのはそのためにちがいない。

しかし、勉次の「帰郷」を境に、孫蔵の像は大きく変化している。それは親子三人が晩めしの卓袱台《ちゃぶだい》を囲んだときの、孫蔵と勉次の極端な非対称としてあらわれている。

孫蔵は右足を左股《もも》へのせたあぐらで桑の木の飯椀でがぶがぶ口を鳴らしている。ときどき指を入れて歯にはさまつたものを取りだす。大きな黄いろい歯が三十二枚そろつている。「あははんつ」と非常に大きな咳払いをして、大きな厚い手のひらで顔をぶるつと撫でては話しつづける。大きな五分刈り頭、額の太い横皺と太い眉のあいだの縦皺、高くて長い鼻、馬のような大きな二重《ふた》瞼《えまぶた》の眼、眼尻のいくつにもわかれて重なつた皺、大きなくちびる、盛りあがつた顎、おとがい、どこもかしこも立派で大きい。

（中略）

勉次は近眼鏡をかけている。短めのオールバックで、横びんの毛が薄くて地が透いて見える。薄い眉、とがつた頬骨、ややそつぱ加減の口もとなどは母親似だ。おとがいも小さい。細い首根つこが痩せた肩へつづく。からだは、肩も、胴も、腰も、手あしもこつこつに痩せている。

孫蔵は不自然なほどに巨像化されており、勉次は逆に卑小化、醜化がいちじるしい。語り手によるこの操作は、小説の後半部をしめる孫蔵の独り語りの圧倒的印象を、いっそう高めるために役立っている。ここには一種猛然とした、堂々たる家長の風貌をもつ孫蔵はいるが、「モー此の世の者でない」とか「老《おい》の急に加はつたのを感じ」るとか「餓死するも運命」とかかいてよこした孫蔵はいない。次の引用は孫蔵の長広舌の有名なサワリであるが、それを口にするにふさわしい巨像化である。

おまえがつかまつたと聞いたときにや、おとつつあんらは、死んでくるものとしていつさい処理してきた。小塚原《こつかつぱら》で骨《こつ》になつて帰るものと思て万事やつてきたんじや……（中略）いままで書いたものを生かしたけれや筆ア捨ててしまえ。それや何を書いたつて駄目なんじや。いままで書いたものを殺すだけなんじや。

孫蔵のこうした倫理規範や心情美学をいかに超えるか、いかにこれとたたかうのか、というところに転向小説「村の家」の主題は定められているといっていいだろう。しかし、筆を捨てて「百姓せい」と迫ってくる孫蔵にたいし、勉次の論理は語られることがない。勉次が対抗する唯一の足場は、孫蔵の言説に「或る罠《わな》のようなもの」を感じるという直感のみである。しかし、「罠《わな》」とはなにか、いっさい説明ははぶかれている。中野重治の小説の独特のわかりにくさである。

そもそも孫蔵の現実ばなれした長広舌のあいだ中、聞き手である勉次は不自然なくらい沈黙を守っている。チビチビ酒を飲むのみである。おそらくこれは「罠《わな》」の認識とつながる態度である。長広舌に幻惑されないため、聞き手の主体的ポジションを維持するために、勉次は孫蔵の語り／騙《かた》りと関係を絶つ必要があったのである。

先の勉次の卑小化と非対称な孫蔵の巨像化は、こういう息子と父の断絶の表象として考えられる。背後に「罠《わな》」を隠しもつ存在として、帰郷後の孫蔵には意図して巨像／虚像化が行なわれたと考えられる。

それにしても「罠《わな》」と二重化された孫蔵とは何か。

孫蔵はこんなことをいう。「共産党が出来るのは当たりまえなこと、しかしたとえレーニンを持つてきても日本の天皇のような魅力を人民に与えることはできぬ」。

「村の家」の作中時間は一九三四年（昭9）と推定されるが、その二年前の一九三二年（昭7）、昭和恐慌の危機的社会状況を背景にして、井上日召らの血盟団事件と軍部クーデター五・一五事件が発生している。政財界の要人暗殺によって大きな衝撃をあたえた血盟団事件の被告、小沼正（前大蔵大臣井上準之助射殺）はその「上申書」のなかで次のように述べている。

> 六月であるから田植時であるが農家の倉庫に米一ツブない、倉は空っぽだ、今後どうして暮らすのか？　肥料は？　借金だ、高い利息のつく金を、肥料はこの米の出来るのをかたに肥料を借りる、出来ると借金の利子と肥料と納税にとられて仕舞う、残った物は掌にまめ位なものであると、悲しい話だ、

百姓が米つくって、米食えんと云うのだから、日本の国も末になった。

東京に這入って向島、本所、深川を見た、所謂細民窟と云うのを、私はあまり悲しいので、ペンを走らせることも出来ない。……長雨の後は一家餓鬼になる栄養不良、蒼白な力無げな女房共、ボロ着物に頭髪ボーボーさせて無邪気な眼も栄養不良で、眼をくぼませ、あかだらけのやせた手脚を、短い着物の下から出して、遊んでいる子供衆。（中略）而してあわれむべき悲しむべき人々のために革命をすることに腹はきまった[*4]

小沼正は欠陥にみちた社会に、あまりに大きい貧富の隔絶をみ、財閥の無慈悲と既成政党（政友会、民政党）の無策を激しく攻撃し、日本民族覚醒としての革命を志した。ここにはマルクス主義革命運動に挺身した左翼の若者たちとほとんど変わらない情熱やロマンティシズムがある。しかし、革命の方向は逆であって、日本精神を復活させる天皇親政の右翼復古革命であった。

共産党ができるのはあたりまえだが、日本の天皇のような魅力にはかなわない、という意味のことを語る孫蔵の政治感覚は、この時期、一連の民間右翼の関わった急進ファシズム運動に、どこかで回収される危険を充分にはらんでいるだろう。

じじつ、五・一五事件の直前からはじまった、農民を基盤とする右翼大衆運動―自治農民協議会は、農本主義者長野朗をオルガナイザーに、権藤成郷を理論的指導者、実践部隊として橘孝三郎のほか、元左翼農民運動家、元アナーキストらが参画し、①農家負債三ヶ年据置き、②肥料資金反当り一円補助、③満蒙移住費五千万円補助を要求、署名請願運動を起している。これはマルクス主義、アナーキズムからの転向が、右翼農本主義に合流していく画期となった運動であるといわれる[*5]。この右翼的農民運動をふくめ、一九三〇年代中頃に盛んに唱えられた日本主義の特徴は、「一君万民論、兵農一致論によって天皇制（軍隊）による『疑似革命』を構想（＝幻想）」し「天皇のもとでの平等」が高唱されたことである。[*6]

共産党に天皇の結びつく孫蔵の言説は、こうした歴史の文脈のなかで読みとるべきものであるだろう。

重治は「村の家」をかきあげた直後に「国柄の現世的取り扱いについて」（昭10・4・10執筆）をかいている。当時、美濃部達吉の憲法学説、世に言う天皇機関説（統治権は法人である国家に属し、天皇は統治権総攬の一機関としてのみ統治権を行使する）は、明治以来の穂積八束《やつか》・上杉慎吉などの天皇主権説、君権万能論に対抗して、大正デモクラシー期の政党内閣制に理論的基礎をあたえた、公認の学説であった。一九三五年（昭10）二月、貴族院本会議で菊池武夫がこれを「国体に反する学説」「凶逆思想」「学匪」と非難し、三月の衆議院本会議は、これに「発禁」を要求、美濃部は不敬罪で告発されることとなった。四月から七月にかけて機関説排撃運動は軍部のあとおしで大規模化し、全国各地に拡大した。八月、政府は「国体明徴に関する声明」を発表し、正式に機関説を否定している。このことにより議会主義・政党政治の理論的基礎は失われることとなり、昭和ファシズムへの道が、軍部と、民間右翼にひきいられた大衆運動により決定的に（国法論上）切り開かれることとなった。

「村の家」も「国柄の現世的取り扱いについて」もこうした歴史的状況のなかで執筆されたのである。後者のなかで重治は次のように述べている。

問題は美濃部を不敬罪、治安維持法違反、出版法違反などで起訴するかしないかという司法省の問題、彼の著書を禁止、押収するかしないかという内務省の問題、教授としての彼の地位を剝《は》ぎ、同じ流れをくむ公法学者たちを諸大学から根こそぎ駆り出すかどうかという文部省の問題、すべて政治的、行政的措置として現われている。このことは、それが学問的に裏づけられる、られぬにかかわらず力として現われるだろう。しかしこの力は、現れるや否《いな》や学問の眼にとらえられる。書物を焼き学者を坑《あな》にすることはできるが、そのこと自身が学問と民衆とを強く刺激して、今《いま》まで伏せられてきた問題の学問的研究へ彼らを無慈悲に追いこむことからそれが逃れるということはあり得ない。われわれは現実に進行する大きな政治的力にまきこまれている。民衆の言論、出版は髪の毛をつかまれて目尻を吊り上げている。しかしその瞳には、たとえば三百年前の大ローマ枢機官の姿が映つているのである。

重治はこのあとにつづいて、フィレンツェの異端訊問所におけるガリレオ・ガリレイの裁判を描きながら、その「キリスト教に関する天文学の問題」と、「国体に関する憲法の問題」が似通っていること、「学問上の問題が政治的に引き出され、それがそれに対立する体系によつてではなく、そういう体系を出すことのできない相手によつて行政的に片づけられた点」の歴史の反復を追及し、天皇機関説にたいする日本的行政処分の、恐るべき不当さを訴えている。

「村の家」を仕上げつつあった重治にはこうして、昭和ファシズムへ向かって雪崩《なだれ》込む歴史の瞬間が鋭く感知されていたと考えられる。

孫蔵の筆は捨ててしまえという要請にたいして、「よくわかりますが、やはり書いて行きたいと思います」と答えたとき、重治には雪崩落ちる歴史の重圧に抗して立つその覚悟が固められた、と読んでよいだろう。執拗な鋭い攻撃性をもつ「国柄の現世的取り扱いについて」は、重治の「書いて行」く実践の第一歩だったのである。孫蔵の背後に透けてみえていたものは、あきらかに、昭和ファシズムの異貌であった。

重治はのち「転向と文学の諸問題」（「図書新聞」昭34・4・11）という平野謙との対談において、孫蔵に関し「最も悪質なもの」と語ったことがある。

中野　それからね、「村の家」の父親の孫蔵というものは底辺でないことはないけど、最も悪質なものなんだよ。（笑）

平野　といいますと……。

中野　それにくっつくと小林杜人ができるんだ。

小林杜人とは三・一五の被告から、「帝国更新会」（転向者救済団体）の主事へ、つまり左翼から右翼へ百八十度転向した人物である。作者本人によって、孫蔵の「罠《わな》」の正体がここにあかされている。

父孫蔵の巨像化をきわだたせるのは、じつは勉次だけでない。大あぐらで堂々と飯を食う孫蔵のかたわらで、坐ったとも立膝ともつかぬ恰好で、こそこそ食っているのが母親のクマである。

小さい三角の眼が臆病そうに隠れて、そつ歯で、口を閉じるとおちょぼ口になる。上くちびると鼻とのあいだに縦皺がよつている。からだ全体が痩せていかにも貧相だ。

こつこつに痩せて「全体貧弱」な勉次が、骨相においても「母親似」である、とされているのは重要な設定である。

「村の家」冒頭の一行、「がらんとした畳敷きの土蔵のなかで息子の勉次がふんどし一つで翻訳をしている」という、その畳敷きの「土蔵」は、かつて「半気違い」みたいになったクマの押し込められた土蔵である。うす暗い土蔵の空間と裸にひとしい勉次から、土蔵に母胎のメタフォアをよみとることも可能であって、クマと勉次の絆の強さの証でもある。*7

孫蔵という巨像のジェンダー（社会的文化的性別、性的役割）が男性であるとすれば、対照的に卑小に表象されたクマのジェンダーは女性であって、そのかぎり勉次のジェンダーは女性化されている。

孫蔵は勉次にたいし長広舌をふるう直前、クマにむかって「おまえ、どつか出てきないのれ」と命令するが、そのとき

クマはうしろむきのまま、「何じやろか。わたしアいて悪いんかいね。」と必死な声で聞いた。父は母の方を険《けわ》しい目で睨《にら》んだが言葉が出ない。何か追いはらうように黙つてもう一度茶をがぶがぶやつてから、ひと言でへこますような憎さげな調子で「悪いさかいちよつと出てきないというんじや。」といつた。

「うしろむきのまま」孫蔵の顔をまともに見返すこともならず、それでも「必死な声」で、そこに一緒に居たい気持をクマは現わしている。勉次の逮捕、収監の心痛から半狂乱におちたこともあるクマを、孫蔵はむごい冷たさで断固排除している。「父」「母」という呼称からもわかるとおり勉次に焦点化した語りであり、

両親の緊迫した空気に、息をころす勉次自身を想像さす場面である。しかし彼は無言のまま、暗い外へ出て行く母を見ている。哀れな母のために勉次が一言も抗弁し得ないくらい、孫蔵の家長としての権力は大きい。クマを追い払ってから、孫蔵が勉次の盃になみなみと注ぐ酒は、次代の家長たるべき息子勉次を男性共同体社会＝ホモソーシャルの一員として認証するための儀式めいてみえる。

孫蔵が「おとつつあんの苦労もたいしたもんだつたんじやぞの」と前おきした長い物語は、一家のさまざまな不幸、辛酸、くわしい借財の話などのすえ、転向した勉次の身のふりかたに及ぶ。とど「百姓せえ」という要請になるが、仕事をもつ勉次の妻タミノも百姓になれという。五千円の借金はあるが何とか食える。「食えねや乞食《こつじき》しれやいいがいして。それが妻の教育じや。また家長たるべきもの、一家の相続人たるべきものの踏むべき道なんじや。」

ここにはむろん、昔華やかに沢潟紋のちょうちんをかかげた「家」の面影はない。ただ無惨に窮迫した一家の相続——孫蔵は借金の相続も当然と考えている——の責任だけが至上命令のようにある。家産を維持し家族全員の扶養義務をおう家長の責任は長子相続制によって当時男子であり、勉次は明治民法治下のジェンダー体制を、そのまま尊ぶべき人倫の「道」として受け入れることを要求されたわけである。

勉次が「やはり書いて行きたいと思います」といって孫蔵の方針を拒んだとき、勉次の選んだジェンダーは「女」であった、とそのかぎりいうことができるだろう。勉次とクマとの相同性が強調されたゆえんであろう。

昭和ファシズムを背景にした家父長権力に、勉次は女性ジェンダーを選ぶという戦略によって対抗した、ということができる。「村の家」の結末が、「臆病猫のように」入ってきたクマの登場によって締めくくられるのは象徴的である。

ところで、勉次が孫蔵と一緒に帰郷しようとしたとき、「転向」のことがあって、同じ運動の同志でもある妻タミノの顔を「まともに見られなかった」ということがある。

勉次は一方で帰りたくもあり、他方、いま東京を離れることに夫婦関係の「危険」を感じてもいた。結局帰ることになるが、見送りにきたタミノが「高畑孫蔵のバカ、バカ」と小声でいう。それを聞きながら勉次はだまって車室へひっこんでいる。

舅《しうと》にあたる人を呼びすてに、小声にしろ「バカ、バカ」と罵ることができる女性は、昭和初年代では新らしい。その妻タミノに、勉次は男性ジェンダーとして対応していない。

勉次を乗せた車室が動いていくとき、タミノの目には勉次が昭和のジェンダー秩序のなかへむざむざと牽引されていくように見えたであろう。「孫蔵のバカ」とは「勉次のバカ」と重なっていたに相違ない。もともと勉次の「転向」は、その獄中生活を外から懸命に支えてきたタミノの、知らないところで進行したのである。控訴公判の直前、重治からそのことを聞かされたタミノは忙然としている。

初めぽかんとしていたタミノは途中でまつさおになり、「わたしは……」と言いかけたが、ぴよこんとお辞儀をしてそのまま駆けだして行つた。勉次は自分を、撫でようとする人の顔を見い見い逃げる風《ふう》来犬《らいいぬ》のようなものに感じた。

惨めな「風来犬」の比喩の巧みな一節ではある。

しかし、並なみでない困難をおかし支援をつづけてきた妻を、たとえどんな事情があるにしろ、一瞬ぽかんとさせるほど疎外し、事態を進行させたこと自体にたいする自責や反省はここにないのである。あるのは自己中心的な羞恥であり劣等感である。歴史のなかで制度的に構造化された男性ジェンダーの底深い無意識の発現であるといってよい。それはまた勉次の感性がいかにつよく男性ジェンダーを欲望しているかを物語るものだろう。

豪傑

むかし豪傑というものがいた
彼は書物をよみ
嘘をつかず
みなりを気にせず
わざを磨くために飯を食わなかつた
後指をさされると腹を切つた
恥かしい心が生じると腹を切つた
（中略）
そして種族の重いひき臼をしずかにまわした
重いひき臼をしずかにまわし
そしてやがて死んだ

そして人は　死んだ豪傑を　天の星から見わけることができなかつた

初出未詳、ナウカ社版詩集　一九三五・一二

右の詩を書いた中野重治について、本多秋五は「彼は豪傑の讃美者であり、心からなる豪傑の崇拝者である。そのことは、彼が真の豪傑、古典的意味での金無垢の豪傑ではありえないこと」[*8]かも知れぬといい、実際腹を切るわけにはゆかなかった重治の、その「並はずれた」羞恥心について語っている。

「豪傑」という典型的な男性ジェンダーにたいするつよい憧憬をいだけばこそ、並はずれた羞恥心にまみれてでなければ、重治は「転向」という自己の女性ジェンダー化を認めることができなかったのである。「竹下」（小林多喜二）を高く評価することで、勉次に腹を切れ、と要求したも同然な孫蔵に、無言で対抗し拒絶しながら、勉次が自分は「破廉恥漢」ではないのか、という「うつけた淋しさ」におそわれるのはそのためであろう。

こうして、戦略として女性ジェンダーを選ぶ必要を感じとりながら制度的かつ構造的に構成された感性において、じつは男性ジェンダーを欲望するという勉次の矛盾は、小説「村の家」に奇妙な亀裂をはしらせることになる。

孫蔵の話の終ったあとに、勉次は「タミノやトミや何十人かのその仕事仲間にたいしては責任を感じていた」という一節がある。

ここに「タミノ」と並んで「トミ」と記されてあるが、トミは勉次の妹の名で、その赤ん坊の死後間もな

く若くして死亡したはずの妹である。ここはあきらかに「ツネ」という妹、モデルは詩人として知られる中野鈴子のことでなくてはならない。これは『経済往来』の初出以来、『中野重治全集』（筑摩書房　一九五九、六）でも重治自身が校閲したはずの『中野重治全集』第二巻（筑摩書房　一九七七、四）にいたっても訂正されていない。

このような勉次／重治の「失錯行為」（フロイトによれば記憶や行為の失錯と並んで言葉の失錯＝言い損い、書き間違い、読み違いなどがあり、「無意識」の存在を証明する）は、たしかに「ツネ」である女性にたいする意識下の無視ないし軽視をあらわしているといえるだろう。

「タミノとツネの姿を見つけた瞬間包みを担いで逃げこみそうになるのを彼は我慢した」「タミノとツネの前で彼は手をついて頭をさげた」という具合に、いつもタミノと一組になってその影のように登場するのがツネである。タミノは短い場面であるにしろ鮮明に写されているのに、ツネは一度もそういう場をあたえられていない。むしろ孫蔵を「吝《けち》」と非難したり、こっそり生活費を送っても「おとつつあん勝手に生んだんじやさかいどうでも養うてもらわんならん」と憎まれ口をたたいたりする、「神経病《や》み」の、やっかいな出戻り娘として、孫蔵の圧倒的な語りのほうにでてくるのである。

ツネに関するかぎり、勉次は孫蔵の視線を共有するかのようであり、孫蔵の権域を脱することができない。しかし、「ツネ」は本来別の顔をもつ女性であった。

中野鈴子のプロレタリア詩の代表作「味噌汁」（『ナップ』昭6・8　発表名一田アキ）を知る人は多いにちがいない。

鈴子の戦後の詩集『花もわたしを知らない』（創造社　一九五五・九）のあとがきに、中野重治は次のように述べている。「やや古風なと言っていい。古くさいというのではない。しかしいかにもハイカラな形という風ではない。……作者の方向は、素朴の一語につきるようでもある」。
鈴子の詩は実際、重治の評どおりの印象も受ける。しかし、そこにはなぜか重治が見ようとはしない、ひそかな哀切な「女」の訴えがいきづいている。「花もわたしを知らない」(『学生評論』昭23・1　原題「父はわたしを知らなかった」)の後半部は次のようである。

まもなくかわるがわる町の商人が押しかけてきた
そして運ばれてきた
箪笥　長持ち　いく重ねもの紋つき

わたしはうすぐらい土蔵の中に寝ていた
目ははれてトラホームになり
夜はねむれずに　何も食べずに
わたしはひとつのことを思っていた
古い村を抜け出て
何かあるにちがいない新しい生き甲斐を知りたかった
価値あるもの　美しいものを知りたかった
わたしは知ろうとしていた

父は大きな掌ではりとばしののしった

父は云った
この嫁入りは絶対にやめられないと

とりまいている村のしきたり
厚い大きな父の手

わたしは死なねばならなかった
わたしはおきあがって土蔵を出た
外はあかるかった
やわらかい陽ざし
咲き揃った花々

わたしは花の枝によりかかり
泣きながらよりかかった
花は咲いている

花は咲いている
花もわたしを知らない
誰もわたしを知らない

わたしは死ななければならない
誰もわたしを知らない
花も知らないと思いながら

ここでも土蔵は女の隠れる場所であった。「簞笥　長持ち　いく重ねもの紋つき」――定紋入りの立派な嫁入り道具、それらにはすべて「村の家」のちょうちん箱と同じ「沢潟紋」が描かれていたはずである。「村の家」のちょうちん箱は「死ななければ」とまで思いつめた若い娘を、否応もなく嫁がせた嫁入り行列のちょうちんの箱でもあった。

一度顔を見ただけの男のもとへ嫁ぐのが、女の一生か？　わたしの一生か？「何かあるにちがいない新しい生き甲斐」を、ほかに求めて悶える娘の、あまりにも当然な、まっすぐな心の芽生えを、父の「大きな掌」がはりとばしている。「村の家」では「口喧嘩ひとつ」しない孫蔵だが、家長としての権力は絶大である。「花もわたしを知らない」と歌った若い娘の哀しい孤独を、「死ななければ」とまで思いつめた妹の絶望を、兄重治はどれほど理解しえていたのであろうか。

「村の家」には「姉娘のツネが嫁《かた》づきさきから出たりはいつたりしていた時分、ある晩甥の常作が来て、『こんのおとつつあん、きつい人じやけれど、子に甘うて……』といつてひやかした」という一節があって、父に甘やかされたツネが、婚家を出たり入ったりした、という常作のことばを、そのままうべなう語りくちである。家長としての孫蔵が娘に嫁入りを強制したその権力は、語り手によって隠蔽されているといってよいだろう。

嫁入り頃の鈴子だけではない。詩集『花もわたしを知らない』の作者としての鈴子が、同詩集に収めた

「春」、「かつて少女の日に」、「三界に家なし」、「壁と重石と」、「母」などにおいて、「女」の「結婚」という運命を嘆き苦しんでいたことに重治は注意を向けた様子がない。百姓生活のなかで詩をかく「特異」な女詩人としての可能性が、ごくひかえめに、言葉を選んで語られているけれども、鈴子の感性がこだわり通した女の性的主体の侵害、つまるところ家父長制への異和と抗議とは、鈴子のものとして、中野重治はついに問題化することがなかった。「村の家」にはからずもあらわれた「失錯行為」は戦後の鈴子の死（一九五八・一・五）にいたるまで一貫した、重治の鈴子軽視の徴候だったと考えられる。

鈴子の遺稿「よし子」[*9]は、重治没後、重治の遺品のなかから発見されたというもので、鈴子の詩、短歌の草稿、ノート類とともに一括してあった。

主人公よし子はあきらかに鈴子その人とよめる自伝的作品である。最初の結婚から、戦後共産党員として出発するまでが記されてある。これによれば「死なければ」と思いつめた少女は実際に鉄道自殺をはかっている。

よし子は泣きながら走った。首尾よく死ねるやうにと叫びながら走った。陽は入りかけやうとしてゐた。夕陽に照り返る美しい空に向かってただ祈った。呼吸が切れるやうになり立ちどまってしゃがんでゐるとうしろでどなるやうな声がした。振り向くと自転車を持った太一（兄重治）が息を切らして立ってゐる。額に汗が流れてゐる。おくれて茂吉（父藤太）も追っかけてきた。太一は何も云はずよし子の肩を振り動かした。夜、茂吉はよし子を上り縁に寝させた。手ではり飛ばし、どんなことがあつても結婚は止めにできないと云つた。

兄重治は妹鈴子のこれほどつらい結婚の目撃者だったことが明らかである。しかし妹をはり飛ばす父の手を止めた様子もない。

鈴子がかほど結婚を拒んだのには、ひそかな理由があった。遺稿「私の日暮し」*10のなかのKに関する一部を次にあげておこう。

一八の日《ママ》（一九二二年）
六月（略）Kを知る。彼、我に道なぞ逢ふ時、脱帽しておじぎなせり。姿よき、横がほ、美しき人なり。
（略）
一九の日《ママ》（一九二四年）
一月二十九日　彼、学校を休みて我を誘い野田山へゆかむとすゝめぬ。（略）雪こうりて途上の雪光れり。彼、制服にマントをまとい本を持ちつて《ママ》ゆきぬ。山の途せまれる折、彼、我を抱き口づけをせまりぬ。（略）
二月十二日（略）我れ、鏡ををくる。我発熱しぬ。彼、胸を湿布して呉れし。親切なる。落第の心配ある由、我れはげましぬ。彼よろこべり。
三月（略）
　十二日　朝のこと忘れあたはず。あゝ、忘れまじいぞ、いとほしい人。
　二十六日　彼の落ちたことを知る。この日、見合いをなす。

Kすなわち窪川鶴次郎は、当時、金沢の第四高等学校在学中、文芸部短歌会の仲間として重治と親しく往来していた。重治の下宿に同居していた鈴子は、兄が学び知るものを同じに学びたいと思う少女だった。窪川が医者である養家の意にそわず、落第退学し上京するはめになり、一方鈴子は家から見合いを強要された。見合いの翌日、窪川に逢いに行って果せず、「発狂せり」という惑乱状態に落入った鈴子は、自殺未遂をしている。先に引用したとおりである。

すぐ窪川を追って上京したが、つきそった兄重治は、妹のために計るふうはなく「家ぢゃ用意して待ってゐるんだからねー」と、むしろ郷里の家の代弁者をつとめた。

文学青年窪川の生活力薄弱と、郷里の家の重圧との前に、鈴子は「運命」を忍んで嫁入りを決めた。が、婚礼が済んで五、六日経った夜、婚家を飛び出している。

翌年、またまた縁談を迫られ、金貸質屋へ嫁いだ鈴子は、その後、窪川から鈴子に宛てた上京をうながす手紙を、父が隠していたこと、またその後、窪川が佐多稲子と結婚したことを知って、精神的苦痛から身体の激痛を発し、ひどい衰弱をともなって寝つくようになる。しかし、そんななかでこの身体の痛みが、結婚から自分を救ってくれる、という悲しい希望がわいてきた。そのため冬の日も水を使って、身体を冷やすという「非人間的な、あわれむべき行為」に努めて、鈴子は自己破壊的に二度目の離婚をかなえている。

離婚したことを兄重治に知らせると、「結婚や恋愛、そんなものは二の次だ。われ〳〵には新しい世界があるのだ。ともかく来ればいい……」と威勢のいい手紙をよこした。重治は傷つき破れた妹にとって、当面、温い存在に思えたであろう。しかし、鈴子がなめてきた身を削る苦しみ、「結婚」という制度が女に強いる血みどろの犠牲を、かるがると「二の次」にして、その上に展かれる「新しい世界」とはいったい何であったろう。

一九二五年（大14）、無産政党の結成にあたり、党の綱領に男女平等の要求項目を付すよう提案した、山川菊栄の「女性独自の要求」(一、戸主制度廃止、一切の男女不平等法律の廃止　二、教育と職業の機会均等　三、公娼制度の廃止　四、最低賃金の性・民族を問わない一律の保証　五、同一労働に対する男女同一賃金　六、母性保護)[*11]が、「反マルクス主義」として否決されたという、今日信じられないような革命政党内のジェンダー構造は、若わかしい中野重治にも深く浸透していたということになるだろう。

「村の家」の勉次がその妹ツネにたいして、父孫蔵の視線を越えるものを、ついに持たないという事情もまた、文化構造化されたこのジェンダー支配にほかならない。

昭和ファシズムを背景とした家父長権力に、女性ジェンダーを選ぶことで対抗した勉次であったが、自身の肌理《きめ》に深くしみついた家父長権力を洗い出すことは容易でなく、むしろ共犯関係にあることを意識化することがなかった。

しかし、ハウスキーパーをめぐるいわゆる「男性的偏向」の問題をいちはやく問題化した「小説〝活動写真〟ハリコフ会議」(『中央公論』昭6・4)以来、戦後の「日本の女」(『海』昭49・7)「続日本の女」(『海』昭50・8)など、「男性中心主義から来る男性の頽廃」という問題を、鮮明に提起しえた稀有な男性作家が中野重治であったことを、私たちは記憶している。「村の家」の勉次の、戦略としての女性ジェンダーは、おそらくまっすぐその重治に連なる可能性として読むことができる。

しかし、勉次の肌理《きめ》に染みこみ、その身体をつらぬいて浸透した構造化されたジェンダーは、男性権力を欲望する勉次として、戦後劈頭の「政治と文学」論争を典型に、日本共産党権力との、共犯関係をときに意識化できなくなる重治に連なっていくだろう。

重治の憧憬した「豪傑」が、「村の家」冒頭の「煤《すす》だらけの太鼓」をその昔打ちならしたという、重治の血脈に通いあう祖父を理想化した姿であったとすれば、鈴子にとって同じ祖父が、いかに別の姿であったかを最後に示しておこう。

三界に家無し

昔ばなしをしたあとなどに祖父は云った
「何故に坊らは女に生まれたんじゃろうなあ　女は三界に家無しってなあ……」

その時　祖父はいつも泪声を出した

十二三のわたしはなんのことかわからなかった
わたしは口の中でつぶやいた
「三界に家無してなあ」
「何故　祖父さんは泣くんじゃろうなあ」

二人の妹はコロコロあそんでいるのに
祖父のほほに泪がこぼれ
鼻水が真白いひげを濡らしている

＊1　堀江誠二『女たちが築いた生保王国』ＴＢＳブリタニカ　一九八八・一二

＊2・4・5　森武麿『アジア・太平洋戦争』集英社　一九九三・一、「農村の危機の進行」『講座日本史』第10巻　東京大学出版　一九八五・一
＊3　稲木信夫『詩人中野鈴子の生涯』光和堂　一九九七・一一
＊6　大門正克「農村社会構造分析」『戦間期の日本農村』世界思想社　一九八八・一
＊7　「畳敷きの土蔵」に注目し、「「クマ」―勉次という一つの線の発端」をみる意見に、木村幸雄「『村の家』の「クマ」と「蔵」」『梨の花通信』第7（一九九三・四）がある。
＊8　「中野重治『第一章』その他」『中野重治全集』第2巻　月報、筑摩書房　一九五九・六
＊9　大牧富士夫氏により、はじめ「題未詳」、のち「よし子」として発表された。（『幻野』22号　昭57・1）『中野鈴子・付遺稿・私の日暮し、他』幻野工房　一九九七・九
＊10　『幻野』24、25、26、27号（昭58・1、9、昭59・4、12）右同
＊11　山川菊栄の回想録「私の運動史」『山川菊栄の航跡』（一九七九　ドメス出版）から簡略化して引用したもの。上野千鶴子『ナショナリズムとジェンダー』（青土社　一九九八・三）

（一九九九・五）

李石薫（牧洋）——旧植民地朝鮮と日本語文学

一九三九年（昭14）一月の雑誌『文学界』に、「朝鮮文学の将来」と題する座談会が掲載された。出席者は朝鮮人文学者たち六名、鄭芝溶、林和、兪鎮午、金文輯、李泰俊、柳致真。日本人側として、秋田雨雀、林房雄、村山知義、張赫宙、辛島驍（京城帝大予科教授）、古川兼秀（総督府図書課長）という顔ぶれである。これは林房雄が渡満の途次に計画し、京城で開催されたものである。発表に際し、加筆創作が行われる大方の座談会とちがって、在京の林房雄以外加筆なしということであるから、現場の発声が生のまま伝わる座談会である。

冒頭、司会役の林房雄は、朝鮮のどういう人が、何を書いているのか、日本内地では知られていない現状を述べるとともに、この座談会が「朝鮮文化の現在と将来」また「文化における内鮮一体の道はどこにあるか」につき、遠慮なく話し合う目的をもつことを述べている。この種の座談会として始めてのものである。

かつて、中野重治の「雨の降る品川駅」（『改造』昭4・2）に応えて、「雨傘をさす横浜の埠頭」（『朝鮮之光』昭4・9）を書いた詩人林和[*1]が、「作家として飯を食つてゐるものは一人もないのですから皆何かやつてゐます。他に仕事のないものはしやうがないから食ふや食はずです」（笑声）などと発言し、会話が進められるなかで、とくに私の関心をひいたのは、李泰俊[*2]が朝鮮語の文学について問い正した箇所である。

日本人の作家は、われわれ朝鮮人作家に、朝鮮語で書くことより、「内地文」で書くことを本当に望んでいるのか、と李泰俊はそこで思いつめたように問うている。それには次のような答えがかえっている。

秋田　吾々作家の要望、それから大衆の要望として、詰り対照を大衆に置く作家としては内地語がよいと思ひます。

村山　朝鮮の文学を少しでも多くの人に読んで貰ひ、反響を得るには朝鮮語で書いたのでは読者が少いから、反響が少いと思ふ。矢張り朝鮮の方でも実際では国語が普及したから大勢に判らせようと思ふならば内地語で書いた方が広く読まれることになると思ふから、内地語の方がよいですね。

（中略）

林（房）　国語の問題が出たが、これは非常に重大なことだと思ふ。吾々として朝鮮の諸君に申上げますが、作品は総て内地語でやつて貰ひたい。

秋田　内地語が自由でなければ朝鮮語で書いたものを翻訳すればよいのです。

林（和）　これは我々作家として大きな問題です。

村山　朝鮮語で書けば表現出来るが内地語で書いては表現出来ないといふ朝鮮語独特なものがあれば、それを失ふことは非常に残念だと思ふが、さうでない限りここまで来れば、目下の問題としては内地語で書いても殆ど支障がないやうであるから朝鮮語で書かなければならないといふことは政治的問題として以外には何も得るところはないと思ふ。

皇国イデオローグとなりおおせた林房雄はともかく、良心的左翼の作家とみなされていた秋田雨雀や村山知義までが、「広く読まれる」という効用面を重視し、そこに朝鮮語を日常語とする朝鮮の民衆を見ようとしていないことがわかる。とくに村山は「内地語で書いては表現できない」という重大な問題を引き出しながら、「さうでない限りここまで来れば、目下の問題としては」「支障がないやうである」などと、論理にならぬ、きわめて曖昧で政治的なごまかしかたをしている。

これに対する李泰俊と兪鎮午の発言は次のようである。

李　ものを表現する場合に内地語で適確にその内容を説明することが出来ないやうに考へられるからぢやないかと思ひます。それは吾々独自の文化を表現する場合の味は朝鮮語でなければ出来ないとこがあります。それを内地語でもつて表現するとその内容が内地化して終るやうな気がするのです。全くさうなるのです。さうすると朝鮮独自の文化がなくなると思ふのです。

兪　問題が大きいのですが、内地語で支障のないやうなものは書いてもよいが、書けないものがあります。翻訳的でしかも内地の人がよろこぶ非常に意味のあるものは自分達も出来るだけさうはするのですが、朝鮮の文学は朝鮮の文字に依らなければ文学の意味がないと思はれます。

口ごもりがちな控えめないいかたながら、しかし、朝鮮の文学は朝鮮語に依るべきであって、朝鮮文化は朝鮮語と不可分であること、日本語による表現はそのまま内容の日本化に結びつくのだという、文学の書き手として根元的な、このまっとうな主張は座談会では、受けとめられなかったのである。

朝鮮の作家が、それによって生まれ育った生活語ではない、選択なしに習得させられた日本語で書くということが、言語化以前のカオスをどれほど概念化してしまうものか、これは朝鮮語にはかぎらない。植民地台湾の作家揚逵についても指摘されているように、言語の強制は「彼の素顔ではなく、日本語という仮面をつけた姿」[*3]を作ってしまうのである。

日本語がつねに中心になくてはならないという文学制度を、日本の作者として根本的に懐疑する繊細さをなくさせたものが、植民地主義思想の支配である。

「その言葉に盛られた感情、つまり文字が翻訳されたのでは意義をなさない」「これは政治的立場から離れて純芸術的に眺めてみて、文化的に諒解すべきだ」という詩人林和の発言が、さすがに鋭く日本人作家たちの言説の、露骨に「政治的」であることを非難している。

日本語を受け入れ、日本語で書くということは、日本の文学制度、国家制度を受け入れその網の目に組みこまれることである。朝鮮人作家たちの強いられるその苦痛と問題提起の正当性とを、同じ書き手として受けとめる姿勢をなくすほど、日本近代はその自民族中心の植民地主義を浸透させることに成功していたといえるだろう。西欧近代を普遍的近代として幻想しつづけた日本近代の思想は、いわゆる「脱亜入欧」の発想を根深く内在させることになった。日本人の生活感情には、西欧コンプレックスと裏腹なアジア蔑視がオリのように沈澱した。その差別意識を裏がえした優越意識のうえに、植民地主義の他者喪失がおこっている。

初期マルクス主義文学運動を主導した理論家、作家でもあった林房雄が、朝鮮の作家たちを前に胸を張り、「作品は総て内地語でやつて貰ひたい」などと断言する図は今日からみればコミカルでさえあるが、かつて、「民族の要素を切り捨てた」「近代主義」として竹内好に批判された日本マルクス主義の負性によって倍加された、植民地主義の姿である。

ところで、植民地主義イデオローグとしての林房雄の言説は、じつは当時の朝鮮全土の言語状況を集約していた、ともいえるだろう。

これより前、一九三七年（昭12）の日中戦争の開始以来、より強固な戦争体制をととのえようと、朝鮮支配には「内鮮一体」というスローガンが掲げられた。朝鮮総督陸軍大将南次郎自身の定義によれば、「内鮮一体」とは、「半島人ヲシテ忠良ナル皇国臣民タラシメル」ことであった。

一九三七年（昭12）五月、総督府の社会教化への協力を目的とする「朝鮮文芸会」が発足（座長高木市之助ほか日本人十七名、朝鮮人、梁柱東、崔南善ら十四名）。[*4] この会は時局歌謡発表会を主催し、「正義の凱歌」（崔南善）「祖国日本」（寺本喜一）「従軍看護婦の歌」（金億）[*5] その他多数時局歌謡の製造と伝播に協力している。

同年十月、「皇国臣民の誓詞」制定。これは南総督の最高ブレーン〝半島のヒトラー〟の異名をとった学務局長塩原時三郎の作といわれる。大人用、児童用があるが、児童用で示せば次の通り。

一、私共ハ大日本帝国ノ臣民デアリマス。
二、私共ハ心ヲ合セテ、天皇陛下ニ忠義ヲ尽シマス。
三、私共ハ忍苦鍛練シテ、立派ナ強イ国民トナリマス。

学校では毎朝の朝礼で子供達がこれを唱え、官公署や職場でも、誓詞は国民儀礼として斉唱を義務づけられていた。

一九三八年（昭13）一月、各出版物は「皇国臣民の誓詞」の掲載を強要された。

同年三月、第三次朝鮮教育令公布。「国語ヲ常用スル者」と「シナイ者」という民族別教育を徹廃し、学校の呼名も一律日本人学校と同じくし、教科書、修業年限も同じくしたが、朝鮮語を必修課目からはずし随意科目とした。この第三次朝鮮教育令により皇民化教育は日本の小学校より一歩先に徹底したといわれる。[*6]

七月、「国民精神総動員朝鮮連盟」「時局対応思想報国連盟」結成。

翌一九三九年（昭14）一月、冒頭の座談会が、『文学界』誌上に発表された同じ月に、「内鮮一体具現に対する日本精神昂揚の一修道場」をめざして、日本語総合雑誌『東洋之光』が創刊された。

同年三月、京城府内の主要出版社、博文館書館、漢城図書、その他十四社が「皇軍慰問作家団」の準備会を主催、約五〇名の文学者が参会した。司会は著名な李光珠、議長はかつてのカップ（朝鮮プロレタリア芸術連盟）指導者、詩人朴英煕、選出された実行委員には、崔載瑞、李寛求、盧聖錫、韓泰相にまじって、李泰俊、林和の名がある。

同年十月、学務局長塩原の肝煎で時局協力を要請された文学者の官製統一組織「朝鮮文人協会」が誕生する。朝鮮人、朝鮮在住日本人の文学者合せて二百数十名を擁した。名誉総裁塩原学務局長、会長李光珠、日本人幹事は辛島驍、津田剛（「緑旗連盟」主宰者）*7、百瀬千尋、杉本長夫。朝鮮人幹事は金東煥、鄭寅燮、朱耀翰、金文輯、李箕永、朴英煕である。*8

李光珠は東京留学時代から反日独立運動のリーダーであり、「上海臨時政府」のもとで「独立新聞」編集に従事し活動した、崔南善以後の民族主義運動の代表者といってよいが、「朝鮮文人協会」開会の辞は次のようなものであった。

> 本会の趣旨目的は日本精神の上に新しい国民文学を創らんとする自覚であり、決心であり、努力であります。（中略）日本の文学は日本の国民文学でなければならぬのでありまして、朝鮮語で書かれる文学も当然この範疇を超えることは出来ないのであります。日本的な文学、之を私は日本人の創り得る唯一の純正文学と名づけたいのであります。本会結成の使命も茲にあると私は信ずるものであります。

次に本会は内地人と半島人とを問わず、それこそ内鮮一体を具現して成つたのであります。

「京城日報」昭14・10・30（傍点筆者）

しかし、これは正面から、「日本帝国主義への屈従」[*9]と読むべき文ではないのではないか。「日本の文学は日本の国民文学でなければならぬ」といい、「日本的な文学」は「日本人の創り得る唯一の純正文学」である、というレヴェルでは、朝鮮人には「日本文学」は創りえないという含意を読むことができるからである。朝鮮の文学はその意味で当然「この範疇を超えることは出来ない」。李光珠はこうして「朝鮮語で書かれる」朝鮮の文学の存在権を巧妙に示した、という文脈を取り出すことが可能なのである。

朝鮮全土をまきこんだ近代朝鮮史上最大の反日独立運動、三・一独立運動（一九一九・三・一）の先がけとなる東京留学生の「独立宣言文」を起草したのが李光珠である。民族の屈辱の歴史を知悉していた知識人の言説が、何ら矛盾やネジレを含まないと読むほうが不自然である。言語記号の表層の意味とは一致しないもの、言語化された領域とされない領域とのズレやネジレのなかにこそ、植民地末期の朝鮮文壇と文学の問題はあると思われる。

従来この植民地末期は、いわゆる「日帝末暗黒時代」ととらえられ、恥辱に満ちた「空白の時間」として、朝鮮文学史家たちは不問にふす傾向があった。[*10]

もっとも一方では、林鍾国『親日文学論』（大村益夫訳・高麗書林　一九七六・一二）に代表される親日文学研究も進んでいる。[*11]林鍾国の方法は、「空白の時間」として抹殺するのとは逆に、親日文学の言説を徹底して洗い出し、批判にさらすことを目的としている。これは最近の在日朝鮮人作家金石範の発言[*12]と同じように、朝鮮解放後、米軍政下におかれた韓国にあって、かつての親日勢力がそのまま居据った、その戦後責任の追及という強いモチーフをもつものと思われる。韓国の文学と思想は、当然そのことを不問にふすことはできないであろう。

しかし、植民地末期暗黒時代の親日文学に関するかぎり、それは朝鮮の文学、思想の問題である以上に、日本の文学と思想の問題であり、日本近代の汚辱をさらしている言説として、日本人により独自の角度から取り扱われねばならない。日本の戦後は、旧植民地朝鮮を忘失し、植民地加害者としての恥を隠蔽することによって、安泰になりたっていたといえるだろう。

「植民地主義は近代日本文学のなかで問われたことがなかった」「植民地の問題をはずすと近代小説の起源の隠蔽になる」[*13]というような議論が最近の批評家たちの間に交わされているが、日本の近代を対象とする文学研究においても、植民地主義は正面の課題とならなかったのである。研究の制度にひそむ近代幻想、わたしたちのみえざる植民地主義を解体するためにも、近代の日本文学と日本語にきざまれた「われわれの〈共有〉する汚点」[*14]が明らかにされねばならない。

李石薫、日本名牧洋は、田中英光「酔いどれ船」(『綜合文化』昭23・11)の主人公享吉の友人牧徹のモデルである。

「牧は享吉より三、四年前に早大露文を出た男だ。京城に帰ってから、エセーニンの詩集や、オストロフスキーの小説の朝鮮語の翻訳を二、三冊もっている。(中略)享吉は、この愚図で融通の利かない牧が好きなのだ。彼は口下手で酒も飲まぬ」といった叙述がある。

「酔いどれ船」は戦後の視点から読み直した田中英光の朝鮮であって、牧徹の像もそうした変容をまぬがれていない。

ここで取り上げる李石薫〈牧洋〉の文学は、植民地末期、日本と朝鮮のはざまで生まなましく引き裂かれた文学の様相がいかなるものか、それをもっとも拡大したかたちでみせてくれる。暗黒時代の象徴のように、今や忘れ去られた李石薫について、かつて川村湊は次のように書いていた。

民族派の戯曲家、小説家として出発し、トルストイやビクトル・ユーゴーなどのヒューマニズムに心酔する立場から〈ファッシズム文学は反動文学であり、肯定することはできない〉と語っていた彼が、のちに「日本精神は即ち愛であると、私は思ふ。（中略）悠久の神代から、今日に及んで連綿と続いて来た国体と、大和民族のその家族的な国家生活と、忠君愛国とを見れば、それだけでも最も雄弁な説明になると思ふ」（「徴兵・国語・日本精神」『朝光』一九四二・七、原文日本語）といった文章を書くようになるまでの内面的な経緯が、この〈酔いどれ船〉の時代の朝鮮人の文学者の内的ドラマを凝縮したものであり、その典型であると私には思えるからだ。

「〈酔いどれ船〉の青春」『群像』昭61・8

李石薫から牧洋へと転身した、その「内面的な経緯」が問題とされるという連続の発想において、川村湊は朝鮮の研究者たちとは異なっている。林鍾国『親日文学論』をみると、もっぱら「牧洋」が対象であって、その「内鮮一体」の小説テーマや時局協力的言説の数かずが列挙されるばかりである。

対照的なのは呉養鎬「李石薫論」[*15]であって、こちらは「李石薫」のみが対象である。「親日文学的系列」の作品については、「周知のとおりその性格があまりにパターン化しているので論議の対象としない」というわけで、あっさり切り捨ててしまっている。暗黒期空白史観によるものであろう。そして、呉養鎬の李石薫評価はかなり高いものである。以下論の概要を紹介しておこう。

「李石薫」の代表作とされる「黄昏の歌」（『新東亜』一九三三・六―一二）は、李光珠「土」（昭7・4―8・7）、李無影「夜明け」（昭10・8―9）、沈熏「常緑樹」（昭10・9―11・2）と相次いで「東亜日報」に連載された農村啓蒙小説と同じグループに属する。これらは皆、当時の学生の夏期帰農、ヴ・ナロード運動と関連し大きな説得力をもった作品群である。

とくに「黄昏の歌」は「一九三〇年代韓国漁村の現実」を、ヴ・ナロード思想を抱いて漁村啓蒙に生涯を送る主人公をとおして描いたもので、ヴ・ナロード運動の重要な一面を照射するものである。「韓国漁村の収奪の過程」――日本の移住漁村建設による沿岸漁場の略奪、小資本漁業家の没落と漁民の賃労働者化――といった問題にふれた注目すべき作である。当時、「東亜日報」「朝鮮日報」がヴ・ナロード運動の実践項目として掲げたのは、農村衛生事業、農民組合結成、農村教育、副業振興による農民の生活向上と意識改革であった。それを植民地の現実から脱却する道としたこの運動は、しばしば日帝の農村振興、自力更生の宣撫工作と混同されるが、これは下からの自発的民衆運動であり、前代の独立運動や天道教農民運動につながる民族の抗日運動として評価できるものである。[*16] この運動は一九三一年（昭6）にはじまり三五年（昭10）に最大勢力を得るとともに禁圧され、四〇年（昭15）には絶滅させられている。

李石薫の「移住民の列車」（昭8）「ロザンの死」（昭7）「流浪」（昭15）などは、抵抗運動敗退後の植民地社会における民衆の窮乏と流民化、移民化の過程の深刻さをよく描いたリアリズムの成果である。こうして李石薫は歴史の流れのなかで、つねに犠牲にされてゆく民衆と民族の側にあった作家として評価される。

呉養鎬の論は林鍾国『親日文学論』の場合とは全く逆方向の評価にむかっている。朝鮮の文学研究者たちのこうした極端な分裂状態の緩和は、いわゆる日帝末期の歴史空間、その言語状況をいかにとらえるか、李石薫から牧洋への転身と連続とをいかにトオタルにとらえるかにかかっているといえるだろう。

ともあれ、呉養鎬の明らかにした「牧洋」以前の李石薫は、川村湊の段階で考えられていたよりも、明瞭な思想的顔だちをあらわしている。

民衆の中へ！

農村へ！

これは当時の青年たちに担われた、重く大きい課題だった。정철もこれを「我等の歴史的任務」として自覚していた。彼がW大学の露文科を撰んだのも、卒業後にそれを役立て、露西亜的な偉大な農民文学を創作し、無知な農民たちを目覚めさせるという希望があったからだった。彼はバアナァドショウの芸術に影響は受けなかったが、社会改造のプロパガンダをこめて文学を創造するという彼の主張に、共感と尊敬の念をおぼえた。

右は「黄昏の歌」（原文朝鮮語）の一節である。呉養鎬の李石薫年譜によれば、一九二九年（昭4・22歳）平壌高等普通学校を卒業し早稲田大学露文科（予科？）へ入学するが、一九三〇年（昭5）、中退帰国後、「大阪毎日新聞」通信員として働いた。戯曲「厥女はなぜ自殺したのか？」が「東亜日報」の文芸コンクールに入選する。

一九三一年（昭6）の年譜は空欄。翌三二年（昭7・25歳）京城放送局に勤務。かたわら「放浪児」「職業苦」「ロザンの死」などを発表。翌三三年（昭8・26歳）「黄昏の歌」「移住民の列車」その他を書いた。李石薫は自己周辺の素材を用いることが多いが「黄昏の歌」の主人公も彼の分身と考えられている。早稲田露文出の文学青年で、ロシアに学んだ民衆の中へ！　の運動を「歴史的任務」と感ずるような、理想主義的情熱を秘めていた若い李石薫が、実際にどの程度実践に身を挺したのかは明らかでないが、おそらく一九三一年（昭6）の年譜の空白期が、そうした時期ではなかったか。

一九三一年は、ちょうど、宇垣一成が朝鮮総督になった年で、宇垣のもとで農村振興運動を立案実施にあたった山口盛は、当時、農民の八割をしめた小作農のいわゆる「春窮」について説明しながら、次のように書いている。

それは小農の多くが保存食糧を冬の間に食いつくし、麦の収穫期までの間、食い繋いでゆく方便に苦しむことから来ているのであります。それで極端な場合には松の木の堅い表皮と木質との間にある軟かい白い部分で食用になる部分は剝ぎ取ったりすることも行なわれ、又五月の初め頃になると、麦の成熟するのが待ち切れずに、穂がまだ青く乳状であるものを、穂先だけ摘み取って来てこれをふかして凝固させたものを粥《かゆ》にして食べるという想像も及ばぬようなことも行われる（中略）せっぱつまれば種子籾《たねもみ》まで売ったり、その結果は、これも地主から借り、そのうえ、高利の金を借りたりすることは、当時の農村の惰性として別に怪しむ程のことはなかったのであります。しかも打算や計数に疎い農民にとかくありがちのことではあるが、うかつに過ぎて行く中に利子が年々嵩んで、容易なことでは返済の手だてがつかなくなるというのが実情であったのであります。

「宇垣総督の農村振興運動」[*17]

「小作人は、地主の所で出来秋の勘定を済まして帰るときには、箒と箕だけを持って家に帰るだけ」という、朝鮮の諺そのままの農村の、暗憺たる惨状が述べられている。

宇垣自身もまたその日記に「痛心に堪へずして当路者に糺せば、彼氏曰く、『朝鮮にては左様の事は珍らしくもなく今頃になれば毎年各地に現はるる事象である。今一月もすれば木の葉も出て草も出ずるから夫れによりて収穫期までは何とかして行く』とて深く配慮するの様子もなかりし。動物的の生活は如何にも気の毒千万なり。何とかして成るべく人間としての生活丈けは保証して遣りたきものなり」（『宇垣一成日記』昭7・3・1）[*18]と書かざるをえないほどのものであった。農村振興運動の名目は農家経済再建であって、目標を「春窮退治、借金退治、借金予防」においたが、むろん根元悪の小作制度が揺ぐはずもなかった。植民地支配と収奪のためにこそ、経済再建は必要であったのである。その支配の側からみても目にあまる惨状が、支配される側に運命づけられた朝鮮知識人青年たちの曇りない目に、どのように映じたかは想像に余りある。

李石薫「ふるさと」（原文日本語、『緑旗』一九四一・三）の冒頭の一節には次のように記されてある。

S島と云ふのは彼の故郷の郡内にある黄海の一小島だが、かつて朴哲は二十歳前後の頃、東京の大学を病気でやめて帰ると間もなく、そこの青少年達を相手に生活改善運動などしてゐた所で、それこそ夢寐にも忘れない心の故郷であつた。

李石薫（本名錫漂）は一九〇七年（明40）、朝鮮半島北端、平安北道定州に生まれた。その黄海に面した「S島」は、他の作にもたびたび描かれる、この作者得意の舞台である。「朴哲」の名も、「北の旅」（『国民文学』昭18・6）その他自伝的色彩の濃い作の共通の主人公名である。一九四一年（昭16）という時代の制約をうけた言表になってはいるが、若い情熱をもえたたせた思い出が、多少ともなければ、「夢寐にも忘れない心の故郷」という言葉はありえなかったにちがいない。

一九三九年（昭14）三月、短篇「嫉妬」（日本語）が『東洋之光』に掲載された。李石薫原作、李素峡訳となっている。

冒頭に引用した『文学界』座談会において、朝鮮人作家たちは日本語で書くことに抵抗を示していたが、その二ヵ月後のことである。李石薫もまた朝鮮語で書いたことになる。

『東洋之光』は創刊されたばかりの「内鮮一体」宣揚日本語総合誌であった。「読んでいて窒息しそうなこの雑誌の中で、李石薫の小説は異様である。『嫉妬』は船員と娼婦のすさまじい情痴のはての殺人を描いていて、この雑誌にいかにもふつりあいである」[*19]と、大村益夫が評しているとおり、たしかにそのような印象をあたえる。

この作はのち「嵐」と改題され、李石薫自身の日本語表現に改められ、『朝鮮文学選集』（東京　赤塚書房　昭15・12）に収録された。その折、末尾に「昭和十一年五月作」と記されてある。そうだとすれば、李石薫は『東洋之光』から原稿依頼をうけたものの、親日の旗色鮮明な日本語雑誌に、どうやらただちに原稿を用意する気にならなかったもののようである。応急的に、というよりあえて旧作の翻訳で責をしのいだというところであろうか。

年譜によれば、一九三九年（昭14・32歳）の李石薫は咸興放送局を辞職し「朝鮮日報」出版部に勤めている。知られているように「朝鮮日報」は「朝鮮民衆の新聞」のスローガンのもとに民族主義の立場に立ち、一九四〇年（昭15）八月強制廃刊させられた新聞である。『朝光』はその出版部発行の月刊誌で、四〇年以降、弾圧のため親日色を強めた。李石薫は四〇年以前の『朝光』に、「結婚」（昭11）「女の不幸」（昭13）「白薔薇夫人」（昭14）「カイゼルと理髪師」（昭14）などを発表している。一九三九年（昭14）三月発行の『東洋之光』に、あえて旧作の翻訳を発表した、と推測したゆえんである。

「嫉妬」（嵐）に描かれた平安北道沿岸のS島の、荒くれた船乗りたちの生活は、李石薫の幼少から見知った馴染みの素材であった。

李石薫はそこに「原型的な〝朝鮮人〟の野性味あふれた情熱的な姿を見出したのだ。それは無知、無教養ではありながらも、決して悲哀や忍従だけにとどまっている人びとではなかった。李石薫のいわゆる民族主義は、基本的にはこうした人びとの生活と感性の世界に、根を降ろそうとしていたといってよい」[*20]とは川村湊の意見である。

さらにつけ加えて川村湊は以下のようにのべている。「それは李光珠などの場合と同じように、トルストイやユーゴーなどの〈西欧近代文学〉を通じて学んだ〝民衆愛〟に近い」ものであって、もしも「近代文学」という近代的知識がなければ、「現実」という概念さえなかったのであり、若い〝日本帰り〟の知識人たちによって、朝鮮の「土」と「根」としての〝民衆〟〝民族〟は、いうなれば「捏造」され、彼らの「神」として創造されたのだと。

たしかに近代西欧文学、とくにロシア文学に学んだ〝民衆〟の原像のおもむきは、「嫉妬」（嵐）の主人公七星《ケルソン》などにはある。しかし、李石薫にとって〝民衆〟は「神」でありつづけたろうか。

七星と世帯をもった山月《サンウオリ》はガルボ（酌婦の賤称）という厭わしい稼業におさらばするのが何よりうれしく、「陸《ムツ》」の人達が人でなし扱いする船乗りでも、ガルボ風情には勿体ないと思つているような、珍らしい「素直な心」の女である。猜疑心深く荒っぽい七星に、頬げたが千切れるほどなぐられて泣きながらも、これ程だれが今まで自分をかまってくれたか、と思い返すほどの惨めな境遇にある。彼女は愛するすべを知らぬ七星の猜疑と嫉妬と劣等感の嵐に巻きこまれ、ついに一命を奪われる。彼女にロシア文学にある娼婦のような救済者の面影はない。ただ、傷ついた野獣のように狂暴な民衆の一人の犠牲となった、哀れな女である。この山月を視野に収めるかぎり、七星の「野性味あふれた情熱」などをたたえてばかりはいられない。「雨と風と波の音と雷鳴とが物凄くほえてゐる中を、七星は気狂ひのやうに声をはり上げながら、崔をさがし廻るのだった」というのがこの短篇の結末である。崔は七星が山月との仲を執ねく疑った相手、漁業組合の書記であって、七星も、いつもは「旦那」と呼んで腰をかがめねばならぬ男である。すでに女をあやめた七星が男をも殺すことになるのかどうか、七星の内と外とに吹き荒れる嵐の夜が、いづれにしても破滅的な終局をむかえることが予想される。

「文学」によって「下層の人びとを発見し、その生の姿を描こうとすること自体、その作者をこれら下層生活者たちの踏んでいる『土』から切り離」してしまう。そのことがすなわち〃民衆〃と〃民族〃の「神」化であるとも川村湊はいうわけだが、「嫉妬」(嵐)についてみるかぎり、〃民衆〃は「神」の相貌を帯びてはいない。さらにいうなら、組合書記、漁村のインテリとしての崔の恐怖は、故郷S島における現実の李石薫の立場に重なってくる、といえなくもないのである。

ヴ・ナロード運動とその蹉跌とを通して「下層の生活者たちの踏んでいる『土』」へ、多少なりとも直面したことのあった李石薫の〃民衆〃は、たんに「文学」によって発見した民衆ではなかった。「神」ならぬ民衆の暗冥は、やがて李石薫に〃民衆〃を見失わせる原因のひとつであったように思われる。

戯曲「扶餘の月」(二幕)は一九四一年(昭16)六月『文章』に掲載されたとき、朝鮮語であった。『蓬島物語』（京城　普文社　昭20・3）に収録のさい、日本語に改められている。
「あとがき」によれば、これは「私が国民文学といふものを真面目に考へ始め、最初の当然の過程として、イデオロギイを意識して書いた唯一の諺文作品である。戯曲の形式を借りたのは、イデオロギイを盛るためには、それが都合がいいからだ」ということである。

この「あとがき」は、朝鮮語を母語とする作者が、しいられて日本文学を書くという矛盾が、どのようなものかをよく示している。日本文学をものするためには、何より先に意識的にイデオロギーを引きうけてかからねばならなかったこと。イデオロギーを優先させるには、さらに戯曲つまり会話言語というクッションが必要であったことがわかる。こういう意識的な手続きは、文学創作の自然過程とは呼びがたいものであろう。しかし、李石薫はともかく書いた。

一幕の舞台は百済の古都扶餘、時は現代、断崖から自殺をはかる若い女李愛羅を、詩人金文学が引きとめる話である。

死ぬのは私の自由だし権利でもあるという愛羅に対し、金文学は「貴女は全体の中の一人だ、われわれ皆の者互ひのものなんだ」というふうに説得をはじめる。それぞれが個人主義と全体主義のイデーを代表させられているような趣きがある。

愛羅は本来詩が好きであるが、心の琴線にふれるような詩は哀しい詩だけであって「先生の書いた『亜細亜の黎明』だとか『光は東亜に』なんて云ふ論文みたいな、大言壮語式な詩」は五行もろくに読めない、と愛羅は鋭い批判をあびせかけている。これをみると詩人金文学とは、一九三九年（昭14）一月以降、決意して積極的に親日文学に参与し、『亜細亜詩集』（京城　大同出版社　一九四二・一二）を書いた、もとプロレタリア詩人金竜済[*21]がイメージされているようでもある。しかし、金文学と李愛羅との思想的対立は、作者内部で体験された分裂、葛藤の言語化とみてよいだろう。

ともあれ、金文学の説得の論理はあまり明晰でないのだが、冗長なセリフにちりばめられた次のような一節が注意をひく。「事実は運命であります。歴史であります。事実を事実として享受する者のみが、次の運命へ飛躍するでせう」。

愛羅の身の上に側するなら、結婚した相手に戸籍上の別の女性がいた、という封建遺制のからむ裏切りの「事実」であり、金文学に側するなら、一九三七年（昭12）の日中戦争以来、急速に進展した皇民化政策浸透の「事実」であろう。一九三八年（昭13）二月に公布された陸軍特別志願兵令、同年三月に改正された第三次朝鮮教育令、四〇年（昭15）二月から実施された創氏改名は、すべての朝鮮人を皇民化する施策の重要な三本の柱であったといわれている。それらの既成事実を「事実」として受けいれる以外にない、という諦念をまじえた覚悟である。「事実は運命」であり、それを享受する者のみが「次の運命へ飛躍」しうるというのである。

この舞台が百済三千の宮女の投身自殺をとげたという、伝説のある落花巌であることは象徴的である。目を閉じて落花巌を飛んでこそ、次ぎなる運命が開かれる——。

じじつ自分も死ぬつもりで来ていたのだ、といって愛羅を驚かせた金文学の最後のセリフは次のようなものである。

僕、ちよつと詩人としての自分に行詰りを感じて、詩人を廃業して出直すつもりだつたのです。所が、今夜ここに来て、白馬一帯の扶餘の山河を眺めてゐる中に、すつかり気持が変つて来ました。それで僕はもつと強く自分をかり立てて、この美しい山河をうたはうと決心するに至つたのです。きつと新しい世紀がきますよ。現に僕はこの扶餘山上に立つて、この山河の段々変つて行く有様を眺めながら、ある輝かしい時代の幻影をはつきりと見たのです！

詩人としての死である詩の廃業「大言壮語式な詩」のうしろめたさは自覚されていた。筆を折る寸前に追い込まれた金文学を最後に支えたものは、朝鮮の美しい山河である。事実を「事実」として「運命」として受けいれるとき、眼を閉じて断崖を「飛躍」したとき、朝鮮の山河は限りなく美しかった。

このとき朝鮮の〝民族〟と〝民衆〟とは、朝鮮の〝自然〟の背後に隠されてしまったのである。美しい山河の上に訪れる「新しい世紀」は、まさに「時代の幻影」と呼ぶ以外にないものであろう。

李石薫の親日文学者としての出発を告げるもの、と簡単に位置づけられやすい「扶餘の月」には、このような構造を読むことができる。

つけ加えるならば、「扶餘の月」発表のひと月前の二月七日、李石薫は朝鮮文人協会の金東煥、鄭寅燮、芳村香道（朴英熙）ほか日本人二名とともに、「毎日新報」社主催の扶餘神宮造営文化人聖鍬部隊に加わって、扶餘を訪れている。そうだとすれば、扶餘は日本渡来の「神宮」とともにではなく、あえて朝鮮の山河と百済の伝統とともに作品化されたのであり、おのずから多方向のメッセージを含むテクストになったのである。

あきらかな親日的行動者としての李石薫と、こうした言表との間のズレやネジレを見てゆかなければ、暗黒期の植民地支配が知識人文学者に強いたものの実態を見失うことになるだろう。

金村竜済（金竜済）『亜細亜詩集』とともに国語文芸総督賞の候補となって落選し、かわりに国語文芸連盟賞をもらったのが牧洋（李石薫の署名を廃している）の小説集『静かな嵐』（日本語、「毎日新報社」昭18・6）である。

標題作「静かな嵐」第一部の初出は「扶餘の月」から五ヵ月後、一九四一年（昭16）一一月の『国民文学』創刊号である。

「時まさにわが帝国は、国力を賭して興亜の大業に邁進しております。この国家の非常に当つて、国民たる者はすべて和恵協力し、その能を傾け、その才を尽して国策にそつて奮励努力すべきことはいふまでもありません。われわれ文章に関与する者は、かかる時に率先して筆をもつてその任務を果さなければなりません」（『文章』昭14・12）という朝鮮文化協会声明書[*22]が出されてからすでに二年が経過している。その間、大阪屋書店、日韓書房、漢城図書その他主要出版社が時局協力を目的として朝鮮出版協会を結成（四〇・五）、「朝鮮日報」「東亜日報」の強制廃刊（四〇・八）、朝鮮文人協会は作家たちを四班に編成し巡回講演会を計画実施[*23]（四〇・一一—一二）、文芸誌『文章』『人文評論』の強制廃刊（四一・四）、第一次雑誌統制により二一誌の廃刊（四一・五）、新聞紙等掲載制限令公布（四一・六）という具合に、状況は臨戦体制にむかって、異常事態につき進んでいった。そのとき創刊のはこびとなったのが『国民文学[*24]』（人文社発行、編集発行人崔載瑞）である。

創刊号（日本語版）は総論として「世界文化と日本文化」（尾高朝雄）、「革新の方向と論理」（津田剛）を置き、文芸評論に「臨戦体制下の文学」（芳村香道）、「国民文学の要件」（崔載瑞）が並んでいる。編集子が、かつてこれだけの人が一堂に会しこれだけのことを語ったことがあったかと自負する記事は「座談会・朝鮮文壇の再出発を語る」である。出席者は辛島驍、芳村香道、李源朝、寺田瑛、白鉄、崔載瑞。創作欄に李孝石「薊の章」、田中英光「月は東に」、鄭人澤「清涼里界隈」宮崎清太郎「父の足をさげて」と並び李石薫「静かな嵐」が掲載されている。それぞれの作について編集後記のなかに短評が記されてあるが、李石薫「静かな嵐」は、「材料が生々しいばかりでなく、主人公の気概が胸を打つ」とある。

「材料が生々しい」とは、先に朝鮮文人協会の実施した巡回講演旅行に加わった李石薫の行程と、「静かな嵐」の内容とが、ほぼ一致していることによる。その主人公朴泰民の北方への旅が、彼の思想的転機となり、ひとつの新生をめざした旅でもある、ということを指してもいるだろう。しかし、「胸を打つ」という主人公の気概は、どのように言語化されているか。

時代の荒々しい動きが一切の感傷と偏見とを打ちのめして新しい歴史が創造されやうとしてゐる。その目まぐるしい渦の中で、彼は作家としての自分の在り方を見出し得ずに苦悩してゐた。彼には東京の或る作家が新体制だからと云つて今までの自分の創作態度をかへようとは思はない、と言ひ放つた真似など、しようにも出来ない立場にあつた。この地に作家として生き抜くためには、どうしても一応この嵐の時代を通りぬけなければならない。それは単に無意識に生活することではない。意識的に時代を呼吸することだ。それがためには先づ小乗的民族的立場を一応揚棄しなければならない。より高い大乗的知性と叡知が必要なのだ。朴泰民は然し多くは深い懐疑の中にさまよつた。意識は分裂して争ひ、そして結末に到達されなかつた。(中略)怡度こんな時に、朴は時局講演隊の一人に指名された。それは全く意外なことであつた。何か知ら忽然として新しい運命の幕が開かれやうとする思ひがした。その運命の道が、どんなものであるかは想像されなかつたが、兎に角新しいといふだけで魅力あるものと思ひ、それに自身を任せて見やうと思つた。

(傍点筆者)

殊のほかあたたかく、まだ合服で間に合うのに、新調した黒スコッチの冬服を着て、式場にでも出る気持で講演隊の初顔合せにゆく冒頭の朴泰民には、どこか戯画的雰囲気があるが、右の引用文からは次のようなメッセージを読むことができるだろう。

一切をなぎ倒すような時代の嵐の中で、生きる方向を見出しえず、いかに懊悩したことか。日本より取締りの苛酷な植民地支配下の作家として延命するには、ともかく〝一応〟この嵐はやりすごさねばならないのだ。それにはこれまでの民族主義的立場は〝一応〟放棄し、「内鮮一体」的立場に身を寄せる智慧も必要かも知れない。しかし、それでいいのかという意識の葛藤と分裂は際限もなかった。意外にも、選択を迫られる機会が向うからやってきて運命のように直感され、自身を任せる気になった。何か知らないが、それはとにかく新しい。

朴泰民は、混迷と疲労のなかで出合った偶然にすがったことになる。どんなものか「想像されない」未来への判断停止であり、自己催眠でもある。眼を閉じてやはり断崖を飛んだ「扶餘の月」が思い出される。しかし、とにかくそれは新しい。新調の黒スコッチの冬服を着ることが多少滑稽である程度に、新しいことはここでは滑稽にみえるようになっている。黒スコッチの冬服は皇国思想のメタフォアなのだ。

朴泰民は当然のように講演原稿を書きなやんでいる。「ペンをとつたが、ほんのちよつぴりでも自分でなければ言へない言葉は仲々かけなかつた。無理矢理にペンを進めると、徒らに大言壮語となり、あれやこれやと気にすると、権威に対するちよろつこいへつらいとなつて面がほてりいやになつた」のである。

しかし、どうでも「自分を軀り立てゝ」行くことを選んでしまった朴泰民は、壇上に登ると夢中になってまくし立てるのである。

今は、われわれは死ぬるも生きるも、日本といふ大きな生命体の運命の中にあるのだ。それは三千年といふ長い余りにも長い試験の結論だつたのである。厳粛な運命の連帯性に眼を蔽ふ者は余りにも無責任であり怠慢であり卑劣である。われわれが幸福の彼岸に、日本といふ光明を見出す、民族の新らしい神話を持たうではないか。この神話こそ、われわれの新らしい創生記なのだ。そしてわが同胞は永遠に救われるであらう。

このいやが上にも高いヴォルテージが現実性のなさを示しており、無理をしてしゃべっていることの証拠であった。だから、その熱弁にむけられた聴衆のなかの嘲りの目に、朴泰民は「少なからずこたへ」ねばならなかった。

閉会後朴泰民を呼びとめた羅仙姫は、もとこの地方を吹きまくった左翼思想の洗礼を受け、朴とよく議論したこともあるかつての女闘士であるが、「朴先生は別にああしてまで護身術を弄する必要はないと思ふけど、たゞどうも腑に落ちないのよ。朴先生の所論が。あれ本当ですの？　率直に言つてくれません」とつめよっている。

「私は嘘のいへない性質です」とか「正しいと確信している」とか強弁するけれども、「闇の中に消へて行く彼女の後姿を見守つてゐる間に、朴泰民は堪らなくさびしくなるのだつた。」

またある時、朝鮮人の新聞記者——彼はかつての朴泰民の愛読者であった——が「さつき話されたのは貴方のほんとうの気持ですか」とにじり寄って、余りにも観念的、政治的、余りにも論理が飛躍しすぎるではないか、と批判をぶつけている。

「貴方達は何かにおびやかされて、時代におもねりすぎるんぢやないかと思ひますねえ。」
若い新聞記者はぐつと見すえながら重々しく言つた。朴泰民はどきつとなり本能的に反発しながら
「時代におもねるのもい丶ぢやありませんか。それが朝鮮民族の為に真実である以上は。」

朴泰民と新聞記者とはこのあと裏通りの酒場へ一緒に入る。朴泰民の「堕落」を痛罵する若い記者は、おそいかかって朴の横っ腹を蹴倒したのである。
「君に愛読された朴泰民は昭和十五年十二月と共に死んでしまつて、新しい朴泰民がここに生れたんだ」
と彼は叫んでいる。

昭和十五年（一九四〇）十二月、すなわち巡回講演参加の決意とともに、昔の朴泰民を葬るのだという覚悟が、外から訪れた偶然のチャンスにすがったものであったことは、先に見てきたとおりだが、そのときの判断停止の延長上にすべてがある。蹴倒された朴泰民はただたんに「反発的」に皇民化への信念を固めていくのである。以後、とくに第三部に描かれる時局的人物としての朴泰民の言動は、空中滑走的であって、現実の陰影にとぼしい。

林鍾国によれば『静かな嵐』という作は、「時局にめざめる文人」と親日派を白眼視していた羅仙姫や新聞記者が「かれらの前にひざまづくまでをえがいた作品」（『親日文学論』）だということである。が、これでは何も読んでいないに等しい。

最後に羅仙姫と新聞記者から手紙がとどき、朴の講演内容に共感できるようになった旨記されてある。それだけであって、彼らがいかなる葛藤を経て思想の転換をなしとげたのかは描かれない。朴泰民と彼らとの対立的な出合いにおいて、そもそも最初から思想の深化を描くことを放棄した作として、当然のなりゆきだ

ろう。「時局にめざめる」というより押し流される主人公の戯画的他動性、それとうらはらな空虚な高揚、半島北部の講演会聴衆の根づよい冷眼。「主人公の気概が胸を打つ」というようなイデオロギー読みから自由になれば、「静かな嵐」はこうした過熱する時局への否定性をむしろ顕示するテクストとして興味深いのである。

「静かな嵐」のなかで若い新聞記者と対立した朴泰民が、「朝鮮民族の為に真実」であるならば「時代におもねるのもいい」ではないか、と悲鳴のように抗弁したことは注意してよいだろう。

母国朝鮮の近代化の重荷を負う、留学帰りの知識人の一人として、若い李石薫のヴ・ナロード運動への接近もあったはずである。おそらくその挫折以後に、支配権力としての日本帝国主義にも、絶望的に遅れた朝鮮を克服する一定の力のあることは認めるようになったと思われる。自生的な近代化努力の弾圧されたあとで、それはもっとも危険な、しかし一番現実性のある道筋にみえたのではないか。

「内鮮一体」は日本人側の提唱した「同化の論理」であると同時に、朝鮮人側ののぞんだ「差別からの脱出」の論理であるという側面があった。ここに「『朝鮮人を日本人にする』という、自然の摂理を無視した『あり得べからざる』ことを、あり得せしめた魔力の源泉があり、またそこに一定の朝鮮人を『内鮮一体』論の中に、だきこむことが可能であった所以もあったのではないか[*25]」といわれている。

朴泰民の「朝鮮民族の為に真実である以上」という言葉には、この「差別からの脱出」の希いが含まれていたと思える。

「東方への旅」(日本語、『緑旗』昭17・5)は、伊勢皇大神宮、出雲大社など聖地巡礼の旅を終えた哲が、日本留学時代に下宿していた家の娘と十年ぶりに再会し、求婚の手紙を書く話である。出雲大社の裏境内から稲佐浜へさそわれた哲は、荒れた砂浜に立ち、曇り空の彼方の陰鬱な海原が朝鮮と結びつくあたりを眺めている。

季節はもう十一月の末頃で、埃のかゝつた窓辺に卵のうづ高く積まれてあるお茶屋もがらんとしてゐ、灰色の砂原につながれた一頭の牛の、ぽつんと佇んで海を眺めながらゆつくりゆつくり咀嚼してゐる図が、何故かしら哲には涙ぐましかつた。そのむかし、朝鮮との密接な交通がもつぱらこの浜からひんぱんに行はれたといはれるが、それだけにこの辺の一木一草も哲にはなつかしく思はれ、牛のその長閑な咀嚼ぶりを見てゐると、如何にも悠久といふ感じが生きて来、何ともいはれぬ感動が胸せまくこみ上げるのだつた。

自分の佇むこの浜辺を行き来した父祖たち、同じ悠久の昔から哲のなかにも流れる朝鮮民族の血——哲の胸をせきあげるのは、その伝統的自然のもたらす戦慄であり、いいがたい民族への愛であるだろう。いってみれば、孤立した牛の悠久の反芻は朝鮮そのものであったのである。その感動は汽車に乗ってからも波うち、感極まってはらはらと落涙するほどのものであった。

哲はこの旅で、春日神社に詣で、紅葉の蔭の小滝の音に異様に魅きつけられ「ここで死にたいなあ」とつぶやいたり、白壁の明るい農村を眺め「あのみかん畑の丘の下で一生暮したいなあ」と思ったりする。この生の願望も死への誘惑も「結局は迷ひの中での逃避の心理」にほかならないと朴は思う。それは、彼が京城で「新らしい思想運動」に携っており「まだ確乎たる信念が出来てゐない」のが、「ひとたびこの美しい国土に接するや暴露した」ためであると感じる。

「新らしい思想運動」とはこの時期「内鮮一体」推進の運動以外には考えられないであろう。その信念が日本の美しい国土に接し、あらためて揺ぎ、死の誘惑さえも感ずる「逃避」的心境になったのである。思うに、それは美しい日本と現実の朝鮮とのあまりな落差を、まのあたりにした李石薫の衝撃であったろう。なにが「内鮮一体」か。眠りきってはいない民族の意識が、意識の奥深いところで身じろぎしないではいなかったに相違ない。しかし、それは限りない無力感をともなわずにはいなかった。

やがて伊勢神宮参拝のあと、一夜静思して、迷雲をはらった哲は「明るい信念へと一歩飛躍する自分を感じ」るのだが、その体験を次のように説明している。


それは要するに素直な直感から来る日本への信念で、説明し難いものであつたが、謂つて見れば内宮のあの比類ない神々しさは日本の国体の尊厳さを裏付けるものであり、どこの神域も、どこの山河もさうであるが、一点の暗さのない、明るい処女肌の如き清らかな美しい国土は、悠久三千年といふもの一度も外敵にふみにじま《ママ》れなかつた気高い歴史の象徴のやうに、哲には思はれた。


哲の動揺、意識の深層の民族の迷雲をはらったものは、理性を超えた「直感」と「信念」である。その「飛躍」のおこなわれた夜が、二見浦の水辺であったことは、「扶餘の月」の「飛躍」のやはり水辺であったことを思い出させる。〝水〟はどうやら共通のはたらきをしているようだ。

ともあれ、右の部分を引用した竹内実[*26]は「あまりにもできすぎている答案であるが、そう思ったと書いてある以上、そう思ったにちがいない」と認めながらも、哲の場合「支配の思想」に単純に服従しているのではなく、「朝鮮人の発想」がそこにからんでいると述べる。それは哲が学生時代以来のこの旅で十年ぶりに万世橋あたりを口笛吹いて歩きながら「今更、俺は半島人だからと、小さくならなければならない理由も見出せなかつた」と思うところにある。

竹内実によれば「あゝ！　俺は日本が好きだ。俺は日本人になろう」というような哲のかん高い調子の「現実性の喪失が、万世橋あたりの経験という現実性に支えられることによって、哲の一種の飛躍が論理的には跡づけられる」「哲は、差別される境遇からの脱出を図って、この飛躍をおこなったのである。」これが「思想の支配」である、ということになる。あざやかな分析である。

論の方向には全く同感であるけれども、しかし「そう思ったと書いてある以上、そう思ったにちがいない」という具合に、文字記号をそのまま受けとめるべきであろうか。

「比類ない神々しさ」とか「国体の尊厳」という時局記号に目を奪われなければ、「一度も外敵にふみにじまれ《ママ》なかつた気高い歴史」とは外敵にふみにじられ通した朝鮮の歴史を裏側にもつ表記である。日本の清らかな「処女肌」には、犯された朝鮮のいわば哀しい娼婦の肌が重なっているはずである。だから先の引用文のあとは次のように続いている。

さう考へると、哲は安心して自分自身をこの国に任せきることが出来ると思つた。といふよりもこの美しい国が、自分をほんたうの同胞として包容してくれたらどんなに幸福であらうと思つた。

（傍点筆者）

「任せることができる」という断定にはならなくて、「というよりも」と反転する論理は、さらに「ほんたうの同胞として包容してくれたら」という仮定となる。現実の朝鮮民衆が「ほんたうの同胞」というにはほど遠く、美しい国が朝鮮を「包容」してくれる可能性は薄い、という論理が潜在していることになるだろう。したがって、もしこの夢のような仮定が現実となるなら「どんなに幸福であらう」。これはもはや〝祈り〟である。「内鮮一体」の現実がこのようであるなら、哲は〝祈り〟において「勇み立つ」以外にないのであつた。

「差別される境遇からの脱出」のモチーフは、ここにもすでに読むことができるだろう。聖地参拝とは、まさにこの意味で象徴的行為であつた。

哲が学生時代に下宿の娘に求婚できなかった理由は、自分が朝鮮人だからというひけ目にあった。あらためてプロポーズの手紙をかいた相手が、美しいけれど足の悪い女性であつたというところにも、屈折した内鮮一体、差別からの脱出願望を読みとることができようか。

これがたんなる「内鮮一体を主張する小説」（林鍾国）であるはずはなく、いわゆる「思想の支配」の屈折した内実を、痛いたしくさらしたテクストとして意味深いのである。

『静かな嵐』の後日譚として「善霊」（『国民文学』昭19・5）がある。

『静かな嵐』の朴泰民は、朝鮮にも二年後に徴兵制度がしかれることを知り、「あゝ！　たうとう朝鮮はこゝまで来たのだ」という感慨にふける。そして「自分は正しかつた！　俯仰天地、少しも自分の言行に恥る所はないのだ。二千七百万、朝鮮の同胞よ！　汝等はさまよふ黄昏の隠者から滅ぶことを知らない日本のくにたみとして、永遠に救はれるのだ」という感激に満たされ、街の中を歩いてゆくのが一応の結末になっている。

「善霊」の朴泰民は文学大会[*27]への出席を慫慂されるが、「自分の出る幕ぢやない」という思いのほうが強く、それより自分の無能によって、いたいけな子供達にまで惨苦をなめさせることを罪深く思う心で一杯であった。「文学大会はむろん大事だつたが、目前に横はつた生活の暗い深渕に戦慄しながら」、朴泰民は巷をさまよい、やがて新京へと旅立って行く。彼は「もう一度奪ひ立つて、生活とたゝかひ始めた……」というのが一篇の結末である。

「善霊」は主人公朴泰民がイデオロギー集団のなかで自己嫌悪に落ちいり、孤独と自己破滅におびえながら、いらだち、やがて現実の「生活」に醒めてゆく過程を書いたものである。

こうした意識の多層的な交錯をみちびくためには、『静かな嵐』の主人公朴泰民と同じ主人公朴泰民の落差が、不自然に大きすぎると作者には思われたのにちがいない。冒頭「私」という語り手が登場し、『静かな嵐』以来、世間では朴泰民と同一視している「私」を朴泰民と区別している。「『彼と私』とは厳然として、二つながら存在し、彼と私は同一人でありながら時に二人の人間に分裂する所に、悲劇もあれば苦悩の深渕もある」と告白している。

わたしたちはすでにこれまで、「私」に近い場所に視点をさだめて、朴泰民の表層のビラビラを剝した層を読んできたのである。作家たるものがこのように哀れな弁解をあえてしなくてはならぬところに、動乱の時代の植民地知識人の精神の惨状はあきらかである。

思えば兪鎮午は「金講師とT教授」(『新東亜』昭10・1)において、すでに早く金講師に次のように語らせていた。この社会では「二重、三重、いな、七重、八重、九重の人格をもつように強制されている。その中でどれが本当の自分の人格なのかは、自分だけで人知れず知っていたらそれでいいのだ。ある者は実際、明確にこれを意識して使いわけている。がある者は時がたつにつれて自分自身のその数多い人格でまどわされ、ついにはどれが本当の自分の姿だか見失うに至る」と。

この作の発表になった一九三五年（昭10）といえば、朝鮮はまだカップ（朝鮮プロレタリア芸術連盟）の運動の余熱がさめきっていない時代である。年譜によれば李石薫はその頃この系統の「開闢」社に勤務している。しかし、いち早く兪鎮午は植民地下の知識人の悲しみとその混迷の惨状を洞察していたことになる。

李石薫（牧洋）は、自身の生ま身において、金講師のいう意識の泥沼を渡ったのである。その内鮮一体、大東亜共栄の幻影は、一九四二・三年（昭17・18）頃をピークとし、アッツ島玉砕など、日本の敗色のみえる頃からようやく「生活」の現実に醒めていったといえるだろう。

現実性のない硬直したイデオロギー世界とは無関係な、ふるさとの牧歌的世界を舞台とする『蓬島物語』（第一章『国民文学』昭18・9、第一部　普文社　昭19・5、第二・三部、昭20・3）などをみれば、泥沼に疲労した李石薫の救済の場のありかが示されている。

『国民文学』掲載としては最後のものと思われる「処女地」（昭20・1）には北満の天主教会を頼る窮乏した朝鮮流浪農民の姿が描かれている。彼らのあいだには、もはや大東亜の盟主日本の影は皆無である。本稿ではふれる余裕がなかったが、李石薫にはこのほかにも、評論、エッセイの類、数多い座談会発言があって、小説以上に一つの方向性で読まれやすいこれらの言説が、その効果において、皇国イデオローグの機能をはたしたことは、これを否定することができないであろう。そのかぎり、犯罪的ともいえる彼の歴史の責任は、やはり問われねばならないのである。

しかし、それは決して李石薫一人の負うべき責任ではないこともまた明瞭である。日本の植民地支配、その皇民化政策のかたちづくった言語状況のなかで、本来民族と民衆に足場を求めた文学が強いられた痛いたしい分裂と混迷、その悲願と敗北の道すじは、日本近代と近代文学が忘失し回避してきた自身の汚辱を映し出すものにほかならない。そのものを見据えることをようやく可能にしてくれた朝鮮の作家の一人が、李石薫である。

＊1 林和は一九二〇年代後半東京に留学、カップ（朝鮮プロレタリア芸術連盟）の中核として活動した詩人、批評家。解放後越北。スパイ容疑で処断される。

＊2 日本に留学、上智大学に学ぶ。開闢社に勤務、雑誌『文章』を編集した。「無意志派」（白鉄）などといわれた「九人会」の一人として不遇な人物たちを描いた。解放後越北。以後不明。

＊3 山口守「仮面の言語が照射するもの——台湾作家揚逵の日本語作品について」『昭和文学研究』25 特集昭和文学とアジア 平4・7

＊4 朝鮮史学者。韓国皇室留学生（一九〇四）として早稲田大学等で学ぶ。帰国後、啓蒙活動に挺身。三・一運動「独立宣言文」の起草者。

＊5 慶応義塾文科中退。フランス象徴派の詩を紹介、朝鮮最初の訳詩集「懊悩の舞踏」を出し、朝鮮初の創作詩集を出す。動乱時拉北。行方不明。

＊6 宮田節子・金英達・梁泰昊『創氏改名』明石書店 一九九二・一

＊7 「内鮮一体」運動の代表的人物。「緑旗連盟」については高崎宗司「緑旗連盟と『皇民化』運動」『三千里』昭57・8

＊8 以上の年表は任展慧編「植民地下朝鮮の文化文学関係規制年表（一九三七—一九四五）」『海峡』昭49・12

＊9 任展慧「植民地政策と文学」『法政評論』復刊号

＊10・22 金宇鐘著、長璋吉訳注『韓国現代小説史』龍渓舎 一九七五・三

＊11 近年林鍾国の遺志をついだ若手研究者の編著が出版された。金三雄、李憲鐘、鄭雲鉉共編、親日研究第一集『親日派㈠——その人間と論理』ハクミン社 一九九〇・二、金三雄、鄭雲鉉共著、親日研究第二集『親日派㈡——日本新国家主義の展開と親日派の復活』一九九二・三

＊12　「故国への問い」「親日について㈠」『世界』平4・6

＊13　共同討議「植民地主義と近代日本」における川村湊、柄谷行人の発言『批評空間』平4・10

＊14・26　竹内実「『内鮮一体』の小説」『文学』昭45・11

＊15　『詩文学』昭54・2

＊16　原註として丁暁燮「日帝下のヴ・ナロード運動に関する研究」（『淑大論文集』No. 14　一九七四・一二）がある。ほかにヴ・ナロード運動と文学の関連を論じたものに전영례「ヴ・ナロード運動の文学社会的意味」（『国語教育　No. 38』〈ソウル師範大論集〉一九八一）がある。전영례による「黄昏の歌」の「ヴ・ナロード小説」としての評価は呉養鎬に比べると低い。

＊17・18　山辺健太郎『日本統治下の朝鮮』岩波書店　一九七一・二

＊19　「奪われし野の奪われぬ心――解放前の朝鮮近代文学――」『文学』昭45・11

＊20　「〈酔いどれ船〉の青春」『群像』昭61・8

＊21　大村益夫『愛する大陸よ――詩人金竜済研究』大和書房　一九九二・三、拙稿「『愛する大陸よ――詩人金竜済研究』によせて」『昭和文学研究』第25集　平4・9

＊23　第一班（京釜線12月8日～13日）百瀬千尋、金東煥、兪鎮午、芳村香道（朴英熙）第二班（湖南線12月1日～6日）寺田瑛、鄭寅燮、李軒求、杉本長夫、第三班（京義線11月30日～12月5日）辛島驍、白鉄、津田節子、崔載瑞、第四班（咸鏡線12月5日～11日）杉本長夫、李石薫、李孝石、咸大勲、鎌田澤一郎。

＊24　年四回日本語版、八回朝鮮語版（二巻五号からは日本語のみ）として発刊。編集要綱として、一、国体観念の明徴、二、国民意識の高揚、三、国民士気の振興、四、国策への協力、五、指導的文化理論の樹立、六、内鮮人文化の統合、七、国民文化の建設、をかかげ一九四五年（昭20）二月、通巻三八号で終刊。現在出ている韓国の影印版は、創刊号はじめ欠号が多い。朝鮮文学研究者の間で原版のコピーが苦心して作られており、本稿を書くについて、大村益夫氏、故梶井渉氏から、さらに白川豊氏のコピーされたものを借覧した。

＊25　宮田節子『朝鮮民衆と「皇民化」政策』未来社　一九八五・七

＊27　牧洋の朝鮮文人協会での活動は一九四二年（昭17）九月の協会機構改革の頃から活発となり一九四三年（昭18）中が

ピークとみられる。その間協会は第一回大東亜文学者大会に、朝鮮代表として香山光郎、芳村香道、兪鎮午、辛島驍、津田剛を送る。（一九四二・一〇）第二回の同大会には兪鎮午、柳致真、崔載瑞、金村竜済、津田剛が出席。（一九四三・八）当時牧洋は、朝鮮文人協会、朝鮮俳句協会、朝鮮川柳協会、国民詩歌連盟を結合した「朝鮮文人報国会」（一九四三・四結成）の小説・戯曲部会幹事長（会長は柳致真）を務めていた。「文学大会」とはこの第二回の大東亜文学者大会ではないかと思われる。

○　本稿作成にあたって入手困難な韓国側資料につき、九州国際大学の白川豊氏にお世話になりました。厚くお礼申しあげます。また、韓国の研究論文の探索とコピーについては、ソウル大学校大学院、布袋敏博、明治大学大学院、呉皇禅、論文翻訳については同大学院、尹在石の皆さんにお世話になりました。合せてお礼申しあげます。

（一九九三・二）

『愛する大陸よ――詩人金竜済研究』を読んで

著者大村益夫氏の名は、一般には『朝鮮短篇小説選』上下（岩波文庫　一九八四・四）の訳者として広く知られているだろう。

数年前、おくればせながら私は、大村氏の訳著『傷痕と克服――韓国の文学者と日本――』（金允植氏の『韓日文学の関連様相』〈ソウル、一志社一九七四・五〉を中心とした論著の翻訳、朝日新聞社　一九七五・七）を読み、さらに『親日文学論』（林鍾国著、高麗書林　一九七六・一二）という大著の翻訳を読んで強い感銘を受けた。『親日文学論』の訳者解説で大村氏は次のように述べている。

植民地支配の精神的残酷さの実体はいかなるものか。それがいかに文学のあるべき姿を歪めたか。数量や統計表で表わしえない生身の人間が受けた心の傷の一端を、本書は客観的事実の積み重ねをもって示してくれている。（中略）

日本の植民地下の文学情況と、そのもとで突破口を切り開こうと苦悩しあるいは切り開けないままに呻吟した朝鮮文学の様相を客観的資料をもってあきらかにしてくれるところに、「親日文学論」が日本に紹介される意味があろう。訳者としては客観的真実性が失われないならば、朝鮮人文学者の個人名は伏せてもよいとさえ思う。かれらに恥辱を強要したという恥辱の思いからわれわれはまだ自由でありえないのだろうか。強要した者の恥辱は強要された者の恥辱の何百倍であるかもしれないという想念が、他の外国文学にたいするときとは別のある種の緊張感をわれわれにもたらしてしまう。

「強要した者の恥辱は強要された者の恥辱の何百倍であるかもしれない」という言葉は、痛恨の思いというような域をはるかに超えている。これは大村氏が朝鮮文学研究者であるゆえに、人一倍鋭く感受されるものであるだろう。しかし、そのことに日本文学研究者の側も、本来、同等の感受をなすべきものではなかったのか。「親日文学」はほとんどすべて日本語で書かれた文学である。そこに当然日本人文学者の参与もあった。旧植民地時代の朝鮮文学はその意味で昭和文学史の罪ふかい一部であるとさえいえるだろう。それにもかかわらず、日本文学の側からの本格的研究はまだこれからである。「親日文学」が戦後の朝鮮社会で冷遇されたのは止むをえないことであるが、日本人の側がこれを冷遇し非難する根拠は何もない。日本人がアジアの加害者であったこと、その日本式植民地支配の〝内鮮一体〟イデオロギーがもたらした傷痕がいかに深いかを、「親日文学」はまざまざと晒している。大村氏の問題提起を謙虚にうけとめるなら、客観的資料整備に重点をおいた林鍾国氏の『親日文学論』とは異なる、日本人独自の「親日文学論」が書かれねばならないであろう。しかし、非力な私はただそのような思いを抱いたままいたずらに日を送ったにすぎなかった。そしてこのたび『愛する大陸よ——詩人金竜済研究』(大和書房　一九九二・三)に接したのである。金竜済は代表的親日文学者の一人とみなされ、朝鮮文学界ではほぼ無視されている詩人であるが、またも私は大村氏の著書「はしがき」に叱咤されねばならなかった。

宮本顕治・百合子夫妻にかわいがられ、中野重治の若い友人でもあり、日本プロレタリア文学の一端をになったほどの金竜済を、現在の日本文学界が忘れ去ってしまっている。この忘却は二つの意味で怠慢である。一つには国際的友人の果した役割に鈍感であるという点で、もう一つには隣国の進歩的文学者に親日文学を強要し、彼を刀折れ矢尽きさせた事実を、痛みをもって正視しようとしない点において。

昭和期の日本文学研究者にとって、朝鮮文学研究者から指摘されたこの二つの「怠慢」は、やはり甘受せざるをえないものではなかろうかと私は思う。その忸怩たる私の思いは思いとして残るけれども、ここでは、大村氏の調査研究の成果に学びながらなお若干の問題をめぐって現在の私の関心を述べてみたい。

本書は金竜済評伝と呼ぶべき研究であり、日韓併合の前年、一九〇九年（明42）二月の出生から一九八二年（昭和57）晩秋の訪日まで、およそ現時点で調査可能なことがらはすべて調査した上での著作である。大村氏の博捜綿密は、任展慧氏と共編の貴重な資料『朝鮮文学関係日本語文献目録』（プリントピア　一九八四・三）によっても知られるが、本書でも年譜著作目録が整備され、同時に、金竜済のプロレタリア詩人時代の作品、同時代の金竜済論、裁判資料までも収録されていて遺漏がない。

金竜済以前にも日本語の詩や小説を書いた朝鮮人文学者は少なくない。朝鮮近代文学の祖といわれる李光洙をはじめ多くの留学生たちが習作を残している。しかし、長期に滞在し日本語作品を書いた文学者は、鄭然圭、朱耀翰、金熙明、金素雲、鄭芝溶などが代表的であり、その中で「本格的なプロレタリア詩人として日本を舞台に、日本のプロレタリア文学者たちと肩を組んで活躍した朝鮮人文学者は金竜済以外になかった」（大村氏）のである。

初期プロレタリア文学雑誌『文芸戦線』までさかのぼると、金熙明、韓植、金鯨波、韓雪野、李長敬などが詩や短文を掲せ、中でも作品の多い金熙明は「プロ芸」—「労芸」—「前芸」と、プロレタリア文学運動の分離統合の波に翻弄された時期の人である。金竜済は「ナップ」結成以後を代表する朝鮮人プロレタリア詩人であり、活動家である。

小林多喜二や宮本顕治のレポをつとめ、作家同盟事務所に住みこんで仕事を引き受け、一九三二年(昭7)始め住み込みの作家同盟書記となった。「玄界灘」(『プロレタリア詩』昭6・3)、「愛する大陸よ」(『ナップ』昭6・10)がそれぞれ一九三一年度と二年度の『プロレタリア詩集』に選ばれている。のち第一詩集『大陸詩集』の出版を計画した時、中野重治が序文を書いた。「朝鮮は大陸ではなく半島であるが、金竜済の詩風は大陸的である」と。

「コップ」の啓蒙誌『大衆の友』付録の『ウリトンム』編集長として創刊号準備中、金竜済は三度目の検挙に会い(一九三二・六)、一九三六年(昭11)三月に出獄するまでほぼ四年間非転向で通した。その間、小林多喜二の拷問死があり、佐野学、鍋山貞親ら共産党幹部の転向、ひきつゞいた下部党員の大量転向と作家同盟解散、党組織の事実上の解体があった。

中野重治は一九三四年(昭9)、転向出獄している。宮本顕治があくまで非転向で頑張った一半の理由には、運動末期現象であったリンチ共産党事件による殺人容疑があったかと思われる。

金竜済の非転向を支えたものは何であったか。代表作といわれる「愛する大陸よ」がおのずと思いうかべられる。

飢えた平原

それがお前の胸のひろがりだ
赭くはげた山脈
それがお前のやせこけた背すじだ
母の懐――お前の子らの寝床は傷だらけ
……死×に充ち
鮮×を浴びて……
ああ　植民地地獄の野山には
一滴の水を汲む自由もなく
一束の芝を刈る木蔭もない

飢えたる平原にしがみついた――
藁葺《わらぶき》の屋根裏や暗い温突《おんどる》の底には
どんな生活《くらし》の呻きが
どんな悲しい子守唄があるか
そして　そのルツボからわき上る戦ひの歌に
――お前の守りに
どんなむごい×圧の×がにじむかを
母なるお前は知つてゐる

（中略）

おお母なるお前
愛する大陸よ
お前の子らをはげまして
植民地プロレタリアの忍苦の歌を
国境のはるか彼方へ——
世界の心臓まで響かせろ！

植民地としての故郷——赭くはげた山脈と飢えた平原にしがみつく藁屋根——その懐しくもむごい荒涼たる風景は、金竜済の原風景といっていいであろう。その母なる故国の悲しみを、「乳房の匂ひ」のように吸う牢獄の子として、金竜済は無垢なすこやかさを保ったように思われる。植民地朝鮮——はるかに愛する大陸こそが金竜済の観念の砦となりえたように思う。当時の政治方針としてのプロレタリア国際主義とは異なったレヴェルにある民族の意識の根の深さをそこに読むことができるであろう。

「氷雨に海づらを叩かれながら／重つ苦しい感情のやうに／闇の中に黒くうねり／亡び行く故国の岬を嚙んでは／仄白い水煙を吐いてざわめく」「玄界灘」もまた、悲しみと闘いの予兆に「ざわめく俺たちの海」であった。

金允植氏がかつて詩人林和にふれて述べていたような、あの「玄界灘コンプレクス」（『傷痕と克服——韓国の文学者と日本——』）とは明らかに異なる「玄界灘」である。それは氷雨に叩かれる「奴隷風景の海ぎし」として、金竜済の脳裏に深くきざまれ、彼を支えた故国の海のイメージである。

さらにまた、金竜済の骨太な向日性には生得のものがあったようだ。「獄中詩集」には湧き上る無邪気な活力をうかがうことができる。

Kが差入れてくれた婦人用ジャケツの嬉しさに「胸の両側に拳を入れて　二つの乳房をふくらませて見た」というようなおどけた一人芝居をする金竜済については、「さわやかで楽天的な詩人の面目躍如」と大村氏もいう。

Kよ！　君は絵が好きでうまかつたね
おれの顔をかくと言つた戯れの約束を
つひぞ果されず仕舞つたのは残念だつた
だが後日のモデルのために
獄中で新らしいタイプの額《ひたい》を磨かう
そして君は太陽の下で　君の描いたローザのカンバスの裏に
君自身の美しい肖像を画いて行け！

このあくまでも明るい太陽を、しかし、金竜済はやがて喪わねばならなかった。もはや地上に太陽は照らず、「片割れ月」のあざわらう無人の暗闇が異様に深いのだ。息づまる漆黒の闇に浮くのは「棺桶」のイメージである。

電灯の消えた暗闇の街には犬一匹吠えず

酸素のない夜の空気が漆塗りの棺桶の中のやうだ
マルクスの夢想に足元が真暗だ
光のない世界では万物が魂を失ひ
形影相弔《ともら》う孤独な姿を尋ねる所とてない

「太陽讃」（「東亜日報」一九三七・一一・九）の一節である。この暗転は何であったか。

大村氏によれば一九三七年（昭12）七月はじめ、この詩をかく四ヵ月前、金竜済は強制送還されている。当然保護観察の身であったが、ソウル往十里の貧民街におちつくと、執筆活動を始めた。日本以上に統制の厳しい朝鮮文壇では、もはやプロレタリア文学を口にできる情況ではなかった。彼はプロレタリア文学の代りに一歩さがって、リアリズム文学を主張し、文学の退廃性に反対した。コミュニストと書くべきところをリアリストに置きかえ、「リアリズムの擁護――小市民作家の悪あがき」（「東亜日報」昭12・10・14―16）、「苦悶の性格と創造の精神――自己告発の文学的虚弱性を分析する」（同　昭13・3・17―18）など、いわゆる「批判的リアリズム」の立場からする積極的な批評であった。

このような評論活動として意識の表層を支配するイデオロギーと、詩作品として深層に滲みでる死の相貌。――個体の奥深い亀裂への或る恐怖が、金竜済に、マルクスの「夢想」といわしめたものであろう。[*1]

この頃、大村氏によれば金竜済の後を追い永住覚悟で渡韓したという中野重治の妹、鈴子との訣別があり、「京城少年更生園」設立計画の挫折があった。弾圧と大量転向の閉塞状況のなかで、金竜済を絶望的孤立に追いこんだ事件であったかも知れない。ともかく「太陽讃」からほぼ一年後の一九三九年（昭14）一月、金竜済は親日文学の旗幟を明らかにしたのであった。

金竜済自身はこの間のことを直接物語ってはいないが、「日本への愛執」(『国民文学』昭17・7)の中に次のような一節がある。

転身といひ、回心といふことは、思想する人々に取つては古くから恐ろしく悩まされた問題であり、それぞれの時代的意義に於いて、それぞれの人間的運命を左右した重大な秘密であつた。それはまた論理的な可信性よりも、深刻な体験による生活信仰の実践性に価値が生れる道程でもある。

思想的転回は、個体の〝体験〟の〝秘密〟であること、それは〝論理〟の問題ではなくて〝生活〟信仰実践の問題である、ということの認識である。

ここに金竜済の、強いられた「転向」の意味を読みとることができるであろう。息づまる漆黒の闇の死の影を、見まいとする一瞬の生命欲——「生活信仰」を誰しも否認することはできない。美事な転向小説を書いた中野重治も、ついに転向の瞬間を言語化することはなかったが、金竜済のいう論理を超えた「生活信仰」は何がしかを暗示している。

「愛する大陸」も「玄界灘」もおそらく日本に在ってこそ、はるかなる原風景であり、純粋イデーでありえたのである。いま、植民地朝鮮に吹き荒れる皇民化の嵐のなかで、一木のとうてい支えがたい現実を悟った時[*2]、金竜済の転換は比較的に早かった。

そのことにふれて彼みずから語った座談会「詩壇の根本問題」(『国民文学』昭18・2)がある。

まァ、私、東京から帰つて来て、東亜日報とか朝鮮日報に昔なりのものを当分書いてゐたんですね。

丁度十三年九月頃、東亜日報に金南天さんの告発する精神といふのを、やはり昔の気持で批評し始めたことがあるんですが、あの時五回の積りで書き出して二回まで書いて、偶然なんですが急に思ふことがあつて新聞には迷惑をかけながら止めたのです。書けなくなつて……それから十三年の下半期はずゐぶんまア苦しんだ訳で約半年黙つてゐて、十四年の正月一つやつてみようといふ気持で詩を書き出したので、それからのものが、こんどの詩集です。自分の考へでも非常に観念的なものが多いと思ふんですが

（以下略）

「昔の気持」で書きはじめた論文を「急に思ふことがあつて」途中で止めたという。この特徴的な中断は、或る意志的な決定、決断を示しているだろう。とうてい内発的に機の熟したというものではない。故意の方向転換のもたらす苦痛を経て、「一つやってみよう」という人工的な仮設レールが敷かれたのである。したがってその作品が「非常に観念的なもの」と自覚されるのは当然であった。

同じ座談会の中で金（村）竜済（創氏改名）は朝鮮文学の概念をめぐって崔載瑞（『国民文学』編集長）と強く対立している。崔載瑞によれば「朝鮮文学は日本の国民文学の一翼として国語で書く、然しそれは依然として朝鮮文学である。（中略）朝鮮の生活とその問題を取扱つてこんにちの生きて行く道を歩む、それが国民文学としての朝鮮文学」である。しかし、金（村）竜済にとって、国民文学としての朝鮮文学などという規定は無意味なものである。それは「題材の問題」にすぎないという。彼は「日本的なものを書かうといふことが先であつて、朝鮮のものだけを歌はなければならないといふ気持はない」とキッパリはねつけている。その気持はどこから出てくるか、との問いには「日本の皇民にならうといふ努力」からだと答えている。

しかし、崔載瑞も「半島二千四百万が完全に皇民化されて、それになり切らうという気持がいまの朝鮮の

詩の最も大きい題材」である、というのだから、結局のところ同じ局面に立たされており、金(村)竜済のほうが、その事態の真相を冷静に直視していたにすぎぬといってよい。言語朝鮮は絶無にひとしいにもかかわらず、なお「朝鮮文学」なるものがあるかに思う幻想を、金(村)竜済は拒んだのである。

少ない資料からだけでも、これくらいの読みとりは可能である。プロレタリア詩人金竜済に強いられた情況の外圧が、いかに強大であったかを見ることができる。「皇民」になろうと「努力」する覚悟をきめた親日文学者金(村)竜済の活動は精力的であった。しかし『亜細亜詩集』(京城大同出版社　一九四二・一二)の中の「亜細亜の詩」とは次のようなものである。

私は日本国民の愛国者として仕事をしたい
同時に新しい日本精神を深く学びたい
私は朝鮮民衆の真の幸福のために働きたい
同時になつかしい子守唄を無邪気に歌ひたい
そこに私は感情の矛盾を少しも感じてはゐない
そこには美しい亜細亜的な調和があるのみだ

この散文を行分けして書いただけの概念的な言葉の羅列には、詩感が喪われている。金竜済は詩を捨てている、といってよい。

「金竜済の場合は、転向が矛盾でなくいたって『無邪気』な様相を呈する。転向の過激さは、逆にそれだけかつての反逆の大きさを語るものではある。小さな反逆者は小さな転向をすればそれですむのだから。その意味で金竜済が大きな転向をせざるをえなかった必要性も理解できるが、といって、このあっけらかんとした明るさはどこから来るのだろう。後めたさなどみじんもないようだ」と大村氏は述べている。

しかし、みてきたように、金竜済の思想的転換は覚悟の上の選択であって、「矛盾」を知らぬ「無邪気」さとはいえないように私には思われる。「あっけらかんとした明るさ」の印象があるとすれば、それはリアリティを無視した表現の観念性によるものであろう。「後めたさ」が無いというより、後めたさを捩じ伏せた人の言葉ではないだろうか。

「かつてのプロレタリア詩人金竜済はどこから見ても朝鮮の詩人であった。しかし『亜細亜詩集』に至っては、極小部分を除き、民族の息吹が消えている。かつての『元気さ』には朝鮮の民族と風土があったのに、『亜細亜詩集』の元気さは、日本軍国主義詩人の好戦詩のそれと異なる所がない」と大村氏は慨嘆する。

「努力」して金竜済は、日本の軍国主義詩人なみの詩を書いたのであり「異なる所がない」のは当然であった。そして、じつはここには重要な詩法の問題がはらまれている。「玄界灘」や「愛する大陸」を書いた朝鮮の詩人金竜済も、日本のプロレタリア闘争詩を書いたときの「元気さ」には、やはり明らかに観念臭がめだっていた。それらの詩はかなり自動化された言葉の排列をまぬかれなかったという点においては、じつは軍国主義好戦詩と同等のレヴェルなのである。詩の生まれる根拠を、植民地民族の中にもっていた金竜済が、外部からの論理的要請によって作詩したときの破綻は、左翼イデオロギーにおいても右翼イデオロギーにおいても共通しているといえるだろう。

大村氏によれば後年の金竜済は自らを「リンゴ共産主義者」であり「リンゴ親日派」だと称したという。「皮は赤い共産主義でも、内味は白い民族主義」であり「皮は赤い日章旗の親日派でも、内味はやはり独立派」だったというわけである。「これはいささか弁明に堕しているきらいはあるが、一面の真実でもある。より正確に表現すれば共産主義者、親日派であったけれども、朝鮮民族の一員以外ではありえなかったというべきであろう」と大村氏はいう。金竜済の戦時下「東亜聯盟」への関与その他詳細な研究にもとづく意見である。

プロレタリア国際主義の時代に、まぎれもない朝鮮の詩を生みえた金竜済が、大東亜共栄圏構想の時代になって、朝鮮の詩を喪わねばならなかったところに、「リンゴ」の弁明の危うさがある、ともいえそうである。それだけに、わたしたちは日本帝国主義の強要した情況の苛酷さを思うべきである。それは個人の倫理や心情の美学を超える問題である。国家と言語の情況総体の網の目のなかで、相対化されてはじめてひとつの言語主体も明らかなものとなるだろう。そのような意味で、「親日文学論」はじつは昭和文学史の側が取りくむべき重要な課題であると思われる。「強要したものの恥辱」という言葉の衝撃にみちびかれ、「怠慢」という叱咤にうなだれながら、いま、私はかろうじてトバクチのようなところにたたずんでいる。

＊1　金竜済には夫の留守を十年も待っていた妻があった。鈴子はいったん帰国するが結婚の望みを失わなかったらしい。中野鈴子研究は『幻野』の大牧富士夫氏が詳しいが、詩論においても女性論の問題としてもなお追求されてよい女性である。

＊2　一九三八年（昭13）元旦の「東亜日報」でおこなわれた座談会「明日の朝鮮文学——文壇重鎮十四氏に再検討されたリアリズムとヒューマニズム——」の出席メンバーは、朴英熙、金南天、金文輯、鄭寅燮、李軒求、鄭芝溶、柳致真、金珖燮、林和、毛允淑、徐恒錫、金尚鎔、崔載瑞、金竜済である。金竜済の発言は一、二回であり、作家たちの現実追随、現実逃避を批判したその論調は孤立している。

（一九九二・九）

あとがき

君知らずや、人は魚の如し、暗らきに棲み、暗らきに迷ふて、寒むく、食少なく世を送る者なり。透谷を読んだ人なら、おそらく忘れがたい一節であろうと思う。

そこに「情況の奈落」を読んだ透谷論が、六〇年安保闘争敗退後の透谷研究に一時期を画し、私もそういう中で、〈敗北の透谷〉を書きはじめている。

この巻では、私の研究の初発から、今日にいたる推移をたどれるようにしたいと思っていた。透谷研究は私の初期に属する。しかし、じつは最初に活字になった私の論文は透谷ではなく、魚住折蘆であった。当時、鬱々として、東大の明治新聞雑誌文庫の、あの暗いカビ臭い地下室へ、「朝日文芸欄」を読みに通ったことを今は懐かしく思い出す。

日本近代の秩序総体を根底から疑うという重い課題を、ともに負って斃れた異質の青年として、透谷と啄木とはよく知られている。旧来革命的文学の先駆としての啄木神話に隠されていた魚住折蘆をそこに召還し、彼の国家論によって啄木を再検討するという試みであった私の論は、当時、啄木愛好家の袋叩きといわぬまでも、顰蹙を買ったようである。しかし、今やフーコーの権力論が知られ、当時引用した滝村隆一氏による浩瀚な『国家論大綱』（勁草書房　二〇〇三・五―七）もあって、争点に関しては、もはや今昔の感が深い。ともかくも以来私は、論争的に問題提起するという、興味と習性とが身についてしまったらしい。透谷研究においても、大先輩の小田切秀雄氏、平岡敏夫氏の透谷にものおじせずに挑戦したものである。

しかし、さすがに打たれ強い私も、初期プロレタリア文学の宮嶋資夫を書き、日文協の森山重雄氏と対戦した時は少しショゲていた。ある夕方、授業を終えた平野謙、本多秋五両先生が、偶然時間があいていて、めづらしく私を夕食に誘って下さった。平野先生は終始浮かぬお顔つきであったが、本多先生は「喧嘩っぱやいねェ」と笑われ、別れぎわに「論争は一人だよ」とはっきり言われた。私はその一言で、淋しい唯一人の、シャンとした自分を取り戻すことが出来たのを憶えている。

初期プロレタリア文学、大正期労働者出身作家への私の関心は、昭和初年の革命運動の敗北――マルクス主義文学運動が運動論、文学理論ともに誤っていたのならば、可能性はどこにあったか、という模索にはじまっている。「戦旗」派マルクス主義青年たちに排除された、「文芸戦線」の作家、葉山嘉樹、平林たい子らの文学への関心も当然そこにあった。

しかし、一九九一年以降、ソヴィエト連邦が崩壊し、世界の社会主義体制が根底から揺らいで以来、差異が全く均衡化される世界など、無いのではないかという疑惑は深い。差異の無化などは有りえず、差異が欲望を生産し、欲望が絶えず差異を生産する、相互生産のメカニズムを説く近年の社会学が、説得力を持って現われている。このポスト社会主義的情況の克服は可能なのであろうか。

一方には〈帝国〉の世界支配と殺戮に抗する自爆テロ――差異は〈死〉を生きることで無化されようとしている。中東イラクに象徴される現代の「奈落」――。

日本近代の「奈落」に佇んで差異化に抗った北村透谷から中野重治にいたる文学は、いま何を問いかけるのであろうか。

社会・階級的差異とともに大きな差異の指標は、性的差異である。透谷以降の文学が、近代の文化構造にはめこまれた性差の可視化において、いかに無力であったか。ポスト社会主義情況においてこそ、いっそう明瞭になりつつあるのはこの問題である。文学を通してのジェンダー構造の分析、性差の政治学の解明という方法は、I巻に連続する本巻の特色といってよい。

最後に、李石薫（牧洋）と金竜済に関する文章を並べておいた。ポストコロニアリズムの時代にあって、いま朝鮮半島の文学への関心は急速に高まっているが、近代文学の汚辱に関わるこの論を、比較的早い時期に書きかえたことを、いくばくかの満足をもって思い返す。資料蒐集に行った韓国の夏の、あの明るい日射しと共に、ソウル大学の教授や学生たち、明治大学留学中の大学院生たちを懐かしく思い出す。協力を惜しまなかった皆さんに心から感謝している。

この巻はI巻と同じ様に、かつての明大大学院ゼミのメンバーたちが校正を手伝ってくれた。いまでは一人前の研究者に成長した彼（彼女）たちは、昔の「先生」の古い論文に、不正確な引用文など見つけてあきれたり、愉快だったりしたに相違ない。まとめ役の松下浩幸さんはじめ、坂敏弘、大河晴美、深津謙一郎、西連寺成子、木下啓、親愛なる皆さんにお礼をいいたい。

また、約束の期日よりも常におくれがちな手入れ、校正の作業を、辛抱づよくお待ち下さった翰林書房の今井ご夫妻に厚くお礼を申し上げる。

最後に私事になるが、私がこれまで研究者の道を歩んでこられたのは、生涯のよき伴侶の支援に負っていることを先に記したが、ここにさらにつけ加えておきたいのは亡母の記憶である。昭和初年、信州諏訪の製糸工場が全盛期を迎えていた時代、小学校卒の小娘は、水蒸気にふやけた手で、一日十数時間も糸を繰った。私が昼間働きながら夜間の大学へ通って勉強を続け得たのは、この母の娘だったからである。いま私の部屋の机の片隅に、古びた木製の小枠がのっている。——繭から繰った生糸を捲きとる、あの糸枠である。女工として娘時代を過した亡き母の記念である。

二〇〇四年四月

中山和子

初出一覧

北村透谷——思想的転回の特質　『文芸研究』（明治大学）一九六六・一〇

北村透谷——「恋愛」の問題　『文芸研究』（明治大学）一九六七・三

透谷と愛山——文学概念の対立をめぐって　『文学』一九六七・一二

透谷——「心」と表現のアポリア（原題　透谷における「心」の問題）『キリスト教と文学』笠間書院　一九七三・八

『春』と透谷（原題　透谷と藤村）『島崎藤村』尚学図書　一九八五・五

透谷の近代——研究史をとおして（原題　透谷の近代）『近代文学II』有斐閣　一九七七・九

透谷・藤村——故郷と牢獄　『文学』一九八六・八

「厭世詩家と女性」論　『透谷と近代日本』翰林書房　一九九四・五

＊

魚住折蘆の文学史的位置——啄木の再検討（原題　魚住折蘆の文学史的位置——啄木再検討に関連して）『文学』一九六四・五

魚住折蘆論　『文学』一九七八・九

『啄木と折蘆』を読んで（原題『啄木と折蘆』書評）『日本近代文学』一九八四・一〇

石川啄木の小説（原題　小説家としての石川啄木・「我等の一団と彼」論）『解釈と鑑賞』一九七四・五、『国文学』一九七五・一〇

啄木のナショナリズム　『文芸研究』（明治大学）　一九七九・三

啄木――「家」制度・女・自然主義　『国際啄木学会論集』　一九九二・四

啄木・女性・言葉――節子という「鏡」　（原題　節子という鏡――啄木とその妻）　『解釈と鑑賞』　一九九四・一〇

＊

『破戒』から『春』へ　『日本近代文学』　一九六九・一〇

森鷗外――母という光背　（原題　鷗外の場合を中心に）　『文学における母と子』　笠間書院　一九八四・五

＊

宮嶋資夫論――大正期労働文学の可能性　『文学』　一九六五・一一

宮嶋資夫再論――アナーキズムの衝撃と大正期「政治と文学」　（原題　再び宮嶋資夫について）　『文学』　一九六六・一

「かんかん虫」・『坑夫』・『海に生くる人々』　（原題　「坑夫」について）　『日本文学』　一九七三・一

江馬修『山の民』――明治維新と歴史小説　『日本文学』　一九七九・一二

藤森成吉――母性思慕と女性蔑視　（原題　藤森成吉の人と文学）　『信州の近代文学――人と作品――』　信濃毎日新聞社　一九九一・六

葉山嘉樹――共感と共苦・二人称の世界　（原題　葉山嘉樹――初期作品をめぐって）　『文学』　一九七九・九

平林たい子「施療室にて」――身体と表現の〈空白〉　（原題　平林たい子――初期作品をめぐって）　『文芸研究』（明治大学）　一九七五・一〇

平林たい子「嘲る」――性の「被征服階級」　（原題　初期短篇『嘲る』をめぐって）　『信濃教育』　一九九二・一一

平林たい子「夜風」「殴る」――笑う女、女の号泣　『フェミニズムへの招待』　学藝書林　一九九五・五

＊

佐多稲子――性の修羅・「政治」の修羅　（原題　作家案内――佐多稲子）　『佐多稲子　私の東京地図』　講談社文芸文庫　一九八九・八

佐多稲子——『歯車』の吉本恒子　（原題　『時に佇つ』の「吉本恒子」のこと）　『くれない』　一九九九・七

佐多稲子——〝抵抗〟の意味　（原題　佐多稲子の〝抵抗〟をめぐって）　『国語通信』　筑摩書房　一九八六・一

宮本百合子「刻々」その他——二重の仮空性　『宮本百合子の時空』　翰林書房　二〇〇一・六

中野重治「村の家」——転形期の農村とジェンダー　（原題　中野重治「村の家」をよみかえる）

『文学史をよみかえる(3)〈転向〉の明暗』　インパクト出版　一九九九・五

＊

李石薫（牧洋）——旧植民地朝鮮と日本語文学　（原題　植民地末期の朝鮮文壇と日本語文学）

『文芸研究』（明治大学）　一九九三・二

『愛する大陸よ——詩人金竜済研究』を読んで　『昭和文学研究』　一九九二・九

【著者略歴】
中山和子（なかやま　かずこ）
1931年、長野県諏訪市に生まれる。50年、諏訪二葉高等学校卒業。65年、明治大学大学院文学研究科修士課程修了。同年明治大学文学部助手。69年、同文学部専任講師。以後助教授、教授を務め97年退職。

中山和子コレクションⅡ
差異の近代
透谷・啄木・プロレタリア文学
NAKAYAMA KAZUKO COLLECTION

発行日	2004年 6 月30日	初版第一刷
著　者	中山和子	
発行人	今井　肇	
発行所	翰林書房	
	〒101-0051　東京都千代田区神田神保町1-14	
	電　話　(03) 3294-0588	
	FAX　(03) 3294-0278	
	http://www.kanrin.co.jp/	
	Eメール● Kanrin@mb.infoweb.ne.jp	
印刷・製本	シナノ	

落丁・乱丁本はお取替えいたします

ISBN4-87737-176-1